Robert   Zimmermann

Anthroposophie im Umriss

Entwurf eines Systems idealer Weltansicht auf realistischer Grundlage

Robert Zimmermann

Anthroposophie im Umriss
Entwurf eines Systems idealer Weltansicht auf realistischer Grundlage

ISBN/EAN: 9783337362973

Hergestellt in Europa, USA, Kanada, Australien, Japan

Cover: Foto ©Andreas Hilbeck / pixelio.de

Weitere Bücher finden Sie auf **www.hansebooks.com**

ZIMMERMANN.

ANTHROPOSOPHIE.

ANTHROPOSOPHIE

IM UMRISS.

ENTWURF EINES SYSTEMS

IDEALER WELTANSICHT AUF REALISTISCHER GRUNDLAGE

VON

ROBERT ZIMMERMANN.

WIEN, 1882.

WILHELM BRAUMÜLLER

K. K. HOF- UND UNIVERSITÄTSBUCHHÄNDLER.

ANTHROPOSOPHIE IM UMRISS.

ENTWURF EINES SYSTEMS

IDEALER WELTANSICHT AUF

REALISTISCHER GRUNDLAGE

VON

ROBERT ZIMMERMANN.

WIEN, 1882.

WILHELM BRAUMÜLLER

K. K. HOF- UND

UNIVERSITÄTSBUCHHÄNDLER.

„Den Zufall gibt die Vorsehung; zum Zwecke
„Muss ihn der Mensch gestalten. — —”

Schiller.

An Harriet.

Du warst es, als sich Nacht über mein Auge zu lagern drohte, deren
Seelenstärke mir den Entschluß eingab, die lange unfreiwillige Muße
der Dunkelkammer zum ordnenden Abschluß längst zerstreut
gereifter Gedankenreihen zu benützen, zu deren Niederschrift eine
gefällige Hand willig sich herlieh.

So entstand dies Buch, dessen Ideengehalt also Niemand
abzustreiten im Stande sein wird, daß er, wie das Licht, im Dunkeln
geboren sei.

Wem anders als Dir dürfte dasselbe zu eigen sein?

Waldvilla am Attersee, den 4. September 1881.

R.

VORREDE.

Titel und Vorrede stehen vor dem Buche. Soll diese nicht eine Rede aus dem Buche, sondern vor dem Buche sein d. h. nichts enthalten, was in das letztere selbst gehört, so bleibt ihr nur übrig, sich mit dem ersteren und mit dem Vorredner selbst zu beschäftigen. Ueber beide werden wenige Worte genügen.

Anthroposophie ist der Name des Buches. Die Philosophie, welche denselben wählt, will damit angedeutet haben, dass es weder ihr Ziel sei, wie das der speculativen Schule, Theosophie, noch ihr genüge, wie empirischer Unphilosophie, kritiklose Anthropologie zu sein. Wenn derselben — nicht zu ihrem Leidwesen — die speculativen Schwingen fehlen, um mit ikarischem Aufflug das gottgleiche Wissen des theocentrischen Standpunktes der ersteren zu erreichen, so mangelt ihr nicht weniger die in mancher Hinsicht beneidenswerthe Gabe, über die Schranken und Widersprüche, die der gemeine Erfahrungsstandpunkt in sich trägt, das kritische Auge zuzudrücken. Ihr Wunsch geht dahin, a n t h r o p o c e n t r i s c h d. i. „Menschenwissen" und doch P h i l o s o p h i e d. h. von der Erfahrung aus-, aber, wenn es das logische Denken erfordert, über dieselbe hinausgehende Wissenschaft zu sein.

Dasselbe bezeichnet sich als „Entwurf eines Systems" und zwar „einer idealen Weltansicht auf realistischer Grundlage". Ersterer Charakter wird dessen knappe Fassung und die Abwesenheit erweiterter Polemik rechtfertigen. Als Versuch eines Systems muss es gewärtig sein, so wenig nach dem Geschmack des ungebundenen „Philosophirens auf eigene Hand", welches in unseren Tagen gerade wie vor hundert Jahren herrschende Mode ist, gefunden zu werden, wie sie dieses selbst nach dem ihrigen findet.

Dagegen möchte die ideale Weltansicht, die es vertritt, weder mit dem schulmässigen Idealismus aller Farben, noch deren realistische

Grundlage mit dem platten Realismus ideenloser Erfahrung
verwechselt sein. Der Idealismus derselben besteht nicht darin, wie
der Platonische, an die Wirklichkeit, sondern wie jener Kant's und
der Sittenlehre Fichte's, an die Verwirklichung der Ideen durch
Menschenhand zu glauben. Die realistische Grundlage desselben
aber ist nicht der gemeine (Baconische), sondern der
philosophische Realismus, wie er auf Kant's kritischer Basis von
dessen realistischen Nachfolgern dem metaphysischen Idealismus
der Gegenseite entgegengesetzt worden ist.

Dessen in vorliegender Darstellung gewonnene Gestalt wird von
den Gegnern desselben eben so mit jenem Herbart's als
geistesverwandt erkannt, wie von Freunden des letzteren in nicht
wenigen und nicht unerheblichen Punkten über denselben
hinausgehend genannt werden. Dass deren Abweichungen von der
ursprünglich Herbart'schen Fassung nicht neu, sondern, wie z. B.
das kritische Verhältniss zur Theorie der Selbsterhaltungen als des
wirklichen Geschehens, so wie jenes zu der Annahme der
sogenannten „einfachen Empfindungen", in der Denkweise des
Vorredners vom Beginn seiner schriftstellerischen Laufbahn an
vorhanden gewesen seien, haben frühere Schriften desselben, wie
dessen 1847 und 1849 erschienene Monographieen: „Leibnitz's
Monadologie" und „Leibnitz und Herbart, eine gekrönte
Preisschrift" bezüglich der Selbsterhaltungen, dessen 1865
veröffentlichte: „Aesthetik als Formwissenschaft" bezüglich der
einfachen Empfindungen hinlänglich an den Tag gelegt.

Herbart hat sich bekanntlich am Schlusse der Vorrede zu seiner im
Jahre 1828 erschienenen „allgemeinen Metaphysik" einen
„Kantianer vom Jahre 1828" genannt. Wenn Schreiber dieses, der
seine erste Anregung zum philosophischen Studium einem Gegner
Kant's (dem gerade vor hundert Jahren, am 5. October 1781
geborenen edlen Denker und Dulder Bolzano) und einem Freunde
Herbart's (dem scharfsinnigen Kritiker der Hegel'schen
Psychologie, Exner) verdankt, heute, wo seit dem Erscheinen der
Kritik der reinen Vernunft gerade ein volles, seit jenem der
allgemeinen Metaphysik mehr als ein halbes Jahrhundert verflossen
ist, sich „einen Herbartianer vom Jahre 1881" zu nennen
unternimmt, so glaubt er damit sein Verhältniss zu Kant wie zu
Herbart zutreffend bezeichnet zu haben. Die Uebereinstimmung mit
Beiden verbirgt sich nicht; über die Abweichungen, zustimmend
oder ablehnend, mögen Kundige urtheilen.

Geschrieben im Säcularjahr der „Kritik der reinen Vernunft".

W i e n , den 21. Mai 1881.

Der Verfasser.

INHALT.

I. Buch: Die Ideen.

II. Buch: Das Wirkliche.

III. Buch: Die Kunst.

ANTHROPOSOPHIE.

1. Philosophie hat ihrem uralten Namen zufolge nicht blos die Aufgabe, zum Wissen zu gelangen, sondern als Liebe zum Wissen, da man dasjenige, was man liebt, zu verkörpern bemüht ist, das Gewusste in die Wirklichkeit einzuführen. Erstere fällt der Philosophie als Theorie d. i. als Wissenschaft, letztere derselben als Praxis d. i. als Kunst zu. Philosophie als Wissenschaft entsteht durch Bearbeitung von Begriffen, während die Philosophie als Kunst das Wirkliche bearbeitet; erstere hat zum Zweck, durch Bearbeitung der, sei es durch Erfahrung gewonnenen, sei es durch Gewöhnung und Ueberlieferung überkommenen Begriffe von dem, was wirklich und wahr ist, zu wirklichen Begriffen d. i. zu solchen, welche die Probe der Kritik, sowohl der logischen, als der erfahrungsmässigen, aushalten, zu gelangen; diese hat den Zweck, durch Bearbeitung des gegebenen, als Material dienenden, sei es in blossen Gedanken, sei es in Sachen bestehenden Wirklichen zu einem den Anforderungen des Begriffs entsprechenden d. i. zu einem begriffsgemässen Wirklichen zu gelangen. Gegenstand der ersteren sind daher Begriffe, welche als solche von den Sachen, Gegenstand der letzteren Sachen, welche als solche von den Begriffen unterschieden sind. Philosophie als Wissenschaft ist daher im buchstäblichen Sinne nicht von dieser Welt, während Philosophie als Kunst von dieser Welt ist.

2. Philosophie als Wissenschaft hat daher die Aufgabe, nicht nur selbst musterhafte Begriffe (Begriffsmuster), sondern solche Begriffe herzustellen, welche der Philosophie als Kunst bei ihrem Verfahren gegenüber den Sachen als Muster dienen können (Musterbegriffe). Jene bedürfen eines Musters, dem sie als musterhaft zu entsprechen haben; diese dagegen sind selbst Muster, denen die Sachen entsprechen sollen. Aufgabe der Philosophie als Wissenschaft, zu musterhaften Begriffen zu gelangen, wird es daher vor allem sein, das Muster herzustellen, dem die Begriffe, um

für musterhaft gelten zu dürfen, genügen müssen. Aufgabe der Philosophie als Kunst, Musterbegriffe zu verwirklichen, wird es neben der Verpflichtung, die von der Philosophie als Wissenschaft als musterhaft anerkannten Begriffe zu ihren Musterbegriffen zu machen, vor allem sein, die Beschaffenheit des Wirklichen als des allein ihr zu Gebote stehenden Materials zu studiren, in welchem dieselben verwirklicht werden können.

3. Da jeder Begriff, er sei welcher er wolle, etwas an sich tragen muss, was ihn zum Begriff macht (seine Form), und anderes, was ihn zu diesem besonderen Begriff macht (seinen Inhalt), so wird das Muster, dem jeder Begriff zu gleichen hat, um für musterhaft gelten zu dürfen, sowohl seine Form, als seinen Inhalt, oder vielleicht beides zugleich betreffen können, ja müssen. In ersterer Hinsicht wird es daher eine Musterform geben, welcher als Norm jeder Begriff ohne Unterschied sich zu unterwerfen hat, um als Begriff anerkannt zu werden; in letzterer Hinsicht wird es eine Norm geben, welcher jeder Begriff eines gewissen Inhaltes sich anzubequemen hat, um als musterhafter Begriff eben dieses Inhaltes angesehen zu werden; jene stellt daher die massgebende Norm für sämmtliche Begriffe ohne Unterschied des Inhaltes, diese dagegen stellt die Norm für Begriffe irgend eines gemeinsamen Inhalts, z. B. für alle diejenigen dar, die sich auf Seiendes (Existirendes) oder für alle diejenigen, die sich auf Seinsollendes (noch nicht Existirendes) beziehen.

4. Diejenigen Normen, die sich auf alle Begriffe ohne Unterschied des Inhalts, welche für musterhaft gelten sollen, erstrecken, machen den Inhalt der Logik; diese, die sich nur auf Begriffe eines gewissen gemeinsamen Inhalts, welche innerhalb dessen für musterhaft gelten sollen, beschränken, machen den Inhalt der andern philosophischen Wissenschaften aus. Jene stellt das Muster für jeden Begriff ohne Unterschied, diese stellen die Muster für diejenigen Begriffe dar, welche in den Bereich des von ihnen beherrschten Inhalts gehören. Da nun jeder Begriff seinem Inhalte nach entweder auf ein Wirkliches d. h. auf ein Object bezogen wird, das als seiend gedacht wird, oder auf ein nicht Wirkliches d. i. auf ein Object, das entweder, wie die mathematischen, überhaupt als nichtseiend, oder, wie z. B. ein Kunstwerk, nur als noch nichtseiend, aber voraussichtlicherweise in der Zukunft seiend gedacht wird, so lassen sich die philosophischen Wissenschaften in zwei Gebiete zerfällen. Das eine derselben umfasst die

Musterbegriffe für alle diejenigen, welche (mit Recht oder mit
Unrecht) auf Wirkliches bezogen werden. Das andere dagegen
enthält die Musterbegriffe, welche (mit Recht oder mit Unrecht)
auf, sei es überhaupt nicht, oder nur noch nicht Seiendes bezogen
werden. Begriffe der erstern Art (deren Inhalt als wirklich gedacht
wird) können physische, Begriffe der letztern Art (deren Inhalt als
nicht wirklich gedacht wird) müssen sodann nicht-physische
heissen. Nimmt man bei den letzteren Rücksicht darauf, ob der
Inhalt derselben es unmöglich macht, ihn als wirklich zu denken,
wie es bei den mathematischen der Fall ist, oder ob derselbe zwar
als im gegebenen Moment nichtseiend gedacht, dessen Existenz in
der Zukunft aber keineswegs als unmöglich vorgestellt wird, wie es
z. B. bei dem in Gedanken entworfenen Plane eines künftigen
Bauwerks der Fall ist, so tritt eine weitere Unterabtheilung hinzu.
Jene Begriffe, deren Inhalt die Wirklichkeit ausschliesst, können als
solche den obengenannten physischen in dem Sinne zugerechnet
werden, als der Inhalt der einen wie der andern einen Zusatz über
dessen Wirklichkeit enthält, der Inhalt der einen dieselbe bejaht,
jener der andern dieselbe verneint; dieselben können daher in diesem
erweiterten Sinne beide physisch heissen. Jene Begriffe dagegen,
welche weder über die Wirklichkeit, noch über die Unwirklichkeit
ihres Inhaltes eine Aussage in sich schliessen, ja nicht einmal über
die zukünftige Wirklichkeit oder Nichtwirklichkeit desselben, deren
Inhalt sonach, was seine Wirklichkeit betrifft, in keiner Weise das
Interesse in Anspruch zu nehmen vermag, können
nichtsdestoweniger ein solches erwecken, inwiefern dieser Inhalt
nicht als wirklich oder unwirklich, sondern ausschliesslich als
Gedanke d. i. als gedachter Inhalt einen Zusatz im Gemüthe des
Denkenden mit sich führt, durch welchen er von letzterem
entweder als angenehm oder unangenehm, nützlich oder schädlich,
schön oder hässlich — im Allgemeinen entweder beifällig oder
missfällig beurtheilt wird. Begriffe dieser Art können, weil es sich
bei denselben nicht, wie bei den sogenannten physischen, um eine
die Vorstellung ihres Inhalts begleitende Aussage über Wirklichkeit
oder (zufällige oder nothwendige) Unwirklichkeit desselben,
sondern um einen die Vorstellung des Inhalts (zufällig oder
nothwendig) begleitenden Gefühlsausdruck handelt — ästhetische
heissen. Die philosophische Wissenschaft, welche die
Musterbegriffe für die physischen Begriffe enthält, ist die
philosophische Physik (oder Metaphysik); jene, welche die
Musterbegriffe für die ästhetischen umfasst, die philosophische
Aesthetik.

5. Logik, (philosophische) Physik und (philosophische) Aesthetik machen zusammen den Umfang der Philosophie als Wissenschaft aus. Der Zusatz: philosophisch bei den beiden letztgenannten Disciplinen ist deshalb nicht überflüssig, weil diejenigen Wissenschaften, welche die auf dem reinen Erfahrungswege gewonnenen, keineswegs musterhaften Begriffe von Wirklichem einer- und die von keineswegs allgemeinen und nothwendigen, sondern zufälligen und individuellen oder höchstens particulären Zusätzen des Lobes oder Tadels begleiteten Begriffe umfassen, andererseits, die empirische Natur- und die empirische Geschmackslehre gleichfalls Physik und Aesthetik genannt werden. Die Bezeichnung Metaphysik für die erste derselben hat, von dem bekannten zufälligen historischen Ursprung des Wortes abgesehen, insofern einen zulässigen Sinn, als die durch kritische Sichtung herbeigeführte systematische Zusammenstellung musterhafter physischer Begriffe, welche die mit diesem Namen bezeichnete Wissenschaft ausmacht, das Vorhandensein eines ursprünglich durch Erfahrung gegebenen, logisch noch unbearbeiteten, also im philosophischen Sinne des Wortes rohen Vorrathsmateriales physischer Begriffe voraussetzt, philosophische (Meta-) Physik also der Zeit nach erst n a c h (μετα) der vor- oder unphilosophischen (empirischen) Physik zu Stande kommen kann.

6. Unter denselben, die als philosophische Wissenschaften sämmtlich musterhafte (d. i. im philosophischen Sinne vollendete) Begriffe umfassen, stehen Logik und Aesthetik insofern in engerer Verwandtschaft unter einander, als ihre musterhaften Begriffe zugleich Musterbegriffe für Anderes sind d. h. diesem zur Nachahmung vorgestellt werden, während die metaphysischen Begriffe keine andere Bestimmung haben, als den Inhalt des Wirklichen musterhaft d. i. wie er wirklich ist, darzustellen. Und zwar enthält die erstere die Musterbegriffe für das Denken sowohl überhaupt, als in Bezug auf einen bestimmten Inhalt, durch deren Nachahmung dasselbe zum Wissen d. i. wahrem Denken erhoben wird, sowohl im Allgemeinen, als in Bezug auf irgend einen besonderen Gegenstand; die Aesthetik dagegen enthält die Musterbegriffe für jede beliebige producirende, sei es geistige, sei es physische Thätigkeit, insofern durch dieselbe etwas Beifallswürdiges oder Tadelnswerthes (Nützliches oder Schädliches, Angenehmes oder Unangenehmes, Schönes oder Hässliches) hervorgebracht wird.

7. Musterbegriffe dieser Art, sie seien nun solche für das Denken
oder für jede andere (geistige oder physische) nachahmende
Thätigkeit, werden Ideen genannt, und zwar als Vorbilder (Normen)
für das Denken, das zum Wissen werden soll, l o g i s c h e Ideen;
als Vorbilder dagegen für irgend eine andere, auf Hervorbringung
eines Beifallswerthen gerichtete schaffende Thätigkeit,
ä s t h e t i s c h e Ideen. Erstere machen daher den Inhalt der Logik,
letztere den der Aesthetik aus.

8. Unter den geistigen Thätigkeiten, deren Producte Beifall oder
Missfallen nach sich ziehen, ist die eine, das Wollen, von der Art,
dass sie auf keine Weise, weder willkürlich noch unwillkürlich,
unterlassen werden kann; denn auch das Nichtwollen des Wollens
wäre ein Wollen. Zugleich hat dasselbe die auszeichnende
Eigentümlichkeit, dass von dem Urtheil über dessen Beschaffenheit
das Urtheil über den Werth oder Unwerth des Wollenden selbst
abhängt und, da, wie oben bemerkt, der Einzelne niemals aufhören
kann zu wollen, diesem Urtheil niemals entgangen werden kann.
Während daher zu jeder andern ästhetisch producirenden Thätigkeit
ein besonderes ästhetisches Talent erforderlich ist, ist nicht nur die
Fähigkeit, sondern die Nöthigung zu wollen Jedem ohne
Unterschied eigen, und während, um der Kritik jeder andern
ästhetisch producirenden Thätigkeit zu entgehen, der Producirende
nichts weiter nöthig hat, als dieselbe zu unterlassen, so kann, wie
oben bemerkt, auf die Bethätigung des Wollens niemals Verzicht
geleistet werden. Aus beiden angeführten Gründen verdienen
diejenigen ästhetischen Ideen, welche als Vorbilder für das Wollen
dienen, aus dem Kreise der übrigen als ein besonders
ausgezeichnetes Gebiet hervorgehoben und zum Unterschied von
den übrigen, welche sodann im engeren Sinne des Wortes
ästhetische heissen mögen, mit einem besonderen Namen
bezeichnet zu werden. Als ein solcher empfiehlt sich, da von dem
Urtheil über das Wollen jenes über den sittlichen Werth, das Ethos,
des Wollenden abhängt, der Ausdruck ethische, oder, da das Wollen
zunächst zum Handeln überführt, praktische Ideen.

9. Logische, ästhetische und ethische Ideen machen daher den
Inhalt der Philosophie als Wissenschaft aus, insofern dieselbe
Wissenschaft von Musterbegriffen (Ideenwissenschaft) ist.
Metaphysische d. i. im philosophischen Sinne musterhafte Begriffe
vom Wirklichen machen den Inhalt der Philosophie als
Wissenschaft aus, insofern sie Wissenschaft von Wirklichem

(Seinswissenschaft) ist. Diese, da sich der Inhalt ihrer Begriffe auf das Wirkliche bezieht, knüpft an die Erfahrung, durch welche zuerst vom Wirklichen ein Begriff gewonnen wird, an, indem sie die durch Erfahrung gegebenen Begriffe vom Wirklichen entweder behält wie sie gegeben sind, wenn sie vor dem Forum des wissenschaftlich d. i. logisch geschulten Denkens behaltbar, oder verwirft, wenn sie nach dem Urtheil des letzteren unhaltbar, oder umbildet, wenn sie zwar nach dem Urtheil der Logik verwerflich, aber vermöge des durch unabweisliche Erfahrung ausgeübten Zwanges unvermeidlich sind. Die logische Unhaltbarkeit der gegebenen Erfahrungsbegriffe verräth sich dadurch, dass in denselben Widersprüche bemerkbar werden, welche demnach ebensowenig, wie sie selbst, abgewehrt, um deren willen jedoch der mit denselben behaftete Inhalt der Erfahrung wissenschaftlich nicht als Wahrheit gelehrt werden kann! Die Umbildung der so gegebenen aber widersprechenden Erfahrungsbegriffe besteht darin, dass dieselben berichtigt d. h., da von dem erfahrungsmässig Gegebenen ohne Schädigung der Erfahrung nichts hinweggelassen werden kann, durch aus dem Denken geschöpfte Zusätze so lange und in der Weise ergänzt werden, bis und dass der Widerspruch verschwindet. Die so umgestalteten d. i. rational (widerspruchsfrei, denkbar) gemachten Erfahrungsbegriffe heissen von da an metaphysische (philosophische Seins- oder Wirklichkeits-) Begriffe.

10. Logische, ästhetische und ethische Ideen knüpfen nicht an das Gegebene an, sondern fordern im Gegentheil als Musterbegriffe, dass das Gegebene an sie anknüpfe. So wenig nach Kant aus dem Sollen ein Sein, so wenig kann aus dem Sein das Sollen „geklaubt" werden. Dieselben sind, wie das a priori Kant's, zwar nicht vor, aber u n a b h ä n g i g v o n dem gegebenen Inhalte der Erfahrung, daher ihre Geltung nicht, wie die des letzteren, eine beschränkte (comparative) und nur mehr oder weniger wahrscheinliche (zufällige), sondern, wie die jenes a priori, allgemeine und nothwendige ist. Logik, Aesthetik und Ethik sind daher keine blos beschreibenden (descriptiven), wie die Erfahrungswissenschaft und in gewissem Sinne selbst die Metaphysik es ist, sondern vorschreibende (normative) Wissenschaften, daher sie auch wohl im Gegensatze zu jenen, welche t h e o r e t i s c h e heissen können, p r a k t i s c h e Wissenschaften genannt zu werden pflegen.

11. Mit Rücksicht auf letztere Bezeichnung zerfällt Philosophie als Wissenschaft demnach in einen praktischen: die Ideen- (oder

praktischen) Wissenschaften, und theoretischen: die
Seinswissenschaft (Metaphysik) umfassenden Theil, zwischen
welchen beiden Philosophie als Kunst, welche die Gestaltung des
Wirklichen nach den Ideen oder die Hineinbildung der Ideen in das
Wirkliche vollzieht, die verbindende Brücke bildet. Die Lösung
dieser Aufgabe ist daher der philosophischen ebensowenig wie
irgend einer anderen Kunst, da der Zweck der Kunst überhaupt in
der Ideendarstellung im gegebenen Stoffe besteht, ohne Kenntniss
der darzustellenden Ideen (Ideenwissenschaft) einer-, wie des
gegebenen Stoffes (Seinswissenschaft) andererseits möglich.
Erstere macht den Inhalt des ersten, die Wissenschaft vom
Wirklichen den des zweiten, die Lehre von der die logischen,
ästhetischen und ethischen Ideen im und am Wirklichen
verwirklichenden (philosophischen) Kunst jenen des dritten Buches
aus.

ERSTES BUCH.

DIE IDEEN.

ERSTES CAPITEL.

Die logischen Ideen.

12. Logische Ideen (Musterbegriffe) sind die normalen Formen (Begriffsnormen), welchen das Denken sich zu fügen hat, wenn es als wahres Denken d. i. Wissen anerkannt werden will. Dieselben sind weder eins mit den psychologischen Erscheinungsformen des Denkens, vermöge welcher dasselbe ein Entstehen und Vergehen, ein Heller- und Dunklerwerden im Bewusstsein besitzt, noch mit den sogenannten logischen Denkformen, nach welchen dasselbe in Begriffe, Urtheile und Schlüsse zerfällt. Jenes nicht, weil psychologisch betrachtet die Entstehung unwahrer Gedanken (Irrthümer) ebenso nach Naturgesetzen erfolgt, wie jene von Erkenntnissen (wahren Gedanken) — dieses nicht, weil unrichtige und ungiltige Gedanken ebensogut in der Begriffs-, Urtheils- und Schlussform gedacht, gefällt und gefolgert werden, wie richtige und giltige. Das Kriterium, durch welches Denken zum Wissen sich erhebt, muss daher anderswo gesucht werden.

13. Dasselbe kann, da jedes Denken einen gewissen Grad von Intensität (Stärke, Lebhaftigkeit), mit welchem dasselbe, und einen gewissen Inhalt besitzt, w e l c h e r in demselben gedacht wird, entweder in diesem oder in jenem liegen. Läge es in jenem, so würde daraus folgen, dass jedes Denken, welches einen gewissen hohen Grad von Lebhaftigkeit besitzt, um dieser seiner Energie willen für Erkenntniss gelten müsse, während es offenbar ist, dass auch einleuchtende Irrthümer, wie Hallucinationen Geistesgestörter, eine hohe, ja für diese unüberwindliche Stärke besitzen können. Liegt es dagegen in diesem, so kann das Kennzeichen des Inhalts als eines wahren entweder in dessen Verhältniss zu einem vom

Denken als solchem unterschiedenen A n d e r n , oder es muss in
der Beschaffenheit des Denkinhalts selbst gefunden werden.

14. Das A n d e r e , zu welchem das Denken als Denkinhalt
betrachtet, ein gewisses Verhältniss haben soll, um für wahr gelten
zu dürfen, und das als Anderes des Denkens nicht selbst wieder
Denken sein kann, ist das S e i n . Das Verhältniss, in welchem das
Denken zum Sein stehen muss, um für Wahrheit zu gelten, aber
kann kein anderes sein als das der Uebereinstimmung des Denkens
mit dem Sein. Das Kriterium der Wahrheit lautet daher von diesem
Gesichtspunkt aus: Wissen ist mit dem Sein übereinstimmendes
Denken.

15. Dasselbe setzt, um möglich zu sein, daher einerseits die
Möglichkeit der Uebereinstimmung, andererseits die Möglichkeit der
Erkenntniss jener Uebereinstimmung des Denkens mit dem Sein
von Seite des Denkens voraus. Wäre die erstere unmöglich, so
wäre damit auch das Wissen d. i. die Uebereinstimmung zwischen
Denken und Sein, an sich unmöglich; wäre das letztere unmöglich,
so wäre damit das Wissen um jene a n   s i c h vorhandene
Uebereinstimmung für u n s unmöglich. Im ersteren Falle wäre die
Wahrheit überhaupt nicht, im letzteren Falle so gut als nicht
vorhanden.

16. Soll Uebereinstimmung zwischen beiden von einander
verschieden gedachten Elementen — dem Denken einer-, dem Sein
andererseits — bestehen, so muss entweder das eine vom andern,
das Denken vom Sein oder das Sein vom Denken, abhängig
gedacht, oder die Verschiedenheit beider kann nur als eine
scheinbare gedacht werden, so dass entweder nur das eine von
beiden ist, während das andere nicht ist, oder dass beide nur die
unterschiedenen Seiten eines dritten Ununterschiedenen sind. Im
ersten Falle wird entweder das Denken vom Sein (das Logische
vom Alogischen) oder das Sein vom Denken (das Alogische vom
Logischen) beherrscht; im zweiten Falle besteht entweder nur das
Sein, so dass das Denken nur ein verhülltes Sein — oder nur das
Denken, so dass das Sein nur ein verhülltes Denken ist; während im
dritten Falle Denken und Sein nur das unter verschiedenen
Gesichtspunkten betrachtete unbekannte X eines Dritten darstellen.

17. Gegen die Abhängigkeit eines der beiden qualitativ von einander
unterschiedenen Elemente, des Denkens und des unter der Form

der dem Denken qualitativ entgegengesetzten ausgedehnten Materie gedachten Seins, hat sich unter den Neuern zuerst bekanntlich Cartesius ausgesprochen. Denken (Geist) und Sein (Materie) sind für einander schlechterdings unzugänglich, und da, wenn weder der Geist die Materie, noch diese jenen zu beeinflussen vermag, eine Uebereinstimmung zwischen den beiden undenkbar ist, so bleibt, um Wissen d. i. Uebereinstimmung des Denkinhalts mit dem Seinsinhalt zu ermöglichen, nichts übrig, als die Bürgschaft des gemeinschaftlichen Schöpfers beider, welcher als höchstes wissendes und wahrhaftiges Wesen das Denken nicht kann täuschen wollen. Das eigentliche Kriterium des Wissens liegt sodann nicht sowohl in der Uebereinstimmung des Denkens mit dem Sein, von der das Denken durch sich selbst nichts zu wissen vermag, sondern in der Bürgschaftsleistung eines andern höhern Wesens für die Wahrheit unseres Denkens; dasselbe ist sonach kein logisches, sondern ein blos autoritatives.

18. Weder die mit dem Schleier der göttlichen Allmacht, hinter welchem auch das Unmögliche möglich wird, sich deckende unbegreifliche göttliche Assistenz, noch die anscheinende Verbesserung derselben durch das System der sogenannten gelegenheitlichen Ursachen (Occasionalismus), durch welches letztere die Gottheit aus dem erhabenen Dunkel des Nichtwissens herabgezogen und zu einem das Denken mit dem Sein vermittelnden „deus ex machina" (Leibnitz) erniedrigt wird, beseitigt die Schwierigkeit. Dieselbe hört dagegen auf, wenn deren Ursache, die qualitative Verschiedenheit des Denkens und seines Andern (der Materie) aufgehoben und entweder, wie Leibnitz und der Spiritualismus thaten, die Materie in Geist verwandelt (spiritualisirt), oder, wie Hobbes und die Materialisten lehrten, der Geist in Materie verwandelt (materialisirt) wird. Jene machen die Materie zu einem zwar „bene fundatum", aber doch nur zu einem „phänomenon" des Geistes, so dass der Geist — diese den Geist zu einem „Hirngespinnst" d. i. zu einem blossen Phänomen der Materie, so dass diese allein das wahrhaft existirende ist. Zwischen dem Denken und einem Sein, das selbst wieder Denken (Idealismus) — und dem Sein und einem Denken, das selbst wieder Sein ist (Realismus) — aber ist Uebereinstimmung möglich.

19. Allerdings nur, wenn zwischen Denkendem und Denkendem einer-, wie zwischen Seiendem und Seiendem andererseits Causalitätsverband denkbar ist. Wenn das Denken, wie die

Materialisten wollen, selbst materiell, der Geist nichts anderes als
ein feinerer Körper ist, liegt nichts Widersprechendes darin, dass
zwischen Geist und Materie in demselben Sinn Wechselwirkung
stattfinde, wie zwischen den Corpuskeln oder körperlichen
Elementen der Materie selbst; wenn dagegen, wie die Spiritualisten
wollen, zwischen dem immateriellen Denkenden und den gleichfalls
immateriellen, folglich ihrer qualitativen Beschaffenheit nach vom
Denken nicht verschiedenen, also selbst als „denkend" gedachten
Elementen der Materie (unkörperlichen Atomen, Monaden,
„Seelen") gegenseitiger Einfluss (influxus physicus) herrschen
sollte, so wäre dies nur unter der Voraussetzung möglich, dass sich
dieselben von dem einen Theile ablösten und von dem andern
aufgenommen würden. Beides aber ist unmöglich, da von einem
Immateriellen, also Theillosen, kein Theil sich abscheiden lässt und
an dem Ort eines anderen Immateriellen, der als Sitz eines
Theillosen selbst ohne Theile (ein einfacher Punkt) sein muss, für
einen neu hinzutretenden kein Platz vorräthig ist, das heisst, weil,
wie Leibnitz sagte, die Monaden keine Fenster haben. Soll dessen
ungeachtet zwischen dem Geiste und dem Rest des aus Monaden
bestehenden Universums Uebereinstimmung d. i. Harmonie
bestehen, so muss diese letztere von aussen, also wie bei Descartes
durch die Gottheit, nur weder auf unbegreifliche (durch
schlechthinige Allmacht), noch auf unwürdige („deus ex machina")
Weise, sondern, wie es der Gottheit allein würdig ist, auf einem von
Ewigkeit her erkannten, gewollten und geschaffenen Wege als
prästabilirte Harmonie hergestellt werden.

20. Allein gesetzt auch, es bestünde einerseits zwischen Denken
und Denken (Idealismus), andererseits zwischen Sein und Sein
(Materialismus) je wirklicher Causalverband, so wäre die dadurch
ermöglichte Uebereinstimmung, in welcher das Wissen bestehen
soll, doch nur im ersten Fall eine Uebereinstimmung des Denkens
mit Denken, also mit sich selbst, im zweiten Fall eine
Uebereinstimmung des Seins mit Sein, also wieder mit sich selbst,
in keinem von beiden aber jene Uebereinstimmung des Denkens mit
Sein, in welcher der Annahme zufolge das Kriterium der Wahrheit
gelegen sein soll.

21. Weder die Unabhängigkeit beider, noch die nur scheinbare
Verschiedenheit eines der beiden Elemente des Wissens (Denken
und Sein) macht deren Uebereinstimmung mit und unter einander
möglich; als dritter Fall ist zu untersuchen, ob die Einerleiheit beider

dieselbe gestatte. Wenn Denken und Sein zwar der Art nach
unterschieden, aber weder, wie im Idealismus, nur das Denken,
noch, wie im Materialismus, nur das ausgedehnte (materielle) Sein
ist, sondern beide, wie der Spinozismus will, Seiten eines Dritten
ihnen gemeinsam zugrundeliegenden (der alleinen Substanz) sind,
so sind Denken und Sein dem Wesen nach substantiell identisch d.
h. das Denken ist dasselbe was das Sein, und dieses was jenes. Es
findet jedoch ebendeshalb zwischen beiden keine „Harmonie"
(Uebereinstimmung) statt, denn eine solche setzt Verschiedenheit
der Uebereinstimmenden (Gegensatz in der Einheit), nicht
Einerleiheit der Aufeinanderbezogenen (Einheit ohne Gegensatz)
voraus.

22. Weder Uebereinstimmung mit sich selbst (wie im Idealismus
und Materialismus), noch Identität (wie im Spinozismus) ist
Harmonie; Leibnitz ist nicht, wie Moses Mendelssohn behauptete,
durch Spinoza auf die Idee der prästabilirten Harmonie geführt
worden. Jene ist blos formale, diese ist keine Uebereinstimmung.
Das materiale, in der Uebereinstimmung des Denkens mit dem Sein
bestehende Kriterium des Wissens ist weder auf dem Standpunkt
des (metaphysischen) Dualismus, noch des (idealistischen oder
materialistischen) Monismus, noch der (pantheistischen oder
atheistischen) Identitätslehre brauchbar.

23. Dasselbe ist jedoch auch überhaupt unbrauchbar. Denn gesetzt,
es fände zwischen Denken und Sein wirklich und thatsächlich
Uebereinstimmung statt, so würde, um sich über dieselbe
Gewissheit zu verschaffen, eine Vergleichung zwischen dem Inhalt
des Denkens mit jenem des Seins erforderlich sein. Da nun, um
letztere zu bewerkstelligen, der Inhalt des Seins selbst gedacht, als
gedachter Inhalt aber selbst Gedanke (Denken) sein müsste, so
würde in obiger Vergleichung nicht, wie es verlangt ist, Denken mit
Sein, sondern Denken mit Denken (g e d a c h t e m Sein)
verglichen, d. h. das Sein selbst (als u n g e d a c h t e s ,
Nichtdenken) bliebe unverglichen. Das materiale Kriterium des
Wissens, die Uebereinstimmung zwischen Denken und Sein wäre
unerkennbar.

24. Dasselbe ist daher, logisch betrachtet, weder an sich noch für
uns möglich. Kann aber das Kriterium des Wissens nicht material in
der Uebereinstimmung des Denkinhalts mit dem Seinsinhalt
gefunden, so muss es ausschliesslich in ersterem (als formales)

gesucht werden. Die Entscheidung, ob ein Denken Wissen d. i.
wahres Denken sei, kann nur auf Grund der Beschaffenheit des
Inhalts desselben, rein als solcher betrachtet, gefällt werden. Dass
damit der Bestand eines von demselben unterschiedenen Sein weder
verneint, noch, was schon Aristoteles und Kant verboten, das
Denken für das einzige Sein erklärt werde, ist selbstverständlich.

25. Mit der Behauptung, dass das Kriterium der Wahrheit des
Denkinhalts in diesem selbst enthalten sei, ist weder ausgesprochen,
dass jeder beliebige Inhalt des Denkens eo ipso als Denkinhalt wahr,
wie der Panlogismus, noch dass jeder Denkinhalt falsch sei, wie der
absolute Skepticismus behauptet. Ersterer, welchem das Denken
mit dem Wissen, das thatsächliche mit dem vernünftigen Denken in
Eins zusammenfällt, ist logischer Optimismus; der letztere, dem
jegliches (wirkliche und vernünftige, gleichviel) Denken als
Denkillusion (Scheinwissen) erscheint, ist logischer Pessimismus;
beide insofern sie von einem günstigen oder ungünstigen Vorurtheil
bezüglich des Denkens als Wissens ausgehen, sind unkritischer
(positiver oder negativer) Dogmatismus.

26. Dass wenigstens einige Denkinhalte falsch seien, folgt
nothwendigerweise daraus, weil es dergleichen gibt (a, non-a), die
sich untereinander selbst aufheben d. h. von denen der eine mit dem
andern im Denken unverträglich ist; dass es wenigstens einigen
Denkinhalt gibt, der wahr d. h. wenigstens einiges Denken, das
Wissen ist, folgt daraus, weil das Gegentheil dieser Behauptung, das
Wissen, dass es kein Wissen gebe, sich selbst aufhebt. Aufgabe der
Logik bleibt es nun, diejenigen Merkmale, durch welche derjenige
Denkinhalt, der Wissen (Erkenntniss), von demjenigen, der
Scheinwissen (Irrthum) ist, sich unterscheide, aufzustellen.

27. An jedem Denkinhalt ohne Ausnahme lässt sich zweierlei
unterscheiden: die Art, w i e er dem Denken, und das W a s ,
welches in demselben dem Denken gegeben ist. In ersterer Hinsicht
unterscheiden wir unwillkürliches (ohne, ja wider den Willen des
Denkenden demselben aufgezwungenes) und willkürliches (aus
dem eigenen Wollen des Denkenden entsprungenes) Gegebensein;
im ersteren Sinne vermittelter Denkinhalt kann (in engerer
Bedeutung) g e g e b e n e r , im letzteren Sinne entstandener wird
dann g e m a c h t e r heissen. Im Hinblick auf das W a s
unterscheiden wir verwandten und nicht verwandten, aber
verträglichen Denkinhalt; unter dem verwandten weiters ganz oder

theilweise identischen und unverträglichen (sich conträr oder
contradictorisch ausschliessenden) Denkinhalt.

28. In Bezug auf das W i e des Gegebenseins gilt, dass der
unwillkürlich gegebene (also unabweisliche) Denkinhalt,
desgleichen derjenige ist, den wir als Thatsache zu bezeichnen
pflegen — was den Anspruch betrifft, für Wissen zu gelten —
(alles Uebrige gleichgesetzt), vor dem willkürlich gemachten den
Vorzug hat. Ersterer kann als nothwendige Bildung
(Repräsentation), letzterer darf als Einbildung (Imagination)
bezeichnet werden. Dass daraus, dass ein gewisser Denkinhalt
unwillkürlich gegeben ist, zwar geschlossen werden dürfe, die
Entstehung desselben sei durch eine von dem Willen des Denkenden
verschiedene Ursache, keineswegs aber voreilig gefolgert werden
dürfe, sie sei durch eine von ihm gänzlich verschiedene, nicht nur
ausserhalb seines Intellects, sondern auch ausserhalb seines Leibes
gelegene, also durch eine sogenannte äussere Ursache erzeugt,
braucht kaum erst erwähnt zu werden. Ebensowenig, dass aus dem
Umstand, dass die Unwillkürlichkeit des Gegebenseins auf eine vom
Willen des Denkenden verschiedene Ursache zu schliessen erlaubt,
keineswegs zu folgern gestattet sei, dass diese selbst der
Beschaffenheit jenes Denkinhalts ähnlich beschaffen sein müsse, da
sich, wie oben bemerkt, ohne (unmögliche) Vergleichung des
Denkinhalts mit dem jenseits desselben gelegenen Seinsinhalt über
das wechselseitige qualitative Verhältniss beider nichts ausmachen
lässt.

29. Der Vorzug des gegebenen vor dem gemachten Denkinhalt wird
desto begründeter sein, je energischer, je häufiger und in je
vollkommenerer Anordnung derselbe gegeben ist. In ersterer
Hinsicht wird unter gleichen Verhältnissen der lebhaftere vor dem
minder lebhaft, der klare und deutliche vor dem dunkel, der
dauerhafte und sich behauptende vor dem augenblicklich und
flüchtig gegebenen Denkinhalt — in zweiter Hinsicht der wiederholt
vor dem nur einmal, der häufig vor dem selten, der auch Anderen in
gleicher Weise vor dem nur dem Einen gegebenen Denkinhalt — in
dritter Hinsicht der in regelmässiger Folge ursprünglich gegebene
vor dem zerstreuten und sprunghaft gegebenen, der in gleich
regelmässiger Folge wiederkehrende vor dem in seiner an sich
regelmässigen Reihenfolge unregelmässig wiederkehrenden, der
auch in Andern in der nämlichen Anordnung wiederkehrende vor
dem bei jedem in anderer Reihenfolge gegebenen Denkinhalt in

Bezug auf den Anspruch, als Wissen gelten zu dürfen, den Vorrang
haben.

30. Das Was des Gegebenen macht dabei keinen Unterschied,
ebensowenig ob das o h n e oder wider den Willen des Denkenden
dem Denken Aufgedrungene demselben durch einen von aussen
(Sinnen-) oder durch einen von innen kommenden (Bewusstseins-)
Zwang aufgenöthigt ist. Ersteres ist bei den Thatsachen der
sogenannten äusseren, dieses bei jenen der sogenannten inneren
Erfahrung der Fall. Unter die ersteren gehört, dass wir unter
bestimmten Umständen keine anderen als gewisse
Sinnesempfindungen haben (Augenschein), zu den letzteren, dass
wir mit oder nach einander in das Bewusstsein eingetretene
Empfindungen unter einander verbinden müssen (Ideenassociation),
sowie dass wir Denkinhalte, die ein gewisses Verhältniss unter
einander haben, entweder (wenn sie gleich oder ähnlich sind)
zugleich denken müssen, oder (wenn sie entgegengesetzt sind),
nicht zugleich denken können (Denkgesetz der Identität und des
Widerspruchs). Im ersteren Fall wird der Zwang durch die Sinne,
im zweiten und dritten durch die Natur des Bewusstseins, und zwar
der Zwang zur Verknüpfung gleichzeitiger oder successiver
Vorgänge durch die sogenannte „Enge des Bewusstseins" —
dagegen der Zwang, gewisse Gedanken zugleich denken zu müssen
oder nicht zugleich denken zu können, durch deren Inhalt
(logischer oder Denkzwang) ausgeübt. In diesem Sinne sind nicht
nur die einzelnen Sinnesthatsachen, sondern ist die (im Sinne
Kant's) transcendentale Thatsache der Beschaffenheit unserer
Sinnlichkeit und sind nicht blos die einzelnen
Bewusstseinsthatsachen, sondern ist die (gleichfalls
transcendentale) Thatsache unserer Bewusstseins- und
Denkorganisation (die thatsächlichen Naturgesetze des
Bewusstseins, die Denkgesetze) ein dem Denken unwillkürlich d. h.
unabhängig vom Willen des Denkenden Gegebenes (Zufälliges), so
dass an sich auch eine andere Organisation der Sinne wie des
Bewusstseins d. h. ein anders geartetes Erkenntnissvermögen (als
gleichfalls transcendentale Thatsache) sich denken liesse.

31. Wie bei der Frage nach dem Gegebensein des Denkinhalts von
dessen Was, so wird bei jener nach dem Was des Denkinhalts von
dessen Gegebensein abgesehen. Da nun in Bezug auf den Umstand,
dass sie Denkinhalt sind, sämmtliche Denkinhalte einander gleichen,
so lässt sich daraus allein, dass ein gewisses Was Inhalt des

Denkens ist, kein Schluss auf dessen Wahrheit oder Falschheit machen. Die Betrachtung der Besonderheit des Was der einzelnen Denkinhalte aber gehört nicht mehr in die Logik, sondern in die besonderen Wissenschaften, deren Inhalt sie ausmachen (z. B. der Begriff des Seienden in die Metaphysik, der des Guten in die Ethik etc.). Dagegen lässt sich aus dem Verhältniss, in welchem verschiedene Denkinhalte ihrem Was nach unter einander stehen (z. B. aus dem Verhältniss ihrer Congruenz oder Incongruenz) sehr wohl eine Folgerung machen, was, wenn der eine derselben als wahr oder falsch angenommen oder erwiesen wird, mit dem anderen in Bezug auf Wahrheit oder Falschheit vor sich gehen müsse. Die auf letzterem Wege möglichen Folgerungen müssen aus einer vollständigen Aufzählung der zwischen Denkinhalten ihrem Was nach möglichen Verhältnisse sich vollständig ergeben.

32. Da nun die einzelnen Denkinhalte ihrem Was nach unter einander nur entweder verwandt oder nicht verwandt (disparat), die verwandten aber nur entweder ganz oder theilweise identisch oder entgegengesetzt sein können, so ergibt sich als Uebersicht der zwischen verschiedenen Denkinhalten ihrem Was nach möglichen Verhältnisse folgendes Schema: (ganze oder theilweise) Identität, Gegensatz, Disparatheit.

33. Ganz oder theilweise identische Denkinhalte haben das Eigenthümliche, dass sie einander bedingen, so dass, sobald der eine (a oder a b) gedacht wird, ebendadurch auch der andere (a ist a; a b ist a) ganz oder theilweise gedacht wird. Entgegengesetzte Denkinhalte haben das Eigenthümliche, dass sie einander ausschliessen d. h. dass entweder nur, wenn der eine gedacht wird, der andere nicht gedacht werden kann (conträrer Gegensatz: a ist nicht b), oder so, dass zugleich, wenn der eine nicht gedacht wird, der andere gedacht werden muss (contradictorischer Gegensatz: wenn nicht a ist, so ist non-a). Disparate Denkinhalte haben das Eigenthümliche, dass sie einander im Denken weder bedingen noch ausschliessen, so dass, wenn der eine gedacht wird, auch der andere gedacht werden kann, aber weder der andere noch sein Gegentheil gedacht werden muss (z. B. diese Rose ist roth — sie könnte aber auch weiss sein). Ganz oder theilweise identische, sowie disparate Denkinhalte sind daher unter einander verträglich — entgegengesetzte dagegen unverträglich. Zwischen ganz oder theilweise identischen Denkinhalten findet für das Denken eine vom Inhalt derselben ausgehende Nöthigung statt, vom Denken des

einen zu jenem des andern überzugehen. Bei entgegengesetzten
Denkinhalten findet für das Denken eine vom Inhalt derselben
ausgehende Nöthigung statt, vom Denken des einen zum Denken
des Gegentheils des anderen überzugehen. Bei disparaten
Denkinhalten findet eine vom Inhalte derselben ausgehende
Nöthigung für das Denken von einem zum andern überzugehen,
überhaupt nicht statt, sondern wenn eine solche eintreten soll, so
muss sie durch etwas vom Inhalt derselben Verschiedenes, also
entweder durch eine äussere, vom Willen des Denkenden
unabhängige Ursache (z. B. den Augenschein) oder durch eine
innere, vom Intellect unabhängige Ursache (z. B. die Willkür des
Denkenden) herbeigeführt werden. Erstere heissen daher einhellig
(consonirend), entgegengesetzte misshellig (dissonirend), disparate
blos einstimmig.

34. Gänzlich identische Denkinhalte können, da es nach dem
principium identitatis indiscernibilium zwei mit einander völlig
übereinkommende Dinge überhaupt nicht geben kann, auch nicht
zwei sondern müssen nothwendig ein und derselbe d. h. als
Denkinhalt einzig sein; solche können daher auch kein Verhältniss
unter einander haben. Dagegen kann es sehr wohl Denkinhalte
geben, welche, obgleich dem Was ihres Inhalts nach nicht
identisch, doch ihrem Umfang nach identisch sind; in welchem Fall
dieselben äquipollent heissen (z. B. Wechselbegriffe). Theilweise
identische Denkinhalte können entweder in der Weise identisch sein,
dass der eine ganz in dem andern, aber nicht umgekehrt dieser in
jenem enthalten ist, in welchem Fall derjenige, welcher den andern
in sich enthält, der übergeordnete, derjenige, welcher in dem andern
enthalten ist, der untergeordnete heisst; oder dieselben sind so
beschaffen, dass jeder ausser dem ihm mit dem anderen
Gemeinsamen noch etwas Besonderes enthält, so dass beide diesem
Gemeinsamen untergeordnet, unter einander aber beigeordnet sind.
Im ersteren Fall ist der im anderen enthaltene Denkinhalt unter
diesem s u b s u m i r t, im zweiten Falle jeder der beiden dem ihnen
gemeinsamen s u b o r d i n i r t; von den äquipollenten wird der eine
dem anderen s u b s t i t u i r t.

35. Von unter einander subsumirten Denkinhalten gilt, dass wenn
der subsumirende Denkinhalt wahr oder falsch, auch der darunter
subsumirte entsprechend eines von beiden sei. Der subsumirende
heisst in Bezug auf den subsumirten der weitere, dieser dagegen der
engere Denkinhalt und es gilt der Satz, dass das von dem weiteren

Behauptete oder Ausgeschlossene ebendarum auch von dem
engeren behauptet oder ausgeschlossen, keineswegs aber das von
dem engeren Behauptete und Ausgeschlossene auch von dem
weiteren behauptet und ausgeschlossen sei. Durch die Fortsetzung
dieses Verhältnisses, indem jeder einen anderen subsumirende
Denkinhalt seinerseits selbst wieder unter einen anderen subsumirt
erscheint, gelangt man zu Denkinhalten, welche die weiteste —
durch die Fortsetzung desselben in umgekehrter Richtung, indem
jeder subsumirte Denkinhalt seinerseits einen anderen als unter sich
subsumirend erscheint, gelangt man zu Denkinhalten, welche die
engste Geltung besitzen. Jenes Verfahren selbst kann als
Subsumtions-, und zwar entweder als analytische (Generalisations-)
Methode, welche von — dem Inhalt nach reicheren, aber dem
Umfang nach engeren — Denkinhalt zu — dem Inhalt nach
ärmeren, aber dem Umfang nach weiteren — Denkinhalt
hinaufsteigt, oder als synthetische (Restrictions-) Methode, wenn
sie von — dem Inhalt nach ärmeren, aber dem Umfange nach
weiteren — Denkinhalt zu — dem Inhalt nach reicheren, aber dem
Umfang nach engeren — Denkinhalt hinabsteigt, bezeichnet
werden.

36. Von einander coordinirten (beigeordneten), einem gemeinsamen
dritten subordinirten Denkinhalten gilt, dass der Inhalt des
übergeordneten in dem Inhalt jedes der beiden oder mehreren
untergeordneten, aber nicht umgekehrt, enthalten und der Umfang
des übergeordneten der Summe der Umfänge sämmtlicher
demselben untergeordneten Denkinhalte congruent sein müsse. Der
übergeordnete Denkinhalt heisst in diesem Sinne der höhere, die
demselben unter-, zugleich aber unter sich einander beigeordneten
Denkinhalte heissen die niederen. Durch die Fortsetzung dieses
Verhältnisses, indem der subordinirende höhere Denkinhalt
seinerseits einem höheren subordinirt erscheint, gelangt man zum
höchsten — durch dessen Fortsetzung in entgegengesetzter
Richtung: indem die subordinirten niederen Denkinhalte je wieder
anderen als unter sich subordinirend erscheinen, gelangt man zum
niedersten Denkinhalt. Von dem höheren Denkinhalt gilt der Satz,
dass, was von demselben behauptet oder ausgeschlossen, auch von
dessen niederen behauptet oder ausgeschlossen, keineswegs zwar,
was von nur einem oder mehreren der niederen behauptet, auch
von dem höheren behauptet, wohl aber, dass dasjenige, was von
sämmtlichen niederen ausgeschlossen, auch von dem höheren
ausgeschlossen sei. Das Verfahren, das auf die Fortsetzung jenes

Verhältnisses sich gründet, heisst die Subordinations-, und zwar die Abstractions- (Inductions-) Methode, wenn sie von niederen zu höheren Denkinhalten hinauf-, die Determinations- (Deductions-) Methode, wenn sie von höheren zu niederen Denkinhalten hinabsteigt.

37. Von einander äquipollenten, substituirbaren Denkinhalten gilt, wenn der eine wahr oder falsch, dass es auch der andere sei (z. B. was vom gleichseitigen Dreieck gilt, gilt auch vom gleichwinkeligen). Durch die Fortsetzung dieses Verhältnisses, so dass der einem andern äquipollente Denkinhalt seinerseits einem dritten äquipollent ist, entsteht die Substitutions-, wenn wir die sich gleichbleibende Identität des Umfanges, oder die Transmutationsmethode, wenn wir die von einem zum andern eintretende Aenderung des Inhalts im Auge haben. Dieselbe findet ihre Verwendung zumeist in den mathematischen Wissenschaften, in welchen z. B. $\sqrt[m]{\sqrt[n]{a}} = \sqrt[mn]{a}$ gesetzt, also bei verändertem Inhalt derselbe Umfang behalten wird. Während das Subsumtions- und Subordinationsverfahren auf wahrer und vollständiger Identität beruht, indem die Identität des Inhalts die des Umfangs nach sich zieht, beruht das Substitutionsverfahren zwar auf wirklicher, aber unvollständiger Identität, indem bei Einerleiheit des Umfangs Verschiedenheit des Inhalts herrscht. Dasselbe bildet daher bereits den Uebergang von dem Verhältniss der Identität zu jenem der Nichtidentität d. i. der Disparatheit der Denkinhalte.

38. Disparate Denkinhalte haben mit äquipollenten das gemein, dass sie verschiedenen Inhalt, gehen aber dadurch über dieselben hinaus, dass sie auch verschiedenen Umfang haben. Daraus folgt, dass während bei den äquipollenten der Uebergang von einem zum andern zwar nicht, wie bei den identischen, mittels des Inhalts, aber doch mittels des beiderseitigen Umfanges, also immer noch durch reines Denken erfolgt — bei den disparaten derselbe weder aus der Betrachtung des Inhalts, noch aus jener des Umfangs, also auch nicht aus dem reinen Denken geschöpft, sondern allein durch etwas von diesem Unterschiedenes, z. B. durch eine Anschauung, welche beide Denkinhalte verbunden aufweist, vermittelt werden kann. Während daher die Verknüpfung zwischen identischen und äquipollenten Denkinhalten analytisch d. i. so erfolgt, dass und weil der mit dem andern verknüpfte Denkinhalt, sei es seinem Inhalt

(wie bei den identischen), sei es seinem Umfange nach (wie bei den
äquipollenten) bereits in diesem enthalten ist, erfolgt dieselbe bei
disparaten Denkinhalten synthetisch d. i. so, dass der eine zu dem
andern als (ein dem Inhalt und Umfang nach) völlig neuer
hinzugefügt wird. Grund der Verbindung ist bei jenen ein innerer,
der so lange besteht, als Inhalt oder Umfang der mit einander
verknüpften Denkinhalte derselbe bleiben; Grund der Verbindung ist
bei diesen ein äusserer und die Verbindung besteht nur so lange, als
dieser Grund besteht. Verbindungen ersterer Art sind daher nicht
nur nothwendig, weil und so lange die Denkinhalte dieselben
bleiben, sondern auch allgemein, weil der Denkinhalt, von so Vielen
und so oft er gedacht werden mag, immer derselbe bleibt.
Verbindungen letzterer Art dagegen sind nicht nur zufällig, weil der
Grund derselben ein äusserer, sondern auch individuell oder
höchstens particulär, weil der äussere Grund derselben jederzeit nur
für den einzelnen Denkenden, und zwar in diesem bestimmten Fall,
bestenfalls für mehrere Denkende und mehrere Einzelfälle als der
gleiche vorhanden ist, keineswegs aber für alle Denkenden und
ebensowenig in allen Einzelfällen derselbe sein muss. Jene, zu
welchen noch die später zu betrachtenden, auf dem Verhältniss des
Gegensatzes beruhenden Trennungen und Verknüpfungen von
Denkinhalten hinzukommen, können mit dem für allgemeine und
nothwendige Denkverbindungen seit Lambert und Kant
gebräuchlich gewordenen Ausdruck apriorische, letztere (z. B. die
durch sinnliche Anschauung herbeigeführten) Verbindungen
können, da dieselben nicht mit den Denkinhalten ursprünglich
gegeben, sondern zwischen denselben erst nachträglich (z. B.
durch Erfahrung) entstanden sind, aposteriorische genannt werden.

39. Apriorische Denkverbindungen sind daher stets analytisch oder
(wie die mathematischen) äquipollent; synthetische dagegen weder
sämmtlich (wie der rationale Dogmatismus lehrte), noch
wenigstens zum Theile (wie der zum Kriticismus herabgedämpfte
ursprünglich radicale Skepticismus Kant's einräumte) apriorisch,
sondern sämmtlich aposteriorisch. Das (mathematische) Vorurtheil
Kant's, welches darin bestand, dass er sämmtliche mathematische
Urtheile für synthetisch hielt, hat denselben im Zusammenhang mit
dessen unbegrenzter Verehrung für die Mathematik als
Wissenschaft dahin geführt, ihr zu Liebe, da die mathematischen
Sätze seiner Ansicht nach synthetisch waren und dennoch
allgemein und nothwendig wahr sein sollten, apriorische Synthesen
zuzulassen und, da dieselben durch Anschauung vermittelt sein

mussten, durch sinnliche Anschauung aber keine apriorische d. i.
allgemeine und nothwendige Verbindung hergestellt werden kann,
gleichfalls ihr zu Liebe eine besondere, psychologisch nicht
nachweisbare Art von Anschauung, die von ihm sogenannte „reine
Anschauung", zu erfinden. Dieselbe sollte einerseits, wie die
sinnliche Wahrnehmung, A n s c h a u u n g , andererseits, wie die
sinnliche Wahrnehmung n i c h t , allgemein und nothwendig d. h.
sie sollte a und non-a, Thesis und Antithesis zugleich (ein logisches
Wunder) sein; als thatsächliche Erscheinungen einer solchen
bezeichnete er die Vorstellungen des Raumes und der Zeit, die er
beide der Einzigkeit ihrer beziehungsweisen Gegenstände halber für
Anschauungen, und zwar der sinnlich unwahrnehmbaren
Beschaffenheit dieser wegen für „reine Anschauungen" erklärte.
Die Anschauung des Raumes legte er als vermittelnde den
g e o m e t r i s c h e n , jene der Zeit den a r i t h m e t i s c h e n
Synthesen zu Grunde.

40. Den Beweis für die synthetische Natur des mathematischen
Urtheils schöpft Kant aus dem Umstand, dass sowol das Prädicat
des arithmetischen Urtheils: 5 + 7 = 12, wie das des geometrischen
Urtheils: die Gerade ist die kürzeste zwischen zwei Punkten, etwas
vom Subjecte derselben Verschiedenes enthalte: das Prädicat 12 sei
nämlich weder mit 5, noch mit 7, das Prädicat „kürzeste Linie
zwischen zwei Punkten" nicht mit „die Gerade" identisch. Das
Urtheil 5 + 7 = 12 sagt aber weder, dass 5, noch, dass 7 jedes für
sich gleich 12, sondern besagt, dass die Summe beider 5 + 7 = 12
sei d. h. dass die Vorstellung (5 + 7) der Vorstellung 12 zwar nicht
(dem Inhalt nach) gleich sei, aber (dem Umfang nach) gleich
g e l t e d. h. wie jeder Mathematiker weiss, die eine für die andere
substituirt werden könne. Dasselbe ist bei dem geometrischen
Urtheil der Fall; es ist richtig, dass die Vorstellung „Gerade" nicht
dem Inhalt nach eins mit der Vorstellung „kürzeste Linie zwischen
zwei Punkten" ist; unrichtig aber ist, dass sie derselben nicht
äquipollent d. h. dass nicht jede Linie, die eine Gerade, auch die
zwischen zwei Punkten — ihrem Anfangs- und Endpunkt —
gelegene kürzeste sei. Der Uebergang vom Subject zum Prädicat
wird daher wirklich in beiden Fällen nicht, wie Kant meinte,
s y n t h e t i s c h durch eine von aussen hinzutretende (weder
durch eine r e i n e , noch, wie die heutige „inductive Mathematik"
wähnt, sinnliche) Anschauung, sondern ausschliesslich
a n a l y t i s c h durch die Betrachtung des Umfanges beider im
reinen Denken vermittelt.

41. Der Irrthum Kant's entsprang daher, dass er äquipollente
Urtheile nicht für identisch und folglich jedes seiner Ansicht nach
nicht (ganz oder theilweise) identische Urtheil für synthetisch hielt.
Mathematische Urtheile, in welchen Subject und Prädicat wie bei
den zu beiden Seiten des Gleichheitszeichens stehenden Ausdrücken
dem Worte nach verschieden lauten, dem Werthe nach ohne
Schädigung untereinander vertauscht werden können, galten ihm
für apriorische Synthesen, während sie, wie oben gezeigt, zwar
apriorisch, aber analytisch sind. Da ihm, wie er sich ausdrückte,
sämmtliche analytische Urtheile zwar richtig, aber nicht wichtig, die
mathematischen dagegen nicht nur richtig, sondern auch wichtig
erschienen, so hätte er, indem er die letzteren für analytische
erklärte, dieselben in ihrer wissenschaftlichen Würde herabzusetzen
geglaubt; dieselben mussten daher um jeden Preis von den
analytischen getrennt bleiben.

42. Die Unwichtigkeit analytischer Denkverbindungen hatte für
Kant darin ihren Grund, dass dieselben zu dem schon bekannten
nichts neues hinzufügten. Dieselbe bezog sich daher nicht sowohl
auf die Haltbarkeit der durch analytische Betrachtung vermittelten
Verbindungen gewisser Denkinhalte, als vielmehr auf den durch
dieselben zu bewerkstelligenden Erkenntnissfortschritt des
Denkenden von Bekanntem zu Unbekanntem. Weil in letzterer
Hinsicht das analytische Urtheil in seinem Prädicat das Subject nur
ganz oder theilweise zu wiederholen schien, wurde dasselbe von
ihm im besten Falle als eine unnütze Tautologie, in allen anderen
Fällen als ein Herabsteigen von einer höheren auf eine niedere,
bereits überwundene Erkenntnissstufe angesehen. Regressives
Subsumtions- und inductives Subordinationsverfahren waren ihm
zufolge nichts weiter als Auslösen eines Theiles aus einem schon
bekannten Inhalt, durch welchen derselbe zwar „erläutert", unsere
Erkenntniss selbst jedoch keineswegs „erweitert" werde. Des
Substitutions- als eines Verfahrens, durch welches ein beständiges
idem per idem erzeugt werde, hielt Kant in seinem Bemühen um
Ausdehnung der Grenzen der Erkenntniss es nicht einmal der Mühe
für werth, Erwähnung zu thun.

43. Von diesem Standpunkt aus allerdings mit Recht, wenn es wahr
wäre, dass das Substitutions- d. i. das Verfahren, einen gegebenen
Denkinhalt durch einen demselben äquipollenten zu ersetzen d. h.
den gegebenen zu t r a n s m u t i r e n , in der That für das Erkennen
keinen Fortschritt bedeutete. Während aber derjenige, der an der

Stelle des subsumirenden den jeweilig subsumirten oder an der
Stelle des concreten (subordinirten) nur den abstracten
(subordinirenden) Denkinhalt besitzt, in der That sozusagen „der
Masse nach" weniger besitzt als er vorher besass, und nichts, was
er nicht schon vorher besass, besitzt derjenige, der an der Stelle des
ursprünglich gegebenen Denkinhalts einen demselben äquipollenten,
aber transmutirten Denkinhalt gewonnen hat — zwar „der Masse
nach" (wenigstens was den Umfang betrifft) nicht mehr, als er
besass, er besitzt aber etwas, was er vorher entschieden nicht
besass, anstatt des ursprünglichen alten den durch Transmutation
an dessen Stelle getretenen neuen Denkinhalt. Dasselbe stellt, zwar
nicht dem Umfang, aber der Qualität des Gedachten nach, wirklich
eine Bereicherung des Denkenden dar.

44. Subsumtions- und Subordinationsverfahren machen daher, wie
Kant's analytische Urtheile, in der That blosse Erläuterung,
Substitutions- und synthetisch-aposteriorisches d. i. empirisches
Verfahren machen, wie Kant's synthetische Urtheile, eine wirkliche
Erweiterung unserer Erkenntniss, und zwar das erstere mit
allgemeiner und nothwendiger, das letztere allerdings nur mit mehr
oder weniger beschränkter und mehr oder weniger zuverlässiger,
auch im besten Fall nur wahrscheinlicher, niemals ausnahmsloser
(unbedingter) Giltigkeit möglich. Erstere beiden eignen daher
vorzüglich den deducirenden, aus dem Allgemeinen das Besondere
ableitenden und classificirenden, das Allgemeine aus dem
Besonderen abstrahlenden Wissenschaften, während das
Substitutionsverfahren in den rein mathematischen, das empirische
dagegen in den Erfahrungswissenschaften zu Hause ist. Die
erstgenannten gehen von einem bereits erreichten
Erkenntnissvorrath an Allgemeinem aus, um durch Analyse
desselben das darin eingeschlossene Besondere sich zum
Bewusstsein zu bringen. Die zweitgenannten gehen von einem
bereits gewonnenen Erkenntnissvorrath an Besonderem aus, um
durch Ausscheidung des Abweichenden und Zusammenfassung des
Gemeinsamen das in demselben gleichsam schlummernde
Allgemeine an's Licht zu ziehen. Die Wissenschaften, welche, wie
die Lehre von den Gleichungen in der Mathematik und die Theorie
von der Erhaltung der Kraft und des Stoffes in der Physik und
Physiologie den seinem Werthe und Umfang nach sich
gleichbleibenden Denk-, wie den seiner Quantität und Qualität nach
sich gleichbleibenden Stoffinhalt, in stets neue Formen sich
umgiessen lassen, suchen dadurch das im ewigen Wechsel

Beharrende und das im ewigen Beharren stets Fliessende zu
gewinnen. Die Erfahrungswissenschaften aber sind darauf aus,
durch natürliche und künstliche Beobachtung (Experiment)
zwischen bis dahin wenn nicht für unverknüpfbar gehaltenem,
doch unverknüpft gebliebenem Denkinhalt neue, bisher unerhörte
Verbindungen in mehr oder weniger weitreichender und dauerhafter
Weise festzustellen.

45. Letztere werden naturgemäss um desto mehr sich befestigen, je
öfter dieselben wiederholt worden; sei es, dass diese Wiederholung
durch eine unwillkürliche d. i. vom Willen des dieselben
verknüpfenden Denkenden unabhängige, also auch ohne ja wider
denselben sich erneuernde, oder eine willkürliche d. i. vom Willen
des Denkenden entweder abhängige, oder mit demselben identische,
also auch mit und durch denselben sich erneuernde Ursache
verursacht sei. Dieselbe ist im ersteren Fall eine gegebene, und so
auch der Grund ihrer Erneuerung ein gegebener; im letzteren Fall
eine gemachte, und so auch der Grund ihrer Erneuerung ein
solcher. Im ersteren Fall wird die Verbindung der disparaten
Denkinhalte durch das Denken so lange bestehen und so oft sich
wiederholen, als die gegebene Ursache besteht und sich erneuert,
im letzteren Fall dagegen so lange und so häufig, als der Wille, sie
zu verbinden, im Denkenden entsteht und sich erneuert. In beiden
Fällen wird im Denkenden in Folge der zunehmenden Wiederholung
eine wachsende Disposition zur Verknüpfung jener an sich durch
nichts auf einander hinweisenden Denkinhalte zu Stande kommen.
Dieselbe wird jedoch im ersten Fall ihren Grund in einem
Gegebenen (also Objectivem), im letzteren Falle in einem Wollen
(Subjectivem) haben, und daher dort als (objective)
G e w o h n h e i t , die dem Denkenden von aussen angewöhnt wird,
h i e r als (subjective) G e w ö h n u n g , zu welcher der Denkende
sich selbst verwöhnt hat, sich festsetzen.

46. Denkverbindungen disparater Denkinhalte, die auf Gewohnheit
beruhen, gestatten darum einen Rückschluss auf jenen Grund,
dessen Folge dieselbe ist, als einen objectiven d. h. unabhängig vom
Willen des Denkenden bestehenden. Solche dagegen, welche nur
auf einer Verwöhnung des Denkenden beruhen, gestatten höchstens
einen Rückschluss auf die subjective Beschaffenheit des Willens des
Denkenden. Ungeachtet der Grund der Verbindung in beiden Fällen
kein logischer (aus dem Inhalt des zu Verbindenden entspringender
Denk-), sondern ein blos psychologischer Zwang ist, welcher in

dem einen Fall durch das Gegebensein des Objects auf den Willen, in dem andern Fall von dem Willen auf das Gegebenwerden des Objects ausgeübt wird, so ist der Grad wie der Grund der Festigkeit in jedem der beiden Fälle ein verschiedener. Derselbe beruht im ersten Fall auf dem Natur- und Fundamentalgesetz des Bewusstseins, durch welches dasselbe genöthigt wird, zugleich oder nach einander Gegebenes, sei es (dem Inhalte nach) Homogenes oder Heterogenes, unter einander dergestalt zu verknüpfen, dass mit dem Einen das Andere gedacht oder nach dem Eintreten des Einen das Eintreten des Anderen erwartet wird (Ideen-Associationsgesetz der Coëxistenz und der Succession). Da die Wirksamkeit desselben unabänderlich ist, so muss, sobald irgend etwas dem Denkenden als zugleich oder nach einander Seiendes gegeben ist, das Denken des Einen mit dem Andern, oder das Erwarten des Einen nach dem Andern ebenso unabänderlich erfolgen, so dass selbst der Wille des Denkenden demselben keinen Einhalt zu thun vermöchte. Diese Unabänderlichkeit des psychischen Vorganges des Verbindens gewisser Denkinhalte in einem und des Erwartens gewisser Denkinhalte nach einander im andern Falle lässt in Folge einer (logisch zwar ungerechtfertigten, aber psychologisch sehr erklärlichen) unwillkürlichen Erschleichung die Sachlage so erscheinen, als ob die vom Denken notwendigerweise mit oder nach einander verknüpften Denkinhalte an sich mit oder nach einander nothwendigerweise verknüpft wären d. h. die Naturgesetzlichkeit des Bewusstseinsvorganges (der Association nach Coëxistenz und Succession) wird auf das Verknüpfte (Objective) selbst als dessen naturgesetzliches Mit- oder Nacheinandersein übertragen. Da nun beispielsweise Eigenschaften (Accidentien) nicht ohne Träger derselben (Substanz) und Wirkungen nicht ohne vorangehende Ursachen gedacht werden können, so liegt darin der Grund, warum Gegebenes, welches dem Denkenden entweder mit oder nach einander gegeben wird, von diesem als im Verhältniss — wenn es zugleich gegeben ist — der Inhärenz d. i. des Accidens zur Substanz — wenn es nach einander gegeben ist — der Causalität d. i. der Wirkung zur Ursache stehend gedacht wird. Hume's Behauptung, dass das Causalgesetz aus der Gewohnheit entspringe und daher nichts anderes als die — durch das ursprünglich beobachtete und zu wiederholtenmalen erneuerte Nacheinanderauftreten gewisser Phänomene — motivirte Erwartung des Wiedereintretens des einen derselben sei, wenn das andere vorangegangen ist, hat daher insofern, als dieselben untereinander völlig disparater Natur sind, berechtigte Geltung.

47. Dagegen beruht in dem Falle, als die Verbindung disparater Denkinhalte nicht durch objectives (gleichzeitiges oder successives) Gegebensein, sondern durch den Willen des Denkenden erfolgt, der Grad und die Dauer ihrer Festigkeit lediglich auf der Energie und der Dauerhaftigkeit dieses Willens. Da nun der letztere, insofern er durch nichts von ihm Unabhängiges beeinflusst (motivirt), sondern lediglich grundlos sich selbst bestimmend (transcendentalfrei, reine Willkür), also im buchstäblichen Sinn des Wortes Eigenwille (Laune, Eigensinn) ist, und als solcher ebenso grundlos vergeht als entsteht, also seiner Natur nach veränderlich (wetterwendisch, launenhaft) ist, so können auch die durch denselben allein herbeigeführten Denkverbindungen nicht anders als veränderlich (Denklaunen, Capricen) sein, welche, so scheinbare Festigkeit dieselben auch besitzen mögen, so lange die sie festhaltende Willensmarotte Bestand hat, dieselbe nicht blos in den Augen Anderer, sondern des Denkenden selbst nothwendig sogleich einbüssen, sobald dessen Eigenwille eine andere Richtung eingeschlagen hat.

48. Auf der durch Gegebenes entstandenen (objectiven) Gewohnheit beruht die unabweisliche (wirkliche), auf der durch Willkür herbeigeführten (subjectiven) Gewöhnung beruht die angebliche (scheinbare) Erfahrung. Jene beansprucht, weil die Naturgesetze des Bewusstseins für alle bewusstseinsfähigen Wesen derselben Gattung dieselben sind, sobald die Bedingungen des Gegebenseins für das Bewusstsein (z. B. die Simultaneität oder Succession) die nämlichen bleiben, auch für alle bewusstseinsfähigen Wesen derselben Gattung die gleiche uneingeschränkte Geltung. Diese kann eine solche höchstens innerhalb des Kreises der Herrschaft desjenigen Willens, auf welchem die ursprüngliche Verknüpfung des Denkinhaltes und deren Bestand beruht, über sich selbst und eventuell über den Willen anderer Denkenden, welche dem seinigen gegenüber als Dienende (Autoritätsgläubige, Willensknechte) sich verhalten, behaupten. Das Verfahren, nach welchem allgemein giltige Erfahrung zu Stande kommt, kann daher allein als erfahrungswissenschaftliche (empirische) Methode, dasjenige dagegen, nach welchem nur individuell oder höchstens in beschränktem Kreise als solche anerkannte d. i. Scheinerfahrung erreicht wird, muss als den Schein erfahrungswissenschaftlicher Methode affectirender, an sich

unwissenschaftlicher E r f a h r u n g s t r u g bezeichnet werden.
Beispiele der ersten liefern alle wirklichen
Erfahrungswissenschaften; das auffälligste Beispiel des letzteren
bietet die auf angeblichen uncontrolirbaren und nur innerhalb des
Kreises gläubiger Jünger als solche anerkannten Erfahrungen
einzelner Auserwählter (z. B. Medien, Geisterseher) — angeblich
unter genauer Beobachtung des methodischen Verfahrens wirklicher
Erfahrungswissenschaft — aufgebaute vermeintliche
Erfahrungswissenschaft von der Geisterwelt (Spiritismus).

49. Wie disparate Denkinhalte mit äquipollenten darin übereinkamen,
dass beiderseits die Denkinhalte ihrem Inhalt nach nicht identisch
waren, so unterscheiden sich dieselben von ihrem Inhalte nach
entgegengesetzten Denkinhalten dadurch, dass die ersteren ihrem
Umfange nach mit einander verträglich, die letzteren dagegen in
Bezug auf diesen unter einander unverträglich sind. Dieselben
schliessen einander entweder in der Weise aus, dass, was in den
Umfang des einen, nicht in den Umfang des andern fällt, in
welchem Fall sie conträr, oder in der Weise, dass zugleich
dasjenige, was nicht in den Umfang des einen, eo ipso in den
Umfang des andern fällt, in welchem Fall sie contradictorisch
entgegengesetzt heissen. Sie können einander aber auch in der
Weise ausschliessen, dass, was in den Umfang des einen, nicht in
den Umfang des andern, was nicht in den Umfang des einen, in den
Umfang des andern fällt, die Umfänge beider aber zugleich den
Umfang eines dritten, beiden übergeordneten Denkinhaltes
ausmachen, in welchem Fall sie subconträr entgegengesetzt
genannt werden. Von conträr entgegengesetzten Denkinhalten gilt,
dass, wenn der eine wahr ist, der andere falsch, von
contradictorisch entgegengesetzten überdies, dass, wenn der eine
falsch ist, der andere wahr sein muss; von subconträr
entgegengesetzten dagegen gilt, dass, weil beider Umfänge in den
Umfang eines dritten fallen und denselben erschöpfen, dasjenige,
was in dem Umfang des einen liegt, nicht in dem Umfang des
andern liegen kann (wie bei den conträren), aber auch, dass, was
nicht in dem Umfang des einen liegt, in dem Umfang des andern
liegen muss (wie bei den contradictorischen Gegensätzen), dass
also, wo a ist, nicht b, dagegen b ist, wo a nicht ist, und weiter,
dass, wo das eine von beiden, auch das beiden übergeordnete dritte
ist, dass also beide subconträr entgegengesetzte zugleich keines das
andere und (in Bezug auf das dritte als „ihre höhere Einheit") eins
und dasselbe sind. Ist der einem andern conträr entgegengesetzte

Denkinhalt seinerseits einem dritten conträr entgegengesetzt, so dass, wenn a wahr ist, b falsch sein muss, so lässt sich aus der Wahrheit von a nicht schliessen, dass nun auch der dem b conträr entgegengesetzte Denkinhalt c wahr sein müsse, wol aber, dass derselbe wahr sein könne, indem aus der Wahrheit von a zwar die Falschheit von b, aus der Falschheit von b aber keineswegs die Wahrheit von c folgt. Lässt sich der einem Denkinhalt a contradictorisch entgegengesetzte Denkinhalt non-a seinerseits wieder in zwei contradictorisch entgegengesetzte Denkinhalte b und non-b spalten, so gilt nicht nur, dass, wenn a wahr ist, sowol b als non-a nothwendig falsch sein müsse, sondern auch, dass, wenn a falsch ist, eines von beiden, b oder non-b nothwendig wahr sein muss. Von subconträr entgegengesetzten Denkinhalten gilt, dass, sobald auch nur einer von beiden wahr ist, ein dritter, der beiden übergeordnete, wahr und daher, wenn dieser selbst einem vierten subconträr entgegengesetzt, auch der ihm und diesem übergeordnete fünfte Denkinhalt wahr sei. Auf die Fortsetzung des ersten Verhältnisses gründet sich das Verfahren, zu einer Reihe conträrer Gegensätze zu gelangen, die alle zugleich wahr, also copulativ verbunden werden können (z. B. die Farbenreihe). Auf die Fortsetzung des zweiten Verhältnisses gründet sich das Verfahren, durch Zerfällung des contradictorisch entgegengesetzten Gliedes in weitere Gegensätze zu einer vollständigen Eintheilung zu gelangen, deren Glieder untereinander disjunctiv getrennt werden können. Auf die Fortsetzung des dritten Verhältnisses gründet sich das construirende oder sogenannte dialektische Verfahren, mittels dessen mit Hilfe stets neu eingeführter subconträrer Gegensätze zu immer neuen sich übereinander aufthürmenden „höheren Einheiten" gelangt wird, deren jede die vorhergehende (nach dem bekannten Hegel'schen Doppelsinn) zugleich aufhebt und „aufhebt" (tollit et servat).

50. Mit dem Verhältniss des Gegensatzes ist die Reihe derjenigen, welche das „w a s" des Denkinhaltes angehen, erschöpft. Mit dem ersten, auf das „w i e" des Gegebenseins sich stützenden, der unwillkürlichen Nöthigung, einen gewissen Denkinhalt zu denken, ergeben sich für die Beurtheilung des Anspruches eines gewissen Denkens, für Wissen gelten zu dürfen, im Ganzen fünf Gesichtspunkte, von denen der erste quantitativ, die übrigen qualitativ heissen können, weil jener sich auf das Quantum des Gegebenseins, diese sich auf das Quale des Gegebenen beziehen, und an deren jeden sich entsprechende methodische Verfahren zum

Wissen zu gelangen anschliessen.

51. Der erste derselben ist der Gesichtspunkt der
D e n k n o t h w e n d i g k e i t . Der unwillkürlich gegebene erscheint
als der nicht nicht zu denkende d. i. nothwendig zu denkende oder
denknothwendige Denkinhalt; und zwar in desto höherem Grade, je
besser die Unwillkürlichkeit seines Gegebenseins d. i. dessen
Gegebensein o h n e , ja w i d e r den Willen des Denkenden bezeugt
ist. Letzteres ist aber in desto höherem Grade der Fall: 1. je
unwiderstehlicher derselbe sich aufdrängt und gegen alle mit
Wissen und Willen angestellten Versuche, sich desselben zu
erwehren, behauptet. In diesem Sinne gilt der Satz: facta loquuntur,
und dass es nichts fruchte, gegen „Thatsachen” die Augen zu
verschliessen; denn da die Ursache dieses o h n e , ja w i d e r Willen
Gegebenseins nicht im Willen des Denkenden liegen soll, so kann
dieselbe nur entweder in einem von diesem Willen Verschiedenen
gelegen, oder das Gegebene müsste ohne Ursache (grundlos)
gegeben sein. Letzteres ist um so unwahrscheinlicher, als der
sogenannte Satz vom zureichenden Grunde (principium rationis
sufficientis), welcher besagt, dass nichts ohne Grund erfolge,
selbst wahrscheinlicher ist; denn auch dieser ist, als Denkinhalt
betrachtet, kein willkürlich gemachter (erfundener), sondern selbst
ein unwillkürlich gegebener (evidenter), dessen das Denken sich
nicht zu erwehren vermag und der bei jedem sich bietenden Anlass
sich wieder — und was das Gewicht seines Gegebenseins
verstärkt, Jedermann in gleicher Weise aufdrängt. Je
unwahrscheinlicher es aber ist, dass das Gegebensein eines
gewissen Denkinhalts ein blosser Zufall sei, desto mehr steigert sich
dieselbe, wenn und in dem Masse, als derselbe Denkinhalt in
zahlreicheren Fällen mit gleicher Unabweislichkeit wiederkehrt, und
damit die Wahrscheinlichkeit, dass die Ursache seines Gegebenseins
wie seiner Wiederholung in einer äusseren, und zwar beharrenden
(objectiven, nicht subjectiven) Ursache, z. B. die sich aufdrängende
Empfindung der rothen Farbe nicht in einer subjectiven Affection
des Gesichtsorganes (Rothsehen), sondern in einem objectiven, von
aussen kommenden Reize desselben ihren Grund habe.

52. Die Unwillkürlichkeit des Gegebenseins wird aber 2. in noch
höherem Grade bestätigt, wenn es sich zeigt, dass dieser
beharrende und objective Grund nicht blos für den einzelnen
Denkenden, sondern für alle Seinesgleichen in gleicher Weise
besteht. Dies aber ist der Fall, wenn die Persönlichkeit des

Denkenden als veränderlich angenommen und innerhalb derselben
Gattung denkender Wesen jede beliebige andere Persönlichkeit an
dessen Stelle gesetzt, der Erfolg ceteris paribus immer derselbe
bleibt d. h. der dem Einzelnen als unwillkürlich gegeben
erscheinende Denkinhalt auch jedem Anderen mit gleicher
Unwiderstehlichkeit als ein solcher sich aufnöthigt, z. B. dieselbe
dem Wahrnehmenden als Empfindung sich aufdrängende
Gesichtsvorstellung auch von jedem Anderen an seiner Statt als
solche empfunden wird. Ist es nämlich an sich schon höchst
unwahrscheinlich, dass das unwillkürlich scheinende Gegebensein
bei dem einen Denkenden blosser Zufall sei, so ist es noch
unverhältnissmässig unwahrscheinlicher, dass derselbe Zufall sich
bei jedem beliebigen an dessen Stelle tretenden Anderen wiederholen
werde.

53. Der höchste Grad der Bestätigung der Unwillkürlichkeit des
Gegebenseins aber wird dann erreicht, wenn 3. derselbe
Denkinhalt, der sich dem Einzelnen einmal oder zu
wiederholtenmalen, ferner jedem Anderen an dessen Statt in
gleicher Weise sich aufgenöthigt hat, von jedem Anderen nicht nur
einmal, sondern in jedem beliebigen wiederkehrenden Fall als
solcher erfahren wird d. h. wenn derselbe Denkinhalt für
Jedermann und unter beliebig veränderten Umständen stets mit
gleicher Unabweislichkeit als unwillkürlich gegeben empfunden
wird. Das sich auf diese Thatsache gründende Verfahren kann als
C o n s t a t i r u n g s - oder mit Rücksicht auf die demselben zu
Grunde liegende Zählung der Fälle, in welchen die Thatsache des
unwillkürlich Gegebenseins beobachtet worden ist, als das
s t a t i s t i s c h e Verfahren bezeichnet werden. Durch die
Fortsetzung desselben gelangt man mit der Zunahme der Zahl der
Bestätigungen zu einem immer wachsenden Grade von
Wahrscheinlichkeit, welche, wenn die Zahl der erfahrenen
Bestätigungen jener der an sich möglichen Wiederholungen gleicht,
zur völligen, wenn sie derselben sich nähert, ohne einen einzigen
Fall des Gegentheils (negative Instanz) erlitten zu haben, zur
moralischen Gewissheit wird.

54. Der Grad dieser Wahrscheinlichkeit lässt sich, jedoch nur in
dem Fall, wenn die Zahl der an sich möglichen Fälle bekannt ist, der
Rechnung unterwerfen. Derselbe wird durch einen Bruch
ausgedrückt, dessen Nenner die Zahl der überhaupt möglichen (m +
n), dessen Zähler die Anzahl der beobachteten einander

bestätigenden Fälle (m) ausdrückt. Erreicht die Anzahl der beobachteten die der an sich möglichen Fälle, so wird der Bruch $\frac{m}{m+n} = \frac{m+n}{m+n} = 1$ und die Wahrscheinlichkeit verwandelt sich in Gewissheit. Erreicht sie dagegen nur die Hälfte der Zahl der an sich möglichen Fälle, so dass m = n ist, so wird der Bruch $\frac{m}{m+n} = \frac{1}{2}$ und die Wahrscheinlichkeit verwandelt sich in halbe Gewissheit d. i. Zweifel. Geht die Zahl der beobachteten über die Hälfte der an sich möglichen Fälle hinaus, oder bleibt sie hinter derselben zurück, so wird der Bruch $\frac{m}{m+n}$ im ersten Fall $> \frac{1}{2}$, im zweiten Fall $< \frac{1}{2}$ d. h. es tritt in jenem Fall Wahrscheinlichkeit, in diesem Unwahrscheinlichkeit ein.

55. Der äussere Grund des unwillkürlich Gegebenseins kann, da er nicht im Willen des Denkenden liegt, nur entweder trotzdem im Denkenden selbst, und zwar entweder in dessen psychischer oder somatischer Beschaffenheit, oder ausserhalb desselben in der sogenannten Aussenwelt gelegen sein. Im letzteren Falle heisst das unwillkürlich Gegebene eine äussere, in beiden anderen Fällen dürfte es mit Rücksicht auf die innerhalb des Denkenden zu suchende Ortslage der Ursache eine innere Thatsache heissen; gewöhnlich wird aber nur die in der psychischen Beschaffenheit des Denkenden (in dessen Intellect oder Gefühlsleben) gelegene Ursache als eine innere bezeichnet; die in der somatischen Natur des Denkenden (z. B. in der anormalen Natur seiner Sinnesorgane) gelegene pflegt zu den äusseren Ursachen gerechnet zu werden. Innere Thatsachen werden daher nur solche genannt, welche Bewusstseinsthatsachen, sei es des Intellects, sei es des Gefühlslebens, sind, während alle übrigen, ihr Grund mag innerhalb oder ausserhalb der somatischen Natur des Denkenden liegen, äussere Thatsachen heissen; erstere bilden die Grundlage der inneren, letztere die Basis der äusseren Erfahrung.

56. Zu den inneren Thatsachen, und zwar des Intellects, gehören unwiderstehlich sich aufdrängende und deshalb von gewissen Denkern als „angeboren" bezeichnete Begriffe und Urtheile (wenn es dergleichen gibt); zu den inneren Thatsachen des Gefühlslebens die unwiderstehlich sich aufdrängenden Aussprüche der Mahnung und Abmahnung, die von gewissen Denkern auf die Quelle einer unfehlbaren inneren Stimme (des moralischen oder ästhetischen Gefühls; das δαιμόνιον des Sokrates, der „deus in nobis") zurückgeführt worden sind (wenn es eine dergleichen gibt); alle

übrigen Thatsachen, die ihren Grund in einer inner- oder ausserhalb des Leibes des Denkenden gelegenen Ursache haben, gehören im weiteren, diejenigen, welche ihren Grund in einer vom Leibe verschiedenen Ursache haben, wie die sogenannten „objectiven" Sinnesempfindungen, deren Grund „objective" d. h. von aussen kommende Sinnesreize sind, im engeren Sinne der äusseren Erfahrung an.

57. Zur Constatirung, dass ein gewisser Denkinhalt Thatsache des Intellects d. h. unabweislich sei, sowie, dass ein solcher Thatsache des Gefühlslebens d. h. als Gefühl unwiderstehlich sei, gibt es demnach keinen von dem zur Constatirung, dass ein gewisser Denk- (z. B. Empfindungs-) Inhalt Thatsache der Erfahrung sei d. h. unvermeidlich empfunden werde, einzuschlagenden verschiedenen Weg. In jedem der genannten Fälle muss der Versuch, denselben mit Wissen und Willen nicht zu denken so oft und unter so vielfach wiederholten Umständen und von so Vielen wiederholt werden, bis sich die Aussichtslosigkeit, sich desselben erwehren zu können, zur moralischen Gewissheit erhoben hat. Denkinhalte, welche diese Probe bestanden haben, können als evidente d. i. einleuchtende, wenn auch weiter durch nichts begründungsfähige d. h. als unwiderlegliche, sei es Bewusstseins-, sei es Sinnesthatsachen, gelten.

58. Bei den Intellects- und Gefühlsthatsachen, wie bei den Sinnesthatsachen bleibt dabei die von Moment zu Moment veränderliche Individualität des einzelnen, wie die von Individuum zu Individuum abweichende Individualität der mehreren Denkenden zu überwinden. Weder ist der Einzelne in verschiedenen Momenten seines Daseins sich selbst, noch sind die Einzelnen sich untereinander gleich. Der Intellect wird zu verschiedenen Zeiten von verschiedenen eben überwiegenden Vorstellungskreisen, das Gemüth von eben vorhandenen Stimmungen beherrscht, welche dem gegebenen Denkinhalt ihre d. h. eine momentane oder temporäre subjective Färbung ertheilen. Das äussere Sinnesorgan des Beobachtenden unterliegt von Fall zu Fall oder von Beobachter zu Beobachter individuellen, sei es augenblicklichen, sei es habituell gewordenen Störungen, welche (wie z. B. die Farbenblindheit, die Kurz- oder Weitsichtigkeit) dem gegebenen Inhalt der Beobachtung eine sei es augenblickliche, sei es dauernde subjective Entstellung (z. B. Farbenfälschung, Entfernungsfälschung) aufprägen. Letztere Gefahr hat bei astronomischen Observationen zur Aufstellung der

sogenannten Bessel'schen Augengleichung geführt, durch welche
der habituelle Beobachtungsfehler jedes Beobachters ein- für allemal
eruirt und sodann, wie der habituelle Gangfehler einer Uhr durch die
sogenannte Zeitgleichung, bei jeder von demselben angestellten
Beobachtung dieselbe corrigirend ebenso in Anschlag gebracht
wird, wie durch Kenntniss der täglichen Acceleration oder
Retardation des Pendels auch mittels einer fehlerhaften Uhr richtige
Zeitbestimmungen erreicht werden können. Wie hier von der
individuellen Natur des Beobachters, so muss bei Beurtheilung
desjenigen, was als Bewusstseins-, sei es Intellects- oder
Gefühlsthatsache, gelten soll, von der individuellen Natur wie der
augenblicklichen Gemüthsstimmung abgesehen d. h. das Urtheil,
dass ein gewisser Denkinhalt unwillkürlich gegeben sei, muss, um
mit Kant zu reden, „mit Vermeidung aller Privatgefühle" gefällt
werden.

59. Der auf diesem Wege als denknothwendig nachgewiesene
Denkinhalt gilt dem Denken als wahrer Denkinhalt. Die Idee der
Denknothwendigkeit ist die erste logische d. h. die erste derjenigen
Ideen, von welchen das Denken in seinem Streben, Wissen zu
werden, sich leiten lässt. Da dieselbe auf dem Nachweise des
unwillkürlich Gegebenseins des Denkinhalts, dieser Nachweis selbst
aber auf einem Constatirungsverfahren beruht, dessen äusserste
Grenze die zwar dem Bedürfniss genügende, aber die Sache selbst
niemals erschöpfende moralische Gewissheit bildet, so folgt aus
dem Erweise, dass ein gewisser Denkinhalt denknothwendig,
allerdings nicht mit Nothwendigkeit, dass derselbe wahr s e i , aber
es folgt mit Nothwendigkeit, dass derselbe dem Denkenden wahr
s c h e i n e .

60. Die zweite logische Idee, die wie die folgenden auf dem Was
des Denkinhalts, statt wie die erste auf dessen Wie, und zwar auf
dem Verhältniss der einseitigen oder gegenseitigen Inhaltsidentität
zweier Denkinhalte ruht, ist die der A n a l y s e d. i. der Versuch,
durch Auflösung des Inhalts in seine näheren und entfernteren
Bestandteile zu einem Urtheil über dessen Wahrheit oder Falschheit
zu gelangen. Dieselbe tritt, wie oben angeführt, wenn die
Inhaltsidentität einseitig ist, als Subsumtion, wenn sie gegenseitig
ist, als Subordination des einen unter den andern Denkinhalt auf, an
welche die betreffenden Verfahrungsweisen, und zwar an die
erstere die analytische (regressive) und synthetische (progressive),
an die letztere die Abstractions- und die Determinationsmethode

sich anschliessen.

61. Die dritte logische Idee, die auf der Identität des Umfangs (Aequipollenz) beruht, ist die G l e i c h g e l t u n g d. i. der Versuch, durch Substituirung eines dem Gegebenen gleichgeltenden Denkinhalts zu einem, wenigstens dem Inhalte nach von dem ersten verschiedenen, neuen auf einem Wege zu gelangen, auf welchem die Wahrheit oder Falschheit des letzteren aus jener des gegebenen sich folgern lässt. Auf dieselbe gründet sich das, wenn man die Identität des Umfangs im Auge hat, Substitutionsmethode, wenn man die Verschiedenheit des Inhalts in Betracht zieht, Transmutationsmethode genannte Verfahren, in welchem die Wahrheit des ursprünglich gegebenen Denkinhalts durch allen nicht blos scheinbaren, sondern wirklichen Wechsel des Inhalts hindurch und trotz desselben sich forterhält.

62. Die vierte logische Idee ist die der S y n t h e s e d. i. die Verknüpfung disparater Denkinhalte in Folge eines nicht aus der Betrachtung des Inhalts desselben abgeleiteten, diesem fremden, aber zur Begründung jener zureichenden Grundes. Je nachdem derselbe entweder eine äussere (Sinnes-, aposteriorische) oder (wie bei Kant's mathematischen Urtheilen) eine reine (Intellectual-, apriorische) Anschauung ist, ist die Synthesis selbst entweder empirisch (zufällig, particulär), welche blosse Wahrscheinlichkeit, oder apriorisch (allgemein, nothwendig), welche (wenn es deren überhaupt gibt) ausnahmslose Gewissheit gewährt. Auf dieselbe gründet sich das empirisch- (wenn die Synthese eine empirische) oder apriorisch- (wenn die Synthese eine reine ist) synthetische Verfahren, welches im ersten Falle zu empirischen (mehr oder weniger wahrscheinlichen), dagegen im letzteren Falle zu apriorischen (mit dem Anspruch auf Allgemeinheit und Nothwendigkeit ausgesprochenen) Ergebnissen führt.

63. Die fünfte logische Idee ist die der A u s s c h l i e s s u n g, welche auf dem Verhältniss des Gegensatzes, und zwar als Widerstreit auf dem des conträren, als Widerspruch auf dem des contradictorischen, dagegen als sogenannte „Einheit der Gegensätze" (Synthese des Ausgeschlossenen) auf dem des subconträren Gegensatzes beruht. Während die ersten beiden blos trennend (disjunctiv), verhält sich der letzte zugleich verbindend (copulativ). An jene schliesst sich ein negatives, Denkinhalte scheidendes, an dieses ein affirmatives, Geschiedenes wieder

vereinigendes Verfahren an, daher jenes vorzugsweise als die Methode des scharfsinnigen, verborgene Unterschiede des Aehnlichen streng sondernden Verstandes, dieses als die einer tiefsinnigen, verborgene Aehnlichkeit des Geschiedenen aufspürenden, Entgegengesetztes als Eins schauenden (speculativen) Vernunft angesehen wird.

64. Keine der fünf angeführten logischen Ideen ist der Schlüssel zum ganzen Wahren, aber jede derselben ist ein Schlüssel zu Wahrem. Weder dasjenige Verfahren im Denken, welches sich ausschliesslich auf das unwillkürliche Gegebensein (Positivität) des Denkinhalts stützt und daher Positivismus oder, weil das Gegebene als Thatsache gilt, auf Thatsachen gegründetes Denken d. i. Empirismus heisst, noch das ebenso ausschliesslich auf das Was des Denkinhalts (Rationalität) gegründete Verfahren, welches auf die Beziehungen (rationes) der Denkinhalte zu und unter einander sich stützt und deshalb Rationalismus heisst, erschöpft die Totalität des dem Denken zugänglichen Erkenntnissgehalts; beide sind, indem der Positivismus des rationalen Verfahrens bedarf, um von den gegebenen Thatsachen aus, der Rationalismus der positiven Grundlage bedarf, um von derselben aus weiter fortzuschreiten, dazu bestimmt, einander gegenseitig zu ergänzen.

65. Der Positivismus oder das lediglich von Thatsachen ausgehende Denken ist, je nachdem diese letzteren innere oder äussere (Bewusstseins- oder Sinnesthatsachen), die ersteren entweder Thatsachen des Intellects, oder des Gefühls, oder des Willens, die letzteren entweder durch krankhafte von innen kommende oder durch normale von aussen kommende Sinnesreize erzeugte Sinnesthatsachen, blosse Hallucinationen (visiones) oder Wahrnehmungen des äusseren Sinnes (visus et auditus) sind, nach der Reihe entweder intellectualer (wie der auf angeborne Ideen sich berufende Cartesianismus) oder sensualer (wie die Gefühlsphilosophie Jacobi's, die schottische Moral- und sogenannte Philosophie des gesunden Menschenverstandes), oder theletischer (wie die Willensphilosophie Schopenhauer's), oder visionärer (wie Swedenborg's Mysticismus und Spiritismus), oder sensualistischer Positivismus (wie die philosophie positive Comte's, welche seit Diesem im engeren und eminenten Sinne diesen Namen führt). Nimmt derselbe hierbei seinen Ausgangspunkt lediglich von den Thatsachen der, sei es inneren, sei es äusseren Erfahrung, so ist er gemeiner, unkritischer Positivismus (Dogmatismus); betrachtet er

dagegen die Erfahrung selbst (sei es die innere, sei es die äussere)
als Thatsache, neben und ausser welcher noch andere thatsächliche
Erfahrungen (aussermenschliche oder übermenschliche) möglich
sind, so ist er transcendentaler, kritischer Positivismus
(Kriticismus).

66. Der Rationalismus oder das lediglich auf die e i n - oder
g e g e n seitigen Beziehungen (rationes) des Denkinhalts sich
stützende Denkverfahren ist entweder analytischer, wenn er
lediglich durch die logischen Ideen der Analyse, der Gleichgeltung
und der conträren oder contradictorischen Ausschliessung, dagegen
synthetischer, wenn er überdies durch jene der Synthese sich leiten
lässt. Letzterer heisst empirischer, wenn die Synthese
ausschliesslich aposteriorisch, dagegen reiner, wenn dieselbe (wie
etwa in Kant's mathematischen Urtheilen) apriorisch verstanden
wird. Tritt zu den logischen Ideen des empirischen Rationalismus
jene des Widerstreits und des Widerspruchs in der Weise
gesetzgebend hinzu, dass, was durch empirische Synthese gegeben
ist, trotzdem ohne Umbildung (Berichtigung oder Ergänzung) nicht
behalten werden darf, sobald es Widersprüche einschliesst, so geht
derselbe in rationalen Empirismus über, während er im Gegenfall
empirischer Irrationalismus (Empiristik) wird. Tritt zu den
logischen Ideen, welche den reinen Rationalismus leiten, jene der
„Einheit der Gegensätze" in der Weise hinzu, dass das durch den
Verstand Getrennte (Reflexions- oder Verstandesphilosophie) in
einer „höheren" Vernunft- (intellectualen) Anschauung wieder als
Eins geschaut wird, so geht der reine in speculativen Rationalismus
(rationale Dialektik, speculative oder Vernunftphilosophie) über.

67. Wenn die logischen Ideen als Vorbilder des Denkens dasselbe
zum Wissen (Erkenntniss), so führen die Gegentheile derselben
dasselbe zum Nicht- oder Scheinwissen (Irrthum). Gegentheil der
Denkn o t h w e n d i g k e i t ist die Denkz u f ä l l i g k e i t, des
unwillkürlich Gegeben- das willkürlich Gemachtsein des
Denkinhalts, in Folge dessen derselbe im Gegensatz zum erfahrenen
(Erlebniss) als erfundener (Fiction) erscheint. Das Gegentheil der
Analyse d. i. der Zerlegung des Denkinhalts in seine Bestandtheile,
wodurch derselbe deutlich wird, ist die Confusion d. i. die
Vermengung der verschiedenen Bestandtheile des Denkinhalts,
wodurch derselbe verworren und dunkel wird. Das Gegentheil der
Gleich- ist die Ungleichgeltung des Denkinhalts, wodurch beliebige
Denkinhalte, welche nichts weder dem Inhalt noch dem Umfang

nach mit einander gemein haben, für einander gesetzt werden. Das Gegentheil der berechtigten oder doch für berechtigt gehaltenen, sei es auf wirklicher Gewöhnung beruhenden empirischen oder auf, wenn auch blos vermeintlicher, reiner Anschauung beruhenden apriorischen Synthese bildet die, sei es in einem, sei es im andern Sinn unberechtigte, entweder, statt auf wirklicher Gewöhnung, auf blosser Angewöhnung oder Verwöhnung beruhende empirische, oder nicht einmal auf vermeintlicher, sondern willkürlich behaupteter (stat pro ratione voluntas) reiner Anschauung beruhende, fälschlich für apriorisch ausgegebene Synthese. Das Gegentheil der Idee der Ausschliessung bildet die Duldung der Gegensätze, und zwar nicht blos des conträren und contradictorischen, sondern auch die des subconträren, welche letztere sich durch die Annahme der „Einheit der Gegensätze" von blosser Toleranz bis zur durch die logische Idee der Ausschliessung verbotenen positiven Anerkennung des Widerspruchs steigert und in diesem die Wahrheit findet. Wie die logischen Ideen als Schlüssel zum Wahren, kann jedes dieser ihrer Afterbilder als ein solcher zum Falschen dienen.

68. Wie die Summe der logischen Ideen zusammengenommen das Muster darstellt, dem das W a h r e , so stellt die Summe der Gegentheile derselben das Schema dar, welchem ganz oder theilweise das U n w a h r e gleichen muss. Mit der Aufstellung beider, des Einen zur Nachahmung, des Andern zur Abschreckung für jedes Denken, das Wissen (Erkenntniss) werden will, ist das Geschäft der L o g i k als allgemeiner Wissenschaft von den normalen und anormalen Formen des Denkens (Denknormen) vollendet.

ZWEITES CAPITEL.

Die ästhetischen Ideen.

69. Wie die logischen Ideen die (formalen) Normen enthalten, unter
welchen beliebiger Denkinhalt zum wahren d. i. zum unbedingt d.
h. von Jedermann und allezeit als solcher anerkannten Denkinhalt
wird, so stellen die ästhetischen Ideen die Bedingungen dar, unter
welchen beliebiger Vorstellungsinhalt zu schönem d. i. zum
unbedingt d. h. von Jedermann und allezeit als solches anerkanntem
Wohlgefälligen wird. Während dagegen die logischen Ideen auf ein
jenseits des Denkinhalts Gelegenes d. i. auf ein O b j e c t
hinweisen, auf welches derselbe bezogen wird, weisen die
ästhetischen von dem dem Denkenden vorschwebenden
Vorstellungsinhalte auf diesen als das S u b j e c t zurück, von
welchem derselbe sei es mit Beifall oder mit Missfallen
aufgenommen wird. Jenen, die auf ein Gewusstes d. h. einen dem
Sein entsprechenden Denkinhalt ausgehen, ist es daher keineswegs,
diesen dagegen, die blos auf ein Wohlgefälliges d. h. einen dem
Denkenden genehmen Vorstellungsinhalt aus sind, aber völlig
gleichgiltig, ob ein diesem Denk- oder Vorstellungsinhalt
entsprechender Gegenstand jenseits oder nebst demselben
thatsächlich vorhanden sei.

70. Der Unterschied beider Auffassungsweisen lässt sich durch das
Verhältniss des Denkers und des Dichters zu ihren beiderseitigen
Stoffen erläutern. Der Denker, er sei nun Philosoph oder Empiriker,
hat ein Interesse daran, dass der Inhalt seiner, sei es
philosophischen, sei es für Erfahrung gehaltenen Gedanken mit dem
Inhalt, sei es der philosophischen, sei es der Erfahrungs-
(naturgeschichtlichen oder historischen) Wahrheit sich decke, z. B.
dass der Held seiner Gedanken dem Helden der Geschichte
congruent sei. Der Dichter, er sei nun ein solcher in Farben, Tönen
oder Worten, hat nur ein Interesse daran, dass der Inhalt seiner
Vorstellungs- (Farben-, Ton- oder poetischen) Welt wohlgefällig d.
h. seiner eigenen, sowie den Anforderungen seiner Zuschauer-,

Zuhörer- oder Lesewelt an ein ästhetisches Kunstwerk angemessen
sei. Der Held seiner Tragödie braucht darum keineswegs mit dem
(wenn auch gleichnamigen) Helden der Geschichte sich zu decken.
Jener nimmt als Historiker an Richard III., Egmont, Wallenstein ein
historisches, dieser als Dramatiker an denselben Persönlichkeiten
nur ein dramatisches (ästhetisches) Interesse. Ersterem kommt es
darauf an, seinen Helden zu schildern, wie er wirklich war, aus
keinem anderen Grunde, als weil er so war; dieser begnügt sich
denselben darzustellen, wie er seiner Charakteranlage nach nicht
nur hätte sein können, sondern bei ungehemmter Entfaltung
derselben unter den gegebenen Verhältnissen hätte sein müssen, aus
keinem anderen Grunde, als weil die wirkliche Entfaltung eines
Charakters nur die naturgesetzlich-nothwendige Folge seiner
ursprünglichen psychischen Naturell- und Temperamentsanlage sein
kann.

71. Verglichen mit dem wissenschaftlichen (theoretischen)
Interesse an der Wahrheit und Wirklichkeit des Gedachten ist das
ästhetische an der blossen Wohlgefälligkeit und Möglichkeit des
Vorgestellten streng genommen kein Interesse. Der Poet oder
überhaupt der Künstler scheint dem Forscher und Gelehrten
interesselos, gleichgiltig, wie seinerseits wieder dieser gegen die
künstlerische Abrundung und innere Geschlossenheit eines dem
Reiche des blossen Scheins angehörigen Phantasiebildes kalt und
theilnahmslos bleibt. Der ästhetisch Gestimmte nennt den um
Wahrheit und Wirklichkeit seiner Gedanken besorgten Denker und
Gelehrten einen Realisten und Prosamenschen; dieser den nur auf
Schönheit und innere Vollendung bedachten Künstler einen
Idealisten und phantastischen Schwärmer. Die Gedankenwelten
beider sind durch eine tiefe Kluft getrennt, über welche gleichwohl
die Unverbrüchlichkeit der logischen Ideen, ohne welche auch die
wohlgefällige Gedankenwelt nicht möglich, durch welche allein aber
weder die wirkliche noch irgend eine mögliche Welt wohlgefällig
wird, eine ausgleichende Brücke spannt.

72. Aus dem Vorstehenden geht hervor, dass das Schöne (die
ästhetische Vorstellungswelt) Schein, keineswegs aber folgt daraus,
dass jeder Schein schön sei. So wenig zur Wahrheit eines beliebigen
Denkinhalts genügt, dass derselbe Inhalt eines Denkens, so wenig
reicht es zur Schönheit eines beliebigen Vorstellungsinhalts hin, dass
derselbe Inhalt eines Vorstellens sei. Wie vom logischen
Gesichtspunkt aus weder kein noch jeder Denkinhalt wahr, so ist

vom ästhetischen Gesichtspunkt aus weder kein noch jeder Schein
schön; ästhetischer Dogmatismus und Skepticismus sind wie
logischer Dogmatismus und Skepticismus gleichmässig
abzuweisen. Und wie für die Logik daraus die Aufgabe erwächst,
die Merkmale anzugeben, durch welche wahrer von falschem
Denkinhalt, so erwächst für die Aesthetik die ihrige, die
Kennzeichen festzustellen, durch welche schöner von unschönem
(hässlichem) Schein sich unterscheidet.

73. Wie von derjenigen Logik, welche die Wahrheit in der
Uebereinstimmung des Denkens mit dem Sein, also in einem
materialen Kriterium findet, das Kennzeichen des wahren im
Unterschied zum falschen Denkinhalt darin gefunden wird, dass
durch denselben ein anderer, der Seinsinhalt, gedacht und zwar so
gedacht wird, wie er wahrhaft ist: so wird von derjenigen
Aesthetik, welche die Schönheit in der Uebereinstimmung der Idee
mit der sinnlichen Erscheinung, also in einem materialen Kriterium
findet, das Kennzeichen des schönen vor hässlichem Schein darin
gefunden, dass durch jenen ein Anderes, nämlich die Idee
hindurchscheint und zwar so hindurchscheint, wie sie wahrhaft ist.
Dieselbe, die eben darum Gehaltsästhetik heisst, geht davon aus,
dass das Schöne nicht sowohl Schein, als vielmehr
E r s c h e i n u n g eines hinter demselben befindlichen idealen
Gehalts und daher nicht an sich und um seiner selbst willen,
sondern mittelbar und um eines andern, des in demselben zur
sinnlichen Erscheinung kommenden Gehalts willen schön sei.
Dasselbe verhält sich dieser Auffassung zufolge zu dem in
demselben erscheinenden um seiner selbst willen werthvollen
Gehalt wie der Mond, der sein Licht von der Sonne empfängt,
während diese im ureignen Lichte strahlt.

74. Das Schöne als sinnlicher Schein ist von diesem
Gesichtspunkte aus betrachtet nichts weiter als die sinnliche Hülle
eines an sich unsinnlichen oder, wenn man will, übersinnlichen, sei
es persönlich (wie in der theistischen Aesthetik: Carrière), sei es
unpersönlich (wie in der pantheistischen Aesthetik: Vischer)
gedachten Wesens, also im ersten Falle die sinnliche Erscheinung
Gottes, im zweiten die sinnliche Erscheinung der logischen oder
ethischen Idee. Ersterer Auffassung zufolge wäre sonach Schönheit
überall dort, wo Gott, aber auch nur dort, wo dieser erscheint,
letzterer Auffassung zufolge überall dort, wo die (sei es
theoretische oder praktische) Vernunft, aber auch nur dort, wo

diese erscheint. Wie das Schöne mit dem sinnlich erscheinenden
Göttlichen, so fiele dessen Gegentheil, das Hässliche, mit dem
gleichfalls sinnlich erscheinenden Un- oder Widergöttlichen (dem
Dämonischen oder Satanischen: Weisse) — zusammen; wie das
Schöne mit der sinnlich erscheinenden Vernunft (dem Wahren und
Guten), so fiele dessen Gegentheil mit der gleichfalls sinnlich
erscheinenden Un- oder Widervernunft (dem A- oder Antilogischen,
Unwahren, dem Un- oder Widersittlichen, dem Bösen) zusammen.
Im ersten Falle erhielte das Schöne wesentlich religiösen, im
letzteren dagegen einen im Wesen lehrhaften (didaktischen und
moralischen) Charakter.

75. Folge des ersteren ist, dass die (religiöse) Gehalts-Aesthetik die
Kunst der Religion unter-, Folge des letzteren ist, dass die
(nichtreligiöse aber philosophische) Gehalts-Aesthetik die
Philosophie der Kunst überordnet. Jene macht dieselbe zur Dienerin
der Theologie, diese weist ihr den Beruf zu, die „Wahrheit im Bilde"
(das Allgemeine im Besonderen: Allegorie, oder im Individuellen:
Symbol) darzustellen.

76. Demzufolge hätte die Kunst keinen andern Zweck, als sich
selbst überflüssig zu machen d. h. sich entweder in Religion oder in
Philosophie, der schöne Schein keine andere Bestimmung, als sich,
sobald irgend möglich, in übersinnliches Sein, sei es in das
göttliche, sei es in das der Idee, aufzulösen. Die Sinnlichkeit, die
nach Leibnitz nur eine „dunkle Vernunft" d. i. eine verworrene
Erkenntniss (notio confusa) des Wahren ist, bildet nur die
untergeordnete Vorstufe zur reinen Vernunft, welche als solche
„klare" d. i. deutliche Erkenntniss (notio clara atque distincta) der
Wahrheit ist. Die Vollkommenheit der ersteren, durch welche schon
das niedere Erkenntnissvermögen in den Stand gesetzt wird, das
Wahre und Gute, wenngleich nur sinnlich zu erkennen, bietet der
schwachen, mit der irdischen Mangelhaftigkeit sinnlicher
Leiblichkeit behafteten Menschennatur einen dürftigen Ersatz für
die mangelnde Vollkommenheit reiner Vernunfterkenntniss, deren
übermenschliche Wesen in höherem Grade, und die Gottheit, die
aller Sinnlichkeit ledig ist, im höchsten Grade sich erfreuen.
Dieselbe macht, wie die Sinnlichkeit den Unterschied des Menschen
vom reinen Geistwesen, so gewissermassen einen Vorzug desselben
vor diesem aus, indem der Mensch, der allein Sinnlichkeit besitzt,
allein auch der Vollkommenheit derselben d. i. der Schönheit, fähig
ist. Derselbe theilt, um mit Schiller zu reden, „sein Wissen" (die

reine Vernunfterkenntniss) zwar „mit höheren Geistern", die Kunst
aber hat derselbe „allein".

77. Wie das Schöne nach dieser Auffassung nur eine dem Wissen
parallele Auffassung des Wahren und Guten, die Kunst nur eine der
Wissenschaft parallele Darstellung von beiden, so ist die Aesthetik
als Wissenschaft von der Vollkommenheit der sinnlichen
Erkenntniss nach dieser zuerst von Baumgarten aufgebrachten, von
den platonisirenden Aesthetikern des nachkantischen Idealismus
(Schelling, Hegel und ihren Schulen) adoptirten Auffassung eine
Paralleldisciplin der Logik als Wissenschaft von der Vollkommenheit
der reinen Vernunft- und Verstandeserkenntniss. Indem sich
dieselbe zur Aufgabe setzt, das niedere Erkenntnissvermögen, den
Sinn, als Erkenntnissorgan zur Vollkommenheit zu bringen, steckt
sich dieselbe ein Ziel, welches nachher die von Mill und Anderen
sogenannte inductive Logik mit ungleich grösserem Recht und
Erfolg sich vorgesetzt hat. Indem dieselbe das Schöne als sinnliche
d. i. zugleich ver- und entschleiernde Hülle desselben Wahren und
Guten betrachtet, von welchem die Wissenschaft durch Vernunft
(Philosophie) die nackte und schleierlose Erkenntniss ist, setzt sie
dasselbe zu einem Nothbehelf, zu einer Staarbrille herab, da das
operirte Auge des Sehendgewordenen den selbst leuchtenden Glanz
der Idee nicht aushält.

78. Weder Beliebigkeit des Gehalts, noch dessen an sich
vorhandene Trefflichkeit, also überhaupt nicht Beschaffenheit des
Gehalts macht den Schein zum Schönen. Ersteres nicht, weil sonst
jeder Schein schön, das Zweite nicht, weil der Schein, um schön zu
sein, aufhören müsste zu scheinen, das Dritte nicht, weil der
Schein, wenn er Gehalt besässe, nicht Schein sondern Erscheinung
wäre. Sehen wir aber beim Schein (Bild) von der Forderung eines
hinter demselben verborgenen Gehaltes (Sinn) ab, so dass nur jener
(das vorschwebende Bild) und der, dem er scheint (das Subject,
dem das Bild vorschwebt), übrig bleibt, so kann, da nicht jeder
Schein schön ist, der Grund, um deswillen einiger Schein schön ist,
anderer nicht, nur entweder in der Beschaffenheit des Scheins als
Schein, oder in der Desjenigen, dem er scheint (des ästhetischen
Subjects) gefunden werden.

79. Ersterer Fall schliesst in sich, dass der schöne Schein als
Schein gewisse Eigenschaften besitze, die dem nichtschönen
abgehen; letzterer Fall erheischt, dass das ästhetische Subject, dem

nur schöner Schein scheint, von demjenigen, dem auch unschöner
vorschwebt, der Art nach verschieden, beziehungsweise das erstere
vor dem letzteren bevorzugt, sozusagen ein ästhetisches
„Sonntagskind" sei. Aus dem ersteren folgt, dass der Aesthetik die
Aufgabe erwachse, die dem Schein als Schein nothwendigen
Eigenschaften, um schön zu sein, aufzuspüren; aus dem letzteren
folgt, dass es ein Mittel geben müsse, das wirkliche von dem
vermeintlichen, entweder sich selbst betrogener- oder
betrügerischerweise dafür ausgebenden oder von Anderen
fälschlicherweise dafür gehaltenen „Sonntagskind" d. h. das echte,
geborene Genie (den künstlerischen Edelstein) von dem unechten,
nachgemachten oder sich selbst dazu machenden Aftergenie (dem
pierre-de-Strass der Kunst) zu unterscheiden.

80. Letzteres kann in nichts anderem bestehen, als in dem
Nachweis, dass das einem gewissen Subject schön Scheinende
wirklich schön d. h. dass das für ein ästhetisches Genie sich
ausgebende oder dafür gehaltene Subject wirklich ein solches sei.
Dieser Nachweis kann aber nicht dadurch geführt werden, dass der
Ursprung des fraglichen Scheins aus diesem fraglichen Subject
erwiesen wird, denn eben, ob dieses Subject als solches Genie sei,
ist die Frage. Die Schönheit des dem genannten Subject
vorschwebenden Scheins muss daher unabhängig von dessen
Ursprung aus jenem Subject d. h. dieselbe kann nicht (historisch)
durch den Hinweis auf den Ursprung, sondern sie muss
(philosophisch) durch den Hinweis auf die Beschaffenheit des
Scheins dargethan werden.

81. Nicht die Person des Gesetzgebers rechtfertigt das Gesetz; die
Güte des Gesetzes bewährt vielmehr den Gesetzgeber. Ist diejenige
Beschaffenheit, welche den Schein zum Schönen macht, an sich
erkannt, so ist damit auch der Massstab zur Beurtheilung des
Anspruchs des Subjects, dem er scheint, gegeben, für ein
aesthetisches zu gelten: nicht umgekehrt. Wie diejenige Aesthetik,
die den durch die sinnliche Hülle hindurchscheinenden Gehalt zum
Massstab der Schönheit nimmt, didaktischen, so nimmt diejenige
Form derselben, welche die Offenbarungen des wahren oder blos
vermeintlichen Genius zur Norm für die Nachahmung erhebt,
positiven (historischen) Charakter an. Jene bewundert das Schöne,
weil es wahr oder gut, diese, weil es Product dieses oder jenes (mit
Recht oder Unrecht) bewunderten Geistes ist. Der wahre Grund
der Bewunderung des Schönen kann aber weder in dem Umstand,

dass es Erscheinung eines Gehalts, noch in dem, dass es Schöpfung eines gewissen (Einzel-, Volks-, Zeit-) Geistes ist, sondern muss in dem Besitz derjenigen Eigenschaften gesucht werden, die es zum Schönen machen.

82. Weder die theologisirende, noch die metaphysicirende, am wenigsten die moralisirende Aesthetik, welche einen der Kunst f r e m d e n , und ebensowenig der ästhetische Positivismus oder Historismus, welcher eine einzelne positive oder g e s c h i c h t l i c h g e g e b e n e Erscheinung der Kunst (z. B. die Antike oder die mittelalterliche Kunst) zum allgemein giltigen Massstab des Schönen erheben will, stellt die wahre Form dieser Wissenschaft dar. Diese kann nur von der Betrachtung derjenigen Eigenschaften, welche das Schöne als Schein — abgesehen ebenso von dessen möglicher oder wirklicher Bedeutung für einen ausserhalb desselben gelegenen Gehalt, wie von dessen Ursprung aus einem schöpferischen Subject — an sich (objectiv) besitzt, ihren streng wissenschaftlichen Ausgang nehmen.

83. Aesthetik als Wissenschaft ist daher weder materiale, den Schein auf ein Sein beziehende, noch historische, den Schein seinem Ursprung nach erklärende, sondern wesentlich formale, den Schein als Schein behandelnde Wissenschaft. Da sich nun, wenn, wie gefordert, sowol von der Bedeutung, wie von dem Ursprung des Scheins abgesehen wird, an diesem nichts weiteres unterscheiden lässt, als wie derselbe und w a s an demselben scheint, so kann die dem Schein als Schein zugewandte Betrachtung wesentlich keine anderen als diese zwei Gesichtspunkte umfassen.

84. Ersterer, welcher das W i e d. i. die Lebendigkeit, Kraft, Energie, Reichthum, Fülle und Mannigfaltigkeit des Scheins oder deren Gegentheile ins Auge fasst, kann der Gesichtspunkt der Quantität, letzterer, welcher die Einheitlichkeit oder Gegensätzlichkeit, innere Uebereinstimmung oder Widerstreit des Scheins zum Objecte hat, der qualitative heissen. Jener umfasst das Verhältniss, in welchem das Quantum des vorschwebenden Scheins zu der aufnahmsfähigen Capacität des ästhetischen Subjects steht, letzterer begreift die Verhältnisse, in welchen entweder der vorschwebende Schein seinem Was nach zu einem ausserhalb desselben gelegenen Sein steht, oder, da nach dem Obigen von einem solchen hier abgesehen werden muss, diejenigen, in welchen

die Theile des Scheins ihrem Was nach zu- und untereinander
stehen. Nach dem ersteren wird der starke vom schwachen, der
reiche vom dürftigen, der geordnete vom ordnungslosen Schein,
nach diesem werden im Inhalt des Scheins gleiche und ungleiche,
verträgliche und unverträgliche, harmonische und disharmonische
Theile unterschieden.

85. In Bezug auf das Wie steht der starke d. i. mit einem hohen
Grad von Lebhaftigkeit dem ästhetischen Subject vorschwebende
Schein dem schwachen d. i. nur mit einem geringen Grad von
Lebhaftigkeit im Bewusstsein vorhandenen; der reiche, einen
grössern Raum im Bewusstsein mit mannigfaltigem Inhalt
ausfüllende Schein dem dürftigen, mit einförmigem Inhalt erfüllten;
der in sich zusammenhängende und geordnete dem
zusammenhangslosem und in sich ordnungslosem Schein
gegenüber: so dass je der erstere, wenn von dem W a s des
Vorschwebenden abgesehen und nur das W i e des Vorschwebens
im Auge behalten wird, vor dem letzteren — was den die
Vorstellung des Scheins im Gemüth begleitenden Zusatz des
Wohlgefallens oder Missfallens betrifft — den Vorzug hat. Wird
lebhafterer Vorstellungsinhalt mit minder lebhaftem nur in Bezug auf
den Grad der Lebhaftigkeit beider verglichen, so gefällt der erstere
neben dem letzteren, missfällt der letztere neben dem ersteren
u n b e d i n g t , welches auch immer der Inhalt des
Vorschwebenden selbst oder die sonstige, individuelle Gemüths-
und Geistesbeschaffenheit des Subjectes sei, dem er vorschwebt.
Aus diesem Grunde gefällt die sinnliche Vorstellung mehr als die
unsinnliche, das Bild mehr als der Begriff, die anschauliche
Vorstellung mehr als die abgezogene, die concrete mehr als die
abstracte; aber auch dasjenige, was „in kürzester Zeit die grösste
Menge von Vorstellungen anregt" (worin Hemsterhuis und Goethe
das Wesen des Schönen fanden) mehr als dasjenige, das in
verhältnissmässig langem Zeitraum verhältnissmässig wenig
Vorstellungen erzeugt, dasjenige, welches das Vorstellen in
gesetzlicher und geregelter Weise beschäftigt, mehr als dasjenige,
durch welche dasselbe in sprunghafte und verworrene Thätigkeit
geräth.

86. Der Grund des Gefallens in dem einen, des Missfallens in dem
anderen Falle liegt in der naturgesetzlichen Beschaffenheit des
Bewusstseins. Wird das Vorstellen in eine seiner Natur angemessene
Bethätigung versetzt, so entsteht ein Lust-, findet das Gegentheil

statt, ein Unlustgefühl. Da nun die lebhafte d. i. mit einem höheren Grade von Intensität vorgestellte Vorstellung das Vorstellen in einem höheren Grade beschäftigt als dies bei der minder lebhaften d. i. mit einem geringeren Grade von Intensität vorgestellten Vorstellung der Fall ist, so dass die Differenz der Intensitätsgrade beider auf der Bewusstseinsscala sich wie die Differenz der Wärme-Intensitäten auf der Thermometerscala ablesen lässt, so folgt, dass das Vorstellen der lebhafteren von einem höheren, jenes der minderen Intensität von einem geringeren Lustgefühl begleitet sein muss, welches letztere, nur mit dem ersteren verglichen, als relatives Unlustgefühl sich herausstellt. Dasselbe muss bei dem reicheren und mannigfaltigeren verglichen mit dem dürftigeren und einförmigeren Vorgestellten der Fall sein, indem das erstere das Vorstellen nicht nur quantitativ, sondern auch qualitativ mehr beschäftigt als das letztere; und eben dies bei dem in sich zusammenhängenden und gesetzmässigen Vorgestellten im Gegensatze zu dem in sich zerrissenen und lückenhaft Vorgestellten, indem das erstere das Vorstellen in einem naturgemässen und sich aus sich selbst entwickelnden Gange erhält, das letztere dasselbe durch seine Zusammenhanglosigkeit nöthigt, seinen Gang zu unterbrechen, sowie durch seine Sprunghaftigkeit, seine bisherige Richtung plötzlich und gewaltsam abzubrechen und eine neue durch nichts vorbereitete und vermittelte Richtung einzuschlagen. Von der Unlust, die das Bewusstsein durch den Mangel oder die Monotonie des Vorstellungsinhalts erleidet, gibt das Gefühl der Langenweile — von der Unlust, welche die gezwungene Unterbrechung oder das gewaltsame Abbrechen der bisherigen Vorstellungsreihe mit sich führt, gibt der Widerwille Zeugniss, den das Anhören eines zusammengewürfelten Vortrags oder das Auffassen einer regellosen Körpergestalt dem Vorstellenden einflösst.

87. Aus der Natur des Bewusstseins folgt es auch, dass weder der Intensitätsgrad, noch die Fülle des dem Vorstellen Dargebotenen eine gewisse äusserste Grenze der Leistungsfähigkeit desselben überschreiten darf. Das „nicht zu gross" und „nicht zu klein", worin Aristoteles in seinem bekannten Beispiel von dem hundert Stadien langen Thiere das Wesen des Schönen findet, hat seine Geltung nicht sowol in Bezug auf die Grenzen des vorzustellenden Objects, als vielmehr auf jene des vorstellenden Bewusstseins. Was diese überschreitet, kann nicht mehr vorgestellt werden, so dass an die Stelle der wachsenden Lust, welche die steigende Bethätigung des Vorstellens nach sich zieht, die wachsende Qual des

Bewusstseins tritt, welche das mit jedem neuen Ansatz sich
steigernde Gefühl des Unvermögens vorzustellen, hervorruft. Auf
der letzteren beruht das niederdrückende Gefühl, welches den
Eindruck des Erhabenen d. i. eines solchen begleitet, dessen
Vorstellung eine Entwicklung von vorstellender Kraft erheischt,
welche weit über die Schranken jedes endlichen, also auch unseres
eigenen Vorstellens, hinausreicht.

88. Wie das Vorstellen des Erhabenen, weil es den Vorstellenden an
die Grenze seines Vermögens vorzustellen mahnt, von einem
Unlust-, so ist die Vorstellung des Grossen, weil sie denselben
seiner weitreichenden Fähigkeit vorzustellen innewerden lässt, von
einem Lustgefühl begleitet. Denn da eine Grösse als Summe von
Einheiten nicht anders vorgestellt werden kann, als indem diese
Summe d. h. indem diese Einheiten nach einander vorgestellt
werden, so ist bei jeder Vorstellung einer solchen die Bethätigung
des Vorstellens, folglich die aus derselben folgende Lust um so
grösser, je grösser jene Summe d. h. je zahlreicher die nach
einander vorgestellten Einheiten sind. Aus diesem Grunde gefällt das
Grössere neben dem Kleineren, weil es dem Vorstellen mehr,
missfällt das Kleinere neben dem Grösseren, weil es dem Vorstellen
weniger Beschäftigung, jenes dem Vorstellenden mehr, dieses ihm
minder Lust gewährt. Weil aber die Fähigkeit des Vorstellens in
quantitativer Beziehung ihre Grenze, so hat auch das Grosse nach
der einen, das Kleine nach der entgegengesetzten Richtung eine
solche, jenseits welcher es vorstellbar zu sein, und folglich das eine
zu gefallen, das andere zu missfallen aufhört. Das in schönen
Verhältnissen gebaute Thier des Aristoteles hört, obgleich alle seine
Proportionen dieselben bleiben, sobald es zu einer Länge von
hundert Stadien ausgedehnt und zur Höhe eines Gebirges
erwachsen vorgestellt werden soll, auf, übersehbar und folglich
auch, schön zu sein.

89. Vom quantitativen Gesichtspunkt aus gilt daher für eine
ästhetische d. i. eine unbedingt wohlgefällige Welt der Satz, dass
(innerhalb der dem Bewusstsein gesteckten Grenzen des
Vorstellens) das Grosse ohne Unterschied des Stoffs, in welchem,
wie des Objects, an welchem dasselbe sich findet, unbedingt d. h.
Jedermann und jederzeit gefalle, das Kleine (unter der gleichen
Einschränkung) ebenso missfalle. Beides, das Lustgefühl, welches
die Betrachtung des Grossen, wie das Unlustgefühl, welches die
des Kleinen erweckt, sind reine Gefühle; das Gefühl, welches den

Eindruck des Erhabenen begleitet, ist ein gemischtes Gefühl, indem es einerseits in Folge der oben geschilderten Unvorstellbarkeit des erhabenen Objects ein Unlust-, andererseits eben der jener Unvorstellbarkeit wegen vermutheten unendlichen d. i. jedes Mass überschreitenden Grösse des erhabenen Gegenstandes halber ein Lustgefühl enthält. Aus diesem Grunde bewundern wir das Erhabene, aus jenem Grunde verzweifeln wir an uns selbst; das Erhabene gefällt, indem wir selbst uns missfallen; jenes erscheint über jedes uns erreichbare Mass hinaus gross, während wir selbst ihm gegenüber uns über jedes denkbare Mass hinaus klein erscheinen.

90. Was den qualitativen Gesichtspunkt betrifft, so gilt der Satz, dass das Was des Scheins, da dasselbe ein ästhetisches sein soll, von einem beifälligen oder missfälligen Zusatz im Vorstellenden, da dasselbe ein schönes sein soll, von dem gleichen Zusatz in jedem Vorstellenden begleitet sein muss. Ohne das erste wäre das Vorgestellte dem Vorstellenden gleichgiltig; ohne das letztere wäre der Zusatz von einem Vorstellenden zum andern, ja in demselben Vorstellenden von Zeitpunkt zu Zeitpunkt veränderlich. Gleichgiltiger Vorstellungsinhalt aber ist nicht ästhetisch; veränderliches d. i. vom Vorstellenden zum Vorstellenden oder im Vorstellenden selbst wechselndes Wohlgefallen oder Missfallen aber ist nicht unbedingtes d. h. allgemeines und nothwendiges Wohlgefallen oder Missfallen. Bei völlig gleichgiltigem Vorstellen wäre überhaupt keine Aesthetik, bei dem Mangel eines allgemeinen und nothwendigen Gefallens oder Missfallens d. h. bei der Abwesenheit einer allgemeinen und nothwendigen Norm für Gefallen und Missfallen aber doch keine Aesthetik a l s
W i s s e n s c h a f t möglich.

91. Das Was des ästhetisch Vorgestellten darf daher, da dessen begleitender Zusatz im Vorstellenden überall (d. h. in jedem Vorstellenden) und jederzeit (d. h. bei jeder Wiederholung seines Vorgestelltwerdens) derselbe sein soll, nicht als Ziel und Inhalt eines Begehrens (Begierde, Wunsch, Wollen) vorgestellt werden. Denn da alles, was überhaupt begehrt wird, sobald dieses Begehren Befriedigung erlangt, ein Lustgefühl nach sich zieht, so würde, wenn der Zusatz des Gefallens eines gewissen Vorstellungsinhalts blos von dem Umstände abhinge, dass dessen Vorgestelltes begehrt wird, überhaupt jeder beliebige Vorstellungsinhalt ohne Unterschied gefallen, w e i l und s o l a n g e, sowie d e m j e n i g e n, von dem

er begehrt wird. Und da sich in keiner Weise vorhersagen lässt, was
unter gewissen Umständen Object eines gewissen Begehrens
werden könne, da überhaupt jede gegen Hemmnisse im
Bewusstsein aufstrebende Vorstellung Sitz eines (bisweilen sehr
heftigen) Begehrens werden kann, so wäre es ebenso unmöglich,
vorherzusagen, ob und welcher Vorstellungsinhalt, sowie wem er
unter Umständen gefallen werde, woraus der Spruch, dass sich
über den Geschmack nicht streiten lasse, entstanden ist.

92. Nicht alles Gefallende wird begehrt, aber alles, wodurch ein
Begehren befriedigt wird, gefällt. Das höchste und reinste Gefallen
ist dasjenige, welches durch keinerlei Beisatz eines (sinnlichen oder
idealen) Begehrens getrübt, verunreinigt oder auch nur von einem
solchen begleitet wird; „die Sterne, die begehrt man nicht". Das
Gefallen, das nur unter Voraussetzung eines Begehrtwerdens
entspringt, bleibt dagegen aus, wenn das letztere mangelt. Ein
allgemeiner und nothwendiger Zusatz von Gefallen oder Missfallen
kann aus dem zufälligen und individuellen (bestenfalls particulären)
Umstand des Begehrt- oder Verabscheutwerdens nicht abgeleitet
werden. Das nur bedingt d. h. unter Voraussetzung einer Begierde
Wohlgefällige d. h. das nur s u b j e c t i v A n g e n e h m e, oder, da
alles, was als Gegenstand einer Begierde oder als Mittel zu deren
Befriedigung gilt, dem Begehrenden nützlich, dessen Gegentheil
schädlich scheint, das N ü t z l i c h e ist kein Gegenstand der
Aesthetik.

93. Aber auch das nicht subjectiv sondern objectiv d. h. ohne
Voraussetzung eines Begehrtwerdens Angenehme ist als solches
noch nicht ein Gegenstand der Aesthetik. Denn zu dieser, damit sie
Wissenschaft sei, ist erforderlich, dass sich das Aesthetische d. h.
das von einem beifälligen oder missfälligen Zusatz unbedingt (bei
Allen und in allen Fällen) Begleitete nicht blos fühlen (d. h. dunkel),
sondern wissen (d. h. klar und deutlich vorstellen und in Worten
aussprechen) lasse. Das Angenehme aber hat die Eigenschaft, dass
dessen Inhalt mit dem begleitenden Zusatz (dem Lustgefühl)
ununterscheidbar zusammenrinnt, wie das Gleiche auch bei dessen
Gegentheil, dem Unangenehmen mit der dieses begleitenden Unlust
(dem Schmerzgefühl) der Fall ist. Das Angenehme der einzelnen
Ton- oder Lichtempfindung lässt sich nicht definiren, der Sitz und
der Grund des Schmerzgefühls (Kopf-, Zahnschmerz) sich aus
diesem nicht herauslesen. Der Inhalt des objectiv d. h. aus dem
Vorgestellten selbst, nicht aus der subjectiven Gemüthslage des

Vorstellenden entspringenden Lust- oder Schmerzgefühls ist zwar unbedingt, aber nicht wissbar, also kein Gegenstand wissenschaftlicher Erkenntniss.

94. Während sonach das einzelne Angenehme oder Unangenehme zwar Gegenstand eines Lust- oder Unlustgefühls, von diesem selbst gesondert aber nicht vorstellbar ist, sind die zwei oder mehreren Vorstellungen, aus deren gegenseitiger Beziehung oder Verhalten (ratio) ein auf dieses bezügliches und die Beschaffenheit desselben zum Ausdruck bringendes Lust- oder Unlustgefühl entspringt, sehr wol jede für sich und von jenem Gefühl abgesondert angebbar. In jenem Fall ist das Gefühl ein solches, das aus der Beziehung eines gewissen Vorstellungsinhalts (z. B. einer Ton- oder Farbenempfindung) zum vorstellenden Subject, in diesem Fall ein solches, das aus der Beziehung zweier oder mehrerer Vorstellungen (z. B. Ton- oder Farbenempfindungen) zu und auf einander im Vorstellenden entspringt. Dass jener einzelne Ton oder die einzelne Farbe gefalle oder missfalle, hängt daher wesentlich von der augenblicklichen oder habituellen Beschaffenheit des vorstellenden Subjects, dass das Verhältniss der zwei oder mehreren Töne oder Farben gefalle oder missfalle, dagegen ausschliesslich von der an sich unveränderlichen und immer sich gleich bleibenden Inhaltsbeschaffenheit dieser letzteren selbst ab. Da die Beschaffenheit des Subjects nun von Individuum zu Individuum eine andere ist, so kann folgerichtig das mit von derselben abhängige Gefühl von Einem zum Andern ein anderes d. h. derselbe Ton, dieselbe Farbe kann dem Einen angenehm, dem Anderen unangenehm sein. Den Beleg dafür bieten die sogenannten Idiosynkrasien (z. B. Mozart's Abneigung gegen den Trompetenton, Cäsar's und Wallenstein's Widerwillen gegen den Hahnschrei, die Vorliebe gewisser Individuen oder ganzer Völker für gewisse Klangfarben, Tonlagen, Farbentöne und Beleuchtungseffecte). Wirkungen dieser und ähnlicher Art, die oft zu den stärksten gehören (Klang- und Lichteffecte) sind daher wesentlich p a t h o l o g i s c h e r , durch die physische und psychische Beschaffenheit des vorstellenden Subjects bedingter, keineswegs ästhetischer, von der Beschaffenheit des Vorgestellten (dem Inhalt der Vorstellungen als Object des Vorstellens) abhängiger Natur. Die durch dieselben hervorgerufenen Gefühle können, insofern die sie verursachenden Vorstellungen nicht in Beziehung stehend zu anderen d. i. nicht als Glieder eines Verhältnisses gedacht werden, wol aber an sich in ein Verhältniss zu anderen treten d. h. als Stoff

(Material) zu einem solchen dienen können, m a t e r i a l e oder
S t o f f g e f ü h l e ; diejenigen Gefühle, welche sich auf das
Verhältniss zweier oder mehrerer Vorstellungen d. i. auf die
Verbindung derselben zu und unter einander, also auf deren F o r m
beziehen, müssen dann f o r m e l l e oder F o r m g e f ü h l e
heissen.

95. Nur die letzteren bilden die Grundlage der Aesthetik als
Wissenschaft. Da die Verhältnisse zweier oder mehrerer
Vorstellungen zu einander, insofern sie nur von deren Inhalt
abhängen, so lange dieser Inhalt derselbe bleibt, immer dieselben
sein müssen; da ferner die oben bezeichneten Formgefühle nichts
anderes als die sich mit ihren Ursachen deckenden Effecte jener
Verhältnisse im Bewusstsein sind, so folgt, dass dieselben
Verhältnisse auch allezeit und in Jedermann dieselben Gefühle zur
Folge haben werden d. h. dass die zwischen gewissen
Vorstellungen ein für allemal ihrem Inhalt nach bestehenden
Beziehungen allezeit und bei Jedermann von demselben Zusatz des
Wohlgefallens oder Missfallens begleitet d. h. objective d. i.
unbedingt wohlgefällige oder missfällige Formen sein werden. Von
dieser Art ist z. B. das nur von dem Inhalt der beiden Töne, des
Grundtons und der Quinte, abhängige und als solches unbedingt
wohlgefällige Quintenintervall; ein solches die nur von der
Beschaffenheit der beiden Farben, Roth und Grün, abhängige
harmonische Farbenterz; ein solches endlich der nur von dem
Verhältniss der beiden verglichenen Gedanken, des unbildlichen und
des bildlichen, abhängige Gedankenaccord der Metapher.

96. Verbindungen derartiger beharrender Verhältnisse zwischen
Vorstellungen mit den aus denselben entspringenden und daher ihrer
Entstehung nach an deren Vorhandensein im Bewusstsein
gebundenen (fixen) Formgefühlen werden, da sich die ersteren (die
Verhältnisse) abgesondert von den letzteren (den Formgefühlen) für
sich vorstellen lassen, also das Gefühlte mit dem Gefühl nicht in
Eins zusammenfliesst, nicht mehr blos ästhetische Gefühle, sondern
ästhetische Urtheile genannt. Das Subject derselben wird durch das
zwischen den Vorstellungen herrschende Verhältniss (z. B. die
Harmonie), das Prädicat derselben durch das darauf bezügliche
Gefühl (z. B. die Wohlgefälligkeit) gebildet. Das Urtheil lautet in
diesem Fall: die Harmonie zwischen a und b (d. i. den beiden im
Verhältniss der Harmonie stehenden Tönen) gefällt. Die logische
Natur dieser Urtheile besteht darin, dass der Umfang des Subjects

und der Umfang des Prädicats unter einander congruent d. h. dass,
so oft das Verhältniss der Harmonie, eben so oft auch das
Wohlgefallen vorhanden ist. Dieselben sind daher, da ihre Subjects-
und ihre Prädicatsvorstellung verschiedenen Inhalt, aber denselben
Umfang haben, nach der logischen Idee der Aequipollenz
identische, also unfehlbare Urtheile, und ihre Geltung d. h. die
Behauptung, dass ein gewisses Verhältniss (z. B. die Harmonie)
gefalle, unbedingt d. i. eben so allgemein als nothwendig.

97. Das Was des ästhetischen Scheins, wenn derselbe schön d. h.
unbedingt wohlgefällig sein soll, kann daher niemals weder der
Inhalt einer blossen Begierde, noch eine vereinzelte Vorstellung,
sondern muss immer ein Verhältniss zwischen mehreren d. h.
dasselbe muss stets ein zusammengesetztes aus einer
Mannigfaltigkeit von Theilen, welche selbst wieder Vorstellungen
sind, bestehendes Ganze sein. Da nun zwischen Vorstellungen,
welche nicht verwandten, d. i. disparaten Inhalts sind, zwar ein
Verhältniss, eben das der Disparatheit, stattfindet, dieses aber, da die
beiden Vorstellungen keine innere Beziehung auf einander haben, im
Bewusstsein keinerlei auf sich bezügliches Gefühl erzeugt (weder
Lust noch Schmerz erweckt), also ästhetisch indifferent d. h. dem
Vorstellenden gleichgiltig ist, so kann das Was des schönen Scheins
nur ein Verhältniss zwischen verwandten d. h. entweder ganz oder
theilweise identischen, oder entgegengesetzten Vorstellungen d. h.
es muss selbst entweder die (ganze oder theilweise) Identität oder
der Gegensatz der Vorstellungen sein.

98. In qualitativer Hinsicht ergeben sich daher für das Was des
schönen Scheins folgende Möglichkeiten: entweder das Verhältniss
zwischen den Theilen des Scheins, die selbst wieder Vorstellungen
sind, ist das der völligen Identität, so dass beide dem Inhalte nach
nicht, und da an dieser Stelle von der Intensität des
Vorgestelltwerdens abgesehen wird, auch nicht durch dessen
grössere oder geringere Lebhaftigkeit sich von einander
unterscheiden, folglich eins und dasselbe und daher nach dem
principium identitatis indiscernibilium eine und dieselbe Vorstellung
sind. In diesem Falle findet zwar im strengsten Sinn Identität, aber
kein Verhältniss zwischen den beiden statt, da zu jedem solchen
zwei Glieder gehören, jene beiden Vorstellungen aber nur ein
einziges ausmachen. Das Verhältniss der Identität kann daher, wenn
ästhetisch, nur eines der theilweisen Identität sein.

99. Letztere, da sie darin besteht, dass beide Theile einen Theil ihres Inhalts mit einander gemein haben, während der Ueberrest, da beide Theile inhaltsverwandt sind, gegenseitig nicht im Verhältniss der blossen Disparatheit stehen kann, sondern in jenem des Gegensatzes d. h. der gegenseitigen Ausschliessung bestehen muss, kann nun entweder so beschaffen sein, dass das Gemeinsame das Gegensätzliche oder dieses jenes überwiegt, oder dass beides sich gegenseitig gleichschwebend erhält. Letzterer Fall bringt, da das Identische sowie das Gegensätzliche in beiden das nämliche, also abermals kein Verhältniss zwischen mehreren, sondern nur eins und das nämliche (nicht zweimal, sondern ein einzigesmal) vorhanden ist, eben so wenig wie die strenge Identität ein wirkliches Verhältniss, sondern nur den Schein eines solchen hervor und muss daher ebenso wie jene aus der Betrachtung gelassen werden.

100. Die überwiegende Identität kann nun entweder eine einseitige oder eine gegenseitige sein. Im ersten Falle findet der Inhalt des einen Gliedes sich ganz im Inhalt des zweiten, aber nicht umgekehrt dieser in jenem wieder. Im zweiten Fall enthält der Inhalt jedes der beiden Glieder etwas, das ihm mit dem Inhalt des andern gemeinsam, während der Rest des einen dem Reste des andern entgegengesetzt ist. Beide Glieder des Verhältnisses verhalten sich so, dass im ersten Fall eines das andere, aber nicht umgekehrt, im zweiten Fall dagegen jedes das andere abbildet. Und zwar verhält sich im ersten Fall dasjenige Glied, welches im andern ganz, in welchem aber das andere nur zum Theile enthalten ist, zu diesem anderen wie das Nachbild zum Vorbild, die Copie zum Original, wie denn auch das getreueste Porträt selbst dann, wenn es alle Züge der Individualität auf das genaueste ausprägt, hinter dieser noch um das Merkmal der wirklichen Belebtheit zurücksteht. Im zweiten Fall dagegen stellen beide Glieder dem Inhalt nach Unterarten eines dritten, des beide verknüpfenden Gemeinsamen (tertium comparationis) dar, zu welchem jedes derselben im Verhältnisse des Vorbildes zum Nachbilde steht.

101. Ausdruck der überwiegenden, sei es einseitigen, sei es gegenseitigen Identität im Bewusstsein ist ein Lust-, wie jener des überwiegenden Gegensatzes ein Unlustgefühl. Ersteres entsteht, indem die gleichzeitig im Bewusstsein vorhandenen Vorstellungen des in ihnen enthaltenen Identischen halber mit einander zu verschmelzen, letzteres, indem dieselben des in ihnen enthaltenen Gegensatzes halber sich von einander gesondert zu halten streben.

Jenes wie dieses Streben ist der Ausdruck eines psychischen
Naturgesetzes, kraft dessen ihrem Inhalt nach ähnliche
Vorstellungen einander zu verstärken, ihrem Inhalt nach
entgegengesetzte einander gegenseitig zu hemmen gezwungen sind.
Wenn daher in dem Inhalt zweier im Bewusstsein gleichzeitig
vorhandenen Vorstellungen das Identische das Gegensätzliche
überwiegt, so gewinnt auch das Streben nach Vereinigung beider
durch Verschmelzung naturgemäss die Oberhand über das Streben
nach Trennung beider durch Hemmung d. h. die Verschmelzung
wird erleichtert; überwiegt dagegen das Gegensätzliche das
Identische, so gewinnt das Streben nach Auseinanderhaltung
Oberwasser, die Verschmelzung wird erschwert oder gänzlich
gehindert. Ausdruck der Erleichterung wird das Lust-, jener der
Erschwerung das Unlustgefühl.

102. Den empirischen Beweis für die vorstehende Erklärung liefert
die Thatsache der Wohlgefälligkeit harmonischer d. i. solcher Ton-
und Farbenverhältnisse, deren Glieder überwiegend identisch, sowie
der Missfälligkeit solcher, deren Glieder überwiegend
entgegengesetzt sind. Seitdem durch die physiologischen Theorien
des Sehens wie des Hörens (von Helmholtz, Young u. A.) erwiesen
ist, dass die früher (z. B. von Herbart) sogenannten einfachen
Sinnesempfindungen als Elemente des Bewusstseins keineswegs
einfach, sondern selbst aus einer Summe gleichzeitig vernommener
elementarer Sinneseindrücke zusammengesetzt sind, handelt es sich
bei dem Verhältniss zwischen solchen, wie es die Ton- und
Farbenintervalle sind, nicht mehr um eine Beziehung zwischen
einfachen (theillosen), sondern zwischen zusammengesetzten (aus
Theilen bestehenden) Gliedern. Während es, wenn die Glieder eines
(harmonischen oder disharmonischen) Ton- oder
Farbenverhältnisses einfache sind, schlechthin unerklärlich bleibt,
warum dieselben gefallen oder missfallen, wird die Begründung
dieser empirischen Thatsache unter der Voraussetzung, dass jene
Glieder aus Theilen bestehen, dadurch ermöglicht, dass gewisse
(mehr oder minder zahlreiche) dieser Theile in beiden Gliedern
dieselben seien. Ueberwiegt die Anzahl der beiden gemeinsamen
Bestandtheile jene der in beiden einander entgegengesetzten, so
muss ein wohlgefälliges, findet das Gegentheil statt, ein
missfallendes Verhältniss sich ergeben.

103. Die Theorie der Obertöne in der Musik (Helmholtz), jene der
gleichzeitigen Erregung der complementären Farben in der Optik

(Young, Hering u. A.) gibt das Beispiel her. Da jeder Ton, der gehört, d. i. mittels des Ohres empfunden wird, kein abstracter, sondern ein concreter d. i. mittels eines gewissen Instruments, als welches auch das menschliche Stimmorgan gelten muss, hervorgebrachter ist und als solcher eine charakteristische, von der Beschaffenheit der Tonquelle herrührende Färbung, die sogenannte Klangfarbe, besitzen muss, so wird mit jedem empfundenen Ton nothwendig zugleich dessen Klangfarbe d. i. die denselben begleitende Wirkung der specifischen Natur des ihn erzeugenden Organs vernommen. Helmholtz nun hat gezeigt, dass die Wirkung, die wir Klangfarbe nennen, nichts anderes sei, als die Summe gewisser, jeden durch irgend eine Tonquelle erzeugten abstracten Ton (Grundton) begleitenden secundären Töne (Obertöne), deren akustischer Werth und numerische Menge je nach der Art der Tonquelle verschieden, z. B. bei dem Geigenton eine andere als bei dem Clavierton, bei der Alt- eine andere als bei der Sopranstimme u. s. w. ist. Werden daher gleichzeitig verschiedene Töne, deren jeder seine Klangfarbe besitzt, vernommen d. h. werden statt zweier abstracter Tonempfindungen zwei Summen von Tonempfindungen vernommen, deren jede aus der Empfindung des Grundtons und den Empfindungen seiner Obertöne zusammengesetzt ist, so kann nur zweierlei stattfinden: entweder beide Summen der Empfindungen haben nicht nur gemeinschaftliche, sondern so viele gemeinschaftliche Bestandtheile, dass im Gesammteindruck der Eindruck der identischen Tonempfindungen jenen der entgegengesetzten Tonempfindungen überwiegt, oder dieselben haben gar keine oder so wenig Tonempfindungen gemein, dass im Gesammteindruck der Eindruck der identischen gegen den der nicht-identischen Tonempfindungen (d. i. solcher, deren Töne nicht zusammenfallen, Schwebungen) verschwindet. Im ersten Fall consoniren, im zweiten dissoniren die Töne.

104. Consonanz (Harmonie) und Dissonanz (Disharmonie) der Tonempfindungen hängt demzufolge von deren überwiegender Identität oder dem Gegensatz des Inhalts derselben ab. Da nun bei den Farbenempfindungen das Analoge stattfindet, indem eben so wenig wie der abstracte Ton, die abstracte Farbe empfunden wird, so lässt sich vermuthen, dass auch zwischen der Begründung der Farben- und jener der Tonharmonie Analogie sich einstellen werde. Jede empfundene Farbe ist eine concrete, die unter dem Einfluss einer specifischen dieselbe bedingenden Lichtquelle (z. B. des Sonnenlichts, des Mondlichts, des Kerzen- oder Lampenlichts)

entstanden ist und die Spur dieser letzteren in einer
charakteristischen Eigenthümlichkeit, dem sogenannten Farbenton,
errathen lässt. Jede Farbenempfindung aber ist zugleich,
physiologisch betrachtet, keine vereinzelte, sondern das
gleichzeitige Resultat der gleichzeitigen Erregungen des Sehorgans
durch das dieses letztere berührende Licht, so dass gleichzeitig alle
in dem letzteren enthaltenen Farben des Spectrums in jenem
angeregt und in Folge dessen empfunden werden. Ist z. B. das
auffallende Licht Sonnenlicht, in welchem als Grundfarben Roth,
Gelb und Blau (oder nach Andern Grün, Roth und Violet) enthalten
sind, so werden im Auge jedesmal die jenen dreierlei Lichtreizen
entsprechenden Vorgänge zugleich erregt und daher auch in Folge
dessen alle drei Farben zugleich empfunden. Der Unterschied, dass
in dem einen Fall die Empfindung als Roth, in dem andern als Blau
bezeichnet wird, obgleich in dem ersteren neben dem Roth
nothwendig auch Blau und Gelb, also Grün — in dem letzteren Falle
neben dem Blau auch Roth und Gelb, also Orange empfunden
worden sein musste, liegt nur darin, dass in dem einen Fall der
rothe Lichtreiz den blauen und gelben, in dem andern Fall der blaue
Lichtreiz den rothen und gelben, und folglich sowol der
Erregungszustand des Auges, in welchen dasselbe durch rothes und
blaues Licht versetzt ward, die anderen gleichzeitigen
Erregungszustände, wie die Empfindung Roth und Blau, welche
durch jenen Erregungszustand hervorgerufen ward, die anderen mit
ihr gleichzeitigen Empfindungen an Intensität übertraf, letztere also
durch jene in latenten Zustand versetzt, d. i. für das Bewusstsein
verdunkelt wurden. Dass dieselben ihrer Latenz ungeachtet
thatsächlich vorhanden waren, beweisen die von Goethe und
Purkyně sogenannten subjectiven Farbenerscheinungen d. i. das
Hervortreten des complementären Farbenbildes, nachdem durch
längeres Anhalten des ursprünglichen das Auge für den bezüglichen
Farbenreiz abgestumpft worden ist. Die stärkste unter den
gleichzeitigen Farbenempfindungen, nach welcher a potiori die
Benennung derselben erfolgt, z. B. in obigen Fällen die Empfindung
Roth und die Empfindung Blau, können nach Analogie der
Grundtöne als Grundfarben, die der gleichzeitigen, aber durch sie in
den Hintergrund gedrängten Lichtreize können nach Analogie der
Obertöne als Oberfarben (Nebenfarben) bezeichnet werden.
Letztere machen zusammen, wie obige Beispiele zeigen, stets die
Empfindung der complementären Farbe aus (Grün, wenn als
Grundfarbe Roth, Orange, wenn als Grundfarbe Blau empfunden
wird) und die Nuance, welche die Empfindung des Rothen dadurch

empfängt, dass mit ihr zugleich mehr oder weniger latent nothwendig Grün empfunden werden muss, kann, wenn die Beimischung einen erheblichen Grad erreicht, als Farbenstich, und zwar des Rothen entweder in's Grüne als ganze, oder in's Blaue oder Gelbe als Bestandtheile der grünen Mischfarbe charakterisirt werden.

105. Treten daher unter Voraussetzung derselben Lichtquelle zwei Farbenempfindungen gleichzeitig oder nach einander in's Bewusstsein, so ist jede derselben nicht einfach, sondern zusammengesetzt, und zwar aus der Empfindung der Grundfarbe und jener der Oberfarbe; trifft es sich nun, dass diejenige Farbe, die in der einen derselben Grundfarbe, in der anderen Oberfarbe ist, so sind beide Farbenempfindungen ihrem Inhalt nach überwiegend identisch, wie dies bei der Farbenverbindung Roth (dessen Nebenfarbe Grün) und Grün (dessen Nebenfarbe Roth ist) und ebenso bei der Verbindung Blau (dessen Nebenfarbe Orange) und Orange (dessen Nebenfarbe Blau ist), dagegen nicht bei der Verbindung Roth (dessen Nebenfarbe Grün) und Blau (dessen Nebenfarbe Orange ist) thatsächlich der Fall ist. Verbindungen ersterer Art können daher harmonische (Farbenconsonanzen), Verbindungen nicht complementärer Farben müssen disharmonische (Farbendissonanzen) heissen.

106. Die Analogien zwischen harmonischen Ton- und dergleichen Farbenverbindungen sind unter Anderen von Unger weiter ausgeführt worden. Wie unter den ersteren Terz, Quint und Octave als Consonanzen, Secunde, verminderte Quart und Septime als Dissonanzen, so werden von ihm unter den letzteren die Terz als harmonische, die Secunde als disharmonische Farbenintervalle unterschieden. Dem musikalischen Accord als harmonischer Verbindung dreier Töne (Dreiklang) wird der Farbenaccord als harmonische Verbindung dreier Farben (Dreischein), der Vervielfältigung der Tonscala durch Erhöhung und Vertiefung der Töne eine ebensolche der Farbenleiter durch Erhöhung und Verminderung der Lichtstärke, der Unterscheidung von Klangfarben und Tongeschlechtern nach Ton- eine ebensolche von Farbentönen und Farbengeschlechtern nach Lichtquellen etc. zur Seite gesetzt.

107. Wie die Consonanz auf überwiegender Identität, so beruht deren Gegentheil auf überwiegendem Gegensatz. Wie die leicht und anstandslos vor sich gehende oder allen Hemmnissen zum Trotz

durchgesetzte Verschmelzung überwiegend identischer
Vorstellungen ein in dem letztgenannten Fall noch beträchtlich
gesteigertes Lustgefühl, so lässt der alles Bemühens,
Entgegengesetztes zu vereinigen, ungeachtet immer wiederkehrende
Misserfolg, der durch den als unüberwindliches Hemmniss sich
herausstellenden Gegensatz herbeigeführt wird, ein nachgerade bis
zur Unerträglichkeit sich steigerndes Gefühl der Unbefriedigung
zurück. Die theilweise gleichen, aber überwiegend
entgegengesetzten Vorstellungen werden durch das in ihnen
enthaltene Gleiche immer wieder zu einander gezogen, durch das
gleichfalls in ihnen enthaltene Entgegengesetzte, welches letztere
überwiegt, aber unaufhörlich aus einander gehalten. Dieses bewirkt,
dass sie nicht eins werden, jenes verursacht, dass sie trotzdem
nicht von einander loskommen können. Dieses gleichzeitige sich
Suchen und sich Fliehen, sich Festhalten und sich Verdrängen der
Gegensätze bringt im Gemüth eine Ixionsartige Unruhe hervor,
deren Bestand auf die Dauer für den Vorstellenden unhaltbar wird.

108. Folge davon ist, dass derselbe obigen Zustand zu beseitigen
sich entschliesst. Da dieser aber auf der gegensätzlichen
Beschaffenheit des Inhalts und der in Folge dessen sich
schlechterdings unter einander ausschliessenden Natur der
gleichzeitig im Bewusstsein vorhandenen Vorstellungen beruht,
folglich so lange fortwähren muss, als jener Inhalt derselbe bleibt,
so kann obige Qual auf keine andere Weise beschwichtigt werden,
als indem an die Stelle der gegenwärtig im Bewusstsein
vorhandenen und demselben als mit einander unverträgliche
gleichzeitig vorschwebenden Vorstellungen andere unter einander
verträgliche entweder zufällig (etwa durch Versetzung in eine
andere Umgebung, welche andere Vorstellungen bringt) treten, oder
absichtlich (etwa durch freiwilligen Entschluss, den gegenwärtigen
durch einen beliebigen anderen künstlich festgehaltenen
Vorstellungsinhalt zu ersetzen) an deren Stelle geschoben werden.
In beiden Fällen wird die Qual, die aus dem gleichzeitigen
Vorhandensein unverträglicher Gedanken entsteht, allerdings
beseitigt, aber im ersten Fall, da nur ein Zufall das Verschwinden
der unverträglichen Vorstellungen aus dem Bewusstsein veranlasst
hat, nur auf so lange, als nicht ein neuerlicher Zufall die Rückkehr
derselben in das Bewusstsein herbeiführt, im zweiten Fall nur für
den, der jenen Entschluss gefasst, sein inneres Auge gewaltsam
gegen die wirklich im Bewusstsein gegenwärtigen Vorstellungen
verschlossen und an die Stelle derselben künstlich andere eingeführt

hat, und nur auf so lange, als er diesen Willen selbst oder die Kraft
hat, denselben ins Werk zu setzen. Die auf solchem Wege
herbeigeführte Beseitigung der Qual ist daher keine natürliche und,
weil aus der innern Natur der im Bewusstsein vorhandenen
Vorstellungen entsprungen, Dauer verheissende, sondern dieselbe
findet gleichsam „auf Kündigung" statt d. h. mit dem Vorbehalt,
dass, sobald die durch den Zufall oder durch den Willen des
Vorstellenden gezogene künstliche Schranke einmal, wie immer,
aufhöre, die ursprünglichen, nicht vernichteten, sondern nur in
Latenz versetzten unverträglichen Vorstellungen wieder
emportauchen und dadurch die alten Wunden von neuem bluten
werden.

109. Ein Beispiel einer solchen, und zwar durch den Zufall
beseitigten Qual innerlich vorhandener Gegensätze bietet die Heilung
eines zerrissenen Gemüths durch die Abwechslung, Zerstreuung
und den überwältigenden Eindruck, welchen Reisen, Geselligkeit
und erhabene Gebirgsnatur in diesem herbeiführen. Ein Beispiel
einer durch freiwilligen Entschluss „auf Zeit" bewirkten
Unterdrückung der Unruhe, die das Bewusstsein eines
widerspruchsvollen Verhältnisses erzeugt, bietet die Resignation, mit
welcher der in einer sogenannten „Vernunftheirat" Befangene den
Gegensatz zwischen der ersehnten und der thatsächlichen
Beschaffenheit seiner Beziehungen zum anderen Theil erträgt. In
beiden Fällen findet Beschwichtigung wirklich statt, aber im
ersteren nur auf zufällige Weise, so dass mit der Rückkehr in die
frühere Umgebung auch das frühere Gefühl des Unglücks
wiederkehrt; in dem letztern nur auf künstliche Weise, so dass mit
dem Schwach- oder Schwankendwerden des Entschlusses auch
das volle Gefühl des lastenden Widerspruchs erneuert wird. Das
gefundene Gleichgewicht ist labil, nicht stabil.

110. Ein unerträglicher Zustand, das gleichzeitige Vorhandensein
sich unter einander ausschliessender Vorstellungen im Bewusstsein,
ist beseitigt; aber ein anderer, gleich unerträglicher, ist an dessen
Stelle getreten. War der frühere Zustand Unruhe, so ist der jetzige
vergleichsweise allerdings Ruhe; diese selbst aber ist nichts weiter
als verhüllte Unruhe. Nicht wirkliche Ruhe, sondern der Schein der
Ruhe ist an die Stelle der, obgleich latent, immer noch während en
Unruhe getreten; der ursprüngliche Zustand schlummert gleichsam
unter dem künstlich geschaffenen Boden fort und harrt des
Moments, wo er wieder hervorbrechen, den künstlich

übergeworfenen Schleier zerreissen, den ursprünglich dagewesenen, niemals vernichteten, sondern nur äusserlich niedergehaltenen Zustand wieder herstellen kann.

111. Von dieser Sachlage gilt, dass Schein, der sich für Sein gibt, auf die Dauer unhaltbar sei, und zwar gleichviel, ob der wirklich vorhandene Zustand im Bewusstsein, an dessen Stelle künstlich ein anderer gesetzt worden ist, ein an sich missfälliger oder ein beifälliger, das Zugleichsein einander ausschliessender oder ein solches mit einander übereinstimmender Vorstellungen sei. Denn nicht darin besteht die Unerträglichkeit, dass an die Stelle eines unerträglichen Zustandes ein erträglicher getreten ist, sondern darin, dass an die Stelle des wirklich, wenngleich latent, vorhandenen, ein scheinbar d. i. nur zum Scheine, vorhandener gesetzt worden ist. Das Unlustgefühl, das sich an das Vorhandensein zweier einander ausschliessender Vorstellungen im Bewusstsein knüpft, ist verschieden von demjenigen, welches dem Umstande gilt, dass Schein für Sein, ein unwahrer an die Stelle des wahren, ein gemachter an jene des gegebenen Zustandes eingetreten ist. Wenn das erstere aufhört, sobald die einander ausschliessenden Vorstellungen entweder aufhören einander auszuschliessen, oder gänzlich aus dem Bewusstsein geschwunden sind, so schwindet das letztere nicht eher, als bis der widernatürlicherweise hergestellte Trug, durch welchen Schein an die Stelle des Seins gesetzt ward, aufgelöst, der künstlich erzeugte Zustand aufgehoben und der ursprüngliche, widerrechtlich aus dem Bewusstsein verdrängte, wieder in dasselbe zurückgekehrt ist. Ausdruck dieses Verhältnisses ist der Satz: Schein, der sich für Sein gibt, missfällt, und zwar in gleichem Grade, das ursprüngliche Sein, welches durch Schein ersetzt worden ist, möge an sich beifällig oder missfällig d. i. der Schein, der durch einen andern verdrängt wurde, möge an sich schön oder hässlich gewesen sein. In dem einen Fall wird durch die Herstellung des ursprünglichen Zustandes ein wohlgefälliger, im andern Fall ein missfälliger Zustand erneuert; aber das Missfallen, welches sich an den Fortbestand eines erlogenen anstatt des wirklichen Zustandes heftet, wird in beiden Fällen vermieden. Alles, was sich sagen lässt, beschränkt sich darauf, dass durch die Wiederherstellung eines ursprünglichen missfälligen Zustandes zwar das Missfallen, das diesem gilt, nicht vermieden, aber doch ein anderes, das dem Trugbild gilt, beseitigt wird, während im Gegenfalle durch die Wiederherstellung eines ursprünglichen beifälligen Zustandes nicht blos das Missfallen an der Geltung

blossen Scheins für Sein von Grund aus vernichtet, sondern zum
Ueberfluss ein Beifälliges in das Bewusstsein zurückgeführt wird.

112. War der ursprüngliche Zustand Dissonanz, so wird durch
dessen Wiederherstellung ein dissonirender, war er Consonanz, ein
consonirender erneuert; die inzwischen vorhanden gewesene
Verhüllung des wirklich vorhandenen durch einen fälschlicherweise
an dessen Stelle getretenen aber wird in beiden Fällen schwinden
gemacht. Im ersteren Fall wird eine Wunde blossgelegt, die nur
scheinbar geschlossen, aber nicht wirklich geheilt war; im letzteren
Fall wird eine Heilung wieder als Heilung anerkannt, die
fälschlicherweise für eine Erkrankung ausgegeben worden war. In
jenem Fall ist der Schlusszustand allerdings Krankheit, aber der
Irrthum, welcher dieselbe für Gesundheit hielt, wenigstens ist
beseitigt. In diesem Fall hat nicht blos der Irrthum, welcher Heilung
für Erkrankung nahm, seine Geltung eingebüsst, sondern der
Schlusszustand ist die wirkliche Gesundheit.

113. Eine Bewegung geht vor sich, die in drei Abschnitten verläuft.
Ausgangspunkt derselben bildet der ursprünglich vorhandene, deren
Mitte der trügerischerweise an dessen Stelle getretene, ihren
Schluss der dem ursprünglichen gleiche, aus dessen Verdunkelung
durch den inzwischen waltend gewesenen Druck wieder
hergestellte Zustand. Dieselbe vollzieht sich, weil der verdunkelnde
Zustand künstlich durch eine äussere Ursache an die Stelle des
ursprünglich vorhandenen geschoben worden ist, nicht d u r c h,
sondern gleichsam im Kampfe w i d e r die letztere, und gewinnt
dadurch den Anschein, Selbstbewegung d. i. Resultat eines ihr
selbst innewohnenden und sie bestimmenden Bewegungsimpulses,
eines sie belebenden Lebenskeims, einer sie bewegenden Seele zu
sein d. h. die Bewegung erscheint als lebendige, beseelte Bewegung.

114. Ist das in obiger Bewegung Begriffene ästhetischer d. h. dem
Vorstellenden vorschwebender, beifälliger oder missfälliger (schöner
oder hässlicher) Schein, so gewinnt derselbe durch obigen Process
selbst den Schein der Beseelung. Der im Bewusstsein ursprünglich
vorhanden gewesene Schein, der von dem Vorstellenden künstlich
mit Wissen und Willen aus demselben verdrängt und durch einen
andern, der sich an seiner Stelle für den wahren ausgibt, ersetzt
worden ist, aber ohne, ja wider Willen des Vorstellenden sich
behauptet, seinerseits den ihn zu verdrängen bestimmt gewesenen
Schein verdrängt und in's Bewusstsein wieder zurückkehrt, nimmt

dadurch selbst den Anschein selbstständigen Lebens, inwohnender
Beseelung an, löst sich, indem er sich gegen den Vorstellenden
auflehnt, vom Willen desselben, also vom vorstellenden Subject ab
und erscheint (nicht als subjectiver, sondern) als o b j e c t i v e r ,
(nicht als beherrschter, sondern) das Subject
b e h e r r s c h e n d e r , in sich selbst abgeschlossener und von
innen heraus belebter d. i. als (scheinbar) lebendiger Schein oder als
ä s t h e t i s c h e s   O b j e c t .

115. Dasselbe ist harmonisches, wenn der mit dem Schein des
Lebens auftretende Schein ursprünglich schöner Schein, dagegen
ein disharmonisches, wenn derselbe ein hässlicher Schein war. Der
ästhetische Schein, den wir als Vorstellung des Engels, ist als
ästhetisches Object nicht mehr und nicht weniger beseelt, als der
ästhetische Schein, den wir als Bild eines Satans bezeichnen; weder
der eine noch der andere muss darum w i r k l i c h e s Object d. i.
beseelte Wirklichkeit und reale Geistigkeit sein. Diese, die lebendige
Existenz, wenn sie mehr sein soll als ein Geschöpf der
Einbildungskraft, gehört vor das Forum der Metaphysik, jene, die
Existenz des Scheins der Lebendigkeit, die nicht mehr sein will als
ein Product der Phantasie, fällt als solches allein unter die
Jurisdiction der Aesthetik.

116. In dem nothwendigen Entwicklungsgang der dramatischen
Handlung kommt jener Schein nothwendiger Selbstbewegung des
Scheins zur ästhetischen Erscheinung. Wie der ursprüngliche
Schein aus seiner Verdunklung durch Ueberwindung der letztern
wieder zum Vorschein, so kommt der ursprüngliche Thatbestand
aus dessen eingetretener Verdunklung durch deren Ueberwindung
wieder zur Klarheit. Oedipus, der seinen Vater erschlagen und seine
Mutter geheiratet hat, aber in Folge seines Irrthums, dass er der
Sohn des korinthischen Königspaares sei, weder das eine noch das
andere Verbrechen verübt zu haben wähnt, wird durch die Macht
der den trügerischen Wahn zerreissenden Verhältnisse zur Klarheit
über sich selbst und zum Bewusstsein der thatsächlichen Lage d. i.
der auf ihm lastenden tragischen Schuld gebracht. Der Brudermord
im dänischen Königshause, welchen der ehebrecherische und
kronenräuberische Mörder durch die schlaueste und künstlichste
Veranstaltung in den Schleier des tiefsten Geheimnisses zu hüllen
verstanden hat, wird durch den überlegenen Scharfsinn des
Prinzen, der sich mit speculativem Tiefsinn paart und, um
verborgen zu bleiben, sich in die Maske des Wahnsinns steckt, mit

langsamer, aber durch ihre Ausdauer unwiderstehlicher Zähigkeit
an's Licht und in der Schlinge, die er im Andern sich selbst gelegt,
zur Bestrafung gezogen. Der ursprüngliche Thatbestand bildet den
Anfang, die Exposition — die eingetretene Verdunkelung den
Wendepunkt, die Peripetie — die Lichtung derselben und die
Wiederherstellung des ursprünglichen Zustandes den Schluss, die
Katastrophe der dramatischen Bewegung.

117. Dieselbe erscheint in Folge dessen weder zufällig, noch
willkürlich d. i. durch die Laune oder das Belieben des dichtenden
Subjects, sondern nothwendig und naturgesetzlich d. i. wie ohne
und unabhängig vom Willen des Dichters durch die Beschaffenheit
des Inhalts der darzustellenden Handlung selbst, und zwar jeder
folgende Moment durch den vorhergehenden, wie die
unabänderliche Wirkung aus den gegebenen Ursachen
herbeigeführt. Die dramatische Handlung (und zwar nicht blos, wie
Schiller an Goethe schrieb, „die tragische") steht unter der
Herrschaft des Causalitätsgesetzes, nach welchem bestimmte
Ursachen bestimmte Wirkungen und gegebene Ursachen
unausbleiblich ihre nie fehlenden Wirkungen nach sich ziehen
müssen. Dieselbe gewinnt dadurch als ästhetisches (d. i. Scheins-)
Object den Schein eines beseelten d. i. von innen heraus bewegten
Naturobjects; wie das Thier, das Geschöpf der Mutter Erde, von ihr
losgelöst, Leben und selbstständige Bewegung an den Tag legt, so
scheint das dramatische Kunstwerk, Geschöpf der dichterischen
Einbildungskraft, von dieser und deren Träger, dem Dichter,
losgelöst, inneres Leben und selbstständige, von innen heraus
getriebene Beweglichkeit zu besitzen.

118. Was von dem dramatischen, muss von dem Kunstwerk jeder
anderen Kunst (der epischen und lyrischen Poesie nicht weniger,
wie der Ton- und bildenden Kunst) als ästhetischem Object gelten.
Jedes derselben, wenn es für ein solches gehalten werden will,
muss den Schein der Objectivität d. i. der beseelten Lebendigkeit
und lebendigen Beseeltheit an sich tragen. Derselbe wird durch die
Schönheit des beseelt scheinenden Objects, z. B. der Natur,
keineswegs ersetzt (seelenlose Schönheit), durch die Abwesenheit
solcher keineswegs aufgehoben (seelenvolle Hässlichkeit; „la belle
laidron"). Das wirklich Beseelte hat daher vor dem ästhetischen nur
scheinbar Beseelten zwar das Merkmal der Wirklichkeit voraus; da
aber nicht diese, die ihrerseits für den Beschauer nur als
Erscheinung in Betracht kommt, sondern der blosse Schein der

Wirklichkeit ästhetisch ist, so bedeutet jener Vorzug, ästhetisch genommen, nichts und der schöne wirkliche Gegenstand ist daher nicht mehr und nicht minder schön als der blosse Schein schöner Wirklichkeit. Es wäre denn, man rechnete die materielle Wirklichkeit des wirklichen Schönen zu dessen ästhetischer statt zu dessen physischer Natur und verstünde unter ästhetischem d. i. dem Genuss des schönen Scheins (wie der platte Realismus und ästhetische Materialismus will) den materiellen d. i. den Genuss der schönen Materie (z. B. den p h y s i s c h e n Genuss der weiblichen Schönheit).

119. Mit der Betrachtung des überwiegend Identischen, so wie des überwiegend Gegensätzlichen im theilweise Identischen ist die Aufzählung der ästhetisch in Betracht kommenden möglichen Fälle zwischen dem Was des Scheins statthabender Beziehungen erschöpft. Ein ausschliessend Gegensätzliches, das nicht zugleich bis zu einem gewissen Grade identisch wäre, kann es, da nur verwandte Vorstellungen, also solche, deren Inhalt mehr oder weniger unter denselben Begriff fällt, Bestandtheile der ästhetischen Vorstellungswelt ausmachen können, in dieser nicht geben. Auch die am stärksten entgegengesetzten Elemente der letzteren, die sogenannten contrastirenden oder einander contraponirten (Contrast und Contrapost) Vorstellungen (wie Riese und Zwerg, Licht und Schatten, forte und piano etc.) sind nicht blos dadurch mit einander verwandt, dass ihre Objecte zu der nämlichen Gattung gehören, sondern sie werden einander überdies noch durch das auszeichnende Merkmal nahegerückt, dass diese beiderseits Ausnahmen von der Regel, obgleich in entgegengesetzten Richtungen (der Riese eine Abweichung von der gewöhnlichen Menschengrösse nach oben, der Zwerg eine solche nach unten, das Licht das Maximum, die Finsterniss das Minimum der gewöhnlichen Helligkeit; das Fortissimo den höchsten, das Pianissimo den geringsten Grad der Intensität des Tones) darstellen. Obige Fälle machen daher zusammengenommen mit derjenigen, welche aus der Grösse oder Kleinheit des vorgestellten Objects abgeleitet wird, die Summe derjenigen Bedingungen aus, unter welchen ästhetischer Schein, er enthalte sonst welchen stofflichen Inhalt immer, unbedingt d. i. allgemein und nothwendig gefällt oder missfällt.

120. Aus dem quantitativen Gesichtspunkt entspringt die ästhetische Idee der (ästhetischen) Vo l l k o m m e n h e i t . Dieselbe

besteht darin, dass der ästhetische Schein, sowol was dessen
Vorgestelltwerden, als was dessen Vorgestelltes betrifft, zum „Vollen
kömmt" d. h. sowol das erstere zu dem höchstmöglichen Grade
von Intensität als das letztere zu dem höchsten mit Rücksicht auf
die Grenzen der Vorstellungsfähigkeit des vorstellenden Subjects
erreichbaren Masse von Grösse erhoben wird. Ersteres geschieht,
indem nicht nur jedes einzelne Vorstellen mit dem höchst
erreichbaren Grade von Lebhaftigkeit erfolgt, sondern möglichst
viel Vorstellen in kürzester Zeit bethätigt wird, aber auch, indem das
Vorstellen selbst auf möglichst gesetzmässige und normale Weise
sich vollzieht. Letzteres geschieht, indem das Vorgestellte, soweit
dessen Natur es erheischt oder doch gestattet, in möglichster
Grösse, Reichthum, Fülle und Wohlordnung vorgestellt und
dadurch zwar nicht über (wie dies beim Erhabenen der Fall ist) aber
bis an die erlaubten Grenzen des Vorstellenden erweitert wird. An
dieselbe schliesst sich ein Verfahren an, dessen Tendenz dahin
gerichtet ist, im ganzen Umkreis des das Bewusstsein ausfüllenden
Vorstellens schwaches Vorstellen durch energisches, daher, da jede
sinnliche Vorstellung die unsinnliche, jede concrete die abstracte,
jede bildliche die unbildliche an Lebhaftigkeit übertrifft, unsinnliche
durch sinnliche Vorstellungen, Begriffe durch Anschauungen, den
eigentlichen Gedanken durch einen uneigentlichen (Tropus,
Metapher), im Allgemeinen Begriffe durch Bilder (Symbole,
Allegorien, Gleichnisse) zu ersetzen, die Energie des Vorstellens
durch associirte, auf das Gemüth wirkende Nebenvorstellungen zu
erhöhen, mit einem Wort die gesammte Vorstellungswelt des
Bewusstseins entsprechend zu tonisiren. Resultat dieses Verfahrens
ist ein im Ganzen und in jedem seiner Bestandtheile lebhaftes,
reiches und wohlgeordnetes Vorstellungsleben, vollkommener
ästhetischer Schein, welcher nicht mit dem Schein des
Vollkommenen d. i. eines einem gewissen Zwecke oder einem
gewissen Begriffe Entsprechenden, Zweck- oder Begriffsmässigen
zu verwechseln ist. Jener gehört dem Vorstellen, dieser dem
Vorgestellten an; jener drückt aus, dass vollkommen vorgestellt,
dieser würde ausdrücken, dass Vollkommenes vorgestellt werde.

121. In Bezug auf das Vorgestellte drückt die Idee der
Vollkommenheit aus, dass caeteris paribus dasselbe wohlgefälliger
sei, wenn es als gross, als wenn es als klein vorgestellt wird. Der
einschränkende Zusatz besagt, dass ein Vorgestelltes, das seiner
Natur nach eine gewisse Grösse ausschliesst, auch nicht unter
dieser vorgestellt werden dürfe, weil es sonst eben nicht dies,

sondern ein anderes Vorgestelltes wäre. Das Niedliche, Zarte, Milde
kann daher nicht als gross, darum aber darf es auch nicht kleiner
vorgestellt werden, als seine Natur es gestattet. Dagegen bekundet
sich die Wirkung des Grossen unwiderleglich in der Neigung der
spielenden Einbildungskraft, die Grösse vorgestellter Objecte
(Räume, Zeiten, Naturgegenstände, Helden und Göttergestalten)
über das Mass des Erfahrenen und Wahrgenommenen, so wie des
Natürlichen ins Unbestimmte, Schranken- und Grenzenlose, Un-,
Ueber-, ja Widernatürliche zu erhöhen und sich ohne Rücksicht auf
Möglichkeit oder gar Wirklichkeit an der Steigerung, Häufung und
Vervielfältigung von Raum-, Zeit- und Naturgrössen zu ergötzen.
Beispiele derselben finden sich vor allem in der Märchen- d. i. in der
Lieblingswelt der Kinder- und Kindheitsvölkerphantasie, z. B. bei
den Indern, deren Imagination sich in der endlosen Anreihung von
Tausenden und aber Tausenden von Jahren und Meilen, sowie in
der Ausmalung der übernatürlichen Grösse ihrer Götter- und
Büssergestalten, deren Haupt in die Wolken reicht, während ihr
Fuss auf der Erde wurzelt, durch deren Locken sich der
Gangesstrom vom Himmel herab ergiesst, die hunderttausende von
Jahren auf einem Beine stehen etc., gefällt, oder bei den baltischen
Letten, deren Volkssage die Ewigkeit dadurch zu schildern sucht,
dass, wenn der Diamantberg im Norden, an dessen Gipfel alle
hundert Jahre ein winziges Vögelchen dreimal sein Schnäbelchen
wetzt, in Folge dessen in Staub verwandelt sein, die erste Minute
der Ewigkeit verflossen sein wird. In allen Götter- und Heldensagen
kehrt die Vergrösserung der Leibesgestalt wieder, aber auch der
irdische Held sucht durch Helm und wallenden Helmbusch und
dessen Scheindarsteller, der Heldenspieler, durch den Kothurn seine
natürliche Grösse wenigstens scheinbar zu vermehren.

122. Aus dem qualitativen Gesichtspunkte der theilweisen, aber
überwiegenden und zwar derjenigen Identität, bei welcher
Einseitigkeit der Uebereinstimmung des beiderseitigen Inhalts
herrscht, ergibt sich die ästhetische Idee des
C h a r a k t e r i s t i s c h e n . Dieselbe besteht darin, dass derjenige
Theil des ästhetischen Scheins, der als c h a r a k t e r i s t i s c h
bezeichnet wird, zu jenem, als dessen Charakteristik er angesehen
sein will, in dem Verhältnisse des Nachbildes zum Vorbilde, der
Nachahmung zum Nachgeahmten, der Copie zum Originale steht,
so dass alle wesentlichen Züge des letzteren sich an der ersteren
wiederfinden und beide einander ihrer Inhaltsbestimmtheit nach so
ähnlich werden, als es, ohne dass beide aufhören zwei, und dahin

gelangen ein einziges zu sein, nur immer möglich ist. Das Wesen dieses ästhetisch Charakteristischen ist daher von jenem des in wissenschaftlichem Sinne Charakteristischen dadurch verschieden, dass in dem letzteren Fall das Charakterisirte stets ein wirkliches oder ein wahres oder doch ein für eins von beiden gehaltenes ist, während bei dem ersteren das Vorbild eben so gut ein e r f u n d e n e s (als wahr oder wirklich nur f i n g i r t e s) sein kann. Dasselbe ahmt daher weder, wie die Kunst dem Aristoteles zufolge soll, die Natur — noch, wie Winkelmann lehrte, ausschliesslich die schöne Natur nach; das Wohlgefällige der charakteristischen Nachahmung ist sowol von der Wahrheit und Wirklichkeit wie von der Schönheit des Nachgeahmten unabhängig und beruht einzig und allein auf der Treue der Nachahmung. Dieselbe gestattet daher nicht nur die Nachahmung des Hässlichen, sondern diejenige Kunst, welche vornehmlich die Idee des C h a r a k t e r i s t i s c h e n zum Leitstern nimmt, wählt sogar dasselbe mit Vorliebe, weil dadurch der Verdacht, als sei es ihr mehr darum zu thun, S c h ö n e s , als s c h ö n darzustellen, am gewissesten abgelenkt und das Streben nach Treue der Darstellung, worin ihr eigentliches Verdienst besteht, am energischesten hervorgehoben wird. Grosse Charakteristiker, auf allen künstlerischen Gebieten, pflegen daher lieber das von Goethe treffend als solches bezeichnete „Bedeutende" als das makellose Schöne, Charakterdarsteller vorzugsweise „Charaktere" d. i. mit hervorstechenden, die Kunst der Nachahmung herausfordernden Zügen ausgestattete Individuen (Richard III., Carl und Franz Moor, Hamlet, Othello, Mephistopheles u. A.) zum Gegenstande der Darstellung zu wählen; unter den Helden Homers hat auch der Thersites nicht gefehlt.

123. An die Idee des Charakteristischen schliesst sich ein Verfahren an, welches dieselbe nicht blos in einem einzelnen vorschwebenden Theile, sondern im ganzen Umfange der ästhetischen Vorstellungswelt (des Scheins) zur Geltung zu bringen d. h. welches, wo und was immer vorgestellt werde, charakteristisch vorzustellen trachtet. Wenn die Uebereinstimmung des Vorzustellenden mit der wirklichen Vorstellung im Allgemeinen als Wahrheit, wenn dieselbe in dem besonderen Falle, da das Vorzustellende ein äusseres, ein Object der Aussenwelt ist, als äussere (geschichtliche oder naturgeschichtliche) Wahrheit bezeichnet wird, so kann jene Tendenz, in der gesammten Welt des Scheins Uebereinstimmung zwischen Vorbild und Nachbild herrschen zu machen, Streben nach innerer d. h. da das Vorbild auch ein erdichtetes sein kann, poetische Wahrheit heissen. Dasselbe geht sonach nicht darauf aus, im Sinne der äusseren Wahrheit wahr zu sein d. h. einen äusseren Gegenstand treu wiederzugeben, wohl aber darauf, im Sinne derselben wahr zu scheinen d. h. einen (gleichviel ob erfundenen oder erfahrenen) Gegenstand so treu nachzubilden, dass diese Nachahmung, wenn jener Gegenstand ein äusserer wäre, im Sinne der äusseren Wahrheit wahr genannt werden müsste. In diesem Sinne der inneren, nicht in jenem der äusseren Wahrheit hat Aristoteles' Poetik die Tragödie philosophischer als die Geschichte genannt, weil jene das Geschehende als Mögliches und daher aus innerlichen Gründen Begreifliches, diese dagegen dasselbe lediglich als Geschehenes, seinen inneren Gründen nach erst zu Errathendes darstellt; jene sonach ihren Werth in der Uebereinstimmung der Wirkungen mit ihren Ursachen d. h. in der Abspiegelung der letzteren durch die ersteren, die Geschichte dagegen lediglich in der Uebereinstimmung ihrer Darstellung mit der äusseren Wirklichkeit sucht.

124. Der qualitative Gesichtspunkt der theilweisen, aber

überwiegenden, und zwar derjenigen Identität, welche in der
gegenseitigen Uebereinstimmung des beiderseitigen Inhaltes sich
offenbart, ergibt die ästhetische Idee des H a r m o n i s c h e n oder
des (ästhetischen) Einklangs. Dieselbe besteht darin, dass jedes
Glied des Verhältnisses, indem es das andere in sich abbildet,
seinerseits ebenso von dem anderen abgebildet wird. Das Wesen
des ästhetischen Einklanges unterscheidet sich daher von jenem des
Charakteristischen dadurch, dass, während bei dem letzteren das
Abbild zwar ganz im Vorbilde, nicht aber umgekehrt dieses in jenem
enthalten ist, hier jedes Glied zugleich Nachbild und Vorbild des
anderen ist. Beide Glieder enthalten einen gemeinsamen
Bestandtheil, durch den sie verknüpft, und ausserdem einen
entgegengesetzten, durch welchen sie aus einander gehalten
werden. Je wichtiger der erste im Gegensatz zum zweiten, um
desto bedeutender der Einklang, um desto nachdrucksvoller das
Lustgefühl. Jenes dritte Gemeinsame stellt gleichsam den
Exponenten des harmonischen Verhältnisses dar und wird, wenn die
im Einklang befindlichen Glieder beide Gedanken z. B. das eine die
Vorstellung der Sache, mit welcher eine andere, das andere die
Vorstellung des Anderen, das mit jener verglichen werden soll,
ausmacht, der Vergleichungspunkt (tertium comparationis) genannt.
So bildet in der Metapher, die das Kameel als Schiff der Wüste
bezeichnet, das Merkmal, dass beide, Kameel wie Schiff, als
Transportmittel durch eine unwirthbare Wüste benutzbar sind, das
verknüpfende — dagegen das Merkmal, dass diese Wüste bei dem
einen wasserlose Sand-, bei dem anderen eine uferlose
Wasserwüste ist, das trennende Element beider Gedanken. Je
nachdem die harmonirenden Glieder des Einklanges Ton-, Farben-,
Formen- oder eigentliche Gedankenvorstellungen sind, welche
letzteren allein sich in Worten ausdrücken lassen, wird der Einklang
selbst als musikalische, Farben-, Formen- oder Gedankenharmonie,
je nachdem die vorhandene, aber verborgene Aehnlichkeit des
Verschiedenen leicht, blitzähnlich, oder in gleichsam visionärer
Intuition an den Tag tritt, als Witz oder als Tiefsinn (die sonach
beide ebensowol innerhalb der Ton-, Farben- und Formen-, wie der
Gedankenwelt vorkommen können) bezeichnet.

125. Geht die beiderseitige Identität der Verhältnissglieder so weit,
dass beide sich nur durch die entgegengesetzte Lage im Raume
unterscheiden d. h. dass das eine rechts und links gleichweit
entfernt von einem idealen Mittelpunkt, oder nach oben gleichweit
über, wie nach unten gleichweit unter einer idealen Ebene gedacht

wird, so geht der Einklang in die Symmetrie oder den blos
räumlichen Contrast (Contrapost) — wenn dagegen der Gegensatz
zwischen den Verhältnissgliedern so gross, dass nur das Mass ihrer
räumlichen Entfernung von einem gemeinsamen Mittelpunkt oder
einer gemeinsamen Ebene dasselbe, ihre beiderseitige Richtung im
Raume aber gleichfalls entgegengesetzt ist, so geht dieselbe in den
nicht blos räumlichen, sondern eigentlichen (stofflichen) Contrast
über. Unter die erstere fällt zum Beispiele die Anordnung gleicher
Thürme in gleicher Entfernung von der Mittelaxe der Kirche nach
entgegengesetzten Weltgegenden (wie z. B. beim Kölner- oder beim
Stephansdom). Unter den letzteren füllt die Anordnung eines noch
unverwundeten und eines schon verschiedenen Sohnes in gleicher
Entfernung von der Mittelaxe der Gruppe nach entgegengesetzten
Richtungen bei der Darstellung des Laokoon. Beide können wie in
räumlicher, so auch in zeitlicher Anordnung, wenn an die Stelle des
idealen Mittelpunktes im Raume ein eben solcher in der Zeit, und
statt der räumlichen Richtung nach rechts und links, oben und
unten, die zeitliche nach der Vergangenheit und nach der Zukunft
hin eingeführt wird, Anwendung finden. So kehrt in der Tanzmusik
nach der Coda die ursprüngliche Melodie, im Ritornell und
Strophenlied der Refrain wieder und baut sich im Fortschritte der
dramatischen Handlung Schürzung und Lösung vor und nach dem
Knoten symmetrisch auf.

126. An die ästhetische Idee des Einklanges schliesst sich ein
Verfahren an, welches dieselbe im ganzen Umfange des dem
Bewusstsein vorschwebenden Scheins durchzuführen d. h.
welches nur solche Bestandtheile in demselben zuzulassen bemüht
ist, die unter einander nicht nur verwandt (homogen), sondern
überwiegend identisch sind. Das Resultat dieses Verfahrens ist die
ästhetische Einheit, welche je nach der specifischen Natur des die
ästhetische Vorstellungswelt ausmachenden Scheins bald als
musikalische (d. i. als Einheit der Tonwelt, des Tongeschlechts, der
Tonleiter), bald als malerische (d. i. als Einheit der Licht- und
Farbenwelt, der Beleuchtungsquelle, des Farbengeschlechtes u.
dgl.), bald als bildnerische (d. i. Einheit der Formenwelt: der
schlanken, aufstrebenden und im Spitzbogen sich wölbenden in der
germanischen; der Quader, des Halbrund und der flachgewölbten
Kuppel in der römischen; des horizontalen Architravs, der Säule
und des Giebels in der griechischen Baukunst etc.), in der
poetischen Welt bald als lyrische (d. i. als Einheit der
Gemüthsstimmung), epische (d. i. als Einheit der Zeitlinie, an

welcher die Begebenheiten aufgereiht werden), bald als dramatische
(d. i. als Einheit der Handlung) sich kundgibt.

127. Der qualitative Gesichtspunkt der Ausschliessung des
Gegensatzes ergibt die Idee der ästhetischen C o r r e c t h e i t.
Dieselbe besteht darin, dass keine mit einander unverträglichen
Vorstellungen gleichzeitig im Bewusstsein vorhanden, oder, wenn
vorhanden, aus demselben beseitigt sind. Jenes kann als natürliche,
dieses als künstliche, also nur auf Zeit und nur für denjenigen,
welcher den Gegensatz beseitigt hat, bestehende Correctheit
bezeichnet werden. Da die Abwesenheit unverträglicher
Vorstellungen im Bewusstsein zwar Missfallen verhindert, selbst
aber keinerlei Wohlgefallen hervorruft, so ist die Correctheit im
Gegensatze zu den Ideen der Vollkommenheit, des
Charakteristischen und des Einklanges, welche als solche positiv
beifällig sind, nur eine negative ästhetische Idee, deren Verletzung
missfällt, deren Beobachtung jedoch gleichgiltig lässt. Dieselbe stellt
daher zwar die conditio sine qua non des unbedingt Beifälligen, für
sich allein aber weder als natürliche, noch (und zwar noch weniger)
als künstliche ein Wohlgefälliges dar. Beispiel der natürlichen
Correctheit ist der natürliche, Beispiel der künstlichen dagegen der
sogenannte künstliche Anstand, von welchen der erstere auf der
Einhaltung der durch das natürliche Schicklichkeitsgefühl
gebotenen Grenzen, der letztere dagegen auf der ängstlichen
Beobachtung der conventionellen, durch gesellschaftliche
Uebereinkunft festgesetzten Formen und Gebräuche des geselligen
Umganges beruht. Ein Beispiel aus der Kunstwelt liefert im
Gegensatze zu der natürlichen Correctheit, welche im Drama
Einheit der Handlung fordert, die dem französischen
Nationalgeschmack entsprungene künstliche Correctheit des
classischen Dramas der Franzosen, welche noch überdies die
sogenannte Einheit der Zeit und des Ortes erheischt. Während daher
die natürliche Correctheit eine allgemeine und nothwendige, drückt
die künstliche eine zufällige, auf den Umkreis einer Nation oder
eines Zeitalters beschränkte Eigenschaft des ästhetischen Scheines
aus.

128. An die Idee der Correctheit schliesst sich ein Verfahren an,
welches bestimmt ist, die Ausschliessung mit und unter einander
unverträglicher Bestandtheile durch den ganzen Umkreis der
ästhetischen Vorstellungswelt durchzuführen. Ergebniss desselben
ist die ästhetische Reinheit d. i. die Abwesenheit alles Störenden in

der ästhetischen Vorstellungswelt, welche, wenn die
durchzuführende Correctheit eine natürliche ist, selbst als solche,
ist sie dagegen eine künstliche, als künstliche Reinheit bezeichnet
wird. Dieselbe ist, wie die Correctheit, nur eine n e g a t i v e
Eigenschaft des schönen Scheins, durch welche, wenn sie eine
natürliche ist, das Missfallen für Alle, überall und auf immer, wenn
sie dagegen blos eine künstliche ist, nur für diejenigen nur an jenen
Orten und nur für so lange vermieden wird, für welche, an welchen
und so lange das conventionelle Uebereinkommen, auf das sie
begründet ist, besteht. Beispiele der natürlichen Reinheit bietet der
natürliche, der künstlichen dagegen der künstlich festgesetzte
Sprachgebrauch in Regel und Schrift, wie der erste zum Beispiele in
der deutschen, der letztere dagegen in Folge der Herrschaft des
Dictionnaire de l'Académie in der französischen Literatur
stattfindet.

129. Der qualitative Gesichtspunkt der Wiederherstellung des Seins
aus dem an dessen Stelle getretenen und dasselbe verdunkelt
habenden Schein ergibt die ästhetische Idee der
A u s g l e i c h u n g . Dieselbe besteht darin, dass die wirklich im
Bewusstsein vorhandenen Vorstellungen, welche, sei es durch
Zufall, sei es durch Absicht, aus dem Bewusstsein verdrängt und
durch andere, denselben entgegengesetzte ersetzt worden sind,
ohne, ja wider den Willen des Vorstellenden in das Bewusstsein
zurückkehren und ihrerseits diejenigen, die ihre Stelle eingenommen
haben, verscheuchen. Der durch die Unwillkürlichkeit ihres
Wiederauftauchens erzeugte Schein der Unabhängigkeit der
Vorstellungen vom Vorstellenden wirft auf deren Vorgestelltes selbst
den gleichen Anschein der Selbstständigkeit, inneren Lebens und
Beseeltseins, so dass die Bewegung der wieder auftauchenden
Vorstellungen im Bewusstsein nicht als eine durch den Vorstellenden
hervorgerufene, sondern als eine den Vorstellungen selbst
innewohnende, als Selbstbewegung des Vorgestellten, als lebendiger
Schein erscheint d. h. das Geschöpf des Bewusstseins sich in
Selbstbewusstsein verwandelt. Je nachdem die aus ihrer
Verdunklung wieder hergestellten Vorstellungen entgegengesetzt
oder harmonische waren, wird das Product des vollzogenen
Ausgleiches entweder das Dasein entgegengesetzter oder
harmonischer Vorstellungen d. h. der Ausgleich selbst entweder ein
solcher mit disharmonischem oder harmonischem Ausgang sein.
Ersterer schliesst zwar mit einer offenen Dissonanz (wie ein
Heine'sches Lied oder eine Chopin'sche Phantasie), aber das

Missfallen, welches der Geltung blossen Scheins für Sein anklebt,
wenigstens ist vermieden. In letzterem Falle wird nicht blos
letzteres Missfallen unmöglich gemacht, sondern die wieder
hergestellte ursprüngliche Consonanz lässt den Process der
Ausgleichung in einen volltönenden Accord ausklingen.

130. Wie die Idee der Correctheit, so ist jene der Ausgleichung
keine positive, unbedingten Beifall begründende, sondern blos
negative, unbedingtes Missfallen verhütende Idee. Weder die
Vermeidung des Störenden, noch die Wiederherstellung des
Ursprünglichen ist an und für sich beifalls-, aber die Gegenwart des
Unerträglichen und der Bestand der Lüge für Wahrheit sind an und
für sich verwerfenswerth. Beide Ideen bilden daher zwar
Bedingungen, ohne welche kein Schönes sein, durch welche allein
aber nichts zum Schönen werden kann.

131. An die ästhetische Idee des Ausgleichs schliesst sich ein
Verfahren an, welches dieselbe durch den ganzen Umkreis des
ästhetischen Scheins durchzuführen, allenthalben das Sein an die
Stelle des Scheins zu setzen und die ursprünglich gegebenen anstatt
der für dieselben eingeschobenen Elemente der ästhetischen
Vorstellungswelt wieder herzustellen bemüht ist. Ergebniss
desselben ist der durch die gesammte Welt des ästhetischen Scheins
verbreitete Anschein selbstständiger Lebendigkeit, inwohnender
Beseelung und Bewegung, Ablösung des Vorgestellten vom
vorstellenden Subjecte d. i. die ästhetische Idee der Objectivität als
Beseeltheit und Seelenhaftigkeit des ästhetischen Objectes. Dieselbe
geht darauf aus, die Geschöpfe des vorstellenden Subjects als
Geschöpfe ihrer selbst d. i. als sich selbst den Leib ihrer äusseren
Erscheinung, Bewegung und Handlung bauende und bestimmende
seelenhafte Subjecte, die gesammte Welt des ästhetischen Scheins
als beseelte Welt, das Kunstwerk der Phantasie wie ein Naturwerk
erscheinen zu lassen. Ausdruck dieses Strebens ist die dramatische,
nach der natürlichen Verkettung von Ursachen und Wirkungen aus
den gegebenen Charakteren und der gegebenen Situation mit innerer
Nothwendigkeit hervorspringende, scheinbar ohne Wissen und
Willkür des Dichters, wie „auf eigenen Füssen" einherschreitende
dramatische Handlung. Die aus dem Hirn des Dichters
entsprungenen scheinbar lebendig wandelnden Gestalten gleichen
den Steinen Deukalion's, welche zu Menschen geworden sind.

132. Keine der angeführten ästhetischen Ideen ist das ganze

Schöne, aber jede derselben bezeichnet ein Element des Schönen. Weder das Grosse, noch das Charakteristische oder Harmonische, noch weniger das Correcte oder das Ausgeglichene für sich erschöpft das Gebiet des unbedingt Wohlgefälligen, aber jedes der drei ersten, die eben darum die positiven Merkmale des Schönen ausmachen, stellt ein solches dar; die beiden letzteren dienen demselben wenigstens als negative Kriterien. Unter einander verglichen lassen die Eigenschaften der Vollkommenheit, Wahrheit, Einheit und Reinheit als ruhendes, lässt sich dagegen die Beseelung, Bewegung und Objectivität als bewegtes Schönes bezeichnen. Die Gesammtheit sämmtlicher ästhetischer Ideen zu einem Totalbilde vereinigt prägt dem ästhetischen Schein, wenn derselbe von geringerem, ja von dem geringsten denkbaren Umfang ist, den Stempel der Schönheit, wenn derselbe von grösserem, ja von dem grössten denkbaren Umfang ist, durch die Erweiterung der einfachen ästhetischen Ideen mittels des sich an dieselben anschliessenden Verfahrens: der Grösse zur Vollkommenheit, des Charakteristischen zur Wahrheit, des Einklangs zur Einheit, der Correctheit zur Reinheit und der Ausgleichung zur Objectivität, die nie und nirgends erlöschende Marke der Classicität auf.

133. Wie jeder der logischen Ideen, so steht jeder der ästhetischen Ideen ihr Gegenbild zur Seite. Der ästhetischen Idee der Vollkommenheit steht die der Unvollkommenheit, der des Grossen die des Kleinen, jener des Charakteristischen die des Charakterlosen, jener des Einklangs die des Missklangs gegenüber. Wie das Grosse, Reiche und Wohlgeordnete gefällt, so missfällt das Kleine, Dürftige und Zusammenhangslose. Wie das sein Vorbild in bezeichnenden und wesentlichen Zügen wiedergebende Nachbild Wohlgefallen erregt, so folgt der unbestimmten, verblasenen und verschwommenen, kaum kenntlichen Nachahmung das Missfallen auf dem Fusse. Wie das Harmonische, wo und an wem es sich findet, unbedingt Lob, so zieht das Disharmonische, wenn es nicht als Vorbereitung zu einem Harmonischen um dieser seiner dem Schönen dienenden Stellung willen geduldet wird, unbedingt Tadel nach sich. Die Gegensätze des Correcten und Ausgeglichenen sind durch die Missfälligkeit des gleichzeitig vorhandenen Unverträglichen und der Geltung des Scheins für Sein selbst als unbedingt missfällig gekennzeichnet: Incorrectheit und Trug erscheinen als unbedingt verwerflich.

134. Eine Ausnahme macht die Stellung des an sich unbedingt

Missfälligen, Unverträglichen, in der Idee der Ausgleichung mit
harmonischem Ausgang. Weil in diesem Fall das Ursprüngliche und
am Schluss des Processes Wiederhergestellte ein Harmonisches ist
und der Eindruck dieses letzteren durch die vorangegangene
Verdunklung, durch dessen disharmonisches Gegentheil, wie die
Erfahrung zeigt, der auflösenden Consonanz durch die
vorangegangene Dissonanz, des neugeborenen Lichtes durch die
vorhergegangene Finsterniss, auf das vorstellende Subject, den
Beschauer und Hörer, erhöht und bestärkt wird, so tritt in diesem
Fall das an sich, wenn es als Zweck gedacht wird, unbedingt
auszuschliessende Missfällige (die Dissonanz, das Nachtdunkel) in
die Rolle eines die Erscheinung des Harmonischen, welches als
Selbstzweck nicht nur möglich, sondern gefordert ist,
vorbereitenden und fördernden Mittels zurück und wird um dieser
seiner dem Harmonischen nützlichen Beschaffenheit willen nicht
nur zugelassen, sondern, um den schliesslichen Effect des
Harmonischen auf jede mögliche Weise und zu jedem erreichbaren
Grade zu steigern, mit Wissen und Willen als Hilfsmittel verwendet.
Von dieser Art ist der Gebrauch der Dissonanzen in der Musik, des
Licht- und Schattencontrastes, so wie der Farbengegensätze in der
Malerei, des tragischen d. i. das Gerechtigkeitsgefühl beleidigenden
Schicksalsverhängnisses in der Tragödie, die Einführung sittlich
verwerflicher Charaktere (moralischer Schlagschatten,
Bösewichter, Intriguanten) in die dramatische oder epische
Handlung etc.

135. Wie die Zusammenfassung der ästhetischen Ideen das Schöne,
jede derselben für sich ein Schönes, so stellen die Gegenbilder der
einzelnen ästhetischen Ideen jedes für sich ein Hässliches, die
Zusammenfassung aller in einem Totalbilde das Hässliche dar.
Werden die Gegenbilder der einzelnen ästhetischen Ideen durch ein
dem Verfahren bei den ersteren entgegengesetztes auf den ganzen
Umkreis der ästhetischen Vorstellungswelt ausgedehnt, so dass in
demselben durchgängig statt der Vollkommenheit
Unvollkommenheit, statt der Grösse Kleinlichkeit, statt der Wahrheit
Unwahrscheinlichkeit, statt der Einheit Verwirrung, statt der
Reinheit Rohheit und statt der sich selbst beseelenden und
tragenden Objectivität gesetzlose Willkür und genial scheinen
wollender Subjectivismus herrscht, so wird, wie durch jene dem
Totalbild der Stempel der Classicität, so durch diese demselben das
Gepräge der ungebundenen Individualität d. i. des romantischen
Subjects, die formlose Form der Romantik aufgeprägt.

136. Mit der Aufstellung der ästhetischen Ideen und ihrer
Gegenbilder, der einen zur Nachahmung, der andern zur
Abschreckung für jedes Schaffen, das S c h ö n e s d. i. unbedingt
Wohlgefälliges hervorbringen, unbedingt Missfälliges vermeiden will
d. h. mit der Aufzählung der normalen und anormalen Formen,
welche Normen des ästhetischen Vorstellens und künstlerischen
Producirens sind, ist das Geschäft der A e s t h e t i k als allgemeiner
Wissenschaft vom Schönen vollendet.

DRITTES CAPITEL.

Die ethischen Ideen.

137. Wie die logischen Ideen die Normen, unter welchen Denken
zum Wissen, die ästhetischen die Normen, unter welchen
ästhetischer Schein zum Schönen, so stellen die ethischen Ideen die
Bedingungen dar, unter welchen Wollen zum Guten wird. Von Kant
stammt der Ausspruch, dass das einzige, was wahrhaft und in jeder
Hinsicht gut genannt zu werden verdiene, der gute Wille sei;
welcher aber der gute d. h. unter allen denkbaren Willen derjenige
sei, der unbedingt d. h. allgemein und nothwendig gefällt, sollen
nachstehende Betrachtungen entwickeln.

138. Wie bei dem schönen wirklichen Gegenstande dasjenige, was
ihn zum schönen macht, nicht darin besteht, dass er Wirklichkeit,
sondern darin, dass er Schönheit besitzt, so kann bei dem guten
wirklichen Wollen der Grund, der es zum guten macht, nicht darin
liegen, dass es w i r k l i c h , sondern darin, dass es g u t ist. Da nun
der wirkliche schöne Gegenstand vor dem blos gedachten (d. i.
dem Schein eines solchen) nichts weiter voraus hat als eben die
Wirklichkeit, und folglich der Grund seiner Schönheit nicht in
demjenigen gefunden werden kann, was ihn vom Schein
unterscheidet, sondern nur in demjenigen, was auch diesem eigen
ist, so kann auch die Ursache, um deren willen der gute wirkliche
Wille gelobt und dessen Gegentheil getadelt wird, keine andere als
eine solche sein, welche der wirkliche mit dem blos gedachten (d. i.
mit dem blossen Schein-) Willen gemein hat. Wie aber dasjenige,
was das schöne Wirkliche mit dem schönen gedachten
Gegenstande gemein hat, nur beider Form, so kann auch dasjenige,
was dem guten Wirklichen mit dem blos gedachten guten Willen
gemeinsam ist, nur deren gemeinschaftliche Form, und der einzige
wahre Grund, um deswillen gutes wirkliches Wollen gut genannt zu
werden verdient, kann daher nicht in dessen Realität, sondern nur in
dessen (unbedingt wohlgefälliger d. i. den Normen des unbedingt
Wohlgefälligen entsprechender) Form gefunden werden.

139. Wäre das Gegentheil der Fall d. h. läge der Grund, warum gutes wirkliches Wollen unbedingt gefällt, in Eigenschaften, welche von dessen Wirklichkeit abhängen, so ergäbe sich Folgendes: Jedes wirkliche Wollen bringt einerseits als Wirkendes Wirkungen d. i. Folgen hervor und ist andererseits entweder als Bewirktes die Wirkung eines anderen Willens, oder als Selbstbewirktes die Wirkung seiner selbst, als des eigenen Willens. Im ersten Falle ist es selbst als Wirkliches die Ursache eines anderen Wirklichen; im zweiten Falle ist seine Ursache der entweder gebietende oder der als Muster zur Nachahmung reizende Wille eines Anderen; im letzten Falle ist es selbst seine eigene Ursache.

140. Da jedes wirkliche Wollen ein Streben, ein solches aber nichts anderes ist als das Aufstreben der Vorstellung des Erstrebten im Bewusstsein gegen die Hemmnisse, welche bisher auf derselben lasteten, so erzeugt jedes Wollen, welches etwas bewirkt d. h. eine wirkliche Veränderung seiner bisherigen Lage hervorbringt, ebenso unausbleiblicher Weise ein Lust- als im entgegengesetzten Fall, wenn es nichts bewirkt, ein Unlustgefühl. Indem sich das erstere mit der Vorstellung des im Wollen Erstrebten d. i. des Objectes des Wollens verknüpft, erscheint dieses letztere als ein Gut; indem das letztere das gleiche thut, erscheint das Erstrebte als ein Uebel; jenes, weil an dessen Vorstellung sich ein Lustgefühl geheftet, wird von da an als ein Begehrens-, dieses, weil dessen Vorstellung fortan von einem Unlustgefühl begleitet wird, als ein Verabscheuungswerthes angesehen, die Güte des Wollens von dessen Richtung auf Güter, deren Gegentheil, die Bosheit, von dessen Richtung auf Uebel abhängig gemacht. Die Ethik als Wissenschaft von den Bedingungen des Guten nimmt die Gestalt einer G ü t e r l e h r e an.

141. Die Eigenschaft eines Objectes als eines Gutes oder Uebels hängt ab von den die Vorstellung desselben begleitenden Lust- oder Unlustgefühlen. Je nachdem diese letztern stärker oder geringer, werden höhere und niedere Güter und Uebel unterschieden. Durch den Umstand, dass die Vorstellung des einen von dem höchsten Lust-, die Vorstellung des anderen von dem höchsten Unlustgefühl unzertrennlich ist, wird das höchste Gut vor dem grössten Uebel gekennzeichnet. Dass sich dabei an die Vorstellung der Lust als solcher das höchste Lustgefühl, an jene der Unlust das höchste Unlustgefühl und zwar nicht blos in diesem und jenem, sondern in jedem Fall heften muss, in welchem von Lust und Unlust als Ziel des Wollens die Rede ist, und dass in Folge dessen kein Gegenstand

geeigneter erscheint, als höchstes Gut aufgestellt zu werden, als die
Lust (Glückseligkeit, εὐδαιμονὶα) und keiner näher liegt, um als
höchstes Uebel zu erscheinen, als die Unlust (Unseligkeit,
κακοδαιμονὶα) scheint eben so wenig befremdlich, als es
unbestimmt bleibt, ob unter jener Lust, die als Gut, und jener
Unlust, die als Uebel bezeichnet wird, jede beliebige ohne
Unterschied, oder irgend eine bestimmte, z. B. nur sinnliche oder
nur geistige Lust, nur eigene (Egoismus) oder nur fremde
Glückseligkeit (Altruismus), die Glückseligkeit eines Theiles oder
die des Ganzen (allgemeines Wohl, salus publica) verstanden
werden solle.

142. Letzterem Mangel soll dadurch abgeholfen werden, dass
diejenige Lust, welche mit keinerlei Unlust gemischt, also rein
erscheint, der gemischten — also diejenige, deren Folgen nicht
einer solchen vorgezogen wird, deren nachträgliche Wirkungen von
Unlust begleitet sind. Aus diesem Grunde wurde von den
Hedonikern und Epikuräern die sinnliche Lust als vorübergehende
und flüchtige der geistigen als der dauer- und standhaften
nachgesetzt, von Aristoteles das beschauliche Leben des Denkers
als das einzige wahren Genuss gewährende hoch über das
banausische Treiben der Sinnlichkeit erhoben. Dem Streben nach
eigener, selbstsüchtiger Glückseligkeit, in welchem die Einen (die
Encyklopädisten, Helvetius) das Ziel des Wollens erblickten, wird
von Anderen (Hume, Smith, Comte) das Streben nach fremder d. i.
nach der Glückseligkeit des Andern (autrui, Altruismus)
entgegengestellt d. h. das selbstlose und selbstverleugnende
uneigennützige dem selbstsüchtigen eigennützigen Wollen — mit
Recht, aber grundlos d. h. ohne Angabe eines Grundes, warum das
eine besser als das andere sein solle — vorgezogen. Eben so richtig,
aber auch eben so wenig motivirt ist der von Leibnitz u. A.
hervorgehobene Vorrang der allgemeinen vor der besondern oder
gar individuellen Glückseligkeit, in Folge dessen das Wohl des
Ganzen jenem des Theiles, dieses jenem des Einzelnen zwar (mit
Recht) vorzuziehen, der Grund aber, durch welchen diese
Bevorzugung gerechtfertigt (und welcher, wie später gezeigt
werden soll, ausschliesslich in der ursprünglichen unbedingten
Wohlgefälligkeit wohlwollender Gesinnung gelegen) ist, eben so
wenig anzutreffen ist.

143. Der andere Mangel, an dem jede Ethik als Güterlehre leidet,
aber kann auf keine Weise beseitigt werden. Dieselbe geht davon

aus, dass es Güter d. h. Objecte gebe, die begehrens-, und solche,
die verabscheuungswerth sind, und will durch die Angabe der
ersteren, wie durch die Ausscheidung der zweiten das gute d. h.
auf Güter, von dem bösen d. h. auf Uebel sich richtenden Wollen
unterscheiden. Wenn aber nach Obigem an jede Befriedigung des
Wollens, gleichviel welches dessen Object sei, ein Lustgefühl sich
knüpft und jedes Object, dessen Vorstellung ein Lustgefühl
begleitet, ein Gut darstellt, so folgt, dass das Object jedes Wollens,
gleichviel welches es sei, ein Gut — und daher jedes Wollen ohne
Unterschied, weil auf ein Gut gerichtet, ein gutes, folglich der
Unterschied zwischen gutem und nicht gutem Wollen illusorisch
sei. Folge der Ethik als Güterlehre wäre daher, entweder, dass jedes
Wollen als Wollen gut (ethischer Optimismus), oder dass kein
Wollen besser als das andere (ethischer Indifferentismus), oder
dass kein Wollen gut (ethischer Pessimismus und Nihilismus), oder,
da jedes wirkliche Wollen aus dem Gefühl des Nichtbesitzes des
Gewollten d. i. aus einem Unlustgefühl hervorgeht, dass
Nichtwollen am besten sei (ethischer Quietismus). In keinem dieser
Fälle ist Ethik als Wissenschaft möglich.

144. Wie das wirkliche Wollen als Wirkendes Ursache, so ist es als
Bewirktes Wirkung eines Wirklichen. Kann nun dasjenige, wodurch
ein Wollen bewirkt wird, nur wieder ein Wille sein, so ist nur
zweierlei möglich: entweder ist der bewirkende Wille ein fremder d.
h. der eines von jenem, der will, unterschiedenen, oder der eigene
d. i. der eines mit demjenigen, welcher will, identischen
Individuums. In beiden Fällen kann der Wille entweder als
befehlender, das eigene Wollen als Wirkung jenes Willens als
gehorchendes, oder als vorbildender, das eigene Wollen als
nachahmendes auftreten. Im ersten Fall nimmt das gute Wollen die
Form des pflichtmässigen, die Ethik als Wissenschaft die Gestalt
einer P f l i c h t e n l e h r e , im zweiten Fall das vorbildende Wollen
die Rolle eines Tugendmusters, die Ethik als Wissenschaft die Form
einer T u g e n d l e h r e an.

145. Grund der Güte des Wollens ist in der ersten die
Beschaffenheit des befehlenden Willens. Ist dieser selbst gut, so ist
es auch sein Gebot (die Pflicht) und folglich auch das diesem
gemässe d. i. pflichtgemässe Wollen. Ist er dagegen das Gegentheil,
so ist es auch sein Gebot und folglich das Wollen desto schlechter,
je pflichtgemässer es ist. Soll daher die Ethik die Form einer
Pflichtenlehre annehmen dürfen, so muss zuerst ausgemacht sein,

dass der gesetzgebende Wille in der That der gute d. h. dass das
von ihm Gebotene niemals etwas anderes sein könne, als was des
Gebotenwerdens werth ist. Dieses aber kann weder einfach
dadurch erwiesen werden, dass dargethan wird, der gebietende
Wille sei der stärkste, noch dadurch, dass zu erweisen versucht
wird, er sei entweder der göttliche oder überhaupt ein höherer
(übermenschlicher, übersinnlicher, überempirischer), sondern allein
dadurch, dass dargethan wird, er sei der gute d. h. sein Inhalt
stimme mit demjenigen überein, was den Inhalt des Guten d. h. des
am Wollen unbedingt Wohlgefälligen ausmacht. Erweis der Güte
des Gebots durch den Nachweis, dass der gebietende Wille der
stärkste d. h. stärker als der gehorchende und folglich denselben zu
zwingen vermögend sei, würde das Faustrecht d. h. das angebliche
Recht des Stärkeren bedeuten d. i. den Grundsatz: dass dasjenige,
was die Macht will, gut, nicht aber, dass nur die Macht, die das
Gute will, diejenige sei, der man zum Gehorsam verpflichtet ist.
Das zweite würde das Vorangehen des Beweises erfordern, dass
der Gesetzgeber, als dessen Gesetz das gebotene Wollen sich
kundgibt, wirklich Gott d. h. nicht blos ein angeblicher, sondern der
wirkliche Gott d. h. ein solcher sei, zu dessen Eigenschaften es
naturnothwendig gehört, nur das Gute d. i. das sein Sollende, zu
wollen. Da nun dieser Beweis nicht erbracht werden kann, ohne
das Gute d. i. das unbedingt Wohlgefällige am Wollen zu kennen,
auf dessen Uebereinstimmung mit dem angeblich göttlichen Gebot
eben die Anerkennung des letzteren als eines göttlichen beruht, so
setzt die Ethik als theologische d. i. das Gute auf das Gebot Gottes
zurückführende Wissenschaft, die Kenntniss des Guten als
gewonnen voraus, statt dieselbe zu gewähren. Wird jedoch der
gesetzgebende Wille statt in einen Andern, in das Innere des
Wollenden selbst, gleichsam als ein höherer, überempirischer in das
menschliche, empirische Individuum verlegt, so dass der Mensch
gleichsam als ein aus zwei Elementen, einem überempirischen und
einem empirischen, zusammengesetztes Doppelwesen erscheint,
deren eines zum Befehlen, das andere zum Gehorchen bestimmt ist,
so kehrt dieselbe Schwierigkeit wieder d. h. es muss neuerdings
dargethan werden, dass der sich im Menschen als der höhere
geberdende Wille („der Gott in uns”) wirklich den Anspruch
b e s i t z e und nicht blos m a c h e , als solcher anerkannt, und
dessen Gesetz die Berechtigung habe, nicht blos, weil es s e i n ,
sondern weil es ein g u t e s Gesetz ist, Gehorsam zu fordern.

146. Selbst Kant's souveräner kategorischer Imperativ hat der

Verpflichtung, als gutes d. i. Gehorsam zu fordern berechtigtes
Gebot sich zu legitimiren, sich nicht zu entziehen vermocht. Freilich
thut er dasselbe nicht durch den Erweis, dass der Inhalt seines
Gebotes der gute, sondern dadurch, dass das Gegentheil desselben
in sich widersprechend sei. Der von ihm aufgestellte Satz: Handle
so, dass die Maxime deines Wollens fähig sei, als allgemeines
Gesetz zu dienen, soll nicht den Inhalt des Guten, sondern ein
Kennzeichen darbieten, denselben zu erkennen. Die Fähigkeit einer
Maxime, allgemein als Gesetz aufgestellt zu werden, verräth sich
darin, dass das Gegentheil derselben, als allgemeines Gesetz
gedacht, sich selbst widerspricht. Kant's Kriterium des Guten ist
logisch, nicht ethisch.

147. Aber das Beispiel, das er gibt, führt nicht einmal zum
Widerspruch. Kant erweist die Pflicht, anvertraute Güter
zurückzugeben, auf die Weise, dass er bemerkt, im
entgegengesetzten Fall würde es keine anvertrauten Güter mehr
geben. Allein die der Maxime, anvertraute Güter zurückzustellen,
entgegengesetzte Maxime, anvertraute Güter nicht zurückzustellen,
würde nur dann auf einen Widerspruch führen, wenn sie verlangte,
obgleich keine anvertrauten Güter vorhanden seien, dennoch
dergleichen zurückzustellen. Dieselbe führt jedoch auf keinen
Widerspruch, wenn sie, wie sie es wirklich thut, verlangt,
anvertraute Güter, w e n n dergleichen vorhanden sind, n i c h t
zurückzustellen.

148. Kant geht von dem richtigen Satze aus, dass jedes gute Gebot
allgemein giltig und schliesst daraus umgekehrt, dass jedes
allgemein giltige Gebot nothwendig gut sei. Er erweist daher statt,
wie er sollte, die Folge aus dem Grund, umgekehrt, wie er nicht
durfte, den Grund aus der Folge. Allgemein giltige Gebote sind
nothwendig gute, aber nicht alles, was allgemein gilt d. h. dessen
Gegentheil auf einen Widerspruch führt (wie z. B. mathematische
Wahrheiten) ist ein ethisches Gebot. In der kürzeren Form, welche
Kant seinem obersten Sittengesetze gibt: folge der praktischen
Vernunft d. i. thue, was du sollst, wird die leere Tautologie, in die
sich der kategorische Imperativ verwickelt, noch auffälliger. Denn
da die Vernunft nichts anderes ist als die Stimme des Sollens, so
bedeutet jenes Gebot: du sollst, was du sollst — einen identischen
Satz.

149. Der kategorische Imperativ oder die sogenannte praktische

Vernunft im Wollenden nimmt in Bezug auf den Inhalt ihres Gebots
dem an sich Guten gegenüber keine andere Stellung ein, als Gott
und die sogenannte göttliche Gesetzgebung ausserhalb des
Wollenden. Wie die letztere, um den angeblichen von dem wahren
(d. i. eines Gottes würdigen) Willen Gottes unterscheiden zu
können, nach den Worten des Thomas von Aquin: non ideo bonum
est, quia deus præcepit, sed ideo deus præcepit, quia bonum est,
der Rechtfertigung durch Uebereinstimmung ihres Inhalts mit jenem
des an sich Guten (d. i. des unbedingt Wohlgefälligen am Wollen)
bedarf, so muss, um den Ausspruch der wahren von dem einer
blos vermeintlichen gebietenden Vernunft unterscheiden zu können,
der Inhalt desselben an dem Massstab einer andern, der über Werth
und Unwerth des Wollens unbedingt entscheidenden
u r t h e i l e n d e n Vernunft geprüft und durch diese entweder
bestätigt oder verworfen werden.

150. Wie in der Pflichtenlehre der Grund der Güte des
gehorchenden in jener des befehlenden Willens, so liegt in der Ethik
als Tugendlehre der Grund der Güte des nachahmenden in jener des
nachgeahmten Willens. Dieselbe stellt, wie die stoische Moral in der
Person des stoischen Weisen, wie Aristoteles in seinem „gerechten
Mann" (ὀρθὸς ἀνῆρ) ein ethisches Ideal, das Bild einer vollendeten
oder doch für vollendet ausgegebenen idealen Persönlichkeit als
Tugendmuster d. i. als nachahmungswerthes Vorbild auf, durch
dessen Nachahmung das Wollen des Nachahmenden selbst
tugendhaft, Mustertugend wird, aus keinem andern Grunde, als
weil und insofern es dem Wollen des Tugendmusters gleicht. Ethik
als Tugendlehre ist daher zwar vorschreibend, insofern sie ein
Vorbild zur Nachahmung aufstellt, aber zugleich blos beschreibend,
indem sie das Wesen des Tugendmusters ausmalt. Die stoische
Moral begnügte sich nicht damit, auf das Ideal des Weisen als
Muster hinzudeuten, sondern entwarf ein Charaktergemälde
desselben und seines Verhaltens in allen denkbaren Lebenslagen als
musterhaft. Die Ethik als Tugendlehre verfährt weder imperativ,
noch deducirend, sondern demonstrirend d. i. auf ein gegebenes,
sei es historisch in der Wirklichkeit, sei es poetisch in der idealen
Welt, Vorhandenes hinweisend und dasselbe ein- für allemal als
ethische Autorität d. i. als den schlechthinigen Ausdruck des an
sich Guten proclamirend. Wie Max von Wallenstein sagt: „Auf ihn
nur braucht' ich zu schau'n und war des rechten Pfad's gewiss" —
so zeigt die Ethik als Tugendlehre auf jede Frage nach dem
G u t e n , statt aller Antwort auf den Guten hin, in dessen

jeweiligem Wollen dasselbe verkörpert sei.

151. Soll dessen ethische Autorität nicht blos „auf Autorität" hin,
das Ideal des stoischen Weisen nicht blos auf das Zeugniss der
Stoiker, der ὀρθὸς ἀνῆρ nicht blos auf jenes des Aristoteles hin als
Tugendmuster gelten, so muss die Berechtigung derselben, ideal d.
i. absolut wohlgefälliges Vorbild zu sein, wissenschaftlich d. i.
durch Uebereinstimmung ihres Wollens mit dem an sich Guten (d. i.
dem unbedingt Wohlgefälligen am Wollen) vorher erwiesen werden.
Weil aber dieser Erweis die Kenntniss des Guten bedingt, das gute
Wollen nicht deshalb gut, weil es das Wollen des Guten (Mannes),
sondern der Gute deshalb gut ist, weil er das Gute will, so setzt
Ethik als Tugendlehre, statt selbst Wissenschaft des Guten zu sein,
vielmehr diese d. i. die Wissenschaft der Normen, nach welchen
das Wollen unbedingt gefällt oder missfällt, die ästhetische
Wissenschaft vom Wollen, die Willensästhetik voraus.

152. Güter-, Pflichten- und Tugendlehre als Formen der Ethik sind
damit gleichmässig abgelehnt. Die Eigenschaften des Wollens,
welche dasselbe zum guten machen, gehören nicht, wie bei jenen,
dem wirklichen, sondern ausschliesslich dem gedachten Wollen d. i.
der blossen Vorstellung eines solchen, dem Schein eines Wollens an.
Wie ästhetischer Schein überhaupt weder dadurch, dass etwas
durch denselben hindurchscheint, noch dadurch gefällt, dass er
einem gewissen Subjecte scheint, sondern allein dadurch, dass er
gewisse unbedingt wohlgefällige Formen an sich trägt, so gefällt
das Bild eines Wollens weder dadurch, dass dieses bestimmte
Folgen nach sich zieht (wie in der Güterlehre), noch dadurch, dass
dieses das, sei es gebietende oder als Muster vorgestellte Wollen
eines Andern nachahmt (wie in der Pflichten- und Tugendlehre),
sondern allein dadurch, dass das Wollen gewisse unbedingt
wohlgefällige Formen an sich trägt. Die Aufstellung dieser letzteren
ist die Aufgabe der Ethik als Aesthetik des Wollens.

153. Zieht man von dem guten wirklichen Wollen die äussere Hülle
der Wirklichkeit ab, so bleibt der Gedanke, das Bild oder die
Vorstellung dieses Wollens allein übrig. Dieses Bild wird als
Vorgestelltes nicht nur mit einem gewissen Grade von Intensität
vorgestellt, sondern das Wollen, dessen Bild es ist, wird in diesem
als Wollen von einem bestimmten höheren oder niederen
Intensitätsgrad vorgestellt. Dasselbe wird ferner nicht blos in
Beziehungen und Verhältnissen (der Gleichheit, Ungleichheit, der

Identität oder des Gegensatzes) zu anderen ähnlichen oder
unähnlichen Willensbildern vorgestellt, sondern das Wollen, dessen
Bild es ist, wird selbst als in Beziehungen und Verhältnissen (der
Uebereinstimmung oder des Widerstreits) zu anderem, sei es
Wollen, sei es Vorstellen, stehend vorgestellt. Jenes ergibt einen
quantitativen, dieses einen qualitativen Gesichtspunkt zur
Beurtheilung des Wollens.

154. Ersterer betrifft das Wie, letzterer das Was des vorgestellten
Wollens. Dasselbe wird von jenem aus entweder als stark, oder als
schwach, als reich und mannigfaltig, oder als dürftig und
einförmig, als wohlgeordnet und in sich zusammenhängend, oder
als ordnungslos und in sich zerrissen vorgestellt, und nach der
ästhetischen Idee der Vollkommenheit dem starken, reichen,
zusammenhängenden vor dem schwachen, armen und
zusammenhanglosen Wollen der Vorzug gegeben. Von diesem aus
wird dasselbe entweder als mit einem anderen Wollen (z. B. dem
eines Andern) ganz oder theilweise identisch oder demselben
entgegengesetzt vorgestellt und nach der ästhetischen Idee des
Einklangs im ersteren Falle mit Lob, in letzterem mit Tadel begleitet.
Die Entwicklung und Aufzählung aller sowol vom quantitativen als
vom qualitativen Gesichtspunkt aus möglichen Fälle ergibt die
ethischen Ideen.

155. Diese Fälle sind folgende. Jedes Wollen als solches besitzt eine
Energie, mit welcher, und einen Inhalt, welcher gewollt wird. Wird
die erstere d. i. das Quantum des Wollens, ohne Rücksicht auf den
letzteren, das Quale des Wollens, allein ins Auge gefasst, so ergibt
sich der quantitative, findet das Gegentheil statt, der qualitative
Gesichtspunkt seiner Beurtheilung. Weil jede Bethätigung des
Wollens als eines Ueberwindens entgegenstehender Hemmnisse von
Lustgefühl begleitet ist und sich dasselbe in gleichem Grade
steigert, als das aufgewendete Quantum der Wollensbethätigung
wächst, so muss mit der Vorstellung des grösseren Quantums von
Wollensbethätigung nothwendig ein grösseres, mit der Vorstellung
eines mit dem ersteren verglichen kleineren Wollensquantums eben
so nothwendig ein geringerer Grad von Lustgefühl verbunden sein
d. h. das stärkere Wollen gefällt neben dem schwächeren, das
schwächere missfällt neben dem stärkeren. Dieser Erfolg besteht so
lange, als das proportionale Verhältniss zwischen den beiden unter
einander verglichenen Wollensquantitäten dasselbe bleibt. Ob die
beiden unter einander ihrer relativen Stärke nach verglichenen

Wollen als einem und demselben oder als verschiedenen wollenden
Wesen angehörig gedacht werden, macht dann keinen Unterschied.
Wächst das kleinere Wollensquantum, oder nimmt das grössere ab,
so dass schliesslich beide den gleichen Grad von Stärke besitzen,
oder bei fortwährendem Wachsen des kleineren oder Abnehmen des
grösseren das schwächere zum stärkeren, das stärkere zum
schwächeren Wollen wird, so hört in dem einen Fall, da beide
gleich stark geworden sind, jeder Vorzug des einen vor dem andern
auf, in dem andern Fall, da das schwächere zum stärkeren
geworden ist, kehrt sich das Verhältniss um, das vorher
wohlgefällige missfällt, das vorher missfällige wird wohlgefällig. In
beiden Fällen stellt das stärkere den Massstab des schwächeren,
jenes gleichsam das „Volle" dar, zu welchem dieses erst „kommen"
soll.

156. Wird das Quantum des Wollens hierbei als über jedes
erreichbare Mass hinaus fortschreitend vorgestellt, so geht die
Vorstellung des starken in die des durch seine Stärke erhabenen
Wollens d. i. eines solchen über, im Vergleich mit welchem jede
dem Vorstellenden selbst als Wollendem erreichbare Stärke seines
Wollens in nichts verschwindet. Das in diesem Fall vorgestellte
Wollen erscheint mit dem des Vorstellenden selbst verglichen
unendlich (d. h. über jede diesem vorstellbare Grenze hinaus) gross;
das eigene Wollen des Vorstellenden diesem mit jenem verglichen
unendlich (d. h. über jede von diesem vorstellbare Grenze hinaus)
klein. Letzterer Umstand ruft in dem Vorstellenden das
unangenehme Gefühl seiner Schwäche als w o l l e n d e s , dagegen
das Bewusstsein, einen dem seinen unendlich überlegenen Willen
zwar nicht im Wollen erreichen, aber doch wenigstens mit seiner
vorstellenden Kraft vorstellen zu können, das angenehme Gefühl
der eigenen Stärke als v o r s t e l l e n d e s Wesen hervor, so dass
beide, dieses Lust- und jenes Unlustgefühl zusammen, jenem über
alles Mass hinaus gesteigerten Wollen gegenüber wieder das
gemischte Gefühl des Erhabenen erzeugen. Letzteres mag, da es ein
Wollen ist, zum Unterschied von dem im Vorangehenden
erwähnten, welches nur auf der Ueberschreitung der Grenze des
Vorstellbaren beruhte, mit einem Kant'schen Ausdruck das
dynamisch Erhabene heissen.

157. Wird, wie oben vom Quale, so vom Quantum des vorgestellten
Wollens ab und nur auf das Was desselben gesehen, so ergeben
sich, da in Bezug auf den Umstand, dass überhaupt etwas gewollt

wird, ein Wollen dem andern gleicht, in Bezug auf dasjenige,
welches gewollt wird, aber, weil jede beliebige Vorstellung Sitz eines
Wollens werden kann, eine so unendliche Mannigfaltigkeit
stattfindet, dass von einer Aufzählung oder Vergleichung derselben
unter einander keine Rede sein kann, nur nachstehende Fälle. Das
vorgestellte Wollen wird entweder auf den Wollenden selbst oder
auf einen anderen Wollenden bezogen, letzterer aber entweder als
blos in der Vorstellung des ersten vorhanden, oder als wirklich
vorhanden vorgestellt. Findet das erste statt d. h. wird das Wollen
des Wollenden auf den Wollenden selbst bezogen, so muss etwas in
diesem als vorhanden vorgestellt werden, was sich mit dessen
Wollen vergleichen lässt. Wird dagegen das Wollen auf einen
Anderen bezogen, so muss in diesem etwas vorhanden gedacht
werden, das sich mit dem Wollen jenes ersten vergleichen lässt.
Dasjenige im Wollenden, mit dem sich sein Wollen vergleichen lässt,
kann nun nichts anderes sein, als das Bild dieses Wollens d. h. die
Vorstellung, die er sich selbst von seinem Wollen macht. Dasjenige
im Andern, womit das Wollen des ersten verglichen wird,
seinerseits kann wieder nur ein Wollen, und zwar entweder als blos
gedachtes d. i. nur in der Vorstellung des ersten vorhandenes, oder
als wirkliches, thatsächlich existirendes im zweiten sein.

158. Das Bild, das sich der Wollende von seinem eigenen Wollen
macht, gehört dessen Vorstellen (dem Intellect), das Wollen selbst,
von dem er ein Bild sich macht, dessen mit der Vorstellung der
Erreichbarkeit des Angestrebten verbundenem Streben (dem Willen)
an: beide, das Bild des Wollens im Intellect und das wirkliche
Wollen des Willens des Wollenden verhalten sich zu einander, wie
Vorbild und Nachbild, Original und Copie; der Intellect entwirft das
Bild eines gewissen möglichen Wollens (Willensproject), der Wille
führt es aus oder auch nicht im wirklichen Wollen (Willensact). Im
ersten Fall trägt das wirkliche Wollen die Züge des gedachten d. h.
dasselbe ahmt das letztere nach; im letzteren Fall fallen
Willensproject und Willensact, auf ihren Inhalt hin angesehen,
gänzlich aus einander, gedachtes und wirkliches Wollen decken
einander nicht. Beide Fälle, die auf der einseitigen Identität des
gedachten und des wirklichen Wollens beruhen, wiederholen die
ästhetische Idee des Charakteristischen auf dem Gebiete des
Wollens.

159. Wie jene allgemein darin besteht, dass sich der gesammte
Inhalt des Nachbildes am Vorbilde, dagegen nicht alles, was

letzterem eigen ist, an dem ersten findet, so besteht das Verhältniss
zwischen gedachtem und wirklichem Wollen darin, dass der
gesammte Inhalt des wirklichen sich in dem Inhalt des gedachten,
nur mit dem Unterschied vorfindet, dass er das einemal nur als
Gedanke (Vorstellung, Bild, ideal), das anderemal als Wollen
(wirklich, real) vorhanden ist. Wie unter der Herrschaft der Idee
des Charakteristischen Original und Portrait einander so nahe
kommen, dass nur der Umstand, dass das eine ein wirklich, das
andere ein nur scheinbar belebtes ist, sie von einander scheidet, so
kommen im vorliegenden Verhältniss gedachtes und wirkliches
Wollen mit einander so vollkommen überein, dass nur der Umstand,
dass das eine als wirklich nur gedachtes, das andere ein Gedachtes
verwirklichendes Wollen ist, sie trennt. Der unbedingte Beifall,
welcher die erstere, die Harmonie zwischen Vorbild und Nachbild,
begleitet, kann daher auch dem letzteren, welches die Harmonie
zwischen gedachtem und wirklichem Wollen des Wollenden
ausdrückt, eben so wenig fehlen, wie dessen Gegentheil, der
Disharmonie zwischen beiden, das unbedingte Missfallen.

160. Wie die Beziehung zwischen gedachtem und wirklichem
Wollen im Wollenden selbst auf der einseitigen, so beruht jene
zwischen dem wirklichen Wollen des Wollenden und seiner
Vorstellung vom Wollen eines Andern auf jenem der gegenseitigen
Identität. Beide Fälle haben das mit einander gemein, dass beide
Glieder, deren Beziehung unter einander das Verhältniss ausmacht,
dem Bewusstsein eines und des nämlichen Individuums (des
Wollenden) angehören; ferner, dass diese Glieder jedesmal je ein
gedachtes und ein wirkliches Wollen sind; der Gegensatz beider
Fälle aber besteht darin, dass das gedachte Wollen, auf welches das
wirkliche Wollen sich bezieht, in dem einen Fall als das eigene des
Wollenden, in dem anderen als das eines Anderen gedacht wird. Wie
nun im ersten Fall das gedachte eigene zum Vorbild des eigenen
wirklichen Wollens, so wird in dem hier vorliegenden Falle das
gedachte fremde zum Vorbild des eigenen wirklichen Wollens. In
jenem Fall wird das Bild des eigenen Wollens, in diesem das Bild des
fremden Wollens vom Wollenden nachgeahmt, so dass in jenem
Harmonie zwischen gedachtem eigenem und eigenem wirklichem,
in diesem dagegen Harmonie zwischen gedachtem fremdem und
wirklichem eigenem Wollen stattfindet. Gedachtes fremdes und
eigenes wirkliches Wollen werden dabei ihrem Inhalt nach
congruent, dem Umstand nach, dass das eine blos gedacht, das
andere wirklich, das eine eigenes, das andere fremdes Wollen ist,

als gegensätzlich vorausgesetzt; jedes der beiden Verhältnissglieder hat durch die Identität des Inhalts etwas, und zwar ein Ueberwiegendes mit dem andern gemein und jedes etwas, wenngleich nichts überwiegendes, das eine die Eigenschaft, dass es eigenes und wirkliches, das andere die entgegengesetzte, dass es gedachtes und fremdes Wollen ist, vor dem anderen voraus.

161. Dass in diesem Willensverhältniss die ästhetische Idee des Einklangs auf ethischem Felde wiederkehrt, braucht kaum erst hervorgehoben zu werden. Gedachtes fremdes und eigenes wirkliches Wollen verhalten sich zu einander wie die überwiegend identischen, obgleich jedes dem andern theilweise entgegengesetzten Glieder einer Ton-, Farben- oder Gedankenharmonie. Wie dieser auf ästhetischem, so kann jenem Willensverhältniss auf ethischem Gebiet das unbedingte Lob eben so wenig ausbleiben, wie seinem Gegentheil, der Disharmonie zwischen gedachtem fremdem und eigenem wirklichem Wollen der unbedingte Tadel.

162. Schon hier mag erwähnt sein, dass der Einklang des eigenen wirklichen mit dem gedachten fremden Wollen nicht mit der inhaltlichen Uebereinstimmung des eigenen mit fremdem Lust- oder Unlustgefühl, wie sie in den bekannten psychischen Phänomen des sogenannten Mitgefühls zu Tage tritt, verwechselt werden dürfe. Jener drückt eine Beziehung eigenen W o l l e n s auf fremdes, dieses zwar gleichfalls eine Beziehung eigener auf fremde Gemüthszustände, jedoch nicht eine solche des Wollens, sondern des F ü h l e n s aus. Das sympathetische Gefühl ist die Wiederholung eines fremden oder die Entstehung eines jenem entgegengesetzten Gefühls im eigenen Gemüth, obiges Willensverhältniss dagegen die Wiederholung eines dem fremden gleichen oder die Entstehung eines jenem entgegengesetzten Wollens im eigenen Willen. Jenes ist bei dem Mitleid und der Mitfreude, wo das Leid des Andern Leid, die Lust des Andern Lust in uns hervorruft, einerseits — bei Neid und Schadenfreude, wo die Lust des Andern Leid und das Leid des Andern Lust in uns nach sich zieht, andererseits der Fall. Dieses ereignet sich, wenn ein (wirklich oder vermeintlich) vorhandener Wunsch oder Wille eines Andern Veranlassung wird, unsererseits dasselbe, oder zum Grund für uns wird, das ihm Entgegengesetzte zu wollen.

163. Das sympathetische Gefühl, welches durch Nachahmung der

Gefühle eines Andern und obiges Willensverhältniss, welches durch
Nachahmung der Wünsche eines Andern von unserer Seite
entsteht, haben nichts weiter mit einander gemein, als dass in
beiden Fällen der Andere durch seine inneren Vorgänge Ursache
wird gewisser Vorgänge in uns, mit dem bedeutsamen Unterschied,
dass bei dem sympathetischen Gefühl, auch wenn die
nachgeahmten Gemüthszustände nicht wirklich vorhanden sind,
doch gewisse Zeichen, welche als Aeusserungen derselben gelten
können (z. B. Thränen als Zeichen des Leides, Lachen als solches
der Freude) wirklich wahrgenommen (also wenn jener
Gemüthszustand nicht wirklich vorhanden ist, künstlich, wie es
beim Schauspieler der Fall ist, erzeugt) werden müssen, dass also
der Andere jedenfalls wirklich vorhanden sein muss; während bei
obigem Willensverhältniss das Wollen des Andern blos gedacht,
daher eben so wie dieser Andere selbst nur in der Vorstellung des
Wollenden als dessen Gedanke (Imagination) zu existiren nöthig hat.

164. Ein neues Willensverhältniss entsteht, wenn das Wollen des
Andern, auf welches das des Wollenden bezogen wird, nicht blos
gedacht d. h. nur als Gedanke im Wollenden vorhanden, sondern
wirklich d. h. unabhängig von dessen Gedacht- oder
Nichtgedachtwerden neben und ausser dem Wollenden vorhanden
ist. In diesem Fall muss, da wirkliches Wollen nicht ohne wollendes
Subject als Träger desselben gedacht werden kann, jener Andere
selbst als Wollender neben und ausser dem ersten Wollenden als
wollendes Du neben dem wollenden Ich als existirend gedacht
werden. Das Willensverhältniss, welches bisher nur in einer
Beziehung, sei es des eigenen gedachten zum eigenen wirklichen,
sei es des wirklichen eigenen zum fremden gedachten Wollen,
sonach innerhalb des Bewusstseins eines einzigen Wollenden
bestand, erweitert sich durch die Beziehung des wirklichen eigenen
zu fremdem wirklichem Wollen über die Sphäre des individuellen
Bewusstseins hinaus zu einer Beziehung, welche zwischen zwei
verschiedenen Wollenden angehörigen Wollen d. i. zu einem
solchen, welches zwischen zwei verschiedenen Individuen besteht
und daher nicht ohne Hinaustreten des einen wie des andern der
beiden auf einander zu beziehenden wirklichen Wollen über die
Grenze der Innen- in die Atmosphäre der Aussenwelt gedacht
werden kann. Dass diese letztere hiebei für beide eine gemeinsame
sein muss, leuchtet von selbst ein. Wäre sie es nicht d. h. wäre die
Welt, in welche das Wollen des einen, von der Welt, in welche das
des andern hinaustritt d. i. sich äussert, in der Weise verschieden,

dass, was in der einen geschieht, in keiner Weise zu jenem, was in der andern vor sich geht, eine Beziehung zu haben vermöchte, so könnte auch zwischen dem Wollen des einen (des Ich) und jenem des andern (des Du) als gänzlich ausser einander gelegenen Welten angehörig, keine solche bestehen, und das Willensverhältniss, von dem hier die Rede, wäre einfach unmöglich.

165. Dadurch, dass die Aeusserungen beider wirklicher Wollen in eine beiden gemeinsame Aussenwelt fallen, ist nur die Möglichkeit, keineswegs die Wirklichkeit einer Beziehung zwischen denselben hergestellt. So lange die beiderseitigen Willensäusserungen neben, aber auch ausser einander herlaufen können, ohne dass eine der andern auf ihrem Wege begegnet, mögen sie beide zwar ihrem Inhalt nach d. h. in Gedanken und als gedachte Willensbestrebungen mit einander verglichen werden; zwischen beiden als wirklichen d. i. als wirkenden Wollen besteht, so lange keiner derselben auf den andern wirkt, kein wirkliches Verhältniss.

166. Letzteres tritt erst ein, wenn die eine Willensäusserung auf die andere trifft, und zwar in der Weise, dass dieselbe weder durch die andere, noch diese durch jene hindurchgehen kann, ohne einander zu stören, sondern dass die eine die andere und diese jene in ihrem Fortschreiten hemmt d. h. dass beide, als gleichzeitig bestehend gedacht, mit einander unverträglich sind. Beide Willensäusserungen stehen sodann unter einander in einem Verhältniss, welches dem der gegenseitigen Ausschliessung des seinem Inhalt nach überwiegend Entgegengesetzten entspricht und, wie dieses einen Conflict zwischen mit einander unverträglichen Vorstellungen im Denken, so einen solchen zwischen mit einander unverträglichen Wirklichen im Sein darstellt. Jene als einander ausschliessende Gedanken können nicht mit einander zugleich gedacht, diese als einander ausschliessende Kräfte können nicht als mit einander zugleich bestehend ertragen werden. Ausdruck dieses Conflicts ist der Streit beider Wollenden.

167. Willensacte (volitiones) sind „Gedanken, die leicht bei einander wohnen"; Willensäusserungen (actiones) sind „Sachen, die sich hart im Raume stossen". Jene, auch wenn sie dem Inhalt nach einander ausschliessen, überschreiten die Grenze des Bewusstseins ihres Trägers nicht; diese, auch wenn sie dem Inhalt nach mit einander verträglich sind, gehen über dieses hinaus und treten als Veränderungen in der Aussenwelt d. i. als Verschiebungen der

bisherigen Lage der Dinge in der letzteren auf. Auch wenn die Willensäusserung in nichts anderem besteht als in einem Ausruf, einem gesprochenen Wort, einer Miene, einer Gliederbewegung des eigenen Leibes des Wollenden, so wird durch dieselbe eine Aenderung der bisherigen Sachlage, durch den Ruf, das Wort eine Erschütterung der den Raum erfüllenden atmosphärischen Luft, durch die Geberde, die Handbewegung eine Umstellung der Masse des eigenen organischen Leibes herbeigeführt, welche bei der stetigen Erfüllung des Raumes mit Nothwendigkeit eine Ortsveränderung der angrenzenden Luft- oder Stofftheile herbeiführen und so als nähere oder entferntere Wirkung des durch den Willen gegebenen Impulses durch den Raum und die Materie sich fortpflanzen muss. Da sonach jede Willensäusserung als solche einen gewissen Theil des den Raum erfüllenden dünneren oder dichteren Stoffes für sich in Anspruch nimmt, so kommt es ganz auf die Natur dieses letzteren an, ob derselbe fähig sei, zweien oder mehreren Willensäusserungen als Werkzeug der Aeusserung zugleich zu dienen. Ist der Stoff, welchen der Wille zu seiner Aeusserung gebraucht, von der Art, dass er zugleich von einem andern, von jenem verschiedenen Wollen zu dessen Aeusserung verwendet werden kann d. h. ist derselbe für beide Wollen durchdringlich (permeabel), so entsteht kein Streit: die Aeusserung des einen geht durch die Aeusserung des anderen Willens hindurch, ohne dieselbe zu hindern oder durch sie gehindert zu werden. So gehen die Schallwellen, die das gesprochene Wort des einen erzeugt, durch jene, die das des andern hervorruft, dem Anscheine nach ohne einander zu stören, hindurch, indem beiden dieselbe den Raum erfüllende atmosphärische Luft zum Schallorgan dient. Ist dagegen jener Stoff von solcher Beschaffenheit, dass derjenige Theil desselben, welcher von einem Willen als Instrument seiner Aeusserung in Beschlag genommen ist, nicht zugleich von einem andern zu gleichem Zweck in Besitz genommen werden kann d. h. ist der von einem Wollen erfüllte Stoff undurchdringlich (unpermeabel) für ein anderes Wollen, so stellt er den Stein des Anstosses dar, an dem beide Wollen und in dem sie beide an einander prallen; es entsteht ein Zustand, der so, wie er ist, nicht dauern und so lange beide Wollen dieselben bleiben, die sie sind, nicht anders werden kann. Eine unhaltbare und doch thatsächliche Sachlage — ein realer d. i. real gewordener Widerspruch.

168. Von dieser Art war die Situation, von welcher Carl V. sagte, „dasselbe, was mein Bruder Franz will, will ich auch, nämlich

Mailand." Indem das Object beider Wollen ein solches ist, dass es nur einem oder keinem von beiden dienen kann und doch beide Wollen solche sind, dass sie nicht aufhören, eben dieses Object zu begehren, wird eine Sachlage geschaffen, welche, obgleich factisch, doch irrational und obgleich irrational, doch factisch ist, als unabweislich zugleich und undenkbar sich aufdrängt.

169. Ausdruck dieses Eindrucks im Zuschauer ist der unbedingte Tadel, der dem Streite folgt. Derselbe kann, da der Grund des Streites einerseits in dem Umstand, dass beide dasselbe Object wollen, andererseits in dem Umstand, dass dieses seiner Natur nach nicht beiden zugleich nachzugeben vermag, gelegen ist, nicht der Natur des Objects, die als solche unveränderlich durch Naturgesetze gegeben ist, sondern nur den beiden Wollenden gelten, deren Wille der Natur des Wollens nach veränderlich und von der Selbstbestimmung der Wollenden abhängig ist. Da nun obiger Tadel so lange sich erneuert, als obige Sachlage unverändert fortbesteht, letztere aber nur eine Aenderung erfahren kann, wenn, da die Natur des Objects unveränderlich ist, eines der beiden streitenden Wollen, oder wenn beide eine Abänderung erleiden, so folgt, dass, um dem Tadel zu entgehen, kein anderer Ausweg möglich ist, als dass das streitende Paar, oder wenigstens einer der Streitenden vom Streite ablässt d. i. sein bisheriges Wollen ändert, auf das Object desselben verzichtet, dasselbe freilässt.

170. Durch diese Aenderung des Wollens erlischt der Streit, es wird Friede. Das Object, das den Anlass zum Streite bot, ist dasselbe geblieben, das es war, nur der nach seiner Beschaffenheit äusserliche, zufällige Umstand, dass es zugleich Gegenstand zweier Wollen und dadurch Grund geworden war, dass diese sich als unverträglich mit einander an den Tag legten, ist geschwunden. Dasselbe kann nunmehr entweder, wenn beide verzichtet haben, ruhig an seinem Ort beharren oder wenn nur einer verzichtet hat, ohne Anstand dem Wollen des Anderen Raum geben. Der unerträgliche, weil in sich widersprechende Zustand besteht nicht mehr, weil die mit einander unverträglichen Wollen nicht mehr bestehen d. h. weil die Wollenden, die bisher sich unter einander ausschlossen, sich jetzt entweder, weil keiner mehr, oder, weil nur mehr einer will, was er wollte, sich unter einander v e r t r a g e n.

171. Je nachdem dieses nunmehrige Sichvertragen der Wollenden stillschweigend erfolgt oder ausdrücklich durch eine, wie immer

geartete Kundgebung von Seite der Wollenden (Vertrag, pactum) bekräftigt wird, nimmt der hergestellte Friede selbst natürlichen oder positiven, vertragsmässigen Charakter an. Je nachdem die Aenderung des Wollens, auf deren Grund hin der Streit erlischt, sei es bei einem, sei es bei jedem der Streitenden entweder nur aus dem Grunde erfolgt, weil derselbe oder dieselben zur Einsicht gelangt sind wegen gänzlicher Erschöpfung an physischer Kraft nicht mehr streiten zu können, oder weil einer oder beide die Ueberzeugung gewonnen haben, es bringe grösseren Vortheil Frieden zu schliessen als weiter zu streiten, oder endlich weil derselbe oder dieselben ausser Stande sich fühlen, den, so lange der Streit fortwährt, stets sich erneuernden Tadel, welcher die Streitenden trifft, weiter zu tragen, nimmt der Friede selbst entweder den Charakter eines blossen „Nothfriedens" oder den eines „Schacherfriedens", oder im letzten Falle den eines s i t t l i c h e n d. h. eines um keines andern Motives willen, als um dem ethischen Tadel des Streites zu entgehen, geschlossenen Friedens an.

172. Nur der letztgenannte ist dauerhafter, beide vorher angeführten sind lediglich vorübergehender Natur. Der aus keinem anderen Grunde entstandene Friede, als weil die streitenden Parteien sich erschöpft fühlen, während der Wille zu streiten, wenn die Kräfte zureichten, nach wie vor vorhanden bleibt, besteht nur so lange, als das Kraftgefühl mangelt; mit dem Erwachen des letzteren hebt der Streit wieder an. Der um des materiellen Vortheiles willen geschlossene Friede aber währt nur so lange, als die Aussicht auf Erlangung grösserer Vortheile durch den Frieden, als durch den Streit besteht; von dem Augenblicke an, als diese Aussicht schwindet, oder die ihr entgegengesetzte sich eröffnet, hört auch der Wille Frieden zu halten auf und schlägt in den entgegengesetzten, von neuem Streit zu beginnen, um. Bestand und Dauer des Friedens hängen sonach in beiden Fällen nicht von dem an sich unwandelbaren Urtheil über den unbedingten Unwerth des Streites, sondern von äusseren Umständen ab: in dem einen Fall von denjenigen Verhältnissen, welche den Wiederersatz der verlorenen Kräfte beschleunigen oder verzögern, in dem andern Falle von den Umständen, welche die Erlangung materieller Vortheile durch den Frieden oder durch den Streit begünstigen oder verhindern. Nur derjenige Friede, der auf der Macht der Einsicht in die Verwerflichkeit des Streites über Gemüther und Wollen der im Streit begriffen Gewesenen beruht, trägt die Bürgschaft unveränderten Fortbestandes, so lange jene Macht unverändert sich forterhält, in

sich. Die Erhaltung letzterer Macht aber ist so lange gesichert, als das ethische Urtheil des Wollenden ungetrübt, seine Beurtheilung des Streites von dessen den Widerspruch in sich tragender Natur ausschliesslich bestimmt und dadurch die Wiedererneuerung unbedingter Verwerfung desselben in jedem gegebenen Falle unvermeidlich ist.

173. Wie die natürliche Correctheit d. i. die Abwesenheit einander ausschliessender Vorstellungen im Bewusstsein zur künstlichen d. i. zu der sei es zufällig, sei es willkürlich „auf Zeit” hervorgebrachten Verdrängung der unverträglichen aus dem und Ersatz derselben durch mit einander verträgliche Vorstellungen in dem Bewusstsein, so verhält sich der natürliche d. i. der Friede von Natur aus, innerhalb dessen unter einander ausschliessende Willensäusserungen überhaupt nicht vorkommen, zum künstlichen d. i. zu demjenigen Friedenszustande, innerhalb dessen thatsächlich vorhanden gewesene mit und unter einander unverträgliche Willensäusserungen, sei es in Folge physischer Ursachen (z. B. Erschöpfung der Kräfte) zufällig oder in Folge den Willen bestimmender Motive (z. B. der Schädlichkeit oder der Verwerflichkeit des Streites) willkürlich „auf Zeit und Kündigung” beseitigt und durch mit einander verträgliche Willensäusserungen ersetzt worden sind. Derselbe verheisst desto grössere Festigkeit, je dauerhafter die Gründe sind, welche die Ausschliessung der mit einander unverträglich gewesenen Willensäusserungen bewirkt haben; dagegen desto geringere, je wandelbarer und von der Laune des Geschickes abhängiger die Motive waren, welche die ursprünglich Streitenden zur Ablassung von jenem ihren Streit erregenden Wollen bewogen haben. Jenes ist, wie oben gezeigt, bei demjenigen Beweggrund vom Streite abzustehen, der aus der Einsicht von dessen Verwerflichkeit entspringt, dieses dagegen bei denjenigen Friedensgründen der Fall, welche nur durch die Noth oder den äusseren Nutzen dictirt sind.

174. Der künstliche Friede erstickt den Streit, aber nur für so lange, als der Wille n i c h t zu streiten, die Oberhand behält. Mit dem Verschwinden oder dem Nachlassen der Macht des letzteren taucht der Streit wieder empor; dessen „schlangenhaariges Scheusal” schlummert nur gebändigt aber nicht vernichtet unter der künstlichen Decke des Friedens. Der hergestellte Friede ist auf sein Wesen hin angesehen scheinbarer, nicht wirklicher; die wirklich vorhandenen, nur künstlich beseitigten sind die einander

ausschliessenden Willensäusserungen („bellum omnium contra omnes"), der Unfriede. Letztere sind nicht absichtlich mit Wissen durch das Wollen der Streitenden, sondern sie sind unabsichtlich, ohne Wissen, ja voraussichtlicher Weise gegen den Willen der durch dieselben mit einander in Streit Gerathenden herbeigeführt. Das Wollen, dessen Aeusserung an einem bestimmten Punkte der Aussenwelt mit der eines Anderen feindselig zusammentrifft, hat weder vor dem Zusammentreffen von dem Vorhandensein des Du noch von dessen auf jenes Object sich richtendem Wollen, also auch nicht von der Möglichkeit, noch weniger von der Unausweichlichkeit des Streites eine Vorstellung gehabt, dasselbe hat folglich diesen weder gewollt noch wollen gekonnt und würde möglicher Weise, wenn es desselben Bevorstehen gekannt hätte, die streitdrohende Aeusserung seines Willens nicht gewollt haben. Das Wollen der Streitenden ist an der Entstehung des Streites keineswegs ohne Schuld, aber jeder der Streitenden ist am Streite unschuldig; jener wäre nicht entstanden, wenn keiner von beiden das Streitobject gewollt hätte; aber keiner von beiden hat das Object als Streitobject und eben so wenig einer von beiden den Streit gewollt. Der Tadel, der dem Streit gilt, trifft darum jeden der Streitenden nur insofern, als ohne das Wollen desselben kein Streit entstanden wäre; derselbe trifft beide Streitende in gleichem Grade, weil beide an dem Zustandegekommensein des Streites im gleichen Grade in einem Sinn betheiligt, im anderen unbetheiligt sind.

175. Die gleiche Vertheilung des Tadels auf beide Wollende hört auf, wenn die gleiche Betheiligung beider Willenssubjecte an dem zwischen denselben stattfindenden Verhältniss ein Ende nimmt. Dieser Fall tritt ein, wenn das Zusammentreffen beider Wollenden nicht zufällig, ohne Wissen und Absicht beider, sondern absichtlich, mit Wissen und durch das Wollen des einen von beiden, dagegen ohne Wissen und wider den Willen des anderen herbeigeführt wird. Jener, dessen gewusstes und gewolltes Object nicht, wie im vorhin geschilderten Falle des Streites ein beliebiges, sondern ein A n d e r e r und zwar d e r Andere, das Du, und dessen jeweiliger Zustand ist, heisst insofern der Thätige (agens), dieser, der ohne Wissen und Willen, ja selbst wider Willen, mit seinem jeweiligen Zustand Object für die Willensäusserung des ersten ist, heisst insofern der Leidende (patiens). Letzteres nicht in dem Sinn, als müsse die Folge seines Objectseins für den Anderen eben ein eigentliches Leid d. i. ein Schmerzgefühl sein, sondern in dem Sinn, dass die Veränderung seines gegenwärtigen Zustandes, sei es zum

Schlechteren oder zum Besseren, eben die Folge der ihn zum
Object wählenden Willensäusserung des Thätigen sei. An der
Verursachung dieser Folge d. i. an der Veränderung des bisherigen
Zustandes, welche der eine e r z e u g t , der andere nur d u l d e t ,
sind beide ungleich betheiligt.

176. Wie Hammer und Ambos verhalten sich Thätiger und
Leidender. Das geschmiedete Eisen ist Wohl oder Wehe des
Leidenden. Das Schmieden des Eisens erfolgt durch den Hammer,
aber auf dem Ambos; die Veränderung der bisherigen Sachlage
nicht ohne den Leidenden, an dem, aber durch den Thätigen, von
dem sie vollzogen wird. Jene selbst, mit dem bisherigen Zustande
verglichen, stellt eine Störung desselben dar; der Urheber derselben,
der Thätige, erscheint als Störenfried. Ausdruck dieser Störung d. i.
derjenige von dem bisherigen verschiedene Zustand, welcher durch
den Thätigen verursacht ist, ist die That. Dieselbe als Zustand, der
jetzt ist und vorher nicht war, ist ein Wirkliches und als solches die
Wirkung eines Wirkenden (des Thäters). Diese Wirkung selbst aber
ist in dem Geiste des Wirkenden vorgebildet als Vorsatz (Absicht)
und in dem Zustande des durch dieselbe betroffenen Leidenden
abgebildet als Folge (Erfolg). Nur wo beide, Vorsatz im Thätigen,
Erfolg im Leidenden, einander decken, ist wirklich That; wo der
Erfolg mangelt, ist, wenn das Wollen nicht zur Aeusserung gelangt
ist, Intention ohne Action, wenn das Wollen zu nur
unvollkommener Aeusserung gelangt ist, Versuch ohne Gelingen,
wenn dagegen zwar der Erfolg, aber weder Versuch noch Absicht
voranging, blosses Ereigniss vorhanden.

177. Da, wo keine That, auch kein Thäter vorhanden ist, so kann
für das nackte Ereigniss, das sich an dem einen der beiden
Wollenden, dem Leidenden, vollzieht, der andere der beiden, der
sogenannte Thätige, zwar vielleicht als eine der mitbedingenden
Ursachen, niemals aber kann das Wollen desselben als Ursache
jenes Ereignisses angesehen werden. Da ferner, wo kein Erfolg,
keine That, aber doch Absicht, ja Versuch einer solchen vorhanden
ist, so kann für das Nichteintreten des Erfolges am Leidenden zwar
die geistige oder körperliche Beschaffenheit des sogenannten
Thätigen (dessen Unverstand oder Ungeschick) als eine der
Mitursachen des Ausbleibens des Erfolges, niemals aber kann
dessen Wollen als die Ursache des Nichtgelingens betrachtet
werden. Wird daher, wie es auf ethischem Gebiete der Fall ist, nur
das Wollen beurtheilt, so fällt in dem ersten der beiden angeführten

Fälle der sogenannte Thätige ganz ausserhalb des Kreises ethischer
Beurtheilung, in dem zweiten dagegen zwar in denselben hinein,
aber da dessen anderweitige psychische und physische Mängel,
welche das Misslingen des Erfolges herbeigeführt haben, den
Schluss auf eine ähnliche Mangelhaftigkeit in Bezug auf
Beherrschung und Regelung seines Wollens gestatten, unter
mildernden Umständen.

178. Durch die That als Störung des bisherigen Zustandes ist etwas
geschehen; aber so lange dieselbe als That d. i. als Störung nicht
anerkannt ist, scheint es, als sei nichts geschehen. Oedipus hat
seinen Vater erschlagen und seine Mutter geheiratet, aber nach
aussen scheint es, als habe er weder das eine noch das andere
gethan. Gegen scheltende Knechte eines unbekannten Reisenden hat
er als ungerecht angegriffener Wanderer sich zur Wehre gesetzt: die
zum Preise der Befreiung der Stadt von der Pest und Sphinx
ausgesetzte Witwe des verstorbenen Königs hat er durch Lösung
des Räthsels auf rechtmässigem Wege zur Gattin erworben. Ein
Verbrechen ist geschehen, aber es scheint, als sei keines geschehen;
Schein gibt sich für Sein, ein nur scheinbar vorhandener für den
wirklich vorhandenen Zustand aus. Die anscheinende Sachlage
steht mit der thatsächlichen in einem Widerspruch, der sich auf eine
Zeit lang, aber nicht auf die Dauer verheimlichen lässt, und dessen
klaffender Spalt um so unerträglicher erscheint, als der Inhalt des
scheinbar zu dem Inhalt des wirklich Geschehenen im einander
ausschliessendem Gegensatze steht.

179. Wie das Missfallen am Streit auf dem gleichzeitigen Bestand
zweier einander ausschliessenden Willensäusserungen, so beruht
das Missfallen an der Störung durch die That in dem gleichzeitigen
Fortbestand zweier einander ausschliessender Sachlagen, der
scheinbaren, die vor der That bestand und dem Anschein nach trotz
der That fortbesteht, und der wirklichen, welche durch die That
erzeugt worden ist und dem Anschein nach noch nicht besteht. Wie
es unmöglich ist, dass zwei mit einander unverträgliche
Willensäusserungen zugleich existiren, so ist es unmöglich, dass
zwei mit einander unverträgliche Sachlagen zugleich als bestehend
und wirklich anerkannt werden: dass Oedipus zugleich schuldig und
schuldlos sei. Wie der Bestand unverträglicher Willensäusserungen,
so ist der Bestand unverträglicher Sachlagen ein irrationaler; aber,
wie der Bestand jener Willensäusserungen, so lange das Object und
die Willen der Streitenden dieselben bleiben, ein factischer, so ist der

Bestand der einander ausschliessenden Sachlagen, deren eine, die scheinbare, für wirklich, deren andere, die wirkliche, für Schein gehalten wird, ein thatsächlicher: wie dort, so ist hier das Irrationale factisch, und ist das Factische irrational; in jenem wie in diesem Falle e x i s t i r t der W i d e r s p r u c h.

180. Derselbe besteht so lange, als der Schein besteht, dass die scheinbare Sachlage wirklich und die wirkliche Sachlage Schein sei. Soll derselbe verschwinden, so muss dieser Schein verschwinden, die scheinbare Sachlage muss als Schein, die wirkliche sich als wirklich offenbaren. Dies geschieht, wenn die todtgeschwiegene Störung als solche anerkannt d. h. durch entsprechende Gegenstörung ausgeglichen und auf diese Weise zwar nicht der ursprüngliche Zustand, der als zeitlich vergangener nicht wiederkehren kann, aber doch ein demselben gleicher wieder hergestellt wird.

181. Die ästhetische Idee des Ausgleichs ist es, die hier auf ethischem Gebiete wieder zum Vorschein kommt. Die wirkliche Sachlage, die durch die That herbeigeführt, aber durch den anscheinenden Fortbestand des vorherigen Zustandes gleichsam mit einem Schleier bedeckt worden ist, tritt aus der Verdunkelung wieder ans Tageslicht. Oedipus, der zum Verbrecher geworden ist, aber keiner scheint, wird durch die Aufhellung der That als solcher erkannt und durch die an ihm verübte Vergeltung die durch den Schein seiner Schuldlosigkeit entstandene Verrückung des wirklichen Thatbestandes wieder zurechtgerückt. So weit die Sachlage durch den Anschein des Gegentheils nach einer Richtung hin verschoben worden ist, so weit muss sie zum Zwecke der Aufhebung dieses Anscheins nach der entgegengesetzten Richtung hin zurückgeschoben werden. So viel (quantum) Ablenkung vom wirklichen Thatbestand nach der einen Seite hin stattgefunden hat, so viel (tantum) Einlenkung zum wirklichen Thatbestande hin muss von der andern Seite stattfinden. Störung und Gegenstörung heben einander auf; wie jene in der That, findet diese ihren Ausdruck in der Vergeltung. Das Mass der Gegenstörung ist durch das Mass der Störung, die Ausdehnung der Vergeltung durch jene der That gegeben. Ausdruck dieses gegenseitigen Verhältnisses ist die Billigkeit (æquitas).

182. Da, so lange der Widerspruch beider Sachlagen, der wirklichen und der scheinbaren, bestand, Missfälliges bestand, so

lange die Störung als todtgeschwiegene, die That als unvergoltene
währte, aber auch der Widerspruch währte, so hört mit der
Aufhebung der Störung durch Gegenstörung d. i. mit der
Vergeltung der That, zwar der Widerspruch und damit das
Missfällige auf, wie mit der Aenderung der streitenden
Willensäusserungen der Streit aufhört, aber ein unbedingt Beifälliges
ist dadurch nicht hergestellt. Weder, wenn, vom Gesichtspunkt des
Leidenden angesehen, die That eine Weh- noch wenn sie eine
Wohlthat ist; denn die Beschaffenheit des Erfolges, den der
Leidende erfährt, ist für die Qualifikation der That, insofern sie dem
Thäter angehört, gleichgiltig. Nicht die Wohlthat als Wohl- noch die
Wehethat als Wehe-, sondern beide als T h a t e n bedürfen der
Vergeltung. Wenn es von einem andern, z. B. vom politischen oder
gesellschaftlichen Gesichtspunkt aus nöthiger scheint, dass
Wehthaten, als dass Wohlthaten Vergeltung erfahren, weil die
letzteren die Summe des schon vorhandenen Wohlbefindens nur
vermehren, die ersteren dagegen die vorhandene Summe nur
vermindern können und deshalb die Gesetzgebung der Staaten
früher und eifriger für die Bestrafung der einen als für die
Belohnung der andern Sorge zu tragen pflegt, so stellt dieser
Unterschied sich vom ethischen Gesichtspunkt aus als unzulässig
dar, da nicht die That in ihrer specifischen Qualität als Wohl- oder
Wehe-, sondern als That überhaupt zur Vergeltung auffordert.
Während das sogenannte jus talionis mit seinem Ausspruch: Aug
um Aug, Zahn um Zahn, sich an das quale der That, dem ein tale
der Vergeltung, hält sich die Billigkeit an das quantum der That,
welchem das tantum der Vergeltung entspricht. Jenes betrachtet die
Zufügung eines andern als des erlittenen Leides, diese nur die
Zufügung eines grösseren, aber auch die eines geringeren Leides als
das erfahrene war, als Verletzung der Norm. Das eine, die
Rückgabe eines geringeren Masses von Weh, liesse einen
unvergoltenen Ueberrest der That zurück; das andere, die Rückgabe
eines grösseren, wäre als Ueberschuss über das zu vergeltende
seinerseits selbst That, die Vergeltung erheischte.

183. Mit der Betrachtung des absichtlich von Seite des einen der
Wollenden herbeigeführten Zusammentreffens zweier wirklicher
Wollenden ist die Reihe der möglichen Willensverhältnisse, die
Gegenstand unbedingten Lobes oder eben solchen Tadels werden
können, erschöpft. Dieselbe ist durch eine Folge einander
dichotomisch ergänzender Eintheilungen entstanden, zwischen
deren einzelne Glieder sich weder ein weiteres einschieben, noch an

deren Schluss ein weiteres sich anfügen lässt. Die zu vergleichenden Wollen wurden entweder ohne, oder mit Rücksicht auf den Umstand, ob sie einem und demselben, oder verschiedenen Wollenden angehören, angesehen; jene, welche in den Umfang des letzteren Gliedes der Eintheilung fielen, abermals in solche, welche einem und demselben oder welche verschiedenen Wollenden (und zwar der geringsten Anzahl derselben, dem Ich und dem Du) angehörten, unterschieden. Erstere, da sie, um als Glieder eines Willensverhältnisses innerhalb desselben Wollenden auftreten zu können, sich zu einander nur wie gedachtes zu wirklichem Wollen verhalten konnten, boten nur eine Gelegenheit zu weiterer Unterabtheilung dar — je nachdem das gedachte Wollen, als dessen Nachbild das wirkliche auftrat, entweder das eigene (Vorstellung des eigenen Wollens), oder ein fremdes (Vorstellung des Wollens eines Andern) war. Letztere, welche als solche verschiedenen Wollenden angehören und nur dadurch, dass sie mit einander irgendwie und irgendwo in Berührung gebracht wurden, in ein Verhältniss zu einander treten konnten, vermochten in Contact nur entweder durch Zufall oder durch Absicht (eines der Wollenden) versetzt zu werden. Weder ein Wollen, das weder eigenes, noch fremdes, noch ein Zusammentreffen Wollender, das weder absichtslos, noch absichtlich wäre, ist denkbar. Die Glieder obiger Eintheilung schliessen einander daher vollständig aus und ergänzen einander zum Umfang des einzutheilenden Ganzen: die Eintheilung ist vollständig.

184. Auch in dem Sinn, dass ein weiteres Glied am Schlusse sich nicht hinzufügen lässt. Denn ein solches könnte nur durch die Vermehrung der zu einander in Beziehung zu setzenden wirklichen Wollen über die kleinstmögliche Anzahl hinaus gesucht werden; eine solche aber ergibt kein neues, sondern nur eine Wiederholung vorheriger Willensverhältnisse. Auch die drei, vier, n wirklichen Wollen verschiedener wollender Wesen müssen, um zu einander ein Verhältniss einzugehen, irgendwie und irgendwo zusammengeführt und dadurch die mehreren Wollenden mit einander in Berührung gebracht werden. Da nun von selbst einleuchtet, dass jenes Zusammentreffen nur entweder durch Zufall oder durch Absicht verursacht werden könnte, so würde im ersteren Falle Streit, im letzteren Falle würden Wohl- oder Wehethaten die Folge sein d. h. die zwei letztgenannten obiger Willensverhältnisse würden, nur vervielfältigt, wiederkehren.

185. Aus dem quantitativen Gesichtspunkt der Beurtheilung des
Wollens ergibt sich die ethische Idee der (ethischen)
Vo l l k o m m e n h e i t . Dieselbe unterscheidet sich von der
ästhetischen Vollkommenheit dadurch, dass der letzteren
entsprechend das Grosse überall, wo es sich findet, neben dem
Kleineren — der ersteren zufolge das Grosse am Wollen neben dem
Kleinen an diesem insbesondere gefällt. Da nun die Grösse des
Wollens als eines wirklichen und wirkenden d. i. als einer Kraft, in
der Intensität d. i. in der Stärke desselben besteht, so nimmt das
allgemein ästhetische Urtheil: das Grosse gefällt neben dem Kleinen,
das Kleine missfällt neben dem Grossen, auf ethischem Boden die
Gestalt an: das starke Wollen gefällt neben dem schwachen, das
schwache missfällt neben dem starken. Indem hiedurch das
stärkere Wollen zum Massstab des schwächeren wird, stellt der
Grad seiner Stärke dem schwachen gegenüber jene Grenze dar, zu
welcher dieses gelangen, das „Volle", zu dem dieses „kommen"
muss, wenn seine Missfälligkeit ein Ende nehmen soll. Mit der
Erreichung jener Grenze hört, wie schon oben bemerkt, das
Missfallen am schwächeren, weil dessen Schwäche selbst, auf,
aber auch das Verhältniss; mit der Ueberschreitung derselben kehrt
sich, wie gleichfalls oben bemerkt, dasselbe um: das jetzt stärkere
Wollen gefällt, das jetzt schwächere Wollen missfällt von nun an.
Da das Gefallen an der Stärke des Wollens von jeder sonstigen
Beschaffenheit desselben abstrahirt, so folgt, dass ein nach der Idee
der ethischen Vollkommenheit wohlgefälliger Willensact in anderer
Hinsicht missfällig, ja unbedingt verwerflich sich darstellen kann,
ohne den Anspruch auf Beifall, ja auf Bewunderung nach jener
Richtung hin einzubüssen. In diesem Sinn bleibt auch dem
Bösewicht, ja dem verkörpert gedachten Bösen, dem satanischen
Ideal ethisches Lob nicht aus, wenn sich derselbe oder dieses
letztere in gewaltiger, das gewöhnliche, ja selbst alles menschliche
Mass übersteigender Energie der Willenskraft offenbart. Richard
III., Jago, Carl Moor, Milton's Satan, Klopstock's Abadonna, „der
Geist, der stets verneint", regen von diesem ethischen
Einzelgesichtspunkt aus „schaudernde Bewunderung" an. In
Heroenzeitaltern und bei Naturvölkern macht die Verehrung für die
ins Ungemessene gesteigerte Willensenergie fast allein den Inhalt
des moralischen Codex aus; die Achtung des schwächeren für das
stärkere Geschlecht ist vorwiegend auf das Gefühl überlegener
Willensmacht des letzteren begründet. Wie die intensive Grösse des
einzelnen Willensactes, so erweckt die extensive Grösse der
Vervielfältigung des Willens in zahlreichen, sei es dem Inhalt nach

gleichen, oder mannigfaltigen Willensacten und die Geschlossenheit
und innere Systematik dieser letzteren, verglichen mit Armuth und
Einförmigkeit des Wollens, so wie mit dessen Halt- und
Systemlosigkeit, unbedingtes Lob, während dem letzteren Tadel
folgt.

186. An die ethische Idee der Vollkommenheit schliesst sich ein
Verfahren an, welches die in derselben enthaltene Forderung der
Stärke, der Mannigfaltigkeit und des inneren Zusammenhangs des
Wollens einerseits auf den gesammten Umkreis der
Willensbethätigung des Wollenden d. h. auf dessen Gesammtwollen,
andererseits über den einzelnen Wollenden hinaus, auf jede
Vereinigung mehrerer, ja aller überhaupt Wollenden d. i. auf alle
durch ein gemeinsames Band unter sich verknüpften Glieder einer
G e s e l l s c h a f t d. i. auf deren gesammtes, innerhalb ihres
Umkreises vorhandenes Wollen ausdehnt. Dasselbe besteht darin,
dass sowol in jedem einzelnen Individuum als solchem wie in der
Gesellschaft jedes vorhandene Wollen zur höchstmöglichen Energie
gesteigert, nicht vorhandenes Wollen in jeder erreichbaren Vielheit
und Mannigfaltigkeit geweckt, ferner das gesammte auf diese Weise
gegebene oder entwickelte Wollen in inneren Zusammenhang und
gesetzliche Anordnung gebracht und in beiden erhalten werde. In
ersterer Hinsicht begünstigt jenes Verfahren die Einseitigkeit, in
Bezug auf die Menge dagegen die Vielseitigkeit des Wollens, davon
die erste weniges, aber starkes, die letztere, wenngleich schwaches,
doch vieles und mannigfaltiges Wollen fördert, während durch die
Berücksichtigung des Verhältnisses des gesammten Wollens zu
jedem der dasselbe ausmachenden Willensacte das Vorwiegen der
einseitigen auf Kosten der vielseitigen, aber auch umgekehrt das
Uebergewicht der vielseitigen über die einseitige Willensentwicklung
vermieden und dadurch das Gleichgewicht zwischen beiden
entgegengesetzten Richtungen der Vervollkommnung des Wollens
erhalten wird. In letzterer Hinsicht geht jenes Verfahren darauf, dass
innerhalb des Umkreises der Gesellschaft jedes in irgend einem ihrer
Glieder vorhandene Wollen zu dem höchsten erreichbaren Grade
von Energie gesteigert, aber auch dass innerhalb desselben jedes
nicht vorhandene Wollen, sei es in einem einzelnen, sei es in
sämmtlichen Gliedern, geweckt und auf diese Weise die
Mannigfaltigkeit des Wollens innerhalb der Gesellschaft zum
höchsten erreichbaren Grade entwickelt werde. Durch ersteres
wird innerhalb der Gesellschaft die Einseitigkeit, durch letzteres die
Vielseitigkeit des Wollens gefördert, durch die Herstellung des

Gleichgewichts zwischen beiden entgegengesetzten Richtungen der innerhalb der Gesellschaft vorhandenen Willensentwicklung aber sowol die Ueberhebung einer einzelnen, als die Verseichtigung der vielen vorhandenen Willensrichtungen verhütet.

187. Steigerung wirklicher oder doch als Anlage vorhandener Kräfte in quantitativer Hinsicht ohne Rücksichtnahme auf deren anderweitige qualitative Beschaffenheit ist es, was im Allgemeinen Cultur heisst. Die ethische Idee der Vollkommenheit enthält die Forderung der Cultur des Wollens in jedem einzelnen Wollenden, wie in jeder Gesellschaft von solchen. Jedes obiger Forderung entsprechende Individuum stellt ein ethisches Culturideal d. h. das Ideal eines ethisch cultivirten Gesammtwollens dar; jede Gesellschaft, welche das gleiche thut, repräsentirt ein ethisches C u l t u r s y s t e m d. i. das Ideal einer die Cultur des Wollens in ihrem gesammten Umfang und nach jeder möglichen Richtung hin verwirklichenden Gesellschaft. Ersteres schliesst in sich, dass innerhalb des Wollenden keine Richtung des Wollens unvertreten, aber auch keine über das mit der gleichzeitigen Pflege aller übrigen verträgliche Mass hinaus getrieben sei. Letzteres schliesst in sich, dass innerhalb des Umkreises der Gesellschaft jede vorhandene Willensrichtung stark, nicht nur in jedem einzelnen Gliede, in dem sie sich findet, sondern durch möglichst viele Glieder der Gesellschaft, in welcher sie sich findet, vertreten, aber auch, dass keine innerhalb des Umfangs der Gesellschaft unvertreten d. h. nicht wenigstens in einigen oder in einem ihrer Glieder in genügender Stärke entwickelt sei. Jene Glieder der Gesellschaft, in welchen die nämliche Willensrichtung vorhanden ist, machen dadurch in ethischer Hinsicht eine Gesellschaftsclasse für sich, die Mannigfaltigkeit der innerhalb der Gesellschaft vorhandenen einzelnen, mehreren oder vielen Gliedern derselben gemeinsamen Willensrichtungen macht in Bezug auf die Gesellschaftsclassen die Buntheit und Mannigfaltigkeit der (ethisch) cultivirten Gesellschaft aus. Stellen unter den mannigfaltigen in der Gesellschaft durch Classen vertretenen Willensrichtungen die ihrem Inhalt nach lobenswerthen das Licht, die ihrem Inhalt nach verwerflichen den Schatten (in ethischer Hinsicht) dar, so kommt durch die Vielfältigkeit der Gesellschaftsclassen Licht und Schatten, überhaupt ethische Färbung in die Gesellschaft, innerhalb welcher je nach dem Uebergewicht der vorhandenen guten über die schlechten, oder der vorhandenen schlechten über die guten Willensrichtungen in der Gesellschaft, das Urtheil über die (im

ethischen Sinne) helle oder dunkle Natur dieser selbst erfolgt und diese je nach der Proportion, die zwischen der Summe der guten und jener der verwerflichen in ihr vorhandenen Willensrichtungen (wie sie z. B. die Statistik der stationären Anzahl innerhalb der Gesellschaft vorkommenden Verbrechen ausweist) herrscht, als (a potiori) eine relativ gute oder relativ verdorbene bezeichnet wird.

188. Aus dem qualitativen Gesichtspunkt der Uebereinstimmung des eigenen gedachten mit dem eigenen wirklichen Wollen ergibt sich die ethische Idee der i n n e r e n F r e i h e i t. Dieselbe entsteht dadurch, dass die ästhetische Idee des Charakteristischen auf das ethische Gebiet übertragen, das gedachte eigene Wollen als Vor-, das eigene wirkliche Wollen als dessen Nachbild angesehen wird. Insofern jenes als Bild eines noch nicht vorhandenen, aber dem Wollenden möglichen Wollens in dessen Geiste vorangeht, dieses als wirklich vorhandenes, jenem Bilde entweder entsprechendes oder nicht entsprechendes, demselben in der Zeit nachfolgt, lässt sich das erste als Project, das letztere als getreue oder ungetreue Ausführung desselben betrachten. Jede sogenannte Maxime oder praktischer Grundsatz des Handelns stellt, da sie nicht vorhandenes Wollen beschreibt, sondern eine Regel für nicht vorhandenes, also künftiges Wollen formulirt, das Bild eines möglichen Wollens, ein Willensproject dar, welches sich zu der Gesammtheit aller Maximen d. i. zu der sogenannten praktischen Einsicht des Wollenden verhält, wie dessen einzelner Willensact zu der Totalität seines wirklichen Wollens. Dasselbe Verhältniss, welches zwischen dem einzelnen Willensproject und dem einzelnen Willensact herrscht, kann daher auch zwischen der gesammten praktischen Einsicht und dem gesammten wirklichen Wollen des Wollenden stattfinden, so dass das letztere entweder als getreue oder als ungetreue Nachahmung der ersteren sich darstellt. Fasst man blos das Verhältniss zwischen einem einzelnen Willensproject und dem darauf seinem Inhalt nach bezüglichen Willensact ins Auge, so findet, im Fall der letztere seinem Inhalt nach dem Willensproject entspricht, zwischen beiden unbedingt wohlgefällige Harmonie, im Gegenfall, wenn der einzelne Willensact durch seinen Inhalt dem des Willensprojects entgegengesetzt ist, unbedingt missfällige Disharmonie statt. Wird an die Stelle obiger Verhältnissglieder dagegen einerseits die praktische Einsicht, anderseits die Gesammtheit des wirklichen Wollens des Wollenden gesetzt, so tritt, wenn zwischen beiden Uebereinstimmung herrscht, gleichfalls unbedingtes Lob, herrscht aber Zwietracht zwischen beiden, unbedingte Verwerfung ein.

189. Das Bild harmonischen Einklangs zwischen Willensproject und Willensact bietet ein (im psychologischen Sinne) freies, das missfällige Zerrbild machtlosen Widerstreits zwischen Willensproject und Willensact bietet ein (im selben Sinne) unfreies Wollen. Im psychologischen Sinne frei heisst dasjenige Wollen, das durch Motive, die aus der praktischen Einsicht (diese sei, wie sie wolle) genommen sind, bestimmt, unfrei dagegen dasjenige, welches, obgleich wie das vorhergehende motivirt, durch Beweggründe bestimmt ist, die anderswoher (z. B. von den Antrieben der Sinnlichkeit, von Affecten und Leidenschaften) genommen sind. Ein in diesem Sinne freies (obgleich nicht „transcendental freies", sondern determinirtes) Wollen wird mit dem praktischen Grundsatz, der sein Motiv ausmacht, sich stets, ein in diesem Sinne unfreies d. i. anderswoher (z. B. durch eine Leidenschaft) beherrschtes Wollen wird sich dagegen zwar mit diesem seinem dasselbe besitzenden Motiv, niemals aber mit einem der praktischen Einsicht entlehnten Grundsatz in Uebereinstimmung, sonach mit einem solchen sich stets in Widerspruch befinden. Im psychologischen Sinne freies Wollen ist daher nicht blos äusserlich d. h. in dem ohnehin selbstverständlichen Sinn des Wortes „frei", in welchem zwar das Handeln, aber niemals das Wollen durch eine äusserliche Macht erzwungen oder verhindert zu werden vermag, sondern ein solches ist zugleich innerlich frei d. h. in dem Sinne, dass auf dasselbe Beweggründe, die nicht aus der praktischen Einsicht, also aus dem Intellect genommen sind, keinen bestimmenden Einfluss auszuüben vermögen. Insofern das nämliche Verhältniss nicht blos zwischen einem einzelnen Grundsatz und einem einzelnen Willensact, sondern zwischen dem Ganzen der praktischen Einsicht und dem Ganzen des Willens besteht, heisst nicht blos, wie oben, das einzelne Wollen (volitio), sondern der ganze Wille (voluntas) im psychologischen Sinne und zwar innerlich frei, und der Wollende selbst, dessen Wille

diese Eigenschaft besitzt, ein C h a r a k t e r . Im entgegengesetzten
Falle, wenn der Wille unfrei ist, heisst derselbe charakterlos.

190. Aus diesem Grunde, weil der Einklang zwischen gedachtem
und wirklichem Wollen der Freiheit des Wollens bedarf, um zur
Erscheinung zu gelangen, wird der auf jenem beruhenden ethischen
Idee der inneren Freiheit letzterer Name beigelegt. Dieselbe ist als
Idee d. h. als Musterbild für das wirkliche Wollen weder eins mit
der Freiheit des Willens, welche als solche ein Wirkliches, der freie
wirkliche Wille, noch mit dem Charakter, welcher als solcher
gleichfalls ein Wirkliches d. h. der in einem wirklichen Individuum
verwirklichte freie Wille ist. Jene gehört als Idee dem ethischen,
beide letzteren gehören als Wirkliche dem Gebiete des Wirklichen
und zwar des Psychischen, dem psychologischen Gebiete an; jene,
gleichviel ob ein ihr entsprechendes Wirkliches vorhanden sei,
drückt eine allgemein giltige Forderung (ein Postulat), letztere
beiden drücken, wenn und wo sie existiren, die verkörperte
Erfüllung dieser Forderung selbst aus.

191. An die Idee der inneren Freiheit schliesst sich ein Verfahren an,
welches bestimmt ist, die Uebereinstimmung zwischen gedachtem
und wirklichem Wollen nicht blos über die Gesammtheit des
Wollens des einzelnen Individuums, sondern über die Gesammtheit
der innerhalb des Umkreises einer durch ein gemeinsames Band
verknüpften Mehrheit von Individuen (einer Gesellschaft)
vorhandenen praktischen Einsicht und wirklichen Wollens
auszudehnen. Dasselbe geht darauf aus, dass nicht nur innerhalb
eines einzelnen Individuums das gesammte Wollen frei d. i. der
Wollende ein Charakter sei, sondern auch, dass innerhalb der
Gesellschaft der Wille jedes einzelnen Mitgliedes derselben frei d. i.
dass die Gesellschaft selbst eine Vereinigung von charaktervollen
Individuen sei. Erstere Forderung drückt aus, dass die jeweilige
praktische Einsicht d. i. die Gesinnung des Wollenden die Seele
seines gesammten Willens und Handelns, letztere Forderung drückt
aus, dass die Gesellschaft eine Vereinigung in diesem Sinne
gesinnungsvoller d. i. durch ihre jeweilige praktische Einsicht,
welchen Inhalts dieselbe auch sein möge, in ihrem gesammten
Wollen und Thun beseelter Individuen darstelle. Die Erfüllung der
erstgenannten macht das Ideal eines (im ethischen Sinne) beseelten
Wollenden, die Erfüllung der letztgenannten das Ideal einer (im
ethischen Sinne) b e s e e l t e n G e s e l l s c h a f t aus. Wie
innerhalb der praktischen Einsicht des Individuums die

verschiedenen in derselben enthaltenen praktischen Grundsätze
jeder für sich ein Gebiet des Gesammtwollens des Wollenden
beherrschen, so werden innerhalb der Gesellschaft durch die dem
Inhalt nach unter einander abweichenden Gesinnungsweisen, deren
jede einem Bruchtheil der dieselbe ausmachenden Mitglieder
gemeinsam ist (im ethischen Sinne) Gesinnungsgenossenschaften
als gesellschaftliche Fractionen d. i. Parteien gebildet, deren jede für
sich als Vereinigung von derselben Gesinnung in ihrem Thun und
Lassen geleiteter Individuen eine beseelte Gesellschaft im Kleinen
repräsentirt. Die Mannigfaltigkeit der in den verschiedenen Parteien
als herrschende auftretenden Sinnesarten gibt der Gesellschaft
selbst, innerhalb deren dieselben sich bewegen, den Charakter der
Buntheit und ertheilt ihr zugleich je nach dem Uebergewicht
gewisser Parteirichtungen über die denselben entgegengesetzten
ihre (im ethischen Sinne) vorstechende Färbung. Wie dem
charaktervollen Individuum eine Vielheit von Maximen, die sich dem
Anschein nach nicht selten unter einander aufzuheben trachten, in
Wahrheit aber, wie es die Einheit der Gesinnung verlangt,
schliesslich einem obersten praktischen Grundsatz als Kern und
Seele der gesammten praktischen Einsicht sich unter- und
einordnen, unentbehrlich ist, so bedarf eine im wahren Sinne des
Wortes beseelte Gesellschaft innerhalb ihres Umkreises eines rege
bewegten Parteilebens, dessen jeweilige Richtungen nicht selten
einander zu widerstreiten, ja gegenseitig einander aufzuheben
scheinen, schliesslich jedoch, je nach dem Uebergewicht einer oder
einiger über die übrigen, einer obersten die Richtung der
Gesellschaft selbst ihrem grösseren oder doch mächtigeren Theile
nach (a potiori) ausdrückenden Tendenz mit oder gegen ihren
Willen zu dienen gezwungen sind. In diesem Sinne stehen die
Fortschritts- den Rückschrittsmännern, die Reformer den
Conservativen, standen einst die liberales, die nach einem bekannten
Witzwort „lieber alles", den serviles, die „sehr vieles" wollten,
stehen noch heute „Culturkämpfer" den Clerikalen, die Schwarzen
den Rothen, die Tories den Whigs u. s. w. gegenüber.

192. Aus dem qualitativen Gesichtspunkt des Einklanges des
eigenen wirklichen mit dem nur gedachten fremden Wollen ergibt
sich die ethische Idee des W o h l w o l l e n s . Dieselbe entsteht
durch die Uebertragung der ästhetischen Idee des Einklanges,
welche auf dem Verhältniss überwiegender gegenseitiger Identität
beruht, auf das Gebiet des Wollens. Beide Glieder, das gedachte
fremde und das eigene wirkliche Wollen, gehören einem und

demselben Wollenden an; das fremde Wollen ist in demselben als
Vorstellung, das eigene Wollen dagegen als Wille wirklich. Ob das
seiner Vorstellung entsprechende Wollen des Anderen in diesem und
somit dieser Andere selbst auch wirklich existire, ist dabei
gleichgiltig. Da der Einklang nur zwischen der Vorstellung des
fremden Wollens und dem wirklichen eigenen stattfinden soll, so
kann jene erstere eben so gut eine blosse Einbildung (Fiction) als
eine Abbildung (Reflex) eines anderen Wollens sein. In keinem Falle
leidet die Wohlgefälligkeit der Uebereinstimmung des eigenen mit
dem vorgestellten fremden Wollen dadurch einen Abbruch, dass
dieses letztere und dessen Träger nur in der Vorstellung des ersten
besteht. Zeugniss dafür gibt der Verkehr des Kindes mit seiner
Puppe, deren ihr angedichtete Wünsche dasselbe mit Eifer zu
erfüllen sich bemüht, wie jener des Dichters mit der nur in seiner
Phantasie beseelten leblosen Natur und mit der oft nur als Ideal
seiner Einbildungskraft lebendigen Geliebten.

193. Eben so wenig als die Schönheit der Harmonie des gedachten
fremden und des eigenen wirklichen Wollens von der mehr als
blossen Gedankenexistenz, ist dieselbe von der
Inhaltsbeschaffenheit des fremden Wollens abhängig. Nicht darin
hat der unbedingte Beifall, welcher obigen Einklang begleitet, seinen
Grund, dass das gedachte Wollen des Anderen ein an sich gutes,
sondern darin, dass das wirkliche eigene Wollen mit dem wie immer
beschaffenen Inhalt des fremden Wollens identisch ist. Die
Gesinnung, aus welcher die Erfüllung wenn auch thörichter
Wünsche des Andern entspringt (Affenliebe), ist als wohlwollender
Ausdruck der Unterordnung des eigenen unter die Vorstellung eines
fremden Wollens nicht weniger schön als diejenige, die sich als
werkthätige Theilnahme an berechtigten Strebungen und Absichten
des Andern kund thut. Wie bei der ästhetischen Idee des Einklanges
ist das Lob des Wohlwollens nur durch die Harmonie, keineswegs
durch die anderweitige stoffliche Qualität der Verhältnissglieder
bedingt.

194. Das Bild harmonischen Einklangs zwischen gedachtem
fremden und eigenem wirklichen Wollen bietet das psychische
Phänomen des selbstlosen oder uneigennützigen d. i. nicht durch
die Rücksicht auf das eigene Selbst, oder den Vortheil des
Wollenden begründeten Wollens. Dasselbe ist so wenig, wie irgend
ein wirkliches Wollen, ohne Grund d. h. dasselbe ist, wie jedes
wirkliche Wollen, durch ein Motiv (Beweggrund) bewegt (motivirt);

aber dieses Motiv ist im Unterschied von andern, die aus den Folgen des Wollens für den Wollenden selbst d. i. aus der möglichen Vermehrung oder Verminderung des eigenen Wohles des Wollenden (Eudämonie) hergenommen sind, aus dem einzigen Umstand entlehnt, dass das vorgestellte Wollen wirklich Wollen eines Andern sei d. h. dessen Gegenstand von einem Andern angestrebt und der Besitz desselben von einem Andern werde als Lust d. i. als Vermehrung seines (des Andern) Wohles empfunden werden. Das uneigennützige Wollen ist daher keineswegs motivlos, sondern dasselbe hat nur kein eigennütziges (eudämonistisches), nicht die Rücksicht auf das eigene, wol aber eine solche auf das fremde Wohl zum Motiv. Wie das Beherrschtsein des Wollens durch selbstsüchtige Beweggründe, wo es als habituelle Willensbeschaffenheit auftritt, Egoismus (Selbstliebe, Selbstsucht), so heisst im entgegengesetzten Sinne das Freisein des Wollens von eudämonistischen Beweggründen und der willige Gehorsam desselben gegen von der Rücksicht auf das Wohl des Andern dictirte Motive, wenn er zu habitueller Willensbeschaffenheit geworden ist, Nächstenliebe (Altruismus). Wo die letztere lebt, wird die Vorstellung, dass ein gewisses Wollen von dem Andern gehegt werde, hinreichen, ein demselben conformes im Vorstellenden zu erzeugen; wo der erstere waltet, wird dieselbe Vorstellung genügen, nicht blos, um jedes dem Wollen des Andern conforme eigene Wollen zu hemmen, sondern, wenn die Selbstsucht so weit gesteigert ist, dass sie das Phlegma ihrer natürlichen Trägheit zu überwinden und zur Action überzugehen vermag, ein den Wünschen des Andern widerstrebendes Wollen im Wollenden hervorzurufen.

195. Ausfluss der Nächstenliebe wird ein wirkliches Wollen sein, das nach der Idee des Wohlwollens gefällt, Wirkung der Selbstliebe ein solches, das nach derselben Idee unbedingt missfällt. Jenes, das uneigennützig nur auf das Wohl des Andern bedachte, wird darum als gütiges, dieses, das selbstsüchtig nur auf das eigene Wohl oder gar auf dem Wohl des Andern Entgegengesetztes bedachte Wollen wird deshalb im ersten Fall ein herzloses, im andern Fall ein boshaftes, das Wohlwollen selbst Güte, sein Gegentheil, das Uebelwollen, Bosheit genannt. Von der ersteren wie von der letzteren, insofern jede von beiden, die Güte grundlos liebt, die Bosheit grundlos hasst, gilt des Dichters Wort: Ich glaube selbst, die Lieb' hat keinen Grund (Immermann).

196. Verschieden von der ethischen Idee des Wohlwollenden, wie
von dem psychischen Phänomen der Güte und deren Gegentheil, ist
das gleichfalls psychische Phänomen der sogenannten
sympathetischen Gefühle. Zwar bietet sowol die psychische
Erscheinung des Mitleids wie der Mitfreude das Bild eines
harmonischen Einklangs, die Erscheinung des Neides wie der
Schadenfreude das Bild einer missfälligen Disharmonie dar, aber
weder zwischen Wollen, noch zwischen einem blos gedachten und
einem wirklichen Verhältnissgliede, wie beides beim Wohl- oder
Uebelwollen der Fall ist. Das sympathetische Gefühl wiederholt das
Gefühl eines Andern entweder durch ein demselben gleiches, oder
durch ein demselben entgegengesetztes Gefühl. Ursache dieser
Wiederholung ist jedoch keineswegs die bewusste Reflexion, dass
das eigene Gefühl Nachahmung eines fremden Gefühls, sondern
der unwillkürliche und folglich auch unbewusste Reflex des
fremden Gefühls durch das eigene Gefühlsleben. Das fremde
Gefühl wirkt auf das eigene gleichsam durch Ansteckung, wie es
im Gebiete der Muskelbewegungen bei der Entstehung solcher mit
gewissen Vorstellungen durch Association verbundener
Bewegungen durch die zufällige oder absichtliche Erregung jener
Vorstellungen der Fall zu sein pflegt. Das Bewusstsein des
Unterschieds der fremden von der eigenen Persönlichkeit wird
dabei gar nicht geweckt, oder geht im Mechanismus des
nachahmenden Gefühlsprocesses verloren. Auf diese Weise setzt
ein Komiker die Lachmuskeln, ein Tragöde die Thränenfisteln der
Zuschauer in unwillkürliche und dem Bewusstsein entrückte
Bewegung, so dass die letzteren gleichsam wie aus einem Zustand
der Verzücktheit erwachen und sich hinterdrein wundern, gelacht
und geweint zu haben. So wenig fühlt sich der nachahmende Theil
als Nachahmer eines Andern, dass nicht selten das Mitgefühl, sei es
Mitfreude oder Mitleid, sofort aufhört, wenn der Mitfühlende sich
darauf besinnt, dass es nicht eigenes, sondern das Leid eines
Andern, und nicht eigene, sondern fremde Freuden sind, die ihn
bewegen. In solchem Fall hält das Mitgefühl nur so lange und nur
darum vor, als und weil der Mitfühlende sich nur bewusst ist, dass
er fühle, keineswegs aber bewusst ist, dass er nur m i t fühle. Ohne
daher geradezu egoistisch zu sein, weil weder das Bewusstsein
vorhanden ist, dass das Gefühlte uns, noch der Gedanke, dass es
einen Andern angehe, ist das Mitgefühl doch sicher nicht
altruistisch, weil es im Augenblick schwinden kann, sobald wir des
letzteren innewerden.

197. Dasselbe wird jedoch vollkommen selbstsüchtig, wenn, wie
Schopenhauer behauptet hat, der Grund des Mitleids einzig darin
gelegen sein soll, dass der Mitleidige sich in demselben seiner
metaphysischen Einerleiheit mit dem Andern bewusst und auf
diesem Wege innewerde, dass weder der Andere von ihm
verschieden, noch des Andern Leid mehr als sein eigenes Leid sei.
Unter dieser Voraussetzung könnte das Mitgefühl nicht nur, wie
oben bemerkt, sondern es müsste nothwendiger Weise, also
jedesmal aufhören, sobald der Einzelne über seine persönliche
Unterschiedenheit vom Andern und folglich über den Umstand,
dass das gefühlte Leid nicht sein eigenes sei, zur Besinnung käme.
Die wesentliche und unentbehrliche Eigenschaft, wenn auf das
Mitgefühl ein Theil des Glanzes fallen soll, den das Wohlwollen
ausstrahlt, die individuelle Sonderung beider Fühlenden, wäre durch
obige Annahme grundsätzlich beseitigt.

198. So wenig Mitleid und Mitfreude sich mit dem Wohlwollen,
eben so wenig decken sich Neid und Schadenfreude mit dessen
Gegentheil, dem Uebelwollen. Gleichwol tritt bei den letzteren die
unleugbare Aehnlichkeit beider, obgleich gattungsmässig
verschiedener Gemüthszustände stärker hervor als bei den ersteren.
Während Mitleid und Mitfreude zu ihrer Entstehung des
Bewusstseins des individuellen Unterschieds des Mitfühlenden vom
Fühlenden nicht bedürfen, setzt die Entstehung sowol des Neides,
als einer durch fremde Lust geweckten Unlust, wie der
Schadenfreude, als einer durch fremde Unlust erregten Lust, dieses
Bewusstsein in gewissem Grade voraus, da es sich nicht um eine
Wiederholung des fremden Gefühls durch ein gleiches, sondern um
die Beantwortung eines solchen durch ein entgegengesetztes
eigenes handelt, fremdes und eigenes Gefühl also schon um
deswillen als verschiedenen Individuen angehörig empfunden
werden müssen, weil beide verschiedene, und zwar, da sie
entgegengesetzter Natur sind, sehr merklich verschiedene Qualität
besitzen. Beide kommen daher nicht nur in ihren Wirkungen, die
sowol bei dem Neid als bei der Schadenfreude, bei dem blossen
Gefühl nicht stehen zu bleiben, sondern zu demselben
entsprechenden Wünschen, Entschlüssen, ja selbst Aeusserungen
fortzuschreiten pflegen, dem Uebelwollen so nahe, als überhaupt
Phänomene verschiedener Gattungen sich einander zu nähern
vermögen, sondern auch das Urtheil, das über dieselben, wo sie zu
Tage treten, ergeht, fällt von der unbedingten Verwerfung, welche
das Uebelwollen begleitet, nichts weniger als verschieden aus. Von

dem „Neide" der Götter redet die Mythologie, wenn sie deren dem Menschengeschlecht übelwollende Gesinnung, und vom „Neidhart" die Volkssage, wenn sie den Bösen bezeichnen will.

199. Die selbstlose Freiwilligkeit der Unterordnung des eigenen unter das fremde Wollen tritt um so anschaulicher hervor, je grösser die Ueberlegenheit der eigenen über die fremde Kraft und je weniger der Verdacht, dass jene Unterordnung eine durch Furcht erzwungene sein könnte, zulässig erscheint. Dieselbe offenbart sich dort am auffälligsten, wo die Ueberlegenheit die denkbar höchste d. h. wo der dem Andern freiwillig sich unterordnende Wille, mit diesem verglichen, unendlich stark, derjenige, dem er sich unterordnet, mit jenem verglichen, unendlich schwach ist. Beides ereignet sich im Verhältniss der Gottheit zum Menschen, deren Güte gegen diesen eben darum als unendlich gross und der göttliche Wille selbst als Ideal des Gütigen sich kundgibt.

200. An die ethische Idee des Wohlwollens schliesst sich ein Verfahren an, welches die in derselben enthaltene Forderung nicht blos auf das gesammte Wohl und Wehe Anderer berührende (sociale) Wollen des einzelnen Wollenden, sondern auf die Gesammtheit des innerhalb des Umkreises einer Gesellschaft vorkommenden, auf deren gegenseitiges Verhältniss zu einander bezüglichen Wollens der Mitglieder ausdehnt. Dasselbe geht darauf aus, dass jedes sociale Wollen des einzelnen, so wie dass das sociale Wollen jedes Mitgliedes der Gesellschaft Wohlwollen sei; sociales Uebelwollen sowohl im Einzelnen wie in der Gesellschaft gemieden werde. Da nun das Wohlwollen (bene velle) darin besteht, des Andern Wohl zu wollen (bonum velle), so geht jene Forderung dahin, dass jedes sociale Wollen im Einzelnen wie in der Gesellschaft die Tendenz habe, in jenem des Andern, in dieser aller Andern (d. i. das allgemeine) Wohl zu fördern. Und da die Befriedigung jedes — stofflich wie immer beschaffenen — Wollens Lustgefühl, also Wohlbefinden zur Folge hat, so kann unter dem, was jeder sein Wohl und folglich auch die Gesellschaft das ihre, d. i. das allgemeine Wohl nennt, nicht wol etwas anderes sein als die Befriedigung d o r t sämmtlicher Wünsche und Willensbestrebungen des Andern, h i e r die Erfüllung sämmtlicher im Umkreise der Gesellschaft vorhandenen oder doch zur Aeusserung gelangenden Wünsche und Willensbestrebungen Aller. Die Erreichung beider Ziele, die Befriedigung sämmtlicher Wünsche des Andern (die Glückseligkeit des Andern), und die Befriedigung sämmtlicher

Wünsche Aller (die allgemeine Glückseligkeit) müssen daher in der wohlwollenden Gesinnung, das erste in der jedes Einzelnen gegen jeden Andern, das zweite in der jedes Mitgliedes der Gesellschaft gegen alle übrigen d. i. gegen die Gesellschaft selbst gelegen und die Erreichung derselben muss der Zweck aller socialen Bestrebungen sein.

201. Diese selbst d. i. die Befriedigung der vorhandenen Wünsche aber ist nicht blos durch die auf sie gerichtete dauernde Gesinnung des Einzelnen und jedes Einzelnen, sondern zugleich, da es sich um die Realisirung wirklich vorhandener Wünsche in der wirklich vorhandenen Aussenwelt handelt, durch die Existenz der und die Möglichkeit der Verfügung über die zu jenem Endzweck unentbehrlichen oder doch förderlichen Mittel d. i. der und über die realen Objecte, welche, insofern sie jenem Zweck dienstbar gemacht werden, G ü t e r heissen sollen, bedingt. Dieselben können sowol materieller als geistiger Natur, Gegenstände der Körper- wie der geistigen Welt sein; wesentlich ist ihnen nur, dass dieselben zur Befriedigung vorhandener Wünsche dienen und in Anspruch genommen werden können. Von dieser Art ist der Grund und Boden mit seinem Ertrag, sowol dem i n n e r e n (Erz- und Gesteinsschätzen), wie dem ä u s s e r e n (Nahrungspflanzen und verarbeitungsfähigen Gewächsen), aber auch der vorhandene Fond an geistiger Kraft und Intelligenz mit seinem Ertrag, dem i n n e r e n : den Gefühls- und Gedankenschätzen des einzelnen, dem ä u s s e r e n : den Literatur- und Kunsterzeugnissen des Gesellschaftsgeistes.

202. Diese, sei es materiellen, sei es geistigen Güter zur Befriedigung vorhandener Wünsche in der Art zu verwenden, dass die mit den gegebenen Mitteln erreichbare höchste Befriedigung der gegebenen Wünsche erzielt werde, ist die Aufgabe einer besondern auf dieses Endziel hin arbeitenden Kunst, die, insofern es dabei auf die bestmögliche Verwendung der Mittel zum Zwecke d. i. auf die Verwaltung ankommt, Haushaltungs- oder Verwaltungskunst (Oekonomik) und zwar entweder private, wenn es sich blos um den klugen Gebrauch der dem einzelnen Individuum zum Besten des Anderen verfügbaren Güter handelt, oder öffentliche (Oekonomik der Gesellschaft; Nationalökonomik, Staats- und Volkswirthschaftskunst), wenn das Ziel die grösstmögliche Förderung des allgemeinen Wohls durch geschickte Benützung der innerhalb der Gesellschaft disponibeln materiellen und geistigen

Vermögen ist. Die Erfüllung derselben von Seite des einzelnen
Wollenden macht das Ideal eines Menschenfreundes
(Philanthropen), d. i. eines solchen aus, der sein gesammtes
geistiges wie materielles Vermögen in selbstverleugnender
Gesinnung dem Besten Anderer opfert; ihre Erfüllung von Seite
einer Gesellschaft dagegen stellt (im ethischen Sinne) das Ideal
eines Ve r w a l t u n g s s y s t e m s dar d. i. einer derartigen
Organisation des Gebrauchs und der Verwendung sämmtlicher
innerhalb des Umkreises der Gesellschaft vorhandenen und
verfügbaren materiellen wie geistigen Güter, dass dadurch die
grösstmögliche Befriedigung vorhandener Wünsche und
Bedürfnisse sämmtlicher Gesellschaftsmitglieder, die unter den
gegebenen Umständen höchstmögliche Summe des allgemeinen
Wohls oder der allgemeinen Glückseligkeit (salus publica)
verwirklicht wird.

203. Von selbst leuchtet ein, dass auch bei der sorgfältigsten und
wohlwollendsten Verwaltung die erreichbare Gesammtsumme der
Wünschebefriedigung hinter der jeweiligen Summe der
vorhandenen Wünsche zurückbleiben muss. Denn während die
letztere eine ins Unbegrenzte wachsende, ist der Vorrath gegebener
Güter und der aus demselben zum Besten des Ganzen zu
schöpfende Vortheil auch bei der umsichtigsten Benutzung nur einer
begrenzten Steigerung fähig. Das Ziel des Philanthropen, wie das
der philanthropischen Gesellschaft ist als erreicht anzusehen, wenn
die Summe des allgemeinen Wohls die unter den gegebenen
Bedingungen erreichbare höchste Grenze gewonnen hat. Je
nachdem in den wohlwollenden Bestrebungen des Einzelnen zum
Besten des Andern, der Gesellschaft zum Besten Aller,
vorzugsweise die mittels materieller oder die mittels geistiger Güter
realisirbaren Wünsche d. i. die materiellen oder die geistigen
Interessen berücksichtigt werden, nimmt die Philanthropie dort, das
Verwaltungssystem hier selbst einen vorwiegend materialistischen,
der Pflege der materiellen, oder idealistischen, der Pflege der idealen
Interessen gewidmeten Charakter an. Innerhalb der
menschenfreundlichen Bestrebungen des Einzelnen lassen sich je
nach der Beschaffenheit der Güter verschiedene Zweige des
Philanthropismus, innerhalb des wohlwollenden
Verwaltungssystems lassen sich je nach den Zwecken, welche, und
den Gütern, mittels welcher dieselben verwirklicht werden sollen,
verschiedene Zweige der Verwaltung unterscheiden. Die
Mannigfaltigkeit derselben, deren einige auf die Hebung der

materiellen Zwecke und Güter, z. B. auf die Cultivirung, Bebauung
und Ausnutzung der Bodenschätze und des Grundertrags, andere
auf die Hebung ideeller Zwecke durch Förderung und Pflege
wissenschaftlicher und literarischer Bildung und Schöpfungen
abzielen, bringt in die Verwaltung selbst jene Vielheit und Buntheit
gleichzeitiger auf das Wohl, sei es einzelner Classen von
Gesellschaftsmitgliedern, in deren Besitz eben jene Güter sich
befinden oder zu deren Beruf jene Zwecke gehören d. i. gewisser
Stände — sei es des Ganzen, abzweckender Bestrebungen hervor,
die sich nicht selten unter einander zu widerstreiten scheinen,
zusammengenommen aber je nach dem Ueberwiegen der einen über
die andern dem Verwaltungssystem seine bestimmte individuelle
Färbung ertheilen. Dieselbe zeigt je nach dem Uebergewicht der
materiellen über die geistigen, oder dieser über die materiellen
Interessen einen bestimmten hervorstechenden mehr realistischen
oder mehr spiritualistischen Ton, zwischen welchen Gegensätzen
ein weises, die Harmonie aller Interessen im Auge behaltendes
Administrationssystem eine gleichschwebende Temperatur
herzustellen und zu erhalten bemüht sein wird.

204. Der qualitative Gesichtspunkt des missfälligen Streits einander
ausschliessender Willensäusserungen ergibt die ethische Idee des
R e c h t s . Dieselbe entsteht durch die Uebertragung der
ästhetischen Idee der Correctheit auf das ethische Gebiet. Wie
correcte Vorstellungen solche sind, die als gleichzeitige im
Bewusstsein sich unter einander vertragen, so sind rechtmässige (d.
i. dem Recht gemässe) Willensäusserungen solche, die gleichzeitig
vorhanden einander nicht ausschliessen. Wie die Correctheit eine
natürliche oder künstliche, je nachdem die Verträglichkeit jener
Vorstellungen eine ursprüngliche d. i. aus dem Inhalt derselben
selbst fliessende, oder eine (sei es durch Zufall oder durch Willen)
herbeigeführte ist, indem der ursprüngliche Inhalt so lange
abgeändert oder durch einen anderen ersetzt wurde, bis die
anfänglich unverträglichen zu verträglichen Vorstellungen wurden,
so ist die Rechtsgemässheit (oder, was eben so viel ist, die
Erlaubtheit gewisser Willensäusserungen) eine natürliche oder
künstliche, je nachdem dieselben schon ursprünglich ihrem Inhalt
nach verträglich sind, oder erst in Folge einer gemeinsamen
Uebereinkunft (Vertrag) der Wollenden eine solche Abänderung,
beziehungsweise Ersetzung durch anders beschaffene erfuhren,
dass die bisher unter einander unverträglichen fortan für verträglich
gelten können. Heissen daher Willensäusserungen, die sich unter

einander nicht ausschliessen d. h. ohne missfälligen Streit
hervorzurufen gleichzeitig mit und neben einander bestehen können,
im Allgemeinen (im ethischen Sinn) erlaubte, so sind solche, deren
Verträglichkeit eine ursprüngliche, aus ihrem Inhalt selbst fliessende
ist, n a t ü r l i c h erlaubte, solche dagegen, deren Verträglichkeit
erst aus einem zwischen den Wollenden stattgehabten Vertrage
stammt, v e r t r a g s m ä s s i g erlaubte Willensäusserungen.
Erstere, da ihre Erlaubtheit durch den Inhalt der Willensäusserungen
selbst begründet ist, sind jedesmal und jedermann erlaubt, sobald
dieser Inhalt der nämliche ist; diese dagegen, deren Verträglichkeit
nur aus dem durch Vertrag festgesetzten Inhalt fliesst, sind nur so
lange und nur denjenigen erlaubt, so lange und für welche jener
Vertrag besteht. Erlaubte Willensäusserungen der ersteren Art
werden daher auch wol als natürliche (sogenannte angeborene),
erlaubte Willensäusserungen der letzteren Art dagegen als
erworbene (sogenannte positive) Rechte bezeichnet. Die Summe
der (angeborenen und erworbenen) Rechte d. i. der Inbegriff
sämmtlicher dem Wollenden erlaubter, oder solcher
Willensäusserungen, durch deren Vornahme derselbe keinen Streit
erhebt, macht das Recht des Wollenden aus.

205. Wie der als correct bezeichnete Vorstellungsinhalt eine Grenze
für die unbeschränkte Freiheit des Vorstellens bezeichnet, jenseits
welcher dasselbe aufhört, ästhetisch geduldet, und anfängt,
unbedingt missfällig zu werden, so stellt der Inhalt der
(„angeborenen und erworbenen") Rechte d. i. des Rechts des
Wollenden, eine (natürliche oder vertragsmässige) Schranke für die
grenzenlose Freiheit der Willensäusserung desselben dar, jenseits
welcher diese aufhört, ethisch geduldet, und anfängt, unbedingt
missfällig zu werden. Der Doppelsinn des Begriffs der Grenze,
welcher zugleich die Ausdehnung des einen und dessen
Ausschliessung von dem Nachbarlande bedeutet, kehrt im Begriff
des Rechts insofern wieder, als durch dasselbe sowol die
Ausdehnung der erlaubten Willensäusserung einer-, wie deren
Ausschliessung von der gleichfalls erlaubten Willensäusserung des
nachbarlichen Wollenden andererseits bezeichnet wird. Jenes, die
Summe der Rechte des Wollenden, macht das Recht im
subjectiven, dieses, die Summe der (natürlichen oder
vertragsmässig festgesetzten) Schranken der Willensäusserung, das
Recht im objectiven Sinne des Wortes aus.

206. Wie die Rechtfertigung des Correcten nur in dem Umstand

liegt, dass ein von demselben abweichender Inhalt des Vorstellens
Ausschliessung unter dem gleichzeitig Vorgestellten d. i. Widerstreit
im Vorstellen, und dadurch Missfallen erzeugt, so liegt der Grund
des Rechtmässigen (Erlaubten) ausschliesslich in dem Umstand,
dass eine von dem Inhalt desselben abweichende Willensäusserung
mit einander unverträgliche Willensäusserungen im Umfang des zur
Aeusserung gelangenden Wollens d. i. Streit hervorruft und dadurch
Missfallen erzeugt. So wenig dort ein Unterschied dadurch
begründet wird, dass die Correctheit eine natürliche oder
künstliche, so wenig geschieht dies hier durch den Umstand, dass
die Rechtmässigkeit eine natürliche oder vertragsmässige ist; wie
bei dem Incorrecten das Missfallen nur denjenigen, aber jeden trifft,
dessen Vorstellen vom Correcten abweicht, so geschieht es hier mit
dem Missfallen, das nur jenem, aber auch jedem gilt, dessen
Willensäusserung das Erlaubte überschreitet. Wie es aber beim
Correcten sich ereignen kann, dass der Inhalt des künstlich mit dem
des von Natur aus Correcten in der Weise in Collision geräth, dass
von Natur aus Correctes durch conventionelle Uebereinkunft
künstlich als incorrect, dagegen durch letztere ein Vorstellungsinhalt
künstlich als correct festgesetzt werden kann, welchen das
unbefangene Vorstellen als incorrect empfindet, so kann es
geschehen, dass natürlich Erlaubtes vertragsmässig als unerlaubt
und solches durch Vertrag als erlaubt hingestellt werden kann, was
dem unbefangenen ästhetischen Urtheil als unerlaubt erscheinen
muss. Was in solchem Fall auf ästhetischem Gebiete gilt, dass der
Umfang des natürlich Correcten ein unbeschränkter, weil nur von
dem sich immer gleich bleibenden Inhalt des Vorgestellten
abhängiger, jener des künstlich Correcten aber ein auf den Umkreis
eingeschränkter sei, innerhalb dessen, sei es Herkommen,
Ueberlieferung, Sitte und Gebrauch oder positive Convention
dasselbe fixirt haben, wird anstandslos auf das ethische angewendet
werden dürfen, dass das natürlich Erlaubte unbeschränkte, weil nur
aus dem Inhalt der Willensäusserungen fliessende, das
vertragsmässig Erlaubte jedoch nur auf denjenigen Umkreis
beschränkte Geltung besitze, innerhalb dessen stillschweigender d.
h. blos durch Zulassung, oder ausdrücklicher d. i. mit mehr oder
weniger Förmlichkeit kundgegebener Vertrag dasselbe für die
Vertrag Schliessenden (aber auch nur für diese) als erlaubt
festgestellt haben.

207. Indem die ästhetische Idee der Correctheit jeden
Vorstellungsinhalt verbietet, durch welchen Unverträglichkeit

zwischen dem gleichzeitig Vorgestellten, so verwehrt die Idee des Rechts jede Willensäusserung, durch welche Streit zwischen den Wollenden hervorgerufen wird. So wenig die erstere hiebei einen Unterschied zwischen den beiden Vorstellungen, eben so wenig macht diese einen solchen zwischen den beiden Wollenden. Die Aufforderung, Streit zu meiden d. i. sich innerhalb der durch das (sei es natürliche oder vertragsmässige) Recht gezogenen Willensgrenze zu halten, ergeht an beide Wollende in ganz gleicher Weise, ganz abgesehen von dem Umstände, ob durch diese letztere die Freiheit der Willensäusserung des Einen eine Erweiterung, jene des Anderen eine Verengerung erfahren hat d. h. ob durch dieselbe dem ersten eine Befugniss (ein Recht gegen den zweiten) eingeräumt, dem zweiten eine solche zu Gunsten des ersten entzogen (demselben eine Pflicht gegen den ersten auferlegt) worden sei. Da nun eben so wol Streit entsteht, wenn die eingeräumte Befugniss überschritten, als wenn die entzogene Befugniss wieder in Anspruch genommen wird, so bedeutet jene Aufforderung für denjenigen, dem das Recht jene Befugniss gibt, so viel, dass er dieselbe nicht missbrauchen, dagegen für denjenigen, dem das Recht jene Befugniss nimmt, so viel, dass er dieselbe nicht mehr als sein Recht gebrauchen dürfe, beides aus keinem andern Grunde, als weil jede obiger beider Handlungsweisen Streit erzeugt.

208. Mehr als diese Aufforderung, um der Vermeidung des Streites willen einerseits seine Berechtigung nicht zu überschreiten, andererseits seine Verpflichtung zu erfüllen, kann aus der Idee des Rechts nicht abgeleitet werden. Dieselbe enthält weder die Ermächtigung für den Berechtigten, im Falle unterlassener Pflichterfüllung von Seite des Verpflichteten dieselbe mit Gewalt d. i. durch Anwendung von Zwangsmassregeln durchzusetzen, noch schliesst dieselbe für den Verpflichteten die Befugniss ein, sich im Falle gemissbrauchten oder mit Zwang durchgesetzten Rechts von Seite des Berechtigten demselben mit Gewalt d. i. mittels Anwendung von Gegenzwangsmassregeln zu widersetzen. Ersteres nicht, weil jeder Zwang einen Eingriff in die erlaubten Willensäusserungen des Verpflichteten, somit von Seite des Berechtigten diesem gegenüber selbst eine Streiterhebung darstellt. Letzteres nicht, weil jeder Gegenzwang von Seite des Verpflichteten einen Eingriff in die erlaubten Willensäusserungen des Berechtigten, also seinerseits eine Streiterhebung einschliesst. Weder kann der Zwang, welcher von Seite des Berechtigten zur Durchsetzung seiner Berechtigung, noch kann der Gegenzwang, welcher von

Seite des Verpflichteten gegen den Berechtigten ausgeübt wird, sich auf diejenige Willensäusserung einschränken, welche im ersten Fall ausschliesslich das Recht, im letzteren eben so ausschliesslich die Pflicht ausmacht. Beide, Berechtigter und Verpflichteter, werden in solchem Falle sich in gleicher Lage befinden wie der Jude Shylock, dem das Gesetz die Befugniss einräumt, zur Durchsetzung seines Rechts gegenüber dem Kaufmann von Venedig Gewalt anzuwenden d. i. das contractlich zugestandene Pfund Fleisch nahe dem Herzen demselben wirklich aus lebendigem Leibe zu schneiden, jedoch unter der von dem „klugen" Richter hinzugefügten Bedingung, dass er bei Ausübung dieses seines Rechts nicht selbst seinerseits ein Unrecht begehe d. h. nicht eine ihm contractlich nicht zugestandene Handlung ausführe, daher keinen einzigen Tropfen Blutes vergiessen dürfe. Wie durch letzteren Zusatz die ihm zugestandene Zwangsbefugniss illusorisch, weil der Natur der Sache nach unausführbar, so wird die angeblich in der Idee des Rechtes enthaltene Zwangsbefugniss in ethisch geschärften Augen dadurch zunichte gemacht, dass die Ausübung einer solchen ohne neue Streiterhebung, also seinerseits Rechtsverletzung, dem Berechtigten durch die Natur der Sache unmöglich gemacht wird.

209. Ist nun in der Idee des Rechts wirklich nichts mehr als die Aufforderung, beim Rechte zu bleiben, keineswegs aber die Erlaubniss enthalten, Unrecht mit Gewalt zu hintertreiben, so ist allerdings zu erwarten, dass, wenn nicht auf anderem Wege Vorsorge getroffen wird, Missbrauch des Rechtes unmöglich, Unterlassung der Pflicht unthunlich zu machen, sowol das eine wie das andere in einem Grade überwuchern werde, dass der thatsächliche Zustand der durch die Idee des Rechts gestellten Forderung Hohn sprechen wird. Weder lässt sich hoffen, dass die Scheu, vor der Idee des Rechts durch Streiterhebung missfällig zu werden, in dem Gemüthe des Berechtigten häufiger als es bei solchen, die einer Aufforderung zur Rechtlichkeit überhaupt nicht bedürfen, ohnehin der Fall zu sein pflegt, eine solche Macht besitzen werde, um ihm die Anwendung von Zwang zur Durchsetzung seines Rechts unmöglich zu machen, noch könnte es Wunder nehmen, wenn die Furcht, durch gewaltsamen Widerstand vor der Idee des Rechts missliebig zu erscheinen, bei dem Verpflichteten, der sich durch Missbrauch des Rechtes bedroht und durch Anwendung von Zwang in unbestrittenen Rechten beeinträchtigt sieht, zu schwach wäre, ihn von dem Versuch gewaltsamer Gegenwehr zurückzuhalten. Vielmehr ist

vorauszusehen, dass in den bei weitem meisten Fällen der
Berechtigte der Verlockung, sein verweigertes Recht auf Kosten des
Verpflichteten durchzusetzen, der Verpflichtete dem Drange, sein
angegriffenes Recht gegen den Uebermuth oder die Uebermacht des
Berechtigten sicherzustellen, nicht werde widerstehen und dadurch
an die Stelle des Friedenszustandes, wie ihn die Idee des Rechtes
fordert, ein Kriegszustand, wie ihn der Kampf des Berechtigten um
sein Recht gegen den Verpflichteten und der Kampf des
Verpflichteten für sein Recht wider den Berechtigten darstellt, treten
werde. Soll letzteres verhütet und die Herstellung des Rechts- d. i.
eines solchen Zustandes, in welchem der Berechtigte sein Recht,
aber nicht mehr als dieses fordert, der Verpflichtete seine Pflicht
und nie weniger als diese leistet, nicht auf jene märchenhaften
Zeiten verschoben werden, in welchen die Idee des Rechts durch
Erziehung und Gewöhnung Macht genug über die Gemüther
gewonnen haben wird, um die Sicherstellung des Rechts durch
andere Mittel überflüssig zu machen, so muss ein Ausweg ausfindig
gemacht werden, dem Berechtigten seine Leistung, dem
Verpflichteten seinen Schutz vor Uebergriffen zu verbürgen, ohne
von Seite des ersten wie des letzteren durch unrechtmässige
Streiterhebung missfällig zu werden. Derselbe besteht darin, dass
die Befugniss im Falle der Pflichtverweigerung Zwang, im Falle des
Missbrauchs der Berechtigung Widerstand ausüben zu dürfen,
ihrerseits ausdrücklich vertragsmässig stipulirt und dadurch selbst
zum Recht d. i. zu einem Zwangsrecht erhoben werde. Der
Unterschied desselben von der oben erörterten Sachlage besteht
darin, dass in der letzteren das Recht zu zwingen als eine mit jedem
Rechte unmittelbar nicht nur verbundene, sondern demselben
innewohnende und folglich aus demselben ohne weiteres fliessende
Befugniss angesehen, dagegen nun als ein zweites neben und ausser
dem Recht, zu dessen Schutze es bestimmt ist, ausdrücklich
errichtetes und mit diesem nicht innerlich (deductiv), sondern nur
äusserlich (copulativ) verbundenes Recht betrachtet wird. Durch
dasselbe verwandelt sich der zur gewaltsamen Zurückeroberung
der verweigerten Leistung ausgeübte Zwang und der zum Schutz
gegen Ueberschreitung geübte gewaltsame Widerstand aus
unrechtmässigen (unerlaubten) in rechtmässige Handlungen, indem
beide Theile eingewilligt haben, der eine die zur Durchsetzung der
Pflicht, der andere die zum Schutz gegen Missbrauch
nothwendigen Gewaltmassregeln sich gefallen lassen zu wollen.

210. Da die Idee des Rechts nichts weiter verlangt, als dass Streit

gemieden d. h. gegenwärtiger Streit geschlichtet, zukünftiger
verhütet werde, so ist dasselbe in dem Grade als vollkommener
anzusehen, als obiger Zweck erreicht d. h. als durch dasselbe Streit
beseitigt oder unmöglich gemacht wird. Welcherlei Inhalt dazu in
jedem gegebenen Falle der zweckdienlichste d. h. welcherlei Recht
in jedem gegebenen Falle das zweckentsprechendste sein werde,
lässt sich nicht im Allgemeinen festsetzen, sondern hängt von dem
jeweiligen Inhalt derjenigen Willensäusserungen ab, deren
Verträglichkeit unter einander durch dasselbe gesichert werden soll.
Schon von Natur aus mit einander verträgliche Willensäusserungen
(sogenannte angeborene Rechte), sobald es deren überhaupt gibt,
bedürfen, da zwischen ihnen kein Streit herrscht, auch nicht
besonderer Festsetzungen, denselben zu vermeiden; es wäre denn,
es träten Fälle ein, in welchen auch diese sonst verträglichen
Willensäusserungen zu einander ausschliessenden werden und Streit
verursachen. Von dieser Art sind z. B. diejenigen
Willensäusserungen, die im Gebrauch der Athmungsorgane zum
Einschlürfen der zum Lebensunterhalt unentbehrlichen Quantität
atmosphärischer Luft bestehen. Dieselben gelten unter normalen
Verhältnissen als verträglich unter einander, indem jederzeit Luft
genug existirt, um dem gleichzeitigen Athmungsbedürfniss
Mehrerer zu genügen. Das Recht, sich derselben zum Athmen zu
bedienen, kann daher im obigen Sinne als ein natürliches
(sogenanntes angeborenes) angesehen werden. Tritt jedoch der Fall
ein, dass (wie z. B. in Holwell's „schwarzer Höhle" oder unter der
Taucherglocke) das vorhandene Quantum athembarer Luft ein
beschränktes, wol gar für das vorhandene Bedürfniss der Mehreren
nicht ausreichendes wird, so werden die sonst verträglich
gewesenen Aeusserungen des Willens, zu athmen, sofort zu
unverträglichen: es entsteht Streit und damit nicht nur die
Möglichkeit, sondern der Idee des Rechts zufolge die
Aufforderung, ein Recht d. i. eine Bestimmung zu treffen, durch
welche (wie es z. B. unter der Taucherglocke thatsächlich der Fall
ist) der Verbrauch der Luft bezüglich der Einzelnen geregelt und
deren erlaubter vom unerlaubten gesondert wird. Sind dagegen die
Willensäusserungen von Haus aus unverträgliche, so wird jenes
Recht das beste sein, welches die darin liegende Ursache des Streits
am schnellsten, gründlichsten und dadurch am dauerhaftesten
behebt, wobei indess immer der Grundsatz gilt, dass auch das
schlechte Recht, weil es den Streit, wenn auch nur oberflächlich
und vorübergehend, beseitigt, immer noch besser sei als der Streit
selbst.

144

211. Lässt sich aber auch über den Inhalt möglicher Rechte ohne
Berücksichtigung des Inhaltes möglicher Willensäusserungen nichts
allgemeines aussagen, so lassen sich doch in Bezug auf die Form,
durch welche das Recht seiner Idee in mehr oder minder
vollkommener Weise genügt, Bestimmungen treffen. Hier gilt, dass
das Recht (es sei natürliches oder vertragsmässiges) seinem Inhalt
nach, er sei, welcher er wolle, nicht zweifelhaft sein d. h. dass
derselbe entweder (wie es bei den natürlichen Rechten der Fall zu
sein pflegt) an sich evident sein, oder (wie es bei den
vertragsmässigen Rechten durch besondere die Festsetzung
derselben begleitende Förmlichkeiten: Gebrauch bestimmter Worte
oder äusserer Zeichen, Handschlag, Stabbruch u. dgl. zu geschehen
pflegt) evident gemacht werden muss. Zweifel in ersterer Hinsicht,
durch welche entweder der Inhalt wirklicher natürlicher Rechte
ungebührlich ausgedehnt, oder ein seinem Inhalte nach keineswegs
natürliches Recht als angeborenes in Anspruch genommen wird,
sind daher (im ethischen Sinne) nicht weniger schädlich als Zweifel
der letzteren Art, durch welche der vertragsmässige Inhalt eines
positiven Rechtes seinem ursprünglichen Sinne entgegen
umgedeutet oder ein anderes als das vertragsmässige Recht als
vertragsmässig behauptet wird. Doppelsinn, Halbheit oder
Zweideutigkeit des Ausdruckes, Ausserachtlassen von
Bedingungen, die auf die künftige Geltung des Rechtes von Einfluss
sein können, sind daher Mängel des Rechtes, denen gegenüber die,
wenn auch an Pedanterie streifende Deutlichkeit und
Umständlichkeit der Formulirung, so wie der vorschriftsmässige
Gebrauch feststehender Formeln und Symbole (wie im römischen,
im deutschen Recht) im Recht am Platze ist.

212. Ist schon das zweifelhafte Recht von Uebel, weil es die
Bestreitung des Rechtes seinem Inhalte nach möglich macht, ja
erleichtert, so ist das „naturwidrige" Recht d. i. ein solches, dessen
Bestimmungen mit Gesetzen, sei es der leblosen, sei es der
lebendigen Natur im Widerspruch stehen, also ohne jene, was
unmöglich ist, zu umgehen, nicht in Vollziehung gesetzt werden
können, in noch höherem Grade fehlerhaft, weil es anstatt den
Streit zu verhüten, zu demselben reizt und dessen Bestand
permanent macht. In Bezug auf dasjenige Recht, dessen
Bestimmungen den Naturgesetzen der leblosen Natur
zuwiderlaufen, versteht diese Mangelhaftigkeit und damit die
Nichtigkeit desselben der Idee des Rechtes gegenüber sich von

selbst, und das Märchen wie die Mythe haben von derartigen,
physisch unerfüllbaren Pflichtleistungen, die den Hörer rühren und
die Hilfe übernatürlicher Mächte herausfordern sollen, reichlich
Gebrauch gemacht. In Bezug auf solche dagegen, deren
Bestimmungen die lebendige Natur z. B. die Bewegung und den
Gebrauch der Glieder des eigenen Leibes als Werkzeug der
Willensäusserung betreffen, offenbart sich die Widernatürlichkeit
einer Verpflichtung, durch welche auf jene verzichtet werden soll,
dadurch, dass in Folge der unzerreissbaren Association zwischen
Bewusstseinsvorgängen und Willensimpulsen auf der einen und
Muskelbewegungen, die zur Veränderung der Stellung des Leibes
und der Glieder führen, auf der anderen Seite jener Verzicht
unaufhörlich nicht durch, sondern ohne, ja wider den Willen des
Verpflichteten zurückgenommen, das Recht gebrochen werden
wird, obige Bestimmung daher, weit entfernt, den Streit dauernd
hintanzuhalten, vielmehr unaufhörlich dazu beiträgt, denselben zu
erneuern. Die streng genommen zwar nicht Unrechtmässigkeit,
aber der Idee des Rechtes gegenüber Zweckwidrigkeit derartiger
Rechte (Leibeigenschaft, Hörigkeit, Sclaverei) hat dazu geführt, z.
B. das Recht auf den Gebrauch der eigenen Glieder und die freie
Bewegung des Leibes als ein sogenanntes „angeborenes”
anzusehen, was es im strengen Sinne des Wortes nicht ist, da die
physische Unmöglichkeit, auf dieselben zu verzichten, nicht
behauptet, sondern nur der in einem solchen Verzicht enthaltene,
unaufhörlich wiederkehrende Reiz zur Verletzung des
eingegangenen Rechtes tadelnd hervorgehoben werden kann.

213. Ein der Idee des Rechtes entsprechendes Bild eines Zustandes,
in welchem kein Streit herrscht, liefert der Friede, sei es der
natürliche, innerhalb dessen entweder (wie „im Paradiese” und im
„goldenen Zeitalter”) nur unter einander verträgliche
Willensäusserungen stattfinden, oder (so wie im sogenannten
Nothfrieden) mit einander unverträgliche Willensäusserungen nur
deshalb nicht stattfinden, weil die Streitenden, oder doch einer von
ihnen, obgleich der Wille zu streiten nach wie vor besteht, in Folge
physischer Erschöpfung ausser Stande sind ihren Willen zu
äussern, sei es der vertragsmässige, innerhalb dessen entweder aus
Furcht oder um des Vortheiles willen (Schacherfrieden) in dem
einen, oder aus Respect vor der Idee des Rechtes in dem anderen
Falle vertragswidrige d. h. unter einander unverträgliche
Willensäusserungen unterlassen werden. Letztgenannter entspricht,
da der Respect vor der Rechtsidee, wie diese selbst, sich immer

gleich bleibt, dem Ideal eines Rechts- d. i. eines Zustandes, in welchem der Streit dauernd vermieden wird, unter den sämmtlichen angeführten in vollkommenster Weise.

214. An die ethische Idee des Rechtes schliesst sich ein Verfahren an, welches die in derselben enthaltene Forderung nicht blos auf die gesammten Willensäusserungen des Wollenden, sondern auf die Gesammtheit der innerhalb des Umkreises einer Gesellschaft an den Tag tretenden Willensäusserungen der Mitglieder derselben ausdehnt. Dasselbe besteht darin, dass sämmtliche Willensäusserungen des Individuums zum mindesten erlaubt d. i. rechtmässig, so wie dass keine der innerhalb des Umkreises der Gesellschaft an den Tag tretenden Willensäusserungen eines ihrer Mitglieder unerlaubt d. i. unrechtmässig sei; oder, was dasselbe ist, dass weder der Wollende noch irgend ein Mitglied der Gesellschaft durch irgend eine seiner Willensäusserungen Streit erhebe. Die Tendenz desselben ist, nicht nur jede unrechtmässige Handlung zu unterlassen, sondern wo Streit entstanden ist denselben auf rechtmässige Weise zu schlichten, nicht nur von Seite des Wollenden in Bezug auf jede seiner Handlungen, sondern von Seite der Gesellschaft in Bezug auf jede innerhalb ihres Umkreises vorfallende Handlung ihrer Mitglieder. Die Erfüllung derselben von Seite des einzelnen Wollenden ergibt das Ideal des rechtlichen Mannes d. i. eines solchen, der nicht nur für seine Person jeder unerlaubten Handlungsweise sich jederzeit enthält, sondern wenn ohne, ja wider seinen Willen Streit dennoch entstanden ist, denselben auf keine andere als auf erlaubte Weise (also nicht durch Selbsthilfe, Duell u. s. w.) schlichtet; die Erfüllung derselben von Seite einer Gesellschaft dagegen ergibt das Ideal einer R e c h t s g e s e l l s c h a f t d. i. einer solchen, die nicht nur innerhalb ihres Umkreises diejenigen Anstalten trifft, um Streit zwischen ihren Mitgliedern zu verhüten (Rechtsgesetzgebung), sondern auch alle diejenigen anordnet, deren Zweck es ist, entstandenen Streit auf rechtmässige Weise zu schlichten (Gerichtsverfahren). Jenes bildet sowol beim einzelnen Wollenden wie bei der Rechtsgesellschaft den präventiven, den Ausbruch des Streites beseitigenden, dieses bei beiden den repressiven, ausgebrochenen Streit beschwichtigenden Theil der Erfüllung der Rechtsidee.

215. Je nach den verschiedenen Gattungen unerlaubter Handlungen und Achtung heischender Rechte, welche der Einzelne sich zu

unterlassen und zu respectiren gebietet, wie je nach der
Mannigfaltigkeit der Veranlassungen, welche zum Streitausbruch,
und der Verfahrungsweisen, welche zum Streitaustrag führen
können, kommt in die rechtliche Gesinnung des Einzelnen wie in die
Rechtsgesetzgebung und das Rechtsverfahren der Gesellschaft eine
Buntheit und Vielartigkeit, welche je nach der vorherrschenden
Berücksichtigung einer bestimmten Classe von Rechten vor und im
Gegensatz zu den übrigen (z. B. der privaten vor den öffentlichen,
oder umgekehrt der öffentlichen vor dem privaten, des Hausrechts
vor dem Landrecht und dessen vor dem Reichs- und Staatsrecht,
des kirchlichen vor dem weltlichen Recht, oder umgekehrt u. s. w.)
der Rechtsgesinnung des Einzelnen so wie der Gesellschaft eine
bestimmte Färbung (z. B. die privatrechtliche im germanischen, die
öffentlich rechtliche im antiken Recht, die clericale im
mittelalterlichen, die profane im modernen Staate) ertheilt und in
den verschiedenen Zweigen sowol der Rechtsgesetzgebung wie des
Rechtsverfahrens sich, sei es zu Gunsten, sei es zu Ungunsten einer
oder der anderen Classe von Rechten, geltend macht. Letztere
beiden zerfallen je nach den verschiedenen Classen der Rechte, die
zu errichten und zu schützen sind, sich unter einander aber eben so
wol zu widerstreiten scheinen, als zu ergänzen bestimmt sein
können, in eben so viele Zweige sowol der Gesetzgebung als des
gerichtlichen Verfahrens, zwischen welchen ihres scheinbar
ausschliessenden Charakters ungeachtet (z. B. geistliche und
weltliche Gesetzgebung, canonisches, militärisches und
Civilgerichtsverfahren u. dgl.) eine weise Rechtsorganisation das
Gleichgewicht nicht nur, wo es gestört zu werden droht,
herzustellen, sondern dauernd zu erhalten und zu befestigen bemüht
sein wird.

216. Der qualitative Gesichtspunkt der missfälligen Störung durch
absichtliche Willensäusserung ergibt die ethische Idee der (billigen)
Ve r g e l t u n g . Dieselbe entsteht durch die Uebertragung der
ästhetischen Idee des Ausgleichs auf das ethische Gebiet. Wie
Schein, der sich für Sein gibt, um deswillen unbedingt missfällt
und, so weit sich derselbe vor das Sein hervorgedrängt hat, so weit
wieder zurückgedrängt d. i. das ursprüngliche Sein aus seiner
Verdunkelung wieder hergestellt werden muss, damit das Missfallen
verschwinde, so missfällt absichtlich herbeigeführte Störung, die
sich für Nichtstörung ausgibt und daher durch entsprechende
Gegenstörung ausgeglichen d. i. der ursprüngliche oder doch ein
diesem gleicher Zustand wieder hergestellt werden muss, damit das

Missfallen aufhöre. Da die Ursache der eingetretenen Störung
weder eine leblose (ein blosses Naturereigniss), noch eine absichts-
(also bewusst-) lose Willensäusserung (im Affect, in der
Leidenschaft), sondern eine absichtliche (also bei klarem
Bewusstsein beabsichtigte) Willensäusserung ist, so fällt, da die
entsprechende Gegenstörung nichts anderes als die Wirkung der
Störung und folglich, da diese selbst die Wirkung jener Ursache,
zugleich die (nur entferntere) Wirkung jener absichtlichen
Willensäusserung ist, dieselbe mit ganzer Gewalt und in ihrem
ganzen Umfange auf den Träger der absichtlichen Willensäusserung
d. i. den Thäter als den „Störenfried" zurück. Derselbe erscheint
daher einerseits als verantwortlich für die Störung, andererseits als
Gegenstand der Gegenstörung. In ersterer Hinsicht hängt der Grad
seiner Verantwortlichkeit ab von dem Grad seiner Urheberschaft; in
letzterer Hinsicht wird das Mass der an ihm zu verwirklichenden
Gegenstörung durch dasjenige der von ihm ausgegangenen Störung
vorgezeichnet.

217. Der Grad der Urheberschaft wird gemessen durch die
Erwägung, inwiefern und inwieweit eine gewisse Störung als
Wirkung absichtlicher Willensäusserung eines gewissen Wollenden
angesehen werden könne. Dieselbe hat zunächst zu erforschen, ob
und dass die stattgehabte Störung Wirkung eines Willens (d. i. ob
und dass sie Willensäusserung), hierauf, ob und dass diese
Willensäusserung absichtlich d. i. unter Umständen erfolgt sei, unter
welchen allein von Wollen einer- und Absichtlichkeit andererseits
die Rede sein könne. Erstere Untersuchung, da sie den
Zusammenhang einer in der Aussenwelt eingetretenen Veränderung
eines bisherigen Zustandes und die Verursachung dieser durch einen
wirksam gewordenen Willen betrifft, hängt von der Rücksicht auf
die Naturgesetze der äusseren (physischen) Welt ab; letztere
Untersuchung, da sie den Zusammenhang eines bestimmten
Wollens mit einem bestimmten Vorsatz d. i. die Verursachung einer
im Innern des Bewusstseins vor sich gegangenen Veränderung im
Wollen durch einen gleichfalls im Bewusstsein vorgegangenen Act
des Intellects betrifft, hängt von der Rücksicht auf die Naturgesetze
der inneren (psychischen) Welt ab. Jene hat zu constatiren, dass es
bei der Verursachung der Störung durch ein Wollen, diese, dass es
bei der Verursachung des Wollens durch den Intellect „mit rechten
Dingen" zugegangen d. h. dass nicht nur zwischen der Störung und
dem angeblichen Störenfried ein Causalzusammenhang bestehend,
sondern dass derselbe an keiner Stelle unterbrochen, kein Ring der

Kette ausgefallen sei. Das Ergebniss der ersteren ist der Grad der physischen, jenes der letztern Betrachtung der Grad der psychischen Urheberschaft des Thäters.

218. Letzterer hängt ab von der Zurechnungsfähigkeit des Thäters. Eine solche ist nicht vorhanden, wenn die psychischen Bedingungen mangeln, von welchen nach psychischen Naturgesetzen das Zustandekommen eines wirklichen Wollens, so wie dessen Beeinflussung durch den Intellect abhängig ist. Da nun wirkliches Wollen nur dort existirt, wo weder, wie beim Begehren, zwar eine Vorstellung des Begehrten, aber keine von dessen Erreichbarkeit oder Nichterreichbarkeit, noch, wie beim Wünschen, nebst der Vorstellung des Gewünschten auch noch die Vorstellung von dessen Unerreichbarkeit, sondern nur dort, wo ausser der Vorstellung des Gewollten auch noch die Ueberzeugung von dessen Erreichbarkeit vorhanden ist, so hängt die Entscheidung über die Zurechnungsfähigkeit in erster Reihe davon ab, ob der Zustand des Bewusstseins ein solcher gewesen sei, in welchem die Möglichkeit vorhanden war, über Erreichbarkeit oder Unerreichbarkeit des Begehrten Erwägungen anzustellen, Urtheile zu fällen und sein Begehren durch dieselben bestimmen zu lassen d. h. ob der angebliche Thäter in einem Gemüthszustande sich befunden habe, der es ihm psychisch möglich machte, v e r s t ä n d i g e Ueberlegungen über sein Begehren anzustellen. Da ferner von einer Absicht in Bezug auf den Andern nur insofern die Rede sein kann, als eine Vorstellung davon vorausgesetzt wird, was die Folge einer gewissen Willensäusserung in dem Zustande des Anderen sein d. h. ob derselbe dadurch verbessert oder verschlechtert werden werde, so hängt die Entscheidung über die Zurechnungsfähigkeit in zweiter Reihe davon ab, ob der Zustand des Bewusstseins ein solcher gewesen sei, um eine Vorstellung von den unausbleiblichen oder doch möglichen Folgen einer gewissen Handlung für den Leidenden wirklich oder auch nur möglich zu machen d. i. ob der angebliche Thäter sich in einem Geisteszustande befunden habe, der ihm erlaubte, eine v e r n ü n f t i g e Ueberlegung anzustellen.

219. Der Unterschied beider Ueberlegungen ist dieser: erstere, die sogenannte verständige, hat es, nachdem das Begehren einmal vorhanden ist, lediglich mit der Frage zu thun, ob das Begehrte auch möglich sei. Letztere, die sogenannte vernünftige, hat es, bevor noch ein Begehren wirklich vorhanden ist, mit der Frage zu thun, ob ein solches erlaubt sei. Die Antwort auf jene Frage hängt

lediglich von Erwägungen ab, deren Gegenstände aus dem Bereiche
der physischen, die Antwort auf diese dagegen von solchen, die aus
dem Bereiche der sogenannten moralischen Welt entnommen sind.
Ueber Erreichbarkeit oder Unerreichbarkeit entscheidet richtig oder
unrichtig die Kenntniss oder Unkenntniss der Naturgesetze; über die
Erlaubtheit oder Unerlaubtheit entscheidet wahr oder falsch das
Bewusstsein oder das Nichtbewusstsein der Moralgesetze. In einem
Zustand, in welchem das „Weltbewusstsein" d. i. die Fähigkeit,
nach der vorhandenen Kenntniss der Naturgesetze zu verfahren,
aus was immer für einem Grunde (augenblickliche oder dauernde
Unwissenheit) nicht vorhanden oder abhanden gekommen ist, kann
keine verständige, in einem solchen, in welchem „das ethische
Bewusstsein" d. i. die Stimme des Gewissens, die Kenntniss des
Gebotenen und Verbotenen, sei es aus was immer für einem Grunde
(ethische Blindheit oder ethische Verblendung) unterdrückt ist, keine
vernünftige Ueberlegung stattfinden. Der angebliche Thäter ist in
solchem Falle entweder schon in erster oder doch in zweiter Reihe
im psychologischen Sinne des Wortes unzurechnungsfähig.

220. Der Umstand, ob die dem Störenfried zur Last fallende
Störung seinerseits durch die absichtliche Herbeiführung oder die
eben so absichtliche Unterlassung einer gewissen Willensäusserung
verursacht wird, macht in der Beurtheilung seiner Urheberschaft
keinen wesentlichen Unterschied. Ersterer Fall, welcher, wenn die
verursachte Störung ein Wehe des von derselben Betroffenen
darstellt, als dolus bezeichnet wird, kommt mit dem letzteren,
welcher unter derselben Voraussetzung den Namen culpa führt,
darin überein, dass beide Ursache der Störung sind, und
unterscheidet sich von diesem nur dadurch, dass der Thäter das
einemal etwas thut, von dem er weiss, dass dessen Thun, das
anderemal etwas nicht thut, von dem er weiss, dass dessen
Nichtthun eine gewisse Folge nach sich ziehen müsse und werde.
Letzteres Wissen wird nothwendig erfordert, wenn von einer durch
Unterlassung auf sich geladenen Schuld des Unterlassenden die
Rede sein soll; wo dasselbe mangelt, aber durch die Unterlassung
Störung entsteht, kann der Unterlassende höchstens in dem Falle
für dieselbe zur Verantwortung gezogen werden, als ihm die
Nichtunterlassung ausdrücklich zur Pflicht gemacht war. Dessen
Vergehen besteht jedoch in einem solchen Fall nicht sowol in der
Herbeiführung der Störung, von deren Möglichkeit er nichts
wusste, als vielmehr in der Vernachlässigung der ihm aufgetragenen
Pflicht. Fand weder Wissen um die Folgen, noch ausdrückliches

Gebot der Nichtunterlassung statt, so kann von einer absichtlichen Unterlassung nicht gesprochen und die Folge der Störung dem „unfreiwilligen" Störenfried nicht aufgebürdet werden.

221. Mit dem Erweis der Thäterschaft ist das Object der Vergeltung, mit dem Mass der Thäterschaft das Mass dieser letzteren gegeben. Jede wirkliche Störung kann, um nicht missfällig zu werden, nur am wirklichen Thäter und nur in dem Masse, aber auch nicht unter demselben vergolten werden, in welchem er Thäter ist. Inwiefern die von ihm ausgegangene That selbst Wohl- oder Wehethat, der Thäter wirklicher Wohl- oder Wehethäter ist, nimmt die Vergeltung die Gestalt der Belohnung d. i. des Rückgangs eines dem zugefügten gleichen Quantums von Wohl an den Wohlthäter, oder der Bestrafung d. i. des Rückgangs eines gleichen Quantums von Wehe an den Wehethäter an.

222. Ueber das Subject der Vergeltung d. i. den zur Vergeltung Berufenen, wird durch die Idee der Vergeltung nichts ausgesagt. Die Forderung derselben lautet dahin, dass vergolten werde, aber sie lässt dahingestellt, durch wen vergolten werde. Dieselbe ist erfüllt und das Missfallen geschwunden, wenn die Störung ausgeglichen, auch dann, wenn durch die Ausgleichung dieser Störung der Ausgleichende (der Vergelter) aus irgend einem Grunde selbst tadelnswerth geworden ist. Die Vergeltung kann eben so gut durch einen unpersönlichen Vorgang (auf dem Naturwege), wie durch einen persönlichen Act (auf dem Gerichtswege) erfolgen. In ersterem Fall zieht die eingetretene Störung die entsprechende Gegenstörung (die That das Loos) wie die Ursache ihre Wirkung nach sich; im letzteren Fall wird die Vergeltung, welche sonst ausgeblieben wäre, über den Thäter in Folge des Rathschlusses einer persönlichen Vergeltungsmacht (sei es göttlicher oder menschlicher) verhängt und ausgeübt. In ersterem Fall herrscht Nemesis, im letzteren Dike.

223. Die vergeltende Persönlichkeit kann tadelnswerth erscheinen, nicht weil sie v e r g i l t, sondern weil s i e vergilt. Die Vergeltung von Wohlthaten durch ein entsprechendes Quantum Wohl an dem Wohlthäter lässt nicht nur die Idee der Vergeltung, sondern auch die Person des Vergelters in verklärendem Lichte erscheinen, weil bei dem Wohlspendenden nicht blos billige, sondern (mit Recht oder Unrecht) auch wohlwollende Gesinnung vorausgesetzt wird. Die Vergeltung der Wehethat durch ein entsprechendes Quantum Wehe

an dem Wehethäter dagegen lässt die Person des Vergelters in einem ungünstigen Lichte sich darstellen, weil an derselben zwar die billige Gesinnung allenfalls anerkannt, aber der Verdacht übelwollender Gesinnung d. i. einer Freude am Wehethun rege gemacht wird. Der Strafrichter, der das Urtheil fällt, noch mehr der Nachrichter, der es vollzieht, hat die Wirkung dieses unwillkürlichen Nebenverdachtes an seiner Person zu erfahren; der Henker, der Hand anlegt an den, wenn auch gerechterweise, Verurtheilten, wird von der Volksmeinung für unehrlich erklärt und wurde nicht selten in der Ausübung seiner Pflicht vom Volke gehindert und gesteinigt. Wie es in feiner empfindenden Zeitaltern einst dahin kommen mag, dass die Anwendung der Todesstrafe von selbst aufhören muss, weil sich niemand mehr finden wird, der das verrufene Amt des Scharfrichters auf sich nimmt, so liesse sich denken, dass die Fällung von, wenn auch gerechten, Strafurtheilen bei empfindlichen Seelen Widerstand erfährt, weil sich dieselben weder vor Anderen noch vor sich selbst dem Verdacht aussetzen mögen, mehr der Freude, Anderen weh thun zu können, nachgegeben, als der Idee billiger Vergeltung ausschliesslich gehorcht zu haben.

224. Dieser Verdacht wird gesteigert, wenn die Person des Vergelters mit dem Beleidigten, schwindet beinahe völlig, wenn dieselbe mit dem Beleidiger identisch ist. Ersteres enthält den Grund, um deswillen Vergeltung von Rache verschieden, letzteres den Grund, warum unter allen Formen der strafenden Vergeltung die der Selbstvergeltung die am mindesten anstössige ist. Bei demjenigen, der durch den Andern absichtliches Weh erlitten hat, liegt die Voraussetzung, dass er die sich darbietende Gelegenheit, Gleiches mit Gleichem zu vergelten, nicht sowol mit der persönlichen Kühle des unbetheiligten Richters, sondern mit der schadenfrohen Hitze des gereizten Rachgierigen ergreifen werde, am nächsten; die Hoffnung, dass derselbe es bei dem billigen Masse der Vergeltung bewenden lassen werde, ist bei ihm die geringste; die Aussicht, dass er dasselbe in ungebührlicher Weise überschreiten werde, die wahrscheinlichste. Unter allen als passende Werkzeuge der Vergeltung denkbaren Persönlichkeiten ist daher die des Beleidigten die unpassendste und sonach durch die Idee der Billigkeit vom Vergelteramt (z. B. im Zweikampf, Duell) ausgeschlossen. Dagegen, da bei jedem Einzelnen die N e i g u n g , sich selbst Wehe zu thun, nicht, der E n t s c h l u s s , sich selbst ein derartiges zuzufügen, nur als Wirkung eines über die Schranken eudämonistischer Motive hinausreichenden, idealen d. i. nur von

ethischen Ideen beherrschten Wollens vorausgesetzt werden kann, ist die Selbstvergeltung d. i. die Zufügung eines dem von ihm ausgegangenen gleichen Quantums von Wehe an seine eigene Person von der Hand des Wehethäters über jeden Verdacht anderer als rein ethischer Vergeltungsgesinnung erhaben und zugleich die Annahme, dass sich der Vergelter mit dem billigen Masse der Vergeltung begnügen werde, gerechtfertigt, so dass durch dieselbe der Idee der Vergeltung zugleich in der reinsten und in der angemessensten Weise Genüge gethan wird. Dieselbe ist daher nicht nur des Nimbus halber, mit dem sie die Person des Vergelters umgibt, sondern auch um der Kürze und Anschaulichkeit des Vergeltungsverfahrens willen (z. B. als vergeltender Selbstmord) im Drama (Othello, Don Caesar, Guido von Tarent u. A.) besonders beliebt.

225. Wie die Nothwendigkeit zu strafen, um Missfallen zu vermeiden, von der Idee der Vergeltung, so hängt die Möglichkeit zu strafen, ohne missfällig zu werden, von dem Motiv des Strafenden ab. Fordert die erste: fiat justitia pereat mundus, so erlaubt die letztere nur: fiat justitia, ne pereat mundus. Das Motiv der Strafe kann kein anderes sein, als damit die geschehene Wehethat nicht unvergolten, der Wehethäter nicht straflos bleibe. Der Beweggrund des Strafenden kann kein anderer sein, als die wohlwollende Gesinnung, dass durch den Vollzug der Strafe nicht sowol Anderen Leid zugefügt, als vielmehr Anderer Leid verhütet, oder Anderer Wohl gefördert werde. Je nachdem dieser Andere der Wehethäter selbst, oder ein Anderer als dieser ist d. h. durch das Wehe, das dem Wehethäter zugefügt wird, entweder dessen eigenes Weh verhütet oder gemildert, dessen eigenes Wohl gewahrt und gemehrt werden soll, oder das gleiche bei einem Andern dadurch herbeigeführt werden soll, zerfällt vom Gesichtspunkt des Strafenden aus die Strafe in Besserungs- und Abschreckungsstrafe. Jene geht darauf aus, den Wehethäter selbst, diese den Anderen seiner ethischen Beschaffenheit nach durch das dem ersteren zugefügte Leid zu verändern d. h. die Strafe als ein Motiv in das Bewusstsein des einen wie der anderen zu dem Zwecke einzuführen, damit in der Folge eine der strafbaren Handlung gleiche Handlungsweise, sei es von dem Gestraften selbst, sei es von den Zeugen seiner Bestrafung unterlassen werde. Die durch die Strafe herbeizuführende Aenderung der ethischen Qualität besteht bei dem Gestraften in einer wirklichen Aenderung seines bisherigen (sträflichen) Wollens, so dass an die Stelle desselben künftig ein

seinem Inhalt nach entgegengesetztes (unsträfliches) Wollen trete,
sein Wollen demnach ein b e s s e r e s werde. Bei Anderen dagegen
kann dieselbe nur darin bestehen, dass ein gewisses bisher nicht
wirklich vorhandenes d. h. noch niemals in Handlung
übergegangenes, wenngleich vielleicht als Neigung, Hang, Vorsatz
längst bestandenes Wollen auch künftig nicht wirklich d. i. wirksam
werde. Während daher die Abschreckungsstrafe ihren Zweck
erfüllt, wenn sie überhaupt Andere, also auch den Gestraften selbst
zur Enthaltung von der strafbaren Handlung bewegt, hat die
Besserungsstrafe denselben erst dann erreicht, wenn sie in den
Anderen und darunter vor allem in dem Gestraften ein neues, dem
Inhalt der sträflichen Handlung entgegengesetztes Wollen erzeugt.
Da die Strafe ein Wehe zufügt, so wird der Grund, durch welchen
dieselbe sowol zum Motiv der Enthaltung vom sträflichen, wie zur
Erzeugung eines demselben entgegengesetzten Wollens wird,
zunächst kein anderer sein, als Furcht vor dem Wehe, das sie mit
sich bringt: Furcht vor dessen Wiederkehr bei dem Gestraften, vor
dessen drohendem Eintreten bei dem Zeugen der Strafe. Hat
dieselbe zur Folge, dass sowol bei dem Gestraften als bei den
Zeugen der Strafe, das sträfliche Wollen, bei dem Gestraften nicht
mehr, bei den Anderen überhaupt nicht eintritt, so sind die letzteren
nicht schlechter geworden, als sie waren, so ist das Wollen des
Gestraften besser geworden, als es war; der Gestrafte selbst aber,
so lange nur Furcht vor der Strafe ihn von der Wiederbegehung der
sträflichen Handlung abhält, ist nicht gebessert. Letzteres ist erst
dann der Fall, wenn nicht nur das Wollen ein anderes, sondern auch
das Motiv des anders Wollens ein anderes als das eudämonistische
der Furcht d. h. wenn es das ethische, die Ueberzeugung von der
Verwerflichkeit der strafbaren Handlung als solcher geworden ist.
Diesen äussersten Schritt, welcher nicht blos eine Aenderung des
Wollens, sondern eine solche der Gesinnung bedeutet, in dem
Gestraften herbeizuführen, reicht die blosse Strafe, welche als
solche zwar auf das Gemüth d. i. auf die Empfänglichkeit für die
angenehmen oder unangenehmen Folgen einer gewissen
Handlungsweise, und auf die Klugheit, unangenehmen Folgen
auszuweichen, keineswegs aber auf die praktische Weisheit d. i. auf
die Einsicht in den unbedingten Werth oder Unwerth einer
Handlungsweise Einfluss zu üben vermag, für sich so wenig aus,
dass zur Erreichung dieses Zweckes vielmehr andere Mittel
(Belehrung, Erziehung) zu Hilfe genommen werden müssen, das
Beste aber von dem im Gemüth des Gestraften selbst zum
Durchbruch gelangten Erwachen der unwiderstehlichen Stimme

und Macht des Gewissens erwartet werden muss.

226. Letztgenannter Grund ist es, welcher bewirkt, dass die
Formen der Strafe, je nachdem dieselbe als Besserungs- oder als
Abschreckungsstrafe betrachtet wird, unter einander abweichende,
nicht selten sogar entgegengesetzte Gestalt annehmen. So fordert
die Strafe, die abschreckend wirken soll, volle, ja verstärkte
Oeffentlichkeit, während die Besserung des Gestraften, wenn sie
den Zweck der Strafe abgeben soll, durch Geheimhaltung
derselben, um diesem die Beschämung zu ersparen, begünstigt
wird. Während die Oeffentlichkeit des Strafvollzuges die Furcht vor
der Strafe steigert, erleichtert deren Geheimhaltung dem Gestraften
die Aenderung sowol seines bisherigen Wollens wie seiner
bisherigen Gesinnung. Jene erschwert dem Gestraften auch nach
eingetretener Besserung den Rücktritt in die Gesellschaft, die Zeuge
seiner Bestrafung gewesen ist; diese, indem sie Bestrafung und
Gesinnungsänderung in der Stille sich vollziehen lässt, macht durch
weise Schonung des Ehrgefühles dem Gestraften nicht sowol die
Wiederaufnahme als vielmehr das dem Anschein nach wenigstens
ungestörte Fortleben unter Anderen möglich. Entmenschte Rohheit
und gedankenlose Neugier haben den öffentlichen Strafvollzug
längst mehr zur Befriedigung brutaler Schaulust und barbarischer
Gefühllosigkeit erniedrigt, als zum wirksamen Drohmittel erhabener
Gerechtigkeitspflege erhöht; die Verlegung desselben in abgelegene
und der Menge verschlossene Räume, so wie die Ersetzung der die
sittliche Pest durch Ansteckung mehrenden gemeinsamen durch der
Einkehr in sich selbst und dem Wachwerden ethischer Gesinnung
vortheilhafte Einzelhaft stehen in der Gegenwart als sichtbare
Zeichen des Uebergewichtes des Besserungs- über das blosse
Abschreckungsmotiv und verfeinerten ethischen Zartgefühles
aufrecht.

227. An die Idee der billigen Vergeltung schliesst sich ein Verfahren
an, welches dieselbe nicht blos über die gesammte Willenssphäre
des Einzelnen, so weit nicht andere Motive es verhindern, einer-, so
wie auf sämmtliche innerhalb des Umkreises einer Gesellschaft zu
Tage tretende mittels absichtlicher Willensäusserung hervorgerufene
Störungen andererseits ausdehnt. Dasselbe geht darauf aus, dass
nicht nur jede vom Einzelnen verübte, wie jede am Einzelnen geübte
That vergolten, sondern dass jede innerhalb des Umkreises der
Gesellschaft ans Licht getretene Wohl- oder Wehethat in
entsprechender Weise vergolten werde. In ersterer Hinsicht
schliesst die Idee der Vergeltung die Forderung ein, dass jeder, der
Gegenstand einer Wohl- oder Wehethat gewesen ist, deren
Vergeltung (entweder durch ihn selbst oder durch Andere) suche,
und jeder, der Urheber einer Wohl- oder Wehethat geworden ist,
deren Vergeltung (durch Andere oder durch sich selbst) dulde. In
letzterer Hinsicht drückt dieselbe aus, dass innerhalb des Umkreises
der Gesellschaft keine wie immer geartete wirklich vollzogene That
verborgen, so wie dass keine durch Zufall oder durch absichtliche
Veranstaltung ans Licht gezogene That ohne Vergeltung bleibe. Die
Erfüllung ersterer Forderung stellt das Ideal des gerechten Mannes,
der sein Recht fordert, aber auch nimmt, die Erfüllung der letzteren
das Ideal eines L o h n s y s t e m s d. i. einer Gesellschaft dar,
innerhalb welcher jeder That ihr Lohn, der Wohlthat die ihr
gebührende Belohnung, der Wehethat die verdiente Bestrafung zu
Theil wird. Jenem entspricht es, wie Heinrich von Kleist's Michael
Kohlhaas darauf zu bestehen, dass die ihm widerrechtlich geraubten
Rosse, von dem junkerlichen Räuber mit eigener Hand dick
gefüttert, ihm zurückgestellt werden, aber zugleich die über ihn
selbst rechtmässig verhängte Strafe gesetzloser Willkür und
widergesetzlicher Selbsthilfe sich willig gefallen zu lassen. Wie in
ersterer Handlung des Gerechten berechtigter „Kampf ums Recht“,
so tritt in der letzteren des Gerechten bereitwillige Anerkennung des

„Sieges des Rechtes" ans Tageslicht. Dem Ideal eines Lohnsystems würde eine Gesellschaft genügen, in welcher nicht nur alle zweckdienlichen Anstalten getroffen werden, nicht blos wie die heutigen „Detectives" verborgen gebliebene Missethaten aufzudecken und wie die heutigen „öffentlichen Ankläger" der Strafgewalt zu denunciren, sondern in gleicher Weise geheime oder (zufällig oder absichtlich) vergessene Wohlthaten aufzuspüren und als öffentliche Lobredner der Macht, welche die Pflicht und die Mittel zur Belohnung besitzt, zur Kenntniss zu bringen. In letzterem Sinn hat schon Sokrates den ihm gebührenden Lohn dahin definirt, dass er verdient habe, auf öffentliche Kosten im Prytaneum erhalten zu werden. Während die heutige Gesellschaft für den Zweck der Entdeckung und Kundmachung geschehener Wehethaten ein zahlreiches Heer besonders geschulter und instruirter Organe besitzt, zieht sie es vor, ohne Zweifel um den Zartsinn der Wohlthäter zu schonen, das Bekanntwerden geschehener Wohlthaten dem Zufall, oder dem seltenen guten Willen der Empfänger so wie der Neider anheimzustellen. Dieselbe hat ebenso es längst als ihre Aufgabe angesehen, zur Bestrafung innerhalb ihres Umkreises kundgewordener Vergehen zweckdienliche Anstalten (Strafgerichte) und Verfahrungsweisen (Strafverfahren) zu errichten und zu ersinnen, hat es jedoch in Bezug auf den zweiten, nicht minder wichtigen Theil des Lohnsystems, die Belohnung auch der ihr bekannt gewordenen Wohlthaten, bei den dürftigsten Einrichtungen (Preisgerichte) und den armseligsten Verfahrungsweisen (Bürgerkronen, Ehrenzeichen, Monthyon'sche Tugendpreise) bewenden lassen. Nicht Keppler allein ist ein Beispiel, dass die moderne Gesellschaft Wohlthätern der Menschheit „öffentliche Steine" statt Brot gegeben hat. Wie in der gerechten Gesinnung des Einzelnen zwischen der Geneigtheit, sein Recht zu fordern, und der Bereitwilligkeit, dasselbe zu nehmen, so kann innerhalb des Lohnsystems zwischen der Sorgfalt Strafen zu verhängen und der Lässigkeit Wohlthaten zu belohnen ein empfindliches Missverhältniss herrschen, in Folge dessen die gerechte Gesinnung in Vergeltungssucht einer- und Widersetzlichkeit andererseits, die Gerechtigkeit der Gesellschaft in drakonische Strenge einer- und athenische Undankbarkeit andererseits ausartet. Das Ueberwiegen der Recht fordernden über die rechtsduldsame, der Straffrohen über die belohnungseifrige Gesinnung oder das Gegentheil gibt dem Einzelnen wie der Gesellschaft hinsichtlich der Idee der Vergeltung ihre eigenthümliche Färbung und ruft jenen Gegensatz einander

bekämpfender Willensrichtungen, deren eine auf die Zufügung
wenn auch verdienten Weh's, die andere auf die Schenkung
wohlverdienten Wohls gerichtet ist, hervor, zwischen welchen eine
weise Organisation sowol des Strafs- wie des Belohnungssystems
das versöhnende Mass herzustellen und festzuhalten bemüht sein
wird.

228. Mit der Idee der billigen Vergeltung ist die Reihe der ethischen
d. i. der Uebertragungen ästhetischer Ideen auf das ethische Gebiet
erschöpft. Keine derselben ist das ganze Gute, aber jeder derselben
entspricht ein Element des Guten. Wie das vollkommene, so ist das
innerlich freie und das wohlwollende Wollen ein gutes; sind die
Gegentheile des Streits: der Friede unter den Wollenden, und der
unvergoltenen That: die billige und willige Vergeltung seitens der
Wollenden, k e i n schlechtes Wollen. Aber nur alle
zusammengenommen als Eigenschaften des Wollens d. i. dasjenige
Wollen, das zugleich in quantitativer Hinsicht stark, in qualitativer
Hinsicht charaktervoll, gütig, rechtlich und gerecht ist, ist das gute
Wollen. Die Erweiterung der ethischen Ideen auf die Gesellschaft,
welche derselben nach einander den Charakter eines Cultursystems,
einer beseelten Gesellschaft, eines Verwaltungssystems, einer
Rechtsgesellschaft und eines Lohnsystems verleiht, bringt nicht nur
durch jede der genannten Eigenschaften eine von dem
Gesichtspunkt einer vereinzelten ethischen Idee aus verehrungs-
oder doch wenigstens achtungswürdige Gesellschaft, sondern
durch die Vereinigung aller genannten Eigenschaften das Ideal
desjenigen hervor, was in besserem als in dem banal-
herkömmlichen Sinne der „guten Gesellschaft" eine wahrhaft
g u t e Gesellschaft d. i. eine solche heissen darf, in welcher, wie in
dem guten Wollen die einfachen, so die gesellschaftlichen ethischen
Ideen zur Verwirklichung gelangt sind.

229. Wie jeder der logischen und ästhetischen Ideen, so steht jeder
der ethischen Ideen ein Gegenbild zur Seite; jener der (ethischen)
Vollkommenheit das der (ethischen) Unvollkommenheit, jener der
inneren Freiheit das der inneren Unfreiheit (Willensknechtschaft),
jener des Wohlwollens das des Uebelwollens, während Streit und
unvergoltene That die natürlichen Gegensätze des durch die Ideen
des Rechts und der billigen Vergeltung Geforderten ausmachen. Wie
jedes einer ethischen Idee entsprechende Wollen ein gutes
(lobenswerthes, im ethischen Sinn schönes), so stellt jedes einem
ihrer Gegenbilder gleichende Wollen ein schlechtes (tadelnswerthes,

im ethischen Sinne hässliches) Wollen dar. Wie jene
zusammengenommen den Inhalt des Guten, so erschöpfen diese
zusammengenommen den Inhalt des ethisch verwerflichen Wollens.
Wird dabei durch ein dem bei den ethischen Ideen angewendeten
ähnliches Verfahren die in dem Gegenbilde enthaltene Forderung
nicht blos auf das Gesammtwollen des einzelnen Wollenden,
sondern auf jenes einer ganzen Gesellschaft ausgedehnt, so
entstehen nach der Reihe die den oben genannten entgegengesetzten
Einzel- und Gesellschaftsideale. Dem Ideale des Willensstarken tritt
gegenüber die Willensschwäche, dem Ideal des Cultursystems das
Zerrbild eines solchen in der innerlich schwächlichen, dürftigen und
zerfahrenen Willensbeschaffenheit ihrer sämmtlichen Mitglieder.
Dem Ideal des Charakters und der beseelten Gesellschaft stellt sich
das Extrem innerer Haltlosigkeit im Einzelnen, so wie der seelenlose
Mechanismus und Formalismus in der Gesellschaft entgegen. Die
Kehrseite des Ideals der Güte und eines wohlwollenden
Verwaltungssystems offenbart sich in dem satanischen Ideal der
Bosheit (dem Bösen), wie in dem wüsten, auf Raubbau und
nutzlose Vergeudung der Güter gegründeten Haushalt innerlich und
äusserlich verlotterter Wirthschaftsgesellschaften. Das Widerspiel,
sei es auf natürliche, sei es vertragsmässige Basis gestellter Rechts-
und Friedenszustände tritt in dem rücksichtslosen Walten der Macht
des Stärkern, in dem Kriege Aller gegen Alle und dem auf
gegenseitige Vernichtung abzielenden „Kampf ums Dasein” zu Tage,
während das Gegenstück zu dem in der Forderung billiger
Vergeltung enthaltenen Gemälde das Bild eines Zustandes darbietet,
in welchem der Wohlthäter darbt und das vergossene Blut
vergebens zum Himmel schreit. Wie die Zusammenfassung
ethischer Gegenbilder im Wollen eines einzelnen Individuums dieses
zum Ideal der Schlechtigkeit stempelt, so drückt die
Zusammenfassung sämmtlicher Gegenbilder ethischer
Gesellschaftsideale im Wesen einer einzigen Gesellschaft dieser in
einem andern als in dem herkömmlich alltäglichen Sinn der
sogenannten „schlechten Gesellschaft” das Gepräge einer
s c h l e c h t e n Gesellschaft auf.

230. Mit der Aufstellung der ethischen Ideen und ihrer Gegenbilder,
der einen zur Nachahmung, der andern zur Abschreckung für jedes
Wollen, das auf Hervorbringung des g u t e n d. h. unbedingt
wohlgefälligen Wollens gerichtet ist d. i. mit der Aufzählung der
normalen und anormalen Formen, welche Normen des Wollens und
Handelns sind, ist das Geschäft der E t h i k als allgemeiner

Wissenschaft vom Guten vollendet.

ZWEITES BUCH.

DAS WIRKLICHE.

ERSTES CAPITEL.

Das Nicht-Ich.

231. Was überhaupt Wirkliches, dass irgendwie Wirkliches, und
was oder welcher Art das Wirkliche sei, ist weder so ausgemacht,
noch so leicht auszumachen, als diejenigen, welche es lieben, die
Wissenschaft vom Wirklichen als allein wirkliche Wissenschaft den
„hohlen Träumen der Speculation" entgegenzusetzen, zu glauben
sich anstellen oder Andere gern überreden möchten. Sofern und so
lange es gewiss ist, dass der Weg zum Wirklichen für das wirkliche
Vorstellen nur durch das wirklich Scheinende d. i. durch den Schein
des Wirklichen führt, der Schein der Wirklichkeit für das
Bewusstsein früher gegeben ist und demselben näher steht als die,
wenn überhaupt vorhandene, hinter demselben stehende
Wirklichkeit selbst: so lange bleibt es unbestreitbar, dass die
Wissenschaft vom Wirklichen zunächst und vor allem mit dem
anscheinend Wirklichen sich aus einander zu setzen hat, wenn sie
nicht in Gefahr gerathen soll, blos scheinbar Wirkliches für das
Wirkliche selbst, oder, was in den Ohren der Freunde der
Wirklichkeit noch befremdender klingen müsste, den Schein für das
einzige Wirkliche zu halten.

232. Ersteres ist die Ansicht des (gemeinen empirischen)
Realismus, letzteres jene des (gleichfalls empirischen, obgleich nicht
eben gemeinen) Idealismus. Jener geht davon aus, dass das
wirklich Scheinende das Wirkliche, dieser davon, dass der Schein
eines Wirklichen das einzige Wirkliche sei. Vom Gesichtspunkt des
Realismus aus s i n d die Dinge nicht nur, w e n n , sondern sie sind
auch d a s , w a s sie zu sein s c h e i n e n ; von dem Gesichtspunkt
des Idealismus aus sind die Dinge, die s c h e i n e n , die einzigen,
welche s i n d . Jener schliesst jede Möglichkeit eines Zwiespaltes
zwischen Schein und Wirklichkeit aus dem Grunde aus, weil das
scheinbar Wirkliche mit dem Wirklichen identisch, dieser dagegen
aus dem Grund, weil ausser dem Schein kein Wirkliches vorhanden
ist.

233. Ersterem steht die Thatsache im Wege, dass es w i r k l i c h
Scheinendes gibt, dem doch keine Wirklichkeit entspricht, letzterem
der Umstand, dass, wenn dem Schein kein Wirkliches
gegenübersteht, es auch keinen Schein geben kann. Der Mond, der
am Horizont emporsteigt, scheint wirklich grösser als derselbe
Mond, wenn er im Zenith steht, ohne dass daraus folgte, dass er
wirklich grösser sei. Der wirklich vorhandene Schein ist in diesem
Fall eine nothwendige Täuschung, welche dadurch, dass sie
nothwendig ist, nicht aufhört, Täuschung zu sein. Die scheinbare
Bewegung des gestirnten Himmels um die Erde, welche der
wirklichen Bewegung der Erde um ihre Axe gerade entgegengesetzt
ist, ist der Schein einer Wirklichkeit, aber nicht diese selbst. Wie in
den angeführten Fällen vertreten in allen sogenannten
Sinnestäuschungen, denen entweder ein Anderes als das scheinbare
Wirkliche (Illusionen), oder überhaupt kein Wirkliches entspricht
(Hallucinationen), a n s c h e i n e n d e die Stelle der wirklichen
Dinge, während in den sogenannten Sinnesqualitäten (Färbung,
Klang, Geruch, Geschmack, Härte, Weichheit u. dgl.) anscheinende
Eigenschaften, die ihren Grund nur in der Beschaffenheit des
wahrnehmenden Sinnesorgans, die Stelle wirklicher Eigenschaften
vertreten, die ihren Grund in der Zusammensetzung, inneren und
äusseren Structur, oder in der Beschaffenheit der Oberfläche der
Körper selbst haben. So ist die Farbe, die dem gemeinen Realismus
als eine wirkliche Eigenschaft der Körper gilt, in Wahrheit nur eine
scheinbare Eigenschaft derselben, weil sie denselben nur insofern
und nur unter der Voraussetzung zukommt, inwiefern und dass ein
sehendes Auge vorhanden sei, welches den Eindruck des von der
Oberfläche des Körpers reflectirten Lichts auf der empfindlichen
Netzhaut empfängt und in Empfindung der Farbe verwandelt. So ist
der Klang, der nach derselben Anschauungsweise zu den realen
Eigenschaften des tönenden Körpers gehört, nichts weiter, als die in
Folge innerer oder äusserer Erschütterung der kleinsten Theile
desselben hervorgebrachte periodische Wellenbewegung der
atmosphärischen Luft, welche dem Hörnerven sich mittheilt und im
Centralorgan des empfindlichen Nervensystems in die Sprache des
Bewusstseins, in dem Reiz heterogene aber correspondirende
Empfindung, aus Gehörreiz in Gehörsempfindung sich umsetzt.
Ohne Augen, lässt sich sagen, wäre das All der Dinge dunkel, ohne
Gehörsorgan stumm. Sämmtliche sogenannte wirkliche
Eigenschaften, welche der Körperwelt Sinnlichkeit, sichtbare
Gestalt für das Auge, hörbaren Reiz für das Ohr und entsprechende
Wahrnehmbarkeit für die übrigen Sinnesorgane verleihen, werden

denselben viel mehr von dem aufnehmenden mit Sinnesorganen
ausgerüsteten Träger des Bewusstseins aufgeprägt, als diesem von
jenem übermittelt, und verdienen daher mit weit grösserem Recht
anscheinende d. h. den Dingen nur scheinbar anhaftende, in
Wirklichkeit denselben nur angedichtete Eigenschaften zu heissen.

234. Folgt aus obiger Betrachtung, dass nicht alles w i r k l i c h
Scheinende wirklich, so folgt daraus doch nicht, dass der S c h e i n
des Wirklichen das einzige Wirkliche sei. Jene Erwägung begründet
den Unterschied eines scheinbar Wirklichen, dem Wirkliches, und
eines ebensolchen, dem kein Wirkliches entspricht; letztere
Behauptung möchte denselben verwischen und alles wirklich
Scheinende in blossen Schein eines Wirklichen, somit das Wirkliche
selbst in ein Unwirkliches verwandeln. Dieselbe geht von der
Ansicht aus, dass, was nicht im Bewusstsein gegenwärtig, auch
nicht für dasselbe vorhanden sei; dass aber, weil das im
Bewusstsein vorhandene nichts anderes sein kann als
Bewusstseinsvorgang, auch das für dasselbe Vorhandene
ausschliesslich Bewusstseinsvorgänge sein können. Da nun, was im
Bewusstsein (also als Vorstellung) vorhanden sein kann, nicht das
Wirkliche selbst (die von der Vorstellung der Sache verschiedene
Sache), sondern nur der Schein eines solchen (die als wirklich
gedachte Sache d. i. der Gedanke der Sache) zu sein vermag, so
könne alles für das Bewusstsein Vorhandene unmöglich das
Wirkliche selbst, sondern nur dessen Schein, somit für dasselbe das
einzige Wirkliche ausschliesslich der Schein eines Wirklichen sein.
Statt daher hinter dem Schein ein imaginäres Wirkliches zu suchen,
trachtet der Idealismus den Schein als nur scheinbar Unwirkliches,
in Wahrheit als einziges Wirkliches festzuhalten, so dass, mit dem
Realismus verglichen, das Verhältniss des Scheinbaren zum
Wirklichen sich umkehrt, das in den Augen des Realismus
Unwirkliche (der Schein, die Vorstellung, idea) für wirklich,
dagegen das in dessen Augen Wirkliche (die Sache, dasjenige, was
mehr als blosse Vorstellung ist, res) für unwirklich erklärt wird.

235. Die Widerlegung des Realismus bestand darin, dass in dem
scheinbar Wirklichen, welches derselbe seinem Grundsatz gemäss,
dass zwischen dem Inhalt des wirklich Scheinenden und jenem des
Wirklichen kein Unterschied bestehe, für wirklich erklärt, Fälle
aufgezeigt wurden, in welchen das anscheinend Wirkliche
unmöglich für wirklich genommen werden konnte. Die
Widerlegung des Idealismus, wenn sie denselben Weg einschlüge

und in dem Inhalt des Scheins, den der letztere für das einzig
Wirkliche erklärt, Widersprüche nachwiese, hätte damit nur
dargethan, dass sich im Schein, also im Unwirklichen, keineswegs
aber, dass sich im Wirklichen, also in dem, was mehr ist als Schein,
Widersprüche vorfinden. Die bekannten Antinomien, welche Kant in
Bezug auf die Möglichkeit aufstellt, dass die Welt Grenzen im Raum
und einen Anfang in der Zeit, aber auch, dass sie keine Grenzen im
Raume und keinen Anfang in der Zeit habe, stammen daher, weil die
eine wie die andere beider einander ausschliessender Behauptungen
einem Gegenstande gilt, welcher als solcher nicht der realen,
sondern der Scheinwelt angehört, von einem solchen aber sich
gleichzeitig einander Ausschliessendes behaupten lässt, ohne
dadurch mit der Natur des Scheines, der ja als solcher ein
Unwirkliches ist, also das Widersprechende erträgt, in Widerstreit
zu gerathen.

236. Die Widerlegung des Idealismus, wenn überhaupt möglich,
muss auf anderem Wege gesucht werden. Kann dieselbe nicht aus
dem Umstande geschöpft werden, dass der Inhalt des Scheines in
seinen Bestandtheilen sich unter sich selbst, so kann sie vielleicht
ihren Ausgangspunkt nehmen von der Betrachtung, dass der Begriff
eines Scheines, der neben sich selbst kein Wirkliches zulässt, sich
selbst widerspricht. Da nun ein Scheinen undenkbar ist ohne ein
Etwas, welches scheint (objectiver Schein) oder ein Etwas,
welchem es scheint (subjectiver Schein) vorauszusetzen, so muss
entweder dasjenige, welches scheint (das Object) und dasjenige,
welchem scheint (das Subject) abermals Schein und als solcher
eines weiteren, sei es Objects, sei es Subjects des Scheinens
bedürftig sein, welcher Regressus sich sofort in infinitum
wiederholt, oder es muss, sei es das Object, sei es das Subject,
näher oder entfernter etwas anderes als Schein d. i. ein Wirkliches
sein, womit die Behauptung des Idealismus, dass Schein das
e i n z i g e Wirkliche sei, sich von selbst aufhebt.

237. Allerdings nur unter der Annahme, dass das nach den
Gesetzen des Denkens Undenkbare unmöglich d. h. dass das nach
den Gesetzen des Denkens nicht als wirklich Denkbare auch nicht
wirklich sei. Folgt aus der Natur des Denkens zwar, dass der
Denkende einen gewissen Denkinhalt mit Nothwendigkeit denken
müsse, so folgt daraus keineswegs, dass der Seinsinhalt mit diesem
nothwendigen Inhalt des Denkens eins sein müsse. So lange es kein
Mittel gibt, den Inhalt des Seins mit dem Inhalt des Denkens zu

vergleichen, um denjenigen Denkinhalt, der mit dem Seinsinhalt als congruent sich herausstellt, als Wissen zu fixiren (und dass es kein solches gibt, hat die Betrachtung der logischen Ideen zur Evidenz gebracht), so lange bleibt die Möglichkeit offen, dass die Dinge in der Wirklichkeit sich anders verhalten, als die Gesetze des Denkens letzteres nöthigen, das Verhalten derselben mit Nothwendigkeit zu denken d. h. dass der unvermeidliche und durch die Gesetze des Denkens demselben aufgenöthigte Denkinhalt des Denkens und der um seiner Unzugänglichkeit willen stets unbekannt bleibende Inhalt des Seins unter einander nicht übereinstimmen, ja vielleicht, was weder wahrscheinlich, noch unwahrscheinlich, sondern eben nur möglich ist, sich unter einander sogar widersprechen.

238. Erst ein späterer Anlass wird Gelegenheit bieten, von der aus obiger Betrachtung fliessenden Einschränkung Gebrauch zu machen. Aus der Widerlegung des Realismus folgt, dass die Wissenschaft des Wirklichen, wenn sie nur Wirkliches besitzen will, aus dem wirklich Scheinenden alles dasjenige ausscheiden muss, was nur den Schein der Wirklichkeit hat. Aus der Widerlegung des Idealismus folgt, dass der „Traum der Speculation”, wenn er aufhören soll, „Traum” zu sein, zu dem Schein, der ihm zufolge das einzige Wirkliche ist, ein Wirkliches, sei es im subjectiven Sinne, als Träger des Scheins, sei es im objectiven Sinne, als Ursache des Scheins, hinzufügen muss. Erstere Operation, durch welche im w i r k l i c h Scheinenden der Schein des Wirklichen vom Wirklichen gesondert wird, ist eine kritische, letztere, durch welche zu dem ursprünglich allein vorhandenen Schein des Wirklichen ein Wirkliches hinzugethan wird, ist eine ergänzende. Jene führt in das w i r k l i c h Scheinende n e b e n der Betrachtung des Wirklichen, welches scheint (des Objects), die Betrachtung eines anderen Wirklichen ein, welchem es scheint (des Subjects); diese geht von der Betrachtung des ihrer ursprünglichen Ansicht nach allein wirklichen Scheins zu dessen Erklärung, sei es a u s einem Wirklichen (dem Subject) oder d u r c h ein Wirkliches (Object) fort.

239. Die Einführung des Subjects, welchem das Wirkliche scheint, um aus dem Zusammenwirken beider, des Objects, welches scheint, und des Subjects, dem es scheint, das wirklich Scheinende als deren Product begreiflich zu machen, bedeutet die Einfügung eines idealistischen Elements in die realistische Betrachtung. Die Hinzufügung eines Wirklichen, sei es als Träger (Subject), sei es als

Ursache (Object) des Scheins zu diesem selbst, um, sei es durch jenen, sei es durch diese, dessen Schein der Wirklichkeit begreiflich zu machen, bedeutet die Einführung eines realistischen Elements in die idealistische Betrachtungsweise. Durch die allmälige Ausbreitung des ersteren im Realismus wird dieser dem Idealismus, durch die allmälige Vertiefung des letzteren im Idealismus wird dieser dem Realismus näher gebracht. Der gemeine oder empirische Realismus nimmt in Folge kritischer d. i. philosophisch sichtender Behandlung idealistischen, der gemeine oder empirische Idealismus nimmt in Folge der ergänzenden d. i. philosophisch erklärenden Behandlung realistischen Charakter an.

240. Schon der Vater des gemeinen Realismus, Bacon, hat die Bemerkung gemacht, dass das wirklich Scheinende Elemente umschliesst, welche nicht aus dem Wirklichen, sondern aus dem dasselbe wahrnehmenden und auffassenden Subjecte stammen, und, weil sie jenem als wirklich von diesem nur angedichtet sind, dieselben treffend als „Idole" (Fictionen) bezeichnet. Dass unter denselben auch solche sich vorfinden, welche, wie die von ihm sogenannten „Idola tribus", dem auffassenden (menschlichen) Subject vermöge dessen Gattungscharakter angehören und daher bei sämmtlichen Individuen derselben Gattung (also zum Beispiel bei allen Menschen) zu deren Auffassung des ihnen wirklich Scheinenden in stets gleicher Weise beitragen müssen, kann als ein Vorspiel zu der von Kant nachdrücklich hervorgehobenen Betheiligung des transcendentalen (d. i. des Gattungs-) Subjects an dem Zustandekommen der Erfahrung, als des Productes zweier Factoren, eines subjectiven und eines objectiven, angesehen werden. Wie diesem zufolge „die Welt der Erscheinung" d. i. das wirklich Scheinende zwar der „Materie" d. i. dem Stoffe nach aus dem Object, welches scheint, der „Form" nach jedoch aus dem transcendentalen Subjecte stammt, dem es scheint, so setzt sich nach Bacon die Welt des wirklich Scheinenden zusammen einerseits aus demjenigen, was aus dem Wirklichen stammt (der Erfahrung), und demjenigen, was diesem von dem auffassenden Gattungssubject nur angedichtet wird (der Scheinerfahrung der „Idola tribus").

241. Allerdings mit dem Unterschied, dass der eine, der Realist, diese subjective Hinzuthat im wirklich Scheinenden als eine Verunreinigung der Wissenschaft vom Wirklichen angesehen hat, von welcher dieselbe so bald und so gründlich als möglich befreit

werden müsse, um die Erfahrung d. i. das Wirkliche rein zu
erhalten, während der andere, der Idealist, gerade in dieser aus dem
Gattungssubject herkommenden und daher allen auffassenden
Individuen derselben Gattung in gleicher Weise eigenen subjectiven
Hinzuthat im wirklich Scheinenden das Mittel erblickt hat, dieses
aus einer nur individuellen in eine für alle Individuen derselben
Gattung der Form nach identische Scheinwelt und dadurch aus
einer nur individuell giltigen in eine allgemeine und nothwendige
Erfahrung zu verwandeln. Bacon ging darauf aus, das subjective,
also, vom Standpunkt des Realismus aus angesehen, idealistische
Element im wirklich Scheinenden gänzlich aus demselben zu
entfernen, und nur dasjenige, was in demselben nicht sowol
S c h e i n eines Wirklichen, als Schein d e s Wirklichen ist, für
Erfahrung gelten zu lassen. Aber schon dessen Nachfolger Locke
hat gezeigt, dass die sogenannten secundären Eigenschaften der
Körper, wie Farbe, Klang, welche jener als Schein des Wirklichen
gelten liess, nur als S c h e i n eines Wirklichen gelten dürfen d. h.
nicht, wie jener glaubte, am Wirklichen wirklich vorhanden,
sondern von einem anderen Wirklichen, dem auffassenden Subject,
als scheinbare Eigenschaften den Körpern angedichtet seien.
Werden dieselben, als blosser Schein eines Wirklichen, aus dem
wirklich Scheinenden ausgeschieden, so bleiben in diesem als
Schein des Wirklichen nur mehr die sogenannten primären
Eigenschaften (wie Gestalt, Ausdehnung, Grösse) und als Kern
alles wirklich Scheinenden und κατ' ἐξοχήν Wirkliches das
(übrigens unbekannte) Substrat des Scheins und Träger der
Eigenschaften, die sogenannte Substanz, als alleiniges Object einer
wirklichen Wissenschaft vom Wirklichen übrig. Das von Bacon
vergebens zu verdrängen gesuchte idealistische Element hat seine
Stelle im Realismus mit Gewinn zurück erobert.

242. Aber auch ein skeptisches ist damit in den Vordergrund
getreten. Wenn die sogenannten secundären Eigenschaften nur den
Schein eines Wirklichen, aber nicht eine Erscheinung des
Wirklichen darstellen, dann ist die sinnliche Erfahrung, welche
dieselben als Schein des Wirklichen zeigt, eine trügerische, den
Schein an die Stelle der Wirklichkeit setzende Vorstellung des
Wirklichen, nicht sowol eine Erkenntniss der, als eine fortgesetzte
Täuschung über die Wirklichkeit. Die nächste Folge dieser Einsicht
kann keine andere sein, als dem Sinnenschein, welcher die Basis
aller sinnlichen Erfahrung ausmacht, und damit dieser selbst, die
auf so ungewisser Grundlage sich aufbaut, mit Misstrauen entgegen

zu kommen.

243. Dasselbe muss sich naturgemäss in demselben Grade steigern, als sich der Umfang des idealistischen Elementes d. i. der subjectiven Hinzuthat im wirklich Scheinenden erweitert. Die Ausbreitung desselben hat zuerst Locke's idealistischer Fortsetzer Berkeley herbeigeführt durch die Behauptung, dass die sogenannten primären Eigenschaften der Körper, welche derselbe als wirkliche ansah, nicht weniger scheinbar als die sogenannten secundären Eigenschaften, und, ebenso wie diese, Hinzuthaten des vorstellenden Subjects im wirklich Scheinenden d. i. durch das vorstellende Subject, keineswegs durch das Object des Vorgestellten hervorgebrachter Schein, also zwar Schein eines Wirklichen, aber nicht selbst Wirkliches seien. Dieselbe erreichte den höchsten Grad dadurch, dass Berkeley die weitere Bemerkung hinzufügte, dass der Körper nichts anderes als die Summe seiner Eigenschaften, die Annahme einer den Kern desselben ausmachenden Substanz als Träger der Eigenschaften eine an sich völlig überflüssige, von dem vorstellenden Subject, wenn auch nicht willkürlich, aber doch unwillkürlich gemachte grundlose Voraussetzung, die sogenannte Substanz daher eben so wol wie die sogenannten primären und secundären Eigenschaften zwar der Schein eines Wirklichen, aber eben so wenig wie diese ein Wirkliches sei. Letztere Behauptung verwandelte, da der Körper fortan nichts weiter als die Summe seiner (primären und secundären) Eigenschaften, diese aber als Summe von nicht wirklichen, sondern nur scheinbaren Eigenschaften selbst nur eine Scheinsumme sein sollte, den angeblich wirklichen Körper in blossen Schein eines Körpers, die sogenannte Welt des Wirklichen in blossen Schein einer wirklichen Welt und löste somit den gesammten Realismus in Idealismus, die gesammte Sinneswahrnehmung als Basis der sinnlichen Erfahrung in Sinnestrug, und damit jene selbst aus einem Spiegel der wirklichen Welt in die leere Vorspiegelung einer solchen auf.

244. Diese äusserste mögliche Ausdehnung des idealistischen Elementes im Gebiete des Realismus musste die Ausdehnung der Skepsis auf den ganzen Umfang der sinnlichen Erfahrung zur unausbleiblichen Folge haben. Hatte der Idealismus sämmtliches wirklich Scheinende in innerlich hohlen Schein eines Wirklichen verkehrt, so musste die Aussicht auf Erkenntniss des Wirklichen auf dem Wege der Erfahrung sich in die trostlose Einsicht in die

Unmöglichkeit einer solchen, auf Grund völligen Mangels eines Wirklichen verwandeln. Nicht nur die Bestandtheile des wirklich Scheinenden d. i. die Elemente, aus welchen die scheinbare Welt bestand, waren sofort zu blossem Schein eines Wirklichen herabgesetzt, sondern auch die Verknüpfung derselben unter einander und zu einem Ganzen konnte nur eine scheinbare, das durch dieselbe hergestellte Ganze nur dem Schein nach ein Ganzes sein d. h. die gesammte angeblich wirkliche Welt mit ihren vermeintlich wirklichen Bestandtheilen und deren vermeintlich wirklichem und wirksamem Zusammenhang unter einander (dem Causalverband) musste sich dem Auge des Denkers als eine Scheinwelt, deren Bestandtheile als elementarer Schein, deren Zusammenhang unter einander als zwar anscheinend, aber nicht wirklich vorhandener d. i. vom vorstellenden Subject in die Welt der Phänomene hineingelegter, keineswegs (wie die Erfahrung von ihren sogenannten Naturgesetzen behauptet) aus derselben herausgelesener Zusammenhang darstellen.

245. Hume ist es, der diese Consequenz des Skepticismus aus dem in bodenlosen Idealismus umgewandelten Realismus seiner Vorgänger gezogen hat. Dieselbe wird nicht verbessert dadurch, dass an die Stelle des realen Zusammenhanges zwischen den Erscheinungen von ihm die subjective Gewöhnung des vorstellenden Subjectes gesetzt wird, in Folge wiederholten nach einander Auftretens gewisser Phänomene jedesmal, sobald das eine derselben (das antecedens) wiederkehrt, das andere (das consequens) zu erwarten und daher ersteres als Ursache, letzteres als Wirkung zu bezeichnen. Denn es muss einleuchten, dass zwar, wenn der eine jener Vorgänge der reale Grund, der andere die reale Folge ist, das Eintreten des ersten jedesmal jenes des zweiten nach sich ziehen muss, keineswegs aber, dass in umgekehrter Weise das (vielleicht ganz zufällige) Vorausgehen der einen, Nachfolgen der andern Erscheinung als genügender Beweis dafür gelten darf, dass die erste die Ursache der zweiten sei. Während die A u s e i n a n d e r f o l g e zweier Phänomene deren A u f e i n a n d e r f o l g e nothwendig, macht deren Aufeinanderfolge den Schluss auf die Auseinanderfolge nur möglich; die Behauptung der letzteren (des Causalzusammenhanges) in Folge einer durch öfter beobachtete Succession beider Erscheinungen im Vorstellenden erzeugten Gewohnheit, beide unter einander in Verbindung stehend zu denken, kann daher niemals völlige (apodiktische), sondern höchstens

sogenannte moralische (problematische) Gewissheit d. i. mehr oder
weniger Wahrscheinlichkeit erlangen.

246. Diese Folgerung war es, welche Kant, wie er selbst sagt, „aus
seinem dogmatischen Schlummer geweckt hat", nicht aus dem des
Wolf'schen Rationalismus, über welchen er längst hinaus, sondern
aus dem des Locke-Newton'schen Empirismus, in welchem er
damals (1770) noch völlig befangen war. Dass es auf dem von
Hume eingeschlagenen Wege, der auch ihm als die natürliche
Fortsetzung der Bahn seiner Vorgänger galt, schliesslich dahin
kommen müsse, dass auch die allgemeinen Naturgesetze, durch
welche der Gang der Natur und die Einheit des Weltalls
zusammengehalten wird, ihre strenge und ausnahmslose
Nothwendigkeit und Allgemeinheit einbüssen und sich in blosse,
mehr oder weniger wahrscheinliche und mit mehr oder weniger
Zuversicht ausgesprochene Vermuthungen des die Natur
auffassenden und in seiner Vorstellung zusammenfassenden
Subjects verkehren müssen, erschien Kant so unausweichlich,
zugleich aber für ein auf Erkenntniss des Wirklichen, wie es ist,
statt auf Einbildung einer blossen Scheinwelt gerichtetes Denken,
wie das seinige, so unerträglich, dass er um deswillen mit dem zum
Skepticismus entarteten Empirismus brach und von dem Ergebniss
einer nicht nur subjectiven, sondern auch nur particulär giltigen und
blos wahrscheinlichen Naturauffassung zu der sofortigen
Erforschung und Feststellung der Bedingungen einer zwar
gleichfalls nur subjectiven, aber schlechterdings allgemeinen und
nothwendigen Erfahrung überging.

247. Wie die bisherige Betrachtung das allmälige Eindringen des
idealistischen Elements in den Realismus und dessen allmälige,
schliesslich denselben überfluthende Ausbreitung in diesem
blossgelegt hat, so legt die Entwicklungsgeschichte des Idealismus
in umgekehrter Weise nicht nur das Eindringen, sondern das stetige
Anwachsen des realistischen Elements im Idealismus als
unvermeidlich dar. Schon dem Vater des gemeinen Idealismus,
Berkeley, ist die Schwierigkeit nicht entgangen, die für denjenigen,
der die gesammte wirklich scheinende Welt nur als im vorstellenden
Subject vorhandenen Schein einer wirklichen Welt ansieht, aus dem
Umstande erwächst, dass in den verschiedenen vorstellenden
Subjecten, wenn unter denselben Uebereinstimmung und
Mittheilung möglich sein soll, diese nur in ihrem jeweiligen
Vorstellen existirende Scheinwelt in sämmtlichen Vorstellenden die

nämliche, nach Inhalt und Form unter sich harmonirende Welt sein muss, ohne dass sich die Frage beantworten liesse, warum, da in jedem seine eigene Welt entsteht, diese Welt in allen als die gleiche entstehen müsse. Leibnitz hat diese Frage, die sich auch ihm aufdrängen musste, weil jede „fensterlose” Monas in ihrem Innern eine „Welt als Vorstellung” enthält, mit der Berufung auf die durch Gott prästabilirte Harmonie aller Monaden und somit auch ihrer sämmtlichen, obgleich von einander unabhängigen inneren Vorstellungswelten beantwortet. Der Bischof von Cloyne, von dem es zweifelhaft ist, ob er von Leibnitz etwas wusste, sucht die Lösung des Problems, wie die vorgestellten Welten der einzelnen Vorstellenden unter einander correspondirend gedacht werden können, gleichfalls in Gott, welchen er als den Urheber der im Vorstellenden vorhandenen Vorstellungswelt und dadurch zugleich als Veranstalter der Uebereinstimmung zwischen den in den verschiedenen Vorstellenden vorhandenen Vorstellungswelten bezeichnet. Die nur als Schein eines Wirklichen im Bewusstsein vorhandene wirkliche d. i. der Schein einer wirklichen Welt, ist sonach schon bei Berkeley, dem Urheber des Idealismus, nicht das einzige Wirkliche, sondern derselbe setzt nicht nur das vorstellende Subject (den Geist), in dem er existirt d. i. dem er scheint, sondern überdies seinen Urheber, Gott, durch den er existirt d. i. der in ihm scheint, als Wirkliche voraus d. h. der Schein ist weder, wie der strenge Idealismus will, das einzige Wirkliche, noch mit jenen beiden Wirklichen, dem vorstellenden Subject einer- und der den Schein erzeugenden Gottheit andererseits verglichen, überhaupt wirklich (real), sondern nur ideal (unwirklich), während der Geist und Gott die eigentlich Wirklichen d. i. real Existirenden sind.

248. Das realistische Element, das Wirkliche neben dem Schein, als einzigem Wirklichen, ist sonach schon in die ursprünglichste Gestalt des Idealismus, und zwar so von Seite des Subjects, dem er scheint (des Geistes), wie von jener des Objects, das ihm scheint (der Gottheit), eingedrungen. Von jener aus angesehen, tritt das Wirkliche auf als Träger, von dieser aus angesehen, als Ursache des im Bewusstsein schwebenden Scheins. Während aber in dieser Gestalt des mit realistischen Elementen versetzten Idealismus der Träger des Scheins sich leidend (receptiv), die Ursache des Scheins allein thätig (spontan) sich verhält, sind daneben Auffassungen denkbar, nach welchen entweder der Träger sich gleichfalls wie die Ursache thätig, oder der Träger sich thätig, aber zugleich als einzige Ursache sich verhält, während eine dritte von jener ursprünglichen

nur dadurch sich unterscheidet, dass als die Ursache des Scheins
nicht ein geistiges d. i. ein solches Object, in dessen Natur es liegt,
Subject d. i. vorstellendes Wesen zu sein, sondern ein seiner
Qualität nach beliebiges Wirkliches betrachtet wird, dessen
Beschaffenheit unbekannt bleibt, dessen Existenz jedoch von
derjenigen des Subjects als Träger des Scheins völlig unabhängig
ist.

249. Wird der Träger des Scheins d. i. das vorstellende Subject
ebenso wie die Ursache des Scheins d. i. das vorgestellte Object als
thätig d. i. jedes derselben als wirklich d. i. wirkend betrachtet, so
stellt der im Bewusstsein schwebende Schein eines Wirklichen, die
scheinbar wirkliche Welt (die Welt als Phänomenon), ein Product
aus zwei Factoren, dem Subject des Vorstellens und dem Object der
Vorstellung, dar, dessen Beschaffenheit sonach als solches von der
Beschaffenheit seiner Factoren als solcher nothwendig abhängen
muss. In dem Einfluss des Subjects auf die Beschaffenheit dieses
Products besteht die Herrschaft des idealistischen, in dem Einfluss
des Objects auf dieselbe jene des realistischen Elements in der
phänomenalen Welt. Je nachdem jener Einfluss zur Vorherrschaft
des einen oder des andern wird, nimmt diese Scheinwelt selbst
vorwiegend idealistischen, auf die Seite blossen Scheines der
Wirklichkeit, oder realistischen, auf die Seite der Wirklichkeit selbst
hindeutenden Charakter an.

250. Der Einfluss des realistischen Objects auf das
Zustandekommen der phänomenalen Welt im Bewusstsein ist der
geringste, wenn dasselbe als Wirkliches durch seine Thätigkeit
nichts weiter bewirkt, als dass überhaupt Schein, der als Material
zum Aufbau einer phänomenalen Welt durch das vorstellende
Subject verwendet werden kann, im Bewusstsein vorhanden ist.
Dieser Fall tritt in jener Gestalt zu Tage, welche Kant dem
Idealismus gegeben hat, und die Rolle, die das Object in obiger
Darstellung spielt, ist die nämliche, die Kant seinem „Ding an sich"
zugewiesen hat. Dasselbe hat ihm zufolge keine andere
Bestimmung, als die Existenz, keineswegs aber die Qualität des im
Bewusstsein schwebenden Scheins eines Wirklichen begreiflich zu
machen. D a s s ein Wirkliches ausser und neben dem vorstellenden
Subjecte sei, wird durch die Thatsache der Existenz des Scheins
eines solchen im Bewusstsein unzweifelhaft gemacht. W a s das
Wirkliche, das n e b s t und a u s s e r dem vorstellenden Subjecte
existirt, seiner Qualität nach sei, dagegen kann aus der Qualität des

im Bewusstsein schwebenden Scheins nicht ausgemacht werden, weil diese letztere lediglich von der Qualität des vorstellenden Subjects abhängig ist. Das reale Object, „das Ding an sich", ist der Grund, dass überhaupt im Bewusstsein Sinnesempfindungen (wie Gesichts-, Gehörs-, Geruchs-, Geschmacks- und Tastempfindungen) v o r h a n d e n s i n d; die Qualität des realen vorstellenden Subjects dagegen ist der Grund, dass im Bewusstsein gerade E m p f i n d u n g e n (wie Farben, Töne, Wohlgerüche, Wohlgeschmäcke, Härte, Weichheit) vorhanden sind. Wäre das erste nicht, so entstünde überhaupt kein Schein, wäre das letztere ein anderes, als es ist, so entstünde anderer Schein. Wie die Existenz des Scheins von jener des Objects, so hängt die Qualität des Scheins von jener des Subjects ab; der im Bewusstsein wirkliche Schein in seiner qualitativen Eigenthümlichkeit ist daher nur durch das gemeinsame Zusammenwirken des Dings an sich und der specifischen Organisation des vorstellenden Subjects d. i. (wie Kant nach der alten Terminologie seiner Wolf'schen Schulung sich ausdrückte) „des Erkenntnissvermögens" erklärlich.

251. Erklärlich aber auch, dass bei dieser Sachlage der jeweiligen thatsächlichen Beschaffenheit des sogenannten Erkenntnissvermögens an dem Zustandekommen und der Gestaltung der phänomenalen Welt der Löwenantheil zufallen muss. Liefert der objective Factor, das Ding an sich, nichts weiter als den Stoff, ja nicht einmal diesen selbst, sondern nur die Veranlassung, dass ein solcher, aus welchem die phänomenale Welt aufgebaut werden soll, überhaupt im Bewusstsein vorhanden ist, so muss der Grund der gesammten Form, in welcher der Stoff zum Aufbau zusammengeordnet, ja sogar der Form, in welcher derselbe zum Baue verwendet wird, gänzlich in dem subjectiven Factor d. i. in der Beschaffenheit des vorstellenden Subjectes d. i. in jener seines sogenannten Erkenntnissvermögens gesucht werden. Letzteres, als Baumeister der phänomenalen Welt, baut sozusagen auf eigene Hand, nicht nur nach eigenem Plan, sondern auch mit selbstgeformtem Material; das „Ding an sich" als Bauherr ist nur die Ursache, dass überhaupt gebaut wird und dass die erforderlichen Mittel zum Baue vorhanden sind.

252. Der Organismus des sogenannten Erkenntnissvermögens ist es, welchen Kant seiner „Kritik der reinen Vernunft" zu Grunde gelegt und als dessen nothwendige Folgen die kritischen Ergebnisse dieser letzteren entsprungen sind. Insofern derselbe den

idealistischen Factor der phänomenalen Welt repräsentirt, hat Kant
seine Philosophie als Idealismus, insofern deren Ergebnisse auf die
Betrachtung desselben als der Quelle der Bedingungen aller
Erkenntniss gestützt sind, als Transcendentalphilosophie, und jenen
Idealismus selbst (im Gegensatz zu dem gemeinen, empirischen) als
transcendentalen Idealismus bezeichnet. Die Differenz seines und
des empirischen Idealismus beschränkte sich jedoch nicht auf den
genannten Unterschied, sondern wurzelte zugleich in der
Verschiedenheit des vorstellenden Subjectes, welches den
idealistischen Factor der phänomenalen Welt ausmacht, und
welches im empirischen Idealismus das individuelle Einzelsubject, in
dem seinen dagegen das allgemeine Gattungssubject, oder, nach
Kant's Ausdruck, das sogenannte transcendentale Subject ist. Folge
davon ist, dass die Form der phänomenalen Welt, insofern dieselbe
aus der Beschaffenheit des vorstellenden Subjectes stammt, im
empirischen Idealismus nur eine individuelle, zufällige, für die
Vorstellungswelt des Einzelsubjectes bestimmende, im
transcendentalen Idealismus dagegen eine allgemeine und
nothwendige, die Vorstellungswelt aller vorstellenden Einzelsubjecte
derselben Gattung bestimmende sein muss. Durch diese Einführung
der Form als einer allgemeinen und nothwendigen an der Stelle der
blos zufälligen und singulären überwindet Kant den Hume'schen
Skepticismus, der sich an die Sohlen des empirischen Idealismus
geheftet hat, und verwandelt die phänomenale Welt d. i. die Welt der
Erfahrung aus einer nur für den Einzelnen giltigen und nur zufällig
(durch dessen individuelle Gewöhnung) entstandenen in eine für
Alle identische und nothwendig (d. i. als unausbleibliche Folge der
allen gemeinsamen Organisation des Erkenntnissvermögens)
entstehende Erfahrung.

253. Die beziehungsweisen Antheile des idealistischen Factors d. i.
des in Allen identischen transcendentalen Subjectes einer- und des
realistischen Factors d. i. des für Alle identischen (als seiner
Qualität nach unbekanntes x hinter der phänomenalen Welt
stehenden) Dings an sich an dem Zustandekommen einer allgemein
giltigen Erfahrung sind es, welche Kant als das a priori und das a
posteriori der Erfahrung bezeichnet. Zu dem letzteren gehört nach
der Auffassung Kant's nichts weiter als der sinnliche Stoff, zu
welchem das „Ding an sich" den äusseren Anstoss gegeben hat; zu
dem ersteren gehören sämmtliche Formen, welche demselben in
aufsteigender Reihe durch die (im Sinne der alten Wolf'schen
psychologischen Theorie) einander übergeordneten Stufen des

sogenannten Erkenntnissvermögens, des Sinnes, des Verstandes
und der Vernunft zu Theil werden sollen. Als solche betrachtete
Kant bekanntlich die zwei von ihm sogenannten „reinen
Anschauungsformen", welche dem Sinn, die (zwölf) von ihm
construirten „Urtheilsformen", welche dem Verstande, und die
(drei) von ihm anerkannten (Schlussformen), welche der Vernunft
erb und eigen seien. Durch die Anwendung der erstgenannten, und
zwar der reinen Anschauungsform des Raumes d. i. des
Nebeneinander auf den durch die äusseren Sinne, der reinen
Anschauungsform der Zeit d. i. des Nacheinander auf den durch
den sogenannten inneren Sinn gegebenen Stoff entsteht d e r
S c h e i n räumlich und zeitlich verschieden angeordneter Gruppen
sinnlichen Vorstellungsmaterials, welche durch die Anwendung der
reinen Urtheilsformen und der daraus deducirten Stammbegriffe
(Kategorien) des Verstandes den S c h e i n wirklicher Einzeldinge,
und zwar solcher erhalten, die als Substanzen Träger von
Eigenschaften, und entweder als Ursachen Urheber von anderen
ihresgleichen als Wirkungen, oder selbst als Wirkungen durch
andere ihresgleichen als Ursachen hervorgebracht sind. Durch die
Anwendung endlich der reinen Schlussformen und der daraus
abgeleiteten Ideen der Vernunft entsteht der S c h e i n solcher
Wirklicher, die entweder (wie die Seele) das einheitliche Subject zu
allen möglichen Prädicaten, oder (wie die Welt) die Totalität aller
Ursachen und Wirkungen, oder (wie die Gottheit) als ens
realissimum die Summe aller möglichen Prädicate darstellen.

254. In dem Nachweis der Nothwendigkeit der Entstehung obiger
Gattungen des wirklich Scheinenden besteht das positive, in dem
gleichzeitigen Erweis, dass obige Gattungen des w i r k l i c h
S c h e i n e n d e n nur eben so viele Gattungen vom S c h e i n eines
Wirklichen seien, das negative Resultat des
Transcendentalidealismus. Hauptsächlich um des letzteren willen ist
Kant der „alles Zermalmer" genannt worden. Es ist aber nicht zu
übersehen, dass von anderer Seite aus angesehen Kant's
Philosophie dem negativen Ergebniss des Idealismus, der alles
sogenannte Wirkliche in Schein auflöst, gegenüber ein sehr
positives Ergebniss durch die nachdrückliche Betonung der
Unentbehrlichkeit einer realen Unterlage der phänomenalen Welt in
der Existenz des „Dings an sich" bietet, durch welche sich, wie
Schopenhauer richtig gesehen hat, die zweite Auflage der „Kritik
der reinen Vernunft" sehr merklich von der ersten, welche fast
ausschliesslich der Hervorkehrung des idealistischen Factors

gewidmet ist, unterscheidet. Nachdem diejenigen Wirklichen, welche Kant selbst als die eigentlichen Gegenstände der alten Metaphysik bezeichnet hat, Seele, Welt und Gott, sich unter dem Prisma der Kritik in blosse Scheinwirkliche aufgelöst haben, bleibt als Rest des Wirklichen das Ding an sich allein übrig, welches man mit Recht als den Rest der alten Metaphysik in Kant's Philosophie, und dessen zu einem Minimum zusammengeschrumpfte Beschreibung man als den Inhalt dessen betrachten kann, was im eigentlichen Sinne des Wortes Kant's Metaphysik heissen darf.

255. Dieselbe setzt sich mit Ausnahme der Behauptung der leeren Existenz durchaus aus negativen Prädicaten zusammen. Dem Ding an sich können weder quantitative noch qualitative Bestimmungen beigelegt werden. Dasselbe kann in ersterer Hinsicht weder als Eins, noch als Vieles, in letzterer Hinsicht weder als raumlos, noch als räumlich (also auch weder als unendlich, noch als endlich, weder als ausgedehnt, noch als unausgedehnt), noch als zeitlos, oder zeitlich (also auch weder als in der Zeit entstanden, noch als ewig), noch als geistig (immateriell) oder körperlich (materiell) bezeichnet werden. Alles, was der transcendentale Idealismus von demselben weiss und auszusagen berechtigt ist, beschränkt sich darauf, zu behaupten, d a s s es sei, aber nicht, w a s es sei.

256. Aber auch dies nur aus dem Grunde, weil der sinnliche Stoff als wirklicher Schein eine im Bewusstsein vorhandene Wirkung ist und daher als solche zur Ursache ein Wirkliches haben muss. Die Voraussetzung, dass jede Wirkung ihre zureichende Ursache haben müsse (das von Leibnitz sogenannte principium rationis sufficientis) gehört zu den fundamentalen Axiomen des Denkens, nach Kant insbesondere zu den dem Organismus des Erkenntnissvermögens wesentlichen Urtheilsformen des Verstandes. Aus ersterem folgt, dass sich ein Denken, für welches obiger Satz fundamentale Geltung besitzt, von einem in dieser Hinsicht anders geartet sein sollenden Denken d. i. einem solchen, für welches derselbe jene Giltigkeit nicht besässe, schlechterdings keine Vorstellung zu machen im Stande sei. Aus letzterem folgt, dass ein im Kantschen Sinn organisirtes Erkenntnissvermögen der Folgerung, dass jeder angeblichen Wirkung eine derselben genügende Ursache entsprechen müsse, schlechterdings nicht zu entrathen vermag, ohne sich selbst aufzuheben. Beides zusammen macht einleuchtend, dass die auch vom Idealismus unbestrittene Thatsache der Existenz wirklichen Scheins zu dem Schlusse führen muss, dass auch als

Ursache desselben irgend ein Wirkliches existire.

257. „Wie der Rauch auf die Flamme, deutet Schein auf Sein"; in diesen Worten Herbart's ist obiger Schluss am prägnantesten ausgesprochen. Allerdings mit dem Seitenblick, dass dieses angedeutete Sein nicht inner-, sondern ausserhalb desjenigen Wirklichen, welches den Träger des Scheins darstellt, d. i. des vorstellenden Subjects zu suchen sein möchte. Hier ist der Punkt, wo die Nachfolger Kant's, die, wie er, auf dem Boden des Transcendentalidealismus stehen, in die einander entgegengesetzten Richtungen eines Idealismus, der sich auf das Subject des Scheins (den idealistischen Factor) d. i. eines idealistischen, und eines solchen, der sich auf das Object des Scheins (den realistischen Factor) stützt, d. i. eines realistischen Idealismus (der im Vergleiche mit jenem auch Realismus heissen kann) aus einander gehen. Aber auch die Stelle, wo diejenigen, die nicht wie Kant auf dem Boden des transcendentalen Idealismus beharren, sondern mit Umgehung des idealistischen Factors das Wirkliche unmittelbar, weder durch einen Schluss von der Wirkung auf die Ursache, noch überhaupt durch einen Act eines wie immer gearteten Denkens, sondern auf einem von diesem gänzlich verschiedenen Wege (etwa durch das Gefühl wie Jacobi, oder durch den Willen wie Schopenhauer) ergreifen zu können glauben, sich von jenen trennen und zu einem das Denken transcendirenden (deshalb fälschlich t r a n s c e n d e n t a l genannten) Realismus gelangt sind.

258. Darin stimmen beide, der idealistische und der realistische Idealismus, mit einander überein, dass der Schein als wirklicher eine Ursache und zwar ein Wirkliches zur Ursache haben müsse; aber darin gehen sie beide aus einander, dass der erstere diese Ursache innerhalb, der andere dieselbe ausserhalb des Bewusstseins sucht. Der „Jude Kant's", Salomon Maimon, war es, der zuerst die Bemerkung machte, dass die Annahme des Dings an sich von Seite Kant's auf einem Fehlschluss beruhe. Wenn der Satz, dass jede Wirkung eine Ursache haben müsse, wie die kritische Organisation des Erkenntnissvermögens lehrt, nichts anderes ist als eine dem vorstellenden Subject, und zwar dessen Verstande innewohnende Urtheilsform, so folgt, dass das Subject zwar niemals umhin kann, wo es eine Erscheinung als Wirkung betrachtet, eine Ursache derselben vorauszusetzen, dass aber daraus, dass das Subject durch die Natur seines Erkenntnissvermögens zu diesem Vorgang gezwungen ist, auf keine Weise gefolgert werden darf, dass eine

derartige Ursache auch wirklich vorhanden sei. Wenn daher Kant
aus der Existenz der Empfindungen auf die nothwendige Existenz
des Dings an sich als deren Ursache schliesse, so begehe derselbe
eine mit seinen eigenen Principien im Widerspruch stehende
Erschleichung, indem aus den letzteren keineswegs die Existenz des
Objects, sondern höchstens für das Subject die Nothwendigkeit
sich ableiten lasse, ein solches vorauszusetzen. Als Fichte's
Wissenschaftslehre mit der Behauptung hervortrat, dass Kant durch
die Zulassung des Dings an sich als Ursache des Stoffs der
phänomenalen Welt mit sich selbst in unhaltbaren Widerspruch
gerathe, war ihm jener mit der gleichen schon vorangegangen.
Fichte aber war es, welcher aus obigem Selbstwiderspruch zuerst
die Folgerung zog, dass die Annahme der Existenz eines Dings an
sich als eines vom Träger des im Bewusstsein wirklichen Scheins
unterschiedenen Wirklichen gänzlich fallen gelassen d. h. dass der
realistische Factor des Transcendentalidealismus, das Object,
welches s c h e i n t, entfernt werden müsse.

259. Nach dem Verschwinden des realistischen bleibt von den
beiden Factoren, durch deren Zusammenwirken die phänomenale
Welt des transcendentalen Idealismus entsteht, nur der idealistische
Factor, nach der Entfernung des Objects, w e l c h e s scheint, von
den beiden Wirklichen, deren gemeinsames Product die Welt des
Bewusstseins ist, nur das Subject, w e l c h e m scheint, übrig, geht
der transcendentale Idealismus in einen solchen des S u b j e c t s
(subjectiver Idealismus) über. Statt zweier Wirklicher, welche die
Basis des transcendentalen Idealismus bilden, hat der subjective
Idealismus zu seinem Substrat ein einziges Wirkliches, welches
zugleich die Rolle des idealistischen und des realistischen Factors
der phänomenalen Welt übernimmt d. h. der phänomenalen Welt
nicht nur (wie der erste) die Form gibt, sondern auch (wie der
letztere) den erforderlichen Stoff (das sinnliche
Empfindungsmaterial) selbst erzeugt. Während daher im
transcendentalen Idealismus der Träger des Scheins, das wirkliche
Subject, gegen die Ursache desselben, das wirkliche Object, sich
leidend, letzteres gegen ersteres sich thätig verhält, stellt derselbe im
subjectiven Idealismus als Träger (Subject) zugleich die Ursache
(Object) des Scheins in einem identischen Wirklichen dar, verhält
sich das nämliche Wirkliche zugleich als Subject leidend gegen sich
selbst als Object und thätig als Object gegen sich selbst als Subject
d. h. als Subject-Object. Den Anstoss, welchen im transcendentalen
Idealismus das Subject vom Object empfing, um Empfindung d. i.

Material der phänomenalen Welt im Bewusstsein hervortreten zu lassen, empfängt dasselbe nunmehr nicht von einem von ihm unterschiedenen Andern, sondern von sich selbst. Das von ihm unterschiedene Andere (Object), welches der transcendentale Idealismus noch als ein wirklich Anderes (d. i. als ein anderes Wirkliches) ansah, ist in den Augen des subjectiven Idealismus nur mehr ein scheinbar Anderes, in Wirklichkeit kein Anderes als das Subject, welches das erste und einzige Wirkliche zugleich ist. Dasselbe, insofern es die Rolle des wirklichen realistischen Factors, des Objects, spielt, producirt nicht blos sämmtlichen Stoff der phänomenalen Welt, sondern es schafft auch den Schein, als sei dieser Stoff durch ein Anderes als es selbst d. h. es schafft den Schein eines realen Objects, welches den Stoff der phänomenalen Welt producirt. Letzterer, als vom Subject geschaffener Schein eines von diesem unterschiedenen Objects und daher dieses selbst, ist sonach in der That nichts weiter als eine Schöpfung d. i. eine durch einen Setzungsact des Subjects entstandene und daher von diesem abhängige Setzung desselben, eine Fiction, aber nichts Wirkliches. Wird diese seine fictive Natur vorübergehend verkannt, der Schein eines Objects für dessen Wirklichkeit genommen, das scheinbare Object, als ob es ein Wirkliches wäre, dem Subject entgegengesetzt, so muss diese Täuschung, welche, weil das Subject das einzige Wirkliche ist, nur eine Selbsttäuschung des Subjects sein kann, einmal ein Ende nehmen, das scheinbare Object als blosser Schein eines Objects erkannt und das vermeintlich vom Subject unterschiedene, als von ihm unabhängig wirklich bestehendes gedachte Object als von ihm abhängiges und nur durch dessen eigene Setzung entstandenes vom Subjecte zurückgenommen werden.

260. Setzung des Objects durch das Subject, Verkennung des scheinbaren Objects, indem dasselbe für wirklich gehalten wird, und Wiedererkennung des fälschlich für wirklich gehaltenen Objects als eines nur scheinbar vom Subject Verschiedenen sind die drei Momente, in welchen die innere Entwickelungsgeschichte des einzigen Wirklichen, welches der subjective Idealismus stehen gelassen hat, des Trägers des Scheins im Bewusstsein sich vollzieht. Dieselbe stellt gleichsam den Fortschritt einer dramatischen Handlung dar, in welcher das ursprünglich Geschehene durch den Schein des Gegentheils vorübergehend verdunkelt und am Schlusse aus der Verdunkelung wieder hergestellt wird. Wie in der letzteren das wirklich Geschehene vor

dem Beginn d. i. ausserhalb der sichtbaren Handlung gelegen, also
der Kenntniss des Zuschauers anfänglich entzogen ist, so liegt im
obigen Process innerhalb des Bewusstseins das wirklich
Geschehene, die Setzung des scheinbaren Objects durch das
Subject, vor dem Beginn d. i. ausserhalb des erwachten
Bewusstseins und bleibt auf diese Weise der Kenntniss des Subjects
d. i. dessen eigenem Bewusstsein über sich selbst verborgen. Aus
ersterem folgt, dass beim Beginne des Dramas die sichtbare
Handlung das Gegentheil dessen zeigt, was wirklich geschehen ist;
aus dem letzteren folgt, dass beim Erwachen des Bewusstseins der
Inhalt desselben das Gegentheil dessen aufweist, was wirklich der
Fall ist; jene stellt das Geschehene als nicht geschehen, diese stellt
das vom Subject gesetzte Object als nicht gesetzt durch das Subject
dar. Die schliessliche Lösung erfolgt, wie in der dramatischen
Handlung durch die Aufhellung des Geschehenen, so in obigem
Bewusstseinsprocess durch die Selbstaufhellung d. i. durch das
Bewusstwerden des Subjects über sich selbst und seine eigene
Setzung des Objects, d. i. durch das Selbstbewusstsein.

261. Dieses Subject, das einzige Wirkliche und folglich Wirkende ist
es, welches der Urheber der Wissenschaftslehre das „Ich" genannt
und dessen in den drei auf einander folgenden Stufen der Thesis,
Antithesis und Synthesis sich entwickelnde Natur derselbe als
niemals rastendes Thun (d. i. unablässiges Wirken) bezeichnet hat.
Dasselbe setzt im Lauf seiner Entwickelung sein eigenes Gegentheil,
das Nicht-Ich, und nimmt es im Verfolge derselben als von ihm
selbst gesetztes d. h. als Ich in sich wieder zurück. Der erste Theil
dieses Processes, welcher sich vor dem Bewusstwerden vollzieht,
stellt die bewusstlose d. i. die Naturseite (Nachtseite) der
Entwickelung des Ich, der zweite Theil desselben, weil er sich bei
Bewusstsein vollzieht, stellt die bewusste d. i. die Geistesseite
(Tagseite) derselben und, da das Ich das einzige Wirkliche ist, jener
Abschnitt zugleich die Entwickelung des Wirklichen als eines
bewusstlosen d. i. als Natur, dieser jene des nämlichen Wirklichen
als eines bewussten d. i. als Geist dar. Die Gliederung der
gesammten Wissenschaft vom Wirklichen vom Standpunkt des
subjectiven Idealismus aus in eine solche vom Ich als Natur
(Naturphilosophie) und vom Ich als Geist (Geistesphilosophie), aber
auch die Möglichkeit einer solchen, welche beide Seiten der
Entwickelung des Ich als Entwickelungsseiten eines und des
nämlichen Ich, als identisch betrachtet (Identitätsphilosophie), so
wie einer weitern, welche die Betrachtung des

Entwickelungsgesetzes des Ich als eines nicht nur selbst innerlich
nothwendigen, sondern diese Entwickelung nothwendig
fordernden, der Betrachtung des wirklichen Entwickelungsganges
desselben als Natur und Geist voranstellt (Dialektik, metaphysische
Logik) ist dadurch vorgezeichnet.

262. Je nachdem das Ich als Wirkliches (agens), oder als blosser
Infinitiv, als Wirken (agere) bestimmt, das erstere entweder als
endliches oder als unendliches (absolutes) Ich aufgefasst wird,
gliedert sich der Idealismus des Subjects in die drei Stufen des (im
engeren Sinn sogenannten) subjectiven Idealismus (Fichte),
absoluten Idealismus (Schelling) und Panlogismus (Hegel). Jener
besteht darin, dass als einziges Wirkliches ein endliches Ich (das
transcendentale Subject); der zweite darin, dass als einziges
Wirkliches ein absolutes Ich (die Gottheit, das absolute Subject);
der dritte darin, dass als einziges Wirkliches das unpersönliche
Wirken und zwar, da das einzige Wirkliche des Idealismus das
vorstellende (denkende) Subject ist, das unpersönliche Denken, die
Vernunft angesehen wird. Die Entwickelungsgeschichte des ersten
d. i. der Inhalt der gesammten Wissenschaft stellt den
Bewusstseinsprocess dar, mittels dessen das endliche Ich zum
Bewusstsein seiner selbst, zum Selbstbewusstsein gelangt d. i.
Geist wird. Jene des zweiten macht den immanenten
Entwickelungsprocess aus, mittels dessen das absolute Subject
durch die vorläufigen Phasen der Natur- und der Weltgeschichte
hindurch zum Bewusstsein seiner selbst d. i. zum Bewusstsein
seiner Göttlichkeit, zum absoluten Bewusstsein gelangt d. i.
absoluter Geist, Gott wird. („Am Ende der Weltgeschichte", sagte
Schelling, „wird Gott sein".) Der Panlogismus endlich repräsentirt
den dialektischen Process, mittels dessen die unpersönliche
(objective) Vernunft (die logische Idee) durch ihr Gegentheil, das
vernunftlose Sein (die Natur), hindurch zur persönlichen
(subjectiven) Vernunft (zum absoluten Geiste) wird. („Aufgabe der
Philosophie ist", sagte Hegel, „die Substanz zum Subjecte zu
machen".)

263. Alle drei Formen des Idealismus des Subjects kommen darin
überein, das Wirkliche sei, aber auch, dass nur ein Einziges wirklich
sei. Wird daher dieses als einziges Wirkliches von einem
Widerspruch betroffen, welcher entweder verhindert, dasselbe
überhaupt anzunehmen, oder doch hindert, dasselbe als wirklich
gelten zu lassen, so werden sämmtliche Formen jenes Idealismus

von demselben zugleich betroffen. Derselbe ging von dem Satze
aus, dass der Schluss des transcendentalen Idealismus von dem
Schein als Wirkung auf ein Object als Ursache desselben ein
Selbstwiderspruch sei, aus dem Grunde, weil die Folgerung von der
Wirkung auf die Ursache nur eine Urtheilsform des Verstandes, und
daher die Consequenz, dass der Schein im Bewusstsein eine
Ursache haben müsse, zwar für den Verstand unvermeidlich, aber
darum nichts weniger als (objectiv) giltig sei. Gleichwol hat diese
Einsicht, wenn sie den Namen verdient, den Idealismus nicht
gehindert, von der Thatsache des im Bewusstsein schwebenden
Scheins auf eine erzeugende Ursache desselben zurückzuschliessen,
nur mit dem Unterschied, dass er dieselbe nicht a u s s e r h a l b des
Bewusstseins (in ein Object), sondern in den Träger des
Bewusstseins (in das Subject) verlegt d. h. dieses selbst zur
Ursache des Scheines macht. Wenn nun, wie der Idealismus
behauptet, der Schluss von der Wirkung auf eine Ursache als blosse
Verstandesform überhaupt unberechtigt ist, so ist der Schluss von
der Wirkung auf eine innerhalb des Bewusstseins gelegene,
sogenannte innere Ursache mindestens ebenso unberechtigt, wie
jener von der Wirkung auf eine ausserhalb des Bewusstseins
gelegene, sogenannte äussere Ursache. Der subjective Idealismus
hat daher von diesem Gesichtspunkt aus ebensowenig das Recht,
das Subject als Wirkliches, wie der objective Idealismus seiner
Meinung nach ein solches besitzt, ein vom Subject unterschiedenes
Object als Wirkliches anzunehmen.

264. Wie man sieht, hat der Idealismus des Subjects, der
gewöhnlich kurzweg mit dem Namen Idealismus bezeichnet wird,
in diesem Punkt dem Idealismus des Objects, kurzweg Realismus
genannt, nichts vorzuwerfen. Derselbe hat nicht nur nicht mehr
und nicht weniger ein Recht, als erzeugende Ursache des Scheins
ein Wirkliches, er hat überdies, was bedenklicher ist, kein Recht,
das von ihm angenommene Wirkliche als wirklich anzunehmen.
Letztere Annahme fällt, wenn dasjenige, was als wirklich gedacht
werden soll, mit einer Eigenschaft behaftet ist, welche verhindert,
dasselbe als wirklich zu denken. Dieser Fall tritt aber ein, wenn
dasjenige, was als wirklich gedacht werden soll, in sich einen
Widerspruch einschliesst. So gewiss aus dem Umstand, dass ein als
wirklich zu Denkendes keinen Widerspruch einschliesst, nur
geschlossen werden kann, dass es möglich, keineswegs, dass es
wirklich sei, so gewiss muss aus dem Umstand, dass ein als
wirklich zu Denkendes in sich einen Widerspruch enthält, die

Folgerung gezogen werden, dass dasselbe unmöglich d. i. auf keine Weise je wirklich sei. Das einzige Wirkliche des Idealismus, das Ich, nun soll in der Weise gedacht werden, dass dasselbe zugleich sein eigenes Object und sein eigenes Subject sei, den Stoff seiner phänomenalen Welt zugleich empfange und erzeuge, also zugleich gegen sich selbst als Leidendes und auf sich selbst als Thätiges sich verhalte d. h. es soll so gedacht werden, dass es zugleich seine eigene Ursache und seine eigene Wirkung (causa sui), also dass es im strengsten logischen Sinn des Wortes Entgegengesetztes d. i. sich unter einander Ausschliessendes zugleich und als jedes von beiden sein eigenes Gegentheil, um es mit einem Wort zu sagen, der lebendige Widerspruch sei. Ein solcher aber kann nicht als wirklich gedacht werden.

265. Auch dann nicht, wenn die Erfahrung ihn zu bestätigen scheint. Die Thatsache, welche der Idealismus anzuführen liebt, um durch dieselbe zu erweisen, dass ein sich zugleich als Thätiges und Leidendes Verhaltendes, eine causa sui, wirklich, und daher, was auch die Logik dagegen einwenden möge, möglich sei, ist das Phänomen des Selbstbewusstseins. Dasselbe, so schliesst der Idealismus, als factisches Bewusstsein des Selbst von sich selbst, ist thatsächlich Subject und Object, Leidendes und Thätiges, Ursache und Wirkung zugleich: das I c h stellt sich vor und das Ich stellt s i c h vor. Als jenes ist es das Vorstellende (Subject), als dieses das Vorgestellte (Object), als beider Identität ist das Ich Vorstellendes und Vorgestelltes zugleich (Subject-Object). Durch diese unbestreitbar scheinende psychologische Thatsache, d. i. durch die Wirklichkeit eines im logischen Sinn mit einem inneren Widerspruch Behafteten ist nach der Meinung des Idealismus die Möglichkeit, ein in sich Widersprechendes als wirklich zu denken, erwiesen; der Einspruch der Logik, dass Widersprechendes nicht als wirklich gedacht werden könne, abgewiesen.

266. Gegenüber dem Canon: a non posse valet conclusio ad non esse, geht der Idealismus von dem entgegengesetzten aus: ab esse valet conclusio ad posse. Die Richtigkeit seiner Folgerung hängt von dem Umstande ab, ob und dass die angebliche Thatsache des Selbstbewusstseins wirklich eine Thatsache, oder, was eben so viel ist, ob und dass die Behauptung, das I c h stelle s i c h vor, auf einer wirklichen Erfahrung oder auf einer blossen Einbildung beruhe. Die Thatsache, welche den Widerspruch zu s t ü r z e n bestimmt ist, darf nicht selbst wieder auf einen Widerspruch sich

s t ü t z e n . Dieselbe muss, um gegen die Einrede der Logik Stand
zu halten, eine selbst widerspruchsfreie, evidente, nicht
nichtanzuerkennende Thatsache sein.

267. Es fehlt viel, dass die sogenannte Thatsache des
Selbstbewusstseins dieser Forderung genügte. Wenn, wie der
Idealismus einräumt, das Phänomen des Selbstbewusstseins nichts
weiteres in sich schliesst als das „Sich sich Vorstellen" (se sibi
repraesentare) des Ichs, so enthält das Sich (se) abermals nichts
anderes als das Ich d. h. das Sich sich Vorstellen, das Sich (se) in
diesem aber das nämliche „Sich sich Vorstellen" zum dritten, und
das sich darin wiederholende Sich dasselbe zum vierten Male u. s.
f., d. h. es entsteht ein regressus in infinitum. Das Ich erweist sich
als eine mit der Forderung, eine unendliche Reihe vorzustellen,
behaftete, demnach als eine im wirklichen Vorstellen schlechthin
unvollendbare Vorstellung d. h. als eine solche, die niemals
Thatsache d. i. wirkliche Vorstellung sein kann. Einer Thatsache
aber, die keine sein kann, gegenüber steht der Einwand der Logik,
dass in sich Widersprechendes niemals wirklich sein könne,
aufrecht.

268. Der Widerspruch, welcher den Idealismus ausschliesst, liegt
sonach nicht darin, dass er als Ursache des im Bewusstsein
schwebenden Scheins ein Wirkliches setzt, sondern darin, dass er
als solche ein in sich Widersprechendes d. h. ein Wirkliches setzt,
das nicht als wirklich gedacht werden darf. Indem der
I d e a l i s m u s   d e s   O b j e c t s , der R e a l i s m u s , von dem im
Bewusstsein schwebenden Schein als Wirkung auf eine denselben
erzeugende Ursache schliesst, thut er nichts anderes, als, wie oben
gezeigt, auch der Idealismus thut; indem derselbe als solche jedoch
nicht ein in sich Widersprechendes, sondern ein solches setzt, das
ohne Einsprache der Logik als wirklich gedacht werden kann, thut
er wirklich a n d e r e s und besseres, als jener that. Derselbe
begnügt sich weder, im Gegensatz zum Idealismus des Subjects,
die Annahme des Ich als des einzigen Wirklichen abzulehnen, noch,
in Uebereinstimmung mit Kant, die Unerlässlichkeit der Annahme
eines übrigens in jeder Hinsicht unbekannten realen x, des von jeder
denkbaren quantitativen und qualitativen Bestimmtheit entblössten
„Dings an sich", zuzugeben, sondern schreitet im Gegensatze zu
beiden zu der eben so wol realistischen als pluralistischen
Behauptung fort, dass nicht nur Wirkliches sei, sondern unbestimmt
viele Wirkliche seien d. h. dass die Voraussetzung solcher auf

Grundlage und zur Erklärung des thatsächlich im Bewusstsein
schwebenden Scheins nicht nur nicht widersprechend, sondern im
Gegentheil, das Gegentheil derselben der Forderung eines logischen
Denkens widersprechend sei.

269. Weshalb die Annahme, es gebe Wirkliches, nicht nur nicht
widersprechend, sondern vielmehr die gegentheilige Annahme, es
gebe kein Wirkliches, widersprechend sei, ist schon oben gezeigt
worden. Von dem „Rauche" des Scheins gilt der Schluss auf die
„Flamme" des Seins. Wo nichts Wirkliches wäre, könnte auch
keines scheinen; keineswegs aber gilt auch der umgekehrte Satz,
dass, wo kein Wirkliches scheint, auch kein Wirkliches vorhanden
sei. Denn es lässt sich sehr wol denken, dass Wirkliches sei, auch
ohne zu scheinen. Die Setzung des Wirklichen auf Grundlage des
vorhandenen Scheins ist eine bedingte; das Gesetztsein des
Wirklichen aber ist ein durch dessen Setzung auf Grundlage des
Scheins nicht bedingtes, also unbedingtes. Dasselbe w i r d gesetzt,
weil der Schein gesetzt ist; aber es w ä r e gesetzt, auch wenn der
Schein nicht gesetzt wäre. Die Setzung desselben erfolgt nicht, wie
jene des (scheinbaren) Objects im Idealismus, durch das Ich,
welches setzt, sondern besteht, wie der von seinem Gedachtwerden
unabhängige Denkinhalt, auch ohne Subject, welches setzt. Die
Position des (scheinbaren) Objects durch das Subject (im
Idealismus) ist eine relative; mit dem Subject fällt auch das Object.
Die Position des Wirklichen im Realismus ist eine a b s o l u t e ;
dieselbe hört nicht auf, auch wenn das Subject aufhört.

270. Nur die letztere Position ist wahre, die relative ist keine
Position. Das eigentlich Ponirte ist in der relativen Position nicht das
Gesetzte (das Object), sondern das Setzende (das Subject); die
Position des Ponirten ist daher nur eine scheinbare; die wahre
Position ist die des Ponirenden. Dieses allein ist wahrhaft, das von
ihm Gesetzte nur dem Anschein nach wirklich; das einzige
Wirkliche sonach nicht das Gesetzte, das Object, sondern das
Setzende, das Subject. Soll das Object das Wirkliche d. i. nicht nur
dem Schein nach, sondern in Wahrheit wirklich sein, so muss es
von seiner Setzung durch das Subject unabhängig gesetzt d. h. es
muss als das, was es ist, auch dann gesetzt sein, wenn weder eine
Setzung desselben durch ein Subject, noch überhaupt ein von
demselben unterschiedenes Subject je wirklich vorhanden ist.

271. Die absolute Position ist der Ausdruck des Seins. Durch

dieselbe ist das Sein, wie von jeder Setzung durch das Subject, so auch von der Setzung durch jedes, wie immer geartete Denken unabhängig. Dasselbe ist, wie Bonaparte zu Campoformio von der französischen Republik sagte: „wie die Sonne, wehe dem, der sie nicht sieht!" Dem Denken bleibt nichts übrig, als das Sein als das, was es von vornherein ist, als Sein anzuerkennen; das Sein aber als solches bedarf dieser Anerkennung durch das Denken nicht. Das Sein ist nicht, wie Schelling sagte, „v o r " dem Denken, aber es bestünde auch o h n e das Denken.

272. Ein Denken, welches das Wirkliche nicht als absolut d. i. als von ihm unabhängig gesetzt dächte, hätte dasselbe nicht als Sein, sondern als Schein gedacht. Derselbe Grund, welcher das Denken nöthigt, ein Wirkliches zu denken, nöthigt es auch, dieses letztere als unbedingt gesetzt d. i. als seiend zu denken. Der Grund aber, der für das Denken die Annahme eines Wirklichen unvermeidlich macht, ist die Thatsache des Scheins des Wirklichen d. i. das — nicht willkürlich durch den Willen des Denkenden, sondern unwillkürlich, o h n e, ja selbst w i d e r den Willen des Denkenden — Gegebensein des Scheins des Wirklichen. Der Inhalt dieser durch die Thatsache des Scheins des Wirklichen d. i. durch die Erfahrung b e d i n g t e n Setzung ist das u n b e d i n g t Gesetzte.

273. D a s s das Wirkliche, was es auch immer sei, unbedingt gesetzt, nicht aber, w a s das Wirkliche, w e n n gesetzt, seinem W a s nach sei, ist damit ausgesprochen. Nur so viel lässt sich folgern, dass, wie auch das Was des Wirklichen gedacht werden möge, dasselbe nicht so gedacht werden dürfe, dass dessen unbedingtes Gesetztsein dadurch unmöglich gemacht wäre. Dies aber würde der Fall sein, nicht nur wenn das Was des Wirklichen in irgend einer Weise von der Natur eines dasselbe Setzenden abhängig gedacht, sondern auch dann, wenn dasselbe durch das Gesetztsein eines Andern bedingt gedacht würde. Dasselbe darf in ersterer Hinsicht daher nicht so beschaffen gedacht werden, wie das vermeintlich Setzende (z. B. das vorstellende Subject) seiner Beschaffenheit nach ist d. h. etwa als vorstellend, weil dieses letztere vorstellt, oder als fühlend, oder wollend, weil dieses letztere fühlt und will. Es darf aber auch in letzterer Hinsicht nicht so gedacht werden, dass dessen Gesetztsein das Gesetztsein eines Anderen bedingt, also nicht als zusammengesetzt d. i. aus Theilen bestehend, weil dann dessen Gesetztsein durch das Gesetztsein jedes einzelnen dieser Theile bedingt, also nicht unbedingt wäre.

191

Aus ersterem folgt, dass das Was des Wirklichen in keiner Weise aus dem Was etwa des vorstellenden Subjects als des vermeintlich dasselbe Setzenden erschlossen werden könne. Aus dem letzteren folgt, dass das Was des Wirklichen, weil unbedingt gesetzt, nicht zusammengesetzt d. i. nicht aus Theilen bestehend sein dürfe, sondern streng e i n f a c h sein müsse.

274. Jedes wahrhaft Wirkliche ist daher einfaches Wirkliches. Dasselbe ist nicht nur, wie das sogenannte physikalische Atom, scheinbar, sondern wirklich „atom" d. i. untheilbar; nicht blos, wie jenes, weil es mit den vorhandenen Werkzeugen nicht mehr getheilt werden kann, oder für den gegebenen Zweck nicht mehr weiter getheilt zu werden braucht, sondern, weil es schlechthin keine Theile hat. Dasselbe schliesst seiner Einfachheit halber zwar nicht j e d e Vielheit, aber doch jede Vielheit einander coordinirter Glieder von sich aus d. h. dasselbe ist weder ein Bündel einander nebengeordneter Eigenschaften, noch eine Summe ebensolcher sogenannter Kräfte oder Vermögen. Es kann sein Was weder verlieren noch verändern, ohne (was unmöglich ist bei einem unbedingt Gesetzten) selbst aufzuhören. Dasselbe kann daher weder qualitativ ein anderes als, noch quantitativ ein mehr oder weniger dessen werden, was es ist; dasselbe ist, sobald es ist, sowol ewig als unveränderlich; weder dessen (unbedingtes, also von jeder Bedingung unabhängiges) Gesetztsein, noch dessen einfaches, jeder Zuthat oder Abtrennung von Theilen, jedes Wachsthums wie jeder Abnahme unfähiges Was kann einen Wechsel erleiden. Die unvermeidliche Consequenz der absoluten Position und der Einfachheit des Was ist die E r h a l t u n g des wandellosen S e l b s t jedes Wirklichen.

275. Im Begriffe des Wirklichen liegt, dass es Wirkendes ist d. i. wirkt d. h. dass dessen Sein und dessen einfache Qualität von dessen Wirken d. i. sich Bethätigen unabtrennlich ist. Weder ein Wirkliches, das nicht wäre, noch ein Seiendes, das nicht wirkte, wäre ein wahrhaft Wirkliches; jenes wäre nur der Schein eines Wirklichen, dieses wäre ein Todtes, also nicht Wirkliches. Die Zusammengehörigkeit beider darf nicht so gedacht werden, als wäre das Sein und die Qualität das Substrat des Wirkens d. h. als besässe das Wirkliche als s e i e n d e, aber nicht w i r k e n d e Qualität seine besondere, als s e i e n d e, aber w i r k s a m e Qualität wieder seine abgesonderte Wirklichkeit d. h. als stellte die seiende Qualität nach Abzug des Wirkens gleichsam das Residuum, das

caput mortuum des Wirklichen dar. Die unbedingt gesetzte einfache
Qualität und das Wirken sind nicht nur im Begriffe des Wirklichen,
sondern in diesem selbst unzertrennlich eins, so dass das Wirkliche
weder gedacht werden kann, ohne dasselbe als wirkend zu denken,
noch als Wirkliches sein d. h. wirklich sein kann, ohne zu wirken.

276. Ebensowenig wie die absolute Position, das unbedingte d. i.
bedingungslose Gesetztsein, darf das mit derselben im Wirklichen in
Eins verschmolzene Wirken von einer, wie immer gearteten
Bedingung abhängig gedacht werden. Weder kann dessen Beginn,
noch dessen Aufhören an einen Zeitpunkt geknüpft werden, vor
welchem und nach welchem zwar das unbedingt Gesetzte, aber
nicht als Wirkendes, sondern als Wirkungsloses bestünde, noch
darf dasselbe so verstanden werden, als setzte es einen besondern,
noch weniger einen von ihm, dem Wirklichen, unterschiedenen
Stoff voraus, um sich als Wirken zu bewähren. Die Frucht des mit
der absolut gesetzten einfachen Qualität unauflöslich und
unablösbar verbundenen Wirkens des Wirklichen ist dessen
Wirklichkeit.

277. Nothwendige Wirkung des mit dem Wirklichen seiner Natur
nach verbundenen Wirkens ist, dass etwas geschieht. Das
Gegentheil, die Annahme, dass nichts geschehe, ungeachtet gewirkt
wird, widerspricht sich selbst. Denn ein Wirken ohne wie immer
beschaffenen Erfolg hätte nichts bewirkt d. h. wäre kein Wirken
gewesen. Nothwendige Folge der Einfachheit und
Unveränderlichkeit der Qualität des Wirklichen ist, dass, was immer
geschehe, weder eine Setzung, noch Aufhebung der absoluten
Position eines Wirklichen, noch die, sei es quantitative, sei es
qualitative Abänderung der Qualität eines Wirklichen, weder der
eigenen, noch einer fremden sein kann; daher alles, was wirklich
geschieht, weder die Qualität, noch das Gesetztsein des Wirklichen,
sondern nur das mit demselben unablöslich verschmolzene Wirken
des Wirklichen angehen kann d. h. dass alles, was wirklich in Folge
des Wirkens geschieht, nur eine Aenderung (Modification) dieses
Wirkens selbst, beziehungsweise dessen Zunahme oder Abnahme,
Förderung oder Hemmung, Erhaltung in der bisherigen, oder
Ablenkung nach einer andern Richtung bedeuten kann.

278. Dass überhaupt Wirkliches ist und, was wirklich ist, wirkt,
macht die realistische, dass mehr als ein einziges Wirkliches, eine
unbestimmbare Menge von Wirklichen sei, die pluralistische Seite

des Realismus aus. Wie das erstere aus dem Satze, dass scheinbar
Wirkliches, so folgt das letztere aus der Thatsache, dass der Schein
eines vielfachen Wirklichen gegeben ist. Während der Schluss dort
lautet: ohne Sein kein Schein, lautet er hier: ohne Vielheit und
Vielfachheit des Seins keine Vielheit und Vielfachheit des Scheins.
Die entgegengesetzte Annahme, dass aus der Einheit und
Einfachheit des Seins der Schein der Vielheit und Vielfachheit des
Seins hervorgehe, widerspricht sich selbst. Dieselbe lässt unerklärt,
warum, wenn das Erzeugende, der realistische Factor, die Ursache
der Empfindung, das nämliche ist, die Wirkung derselben, die
Empfindung, bald diese, bald jene sei, das „Ding an sich”, von
welchem der Anstoss zur Empfindung ausgeht, bald eine Gesichts-,
bald eine Gehörsempfindung, und wieder einmal die Empfindung
des Blauen, ein anderes mal die des Rothen verursache, dabei aber
selbst als Ursache immer dasselbe bleibe. Wird an die Stelle des
Dings an sich das Wirkliche d. i. eine absolut gesetzte, einfache
Qualität substituirt, so erhöht sich die Schwierigkeit, zu begreifen,
wie diese letztere, welche als einfach jede Vielheit coordinirter, aber
unter einander qualitativ verschiedener Wirkungsweisen
ausschliesst, doch zugleich Ursache qualitativ verschiedener
Wirkungen d. i. z. B. qualitativ unterschiedener Empfindungen
werden könne; dieselbe führt daher mit Nothwendigkeit dazu, so
viele und so vielerlei qualitativ verschiedene Ursachen
vorauszusetzen, als und so vielerlei qualitativ verschiedene
Wirkungen gegeben sind d. h. wo die Thatsache vielfachen
qualitativ unterschiedenen Scheins gegeben ist, auch die Existenz
eines vielfachen und qualitativ unterschiedenen Wirklichen zu
postuliren.

279. Wie durch die Betonung der realistischen Grundlage des
Scheins dem Idealismus, so ist durch die Betonung der
pluralistischen Grundlage des Scheins der Realismus jedem wie
immer gearteten Monismus d. i. jeder All-Eins-Lehre
entgegengesetzt. Jener, er sei subjectiver, absoluter oder
Panlogismus, entbehrt eines wahrhaft Wirklichen; dieser, er sei
idealistisch oder selbst realistisch, entbehrt einer wahren Vielheit des
Wirklichen. Jenem zufolge ist das Wirkliche blosser Schein
(Phantasmagorie) welchen sich entweder das endliche oder das
absolute Ich, oder die absolute Vernunft vorspiegelt, um mittels
desselben zum Bewusstsein seiner, beziehungsweise ihrer selbst zu
kommen d. i. Geist zu werden. Diesem zufolge ist jede Vielheit und
Individuation des Seins blosser Schein (Phantasmagorie), welchen
das eine und einzige Wirkliche (es sei nun Spinozistische Substanz
oder Schopenhauer'scher Allwille) entweder (wie die beiden
genannten) mit blinder Nothwendigkeit, oder (wie das
Hartmann'sche „Unbewusste") zu dem Zwecke sich vorgaukelt,
um mittels desselben zum Bewusstsein und sei es durch
Selbstverneinung oder durch werkthätigen Anschluss zur
Realisirung des Weltzwecks zu gelangen. Während der erstere
begreiflich zu machen unterlässt, wie aus demjenigen, was selbst
nicht einmal den Schatten der Wirklichkeit besitzt, auch nur der
Schein einer solchen entspringen könne, setzt der letztere dem
Bedenken, wie aus demjenigen, was selbst nicht einmal eine Spur
der Vielheit in sich schliesst, auch nur der Schein einer solchen und
der Vielfachheit des Wirklichen hervorgehen könne, vorsichtiges
Stillschweigen entgegen.

280. So viel wirklicher Schein, so viel wirkliches Sein — lautet der
Satz des Realismus, aber nicht, wie viel wirkliches Sein. Derselbe
begnügt sich, zu behaupten, dass um der Vielheit und
Mannigfaltigkeit des durch die Erfahrung gegebenen Scheins willen

eine eben solche Vielheit und Mannigfaltigkeit des Wirklichen
gesetzt, aber er enthält sich, der Versuchung nachzugeben,
bestimmen zu wollen, welche (ob endliche oder unendliche) Vielheit
des Wirklichen gesetzt werden müsse. Eben so wenig wie das
Quantum, wagt er das Quale des Wirklichen anders als durch die
schon oben angeführte, aus dem Begriff der absoluten Position
abgeleitete Folgerung der qualitativen Einfachheit zu bestimmen.
Wie die Vielheit des Scheins zwar die Annahme einer Vielheit des
Wirklichen, aber nicht die Bestimmung der Vielheit des Wirklichen,
so erlaubt die Mannigfaltigkeit des Scheins zwar die Annahme einer
Mannigfaltigkeit des Wirklichen, aber nicht die Bestimmung des
Mannigfaltigen des Wirklichen. Dass vieles und mannigfaltiges
Wirkliches sei, weder aber wie vieles, noch welcherlei Art das
Wirkliche sei, vermisst sich der Realismus anzugeben.

281. Die Mannigfaltigkeit ist die geringste d. h. die Gleichartigkeit
des Wirklichen ist die denkbar grösste, wenn dessen
Verschiedenheit nicht in einer sogenannten inneren (Eigenschaft),
sondern nur in einer sogenannten äusseren Beschaffenheit, also in
einer solchen gelegen ist, welche weder Aehnlichkeit noch
Gegensatz, überhaupt keinerlei Verwandtschaft des Wirklichen
voraussetzt, sondern auch bei übrigens völlig disparaten Wirklichen
stattfinden kann. Von dieser Art sind die räumlichen und zeitlichen
d. i. diejenigen Bestimmungen eines Wirklichen, welche sich ändern
können, ohne dass dieses letztere selbst dadurch eine Aenderung
erfährt, obgleich andere Wirkliche dadurch eine solche erfahren
mögen. Der in seiner Umlaufsbahn und Umlaufszeit sich um die
Sonne bewegende Planet erleidet durch seine Fortbewegung in
seinen inneren Eigenschaften keinerlei Veränderungen, während die
Wirkungen, welche er selbst auf andere Planeten ausübt (z. B. die
sogenannten Störungen) wesentlich durch die Stellung d. i. durch
den Ort bedingt werden, welchen derselbe in einem jeweiligen
Zeitpunkt im Verhältniss zu ihnen im Weltraum einnimmt. Eben so
wenig erleidet der Weltkörper, wenn nicht andere Ursachen in und
an demselben Veränderungen bewirken, durch den blossen Abfluss
der Zeit, innerhalb welcher er seine Bahn zurücklegt, eine
Veränderung, obgleich, wenn eine solche an ihm vorgegangen und
er demungeachtet derselbe geblieben sein soll, dies nur unter der
Voraussetzung denkbar ist, dass seine Beschaffenheit vor und seine
Beschaffenheit nach obiger Veränderung in verschiedene Zeitpunkte
fallen. Die vielen und verschiedenen Wirklichen sind daher am
wenigsten verschieden, jedoch in keiner Weise nicht verschieden,

wenn deren Verschiedenheit lediglich in der Verschiedenheit d. i. in der Nichtidentität ihrer räumlichen und zeitlichen Bestimmungen d. i. des Wo und des Wann ihrer Wirklichkeit d. i. ihres Wirkens gelegen ist. Dieselben sind verschieden, insofern ihre Orte im Raum verschieden d. h. ausser einander, dagegen nicht verschieden, insofern sie Wirkliche d. i. Wirkende sind. Dieselben sind verschieden, insofern je nach der Verschiedenheit ihres Aussereinander (d. h. der räumlichen Distanz ihrer Orte) ihr Wirken verschieden, dagegen nicht verschieden, insofern sie Wirkende sind. In Bezug auf die Zeit sind sämmtliche Wirkliche als unbedingt Gesetzte insofern nicht verschieden, als ihr Gesetztsein von jeder, also auch von jeder zeitlichen Bedingung unabhängig ist; dagegen können sie als Wirkende insofern verschieden sein, als ihr Wirken sich ändert, während sie selbst dieselben bleiben und diese Aenderung nur unter der Annahme möglich ist, dass das eine zu einer, das anders geartete Wirken dagegen zu einer andern Zeit stattfindet.

282. Wirkliche, die sich durch räumliche und zeitliche Bestimmungen unterscheiden, können im Uebrigen eben so wol unterschieden als nicht unterschieden, sie werden trotzdem unterschiedene d. i. Einzelwesen und, da dieselben als unbedingt gesetzte, einfache Qualitäten, Atome d. i. untheilbare Wesen sind, Individuen sein. Dieselben müssen als räumlich (d. i. dem Ort nach) verschiedene, ausser einander, beziehungsweise neben einander sein; das Wirken derselben, insofern es in einem und demselben Individuum ein verschiedenes sein soll, kann nur nach einander, beziehungsweise auf einander erfolgen. Da dieselben ausser einander d. h. da ihre Orte, wenn sie selbst unterschiedene sein sollen, nicht dieselben sein sollen, so muss es der Orte wenigstens eben so viele geben, als es Wirkliche gibt. Da das Wirken eines jeden derselben, wenn es ein anderes sein soll, in einen anderen Zeitpunkt fallen muss, so muss es der Zeitpunkte wenigstens eben so viele geben, als in demselben Wirklichen Abänderungen seines Wirkens gegeben sind. Mit der Unbestimmbarkeit der Zahl der Wirklichen ist daher zugleich die Unbestimmbarkeit der Zahl der Orte, mit der Unbestimmbarkeit der Zahl möglicher Abänderungen des Wirkens eines und desselben Wirklichen zugleich die Unbestimmbarkeit der Zahl der Zeitpunkte gegeben. Wie die Menge des auf Grundlage des durch die Erfahrung gegebenen Scheins anzunehmenden Wirklichen, so lässt sich die Menge der auf Grundlage des angenommenen Wirklichen anzunehmenden Orte,

s o wie jene der auf Grundlage der durch Erfahrung gegebenen
Abänderungen des Wirkens des Wirklichen anzunehmenden
Zeitpunkte je nach Bedürfniss ins Unbestimmte erweitern.

283. Der Inbegriff des gesammten auf Grundlage des durch die
Erfahrung gegebenen Scheins jeweilig anzunehmenden Wirklichen
d. i. der Inbegriff sämmtlicher Atome macht den Stoff, der
Inbegriff des von sämmtlichen Wirklichen ausgehenden Wirkens die
Kraft, der Inbegriff sämmtlicher Orte den Raum, und jener
sämmtlicher Zeitpunkte die Zeit aus. Da der in jedem gegebenen
Augenblick dem Bewusstsein durch Erfahrung aufgedrungene
Schein eines Wirklichen ein bestimmter, und insofern endlich, in
jedem gegebenen Augenblick aber ein anderer seinerseits abermals
bestimmter und insofern endlicher ist, so folgt, dass das Quantum
des Wirklichen, da dessen Annahme nur auf Grund des gegebenen
Scheins eines solchen erfolgt, nur dann ein unendliches sein muss,
wenn der gegebene Schein die Annahme eines solchen fordert, im
Uebrigen aber über dasselbe keine andere Bestimmung möglich ist,
als dass das Quantum des Stoffs dem Quantum des durch
Erfahrung gegebenen Scheins proportional sein muss. Da nun der
Schluss vom Schein auf das Sein keineswegs verlangt, dass
unendlich, sondern nur, dass unbestimmt viele Wirkliche dessen
reale Grundlage ausmachen sollen, so kann auf Grund der
gegebenen Erfahrung über das Quantum des anzunehmenden Stoffs
nichts weiter ausgesagt werden, als dass dasselbe ein
verhältnissmässiges, mit dem Wachsthum des durch Erfahrung
gegebenen Scheins für das Bewusstsein in stetem Wachsen
begriffenes, an sich aber, da das Wirkliche als unbedingt gesetztes
keinerlei Abänderung seines Gesetztseins fähig ist, ein
unveränderliches sein muss.

284. Wie das Quantum des Stoffs, so ist das Quantum der Kraft
zugleich als v e r ä n d e r l i c h d. i. der Zunahme fähig, und als
u n v e r ä n d e r l i c h , einer solchen unfähig anzusehen. Ersteres,
insofern die Annahme wirklichen Wirkens nur auf Grund des durch
die Erfahrung dargebotenen scheinbaren Wirkens und sonach die
Bestimmung des Quantums des ersteren nur im Verhältniss zu dem
erfahrungsmässig gegebenen Quantum des letzteren statthat,
letzteres, insofern das Wirken nichts anderes als die Verwirklichung
der im Wirklichen unbedingt gesetzten einfachen Qualität und
folglich, da diese letztere unveränderlich ist, die Summe der
Verwirklichungen sämmtlicher einfacher Qualitäten des Wirklichen

eben so wie die Summe dieser selbst immer dieselbe bleiben muss. Das Gesetz der Unveränderlichkeit des Quantums wirklichen Wirkens d. i. der E r h a l t u n g   d e r   K r a f t ist nur die unvermeidliche Folge des Gesetzes der Unveränderlichkeit des Quantums des Wirklichen d. i. der E r h a l t u n g   d e s   S t o f f s. Dagegen ist das Quantum der aus dem jeweilig durch Erfahrung gegebenen scheinbaren Wirken erschlossenen Kraft eben so wie das Quantum des auf Grund des durch die jeweilige Erfahrung dargebotenen scheinbaren Wirklichen erschlossenen Stoffs der Veränderung, und zwar eines im richtigen Verhältniss zu der allmälig anwachsenden Erfahrung zunehmenden Wachsthums bedürftig und fähig.

285. Der Grund, weswegen letzteres, das jeweilige Quantum des scheinbaren mit dem des wirklichen Wirkens weder jemals identisch ist, noch werden kann, liegt in der Verschiedenheit, beziehungsweise dem Gegensatz der individuellen Wirklichen und der daraus fliessenden Verschiedenheit, beziehungsweise des Widerstreits ihres Wirkens. In der Natur der Sache liegt es, dass verschiedene, ganz oder theilweise der Qualität nach entgegengesetzte Wirkliche auch in ihrem Wirken ganz oder theilweise einander entgegengesetzt sind d. h. dass ihr Wirken sich gegenseitig ganz oder theilweise zwar nicht vernichtet, weil die unbedingt gesetzte und selbst unveränderliche Qualität des Wirklichen der Vernichtung unfähig ist, aber ganz oder theilweise hemmt, so dass der Schein entsteht, als werde nichts oder als werde weniger gewirkt, während thatsächlich gewirkt, und zwar mehr gewirkt wird als gewirkt zu werden scheint. Das auf diese Weise gehemmte, also scheinbar nicht wirklich, in der That aber wirklich, jedoch im — durch entgegengesetztes Wirken — gebundenen Zustande vorhandene Wirken ist gleichsam latentes, schlummerndes, dagegen das ungehemmte, durch ganz oder theilweise Entgegengesetztes nicht gebundene, also freie Wirken offenbares, lebendiges Wirken. Die Summe des letzteren muss, da unter der Summe des Wirkenden jedesmal ein bestimmter Bruchtheil unter sich entgegengesetzten Wirkens vorhanden sein muss, nothwendig kleiner ausfallen als die Summe des überhaupt (im gehemmten und ungehemmten Zustande) vorhandenen Wirkens und zwar desto kleiner, je grösser die Summe des unter sich entgegengesetzten, also sich hemmenden Wirkens im Verhältniss zur Summe des Wirkens überhaupt ist. Die Wirklichen selbst, deren Wirken gehemmt ist, die also, um dieses

Gehemmtseins willen, nicht zu wirken, also nicht wirklich zu sein scheinen, während sie doch wirkend, also wirklich sind, stellen zusammengenommen den Inbegriff desjenigen Wirklichen dar, welches zwar wirklich, dem Scheine nach aber nicht wirklich d. h. für die aus dem Scheine des Wirklichen auf die Wirklichkeit folgernde Beobachtung so gut wie nicht vorhanden ist d. h. den Inbegriff des latenten, jeweilig nicht nur seiner Qualität nach unbekannten, sondern auch seiner Existenz nach ungekannten Wirklichen.

286. Letzterer liefert den Vorrath sowol zur Vermehrung des sichtbaren, wie zur Erweiterung des Umfanges des aus gegebenem scheinbaren erschlossenen wirklichen Wirkens. Indem bisher gebundenes Wirken aus irgend einem Anlass frei d. h. ungehemmtes Wirken wird, tritt es aus dem latenten in den Zustand offenbaren Wirkens d. h. es tritt selbst, wenigstens scheinbar, als neues, bisher nicht wahrgenommenes Wirken zu der Summe des bisher sichtbar gewesenen Wirkens hinzu; indem es als offenbar gewordenes, also den Schein des Wirkens erzeugendes Wirken vor das Bewusstsein tritt, ruft es in diesem den unvermeidlichen Schluss auf wirkliches Wirken d. i. eine Erweiterung des bisherigen Umfanges bekannten Wirkens hervor. Wie durch den ersteren Umstand die Summe des sichtbaren Wirkens, so wird durch den letzteren die Kenntniss wirklichen Wirkens vermehrt, durch jenen die Summe der in der Totalität des Wirklichen lebendig thätigen, im Verhältniss zur Summe der in derselben leblos schlummernden Kräfte, durch diesen die Summe des auf Grund erweiterter Erfahrung erschlossenen Wirklichen gegenüber dem auf Grund der bisherigen Erfahrung als wirklich gekannten, ebenmässig vergrössert.

287. Da das Quantum des überhaupt vorhandenen Wirkens nach Obigem unveränderlich, die Summe des jeweilig ungehemmten Wirkens aber veränderlich ist, so folgt, dass jede Zunahme der Summe des sichtbaren von einer entsprechenden Abnahme der Summe des gebundenen Wirkens und umgekehrt jede Zunahme dieser von einer Verminderung jener begleitet sein muss. Könnte die Abnahme sichtbaren Wirkens je so weit sich erstrecken, dass jedes ungehemmte Wirken sich in gehemmtes, also jedes wirkliche Wirken in scheinbares Nichtwirken verkehrte, so müsste an Stelle des Scheins eines Wirklichen vielmehr der entgegengesetzte Schein der Abwesenheit irgend eines Wirklichen d. h. es müsste der Schein

der Wirklichkeit des Nichts (Nihilismus) entstehen, welches sich
selbst widerspricht. Sollte dagegen in umgekehrter Weise die
Zunahme des sichtbaren Wirkens so weit fortschreiten, dass
sämmtliches gebundenes sich in freies Wirken verwandelte, also
jeder Schein eines Nichtwirkens sich in den entgegengesetzten
Schein des Wirkens auflöste, so müsste, da jede Hemmung eines
Wirkens nur aus der Verschiedenheit, beziehungsweise dem
Gegensatze der Wirkenden entspringt, der Schein entstehen, als sei
zwischen den Wirkenden überhaupt keine Verschiedenheit d. h. als
seien überhaupt nicht unterschiedene Wirkliche (Pluralismus,
Individualismus), sondern nur ein einziges, schlechterdings
unterschiedloses Wirkliches (Monismus, All-Eins-Lehre)
vorhanden; welcher Schein, da, wie oben gezeigt, die Annahme
eines einzigen Wirklichen auch nicht einmal die Entstehung des
Scheins einer Vielheit ermöglicht, sich selbst widerspricht. Da
sonach von diesen beiden Fällen keiner als jemals möglicher Weise
eintretend gedacht werden darf, ohne etwas sich selbst
Widersprechendes zu denken, so folgt, dass weder die Abnahme
des sichtbaren Wirkens jemals so weit gehen kann, dass völlige
Ruhe (Leblosigkeit), noch die Zunahme desselben je so hoch sich
steigern kann, dass durchgängige Lebendigkeit (Bewegung) im
ganzen Umkreis des Wirklichen herrsche, sondern dass immer
Ruhe und Bewegung, Leblosigkeit und Lebendigkeit zugleich, jedes
in einem mehr oder weniger weit reichenden Theile des Wirklichen
vorhanden sei.

288. Wie den Quantis des Stoffs und der Kraft, kommt den Quantis
des Raumes und der Zeit Wandelbarkeit zugleich und
Wandellosigkeit zu. Wenn der erstere nichts anderes ist als der
Inbegriff der Orte des Wirklichen, so folgt, dass dessen Quantum
weder grösser noch kleiner sein kann als das Quantum des
Wirklichen. Da nun das letztere, wie gezeigt, in einer Hinsicht
veränderlich, in einer andern dagegen unveränderlich ist, so folgt,
dass in Bezug auf das Quantum des Raumes dasselbe stattfinden
muss. Jede Erweiterung des bisher bekannten Umfanges des
Wirklichen durch die Annahme neuer Wirklicher macht die
Annahme neuer Orte und damit die Vermehrung des bisherigen
Quantums des Raums nöthig. Die Erhaltung des Quantums des
Stoffs d. i. des Inbegriffs aller Wirklichen, deren jedes seines von
dem jedes andern unterschiedenen Orts bedarf, macht die Erhaltung
des Quantums des Raums unvermeidlich. Wenn die Zeit nichts
anderes ist als der Inbegriff der Zeitpunkte d. i. derjenigen

Bedingungen, unter welchen allein das Wirken eines Wirklichen
jeweilig ein anderes geworden, das Wirkliche selbst aber dasselbe
geblieben sein kann, so folgt, dass jedes Anderswerden der
Wirkung mindestens zwei Zeitpunkte, denjenigen, in welchen das
unveränderte, und denjenigen, in welchen das veränderte Wirken
fällt, fordere, und daher das Quantum der Zeitpunkte nicht kleiner
sein könne als das Quantum der eingetretenen Veränderungen des
Wirkens. Da nun das Quantum des Wirkens überhaupt, also auch
das Quantum der in demselben enthaltenen Abänderungen des
Wirkens einerseits, wie aus der Erhaltung des Stoffs folgt, immer
dasselbe, andererseits, wie aus der Veränderlichkeit des scheinbaren
Wirkens folgt, veränderlich ist, so folgt, dass auch das Quantum
der Zeit einerseits, so weit dasselbe durch das Quantum der
überhaupt wirklichen Abänderungen des Wirkens bedingt ist, immer
dasselbe, dagegen, so weit dasselbe von dem jeweilig im
Bewusstsein schwebenden Quantum scheinbaren Wirkens abhängig
ist, veränderlich sein muss.

289. Aus dem Begriff des Raumes folgt, dass er erfüllter Raum sei
d. h. dass es einen sogenannten leeren Raum nicht geben könne. Da
derselbe nichts anderes ist, als der Inbegriff der Orte, die Setzung
eines Orts aber nur auf Veranlassung und im Gefolge der Setzung
eines Wirklichen, dessen Ort er ist, erfolgt, so kann es weder Orte
geben, in welchen kein Wirkliches, noch Wirkliche, für welche kein
Ort gesetzt ist. Die an verschiedenen Orten befindlichen Wirklichen
können daher zwar nicht nur a u s s e r e i n a n d e r, sondern es
können auch zwischen ihren Orten andere Orte gelegen d. h. sie
müssen nicht a n e i n a n d e r sein; keineswegs aber dürfen die
zwischen ihren Orten gelegenen Orte als leer d. h. als solche
gedacht werden, in welchen kein Wirkliches befindlich ist. Folge
davon ist, dass eine sogenannte actio in distans d. h. ein Wirken
durch den leeren Raum hindurch schon aus dem Grunde unmöglich
wird, weil die Voraussetzung derselben, der leere d. h. mit
Wirklichen nicht erfüllte Raum eine in sich widersprechende,
folglich im Umfang des auf Grundlage des Wirklichen gesetzten
Raums niemals zutreffende Annahme ist.

290. Da der Ort jedes Wirklichen, so lange deren individuelle
Unterschiedenheit von ihren räumlichen und zeitlichen
Bestimmungen abhängig gedacht wird, nur ein einziger sein kann,
so bleibt derselbe so lange unbestimmt, als sich auch nur ein
einziger Ort angeben lässt, welcher demselben Wirklichen mit

gleichem Recht zugesprochen werden kann. Dieses aber ist der
Fall, wenn das Wirken des Wirklichen als eine Function seines
Aussereinander mit anderen Wirklichen gedacht und sonach der Ort
desselben als lediglich durch die Entfernung von dem Ort eines
anderen Wirklichen bestimmt vorgestellt wird. Denn sodann findet
sich nicht nur ein einziger Ort, sondern es finden sich unzählige
Orte, welche mit gleichem Recht als Ort jenes Wirklichen
angenommen werden können, da sie alle von dem zweiten die
gleiche Entfernung haben, nämlich alle diejenigen, welche die
Oberfläche einer Kugel bilden, deren Mittelpunkt das zweite
Wirkliche und deren Radius der Abstand des ersten vom zweiten
ist. Soll daher aus diesen unzähligen ein einzelner als Ort des
Wirklichen ausgeschieden werden, so müssen zu der Angabe der
Entfernung weitere Angaben hinzukommen, deren eine darin
besteht, in welcher der unzähligen Kreisebenen, welche durch den
Mittelpunkt jener Kugel gelegt werden können, deren zweite dahin
lautet, in welchem der in jener Kreisebene vom Mittelpunkt an die
Peripherie gezogenen Radien der Ort jenes Wirklichen zu suchen
sei. Erst durch die letztgenannte dieser Angaben ist der Ort des
Wirklichen völlig und dergestalt bestimmt, dass schlechterdings
kein zweiter angebbar ist, welcher mit ihm die nämlichen
räumlichen Bestimmungen theilte. Dieselben sind daher für jeden
unter obigen Bedingungen gesetzten Ort eines Wirklichen dreifach
und zwar durch dessen Beziehungen zu drei auf einander in
demselben Punkte senkrechten Richtungen (den sogenannten
Coordinaten) fixirt, der auf solche Weise gedachte Raum daher als
ein dreidimensionaler, nach den Richtungen der Länge, Breite und
Tiefe ausgedehnter, vorgestellt.

291. Da letztere Vorstellung nur unter der Annahme erfolgt, dass
das Wirken des Wirklichen eine Function der Entfernung desselben
von einem anderen Wirklichen sei, so leuchtet ein, dass deren
Nothwendigkeit schwindet, sobald an die Stelle obiger Annahme
eine andere gesetzt, das Wirken des Wirklichen z. B. statt von der
Entfernung desselben von einem andern Wirklichen, von dessen
Nichtentferntsein von letzterem d. h. statt von dem räumlichen
Aussereinander von dem örtlichen Ineinander beider Wirklichen
abhängig gedacht wird. In diesem Falle wäre nämlich der Ort des
Wirklichen auch durch die Angabe seiner Lage im Raume nach allen
drei Dimensionen desselben noch nicht bestimmt, da sich noch
immer ein zweiter Ort angeben liesse, welcher ganz die nämliche
Lage im Raume besässe, nämlich jener des zweiten Wirklichen, von

welchem das erste der Annahme zufolge „nicht entfernt", sondern
mit welchem dasselbe „in einander" sein soll. Es müsste also, wenn
die Wirklichen dennoch verschieden sein sollten, entweder der
Raum eine weitere, sogenannte vierte Dimension besitzen, nach
welcher Orte desselben, deren Lage nach Länge, Breite und Tiefe
identisch ist, dennoch verschieden sein könnten, oder die
Verschiedenheit der Wirklichen dürfte nicht mehr blos in deren
räumlichen (oder zeitlichen) Bestimmungen, sondern sie müsste in
deren sogenannter innerer Beschaffenheit gelegen sein. Obige
Annahme, dass das Wirken des Wirklichen eine Function der
Entfernung, um so mehr die fernere enger begrenzte, dass dieselbe
in einer Abnahme der Wirkung mit der Entfernung, so wie die
engste, dass diese Abnahme im Quadrat der Entfernung erfolge, hat
schon Kant in seinen „Gedanken von der wahren Schätzung
lebendiger Kräfte" (Werke Hart. VIII. 26) für eine „willkürliche"
erklärt, an deren statt an sich eben so gut eine andere, z. B. dass
mit der Entfernung eine Zunahme des Wirkens eintrete, oder die
Abnahme im Cubus der Entfernung erfolge etc. hätte gedacht
werden können. Dieselbe wird eben nur deshalb gedacht, weil wir
uns von einem Raume, der unter einer anderen Annahme entsteht,
z. B. von einem vierdimensionalen, eben, wie Kant gleichfalls p. 27
bemerkt, keine Vorstellung zu machen im Stande sind, und die
gegebene Erfahrung des scheinbar Wirklichen mit der Annahme des
dreidimensionalen Raums und der Abnahme der Wirkung im
Quadrate der Entfernung am vollkommensten übereinstimmt.

292. Wie der Raum unter der Annahme, dass das Wirken eine
Function der Entfernung sei, eine dreidimensionale, so hat die Zeit
unter der Annahme dass das Wirkende vor und nach der
Abänderung seines Wirkens dasselbe sei, nur eine eindimensionale
Ausdehnung. Wie jeder Ort im Raum durch sein Verhältniss zu
einem andern nach drei in demselben auf einander senkrechten
Richtungen, so ist jeder Punkt in der Zeit durch sein Verhältniss zu
zwei andern mit ihm in derselben Richtung gelegenen, deren einer
vor, der andere hinter ihm liegt, so lange vollkommen bestimmt, als
nicht an die Stelle des ersten ein zweites Wirkliches getreten ist.
Denn nur unter der letztern Voraussetzung, dass es sich nicht mehr
um eine Abänderung des Wirkens desselben, sondern eines anderen
Wirklichen handelt, ist es möglich, dass es noch einen zweiten
Zeitpunkt gibt, welcher in der nämlichen Richtung von einem vor
und einem hinter ihm gelegenen Punkte die nämliche Entfernung
besitzt wie jener erste.

293. Mit der Annahme, dass das Wirken überhaupt keine Function der Entfernung, also von dieser unabhängig, jedes Mass der Entfernung für das Mass der Wirkung gleichgiltig sei, hat sich der Mysticismus, der an die „Wirkung in die Ferne" glaubt, mit der Voraussetzung, dass der Raum eine vierte Dimension besitze, der moderne in ein exactes Gewand sich drapirende Spiritismus, mit der Hypothese endlich, dass die Verschiedenheit der individuellen Wirklichen nicht sowol in deren räumlicher und zeitlicher Bestimmtheit, als vielmehr in deren innerer qualitativer Unterschiedenheit zu suchen sei, der (im Unterschied vom quantitativen sogenannte) qualitative Atomismus (Leibnitz, Herbart, Lotze) zu schaffen gemacht. Der erste geht von dem Grundsatz aus, dass zwar die Orte der Wirklichen verschieden, also die Wirklichen ausser einander, das eine z. B. wie Ennemosers magnetisirte Frau in St. Petersburg, das andere, der Magnetiseur, in München seien, die Entfernung beider Orte jedoch für die Wirkung gleichgiltig d. h. diese auch bei der grössten Entfernung ungeschwächt und die nämliche sei. Der zweite lässt, und darin besteht seine Uebereinstimmung mit der einmal angenommenen Basis der exacten Naturwissenschaft, welche bewirkt, dass derselbe auch für Naturforscher verlockende Kraft besitzt — der zweite lässt die Annahme, dass das Wirken eine Function der Entfernung d. h. der Verschiedenheit der Orte der Wirklichen sei, gelten, besteht aber darauf, dass die Orte zweier Wirklichen, deren räumliche Lage nach allen drei bekannten Abmessungen des Raumes identisch ist, dennoch verschiedene seien d. h. dass der Raum eben noch eine, die vierte Dimension, besitze. Der qualitative Atomismus aber, welcher die räumliche und zeitliche Verschiedenheit der Wirklichen nur als eine Folge der qualitativen Verschiedenheit derselben ansieht d. h. deren räumliches Ausser- und zeitliches Nacheinander nicht als die Bedingung, sondern als die Folge der Wechselwirkung der letzteren betrachtet, daher statt die Wirkung als eine Function der Entfernung zu definiren, dieselbe vielmehr (wie der Mysticismus) nur unter Voraussetzung völligen „Ineinanders" der Wirklichen für möglich hält, kommt dadurch dahin, die räumliche und zeitliche Ausdehnung für blossen (wenngleich objectiven) Schein, die Totalität sämmtlicher individueller Wirklichen für räumlich und zeitlich ungeschieden, sonach (in räumlicher und zeitlicher, also quantitativer Hinsicht) als eins und doch ihrer Beschaffenheit nach als geschieden: d. h. (in qualitativer Hinsicht) als vieles zu setzen.

294. Mit der Entwickelung der Dreidimensionalität des Raums aus
der „willkürlichen Annahme", dass das Wirken Function der
Entfernung sei, hat die Wissenschaft vom Wirklichen die Grenze
desjenigen, was sich aus der Thatsache des Scheins des Vielen und
Vielfachen auf philosophische d. i. auf nothwendige Weise, oder so
aussagen lässt, dass eine gegentheilige Behauptung das Denken
selbst aufheben würde, überschritten. Dass Wirkliches, und zwar
Vieles und Vielfaches, demnach, wenn nicht anders, doch
wenigstens als durch seine räumliche und zeitliche Bestimmtheit
Unterschiedenes gedacht werden müsse und nicht nicht gedacht
werden könne, ohne das Denken mit sich selbst d. i. mit seinen
eigenen Normen in Widerspruch zu versetzen, folgert der Realismus
aus der Thatsache des Scheins vieler und vielfacher Wirklichen mit
Nothwendigkeit; dass das Wirken des Wirklichen eine Function der
Entfernung der Orte des Wirklichen, zu der Erklärung des ersteren
demnach die Annahme der Dreidimensionalität des Raumes
erforderlich sei, folgert derselbe aber nur als Möglichkeit, neben
welcher andere Möglichkeiten, und auf Grund der gegebenen
Erfahrung als eine Wahrscheinlichkeit, neben welcher diese anderen
als Unwahrscheinlichkeiten bestehen. Weder die Annahme des
Mysticismus, dass das Wirken keine Function der Entfernung, noch
jene des Spiritismus, dass der Raum vierdimensional sei, hat, so
lange nicht zahlreichere und besser als die bisherigen beglaubigte
Thatsachen deren Möglichkeit erweisen, die Wahrscheinlichkeit für
sich; der qualitative Atomismus, welcher dahin gelangt, die Vielen
(quantitativ) als eins und (qualitativ) als viele zu setzen, hat den
Widerspruch, dass eins = vieles und vieles = eins sein soll, und
damit die Möglichkeit gegen sich.

295. Aber auch der Versuch, das Denken selbst zu verleugnen und
mit dessen Umgehung auf einem anderen Wege des Wirklichen sich
zu bemächtigen, wie ihn der das Denken transcendirende und
darum wol auch (obgleich, wie oben bemerkt, fälschlich)
sogenannte transcendentale Realismus wagt, führt zu keinem
andern Ziel. Derselbe stützt sich entweder, um der Nothwendigkeit
zu entgehen, dasjenige, was vom Denken als seiend anzunehmen
verboten wird, ablehnen, oder, was von diesem als wirklich
anzunehmen geboten wird, annehmen zu müssen, auf den trivialen
Satz, dass dasjenige, was durch das Zeugniss der Sinne bestätigt,
wahr, was durch dasselbe verworfen werde, falsch sei, gleichviel
ob das erstere den Normen des Denkens entgegen, das letztere
durch dieselben zu denken geboten sei, und fällt dadurch auf den

längst kritisch überwundenen Standpunkt des gemeinen empirischen Realismus zurück. Oder er beruft sich, um den Forderungen des Denkens auszuweichen, auf ein vom Vorstellen (dem Intellect) wesentlich und der Art nach verschiedenes Organ, über welches die Gesetze des logischen Vorstellens (die Normen des Intellects) keine Gewalt haben, dem sie daher auch weder zu gebieten, noch zu verbieten berechtigt sein sollen. Als ein solches wird von der einen Schule des transcendenten Realismus (Gefühlsphilosophie: Jacobi) das Gefühl, von der andern (Willensphilosophie: Schopenhauer) das Wollen bezeichnet. Jener zufolge ergreift im Gefühl der Fühlende das Wirkliche (übersinnlich Reale) unmittelbar, ohne Dazwischenkunft und folglich zwar ohne die Hilfe, aber auch ohne die Mängel des Intellects; dieser zufolge weiss das Subject, indem es sich selbst als wollendes weiss, damit zugleich das einzige wahrhaft Wirkliche, den Willen, unmittelbar, ohne Dazwischenkunft und folglich auch ohne das Trügerische der Vorstellung. Von der ersteren gilt, dass, da im Gefühl Gefühltes und Fühlen ununterscheidbar zusammenrinnt, derjenige, der blos fühlt, eben darum nicht weiss, und daher blosses Fühlen eben so wenig wie blosses „Ahnen" (Fries) Princip und Grundlage einer Wissenschaft werden kann. Von der letzteren gilt, dass, wie schon Herbart treffend bemerkt hat, unmittelbares Wissen wie seiner selbst als Wollenden, so des Wirklichen als Willen, ein Wissen, folglich die Möglichkeit zu wissen, und schliesslich, da Wissen eben nichts anderes als eine Art des Denkens d. i. wahres Denken ist, das angeblich mit Umgehung des Denkens erfolgte Ergreifen des Wirklichen, um überhaupt möglich zu sein, das Denken voraussetzt.

296. Letzterer Einwand, welcher die Möglichkeit, mit Umgehung des Denkens zu dem transcendenten Sein, dem Wirklichen selbst zu gelangen, überhaupt trifft, wird nicht widerlegt, sondern nur umgangen durch die Behauptung, dass die Natur des Wirklichen auf dem Erfahrungswege zwar nicht der gemeinen, sinnenfälligen, aber einer nicht gemeinen, mystischen Empirie erkannt d. h. dass das „speculative Resultat" die Erkenntniss des Wirklichen seinem Wesen nach, „auf inductivem Wege" d. i. an der Hand exacter Thatsachen erreicht werde. Ersteres wäre nur dann der Fall, wenn entweder der „Erfahrungsweg" das Denken aus- oder der angeblich „inductive Weg" exacte Thatsachen einschlösse. Jenes findet so wenig statt, dass vielmehr die Kritik des sogenannten empirischen Realismus eben nichts anderes betrifft als das Verbot, sich des sogenannten Erfahrungsweges ohne vorläufige Sichtung nach den

Normen des logischen Denkens zu bedienen, dieses aber bleibt
wenigstens so lange und für alle diejenigen zweifelhaft, als und für
welche die angeblichen Erscheinungen der Naturheilkraft des
Hellsehens, des Instincts u. s. w. den Werth unbestrittener
Erfahrungsthatsache entweder noch nicht erreicht haben, oder, was
eben so möglich, ja vielleicht wahrscheinlicher ist, niemals
erreichen werden.

297. Mit obiger Grenzüberschreitung ist aber auch der Punkt
erreicht, wo die philosophische Wissenschaft vom Wirklichen der
Erfahrungswissenschaft von demselben die Hand zu bieten vermag.
Jene, die von der Erfahrung aus-, aber auf Grund in deren Inhalt
gelegener Nöthigung über dieselbe hinausgeht, hat mit der letzteren,
die nicht nur wie jene auf der Erfahrung fusst, sondern auch
innerhalb derselben verharrt, die Aufgabe gemein, die Erfahrung
begreiflich zu machen. Seitens der letzteren geschieht dies, indem
sie das gesammte Wissen vom Wirklichen auf den Boden der
Erfahrung zu stellen, seitens der ersteren, indem sie den Boden der
Erfahrung selbst sicher zu legen unternimmt. Beide, die
philosophische und die empirische Wissenschaft vom Wirklichen
gleichen Arbeitern, welche von den entgegengesetzten Seiten eines
Berges her, unsichtbar für einander, aber auf gemeinsamen
Voraussetzungen fussend und einer gemeinsamen Methode sich
bedienend, einen Tunnel durch das Innere desselben zu bohren
unternehmen, in der Hoffnung, wenn ihre Voraussetzungen giltig
und ihre Berechnungen richtig sind, irgendwo in der Höhlung
desselben zusammenzutreffen. Jene schreitet von den allgemeinen
Begriffen und Principien des Wirklichen und seines Wirkens in der
Richtung gegen die erfahrungsmässig gegebenen Erscheinungen der
scheinbaren Wirklichkeit nach vorwärts, diese, von der
Erscheinungswelt der Erfahrung in der Richtung gegen deren
allgemeinste und oberste reale und gesetzliche Voraussetzungen
nach rückwärts. Wenn beider methodische Grundsätze giltig und
ihre Folgerungen zutreffend sind, werden beide früher oder später
irgendwo an der Grenze einerseits des Denknothwendigen,
andererseits des Erfahrbaren einander begegnen müssen.

298. Einen thatsächlichen Beweis für die Richtigkeit dieser
Annahme liefert die Herrschaft, welche die Atomistik einerseits als
philosophische über die philosophische, andererseits als
physikalische über die empirische Wissenschaft vom Wirklichen
gewonnen hat. In der ersteren ist dieselbe als zugleich realistische

und pluralistische Grundlegung der phänomenalen Welt an die Stelle der sowol idealistischen als monistischen einstigen „Naturphilosophie", in der letzteren ist sie, wie Fechner eben so gründlich als scharfsinnig ausgeführt hat, längst mit Recht an die Stelle der (noch von Kant begünstigten) einstigen dynamischen Naturauffassung getreten. So wenig, wie Fechner selbst zugestanden hat, die philosophische Atomenlehre mit der physikalischen identisch, so gewiss ist dieselbe mit der letzteren verträglich d. h. bietet die Existenz einer unbestimmten Vielheit einfacher wirklicher und unausgesetzt wirkender Wesen einen realen Anknüpfungspunkt dar für die Zurückführung der gesammten Phänomene der körperlichen Welt auf die Existenz unbestimmt vieler untheilbarer und daher gleichfalls „einfach" genannter, mit rastlos thätigen Kräften ausgestatteter Elemente. Dass die letzteren ihrer behaupteten Einfachheit ungeachtet von Fechner als „körperliche" bezeichnet werden, ist nur als Beleg anzusehen, dass die empirische Wissenschaft vom Wirklichen, welche innerhalb der Grenzen des sinnlich Erfahrbaren bleibt, der philosophischen, welche von Haus aus über dieselben hinaus führt, zwar stetig sich nähert, aber sie noch nicht berührt.

299. Aber nicht nur der empirischen Wissenschaft von der körperlichen, auch jener von der Bewusstseinswelt sowol des Einzel- wie des gesellschaftlichen Subjects bietet die philosophische Wissenschaft vom Wirklichen, jener in dem einfachen Wirklichen eine reale, dieser in der unbestimmten Menge realer Bewusstseinsträger eine reale und pluralistische Grundlage dar. Wie die unbestimmte Vielheit einfacher Wirklicher den haltbaren Boden für den aus einer eben so unbestimmten Vielheit atomistischer Elemente zusammengesetzten S t o f f d e r p h y s i s c h e n Welt, so bildet das einzelne individuelle Wirkliche den haltbaren Mittelpunkt, in welchem der aus einer unbestimmten Menge elementarer Bewusstseinsvorgänge bestehende S t o f f d e r p s y c h i s c h e n Welt im Phänomen der Einheit des Ich's wie in einem Brennpunkt zusammenfliesst, und macht die Vielheit individueller Wirklichen der letztgenannten Art, deren jedes für sich ein Bewusstseinscentrum abgibt, die unentbehrliche Grundlage dessen aus, was als Vereinigung durch ein gemeinsames Band unter einander verknüpfter, bewusster oder doch bewusstseinsfähiger Individuen den S t o f f d e r G e s e l l s c h a f t und der Entwickelung derselben in den Grenzen des Raums und in der Folge der Zeit d. i. der G e s c h i c h t e ausmacht.

300. Letzteren, den dreifachen Stoff, den die Betrachtung der
körperlichen, der Bewusstseins- und der geschichtlichen Welt
liefert, aber vermag die Wissenschaft vom Wirklichen nicht der
philosophischen, sondern nur der empirischen Wissenschaft von
diesem zu entlehnen. Der philosophischen Wissenschaft vom
Wirklichen kann es nicht beikommen, die unausgefüllte Kluft,
welche zwischen den äussersten erlaubten Consequenzen des
Denknothwendigen und den äussersten Grenzen des Erfahrbaren
übrig bleibt, durch Conjecturen ausfüllen, oder den Uebergang von
dem einen zum andern durch Einbildungen ebnen zu wollen, welche
weder mehr in der Nothwendigkeit des Denkens, noch schon in der
Möglichkeit der Erfahrung eine Rechtfertigung zu finden im Stande
sind. Dieselbe hat zwar die Aufgabe, die Erfahrung zu befragen
und, wenn deren Antwort ihr unbefriedigend, sei es der Form nach
unvollkommen, sei es dem Inhalt nach unvollständig dünkt, dieselbe
den Normen des Denknothwendigen gemäss der ersten nach zu
berichtigen, dem zweiten nach deren Ergänzung abzuwarten, aber
sie hat weder die Mittel dieselbe aus Eigenem zu ersetzen, noch,
wenn sie nicht vom Taumel orphischen Hochmuths ergriffen ist,
jemals die Anmassung, die Erfahrung überflüssig machen zu
wollen. Indem sie sonach an die selbst aus der Erfahrung
geschöpfte Eintheilung des erfahrbaren Wirklichen in ein solches,
dessen Kenntniss aus der sogenannten äusseren (Physisches) ein
solches, dessen Kenntniss aus der sogenannten inneren
(Psychisches), und in ein solches, dessen Kenntniss aus der
äussern und innern Erfahrung zugleich stammt (Sociales,
Geschichtliches) sich unbedenklich anschliesst, begnügt sie sich,
jedes der drei genannten Gebiete des Erfahrbaren mit dem auf
Grund der Erfahrung, aber durch Hinausgehen über dieselbe als
denknothwendig erkannten, wahren Wirklichen zu vermitteln und in
einer an logischem Faden ungezwungen fortlaufenden Anordnung
des durch die Erfahrung gebotenen Stoffs eine systematische
Uebersicht des erfahrbaren Wirklichen in der Körper-, in der
Geistes- und in der geschichtlichen Welt zu entwerfen. Jenes macht
den Inhalt der philosophischen Betrachtung der sogenannten
bewusstlosen Welt, oder des Nicht-Ich, das zweite den Inhalt der
Betrachtung der bewussten Welt, des Ich, das dritte den Inhalt der
Betrachtung einer gleichfalls bewussten, aber in dem Bewusstsein
einer Mehrheit zur Einheit verknüpfter, bewusster Individuen d. i.
einer Gesellschaft sich abspielenden Welt des socialen oder
geschichtlichen Ich aus.

301. Die Betrachtung des Nicht-Ich beginnt mit jener des letzten,
was auf dem Wege der Erfahrung, oder vielmehr schon nur durch
einen Sprung, der über die wirkliche Erfahrung hinausführt,
erreichbar ist, des Atoms. Dasselbe ist nach der Ansicht der
Physiker (Ampère, Moigno u. A.) zwar einfach aber doch
„körperlich" (Fechner); jenes bedeutet, dass dasselbe untheilbar
oder doch wenigstens für jetzt nicht weiter als getheilt angesehen
sein soll, dieses, dass dasselbe nichts desto weniger als materiell d.
i. dem körperlichen Stoff (Materie), dessen letzten Bestandtheil es
ausmacht, als gleichartig gelten soll. Erstere Eigenschaft nähert,
letztere dagegen entfernt das physikalische Atom von dem
philosophischen, welches letztere zwar im strengsten Sinn des
Wortes seiner Qualität nach als einfach, dessen Qualität selbst aber
als schlechterdings unbekannt d. h. auch nicht, wie jene des
physikalischen Atoms, etwa als materiell zu denken ist. Je nachdem
empirische Naturbetrachtung von der Ansicht ausgeht, dass
sämmtliche Atome unter einander der Qualität nach gleich, oder
einige derselben ursprünglich und unveränderlich ihrer qualitativen
Beschaffenheit nach von jener der anderen verschieden sind,
scheidet sich dieselbe in eine rein quantitative und in eine ganz oder
doch zum Theile qualitative Atomistik, deren erstere nicht nur alle
Verschiedenheiten der Körper, sondern auch sämmtliche
Erscheinungen der körperlichen Welt aus den Verschiedenheiten rein
quantitativer Beziehungen unter der Qualität nach homogenen, die
letztere dagegen dieselben ganz oder doch theilweise aus der
verschiedenen qualitativen Natur die Elemente der Körper, so wie
die Grundlage körperlicher Erscheinungen ausmachender, unter
einander heterogener Atome abzuleiten bemüht ist.

302. Die erfahrungsmässig gegebenen Verschiedenheiten der Körper
d. i. der räumlich und zeitlich begrenzten zusammengehörigen
Gruppen von Atomen, also die Unterschiede einerseits des belebten
(organischen) oder leblosen (unorganischen) Körpers, ferner die
Unterschiede der letzteren, als zusammengesetzte, die sich in
weitere, der Qualität nach verschiedene Bestandtheile zerlegen, und
einfache (die sogenannten einfachen Stoffe der Chemie), die sich in
solche nicht weiter auflösen lassen, ferner die Unterschiede der
letzteren selbst je nach ihrer qualitativen Beschaffenheit (z. B. des
Sauerstoffs vom Wasserstoff, des Stickstoffs vom Kohlenstoff,
des Calcium vom Magnesium u. s. w.) werden von der qualitativen
Atomistik auf eine fundamentale qualitative Verschiedenheit der den
Stoff der Körper ausmachenden letzten Elemente zurückgeführt, so

dass dieselben bei den organischen Körpern andere als bei den unorganischen und ebenso bei jedem der einfachen Körper, welche die letzten qualitativ unterschiedenen Bestandtheile der zusammengesetzten abgeben, andere als bei den übrigen seien. Dieselbe betrachtet als sogenannte biologische Atomistik jeden belebten Körper als bestehend aus gleichfalls lebendigen Atomen, den sogenannten Zellen, während der leblose Körper bis in seine letzten Elemente hinab aus gleichfalls leblosen Elementen bestehend vorgestellt wird. Als sogenannte chemische Atomistik sieht dieselbe nicht nur den zusammengesetzten Körper, z. B. das Wasser, für bestehend aus qualitativ verschiedenen und zwar aus Atomen von zweierlei Art an, davon die einen sauerstoff-, die andern wasserstoffartig und davon jene mit diesen nach einem bestimmten Verhältniss, so dass auf je zwei Atome Wasserstoff ein Atom Sauerstoff (H_2O) gerechnet wird (dem sogenannten stöchiometrischen Verhältniss), unter einander verbunden sind. Wird letztere Ansicht auch auf die sogenannten organischen Körper ausgedehnt, so dass diese als zusammengesetzt aus einfachen Stoffen gedacht werden, welche unter andern Verhältnissen die Bestandtheile unorganischer Körper ausmachen z. B. aus Sauerstoff, Wasserstoff, Kohlenstoff und hauptsächlich Stickstoff, so schwindet zwar der qualitative Unterschied zwischen belebten und unbelebten Körpern, aber derjenige zwischen den einfachen Körpern bleibt bestehen d. h. die Atome des Sauerstoffs sind nach wie vor qualitativ verschieden von jenen des Wasserstoffs, die des Azots von jenen des Carbons u. s. w. Zeigen nun Körper, ungeachtet die qualitativen Bestandtheile derselben die nämlichen sind, dennoch verschiedene Eigenschaften (die sogenannte Isomerie), so werden, da diese Verschiedenheit nicht mehr aus der Verschiedenheit der qualitativen Beschaffenheit der Elemente sich erklären lässt, quantitative Verschiedenheiten der (qualitativ gleichen) Körper und zwar solche, welche entweder aus dem arithmetischen Gesichtspunkt der Menge oder aus dem geometrischen der (räumlichen) Lage der Elemente entlehnt sind, zur Erklärung herangezogen. (Wie dies z. B. bei der Weinsteinsäure, welche auf die Polarisationsebene des Lichtes eine drehende Wirkung ausübt, bei der Thatsache der Fall ist, dass eine Gattung derselben unter übrigens ganz gleichen Verhältnissen jene Ebene nach rechts, eine andere dagegen dieselbe nach links dreht. In diesem Falle wird angenommen, dass die Atome der rechtsdrehenden Weinsteinsäure eine Lagerung nach rechts, jene der letzteren eine solche nach links besitzen.)

303. Das Charakteristische der quantitativen Atomistik besteht
darin, dass sie diejenige Hypothese, welche die qualitative nur in
Ausnahmsfällen, wie z. B. in jenem der Isomerie, zu Hilfe ruft, der
gesammten Erklärung der Körperwelt als alleinige zu Grunde legt.
Während dieser zufolge die Verschiedenheit der Körper in der Regel
auf der qualitativen Verschiedenheit ihrer Elemente d. h. auf der
Verschiedenheit ihres S t o f f e s und nur in einigen Fällen auf der
Verschiedenheit der Zusammensetzung ihrer übrigens gleichen
Elemente d. i. auf jener der F o r m beruht, macht jene letztere
Ausnahme zur Regel d. h. betrachtet die Isomerie als eine Grund-
und gemeinsame Eigenschaft aller sonst wie immer unterschiedenen
Körper und leitet sämmtliche Verschiedenheiten der letztern
ausschliesslich aus der Verschiedenheit ihrer Zusammensetzung aus
übrigens gleichen Elementen d. i. aus der Form ab. Ihr zufolge sind
daher nicht nur die Elemente des belebten nicht von jenen des
unbelebten Körpers, sondern auch die Elemente irgend eines
einfachen Stoffes nicht von jenen jedes beliebigen andern Stoffes
verschieden. Letzteres setzt voraus, dass die gleichwol
unbestreitbare Unterschiedenheit sowol der nächsten — durch die
Analyse organischer Körper erreichbaren — Bestandtheile von den
— durch Analyse sogenannter unorganischer Körper darstellbaren
— Stoffen (z. B. des Eiweissstoffes, des Proteïns, des Caffeïns,
Theïns u. dgl. von Oxygen, Hydrogen, Gold, Eisen, Platin u. s. w.)
wie die gleichfalls unleugbare Unterschiedenheit der einfachen
Stoffe selbst gleichwol nur eine scheinbare, der Grund derselben
lediglich in der verschiedenen Art der Verbindung ursprünglich
durchaus homogener Elemente zu einem Ganzen zu suchen, der
sogenannte organische Körper zwar in seinen nächsten und
näheren, keineswegs aber in seinen entfernten und entferntesten
Bestandtheilen von den unbelebten unterschieden, so wie dass die
ganze bekannte und noch zu ergänzende Reihe sogenannter
einfacher d. i. weiter nicht zerlegbarer Stoffe nur als eine Reihe der
Form nach unterschiedener Umbildungen eines einzigen (sei es
eines der bereits bekannten Stoffe oder eines bisher unbekannten
Stoffes) anzusehen sei. Erstere Behauptung, die der stofflichen
Identität der lebendigen und leblosen Körper, hat in der
Naturwissenschaft unserer Tage bereits weite Verbreitung
gefunden; letztere Behauptung, welche auf einem weiten Umwege
in exacter Weise die Ansicht der Urmutter der Chemie, der
Alchymie, von der Transformationsfähigkeit der verschiedenen

Körper in einander erneuert, hat in der sogenannten „Philosophie
der Chemie" (J. B. Dumas) ihren Platz und durch die Aufstellung
der sogenannten T y p entheorie und die Entdeckung der
sogenannten typischen Körper, durch welche von Einigen die
grosse Zahl der bisher als einfach angenommenen Stoffe bereits bis
auf acht herabgemindert scheint (Ciancian), bereits eine empirische,
wenigstens annähernde Bestätigung erhalten.

304. Die Aufgabe einer logischen Uebersicht des empirischen
Stoffs kann es nicht sein, über die Geltung der einen oder der
andern beider entgegengesetzten Formen der Atomistik, über
welche nur Thatsachen zu entscheiden vermögen, einen Ausspruch
zu thun. Die logische Consequenz d. i. die innere Uebereinstimmung
mit der durch die philosophische Wissenschaft vom Wirklichen
gelegten realen Grundlage der phänomenalen Welt hat, wie es
augenscheinlich ist, die quantitative Atomistik in höherem Grade als
die qualitative für sich. Ist es überhaupt richtig, dass die vielen
unbedingt gesetzten einfachen Wirklichen unter einander die kleinste
denkbare qualitative Verschiedenheit d. i. keine andere besitzen als
diejenige, welche in deren räumlichen und zeitlichen Bestimmtheiten
sich ausdrückt, so ist es nur folgerichtig, auch die Gesammtheit der
letzten realen Elemente, welche zusammengenommen den Stoff der
Körperwelt ausmachen, der physikalischen Atome, als einen
Inbegriff qualitativ gleichartiger Elementarbestandtheile der Körper
zu betrachten. Das elementare Atom, dessen Qualität eben diejenige
des einzigen wirklichen Grundstoffs ist, wird sodann gleichsam die
unterste Stufe einer aufsteigenden Reihe bilden, als deren einzelne
Glieder nach einander die Atome der bisher sogenannten einfachen
Stoffe (das Sauerstoff-Atom, das Stickstoff-Atom, das Gold-Atom
u. s. w.) auftreten würden, deren jedes für sich durch eine
eigenthümliche Combination, sei es von Atomen des Urstoffs, sei es
von solchen, die selbst schon durch dergleichen gewonnen wären,
repräsentirt würde. Die Aufstellung dieser Reihe, welche die übliche
Zerlegung organischer und unorganischer Körper in deren
sogenannte einfache Bestandtheile über die Grenze der bis zu
diesem Augenblicke als einfach betrachteten Stoffe hinaus durch
die erreichte oder doch versuchte Zerlegung dieser selbst bis zu
dem schlechterdings letzten nicht blos relativ, sondern absolut
einfachen Grundstoff ausdehnt, würde sodann das Ziel der Chemie
als Wissenschaft ausmachen.

305. Wie der quantitativen Atomistik für die stoffliche

Beschaffenheit sämmtlicher Elemente der Körperwelt eine einzige
Qualität, so genügt ihr für die Art und Weise des Wirkens derselben
ein einziges Gesetz; die qualitative Atomistik, insofern sie eine
Mehrheit qualitativ unterschiedener Classen körperlicher
Bestandtheile zulässt, bedarf für die qualitativ verschiedene Art des
Wirkens jeder einzelnen derselben eben so vieler specifisch
verschiedener Gesetze. So lange die Elemente organischer Körper
selbst als organisch, die unorganischer Körper dagegen als
unorganisch gelten, kann das Gesetz, welches das Wirken der
erstern, mit jenem, welches das der letzteren beherrscht, so wenig
wie das Wirken jener „lebendigen" Elemente (die Lebenskraft) mit
jenem der „leblosen" Elemente (der todten Naturkraft) identisch
sein. Eben so wenig kann das Wirken, welches seinen Grund in der
qualitativen Verwandtschaft (Affinität) der Körper hat (chemische
Anziehung) das nämliche sein mit demjenigen, das auch bei völliger
Nichtverwandtschaft (Disparatheit, Heterogeneität) der Körper
erfolgt (mechanische Anziehung) und folglich eben so wenig das
Gesetz, welches jenes (Affinitätsgesetz, Wahlverwandtschaft),
identisch mit demjenigen, welches dieses regelt (Gravitationsgesetz,
Schwere). Mit der Aufhebung qualitativer Verschiedenheit der
Körper tritt der umgekehrte Fall ein. Das Gesetz, welches das
Wirken der Elemente organischer Körper bestimmt, braucht fortan
von demjenigen, von welchem das Wirken der Elemente
unorganischer Körper abhängt, eben so wenig verschieden zu sein,
als das Wirken, das seinen Grund in der Verwandtschaft der Körper
hat, als das Wirken der ursprünglichen Elemente d. h. als dasjenige
betrachtet werden kann, für welches Gleichartigkeit oder
Ungleichartigkeit derselben gleichgiltig und das daher eben so wenig
durch die qualitative Aehnlichkeit wie durch den qualitativen
Gegensatz der Körper bedingt ist. Sind die Elemente belebter und
unbelebter Körper qualitativ dieselben, so ist auch deren Wirken und
folglich dessen Gesetz dasselbe; ist das Wirken in Folge der
Verwandtschaft nicht dasjenige der ursprünglichen Elemente, so ist
auch dessen Gesetz nicht mit dem Gesetz des Wirkens dieser
letzteren, und da diese die wahren, weil letzten Elemente der Körper
sind, nicht mit jenem der wahren Körperelemente identisch. Wird
daher, wie die quantitative Atomistik thut, auf die in der That letzten
Bestandtheile der Körperwelt, die unter einander qualitativ nicht
weiter unterschiedenen Atome zurückgegangen, so muss das
Gesetz, welches das Wirken dieser letzteren regelt, das nämliche
und einzige für das Wirken der gesammten Körperwelt sein. Die
Aufstellung dieses Gesetzes, welches die Zerlegung der scheinbar

unter einander grundverschiedenen Wirkungsweisen der scheinbar
von einander qualitativ unterschiedenen Körper bis zur Auflösung
der ersteren in die überall in gleicher Weise erfolgende
Wirkungsweise der wahren d. i. in allen Körpern qualitativ
identischen Elemente der Körperwelt verfolgt und dadurch die
gesammte phänomenale Welt als unter der Herrschaft eines und
desselben, wenn gleich nicht selten in so verwickelter Form
auftretenden Gesetzes, dass es den Anschein eines neuen Gesetzes
erhält, stehend erweist, müsste das Ziel der Physik als
mechanischer Wissenschaft ausmachen.

306. Als dieses Gesetz sieht die moderne Naturwissenschaft das
Gravitationsgesetz Newton's an. Die philosophische Wissenschaft
vom Wirklichen bestimmt, wie oben gezeigt, das Wirken der Atome
als eine Function ihres räumlichen Abstandes von einander. Die
empirische geht über diese Allgemeinheit des Inhalts hinaus und
bestimmt letztere näher als Abnahme des Wirkens im Quadrate der
Entfernung. Dieselbe bleibt jedoch keineswegs bei der Bestimmung
des Wirkens seinem Quantum nach stehen, sondern schreitet zu der
Erweiterung derselben seinem Quale nach fort, indem sie dasselbe
in den relativ grössten Abständen der Atome von einander als
Anziehung, Attraction, in den relativ kleinsten als Abstossung,
Repulsion charakterisirt. Erstere bewirkt, dass die Atome auch in
den relativ weitesten Abständen von einander noch
zusammengehalten, letztere macht, dass dieselben in Eins
zusammen zu fallen verhindert werden. In Folge der Attraction
bilden sämmtliche durch dieselbe an einander geknüpfte Atome ein
nicht nur in Gedanken, sondern durch ein physisches Band
zusammenhängendes Ganzes; in Folge der Repulsion bilden
dieselben, weil die letztere die Annäherung der Atome an einander
über das Mass einer gewissen (kleinsten) Entfernung hinaus
unmöglich macht, ein discretes Ganzes. Während der Raum, der
philosophischen Wissenschaft vom Wirklichen zufolge, demnach
stetig mit „philosophischen" Atomen d. i. im strengsten Sinne des
Wortes einfachen Wirklichen erfüllt gedacht werden muss,
erscheint derselbe in der empirischen Wissenschaft vom Wirklichen
nur in der Weise mit „physikalischen" Atomen d. i. mit im
physikalischen Sinn letzten Elementen der Körperwelt erfüllt, dass
zwischen je zwei derselben leerer Raum d. h. ein Zwischenraum
vorhanden ist, in dem keine weiteren „physikalischen" Atome sich
befinden. Dass mit der Einschiebung desselben die Schwierigkeit
des Begreifens einer actio in distans d. i. eines Wirkens durch den

leeren Raum hindurch wiederkehrt, pflegt, da dieselbe ja nur eine
„philosophische" ist, der empirischen Physik selten Verlegenheit zu
bereiten.

307. Dagegen hat sich dieselbe auf Grund der sogenannten
„Imponderabilien" veranlasst gesehen, durch die Einführung eines
weiteren gleichfalls körperlichen, jedoch, mit den physikalischen
Atomen verglichen, relativ „unkörperlichen" Stoffs, des
sogenannten „Aethers", in die leer gelassenen Zwischenräume der
physikalischen Atome, welche letzteren in demselben gleichsam,
wie die Sterne am Firmament, zerstreut zu schweben, oder, wie die
Fische im Wasser, in unregelmässigen Abständen zu schwimmen
scheinen, der Ansicht der philosophischen Wissenschaft vom
Wirklichen von dem stetigen Erfülltsein des Raumes durch einfache
Wirkliche, um einen beträchtlichen Schritt näher zu kommen. Die
Elemente desselben, die sogenannten Aetheratome, verhalten sich
zu den physikalischen gleichsam wie Atome zweiter zu solchen
erster Ordnung. Dieselben werden zwar eben so wenig wie diese
ohne leere Zwischenräume, letztere selbst aber werden im
Verhältniss zu diesen als „unendlich klein" und das von den
Aetheratomen ausgehende Wirken wird zwar gleichfalls wie das der
Körperatome als Anziehung und Abstossung, jedoch als nur in der
kleinsten Entfernung wirksam vorgestellt. Jedes Körperatom
erscheint wie von Aetheratomen eingehüllt, welche dasselbe in
Gestalt einer Sphäre von allen Seiten umgeben und mit jenem
zusammen unter der Form winziger Kügelchen, deren
vergleichsweise dichten Kern das Körperatom, deren dünnere
Peripherie die Aetheratome ausmachen, die reale durch den Raum
discret vertheilte Grundlage der sogenannten Materie bilden.

308. Je nachdem die erfahrungsmässig gegebenen Phänomene der
körperlichen Welt auf die Körperatome allein ohne Berücksichtigung
des deren Zwischenräume ausfüllenden Aethers, oder auf die
Aetheratome allein als Bestandtheile des die Zwischenräume der
physikalischen Atome ausfüllenden Stoffs zurückgeführt werden,
ergeben sich zwei Hauptclassen physischer Phänomene, deren eine
das Wirken und die Zustände des im engern Sinn sogenannten
körperlichen Stoffs, die andere das Wirken und die Zustände des
Zwischenstoffs d. i. des Aethers umfasst. Jene begreift, je nach der
Grösse der Abstände der Körperatome unter einander und der
davon abhängigen Menge dieser letzteren selbst innerhalb
bestimmter räumlicher Grenzen (Volumen), dreierlei Gattungen von

Körpern, deren eine bei einem gewissen Volumen die relativ grösste, deren dritte bei demselben Volumen die relativ kleinste Menge von Körperatomen enthält, während die zweite eine im Verhältniss zu jenem Volumen mittlere Menge von Atomen einschliesst. Folge davon ist, dass in den Körpern der ersten Gattung die Abstände der einzelnen Atome von einander relativ die kleinsten, dagegen bei Körpern der dritten Gattung relativ die grössten sein müssen, während bei den Körpern der Mittelgattung die Distanz der Atome eine mittlere ist. Die Atome von Körpern der ersten Gattung werden daher, da die anziehende Kraft je kleiner die Entfernung desto stärker wirkt, am festesten, die Atome von Körpern der dritten Gattung werden, da die Anziehung mit der Entfernung abnimmt, am lockersten unter einander zusammenhängen; die Atome der Körper der Mittelgattung werden, da die Entfernung und folglich die Anziehung eine mittlere ist, einen mittleren Grad des Zusammenhangs darstellen. Bei Körpern der ersten Art wird daher nicht nur das Verhältniss der Menge der Atome (der Masse) zu der räumlich begrenzten Grösse des Inhalts (dem Volumen) d. i. die relative D i c h t i g k e i t die grösste, sondern auch der Widerstand, welchen dieselben der Trennung der Atome entgegensetzen, in Folge der starken Anziehung der Theile unter einander (der Cohäsion) der relativ bedeutendste, bei Körpern der dritten Art dagegen aus demselben Grunde die Dichtigkeit die geringste und der Widerstand gegen die Trennung der mindestbedeutende sein, während den Körpern der zweiten Art mit einer mittleren Dichtigkeit auch ein mittlerer Widerstand d. h. ein solcher, welcher die Trennung der Atome weder erschwert noch erleichtert, also gegen dieselbe sich gleichgiltig verhält, eigen ist. Körper der ersten Art, als deren Repräsentant die Erde angesehen wird, werden als feste, Körper der dritten Art, als deren Repräsentant die atmosphärische Luft gilt, als luft- oder gasförmige, Körper der mittleren Art, deren Typus das Wasser darstellt, werden als flüssige bezeichnet.

309. Weder die Grösse des räumlichen Volumens, noch jene der Masse, oder der Abstände der Atome von einander, absolut betrachtet, macht hiebei einen Unterschied. Das Gesetz, welches die Atome der grossen Weltkörper, der Nebelflecke und Sternhaufen zusammenhält, ist genau das nämliche, welches auch die Atome des kleinsten Bruchtheils eines festen Körpers auf der Erde an einander bindet; die Atome des Weltmeeres hängen in keiner andern Weise zusammen, als jene des Wassertropfens; und

die Atmosphäre, welche entfernte Weltkörper umhüllt, ja die ganze durch den Weltraum ausgebreitete, verdünnte Luftmasse zeigt mit jener der irdischen Lufthülle verglichen nur graduell verschiedene Structur. Zwischen den drei genannten Gattungen von Körpern aber herrscht dabei das Verhältniss, dass einerseits der luftförmige Körper durch Verminderung der Abstände seiner Atome unter einander zuerst, wenn dieselbe den mittleren Grad der Entfernung erreicht, in flüssigen, wenn sie denselben überschreitet, allmälig in festen Zustand übergehen d. h. sich verdichten, umgekehrt der feste Körper durch Vergrösserung jener Abstände seinerseits in flüssigen und allmälig in luftförmigen Zustand übergehen d. h. sich verdünnen kann. Je nachdem hiebei die zeitliche Aufeinanderfolge der genannten Zustände verschieden, also entweder der feste, oder der luftförmige, oder der flüssige als der (zeitlich) erste gedacht wird, aus welchem die andern sich entwickelt haben, so dass im ersten Fall aus der Verdichtung allmälig die Verdünnung, im zweiten aus der Verdünnung allmälig (durch Niederschlag) die Verdichtung, im dritten aus einer mittleren Dichtigkeit durch Verdichtung einerseits das Feste, durch Verdünnung andererseits das Luftförmige hervorgeht, gliedern sich die verschiedenen physikalischen Kosmogonien, als deren Repräsentanten schon im Alterthum erscheinen: die Atomistiker, welche das Feste (die körperlichen Atome), die jonischen Naturphilosophen Anaximenes und Diogenes von Apollonia, welche das Luftartige, und Thales, welcher das Flüssige für das der Zeit nach Erste erklärten, aus dem alles Uebrige entstanden sei.

310. In allen genannten Fällen ist die Verbindung der Atome unter einander eine mechanische, durch ein und dasselbe allgemeine Gesetz der Anziehung nach dem umgekehrten Quadrate der Entfernung beherrschte, welche so lange besteht, als dieses seine Geltung behauptet, und daher jeder willkürlichen Aufhebung, sie komme von welcher Seite immer, entzogen ist. Die zum Körper vereinten Atome erscheinen unter der Pression dieses Gesetzes selbst zu einem mehr oder minder lockern Gefüge comprimirt, also gleichsam einem von aussen kommenden Drucke unterworfen. Die Elemente der Körper selbst stellen zusammengenommen einen durch Vereinigung (Association) entstandenen räumlich begrenzten Haufen, eine Menge gemengter (nicht gemischter) Bestandtheile dar, deren jeder undurchdrungen von dem andern und undurchdringlich für die andern für sich und zugleich im Verbande mit den andern als Glied eines physischen Ganzen besteht. Auf

qualitative Verschiedenheit der zum Ganzen des Körpers verbundenen Theile konnte bisher schon aus dem Grunde keine Rücksicht genommen werden, weil die quantitative Atomistik eine solche bei den ursprünglichen Elementen der Körperwelt, den primitiven Körperatomen, nicht kennt. Soll daher dennoch von qualitativ unterschiedenen Elementen der Körper die Rede sein, so können diese nicht selbst primitiv, sondern sie müssen aus der allerdings primären Verbindung primitiver Atome gleichsam als Atome höherer Ordnung entstanden sein. Von dieser Art wären, wenn die Ansicht der quantitativen Atomistik die richtige und die darauf fussende Behauptung der „philosophischen" Chemie, dass alle scheinbar heterogenen Stoffe Umbildungen eines Grundstoffs seien, giltig sein sollte, die bisher sogenannten einfachen Stoffe d. i. Körper wie Sauerstoff, Wasserstoff, Kohlenstoff u. s. w. aufzufassen, deren jeder demzufolge aus Atomen bestehend gedacht würde, welche selbst eine eigenartige Gruppirung der primitiven Atome in sich schlössen. Das sogenannte Sauerstoffatom wäre sonach zwar im Verhältniss zu dem sogenannten Kohlenstoffatom, keineswegs aber im Verhältniss zu den primitiven Atomen als wirklich atom d. i. als theillos zu bezeichnen, da dasselbe zwar eben so wenig aus weiteren Sauerstoffatomen wie das Kohlenstoffatom aus weiteren Kohlenstoffatomen, keineswegs aber, wie es im Begriff des primitiven Atoms liegt, überhaupt nicht aus weiteren Atomen bestehend gedacht wird. Wie das primitive einfaches, so wäre demnach das Sauerstoffatom zusammengesetztes d. i. aus zu einem Ganzen verbundenen primitiven Atomen bestehendes Atom (Molecul) und der (feste, flüssige oder luftförmige) Körper, bei dessen Zusammensetzung die qualitative Beschaffenheit seiner Bestandtheile in Frage kommt, ist sonach als ein in seinen nächsten Bestandtheilen nicht aus einfachen, sondern aus zusammengesetzten Atomen bestehender anzusehen.

311. Wie die Verbindung der Atome im mechanisch zusammengesetzten Körper eine mechanische, so ist sie in dem chemisch zusammengesetzten Körper, derselbe bestehe nun aus einander homogenen oder heterogenen Elementen, eine chemische, auf der Anziehung derselben in Folge ihrer qualitativen Verwandtschaft (Affinität) beruhende. Dieselben stehen wie die Bestandtheile des mechanischen Körpers unter der Herrschaft eines allgemeinen Gesetzes, nur dass dieselbe nicht sowol, wie dort, einem von aussen ausgeübten D r u c k e , als vielmehr einem von

innen aus der Beschaffenheit der Atome stammenden Z u g e sich vergleichen lässt, vermöge dessen die Atome wie Glieder einer und derselben Familie sich zu einander hingezogen, oder wie Glieder heterogener Rassen (z. B. Weisse und Farbige) sich von einander abgestossen fühlen. Wie die Verbindung blutsverwandter Familienglieder eine innigere ist als die blos gesellige Zusammenkunft einander gleichgiltiger Genossen, so ist die chemische Vereinigung qualitativ Verwandter inniger, als jene blos mechanische indifferenter Atome und wird deshalb als Verschmelzung im Gegensatz zur blossen Summation, als „Mischung" im Gegensatz zur blossen Mengung bezeichnet. Letzterer Ausdruck ist insofern ungenau, als er zu dem Irrthum verleiten kann, eine völlige „Durchdringung" der einzelnen Atome als möglich anzunehmen, während doch nur eine „Durchdringung" der sich unter einander verschmelzenden Körper (z. B. Kohlenstoff und Sauerstoff zu Kohlensäure) in der Weise stattfindet, dass mit jedem Atom des ersteren zwei Atome des letzteren sich verbinden, also ein neues Gemenge gleichsam höherer Art entsteht, dessen Atome je eine binäre Verbindung zwischen O und C darstellen, die einzelnen, sowol Kohlenstoff- als Sauerstoffatome, dagegen für einander undurchdringlich bleiben.

312. Sowol der mechanisch wie der chemisch zusammengesetzte Körper hat die Eigenschaft, dass, sobald der dessen Bestandtheile zusammenhaltende Druck oder Zug aus was immer für einem Grunde erlischt, derselbe in seine Elemente zerfallen oder sich auflösen muss. Wird statt dessen auf Grund einer im Körper selbst enthaltenen Veranlassung jene zusammenhaltende Kraft ununterbrochen erneuert, entweder indem überhaupt neuer Stoff, welchem dieselbe Anziehung, oder neuer qualitativ verwandter Stoff, welchem derselbe Zug innewohnt, von neuem herbeigeschafft wird, so entsteht im Gegensatz zu jenem aus Mangel an Erneuerung abgestorbenen leblosen (unorganischen) der belebte (organische) Körper. Die Eigenthümlichkeit, welche denselben von dem mechanischen Körper unterscheidet, besteht darin, dass der letztere, sobald die Bestandtheile desselben durch andere ersetzt werden, nicht mehr derselbe, sondern ein neuer, wenngleich dem vorigen gleicher, der organische Körper dagegen auch nach dem Ersatz derjenigen seiner Bestandtheile, deren Anziehung unter einander erloschen ist, durch andere, noch immer derselbe wie früher d. h. ein blos erneuerter ist. Die Eigenthümlichkeit, welche denselben vom chemischen Körper

unterscheidet, dagegen besteht darin, dass der organische Körper
niemals, wie der einfache chemische homogen, sondern stets
heterogen d. h. aus verschiedenen Stoffen zusammengesetzt sein
muss, aber nicht, wie andere chemische Körper, aus beliebigen (z.
B. Wasser aus Sauerstoff und Wasserstoff, atmosphärische Luft
aus Sauerstoff und Stickstoff, Kalk aus Calcium und Sauerstoff,
Kochsalz aus Chlor und Natrium), sondern jedesmal nur aus
gewissen Stoffen zusammengesetzt sein darf. Folge der ersteren
Eigenschaft ist, dass ein Theil des organischen Körpers, nämlich
derjenige, in dem die Veranlassung liegt, dass sich der übrige Theil
ohne Schädigung des Ganzen zu erneuern vermag, diesem letzteren
gegenüber eine ausgezeichnete Stellung behauptet, insofern er den
bleibenden, dieser dagegen den wechselnden Bestandtheil des
Körpers ausmacht, jener also denjenigen, durch welchen der Körper
immer derselbe bleibt, dieser denjenigen, durch welchen derselbe
unaufhörlich ein anderer wird. Folge der letzteren Eigenschaft ist,
dass, wo gewisse einfache chemische Körper mangeln, als welche
die Erfahrung bisher Sauerstoff, Wasserstoff, Stickstoff und
hauptsächlich Kohlenstoff hervorzuheben gelehrt hat, die
Entstehung organischer Körper, auch wenn alle übrigen
Bedingungen und die grösste Fülle anderweitiger chemischer
Körper vorhanden wäre, unmöglich ist. Finden beide Bedingungen
vereinigt bei der kleinstmöglichen Anzahl körperlicher Atome
Erfüllung, so entsteht der denkbar kleinste belebte Körper, das
organische Atom, die sogenannte Zelle, während aus der
Verbindung von solchen, sei es mit, sei es ohne Zuhilfenahme
unorganischer Bestandtheile, der Zellenorganismus d. i. der — wie
der mechanische Körper aus mechanisch verbundenen
mechanischen, wie der chemische Körper aus chemisch
verbundenen chemischen, so aus organisch verbundenen
organischen Elementen bestehende — organische Körper
hervorgeht.

313. Die ausgezeichnete Stellung des beharrenden Theils gegenüber
dem wechselnden im belebten Körper äussert sich nicht blos darin,
dass er selbst (er sei nun ein einzelnes Atom oder eine Gruppe von
solchen) während der ganzen Dauer des organischen Körpers
(Lebensdauer) immer derselbe bleibt, sondern auch darin, dass in
ihm die Ursache enthalten ist, um welcher willen und durch welche
nicht nur stets neuer und zwar zu seiner Erhaltung passender Stoff
(Leibesnahrung) herbeigeschafft, sondern auch der Neuheit des
Materiales zum Trotz die ursprüngliche Form (Leibesform) im

Wesentlichen unverändert erhalten wird. Derselbe stellt daher gleichsam den beherrschenden Mittelpunkt („die Seele") dar, zu welchem die Gesammtheit des übrigen den Körper jeweilig ausmachenden Stoffs sich als beherrschtes, zur Erhaltung des Ganzen verbrauchbares Material („als Leib") verhält. Da derselbe beherrschend nur im Verhältniss zu dem von ihm Beherrschten, mit dem Aufhören der Herrschaft aber zwar Beherrschendes wie Beherrschtes nach wie vor vorhanden, aber nicht mehr als Herrscher und Beherrschtes vorhanden sind, so hört mit dem Erlöschen des organischen Bandes zwischen der „Seele" und dem „Leibe" des belebten Körpers d. i. mit dem Tode auch der bisher herrschend gewesene Bestandtheil desselben auf, Seele eines Leibes, wie der bisher beherrscht gewesene Bestandtheil desselben aufhört, Leib einer Seele zu sein; das Atom oder die Atome, welche bisher den bleibenden, so wie diejenigen, welche bisher den jeweiligen veränderlichen Bestandtheil des organischen Körpers ausgemacht haben, hören jedoch dadurch keineswegs auf, als Atome d. i. zwar aus ihrer bisherigen Verbindung ausgelöst, aber fähig und bereit, neue Verbindungen einzugehen, sei es wieder als „Seele" eines Leibes (Metempsychose) oder als Leibtheil einer Seele (Palingenesie), zu existiren.

314. Je nachdem der organische Körper als am Orte haftend, oder mit der Fähigkeit begabt, denselben beliebig zu wechseln, so wie, je nachdem derselbe als sich oder anderes vorstellend oder überhaupt nicht als vorstellend gedacht wird, wird derselbe im ersten Falle, da die Erfahrung an der sogenannten Pflanze weder freie Bewegung, noch Zeichen vorstellender Thätigkeit aufweist, als p f l a n z e n a r t i g e r, im zweiten Fall, da die Erfahrung am sogenannten Thiere zwar freie Beweglichkeit, aber (wenigstens bei den niedersten Thiergattungen) keine Spur von vorstellender Thätigkeit zeigt, als t h i e r a r t i g e r, im dritten Fall, wenn sich nicht nur die Fähigkeit, anderes, sondern (wie schon bei den höheren Thiergattungen) sogar die Fähigkeit äussert, bis zu einem gewissen Grade sich selbst vorzustellen, da die Erfahrung letztere Eigenschaft (die Vorstellung des Ich) hauptsächlich am Menschen kennt, als m e n s c h e n ä h n l i c h e r bezeichnet werden. Mit dem Erwachen des Ich d. i. derjenigen Vorstellung, durch welche der belebte Körper andere, sei es belebte oder leblose Körper, von sich unterscheidet d. h. als Anderes als er selbst, als Nicht-Ich sich gegenüberstellt und dadurch sich zu diesem und dieses zu sich in ein Verhältniss bringt, welches je nach dem Mass seiner im

Vergleich zu der Kraft jenes Andern und nach der Beschaffenheit
seiner Bedürfnisse im Vergleich zu den Bedürfnissen jenes Andern
zu einem überlegenen oder unterliegenden, zu einem freundlichen
oder feindseligen, zu friedlichem Genuss oder zum Kampfe ums
Dasein werden kann, ist das Reich des Bewusstlosen, des Nicht-
Ich, abgeschlossen.

315. Wie die Atome, so üben auch die Körper eine Wirksamkeit auf einander aus, welche je nach der Beschaffenheit derselben entweder mechanischer, chemischer oder organischer Art ist. Erstere äussert sich als Schwere, indem ein Körper den andern vermöge seiner überlegenen Masse, die zweite als Wahlverwandtschaft, indem ein Körper den andern vermöge seiner innigeren Verwandtschaft, die dritte als Geschlechtsneigung, indem ein Körper den andern in Folge des geschlechtlichen Gegensatzes an sich zieht. Wie durch die erstere eine Ablenkung des angezogenen Körpers, wenn derselbe bewegt ist, von seiner ursprünglichen Richtung, wenn er unbewegt ist, eine Annäherung an den Ort des anziehenden Körpers, in beiden Fällen jedoch, wenn kein anderweitiges Hinderniss, z. B. die widerstrebende Eigenbewegung des angezogenen Körpers, dazwischen tritt, eine Vereinigung des angezogenen mit dem anziehenden und dadurch eine Vergrösserung der Masse des letzteren herbeigeführt wird, so wird durch die zweite eine Auflösung der bisherigen Verbindung des angezogenen Körpers und die Entstehung einer neuen Verbindung durch die Verschmelzung desselben mit dem anziehenden veranlasst, auf dem dritten Wege aber durch die organische Vereinigung zweier geschlechtlich entgegengesetzten belebten Körper ein neues organisches Individuum auf Kosten und aus dem Stoffe der Zeugenden erzeugt. Jene, die mechanische Anziehung associirt bisher getrennte Körper zu einem neuen, welcher dieselben in sich begreift; die zweite trennt nicht zusammengehörige Körper, die vereinigt, und führt zusammengehörige zusammen, die getrennt waren; die dritte leitet aus bisher vereinzelt gestandenen organischen Individuen durch Zusammenschluss derselben ein neues, in keinem derselben für sich allein, aber in beiden zusammengenommen wol- und vollbegründetes Individuum ab. Das Wirken der ersten wie der zweiten Art bringt als producirende Thätigkeit zwar nicht dem Stoff, aber der Form nach neue Körper,

die letztgenannte als reproducirende weder dem Stoff, noch der Form nach neue, sondern denjenigen, aus welchen sie entstanden sind, gleiche Körper d. h. sie bringt das in der Zeugung untergegangene in einem neuen Individuum wieder hervor. Während durch die erstere, die schaffende („die Phantasie der physischen Welt") Thätigkeit der gegebene Stoff in vorher nicht gegebener Gestalt umgebildet, wird durch die letztere, die fortpflanzende („das Gedächtniss der Materie") Thätigkeit die Spur des einmal vorhanden Gewesenen in allem Folgenden mehr oder minder getreu aufbewahrt und dessen Andenken durch dasselbe erneuert. Auf ersterem Wege bilden sich aus dem im Weltraum gleichmässig vertheilten Stoffe durch locale Verdichtung frei schwebende, sogenannte „kosmische Wolken", durch Anhäufung desselben um einen dichtern Kern sogenannte „Nebelflecke" und „schweifende Kometen"; wachsen durch Vereinigung kleinerer Weltkörper allmälig jene im Weltraum zerstreuten Massenkugeln heran, die andern als Central- und, wie es das Niederstürzen von Sternschnuppen und Meteorsteinen auf deren Oberfläche beweist, zum Sammelpunkte dienen. Auf dem zweiten Wege bildet sich jener wirthschaftliche Haushalt in der Natur, durch welchen die von den pflanzlichen Organismen aufgenommene Kohlensäure im Inneren derselben zersetzt, der Kohlenstoff zurückbehalten und der Sauerstoff durch die Lungen der Pflanze, die Blätter, ausgeathmet, von den thierischen Organismen dagegen eingeathmet und in den Lungen zur Oxydirung des Blutes verwendet wird. Auf dem letztgenannten Wege endlich werden wenigstens in den höheren pflanzlichen und thierischen Gattungen die unzähligen Nachkommen gezeugt, während auf den niederen Stufen der vegetabilischen Organismen die Fortpflanzung durch Keimzellen (Sporen) und Sprossen, bei den animalischen durch Theilung und Zerfällung der ursprünglich zu einem einzigen vereinigt gewesenen in mehrere selbstständige Individuen die Stelle der sexualen Generation vertritt.

316. Wie die Atome, so sind die Körper in verschiedenen regelmässigen oder unregelmässigen Abständen durch den Weltraum ausgestreut, so dass einzelne derselben unter einander, wie die Atome zu Körpern, so die Körper zu Systemen und weiter diese selbst wieder zu ihrerseits unter sich zu einem Ganzen verknüpften Aggregaten von Systemen gehören, während andere keinem in sich geschlossenen Körperverband einverleibt, sei es aus dem Gebiet eines in das eines anderen Körpersystems

hinüberstreifen, theils frei durch den Weltraum irren. Zu den
ersteren gehören die Systeme einzelner Centralkörper mit ihren in
ihren Bewegungen von ihnen abhängigen Begleitern, welche
ihrerseits wieder von solchen begleitet sein können. Dieselben
bilden im Weltmeer des mit Körpern erfüllten Raumes gleichsam
„Weltinseln" und können ihrerseits mit anderen ihresgleichen zu
einem „Inselmeer" d. i. zu einem Archipelagos von Weltsystemen
vereinigt sein. Ein solches bildet allem Anschein nach der selbst um
einen, sei es idealen, sei es realen (nach Mädler Alpha Herculis)
Mittelpunkt gravitirende Weltring der sogenannten Milchstrasse,
von welchem unser Sonnensystem mit seiner Centralsonne, seinen
Planeten und Planetoiden, deren Trabanten und Ringen, sowie mit
den theils gleichfalls ringförmig angeordneten, theils zerstreut
rotirenden Asteroiden, Sternschnuppen und Meteormassen einen
Bestandtheil ausmacht. Der Inbegriff sämmtlicher Weltkörper bildet
das sichtbare Universum, das mechanisch durch das Gesetz der
Gravitation beherrscht und chemisch, wie die Spectralanalyse
gezeigt hat, durchgängig aus solchen Stoffen zusammengesetzt ist,
welche auch auf oder innerhalb der Erde vorkommen. Flüssige und
luftartige Bildungen (Meere und Atmosphären) sind auch auf von
der Erde verschiedenen Weltkörpern beobachtet, dagegen Spuren
organischen Lebens bisher nur auf dieser wahrgenommen worden,
daher von vegetabilischen und animalischen, so wie von
menschenähnlichen Bewohnern erfahrungsgemäß bisher nur auf
dieser die Rede sein kann.

317. Sowol die Zwischenräume zwischen den Welt-, so wie jene
zwischen den festen und flüssigen Körpern auf der Erde sind von
luftartigen Körpern (auf der Erde von einem aus Sauerstoff und
Stickstoff, so wie einigem Ozon bestehenden Luftkörper, der
sogenannten atmosphärischen Luft) ausgefüllt, deren Gegenwart
auch in den scheinbar leeren Theilen des Weltraums durch die
Widerstände, welche bewegte Weltkörper mittels derselben erlitten
haben (z. B. durch die allmälige Verengung der Bahn des
Enke'schen Kometen), erwiesen ist. Die Zwischenräume der
physikalischen Atome werden, wie oben bemerkt, durch Atome des
sogenannten Weltäthers erfüllt gedacht, auf dessen Zustände
diejenigen Phänomene, welche sonst je specifisch verschiedenen
sogenannten „unwägbaren" Stoffen (Imponderabilien), z. B. die
Lichterscheinungen einem Lichtstoff, die magnetischen einem
magnetischen Fluidum u. s. w. zugeschrieben wurden, nunmehr als
auf deren gemeinsamen Träger zurückgeführt zu werden pflegen.

Dieselben zerfallen in solche, bei welchen die qualitative Beschaffenheit der Körperatome gleichgültig, und solche für welche dieselbe bestimmend ist. Zu den ersteren gehören die Licht- und Wärmeerscheinungen, die sich deshalb (wenngleich in unzähligen Graden der Abstufung) zwischen und in allen Körpern des Weltalls vorfinden; zu den letzteren lassen sich die sogenannten, magnetischen und elektrischen Erscheinungen zählen, deren erstere an die Gegenwart eines bestimmten chemischen Stoffs (des Eisens), deren letztere an die Gegenwart und gegenseitige Berührung mindestens zweier qualitativ heterogener Stoffe (z. B. Zink und Kupfer) gebunden ist. Der Zustand des Aethers selbst wird als kleinste periodische Bewegung der Aetheratome (Schwingung) in verschiedener Menge und Richtung vorgestellt, wobei der Unterschied stattfindet, dass diejenigen, welche als Träger des Lichtphänomens angesehen werden, an der Oberfläche der Körper (mit Ausnahme der durchsichtigen oder durchscheinenden) stattfinden und diese daher im Inneren dunkel erscheinen, während diejenigen, welche die Träger des Wärmephänomens sind, auch im Inneren der Körper statthaben, diese daher je nach dem Grade derselben innerlich erhitzt oder erkältet erscheinen. Bei den magnetischen und elektrischen Erscheinungen lässt sich die Betheiligung des Aethers in der Weise verschieden denken, dass derselbe in dem Körper, welcher den erforderlichen Stoff, das Eisen enthält, an zwei entgegengesetzten Enden, den Polen, angehäuft erscheint, wobei die Erfahrung zeigt, dass gleichnamige Pole einander abstossen, während bei den elektrischen Erscheinungen an den zu ihrer Entstehung erforderlichen heterogenen Körpern der Aether an zwei einander der Richtung nach entgegengesetzten Enden (+ und -) sich anhäuft, wobei die Erfahrung zeigt, dass entgegengesetzte Pole sich anziehen. Inwieweit bei den elektrischen Strömen, von welchen Muskelcontractionen begleitet zu werden pflegen, sowie bei den Erscheinungen des sogenannten thierischen Magnetismus und der thierischen Elektricität eben so wie bei jenen der sogenannten animalischen Wärme die Betheiligung des Aethers eine Rolle übernehme, muss um so mehr dahingestellt bleiben, als mit Ausnahme der elektrischen Muskelströme und der thierischen Wärme die übrigen sogenannten Thatsachen noch allzu sehr der empirischen Bestätigung bedürfen. Insofern jene dem Weltäther zugeschriebenen Phänomene, mit den auf die physikalischen Atome zurückgeführten Erscheinungen verglichen, dem der groben Masse der letzteren gegenüber verfeinerten Charakter ihrer materiellen

Grundlage entsprechend selbst einen gleichsam „vergeistigten”
Stempel tragen, sind sie es, welche durch ihre Gegensätze der
Helligkeit und der Finsterniss, der Hitze und der Kälte, der
magnetischen und elektrischen Spannung und Lösung der
Physiognomie der physischen Körperwelt ein an die wechselnden
Stimmungsgegensätze des menschlichen Gemüthes mahnendes
Gepräge aufdrücken und daher als Bilder und Gleichnisse für die
letzteren mit Vorliebe pflegen verwendet zu werden. Steigern sich
dieselben so weit, dass sie namhafte Veränderungen in der Welt der
physischen Körper verursachen, die Lichterscheinung als Brand, die
Wärmeerscheinung als Explosion oder Eruption, der Magnetismus
als magnetisches, der elektrische Strom als atmosphärisches
Ungewitter auftritt, so nimmt deren Wesen eine an die plötzliche,
aber auch vorübergehende Natur der von unwillkürlichen
Körperbewegungen begleiteten Gemüthserschütterungen, der
sogenannten Affecte, an und liefert für diese („flammender Zorn”,
„leidenschaftlicher Ausbruch”) das treffendste Gleichniss.

318. Wie dem denknothwendigen das durch die Erfahrung
gegebene Wirkliche, so steht dem denknothwendigen das empirisch
gegebene Wirken gegenüber. Die Vorstellung des letzteren unterliegt
um so mehr logischen Schwierigkeiten, als weder der Begriff eines
Wirkens durch den leeren Raum, wie er durch die discrete
Vertheilung der Atome im Raume gefordert ist, noch der Begriff
eines Dinges, welches eins und zugleich der Träger vielfach sich
ändernden Wirkens, noch endlich jener der Veränderung d. h. eines
Dinges, welches anders geworden und doch dasselbe geblieben sein
soll, und jener der unter den letztgenannten fallenden Bewegung als
Ortsveränderung ohne schwerwiegende kritische Bedenken bleibt.
Erstgenannter ficht durch die Einsicht in die Unmöglichkeit, dass
von dem angeblich Einfachen Theile sich loslösen und durch einen
Sprung über das Leere hinüber einem andern eben so Einfachen
einverleibt werden könnten, streng genommen die Möglichkeit so
wol der Anziehung wie der Abstossung und damit die Basis des
physischen Zusammenhangs unter den Elementen der Körperwelt
an. Die Einheit des Dinges, während dessen Wirken ein vielartiges
sein soll, ruft den Widerspruch, wie Eins = Vielem gedacht werden
könne, die Identität des Dinges, nachdem es ein anderes geworden,
ruft den Widerspruch, wie Eines und dasselbe zugleich nicht
dasselbe sein könne, wider sich hervor und nöthigt, dem ersteren
durch die Annahme, dass das Wirken eines Dinges das Product
nicht eines einzigen Atoms, sondern des Zusammenseins einer

Gruppe mehrerer Atome sei und demnach, wenn die Bestandtheile
dieser Gruppe verschiedene seien, sehr wol ein Verschiedenes nicht
nur sein könne, sondern sein müsse, dem zweiten dagegen durch
die Bemerkung zu begegnen, dass, weil jedes sogenannte „Ding"
nur eine Gruppe von Atomen, also ein Ganzes sei, dasselbe durch
das Ausscheiden einzelner und Eintreten anderer, während der Rest
derselbe geblieben ist, sehr wol eine Veränderung erlitten und doch
(in Bezug auf obigen Rest) seine Identität aufrecht erhalten haben
könne. Bezüglich der Bewegung als Ortsveränderung aber gilt, dass
dieselbe nur dann einen Widerspruch einschliesse, wenn dieselbe in
dem Sinn verstanden wird, dass das Bewegliche im selben
Zeitpunkt an einem und demselben Orte befindlich und nicht
befindlich, keineswegs aber, wenn dieselbe so aufgefasst wird, dass
das Bewegliche in jedem stetig auf einander folgenden Zeitpunkt in
einem anderen Orte befindlich sei. Dieselbe setzt daher eben so
nothwendig die Zeit als den Raum voraus und wird durch das
Verhältniss des in einem gewissen Zeitabschnitt zurückgelegten
Raumes d. i. durch die Geschwindigkeit gemessen.

319. Das in der Zeit vor sich gehende erfahrungsmässig gegebene
Geschehen, die Veränderung des Zustandes der Körperwelt, ist eine
dreifache, und zwar tritt dasselbe, je nachdem entweder nur der Ort
des Körpers, wobei dessen Form sowol als Stoff dieselben bleiben,
oder nur die Form des Körpers, während der Stoff unberührt bleibt,
oder schliesslich auch dieser eine Veränderung erleidet, als Orts-,
Form- oder Stoffwechsel auf. In ersterer Hinsicht kann die
Bewegung der Richtung nach entweder eine fortschreitende, wie
bei dem Stoss und Wurf, oder eine in sich zurückkehrende, wie bei
den rotirenden Weltkörpern und den Blutkörperchen im
Blutkreislauf, oder eine zugleich fortschreitende und in sich
zurückkehrende Bewegung, wie bei dem um die Erde sich
drehenden und zugleich mit dieser um die Sonne bewegten Monde
sein. Der Qualität nach kann dieselbe entweder eine in gleichen
Zeitabschnitten auf gleiche Weise sich wiederholende
(gleichförmige) oder in gleichen Zeiträumen abnehmende
(retardirende) oder zunehmende (accelerirende) Bewegung, in
ersterer Hinsicht überdies entweder eine am selben Ort sich
gleichförmig wiederholende (schwingende), oder dabei zugleich im
Raume fortschreitende, entweder nach der nämlichen, oder
abwechselnd nach entgegengesetzten Richtungen von der
Fortschrittslinie gleichförmig ausschlagende Bewegung sein: jene
ergibt die periodische Bogen-, diese die Wellenbewegung.

Hinsichtlich des Formenwechsels findet beim mechanischen und chemischen Körper ein Uebergang des festen in den flüssigen und luftartigen Zustand, oder des flüssigen in den festen und luftförmigen, oder des letztgenannten in den festen und flüssigen statt, während beim organischen die sogenannte Transformationslehre (Darwinismus) im Gegensatz gegen die Theorie von der Constanz der Arten und Gattungen es mehr als wahrscheinlich gemacht hat, dass nicht nur in der vegetabilischen Natur die Arten und Gattungen der Organismen durch allmälige Umbildung einer oder weniger ursprünglichen Pflanzentypen („Urpflanze", „Metamorphose der Pflanze": Goethe), sondern auch in der animalischen Welt die Arten und Gattungen des Thierreichs durch allmälige Umbildung eines oder einiger ursprünglicher Thiertypen („Bathybios", „Gastraea": Haeckel), sei es auf dem Wege immanenter Teleologie (Goethe), sei es auf dem natürlicher Zuchtwahl (Darwin), oder unwillkürlicher, reflexartiger Nachahmung („Mimicry": Wallace) in einander übergehen. Was den Stoffwechsel betrifft, so hat die Erfahrung bis heute zwar die Vermuthung, dass der unorganische chemische Stoff nur eine Umbildung des primitiven mechanischen Stoffs sei, durch die chemische Typentheorie wahrscheinlich zu machen, für die Behauptung aber, dass der organische Stoff nur eine Umbildung des unorganischen, der belebte Naturkörper aus leblosen, etwa durch Urzeugung (generatio æquivoca), entstanden sei, eben so wenig einen jeden Zweifel ausschliessenden Beweis durch Thatsachen zu führen vermocht, wie für die weitere, dass das „Phänomen der Empfindung", durch welches der (anderes und sich selbst) vorstellende Organismus sich von dem nicht vorstellenden, obgleich ebenfalls organischen Körper unterscheidet, nichts anderes als eine Umbildung des derselben entsprechenden „Nervenreizes" und demnach als psychischer oder Bewusstseinsvorgang von diesem als physiologischem d. i. Nervenzustand, eben so wenig wie dieser als organischer Vorgang von den unorganischen Vorgängen der mechanisch-chemischen Körper dem Wesen nach verschieden sei. Insbesondere was die letztgenannte von den positivistischen und materialistischen Gegnern einer weder mit Biologie noch mit Phrenologie und Physiologie identischen Psychologie immer von neuem wiederholte, aber niemals bewiesene Versicherung betrifft, haben ausgezeichnete Physiologen (Ludwig, Fick) ein offenes: ignoramus, einer der ausgezeichnetsten (Dubois-Reymond) sogar ein eben solches: ignorabimus ausgesprochen.

320. Wie die Gesammtheit der im Weltraum vertheilten (unorganischen und der auf einem oder dem andern derselben anzutreffenden organischen) Körper in ihrer gegenseitigen physischen Zusammengehörigkeit mit und in ihrer Abhängigkeit von einander, so weit dieselben unserer Erfahrung zugänglich sind, das physische Weltall, den Kosmos, so macht die Gesammtheit des in und zwischen denselben in der Zeit vor sich gehenden Geschehens, deren periodischer und nichtperiodischer Orts-, Formen- und Stoffwechsel von der unmessbaren, primitiven Oscillation des Aethers bis zu den Umläufen der Weltkörper und dem schwankenden Gleichgewicht einander äquilibrirender Weltsysteme, von der Zerlegung des Wassertropfens durch den elektrischen Funken in seine Elemente bis zu den ein System von Weltkörpern erleuchtenden und erwärmenden Verbrennungsprocessen gasförmiger Centralsonnen, von der molecularen Anziehung und Abstossung primitiver Stofftheile bis zu den verwickelten mechanisch-chemischen Processen, welche die Erscheinung des Lebens und das Erwachen des Bewusstseins bedingen, herauf, so weit dasselbe unserer Erfahrung zugänglich ist, die Naturgeschichte der physischen Welt, die Geschichte des Weltalls aus.

ZWEITES CAPITEL.

Das Ich.

321. Wie die Erfahrung lehrt, dass es p h y s i s c h e d. h.
mechanische, chemische und organische, so lehrt sie auch, dass es
p s y c h i s c h e d. h. dass es Phänomene des Empfindens und
Vorstellens, des Fühlens, Begehrens und Wollens gibt, aber sie lehrt
keineswegs, weder dass physische und psychische Vorgänge
identisch, noch dass sie nicht identisch seien. Was die Erfahrung als
äussere an der Hand der sinnlichen Beobachtung und des durch
künstliche Werkzeuge verschärften Experiments über die
Phänomene des als vorstellend bezeichneten belebten Organismus
zu erreichen vermag, ist (wenigstens bis zur Stunde) noch niemals
Empfindung (psychischer Zustand) gewesen, sondern jedesmal,
wenn auch noch so sehr verfeinerter physischer Zustand (eine
Bewegung, ein Nervenreiz, ein Zersetzungsvorgang) geblieben. Was
die Erfahrung als innere an der Hand der Beobachtung seiner selbst
und Anderer und des, so weit die Natur der Sache es erlaubt,
künstlich angestellten Versuchs blosszulegen vermochte, war noch
nicht physischer (Bewegung, Reiz, chemischer Process), sondern
ausschliesslich immer wieder psychischer Vorgang (elementare
Sinnes- oder Muskelempfindung, elementares Lust- oder
Schmerzgefühl, elementares Streben oder Verabscheuen). Sowol
die Behauptung, dass Bewegung (ein extensiver Zustand)
Empfindung, wie jene, dass Empfindung (ein intensiver Zustand)
Bewegung sei, ist jede für sich ein unerlaubter Schritt auf Grund
a n g e b l i c h e r über die Grenze g e g e b e n e r Erfahrung hinaus
auf ein Gebiet, wo nicht die (nicht vorhandene) Thatsache, sondern
allein die aus Thatsachen gezogene denknothwendige Folgerung zu
entscheiden vermag.

322. Es ist nicht die Verschiedenheit beider Classen von
Erscheinungen dem äusseren Anschein nach, welche bestritten
wird, eben so wenig als die Gegner der Verschiedenheit organischer
und unorganischer Körper den anscheinenden Unterschied beider zu

leugnen gewillt sind. Aber in dem einen wie in dem andern Fall geht die Tendenz dahin, die allerdings anscheinende Verschiedenheit als eine blos scheinbare darzulegen und so wie die organischen und unorganischen Körper, auch physische und psychische Phänomene dem Wesen nach als identisch hinzustellen. Insoweit dieses Bemühen sich auf das angebliche wissenschaftliche Bedürfniss stützt, in der Gesammtheit der erfahrungsmässig gegebenen Erscheinungen Einheitlichkeit nachzuweisen, würde dasselbe, wenn die letztere Einheit in der Mannigfaltigkeit d. i. Harmonie wäre, mehr ein ästhetisches, also der strengen Naturwissenschaft fremdes, als ein direct wissenschaftliches Bedürfniss, wenn dieselbe aber vielmehr Einerleiheit (langweilige Monotonie, abwechselungslose Einförmigkeit), wie es wahrscheinlicher ist, bedeuten sollte, im Grunde gar kein Bedürfniss befriedigen. Insofern dasselbe einerseits die Verschiedenheit der Phänomene d. i. des scheinbar Wirklichen, andererseits die Identität des Substrats d. i. des wahrhaft Wirklichen zur Voraussetzung hat, widerspricht dasselbe dem denknothwendigen Axiom, dass, wie der Vielheit des Scheins eine Vielheit des Seins, so der qualitativen Mannigfaltigkeit des ersteren eine eben solche des letztern entsprechen müsse. Das Gleichniss Fechner's, dass Physisches und Psychisches wie die beiden Ansichten eines Kreisbogens sich verhalten, der von der Seite des Mittelpunktes aus betrachtet concav, von jener der Peripherie aus gesehen convex erscheint, ohne dadurch aufzuhören, ein und dasselbe zu sein, kann wol blenden, aber nicht beweisen. Denn eben dieses Herausgehen nach der entgegengesetzten Seite, um das Object von dieser aus ins Auge zu fassen, ist bei dem Verhältniss zwischen Physischem und Psychischem aus dem Grunde unmöglich, weil der Umkreis des Psychischen d. i. der Bewusstseinsphänomene, zu welchen auch die Sinnesempfindung und sinnliche Wahrnehmung gehört, auch von demjenigen Beobachter, der sich wie der Naturforscher auf die Seite des Physischen stellt, in keiner Weise überschritten werden kann. Von dem, worin der Physiker das Wesen des optischen oder des akustischen Phänomens erblickt, von der Oscillation der Aethertheilchen oder den Luftwellen ist in demjenigen, was der Psychologe als das Wesen der Gesichts- oder Gehörsempfindung ansieht, in der qualitativen Farbe oder dem eben solchen Ton, nichts Gleichartiges anzutreffen, noch lässt sich die Anzahl von mehr als vierhundert Billionen Schwingungen mit der Empfindung des Blauen oder jene von 32 Schallwellen in der Secunde mit jener des tiefsten hörbaren C-Tones der Orgel vergleichen. Physische und psychische

Erscheinungen, als Phänomene betrachtet, sind nicht blos scheinbar, sondern w a h r h a f t verschieden und, was ihre qualitative Natur, allerdings nicht, was deren quantitatives Mass betrifft, schlechterdings unvergleichbar.

323. Dennoch wäre es voreilig, wie der qualitative Dualismus thut, aus der Verschiedenheit beider Classen von Erscheinungen auf eine qualitative Verschiedenheit ihrer beziehungsweisen Substrate d. i. da das scheinbar Wirkliche auf wahrhaft Wirkliches deutet, auf eine zwiespältige qualitative Beschaffenheit des Wirklichen zu schliessen. Die Folgerung, dass, wenn die Erscheinung verschiedenartig sei, auch das Wesen des derselben zu Grunde liegenden Wirklichen ein verschiedenartiges sein müsse, hat nur dann Gewalt, wenn sie dazu gebraucht wird, um darzuthun, dass das in diesem Falle zu Grunde liegende Wirkliche nicht ein einziges, sondern ein multiplum von Wirklichen sein, den verschiedenen Erscheinungen demnach nicht ein und dasselbe, sondern bald diese, bald eine andere Gruppe von mehreren Wirklichen zu Grunde liegen müsse. Keineswegs aber folgt daraus, dass jene Wirklichen selbst nicht blos numerisch, sondern ihrer inneren Beschaffenheit nach unter einander verschieden sein d. h. dass sie etwa verschiedenen Classen von Wirklichen angehören müssten, so lange nicht erwiesen ist, dass die blosse Verschiedenheit äusserer Beschaffenheiten, wie Zahl, Lage, Gruppirung der Atome, nicht hinreiche, verschiedenartigen Schein in der Erscheinungswelt hervorzubringen. Da letzterer Erweis, wie das Beispiel der quantitativen Atomistik lehrt, keineswegs erbracht, im Gegentheil durch diese einleuchtend gemacht worden ist, wie unter Voraussetzung durchgängig gleicher Beschaffenheit der Atome lediglich durch verschiedene Zahl und räumliche Anordnung derselben verschiedene, ja anscheinend ganz entgegengesetzte Phänomene (wie z. B. das nach rechts und das nach links Drehen der Polarisationsebene) sich erklären lassen, so steht von dieser Seite, wie es scheint, nichts im Wege, auch physische und psychische Phänomene auf qualitativ gleichartiges Wirkliches zurückzuführen.

324. Letzteres würde nur dann undenkbar sein, wenn die Qualität eines, mehrerer, oder aller zum erklärenden Phänomen einer-, und jene des denselben zu Grunde zu legenden Wirklichen andererseits einander in der Weise widersprächen, dass die durch die Erfahrung gewährleistete Thatsächlichkeit des oder der einen durch die (aus was immer für einem Grunde) behauptete Beschaffenheit des

andern geradezu ausgeschlossen wird. Dieser Fall würde eintreten, wenn zum Beispiel unter den thatsächlichen psychischen Erscheinungen eine solche sich vorfände, die ihrer Natur nach nur innerhalb eines einzigen und zwar eines seiner Qualität nach streng einfachen Wirklichen vor sich gehen kann, während dagegen von anderer Seite behauptet würde, nicht nur, dass alles, was überhaupt als Substrat einer Erscheinung solle angesehen werden können, eine Verbindung mehrerer Wirklicher, eine Gruppe von solchen sein müsse, sondern auch, insofern dasselbe als Träger einer Erscheinung gelten soll, seiner Qualität nach zusammengesetzt sein müsse. In diesem Fall würde entweder die Thatsächlichkeit jenes Phänomens verleugnet, oder, wenn dies dem Zeugniss der Erfahrung gegenüber als unausführbar sich herausstellt, angenommen werden müssen, dass dasselbe, obgleich wirklich, doch ohne wirkliches Substrat, gleichsam in der Luft schwebe.

325. Obiger Fall tritt ein bei dem Phänomen der sogenannten Einheit des Bewusstseins, der Theorie der sogenannten „Psychologie ohne Seele" und der Psychologie des sogenannten „Materialismus" gegenüber. Jene geht davon aus, dass die Natur des Phänomens der Einheit des Bewusstseins mit der Qualität des ihrer Ansicht nach ausschliesslich wahrhaft Wirklichen unverträglich und daher, da dessen Wirklichkeit nicht bestritten werden könne, dasselbe thatsächlich ohne reales Substrat sei. Letztere räumt ein, nicht nur dass obiges Phänomen thatsächlich, sondern auch, dass kein irgendwie wirklich vorhandenes Phänomen ohne irgendwie beschaffenes Wirkliches als Substrat desselben denkbar, behauptet aber, dass die Natur obiger Erscheinung auch mit der Annahme eines aus Theilen bestehenden Substrates verträglich sei. Die Widerlegung der ersteren müsste darauf ausgehen darzuthun, nicht nur, dass dasjenige Substrat, welches die „Psychologie ohne Seele" für das ausschliesslich Wirkliche, weil ausschliesslich mögliche ausgibt, weder das einzig Wirkliche, noch überhaupt ohne Selbstwiderspruch ein mögliches sei, sondern auch, dass eine als wirklich zugestandene Erscheinung weder ohne ein Wirkliches als Substrat, noch überhaupt ohne Substrat gedacht werden könne. Die Widerlegung der letzteren müsste dahin gerichtet sein, zu erweisen, dass der Versuch, die Natur obigen als thatsächlich anerkannten Phänomens mit der materiellen d. i. aus Theilen bestehenden Natur seines Substrats als verträglich darzustellen, illusorisch, und daher die einzige Möglichkeit, dessen Thatsächlichkeit begreiflich zu finden, in der Annahme eines „atomistischen" d. i. theillosen

Trägers für dasselbe gelegen sei.

320. Den Beweis zu führen, dass das wahrhaft Wirkliche seiner
Qualität nach einfach d. i. nicht aus Theilen bestehend, dass sonach
dasjenige Wirkliche, welches die „Psychologie ohne Seele" nicht
nur, o b g l e i c h dasselbe, sondern wol gar, w e i l es
zusammengesetzter Natur (materiell) ist, für das wahrhaft Wirkliche
hält, weder ein solches sei noch sein könne, sondern blos den
Schein eines solchen enthalte, hat im Obigen bereits der
philosophische Realismus durch seine von der Erfahrung aus-, aber
aus denknothwendigen Gründen über dieselbe hinaus gehende
Wissenschaft vom Wirklichen übernommen. Derselbe hat aber auch
zugleich dargethan, und in diesem Punkt steht, wie aus dem Vorigen
sich ergibt, selbst die „Psychologie des Materialismus" ihm als
Bundesgenossin zur Seite, dass auch der Schein eines Wirklichen,
wenn er ein wirklicher d. i. thatsächlicher ist, nicht ohne ein
Wirkliches als dessen Substrat gedacht werden könne und daher die
Annahme der „Psychologie ohne Seele", dass der von ihr als
thatsächlich anerkannte Schein der Einheit des Bewusstseins ohne
ein solches, also buchstäblich ein Luftphantom sei, auf einer argen
Selbsttäuschung beruhe.

327. Zum Beweise für die andere d. i. für diejenige Behauptung,
welche den thatsächlichen Schein der Einheit des Bewusstseins mit
der aus Theilen bestehenden Natur des Trägers derselben für
vereinbar hält, haben sich deren Vertheidiger, die Psychologen des
Materialismus, auf ein ihrer Meinung nach zutreffendes Beispiel aus
der exacten Naturwissenschaft, auf die in der Mechanik der
Zusammensetzung der Kräfte fundamentale Thatsache der
Resultante berufen. Dieselbe stellt in der That ein Wirkliches dar,
welches als solches nur durch das Zusammenwirken anderer
Wirklichen, der sogenannten Componenten zu Stande kommt,
zugleich aber auch ein solches, das mit der Wirklichkeit dieser
letzteren verglichen nur ein scheinbares ist d. h. nur den Schein
selbstständiger Wirklichkeit hat, während die eigentlich Wirklichen,
weil die eigentlich Wirkenden, die Componenten sind. Werden die
letzteren, also ein Vielfaches, als das Substrat der Resultirenden,
welche als solche ein Einfaches ist, vorgestellt, so scheint obige
Thatsache anschaulich zu machen, wie die zusammengesetzte
Natur der Grundlage eines Phänomens die einheitliche, ja sogar
einfache Beschaffenheit des letztern nicht ausschliesse, und sonach
auch die Möglichkeit, dass das seiner Natur nach einfache

Phänomen der Einheit des Bewusstseins in einem
zusammengesetzten, aus einer Mehrheit von Theilen bestehenden
Substrate vor sich gehe, plausibel zu machen.

328. Trifft obiges Gleichniss zu, so beweist es nichts; beweist es
aber etwas, so beweist es das Gegentheil von dem, was nach dem
Wunsche seiner Urheber dadurch bewiesen werden soll. Die
Beweiskraft desselben hängt davon ab, dass dasjenige, was unter
dem Namen der Resultirenden mit dem Phänomen der Einheit des
Bewusstseins verglichen wird, wirklich im Sinn der Mechanik eine
solche sei. Aber schon Lotze hat bemerkt, dass dieser sogenannten
Resultanten das wichtigste Merkmal einer solchen, nämlich nichts
geringeres fehle als der gemeinschaftliche Angriffspunkt, der ihr
mit ihren Componenten gemeinsam sein muss. Die Resultirende
ohne einen solchen wäre wie Schiller's Glocke, welcher, wie
Schlegel witzig bemerkt hat, der Schwengel fehlt. Ist aber die
Resultante eine wirkliche Resultirende d. h. hat sie mit ihren
Componenten den Punkt des Angriffs wirklich gemein, dann stellt
dieser Punkt eben dasjenige dar, was für das Phänomen der Einheit
des Bewusstseins der atomistische Träger desselben darstellen soll
d. h. obiges Gleichniss beweist, statt gegen, im Gegentheil für die
Unentbehrlichkeit eines einfachen Wirklichen als Substrat des
Phänomens der Einheit des Bewusstseins.

329. Aus der Thatsache der Einheit des Bewusstseins folgt, dass es
Phänomene gibt, welche als Substrats nur eines einzigen theillosen
und untheilbaren Wirklichen bedürfen und daher mit allen
denjenigen Phänomenen, welche zu ihrer realen Unterlage ein
Aggregat von solchen d. i. (im physikalischen Sinne) einen (mehr
oder weniger verfeinerten oder vergröberten) Körper voraussetzen,
qualitativ schlechterdings unvergleichbar sind. Umgekehrt wird es
erlaubt sein, anzunehmen, dass alle diejenigen Phänomene, welche
mit letzteren unvergleichbar, ihrerseits dagegen mit dem Phänomen
der Einheit des Selbstbewusstseins insofern vergleichbar seien, als
sie ebenso wie dieses jedes irgendwie zusammengesetzte Substrat
ausschliessen und im Gegensatz zu den mit diesem
unvergleichbaren Erscheinungen einen atomistischen Träger als
reale Unterlage bedingen. Da nun das Phänomen der Einheit des
Bewusstseins ein psychisches ist, alle diejenigen Phänomene aber,
welche als ihr Substrat eine materielle Grundlage erfordern, als
physische bezeichnet werden, so folgt, dass alle mit letzteren
unvergleichbaren Phänomene (wie Vorstellen, Fühlen, Streben und

Wollen) als psychische dem Phänomen der Einheit des Bewusstseins gleichartig sein und daher ebenso wie dieses an einem theillosen Träger haften werden. Wird dabei vorzugsweise die Eigenthümlichkeit ins Auge gefasst, dass jedes zusammengesetzte d. h. aus Theilen bestehende Substrat ein Aussereinander der Orte dieser letzteren d. h. eine räumliche Ausdehnung (extensum) erheischt, während das einfache theillose Wirkliche eine solche ausschliesst und nur den einfachen Ort (mathematischen Punkt) eines einfachen Wirklichen (eines dynamischen Punkts oder einer punktuellen Kraft; „Monade", „Dynamide") ausfüllt, so können die physischen Phänomene auch extensive und müssen die psychischen sodann im Gegensatz dazu intensive genannt werden. Jene schliessen die Ausdehnung und damit die Räumlichkeit ein, diese dagegen zwar die Ausdehnung, keineswegs aber die Räumlichkeit aus; jene erfolgen als Vorgänge innerhalb eines räumlich ausgedehnten Substrats selbst in räumlich ausgedehnter Weise (Bewegung als Ortsveränderung, Anziehung, Schwingung u. s. w.), diese erfolgen als Vorgänge innerhalb eines zwar an einem Orte im Raume befindlichen (also nicht raumlosen oder unräumlichen), aber nur einen einfachen (ausdehnungslosen) Ort im Raume einnehmenden (also selbst ausdehnungslosen) Wirklichen zwar im Raume, können aber selbst eben so wenig wie das Wirkliche, dessen Vorgänge sie sind, räumlich ausgedehnt sein (Empfindung als Intensitätsveränderung, Hemmungsgefühl, Streben u. s. w.). Wie der Inbegriff der extensiven Phänomene die Grundlage der Physik, so bildet jener der intensiven die Grundlage der Psychik oder Psychologie; jener umfasst alle materiellen d. h. an einem materiellen Substrat haftenden und durch die Wechselwirkung zwischen den Elementen der Materie, den physikalischen Atomen, hervorgebrachten, dieser dagegen alle an einem atomistischen Substrat haftenden und aus der Wechselwirkung der elementaren Vorgänge innerhalb desselben entspringenden Erscheinungen.

330. Da das einzige atomistische Substrat erfahrungsmässig gegebener Erscheinungen dasjenige ist, welches auf Grund des thatsächlichen Phänomens der Einheit des Bewusstseins als Träger nicht nur dieses, sondern sämmtlicher ihm gleichartiger Phänomene vorausgesetzt wird, so folgt, dass wie es voreilig schien, aus der qualitativen Verschiedenheit der physischen und psychischen Erscheinungen auf qualitativ verschiedene Beschaffenheit ihrer beziehungsweisen Substrate zu schliessen, es eben so voreilig wäre,

aus den erfahrungsmässig gegebenen Zuständen eines
atomistischen Wirklichen auf das Vorhandensein gleicher oder doch
ähnlicher Zustände im Innern anderer oder gar aller atomistischen
Wirklichen zu schliessen. Aus der denknothwendigen Folgerung,
dass, was immer in einem atomistischen Wirklichen vor sich gehe,
nur intensive und insofern den erfahrungsgemäss gegebenen
Vorgängen des Vorstellens, Fühlens und Strebens ähnliche Zustände
sein können, folgt keineswegs, dass, weil dergleichen in demjenigen
Atome, welches als Träger des Phänomens der Einheit des
Bewusstseins gilt, durch die Erfahrung gegeben sind, ähnliche auch
in allen übrigen einfachen Wirklichen, also z. B. auch in denjenigen,
welche als letzte reale Grundlage der physikalischen Materie
angesehen werden, gegeben sein müssten oder thatsächlich seien.
Jene einfachen Wirklichen, welche auf Grund thatsächlich
erfahrener intensiver Zustände d. i. erfahrungsmässig gegebener
psychischer Phänomene (selbst erlebter oder an Anderen
beobachteter Vorstellungen, Gefühle, Begehrungen und
Willensentschliessungen) als deren unentbehrliche atomistische
Träger denknothwendig vorausgesetzt werden müssen, mögen als
solche „Seelen" d. h. reale Atome heissen, deren eigenthümliches
Wirken in der gegebenen Erfahrung unter der Form des Vorstellens,
Fühlens, Strebens und anderer aus diesen letzteren abgeleiteten
Zustände erscheint, deren specifische Qualität aber eben so wie jene
aller übrigen einfachen Wirklichen, welche den Boden des
erfahrungsmässig gegebenen Scheins der Wirklichkeit ausmachen,
der Erkenntniss entzogen bleibt. Wie die Farbe, der Klang, die Härte
oder Weichheit, ja wie die Körperlichkeit selbst nicht das Wesen des
Wirklichen, sondern die Form ausmacht, unter welcher dasselbe für
die äussere Erfahrung, so stellt die vorstellende, fühlende, strebende
Thätigkeit, ja die Seelenhaftigkeit selbst diejenige Gestalt dar, unter
welcher das Innere des Wirklichen für die innere Erfahrung
erscheint; was das Wirkliche selbst, von der Erfahrung, äusserer
wie innerer, abgesehen, an sich seiner Natur nach sei, bleibt hier
wie dort unbekannt.

331. Wie aus der einfachen Qualität des atomistischen Wirklichen,
welches als Träger der erfahrungsmässig gegebenen psychischen
Zustände vorausgesetzt werden muss, dessen Unveränderlichkeit,
so folgt aus der Vielheit und Mannigfaltigkeit der zugleich und nach
einander durch die Erfahrung gegebenen psychischen Zustände, als
deren Träger es gilt, dessen Veränderlichkeit. Während der ersteren
zufolge die Qualität desselben und dadurch das Wirkliche immer

dasselbe bleibt d. h. als dasjenige S e l b s t , das es ist, s i c h
e r h ä l t , scheint es der letzteren zufolge nicht nur im nämlichen
Zeitaugenblick mehreres und verschiedenes zugleich, sondern in auf
einander folgenden Zeitmomenten jeweilig ein anderes zu sein. Da
jener Schein der Vielheit und Mannigfaltigkeit nicht entstehen
könnte, wenn in der Einheit und Einfachheit des Wirklichen nicht
dessen Anlage gegeben wäre, so entsteht die Frage, wie sich die
letztere mit der ersteren, die Einheit und Einfachheit des Wirklichen
mit der Vielheit und Mannigfaltigkeit des Scheines im Wirklichen,
also die Annahme, dass viele und vielerlei Zustände im Wirklichen
zugleich oder nach einander gegeben seien, mit der
denknothwendigen Voraussetzung seiner Einheit und Einfachheit
vertrage. Die Beantwortung derselben wird zwar erleichtert, aber
nicht überflüssig gemacht durch die Bemerkung, dass diese
mehreren zugleich gegebenen Zustände vorübergehende, also nicht
etwa bleibende Eigenschaften des einfachen Wirklichen, sogenannte
dauernde „Seelenvermögen" oder Seelenkräfte sein sollen, welche
schon Herbart treffend der alten Psychologie gegenüber als
„mythologische Wesen" bezeichnet hat; die Schwierigkeit besteht
fort, wenn auch nur in einem einzigen Zeitmoment eine Vielheit
unter einander verschiedener Zustände in dem einfachen Wirklichen
als zugleich vorhanden vorgestellt und dasselbe dadurch gleichsam
in vieles gespalten gedacht werden soll.

332. Ein Blick auf die gegebene Erfahrung lehrt, dass dies
thatsächlich der Fall sei. Qualitativ verschiedene Empfindungen, wie
die einer bestimmten Farbe, eines bestimmten Wohlgeruchs u. s. w.
sind in der sinnlichen Wahrnehmung der Rose dem Bewusstsein
gleichzeitig gegeben und müssen sonach in dem realen
atomistischen Träger desselben als gleichzeitig vorhandene, aber
qualitativ unterschiedene Zustände angesehen werden. Dasselbe soll
daher nicht blos wirklich, sondern es soll als einfache Qualität
zugleich in so vielen verschiedenen Qualitäten wirklich sein, als
qualitativ verschiedene Zustände in demselben als zugleich
vorhanden gedacht werden sollen. Wie die qualitative Atomistik die
Gesammtheit der körperlichen Erscheinungen auf eine Anzahl
einfacher qualitativ unter einander verschiedener Stoffe
zurückführt, so leitet eine derselben entsprechende empirische
Psychologie die Gesammtheit der psychischen Erscheinungen von
einer Anzahl einfacher, qualitativ verschiedener Elementarzustände
ab, als dergleichen sie die sinnlichen Empfindungen, wie sie durch
die verschiedenen Sinnesorgane gegeben sind (Gesichts-, Gehörs-,

Geruchs-, Geschmacks- und Tastempfindungen, ferner die Temperatur-, die Muskelempfindungen etc.) betrachtet. Werden die letztern als wirklich einfach und zugleich als unter einander specifisch verschieden angesehen, so muss obige Schwierigkeit, wie in dem qualitativ einfachen Träger qualitativ verschiedene Zustände zugleich gegenwärtig sein können, in ganzer Schärfe hervortreten.

333. Um dieselbe zu heben, hat Herbart den Ausweg der sogenannten „zufälligen Ansichten" ergriffen. Indem das Reale a, dessen einfache Qualität α sein soll, mit dem Realen b, dessen Qualität durch β ausgedrückt werden soll, der Qualität nach verglichen wird, zeigt sich, dass jede der beiden Qualitäten Bestandtheile enthalte, die sich unter einander wie plus und minus verhalten und daher, wenn die beiden Realen zusammengedacht werden, sich unter einander aufheben müssen. Da jedoch die einfache Qualität, als einfach, keine Theile enthalten, also auch keine solchen, die sich, mit einer andern Qualität verglichen, wie plus und minus verhalten, in sich schliessen kann, so stellt jene Auffassung derselben in Gedanken, laut welcher dieselbe nicht nur Theile, sondern einer andern Qualität entgegengesetzte Theile umfassen soll, nicht den wahren Inhalt der Qualität, sondern blos eine zufällige Ansicht derselben dar, kraft welcher gewisse Bestandtheile der Qualität des Realen in ihrem Zusammen mit andern aufgehoben werden sollten, aber nicht können, die Qualität zwar verändert werden sollte, aber nicht kann, weil jene aufzuhebenden Theile eben keine Theile, sondern nur in der zufälligen Ansicht der Qualität als solche angedichtet sind. Diese durch das Zusammen eines Realen mit anderen Realen demselben in Folge des gegensätzlichen Verhaltens seiner Qualität zu deren Qualitäten, von dem dieselben zusammenfassenden Denken zugemutheten, aber da jede einfache Qualität unveränderlich ist, niemals wirklich eintretenden Störungen sind es, welche Herbart „Selbsterhaltungen" des Realen genannt und als die einzige mit der strengen Einfachheit der Qualität desselben verträgliche Art des wirklichen Geschehens, den erfahrungsmässig gegebenen psychischen Vorgängen als metaphysische Grundlage untergebreitet hat. Dieselben sollen je nach der Qualität desjenigen Realen, welches mit dem gegebenen, um dessen Zustand es sich handelt, in einer zufälligen Ansicht zusammengefasst wird, selbst qualitativ verschieden (z. B. einmal eine Gesichts-, das andere Mal eine Gehörsempfindung u. dgl.), nichts desto weniger aber die Qualität

des Realen, dessen Zustände sie sind, qualitativ immer dieselbe und ungespalten sein. Sie sollen ferner wirklich und doch als Störungen der Qualität des Realen, die zwar eintreten sollten, aber, weil sonst letztere und damit das Reale selbst aufgehoben würde, niemals eintreten können, zwar zugemuthete, aber niemals wirklich gewordene, also im Grunde blosse Forderungen sein, die an das Reale um seines Zusammen mit anderen willen vom zusammenfassenden Denken gestellt, aber von jenem niemals erfüllt werden. Ob Zustände der Art überhaupt das Recht gewähren, dieselben als wirkliches Geschehen und zugleich als den einzigen Anknüpfungspunkt zu bezeichnen, welchen das streng einfache Reale für die erfahrungsmässig gegebene vielfache Mannigfaltigkeit psychischer Phänomene zu bieten vermöge, ist von der Seite der Erfahrungspsychologie eben so vielfach bestritten, als von der Seite der Schule ohne durchschlagenden Erfolg vielfach vertheidigt worden. Angriff und Abwehr gehen von der Alternative aus, dass entweder das wirkliche Geschehen im Realen nicht wirklich, oder die Qualität des Realen nicht einfach sein könne. Jenes, weil Einfachheit der Qualität die Wirklichkeit qualitativer Verschiedenheit des Geschehens, dieses, weil die qualitative Verschiedenheit des Geschehens die Einfachheit der Qualität ausschliesse.

334. Allerdings nur, weil und so lange das wirkliche Geschehen als qualitativ wirklich verschieden gedacht wird. Findet das Gegentheil statt d. h. wird das wirkliche Geschehen als qualitativ nicht verschieden d. h. seiner Qualität nach unter einander homogen und der Qualität des Wirklichen, dessen Geschehen es ausmacht, entsprechend vorgestellt, so entfällt der nicht abzustreitende Widerspruch zwischen der Qualität des Wirklichen, die einfach, und jener des Geschehens, die mannigfalltig sein soll, und damit auch der Grund, welcher die Wirklichkeit qualitativ verschiedenen Geschehens mit der Einfachheit der Qualität des Wirklichen selbst unverträglich zu machen droht. Nicht die Vielheit des Wirkens, sondern die gleichzeitige Vielartigkeit des Wirkens widerspricht der qualitativ einfachen Natur des Wirklichen; letztere schliesst nicht aus, dass das einfache Wirkliche zu anderen einfachen Wirklichen gleichzeitig anders sich verhält, wol aber schliesst sie aus, dass sich dasselbe zu jedem der andern als ein Anderes verhält.

335. Wie in der Physik die quantitative Atomistik der qualitativen, an Stelle der qualitativ verschiedenen qualitativ gleichartige Atome entgegensetzt, so führt dieselbe in der Psychologie, den qualitativ

unterschiedenen psychischen Elementarzuständen gegenüber,
qualitativ ununterschiedene primitive psychische Vorgänge in die
Betrachtung ein. Jene geht von der Voraussetzung aus, dass die
sogenannten einfachen Stoffe in der Chemie, diese glaubt sich zu
der Annahme berechtigt, dass die sogenannten einfachen
Empfindungen im Bewusstsein nicht die ursprünglichen primitiven,
sondern, die einen wie die andern, aus weiteren, wahrhaft letzten
Elementen und zwar jene aus unter sich gleichartigen primitiven
Körper-, diese aus gleichfalls unter einander homogenen primitiven
Bewusstseinselementen zusammengesetzt seien. Wie die quantitative
Atomistik in der Körperwelt, so strebt sie in der Bewusstseinswelt
die qualitativen auf blos quantitative Unterschiede zurückzuführen;
wie in der Chemie das Sauerstoffatom als eine Gruppe primitiver
Atome und dadurch als verschieden vom Kohlenstoffatom, als einer
anders geformten Gruppe derselben primitiven Atome, so geht sie
darauf aus, in der Psychologie z. B. die Empfindung des Blauen als
eine Gruppe primitiver Bewusstseinselemente und dadurch als
verschieden von der Empfindung des Rothen, als einer anders
geformten Gruppe derselben primitiven Bewusstseinselemente,
hinzustellen. Das qualitativ specifische Atom (z. B. das
Kohlenstoffatom) ist ihrer Auffassung zufolge eine räumlich, die
qualitativ specifische Empfindung (z. B. die Empfindung des Roth
oder die Empfindung des Tones C) eine zeitlich geordnete Gruppe,
jene von neben-, beziehungsweise ausser einander im Raume
gelagerten primitiven Atomen (etwa in Gestalt eines Würfels oder
einer Kugel), diese von nach, beziehungsweise auf einander
folgenden primitiven Bewusstseinsacten (etwa Billionen derselben
für die Empfindung des Roth, 32 derselben für den Ton des tiefen
C).

336. Wie diese Ansicht in der Physik durch die Entdeckung der
typischen Körper und die chemische Typentheorie, so hat dieselbe
in der Psychologie durch die Entdeckung von Helmholtz, dass
unsere vermeintlich einfachen Tonempfindungen
zusammengesetzter Natur seien, eine Bestärkung erhalten. Jene hat
es wahrscheinlich gemacht, dass die bis jetzt für einfach gehaltenen
chemischen Stoffe sich in weitere zerlegen lassen und deren
Analysen schliesslich zu der Annahme eines Grundstoffs führen
werden; diese lässt die Vermuthung zu, dass, wie die Ton-, so auch
die Empfindungen anderer Sinnesorgane sich als zusammengesetzt
und schliesslich als quantitative Combinationen einer und derselben
Grundempfindung erweisen werden. Mehr als jene

Wahrscheinlichkeit und diese Vermuthung auszusprechen, lässt weder der gegenwärtige Stand der äussern noch jener der innern Erfahrung zu, obgleich nicht geleugnet werden kann, dass die quantitative Atomistik, wie sie der Erfahrung über die Körperwelt sich am bequemsten anschmiegt, so auch einer consequenten Betrachtung der Bewusstseinswelt Vortheile in Aussicht stellt.

337. Einer und zwar nicht der geringste besteht darin, dass durch die Zurückführung der vermeintlich specifisch verschiedenen elementaren Bewusstseinsvorgänge auf ursprünglich gleichartige die schwer empfundene Unvergleichbarkeit physischer Vorgänge, wie es die Nervenreize, und psychischer, wie es die unmittelbar durch dieselben ausgelösten und auf dieselben bezüglichen Empfindungen sind, auf das geringste denkbare Mass herabgesetzt wird. Werden, wie längst in der physischen, so nun auch in der psychischen Welt die Verschiedenheiten sämmtlicher Phänomene auf rein quantitative Bestimmungen zurückgeführt, so steht nichts im Wege, die quantitativen Bestimmungen der physischen jenen der correspondirenden psychischen Vorgänge als gleich oder doch (wie das Weber-Fechner'sche Gesetz in einem einzelnen Falle versucht hat) als irgendwie proportional zu denken und dadurch die Unvergleichbarkeit beider auf die allerdings durch nichts zu beseitigende Unvergleichbarkeit des ursprünglichen physischen (der als solcher ein extensiver) und des gleichfalls ursprünglichen psychischen Vorgangs (der als solcher ein intensiver ist) zu beschränken. Stellt der Gehirn- oder Nervenvorgang, welcher die nächste Voraussetzung der Empfindung bildet, in der Reihe der sich stufenförmig über einander erhebenden physischen Vorgänge des mechanischen, chemischen und organischen Geschehens das oberste, so stellt die unmittelbar, obgleich unvergleichbar an jene sich anschliessende, primitive Empfindung in der Reihe der sich stufenweise über einander erhebenden Formen des psychischen Geschehens das unterste oder Anfangsglied dar, aus welchem, wie dort aus der Wechselwirkung der kleinsten Körpertheilchen (physikalische Atome, Molecüle) alle höheren physischen, so durch Umbildung und Wechselwirkung alle höheren psychischen Bildungen sich entwickeln.

338. Für die primitive Empfindung d. i. für den dem elementaren Vorgang im Nervenreiz entsprechenden elementaren Vorgang im Bewusstsein hat Lotze den Ausdruck „ictus" geprägt. Derselbe macht anschaulich, dass die Wirkung eines kleinsten extensiven

Vorgangs, z. B. einer einzelnen Aetherschwingung, ein kleinster intensiver Vorgang, die einer solchen entsprechende und daher im Innern so oft sich wiederholende Empfindung sein kann, als der sie veranlassende physische Vorgang, die Aetherschwingung, im äussern sich wiederholt. Wie die Empfindung selbst von der veranlassenden Schwingung, so hängt die Zahl der sich wiederholenden gleichen Empfindungen von der Zahl sich wiederholender gleicher Schwingungen ab, und wie durch die letztere in den Augen des Physikers der specifische Charakter des physischen Phänomens (z. B. durch die Zahl von 745 Billionen Schwingungen in der Secunde jener des rothen Lichtes), so erscheint durch die Zahl der sich wiederholenden primitiven Empfindungen der specifische Charakter des psychischen Phänomens (in obigem Fall der Empfindung des Rothen) in den Augen des Psychologen gegeben. Die Zahl der Schwingungen innerhalb einer bestimmten Zeiteinheit drückt für den Physiker das Quale, die Grösse der Schwingung (amplitude) die dynamische Intensität des Physischen (z. B. der Farbe) aus; eben so stellt in den Augen des Psychologen die Zahl der innerhalb derselben Zeiteinheit sich wiederholenden primitiven Empfindungen das Quale, die Stärke des einzelnen ictus durch ihr multiplum die dynamische Intensität des psychischen Phänomens (z. B. der Gesichtsempfindung des Rothen) dar. Die quantitative Bestimmung dort (das Vielfache der Schwingungen) und die quantitative Bestimmung hier (das Vielfache der primitiven Empfindungen) lassen, vorausgesetzt dass die Zeiteinheit dieselbe sei (z. B. die Secunde), der Unvergleichbarkeit der beiderseitigen Quales (der Schwingung einer- und des ictus anderseits) ungeachtet, eine Vergleichung der beiderseitigen Quanta zu und gestatten die eine durch die andre zu messen.

339. Dieselbe Voraussetzung macht es aber auch möglich, nicht nur das Verhältniss der primitiven Empfindungen selbst, sondern auch das aller aus denselben abgeleiteten psychischen Phänomene, ähnlich wie das Verhalten der körperlichen Elemente und aller daraus abgeleiteten physischen Phänomene, mit Rücksicht auf die in denselben enthaltenen quantitativen Bestimmungen und deren Relationen zu einander einer mathematischen Behandlung zu unterwerfen. Wie die Atome der Körperwelt sich als Kräfte betrachten lassen, die im Verhältniss ihrer Stärke anziehend oder abstossend auf einander wirken, so lassen die primitiven Empfindungen mit Rücksicht auf den Grad ihnen eigener Intensität als Kräfte sich ansehen, welche sich unter Voraussetzung

gleichartiger Richtung verstärken, unter Voraussetzung
entgegengesetzter ganz oder theilweise hemmen werden. Die exacte
Naturwissenschaft trachtet die gesammten Erscheinungen der
körperlichen Welt, auch die verwickeltesten, die sogenannten
Lebenserscheinungen, nicht ausgeschlossen, in ihrem letzten
Grunde auf Annäherungen und Entfernungen der kleinsten
Theilchen der körperlichen Masse (der Molecüle und physikalischen
Atome) nach statischen und mechanischen Gesetzen
zurückzuführen; eine exacte Psychologie wird das gleiche Ziel, die
Reduction der gesammten Bewusstseinserscheinungen auf
gegenseitige Verstärkung oder Hemmung der primitiven
Bewusstseinserscheinungen („Bewusstseins-Atome") nach
statischen und mechanischen Gesetzen vor Augen haben.

340. Wie die Gesammtheit der physikalischen Atome den Stoff der
Körper-, so bildet die Gesammtheit primitiver
Bewusstseinsvorgänge den Stoff der Welt des individuellen
Bewusstseins. Wie jene erfahrungsgemäss eine begrenzte d. h. so
weit reichende ist, als nach unserer Erfahrung das physische Band
reicht, welches als Gravitation die Elemente der Materie
zusammenhält, so ist die Menge des psychischen Materiales
erfahrungsgemäss für jedes individuelle Bewusstsein eine begrenzte,
deren Beginn mit dem Zeitpunkt des erwachenden (Geburt), deren
Ende mit jenem des erlöschenden Bewusstseins (Tod) des
Individuums zusammenfällt. Jene wie diese stellt ein Stoffquantum
dar, das sich weder vermehren noch vermindern lässt, dessen Form
jedoch im Laufe der Zeit, und zwar die des physischen Stoffs
während der Dauer des sichtbaren Universums, die des primitiven
Bewusstseinsmaterials während der Dauer des psychischen
Individuums, Aenderungen in ununterbrochener Folge erfahren
kann und, wie die Erfahrung, die äussere durch Beobachtung der
Entwickelungsgeschichte des Weltalls, die innere durch
Beobachtung der Process im Bewusstsein des Individuums, zeigt,
thatsächlich erfährt. So wenig jemals dem Begriff unbedingten
Gesetztseins entsprechend das Denken ein Sein d. h. Realität
hervorzubringen vermag, so wenig vermag der atomistische Träger
des Bewusstseins auch nur eine einzige primitive Empfindung aus
sich selbst d. i. ohne durch anderes Wirkliche gegebene
Veranlassung zu erzeugen. So gewiss das Wirkliche als unbedingt
Gesetztes durch das Denken zwar als solches anerkannt, aber nicht
aufgehoben zu werden vermag, so gewiss kann ein einmal
stattgehabtes wirkliches Geschehen (eine primitive Empfindung im

Bewusstsein) durch Verleugnung von Seite des Wirklichen, in dem es geschehen ist, zwar verdunkelt, aber niemals ungeschehen gemacht werden.

341. Wie die Totalität des körperlichen Stoffs und aller daraus näher oder entfernter sich entwickelnden Erscheinungen den Inhalt des räumlich und zeitlich ausgedehnten Weltalls, so bildet die Gesammtheit des Bewusstseinsmaterials und aller näher oder entfernter daraus abgeleiteten Bewusstseinsphänomene den Inhalt des nicht räumlich, wol aber zeitlich ausgedehnten Bewusstseins. Jenes besitzt obige Eigenschaft, weil dessen Bestandtheile nicht nur ausser einander, sondern auch nach einander, dieses nur die letztere, weil dessen Bestandtheile zwar nicht blos nach einander, sondern auch mit einander, in dieser letzteren Eigenschaft aber niemals ausser einander sein können. Letzteres nicht, weil das atomistische Wirkliche, dessen Zustände sie sind, keinen Raum darbietet für eine gleichzeitige „itio in partes". So gut die gleichzeitig existirenden Elemente des körperlichen Stoffs ihres räumlichen Aussereinander ungeachtet durch das physische Band, das sie an einander fesselt, gezwungen sind, als Theile desselben physischen Weltalls mit einander in Zusammenhang zu bleiben, so gut sind die gleichzeitig vorhandenen Elemente des individuellen Bewusstseins durch die atomistische Beschaffenheit ihres gemeinsamen Trägers gezwungen, als Theile desselben Bewusstseins unter einander in realen Zusammenhang zu treten. So wenig ein Weltkörper, durch das Band der Schwere gehalten, aus dem sichtbaren Universum und seinem Verband mit anderen Weltkörpern sich entfernen, so wenig kann irgend ein Bestandtheil des Bewusstseins der Berührung mit den gleichzeitig mit ihm in demselben Bewusstsein vorhandenen Bestandtheilen ausweichen. Derselbe ist, wohl oder übel, gezwungen, sich mit denselben, sei es feindlich oder freundlich, in Contact zu setzen.

342. Letztere Nöthigung enthält den Grund der sogenannten Ideenassociation d. i. der Vergesellschaftung der gleichzeitig in demselben Bewusstsein vorhandenen Phänomene. Derselbe ist ein „mechanischer", demjenigen vergleichbar, dessen Wirkung wie durch einen Druck von aussen auf mittels desselben zusammengehaltene Körper ausgeübt wird, und steht so wenig, wie dieser zu der qualitativen Beschaffenheit der Körper, zu der qualitativen Beschaffenheit der associirten Phänomene in Beziehung. Nicht der Umstand, dass sie dem Inhalt nach ähnlich oder

unähnlich, sondern allein die Thatsache, dass sie gleichzeitig
Bestandtheile desselben Bewusstseins sind, knüpft die
Erscheinungen an einander und dehnt ihre Wirksamkeit nachhaltig
auch auf solche Bestandtheile des Bewusstseins aus, welche nicht
ganz, sondern nur theilweise mit den eben im Bewusstsein
anwesenden Erscheinungen gleichzeitig sind. Letzteres macht
erklärlich, warum in demselben Bewusstsein auf einander folgende
Erscheinungen, vorausgesetzt dass dieselben schon einzutreten
angefangen haben, bevor die gegenwärtigen gänzlich geschwunden
sind, sich mit den letzteren gleichfalls und, wenn obige
Voraussetzung sich erfüllt, alle einander succedirenden
Bewusstseinsphänomene sich unter einander associiren.

343. Treten daher gewisse Bewusstseinsphänomene (z. B. primitive
Empfindungen) thatsächlich zugleich oder in der Weise nach
einander ins Bewusstsein ein, dass die vorangehende noch
fortdauert, wenn die folgende schon eintritt, so müssen sich
dieselben unter einander verbinden, und zwar desto inniger, je öfter
das gleichzeitige oder successive Eintreten derselben sich
wiederholt. Sind nun Gründe vorhanden, welche bewirken, dass
gewisse Phänomene niemals anders als gleichzeitig oder in
derselben Ordnung nach einander ins Bewusstsein eintreten können,
so muss diese Nöthigung, sich unter einander zu verbinden, zuletzt
eine so unwiderstehliche werden, dass jene Phänomene
schlechterdings nicht mehr ohne einander gedacht d. h. dass
dieselben nur als ein zusammengehöriges Ganzes d. i. als Aggregat
von Bewusstseinsphänomenen gedacht werden können, dessen
Theile zwar eben so wenig wie die des mechanischen Körpers
durch Gleichartigkeit oder Gegensatz unter einander verwandt sein
müssen, aber eben so wie diese durch mechanischen Druck und
Cohäsion, so durch den Zwang der Simultaneität oder Succession
mit einander verbunden sind.

344. Aggregate dieser Art sind von Herbart „Complicationen"
genannt worden. Das Charakteristische derselben liegt darin, dass
die Beschaffenheit des Inhalts des Verbundenen gleichgiltig, der
Grund der Verbindung einzig die Gleichzeitigkeit oder
Aufeinanderfolge des Verknüpften ist. Daraus folgt, dass auf diesem
Wege eben so gut verwandte, als gänzlich disparate
Bewusstseinsphänomene zur Verbindung gelangen, und nicht nur
Heterogenes, sondern selbst Widersprechendes durch die blosse
Thatsache der Gleichzeitigkeit oder der Succession zu einem (im

letzteren Falle sogar widerspruchsvollen) Ganzen
zusammengewürfelt und durch den Zwang der Ideenassociation
zusammengeschweisst werden kann. So wenig der nur mechanisch
zusammengesetzte physische Körper aus qualitativ gleichartigen
Elementen, so wenig braucht die Complication aus solchen zu
bestehen; so gewiss aber vom Standpunkt der quantitativen
Atomistik aus der chemisch einfache Körper (z. B. das
Sauerstoffatom), da derselbe nichts weiter als eine eigenartig
geformte Gruppe primitiver physikalischer Atome ist, nichts
anderes als ein blosses Aggregat sein kann, weil bei dessen
Zusammensetzung die Qualität seiner Bestandtheile noch keine Rolle
spielt, so gewiss kann die im Sinne der bisherigen Psychologie
einfach genannte Empfindung (z. B. die Empfindung Roth oder Ton
C), wenn dieselbe nichts weiter als eine eigenartige Gruppe
primitiver Bewusstseinsacte (ictus) sein soll, nichts anderes sein,
als eine Complication, weil bei derselben von einer Rücksicht auf
qualitative Beschaffenheit ihrer primitiven Elemente keine Rede sein
kann. Das Sauerstoffatom stellt in diesem Fall unter den möglichen
Gruppirungen, welche physikalische Atome überhaupt einnehmen
können, eine solche dar, welche thatsächlich gegeben und von der
äusseren Erfahrung unter dem Namen des Sauerstoffes fixirt
worden ist; eben so möchte die vermeintlich einfache Empfindung
des Rothen eine Complication primitiver Bewusstseinsacte
ausdrücken, welche unter den zahllosen möglichen Combinationen
primitiver Bewusstseinselemente thatsächlich gegeben und von der
inneren Erfahrung durch den Namen des Roth-Empfindens vor
andern ihrer Gattung ausgezeichnet worden ist.

345. Qualitativ verschiedene Empfindungen der Art
(Farbenempfindungen wie Roth, Blau, Grün; Tonempfindungen wie
Violinton g, h; Geruchsempfindungen wie Rosengeruch,
Veilchengeruch etc.), welche selbst schon Complicationen
primitiver Bewusstseinsacte sind, verhalten sich zu diesen letzteren,
wie sich die qualitativ verschiedenen sogenannten einfachen
chemischen Stoffe (Sauerstoffatom, Kohlenstoffatom) als Gruppen
ursprünglicher Molecüle zu diesen letzteren selbst verhalten.
Dieselben nehmen die nach den primitiven Bewusstseinsacten
nächste Stufe unter den Bildungen des Bewusstseins, wie die
chemischen einfachen Stoffe die nach den physikalischen Atomen
nächste Stufe unter den Körperbildungen des Naturlebens ein und
können, wie diese letzteren zu „Gemengen" einfacher Stoffe (wie
die atmosphärische Luft ein solches von Sauerstoff und Stickstoff

darstellt), so zu neuen Complicationen, sei es gleichartiger, sei es ungleichartiger Empfindungen sich verbinden. Wie aus der Verbindung chemisch gleichartiger Atome ein homogener Körper, so entsteht aus der Verbindung gleichartiger Empfindungen, z. B. durchgehends Empfindungen rothen Lichts, eine homogene, wie aus der Verbindung ungleichartiger Atome ein chemisches Stoffgemenge, so aus der Verknüpfung heterogener Empfindungen eine heterogene Complication. Complicationen dieser Art, die also eben so bereits fertige Empfindungen, wie diese letzteren primitive Bewusstseinsacte zur Voraussetzung haben, sind die sogenannten A n s c h a u u n g e n , die als solche entweder reine d. h. aus durchaus homogenen, oder gemischte d. i. aus heterogenen Empfindungen zusammengesetzt sind. Von jener Art ist die Anschauung des Rothen, von dieser die Anschauung z. B. des Goldes. Jene entsteht dadurch, dass vermöge der flächenförmigen Ausbreitung des Sehnervs als Netzhaut auf der Oberfläche des kugelförmigen Augapfels bei der Einwirkung rothen Lichts auf denselben niemals eine vereinzelte Empfindung des Rothen, sondern stets, da mehrere Punkte der Netzhaut zugleich von rothem Licht getroffen werden, eine Summe von Roth-Empfindungen d. h. eine durch Gleichzeitigkeit verknüpfte Complication unter einander homogener Empfindungen zum Vorschein kommen muss. Diese entsteht dadurch, dass mehrere unter einander verschiedene Sinne durch das angeschaute Object zugleich, jeder in seiner Weise, der Sehnerv z. B. durch den Glanz und die gelbe Farbe des Goldes, der Hörnerv durch dessen Metallklang, der Tastnerv durch dessen Glätte und Kälte u. s. w. in Erregung versetzt werden und so eine Gruppe heterogener Empfindungen gebildet wird, die unter einander durch Gleichzeitigkeit verknüpft und als Complication mit dem gemeinsamen Namen des Goldes belegt werden.

346. Wie chemisch disparate Körperbestandtheile, die zu einander keinerlei Affinität besitzen und lediglich durch mechanischen Druck zusammengehalten werden, in ihrem Verbande beharren, aber auch nur so lange beharren, als jener währt, chemisch verwandte Körperbestandtheile aber in Folge dieser Verwandtschaft eine viel innigere, und zwar so weit gehende Verbindung unter einander eingehen, dass dieselbe nicht wieder auf mechanischem, sondern nur auf chemischem Wege in Folge stärkerer Verwandtschaft mit einem anderen Körper gelöst werden kann: so bleiben reine Anschauungen, deren Bestandtheile homogen, also dem Inhalt nach unter einander verwandt sind, auf dem Niveau einer durch blosse

Gleichzeitigkeit verknüpften Complication nicht stehen, sondern
gehen deren Elemente in Folge ihrer Homogeneität unter einander
allmälig eine viel innigere Verbindung ein, während die gemischten
Anschauungen, deren Elemente unter einander disparat d. h. dem
Inhalt nach gegen einander indifferent sind, fortfahren,
ausschliesslich durch das Band blosser Gleichzeitigkeit vereinigt zu
sein. Jene innigere Verbindung homogener Empfindungen, welche
im Gegensatz zu der durch G l e i c h z e i t i g k e i t erzeugten,
durch deren G l e i c h a r t i g k e i t hervorgebracht wird, ist von
Herbart treffend „Verschmelzung" genannt und dadurch von der
blossen Complication in ähnlicher Weise wie die chemische
Verbindung von der mechanischen unterschieden worden. Das
Charakteristische derselben liegt darin, dass sie wol auf
Veranlassung des gleichzeitigen Vorhandenseins homogener
Bewusstseinsvorgänge, aber nicht d u r c h diese Gleichzeitigkeit
entsteht d. h. dass die gleichzeitig gegebenen gleichartigen
Empfindungen zwar nicht verschmelzen könnten, wenn sie nicht
gleichzeitig wären, jedoch nicht verschmelzen, weil sie gleichzeitig,
sondern weil sie gleichartig sind.

347. Wie mit der Einführung des qualitativen Unterschieds der
körperlichen Elemente ein neuer Gesichtspunkt in der Betrachtung
der physischen Welt eröffnet und damit eine neue Stufe im Aufbau
des Naturlebens erreicht wird, so treten mit der Berücksichtigung
des qualitativen Unterschieds der Bewusstseinselemente nicht nur
die einzelnen psychischen Bildungen, sondern auch deren
Beziehungen zu, unter und auf einander in eine neue Beleuchtung.
Wurden dieselben bis dahin nur auf die Thatsache hin angesehen,
dass sie entweder gleichzeitig oder nach einander ins Bewusstsein
eintraten und in Folge dessen, wie sie sonst immer beschaffen sein
mochten, sich unter einander associiren mussten, so werden
dieselben von nun an eben so ausschliesslich ihrer Verwandtschaft
d. h. der ganzen oder theilweisen Identität oder dem Gegensatz
ihres Inhalts nach ins Auge gefasst, in Folge deren sie, wenn sie
einmal gleichzeitig oder successiv im Bewusstsein vorhanden sind,
unvermeidlich mit einander in Contact treten müssen. Je nachdem
jener Inhalt beschaffen, entweder ganz oder theilweise derselbe
oder ein ganz oder theilweise entgegengesetzter ist, wird die
Berührung der im Bewusstsein gleichzeitig vorhandenen Vorgänge,
welche einander in Folge der atomistischen Beschaffenheit ihres
gemeinsamen Trägers nicht auszuweichen vermögen, freundlich
oder feindlich sein d. h. dieselben werden sich im ersten Fall unter

einander verstärken d. h. mit einander verschmelzen, im zweiten
Fall unter einander schwächen d. h. einander gegenseitig hemmen.
Jener Vorgang entspricht der chemischen Anziehung zwischen
qualitativ gleichen, dieser dem Kampf zwischen qualitativ
ungleichen Körpern, von welchen der eine Bestandtheile enthält,
welche zu dem andern eine grössere Verwandtschaft besitzen als zu
ihm selbst d. h. zu ihm selbst im innerlichen Gegensatze stehen.
Wie jene zu der Verschmelzung der gleichen Körper, so führt dieser
zur Ausscheidung des Entgegengesetzten, worauf die
zurückgebliebenen, nunmehr nicht mehr gegensätzlichen
Bestandtheile sich mit einander vereinigen.

348. Wie bei der Nichtberücksichtigung der qualitativen
Beschaffenheit des zu Verknüpfenden eine Association auf Grund
der Gleichzeitigkeit oder Succession, so findet bei Berücksichtigung
derselben zwar gleichfalls Association, aber in Folge der
Gleichartigkeit oder des Gegensatzes des zu Verknüpfenden statt.
Zwar lässt sich die letztere auf die erstere zurückführen, insofern
Bewusstseinsphänomene, die ihrem Inhalt nach identisch sind, als
gleichzeitige deshalb sich ansehen lassen, weil, wenn ihr Inhalt
einmal gegeben ist, derselbe in diesem Fall als der nämliche gegeben
ist, welcher in allen folgenden Fällen wiederkehrt. Allein, da jede
Wiederholung desselben Inhalts nichts desto weniger ein von der
ursprünglichen Vorstellung desselben verschiedener Act des
Bewusstseins, also in diesem Betracht ein neues
Bewusstseinsphänomen und demnach mit jenem keineswegs
gleichzeitig ist, so kann der Grund der Verbindung beider
demungeachtet nicht in deren (nicht vorhandener) Gleichzeitigkeit,
sondern muss in der (ganzen oder theilweisen) Identität ihres
Inhalts gesucht werden. Die Association durch Gleichzeitigkeit,
durch welche gleichsam „mechanische", und die Association durch
Gleichartigkeit, durch welche gleichsam „chemische" Verbindungen
zwischen Bewusstseinsvorgängen zu Stande kommen, ist daher
wesentlich verschieden.

349. Wie in der reinen Anschauung d. i. in der homogenen
Complication homogene Empfindungen, so werden in dem durch
Verschmelzung entstandenen Bewusstseinsgebilde homogene, sei es
reine, sei es gemischte Anschauungen unter einander verbunden.
Da dieselben homogen d. h. ihrem Inhalt nach gleichartig sind, so
verstärken sie einander, so dass das neu entstehende
Bewusstseinsgebilde in seiner Intensität die Intensitäten aller

derjenigen Anschauungen vereint, aus deren Verschmelzung unter einander es erwachsen ist. Von dieser Art sind die sogenannten sinnlichen Vorstellungen, welche als solche kein primitives Bewusstseinsgebilde, sondern erst auf Grund und durch Verschmelzung zahlreicher einzelner, unter einander gleichartiger Anschauungen allmälig geworden sind. Auf diesem Wege sucht der sogenannte Anschauungsunterricht durch künstliche Veranstaltungen, welche die wiederholte Vorführung gleicher Anschauungen durch Vorzeigung des nämlichen Gegenstandes bezwecken, sinnliche Vorstellungen von bedeutender Intensität zu erzeugen. Dieselbe stellt daher gleichsam die Summe derjenigen homogenen Einzelanschauungen dar, aus denen sie erwachsen, oder welche vielmehr in ihr zu einem Ganzen verwachsen ist, zugleich aber auch einen Kern, durch dessen überlegen gewordene Intensität jede im Verlauf des Bewusstseinsprocesses in denselben eintretende homogene Anschauung herangezogen und mit welchem dieselbe sofort, denselben neuerdings verstärkend, verschmolzen wird. Da die Stärke auf diesem Wege gebildeter sinnlicher Vorstellungen mit der Menge der Anschauungen, welche deren Unterlage im Bewusstsein ausmachen, sich fortwährend steigert, so erklärt es sich, dass solche, die aus den Anschauungen der Umgebung (z. B. der Heimat), also aus den natürlicher Weise häufigsten entstanden sind, die relativ grösste Stärke besitzen müssen und daher im Bewusstsein am längsten und dauerhaftesten sich festsetzen, aber auch auf die weiteren ihrerseits aus sinnlichen Vorstellungen auf was immer für einem Wege abgeleiteten Bewusstseinsbildungen (z. B. Begriffe) den grössten Einfluss üben müssen.

350. Wenn die sinnliche Vorstellung durch die Verschmelzung homogener Anschauungen entsteht, so leuchtet ein, dass, wenn diejenigen Anschauungen, welche die Unterlage einer gewissen sinnlichen Vorstellung ausmachen, zwar unter einander homogen, aber zugleich einem gewissen Kreise von Anschauungen, welcher seinerseits einer sinnlichen Vorstellung als Basis dient, heterogen sind, auch die durch die Verschmelzung der ersteren und die durch die Verschmelzung der letzteren entstehende sinnliche Vorstellung unter einander heterogen sein müssen. Dieselben werden je nach der Beschaffenheit der Anschauungskreise, aus welchen sie erwachsen sind, unter einander entweder gänzlich disparat, oder ihrer Heterogeneität ungeachtet mehr oder minder unter einander verwandt d. h. ihrem Inhalt nach theilweise identisch, theilweise entgegengesetzt d. h. zum Theil aus gleichen, zum Theil aus

entgegengesetzten Elementen zusammengesetzt sein. Findet das erstere statt, so werden dieselben, wenn sie gleichzeitig oder nach einander im Bewusstsein vorhanden sind, sich zu einer Complication höherer Ordnung, d. i. zu einer solchen verbinden, deren Bestandtheile im Gegensatz zu den früher erwähnten niederer Gattung weder blosse primitive Bewusstseinsacte, noch Empfindungen oder Anschauungen, sondern selbst schon sinnliche Vorstellungen, also Gebilde höherer Art sind. In letzterem Falle dagegen werden dieselben unter einander, so gut es geht, sich zu verschmelzen trachten, wobei die identischen Bestandtheile in beiden die Verschmelzung begünstigen, die entgegengesetzten in beiden dagegen dieselbe mehr oder minder vereiteln werden. Dadurch wird ein Bewusstseinsgebilde zum Vorschein kommen, in welchem ein Theil völlig verschmolzen d. h. eins, der andere Theil dagegen der Verschmelzung widerstrebend d. h. in Spannung begriffen ist. Jener setzt sich aus den in sämmtlichen sinnlichen Vorstellungen, aus welchen das neue Gebilde erwachsen ist, identischen, dieser dagegen aus den in sämmtlichen obigen sinnlichen Vorstellungen von einander abweichenden d. h. sich unter einander ausschließenden Bestandtheilen zusammen; jener, der die Intensität sämmtlicher jenen sinnlichen Vorstellungen gemeinsamen Bestandtheile in sich vereinigt, besitzt eine vergleichsweise überlegene, die widerstrebenden Bestandtheile gleichsam „wider Willen" festhaltende Kraft; dieser, dessen einzelne Bestandtheile sich unter einander ausschliessen d. h. trennen möchten, aber nicht können, weil sie mit den identischen zu einem Ganzen vereinigt sind, stellt einen Zustand in sich gespannter, einander gegenseitig hemmender, aber nicht vernichtender, relativ schwacher Kräfte dar, welche gegenüber der gesammelten Intensität der in dem bleibenden Bestandtheil verschmolzenen identischen Elemente gleichsam verschwinden. Das so entstandene Bewusstseinsgebilde, das zu seinem Inhalt die sämmtlichen sinnlichen, unter einander verwandten Vorstellungen, aus denen es entstanden ist, gemeinsamen Bestandtheile, zu seinem Umfang d. i. zu seiner Grundlage im Bewusstsein aber die Summe dieser sinnlichen Vorstellungen, aus denen es entstanden ist, selbst hat, ist das sogenannte Gemeinbild oder im psychologischen Sinne der Begriff.

351. Derselbe kommt als psychisches mit dem belebten Naturkörper als physischem Gebilde insofern überein, als er, wie dieser, einen bleibenden unveränderlichen und einen veränderlichen,

wechselnden Bestandtheil in sich schliesst. Vermöge des ersteren
bleibt das Gemeinbild: Baum, das aus den sinnlichen Vorstellungen
Birke, Buche, Tanne, Apfelbaum, Palme u. s. w. durch
Verschmelzung der diesen allen gemeinsamen Bestandtheile
entstanden ist, immer dasselbe, während die Merkmale, welche der
Birke oder der Buche eigenthümlich sind, beliebig mit einander
vertauscht werden und so das Gemeinbild bald in das Bild einer
Birke, bald in das einer Buche u. s. w. verändern können. Letztere,
die sinnlichen Vorstellungen Birke, Buche, Fichte u. s. w. machen
den Umfang, die ihnen allen gemeinsamen Merkmale den Inhalt des
Begriffs Baum aus. Dieser als identischer Vereinigungspunkt des
dem ganzen Umfang Gemeinsamen stellt gleichsam „die Seele”
dieses ganzen Kreises von Vorstellungen dar, in welchen derselbe
als allen gemeinsamer Bestandtheil erscheint. Mit der sinnlichen
Vorstellung hat der Begriff als psychisches Gebilde gemein, dass er
wie diese durch Verschmelzung homogener Elemente entstanden
ist. Er unterscheidet sich aber von ihr durch den Umstand, dass die
Anschauungen, aus welchen die sinnliche Vorstellung erwächst,
keine andern als durchaus homogene Elemente in sich schliessen,
während die sinnlichen Vorstellungen, aus welchen der Begriff
erwächst, neben den homogenen d. i. in allen identischen
Bestandtheilen, die im Begriff mit einander verschmelzen, noch
heterogene ja einander entgegengesetzte Bestandtheile in sich
schliessen, die im Begriff einander hemmen und gegenseitig in
Spannung versetzen. So hat die Vorstellung Birke mit der
Vorstellung Tanne alle diejenigen Merkmale gemein, die der Begriff
Baum enthält, aber in jener ist zugleich das Merkmal des belaubten,
in dieser das des Nadeln tragenden Baumes enthalten, die sich unter
einander ausschliessen. Da sich nun niemals vorhersagen lässt, ob
nicht künftig ins Bewusstsein eintretende Anschauungen sinnliche
Vorstellungen herbeiführen werden, welche zwar unter denselben
bereits vorhandenen Begriff fallen, aber zugleich Elemente in sich
schliessen, welche mit jenen aller bisherigen sinnlichen
Vorstellungen des Umfangs jenes Begriffs im Widerspruch stehen,
so muss der Umfang des Gemeinbildes und dadurch dieses selbst
ein gewisses Schwanken zeigen, von welchem die sinnliche
Vorstellung, die nichts anderes als die Verschmelzung sämmtlicher
ihr zu Grunde liegenden homogenen Anschauungen zu einem
einzigen Ganzen ist, sich frei erhält. Je nachdem der
Zusammenhang des Begriffs mit den Vorstellungen, aus denen er
stammt, mehr oder minder lose d. h. entweder ein solcher ist, bei
welchem die gemeinsamen Bestandtheile von den sich unter

einander ausschliessenden sich noch nicht so weit losgemacht
haben, dass nicht mit dem Vorstellen der ersteren zugleich eines
oder einige der letzteren (mit Ausschluss der übrigen) vorgestellt
würden, während im anderen Falle die Verbindung zwischen den
gemeinsamen und den individuellen Bestandtheilen bereits so weit
gelockert ist, dass die ersteren rein und ohne Begleitung eines oder
mehrerer der letzteren vorgestellt werden, scheiden sich die
Begriffe als psychische Gebilde in eine niedere und eine höhere
Ordnung, welche zugleich an die entsprechende der organischen
Körperwelt erinnern. Im ersten Fall, so lange das Gemeinbild nicht
rein, sondern jedesmal unter Begleitung eines oder mehrerer
Merkmale, die nicht dem ganzen Umfang, sondern nur einem Theile
desselben eigen sind, vorgestellt wird (z. B. der Baum nur als
belaubt, während es doch auch Coniferen gibt, oder nur als ästig,
während es doch auch astlose Bäume wie die Palmen gibt),
erscheint dasselbe gleichsam wie die Pflanze an den Boden, aus
dem es erwachsen ist d. i. an die sinnlichen Vorstellungen geheftet,
die dessen Unterlage im Bewusstsein bilden, ohne sich von der
„Scholle" losmachen und frei (wie das Thier in seinen
Bewegungen) über die sinnlich anschauliche Basis, in welcher es
seine Wurzel hat, erheben zu können. Auf dieser Stufe wird z. B.
das Dreieck, weil es aus den Vorstellungen eines recht-, stumpf-
oder spitzwinkeligen, eines gleichseitigen, gleichschenkligen oder
ungleichseitigen, eines ebenen oder sphärischen Dreiecks
erwachsen ist, jedesmal unter dem Bilde eines von diesen d. h. es
wird entweder als spitzwinklig oder als rechtwinklig, als gleichseitig
oder als ungleichseitig, niemals aber als keines von diesen d. i. rein
als Dreieck (in abstracto) vorgestellt. Die Eierschale der sinnlichen
Vorstellungen, aus denen es erwachsen ist, klebt dem aus dem Ei
geschlüpften Küchlein des psychischen Begriffs in diesem Stadium
der psychologischen Entwickelung gleichsam noch auf dem
Rücken an. Dasselbe erhält sich um so länger, je kleiner und
homogener der Kreis der sinnlichen Vorstellungen ist, aus welchen
das Gemeinbild seine Nahrungssäfte zieht. Denn je gleichartiger die
sinnlichen Vorstellungen unter einander d. h. je geringer an Zahl und
Intensität die unter einander entgegengesetzten Bestandtheile
derselben sind, desto weniger hemmen und verdunkeln sich
dieselben unter einander; desto weniger wird der Zusammenhang
zwischen den identischen und den particulären Merkmalen d. i.
zwischen dem Begriff und seinem Umfang aufgehoben, und desto
leichter werden mit den gemeinsamen auch eines oder einige
besondere Merkmale d. h. wird das Gemeinbild selbst in einer

besonderen Färbung (in concreto) vorgestellt. Je reicher und
mannigfaltiger dagegen der Umkreis der sinnlichen Vorstellungen
wird, um desto grössere Gegensätze finden zwischen den letzteren
statt, um so mehr löschen die einander entgegengesetzten Merkmale
sich unter einander völlig aus, um desto mehr wird der
Zusammenhang zwischen den allen gemeinsamen und den
individuell besonderen Merkmalen gelockert, um desto weniger tritt
eine Nöthigung ein, im Gemeinbilde nebst den gemeinsamen auch
noch eines oder einige nur particuläre Merkmale vorzustellen, um
desto mehr löst sich das Gemeinbild als ein abstractes von der ihm
zu Grunde liegenden Vorstellungsunterlage im Bewusstsein ab und
schwebt als ein auf dieser zwar erwachsenes, aber nicht mehr mit
ihr verwachsenes Gebilde frei über der Sphäre concreter
Vorstellungen. Erst das auf diese Stufe der Entwickelung erhobene
Gemeinbild ist wahres Allgemeinbild d. h. stellt nicht blos eines,
einige oder viele Theile des Umfangs, sondern im eminenten Sinn
den ganzen Umfang vor und kann, statt wie bisher an einem Theile
desselben mit Ausschluss des übrigen zu haften, über alle Theile
desselben ohne Ausnahme frei hin und her sich bewegen. Das so
geläuterte Gemeinbild ist wirklich Begriff, denn es begreift
sämmtliche Glieder seines Umfangs unter sich, zugleich in dieser
abstracten Reinheit aber auch ein blosses „Ideal", dem sich das
wirklich vorhandene Gemeinbild zwar zu nähern, welches dasselbe
jedoch niemals vollkommen zu erreichen vermag, weil der
Zusammenhang zwischen den gemeinsamen und zum Begriff
verschmolzenen und den individuellen, den sinnlichen Vorstellungen
angehörigen Merkmalen zwar vermindert, aber niemals zerrissen
werden kann und daher der thatsächliche Begriff eine, wenn auch
noch so leichte Färbung auf Grund seines Ursprungs immer an sich
tragen muss. Letzteres ist um so weniger zu verwundern, als ja
auch der thierische Organismus, seiner, mit der Sesshaftigkeit der
Pflanze verglichen, frei erscheinenden Beweglichkeit ungeachtet,
dem Boden seiner Heimat und den Bedingungen seiner Geburt
verhaftet bleibt und sich fremden Himmelsstrichen entweder gar
nicht, oder nur höchst allmälig durch Acclimatisation einverleibt.

352. Die höchste Stufe erreicht der Begriff, wenn er sich selbst
begreift d. h. wenn er das auf dem Grunde der sinnlichen
Vorstellungen erwachsene Gemeinbild sich selbst vorstellt. Dieses
geschieht, wenn das im Bewusstsein vorhandene Gemeinbild jedes
andere in demselben Bewusstsein auftauchende homogene,
psychische Gebilde in Folge dieser seiner Homogeneität als

gleichartig erkennt, vermöge seiner überlegenen Intensität an sich zieht und mit sich selbst verschmelzt. Dasjenige Gebilde, von welchem die Verschmelzung ausgeht (das thätige), spielt dabei die herrschende, dasjenige, welches mit demselben verschmolzen wird, das leidende, die unterthänige Rolle. Jenes erscheint als das überlegene, das sich des anderen bemächtigt; gleichsam als der Krystallisationspunkt, an welchen das andere anschliesst, oder als der Organismus, welchem das andere zur Nahrung dient. Wie der thierische Organismus den pflanzlichen (die vegetabilische Nahrung) sich assimilirt, so wird von dem mächtigeren psychischen Gebilde das ihm homogene schwächere apper cip irt d. h. nicht blos als vorhanden wahrgenommen (percipirt), sondern als verwandt d. h. ihm zugehörig erkannt und als das seinige in Besitz genommen (appercipirt). Hat sich einmal der Begriff Baum im Bewusstsein festgesetzt, so reisst derselbe jede später in dasselbe eintretende homogene Erscheinung d. i. jede künftige Wahrnehmung irgend eines Baumes sofort als ihm zugehörig an sich und fügt sie als ihm Gleichartiges zu sich als bereits vorhandenem psychischem Gebilde hinzu, welches dadurch naturgemäss zu immer grösserer Stärke und dem entsprechender Macht im Bewusstsein anwachsen muss.

353. Psychische Bildungen dieser letzten Art, welche nicht mehr weder zunächst noch entfernt blosse Perceptionen d. h. wie die primitiven Bewusstseinsacte durch extensive (äussere) veranlasste intensive (innere) Zustände oder, wie die Anschauungen, sinnlichen Vorstellungen, niederen und höheren Gemeinbilder aus jenen durch Complication oder durch Verschmelzung entstanden, sondern Apperceptionen d. h. andere ihresgleichen beherrschende Phänomene sind, lassen sich als im Bewusstsein vertheilte Centralmassen betrachten, deren jede zahlreichen andern zum Mittel-, Sammel- und Vereinigungspunkte dient. Da die Macht derselben über andere ihresgleichen von ihrer eigenen, relativ diesen überlegenen Intensität abhängt, indem jede Vorstellungsmasse eine ihr ähnliche desto leichter sich aneignen wird, je stärker sie selbst und je schwächer die letztere ist, so ist es klar, dass diejenige, welche durch die Umstände begünstigt, nothwendig von allen die stärkste werden, zugleich die stärkste Anziehungskraft erlangen und schliesslich die übrigen alle oder doch fast alle sich aneignen muss. Eine solche aber ist diejenige Vorstellungsmasse, welche sich auf den Vorstellenden d. i. auf den Träger des Bewusstseins selbst bezieht und deshalb als „Ich" bezeichnet wird. Während z. B. die

Vorstellung des Baumes nur dann im Bewusstsein vorhanden sein
kann, wenn die Anschauungen, aus welchen dieselbe erwächst,
wirklich in das Bewusstsein jemals eingetreten sind, und demnach
jenem nothwendig fehlen muss, dem jene Anschauungen mangeln
(eben so wie dem Blinden die Farben, dem Tauben die Töne u. s.
w.), kann eine auf sich selbst bezügliche Vorstellung dem
Vorstellenden niemals abgehen, weil die Anschauungen, auf deren
Grund dieselbe erwächst (zunächst die Empfindungen des eigenen
Leibes) demselben nie fehlen können; und dieselbe muss
nothwendig unter allen übrigen die relativ höchste Intensität
erreichen, weil die Veranlassungen zu derselben mit jenen aller
andern Vorstellungen verglichen die häufigsten und, wie der eigene
Leib, dem Bewusstsein beinahe ununterbrochen gegenwärtig sind.
Zwar durchläuft dieselbe als psychisches Gebilde eine Reihe von
Entwickelungsstadien, in deren Verfolge sich dieselbe immer mehr
von überflüssigen d. h. zur reinen Ich-Vorstellung wesentlich nicht
erforderlichen Bestandtheilen befreit und aus einer
Vorstellungsmasse, welche zunächst aus den Vorstellungen des
eigenen Leibes und seiner Bestandtheile besteht, allmälig zu jener
des reinen Sichselbstwissens im Selbstbewusstsein hinauf läutert;
allein ihre bevorzugte Stellung und in deren Folge ihre
appercipirende Macht über die übrigen Bildungen im Bewusstsein
bleibt immer dieselbe und bewirkt, dass zuletzt nur dasjenige als im
Bewusstsein wirklich vorhanden angesehen wird, was, weil
vorhanden, durch das Ich appercipirt und als das Seinige angeeignet
worden ist.

354. In dieser appercipirenden Macht, welche die Ich-Vorstellung
über die Gebilde des Bewusstseins im weitesten Umfange ausübt,
liegt der Grund, weshalb der sich selbst begreifende Begriff d. i.
das zur appercipirenden Vorstellungsmasse gewordene Gemeinbild
„Ich-ähnliche" Vorstellung genannt werden kann. Derselbe kann,
während er für die Vorstellungen seines Kreises im Bewusstsein das
Centrum bildet, seinerseits von der Ich-Vorstellung, welche das
Centrum des individuellen Bewusstseins ausmacht, als zu ihrem
Kreise gehörig appercipirt werden. Jeder derselben lässt sich mit
einem jener kleineren Centralkörper, im Weltraum vergleichen,
welcher seinerseits wieder einem grösseren ein ganzes Weltsystem
beherrschenden Centralkörper unter- und in dessen Umkreis
eingeordnet ist. So wenig die Abhängigkeit von diesem die relative
Selbstständigkeit jenes ersten anderen gegenüber, so wenig schliesst
die Apperception des zum Begriff gewordenen Gemeinbilds durch

das Ich die Fähigkeit des ersteren aus, seinerseits zu seinem Kreise
gehörige Vorstellungen als die seinigen zu appercipiren. Wie die Ich-
Vorstellung den appercipirenden Begriff im Grossen, so stellt jeder
für sich ein Ich im Kleinen dar und öffnet dadurch die Möglichkeit,
unabhängig vom Ich als ein solches für sich d. h. als ein anderes
Ich im Bewusstsein sich geltend zu machen.

355. Abnorme Erscheinungen des Bewusstseinslebens, in welchen
neben der herrschenden Ich-Vorstellung eine zweite deren Rolle
usurpirende Vorstellungsmasse ihrerseits einen Theil des
Bewusstseinsinhalts an sich reisst, so dass in Folge dessen, wie
etwa in einem und demselben Weltsystem zwei Centralkörper, so in
einem und demselben Bewusstsein zweierlei Ich sich in die
Herrschaft über dasselbe getheilt zu haben scheinen, lassen sich auf
die übermächtig gewordene Apperception solcher „Neben-Iche"
zurückführen. In dem Geisteskranken, der sich in seinem Delirium
für Gott Vater hält und als solcher beträgt, während er in den
sogenannten lichten Zwischenräumen bei gutem Verstande ist und
seinem eigentlichen Ich gemäss denkt, will und handelt, ist jene fixe
Idee zum ichartigen Mittelpunkt geworden, um welchen herum der
mit demselben harmonirende Theil des Bewusstseinsinhalts sich
krystallisirt, während der mit ihm disharmonirende von demselben
abgestossen wird. Folge davon ist, dass der Kranke während seiner
gesunden Momente von dem, was er während seines
„Aussersichseins" geredet und gethan, kein Bewusstsein haben
kann, da die betreffenden Bewusstseinsphänomene nicht von seiner
d. i. von der Ich-Vorstellung seines gesunden Bewusstseinslebens,
sondern von einer dieser fremden, wenngleich innerhalb desselben
„Bewusstseinsraums" befindlichen, ihrerseits als Ich-Vorstellung
fungirenden Vorstellungsmasse appercipirt worden sind. Folge aber
auch, dass ein solcher Kranker von der Haltlosigkeit seiner
Selbsttäuschung niemals überzeugt werden kann, da ja derjenige,
der Ueberzeugungsgründen zugänglich ist, mit demjenigen, welcher
derselben bedarf, zwar real d. i. insofern deren beiderseitigem
Bewusstsein derselbe atomistische Träger zu Grunde liegt,
identisch, dem Bewusstsein d. h. dem von einer und derselben Ich-
Vorstellung appercipirten Umkreis psychischer Vorgänge nach aber
von demselben gänzlich verschieden ist.

356. Mit dem Erwachen und allmäligen Heranwachsen der Ich-
Vorstellung, welches nicht mit dem Erwachen des Bewusstseins d.
h. mit dem Auftauchen psychischer Vorgänge zu verwechseln ist,
tritt in der Entwicklungsgeschichte des psychischen Lebens ein
Wendepunkt ein. Das neugeborne Kind hat ein Bewusstsein d. h. in
demselben finden nicht nur primitive Bewusstseinsacte, sondern
bereits aus solchen durch Complication und Verschmelzung sich
bildende Empfindungen, Anschauungen und sinnliche Vorstellungen,
aber es hat keine Ich-Vorstellung und in Folge dessen findet keine
Apperception der in ihm vorgehenden Bewusstseinsacte als der
seinigen statt. Wie die Processe in der Körperwelt des Weltraums
vor dem Auftreten des Menschen zwar gesetzmässig ihren Verlauf
nahmen, aber weder als solche gewusst, noch von irgend einem
Wesen als zu ihm in irgend einem Verhältniss stehend auf sich
bezogen werden, so wickeln sich die Processe im Bewusstsein vor
dem Auftreten der Ich-Vorstellung in diesem zwar gesetz- und
regelmässig ab, ohne jedoch als solche gewusst und von irgend
einer auf den Träger des Bewusstseins bezüglichen
Vorstellungsmasse als die ihrigen angeeignet zu werden. Während
der leblose Naturkörper den ihn bewegenden Impulsen der
Naturkräfte Widerstand und bewusstlos Folge leistet, ist es für den
belebten Naturkörper, sobald er sich, wie im Menschen, nicht blos
zur Vorstellung, sondern zur Vorstellung seiner selbst erhoben hat,
charakteristisch, dass er das Vorgestellte, die ihn umgebende
Körperwelt, in ein Verhältniss zu sich, dem dieselben und sich selbst
vorstellenden Wesen setzt und nicht blos als daseiend, sondern als
um seinetwillen und für ihn daseiend d. h. als sein „Eigenthum“
betrachtet, Sonne und Mond als bestimmt, ihm zu leuchten,
Früchte und Thiere als bestimmt, ihn zu nähren und zu kleiden, sich
selbst als den Ziel- und Endpunkt des gesammten sichtbaren
Weltalls ansieht. In der Entwicklungsgeschichte des Bewusstseins
stellt der vor dem Erwachen und Mächtigwerden der Ich-

Vorstellung ablaufende Zeitraum gleichsam die vorgeschichtliche
(wie in der Entwicklungsgeschichte des Weltalls die
vormenschliche) Periode dar; innerhalb desselben sind zwar
Bewusstseinsphänomene verschiedenster Art (Vorstellungen,
Gefühle, Begierden und Wünsche) bereits vorhanden, aber erst mit
dem Auftreten der Ich-Vorstellung in ihrer Mitte werden sie von der
letzteren als um ihretwillen vorhanden, als zu ihr in Beziehung
stehend und ihr zugehörig angesehen und dadurch aus
„unbewussten" d. h. von keinem Ich als die seinigen gewussten zu
„bewussten" d. h. zu nicht nur im Bewusstsein vorhandenen,
sondern auch von dem Ich dieses Bewusstseins als vorhanden
gewussten und als die seinigen anerkannten Bewusstseinsacten
erhoben. Wie jener Zeitraum, in welchem nur unbewusste
Phänomene im Bewusstsein vor sich gehen, gleichsam die
Nachtseite, so macht derjenige, innerhalb dessen nach dem
Erwachen und Mächtigwerden der Ich-Vorstellung auch bewusste
psychische Zustände, und zwar in immer steigender Menge
auftreten, die Tagseite des psychischen Lebens aus. Letztere kann
durch vorübergehendes Erlöschen der Ich-Vorstellung (wie es z. B.
in der Ohnmacht, im Affect, im Delirium und periodisch
wiederkehrend im Schlafe stattfindet) eben so vorübergehende
Unterbrechungen (gleichsam Rückfälle in die Nacht des
unbewussten Daseins), aber nur mit dem bleibenden Aufhören der
Ich-Vorstellung ein bleibendes Ende erfahren.

357. Wie die elementaren Bewusstseinsacte, so üben die durch
Complication oder Verschmelzung aus denselben entstandenen
Bewusstseinsgebilde höherer Ordnung, durch die Einheit des
atomistischen Trägers gezwungen, der kein Ausweichen gestattet,
gegenseitig Wirkungen auf einander aus. Jene vereinigen sich zu
einer Complication, wenn sie gleichzeitig oder succedirend,
verschmelzen mit einander, wenn sie dem Inhalt nach gleichartig
sind. Letzterer Act geht ohne Aufenthalt und widerstandslos vor
sich, wenn die zu verschmelzenden dem Inhalt nach identisch,
dagegen zögernd und erst nach vorausgegangenem Sichsträuben,
wenn dieselben dem Inhalt nach entgegengesetzt sind. In ersterem
Falle verstärken, im zweiten Falle schwächen die mit einander
verschmelzenden Bewusstseinsacte einander, indem in jenem Fall
die Intensität des einen zu der Intensität des mit ihm identischen
andern einfach hinzugefügt, dagegen im zweiten Fall ein Theil der
Intensität des einen durch einen Theil der Intensität des andern
„gebunden" und dadurch sowol der gebundene Theil der Intensität

des einen, wie der ihn bindende Theil der Intensität des anderen
unwirksam gemacht, folglich die ursprüngliche Intensität beider um
diesen beziehungsweisen Bruchtheil vermindert wird. Der auf diese
Weise an Intensität gewachsene Bewusstseinsact ist, bildlich
gesprochen, heller, diejenigen, deren Intensität abgenommen hat,
sind beziehungsweise dunkler geworden, als sie vorher waren; der
Inhalt derselben aber ist derselbe geblieben. Geht die Verdunkelung
so weit d. h. hat die Intensität eines Bewusstseinsactes so sehr
abgenommen, dass die Gegenwart desselben im Bewusstsein
unmerklich wird (in ähnlichem Sinn, wie ein gleichwol vorhandener
Lichtreiz für die Netzhaut, ein vorhandener Schallreiz für den
Gehörsnerv unmerklich werden kann), so hat der Act die äusserste
Grenze im Bewusstsein, die sogenannte „Schwelle des
Bewusstseins" (wie der Licht- und Schallreiz die Reizschwelle)
erreicht; sinkt sie noch tiefer herab, letztere überschritten. Das
sogenannte Vergessene ist diesem Grade der Verdunkelung
anheimgefallen, indem dasselbe, da nichts, was einmal geschah,
ungeschehen gemacht werden kann, zwar („als Spur") nach wie
vor im Bewusstsein vorhanden, aber, weil unmerklich geworden,
seiner Wirksamkeit nach so gut wie nicht vorhanden ist und sich
von dem im Bewusstsein wirklich nicht vorhandenen, weil niemals
vorhanden gewesenen, nur dadurch unterscheidet, dass es unter
günstigen Umständen wieder hell zu werden d. h. sich im
Bewusstsein wieder bemerklich zu machen vermag. Geschieht
letzteres, so heisst der Bewusstseinsact ein erneuerter (z. B. die
schon vergessen gewesene Vorstellung eine Erinnerung), kein
neuer, weil es der frühere „latent" gewordene Zustand ist, welcher
neuerdings „patent" d. i. als wirksamer auftritt. Bewusstseinsacte
dieser Art werden im Gegensatz zu den ursprünglichen auf
Veranlassung äusserer Reize erzeugten (producirten) wiedererzeugte
(reproducirte) genannt und, je nachdem sie den ursprünglichen
ganz oder nur zum Theile gleichen, als unverändert
(Gedächtnissacte) oder als verändert reproducirte (Phantasieacte)
unterschieden. Die Reproduction selbst erfolgt entweder mit oder
ohne Hilfe von Seite anderer Bewusstseinsacte; in letzterem Fall
erhellt sich der verdunkelt gewesene Bewusstseinsact gleichsam
von selbst, sobald und weil die bisherige Ursache seiner
Verdunkelung (z. B. der von Seite eines dem Inhalt nach
entgegengesetzten Acts ausgeübte Druck) aufgehört hat zu wirken;
in ersterem Falle wird der unter die Schwelle herabgedrückte
Bewusstseinsact durch einen andern über derselben befindlichen,
welcher mit jenem, sei es durch Gleichzeitigkeit oder Succession,

associirt oder durch Gleichartigkeit des Inhalts verwandt ist, wieder emporgezogen. Unmittelbar reproducirte Vorstellungen, welche nach Herbart „freisteigende" heissen, machen, wenn sie während des Schlafes auftreten, als Träume, wenn sie mitten unter heterogenen Vorstellungskreisen im Wachen auftauchen, als sogenannte Einfälle sich geltend, die, wenn sie dem Inhalt nach als besonders überraschend oder glücklich erscheinen, wol auch für „Eingebungen" (Inspirationen) gehalten zu werden, Veranlassung geben. Mittelbar reproducirte Vorstellungen bilden, wenn sie zugleich unverändert reproducirte sind, die Grundlage des auf Gedächtniss und Ueberlieferung beruhenden sogenannten historischen Wissens; wenn sie zugleich zum Theil verändert reproducirte sind, das wirksamste Hilfsmittel eines nicht nur das vorhandene Vorstellungsmaterial frei umformenden (dichtenden), sondern jede erregte Vorstellung durch eine Fülle begleitender Vorstellungen bereichernden und dadurch die gesammte Vorstellungsthätigkeit belebenden (phantasievollen) Schaffens.

358. Wie die Wirksamkeit der Körper im physischen, so ist die Wirksamkeit der durch Complication oder Verschmelzung entstandenen Vorstellungsmassen im psychischen Leben auf einander dreifacher Art. Dieselbe erfolgt nach Art der mechanischen Wirksamkeit zwischen Körpern, wenn die vorhandenen Vorstellungsmassen ohne Rücksicht auf die Beschaffenheit ihres Inhalts lediglich auf Grund einer äusseren Veranlassung mit einander verbunden oder von einander getrennt werden; dagegen nach Art der chemischen Wirksamkeit zwischen Körpern, wenn dieselben mit Rücksicht und in Folge der Beschaffenheit ihres Inhalts mit einander verknüpft oder getrennt werden, endlich nach Art der organischen Wechselwirkung zwischen den Körpern, wenn durch zwei oder mehrere Bewusstseinsgebilde mit Rücksicht auf deren Inhaltsbeschaffenheit ein neues hervorgebracht wird. Erstere Art der Wirksamkeit findet bei der durch blosse Gleichzeitigkeit oder Aufeinanderfolge veranlassten Vereinigung gewisser Vorstellungen zu Begriffen, eben solcher Begriffe als Subjects- und Prädicatsbegriff zu Urtheilen, eben solcher Urtheile als Prämissen und Schlusssatz zu Schlüssen statt. Da dieselbe nicht durch den Inhalt des zu Verknüpfenden, sondern lediglich durch die Thatsache bedingt wird, dass das zu Verknüpfende gleichzeitig oder nach einander im Bewusstsein erlebt, also erfahren wurde, so wird um der e m p i r i s c h e n Natur des Grundes der Verknüpfung halber die vollzogene

Verknüpfung selbst eine empirische und werden die durch eine
solche zu Stande gekommenen Begriffe, Urtheile und Schlüsse
deshalb e m p i r i s c h e genannt. Die zweite Art der Wirksamkeit
findet bei der durch Homogeneität bewirkten Verschmelzung
gewisser Anschauungen zu sinnlichen Vorstellungen, so wie der
durch Verschmelzung der identischen Bestandtheile gewisser
Vorstellungen verursachten Entstehung von Begriffen, endlich bei
der mit Rücksicht auf den Inhalt herbeigeführten Vereinigung bisher
getrennt gewesener, aber zusammengehöriger Begriffe als Subjects-
und Prädicatsbegriff im bejahenden, so wie durch Trennung bisher
verbunden gewesener, aber nicht zusammengehöriger Begriffe im
verneinenden Urtheil statt. Die dritte Art der Wirksamkeit aber zeigt
sich, wenn, wie z. B. im einfachen oder zusammengesetzten
Syllogismus, aus zwei (oder mehreren dem Inhalte nach
verwandten d. i. theilweise identischen, theilweise
entgegengesetzten) Urtheilen (major, minor) ein neues, dem Inhalte
nach mit keinem der Vordersätze für sich, aber mit allen
zusammengenommen (wie die Folge mit der Summe ihrer
Theilgründe) identisches Urtheil erzeugt wird. Letztere beiden Arten
der Wirksamkeit werden zusammengenommen im Gegensatz zu der
ersten, da dieselbe mit Rücksicht, die erste dagegen ohne Rücksicht
auf den Inhalt erfolgt, um der l o g i s c h e n Natur des Grundes der
Verknüpfung willen l o g i s c h e und die auf diesem Wege zu
Stande kommenden Bewusstseinsgebilde l o g i s c h e Begriffe,
l o g i s c h e Urtheile und l o g i s c h e Schlüsse genannt. Während
die erste den durch Erfahrung gegebenen Stoff in Folge der
Gleichzeitigkeit oder der Aufeinanderfolge desselben zu einem
Ganzen verknüpft, welches als solches ein blosses A g g r e g a t
des Erfahrenen d. h. eine durch Wiederholung sich stets
vermehrende Häufung einzelner Erfahrungen ausmacht, verfährt die
zweite Art der Wirksamkeit dem durch Erfahrung gegebenen
Bewusstseinsinhalt gegenüber k r i t i s c h (sichtend), indem sie
dasselbe mit Rücksicht auf dessen Inhalt prüft, das Verwandte
verbindet, das Verträgliche duldet, das Unverträgliche ausscheidet,
die dritte Art der Wirksamkeit aber b e g r ü n d e n d (constructiv),
indem sie auf Grund der im gegebenen Bewusstseinsmaterial
gegebenen Bedingungen in jenem nicht Gegebenes, aber durch diese
Bedingtes folgert d. h. aus dem Vorhandenen Nichtvorhandenes,
aus dem Alten Neues erzeugt. Ersteres, das rein empirische
Verfahren, aus dem die sogenannte „Praxis" im Leben und der
„Empirismus" in der Wissenschaft sich entwickeln, kann auch als
„Juxtaposition" d. i. als Nebeneinanderreihung von Thatsachen, das

zweite als „Analyse", aus der die sogenannte Verstandesthätigkeit im
Leben und die zersetzende Kritik in der Wissenschaft hervorgeht,
die dritte als „Synthese", auf welcher die sogenannte Vernünftigkeit
im Leben und die aufbauende Deduction in der Wissenschaft
beruht, bezeichnet und je nach dem Vorherrschen der einen oder
der andern das individuelle Bewusstseinsleben als überwiegend
empirisches (mechanisches), verständiges (auflösendes) oder
vernünftiges (organisches) benannt werden. Sowol durch das
empirische wie durch das analytische Verfahren werden zwar nicht
dem Stoff, aber doch der Form nach neue Bewusstseinsbildungen,
durch das organische werden anstatt und auf Grund alter
Bewusstseinsbildungen neue, denselben gleichartige wiedererzeugt.
Wie durch das Summirung vorangegangener Bewusstseinsacte ein
neuer entsteht, der eben nur die Summe der früheren ist (z. B. das
copulative Urtheil als Summe der copulirten Urtheile; der auf
vollständiger Induction ruhende Schlusssatz als Summe der
vollständig aufgezählten Prämissen), so kommen durch die
Verbindung des Zusammengehörigen aber Getrenntgewesenen, und
durch die Trennung des Nichtzusammengehörigen aber
Verknüpftgewesenen neue Bewusstseinsgebilde zu Stande, die von
den früheren nicht dem Stoff, aber der Form nach verschieden sind
(z. B. das Urtheil: die Erde bewegt sich um die Sonne, durch die
Auflösung des früheren Urtheils: die Sonne bewegt sich um die
Erde). In beiden Fällen bestehen diejenigen Bewusstseinsbildungen,
aus welchen die neue entstanden ist, neben dieser in der Weise fort,
dass dieselben im ersten Fall Theile der neu entstandenen
ausmachen d. h. in derselben einbegriffen sind, im zweiten Fall
dagegen nur die Stelle gewechselt haben und, wie im obigen
Beispiel von dem Verhältniss der Erde zur Sonne, das frühere
Subject zum Prädicat, das frühere Prädicat zum Subjecte geworden
ist. Dagegen gehen bei der organischen Bewusstseinsthätigkeit die
Bewusstseinsbildungen, auf Grund welcher eine neue, denselben
gleichwerthige entstehen soll, in letzterer unter; die neue (z. B. der
Schlusssatz) tritt nicht blos neben die alten, sondern an die Stelle
der alten (der Prämissen); letztere werden durch die neu
entstandene Bewusstseinsbildung weder vermehrt, noch ergänzt,
sondern im vollen Sinne des Wortes ersetzt und wie die
Schildwache von ihrem Posten durch deren Nachfolger abgelöst.
Wie die Summe nicht mehr enthält als ihre Summanden, das
Product nicht mehr als seine gleichviel in welcher Ordnung
multiplicirten Factoren, so enthält auch das neue auf Grund seiner
Vorgänger organisch entstandene Bewusstseinsgebilde, die Folge,

nicht mehr und nicht weniger als diese (die Gründe) zusammengenommen, mit dem Unterschied, dass die Summanden in der Summe, die Factoren im Product unverändert fortbestehen, während die Theilgründe in der Folge fortan ununterscheidbar mit dieser zur Einheit zusammenfliessen. Letztere Art des Zusammenhanges unter Bewusstseinsgebilden stellt gleichsam eine fortlaufende Kette von Gründen und Folgen dar, in welcher jedes einzelne Glied alle vorangegangenen in sich schliesst und seinerseits von allen folgenden umschlossen wird, und welche sich mit der organischen Kette vergleichen lässt, welche durch Fortpflanzung geschlechtlich geschiedener Organismen von Generation zu Generation hin gebildet wird. Wie in jeder der letzteren die Spur aller Stammeltern, so erhält sich in jedem Gliede der ersteren, als Folge betrachtet, die Spur aller Stammgründe. Und wie jene durch die organische Umbildung sämmtlichen in den vorangegangenen elterlichen Organismen enthaltenen Stoffs entstanden, so ist diese durch das causale Zusammenwirken aller in den vorangegangenen Gliedern der Kette wirksam gewesenen Theilgründe begründet.

359. Alle bisher in Betracht gezogenen Bewusstseinsvorgänge waren entweder primitive Bewusstseinsacte, oder solche, welche aus diesen in Folge der zwischen ihnen herrschenden quantitativen und qualitativen Beziehungen entstanden sind. Machen nun jene Beziehungen, von den mittels derselben hervorgerufenen Bewusstseinsgebilden abgesehen, abgesondert für sich im Bewusstsein sich geltend, so entsteht eine neue Classe von psychischen Phänomenen, die von der ersteren zwar insoweit abhängig ist, als sie ohne Vorhandensein jener überhaupt nicht entstände, sich aber zugleich dadurch von jener unterscheidet, dass ihre Veranlassung nicht, wie bei den primitiven Bewusstseinsacten, ausser dem Bewusstsein (in Nervenreizen), sondern im Bewusstsein selbst liegt d. i. in den Beziehungen, welche zwischen den einzelnen Bewusstseinsgebilden im Bewusstsein selbst herrschen. Solche Beziehungen sind z. B. die relative Unterdrückung oder im Gegensatz dazu die relative Befreiung, welche Gebilde im Bewusstsein durch andere in demselben Bewusstsein erleiden oder erleben, und die Bewusstseinsvorgänge, welche durch solche veranlasst werden, z. B. die Unlust bei der Einklemmung, die Lust bei der Erlösung eines Bewusstseinsgebildes durch andere, werden G e f ü h l e genannt. Während alle primitiven Bewusstseinsacte und in Folge dessen alle aus denselben in directer Reihe gewordenen, wenn auch in noch so entfernter und sinnlich

abgeblasster Weise zu ihrem Gegenstand ein äusseres Object haben,
ist das Object der Gefühle, das relative Verhältniss der
Bewusstseinsgebilde im Bewusstsein zu einander, im eminenten
Sinne ein inneres und der Inhalt derselben dem Inhalt der
(sinnlichen wie unsinnlichen) Vorstellungen (Anschauungen oder
Begriffe) durchaus unähnlich. Dieselben lassen sich als psychische
Phänomene mit jenen physischen vergleichen, deren Ursache nicht
in den physikalischen Atomen und deren Verknüpfung zu Körpern,
sondern in dem die Zwischenräume der physikalischen Atome
ausfüllenden Weltäther und dessen Beziehungen zu dem physischen
Stoffe zu suchen ist. Licht, Wärme, Magnetismus und Elektricität
stellen Erscheinungen dar, deren Grund nicht in den Atomen,
sondern zwischen denselben liegt; Lust und Unlust, Freude und
Schmerz Phänomene, deren Grund nicht oder doch wenigstens
nicht immer in dem Inhalt, sondern in der Lage gewisser
Vorstellungen oder Vorstellungsmassen im Bewusstsein zu finden
ist. Die Vorstellung des abwesenden Freundes ist von einem
Unlustgefühl begleitet; nicht weil uns die Vorstellung des Freundes
unangenehm, sondern weil dieselbe durch das Bewusstsein seiner
Abwesenheit gedrückt und dadurch in eine Klemme gerathen ist,
aus welcher dieselbe zu befreien wir uns ausser Stande wissen.
Dieselbe Vorstellung tritt aber sogleich in Begleitung eines
Lustgefühls auf, wenn die Erscheinung des Freundes dieselbe aus
dem Banne der Vorstellung seiner Abwesenheit erlöst. Dieselben
zerfallen (wie die Aetherphänomene) von vornherein in zwei
Classen, je nachdem die Entstehung des Gefühls von der
Beschaffenheit des Inhalts der Vorstellung, an die es sich heftet
(wie dort die Beschaffenheit des Aetherphänomens von der Qualität
der Körper, deren Zwischenräume er ausfüllt) unabhängig, oder
durch denselben (wie dort das Aetherphänomen durch die
specifische Natur der Körper) bedingt ist. Gefühle ersterer Art, weil
sie durch Vorstellungen jedes beliebigen Inhalts veranlasst werden
können, werden (von Herbart) treffend als „vage", solche, die einen
bestimmten Vorstellungsinhalt voraussetzen, als „fixe" bezeichnet.
Jene entsprechen in dieser Hinsicht den Licht- und Wärme-, diese
den magnetischen und elektrischen Phänomenen. Jene, da sie nicht
nur bei jeder Vorstellung andere, sondern auch bei derselben
Vorstellung verschiedene, um so mehr in verschiedenen mit
Bewusstsein ausgerüsteten Individuen immer wieder andere sein
können (indem nicht nur Demselben dasselbe bald süss bald bitter,
sondern auch Verschiedenen dasselbe verschieden schmeckt),
haben mit Recht zu dem Sprichwort, dass sich über den

Geschmack (eigentlich das Gefühl) nicht streiten lasse,
Veranlassung gegeben und sind ihrer „Subjectivität” halber auch
wohl „subjective Gefühle” genannt worden. Diese, die fixen
Gefühle, trifft zwar obiges Sprichwort nicht, weil die an dem Inhalt
gewisser Vorstellungen haften und daher stets nicht nur im
einzelnen, sondern in jedem Bewusstsein im Gefolge dieser
Vorstellungen auftreten, also im Gegensatz zu den subjectiven
Gefühlen „objectiv” (allgemein d. i. allen gemein) sind; dafür tritt
bei ihnen, wenn nicht besonders Rath geschafft wird, der
allgemeine Uebelstand des Gefühls, dass es sich, statt auf Objecte,
auf das Subject d. i. statt auf Vorgestelltes, auf den Vorstellenden
selbst bezieht (in Bezug auf jenes also „dunkel” ist, nicht weiss,
was es fühlt) so sehr in den Vordergrund, dass dasselbe darum mit
Misstrauen betrachtet und von dem Versuch, auf dasselbe eine
Wissenschaft zu gründen, ausgeschlossen zu werden pflegt. Dieser
Uebelstand schwindet, wenn das Gefühlte (die Vorstellung) nicht,
wie es bei dem sogenannten Angenehmen und Unangenehmen der
Fall ist, mit dem Gefühl in eins zusammenrinnt, sondern, wie es bei
dem Schönen und Hässlichen der Fall ist, von dem Gefühl
abgesondert vorgestellt d. h. nicht nur gefühlt, sondern auch
gewusst und als Subject eines ästhetischen Urtheils d. i. eines
solchen, dessen Prädicat ein Wohlgefallen oder Missfallen
ausdrückt, im Verhältniss zu einem andern Gleichartigen (ganz oder
theilweise Identischen oder Gegensätzlichen) seiner
Uebereinstimmung oder Nichtübereinstimmung nach mit diesem
und dadurch seinem Werthe nach beurtheilt wird. Wie der Inbegriff
der Gefühle (der vagen wie der fixen) überhaupt das G e m ü t h , so
wird der Inbegriff der ästhetischen Urtheile, die ihrer logischen
Natur nach identische, also unfehlbare Urtheile sind, der
G e s c h m a c k , in dem besonderen Fall, wenn das Object des
ästhetischen Urtheils ein Wollen ist, das G e w i s s e n genannt.

360. Wie die Aetherphänomene zeigen auch die
Gemüthserscheinungen Gegensätze und Intensitätsunterschiede, die
bei jenen durch die Bezeichnungen Helligkeit und Finsterniss
einerseits, Hitze und Kälte andererseits, bei diesen durch die
Begriffe Lust und Unlust einer-, Freude (gesteigerte Lust) und
Schmerz (gesteigerte Unlust) andererseits ausgedrückt werden. Wie
unter den ersteren die magnetischen und elektrischen
Erscheinungen insofern eine besondere Stellung einnehmen, als sie
zu ihrem wirksamen Hervortreten der Gegenwart eines anderen
Körpers bedürfen, welcher entweder angezogen oder abgestossen

wird, so spielen unter den Gefühlen diejenigen, welche zu ihrem
Hervortreten der Gegenwart eines zweiten Bewusstseins bedürfen,
in welchem ähnliche oder entgegengesetzte Gefühle entweder
wirklich vorhanden sind oder doch vorhanden zu sein scheinen, die
sogenannten sympathetischen oder M i t g e f ü h l e , eine
eigenthümliche Rolle. Dieselben stellen als Mitleid und Mitfreude die
Wiederholung eines wirklichen oder vermeintlichen Leid- oder
Lustgefühles des fremden im eigenen Bewusstsein, dagegen als
Neid und Schadenfreude die Begleitung eines wahren oder
vermeintlichen Lust- oder Leidgefühles im andern durch ein dem
Inhalt nach entgegengesetztes Gefühl im eigenen Bewusstsein dar.
Fremdes und eigenes Gefühl sind im ersten Fall gleich-, im letzteren
ungleichnamig. Wie der elektrische Strom durch sogenannte
Induction einen ihn in gleicher oder entgegengesetzter Richtung
begleitenden, so erzeugt fremdes wirkliches oder vermeintliches
Gefühl durch Nachahmung das ihm gleiche oder entgegengesetzte
im eigenen Bewusstsein. Leid und Freude wirken ansteckend wie
Weinen und Lachen und pflanzen sich unwillkürlich, ja wider Willen
von einem zum andern fort. Sympathetische Gefühle haben daher,
auch wenn sie wie Mitleid und Mitfreude einen guten oder wie Neid
und Schadenfreude einen schlimmen Charakter zu haben scheinen
und Veranlassung zu wohlthätigen wie zu feindseligen Handlungen
werden können, im Grunde weder den einen noch den andern,
sondern entstehen durch einen blossen Naturprocess. Da dieselben
jedoch, um zu Tage zu treten, der Gegenwart eines zweiten
Individuums bedürfen, so weisen dieselben über den Umkreis des
einzelnen hinaus und stellen zwischen diesem und dem andern eine
zunächst blos ideelle d. h. nur im Bewusstsein des Mitfühlenden
vorhandene Verbindung her, die aber, wenn das Gefühl
Willensentschliessungen und in deren Folge Handlungen nach sich
zieht, zu einer realen, den andern entweder anziehenden
(sympathische Annäherung) oder von sich entfernenden
(antipathische Abstossung) Beziehung werden, daher die Gesellung
der Individuen entweder befördern oder hemmen kann, daher die
sympathetischen Gefühle auch als s o c i a l e oder g e s e l l i g e
Gefühle bezeichnet und die aus denselben entspringenden
Attractionen und Repulsionen zwischen den Individuen mit den
Wirkungen zwischen den physikalischen Atomen wirksamer
Anziehungs- und Abstossungskräfte verglichen werden.

361. Wie plötzlich zu grosser Intensität gesteigerte und über einen
ausgedehnten Raum sich verbreitende Aetherphänomene als

(magnetisches, elektrisches) „Ungewitter", so werden plötzlich
hochgesteigerte Gefühle, wenn dieselben sich über den grössten
Theil des Bewusstseins oder über das ganze Bewusstsein in der
Weise ausbreiten, dass die Ich-Vorstellung unterdrückt und die von
dieser ausgehende, beherrschende Macht vorübergehend
aufgehoben wird, als A f f e c t e bezeichnet. Wie jene ihres
keineswegs unvorbereiteten, aber unvermutheten Auftretens halber
Ausnahmen von dem gewohnten Naturlauf, so scheinen diese, da
sie, obgleich nicht ohne Grund, doch ohne bekannten Grund
erfolgen, gesetzlose Unterbrechungen des regelmässigen
Bewusstseinsverlaufs zu bilden, daher sie, wie jene als elementare,
so als psychische Zufälle betrachtet zu werden pflegen. Dort
s c h e i n t die Natur, hier i s t in Folge der Unterdrückung der Ich-
Vorstellung der im Affect Befindliche ausser sich und die durch das
aussergewöhnliche Ereigniss in der N a t u r (Erdbeben, Sturmflut,
Blitzstrahl u. s. w.) etwa angerichteten Verheerungen können eben
so wenig den (vorübergehend ausser Wirksamkeit gesetzt zu sein
scheinenden) Naturgesetzen, als die etwa im Zorn verübten
unerlaubten oder gemeinschädlichen Handlungen dem
(vorübergehend seiner Herrschaft über das Bewusstsein beraubten)
Ich des Zornigen zur Last gelegt werden. Folge der plötzlichen
Lösung des Bandes zwischen der Ich-Vorstellung und dem bis
dahin von dieser beherrschten Bewusstseinsinhalt ist es auch, dass
die etwa bestehenden Associationen zwischen inneren Gemüths-
und äusseren Körperbewegungen widerstandslos zum Ablauf
kommen und daher der vorhandene Gemüthszustand z. B. des
Zornes, dessen Aeusserung sonst durch die Schranken des
Wohlanstandes gehemmt oder doch gezügelt würde, sich
rücksichtslos in masslose Reden und Handlungen umsetzt. Je
nachdem die Ursache, durch welche die Ich-Vorstellung und deren
Herrschaft unterdrückt wird, darin besteht, dass plötzlich eine zu
grosse Menge von Vorstellungen auf einmal ins Bewusstsein
eindringt, neben welchen jene sich nicht zu behaupten vermag, oder
dass Umstände eintreten, welche bewusstes Vorstellen (also auch
das der Ich-Vorstellung) überhaupt unmöglich machen, werden die
Affecte in sthenische (Affecte der Stärke) und asthenische (Affecte
der Schwäche) eingetheilt. In jenen wird die Ich-Vorstellung
gehemmt, während die durch den Affect herbeigeführten
Vorstellungen einander gegenseitig unterstützen; in diesen werden
die letzteren sich zugleich unter einander selbst hemmen. Ersterer
Art ist der Zorn, welcher beredt, letzterer der Schrecken, welcher
stumm macht.

362. Wie das in der Zeit vor sich gehende wirkliche Geschehen in der physischen, so ist auch das in der psychischen Welt ein dreifaches. Wie die erste Art desselben in der Körperwelt darin besteht, dass der Körper sich bewegt d. h. seinen Ort im Raume, so besteht die erste Art des Geschehens in der Bewusstseinswelt darin, dass der Bewusstseinsact aus seinem gegenwärtigen in einen anderen, also zukünftigen Zustand überzugehen s t r e b t d. h. seinen „Ort" im Bewusstsein verändert. Von dieser Art ist das Aufstreben einer durch andere verdunkelten d. h. unter die Schwelle des Bewusstseins gedrückten Vorstellung aus der Tiefe nach oben gegen die hemmenden Widerstände. Jede auf diese Weise im Streben begriffene Vorstellung stellt ein Begehren dar, dessen Gegenstand, der zu erreichende Zustand der Vorstellung, abwesend, und dessen Befriedigung eben die Erreichung jenes Zustandes der Vorstellung selbst ist. Folge des Gesagten ist, dass ohne Vorstellung des Begehrten keine Begierde entstehen (ignoti nulla cupido), aber auch, dass jede Vorstellung Sitz einer Begierde werden kann. Dieselbe wird gesteigert, je mehr Hindernisse sich der Erreichung ihres Ziels in den Weg stellen d. h. je grösser die Zahl und der Druck derjenigen Vorstellungen ist, welche dem Inhalt der aufstrebenden Vorstellung des Begehrten entgegengesetzt sind. Die Vorstellung der Nahrung erzeugt in dem Hungrigen eine Begierde, weil sich dieselbe durch die Abwesenheit ihres Gegenstandes (den Mangel an Nahrung) in gedrücktem Zustande befindet. Dieselbe strebt nach Befriedigung, indem der Hungrige diejenigen Hindernisse zu beseitigen sucht, welche der Anwesenheit des Begehrten (der Herbeischaffung von Nahrungsmitteln) im Wege stehen. Sind dieselben beseitigt d. h. ist die Nahrung nicht nur herbeigeschafft, sondern der Hungrige wirklich in deren Genuss begriffen, so hört die Begierde auf. Die Befriedigung ist erreicht, die Vorstellung der Nahrung, die bis dahin eine blosse Einbildung war, ist zur Empfindung, die bis dahin nur „imaginirte" zur „geschmeckten" Speise geworden d. h. die Vorstellung der Nahrung hat sich aus dem Zustande einer Fiction in den einer sinnlichen Wahrnehmung bewegt, also ihren „Ort" im Bewusstsein wirklich verändert.

363. Je nachdem der Gegenstand einer aufstrebenden Vorstellung ein sinnlicher oder nicht-sinnlicher (intellectueller), kann das Begehren selbst ein sinnliches oder intellectuelles, je nachdem dasselbe von einer Vorstellung über Erreichbarkeit oder

Nichterreichbarkeit, Erlaubtheit oder Unerlaubtheit des Begehrten nicht nur begleitet, sondern von dieser abhängig gemacht wird oder nicht, wird es verständiges oder verstandloses, vernünftiges oder vernunftloses Begehren heissen. Das verständige Begehren ist Wollen, wenn es begehrt, weil das Begehrte ihm erreichbar, dagegen blosser Wunsch, wenn es begehrt, ungeachtet das Begehrte ihm unerreichbar scheint. Das vernünftige Begehren ist vernünftiges Wollen, wenn es begehrt, was und weil dasselbe nicht nur erlaubt, sondern geboten, dagegen verblendetes Wollen (Leidenschaft), wenn ihm, was es begehrt, erlaubt, vernunftwidriges (böses) Wollen, wenn es begehrt, was und obgleich es ihm selbst unerlaubt, ja verboten scheint. Die Gesammtheit des innerhalb eines individuellen Bewusstseins enthaltenen Begehrens macht dessen (psychisches) Naturell, die Gesammtheit des innerhalb desselben eingeschlossenen verständigen und vernünftigen oder verstand- und vernunftlosen Wollens dessen (im psychologischen Sinne des Worts) Charaktermässigkeit oder Charakterlosigkeit aus.

364. Wie in der physischen, so auch in der psychischen Welt ist die zweite Art der wirklich vor sich gehenden Veränderung ein Formwechsel. Wie der feste Körper in flüssigen und luftförmigen, so kann das Bewusstseinsgebilde aus dem lockeren Zustand blosser Complication in den inniger Verschmelzung homogener Elemente übergehen. Wie der chemische Körper in Folge der Anziehung wahlverwandter Elemente Bestandtheile abgibt und andere an sich zieht, so wird durch die Verschmelzung identischer und die Ausstossung sich unter einander ausschliessender Bestandtheile einer-, durch die Verbindung bis dahin unverbundener Bestandtheile andererseits die Form der Bewusstseinsgebilde verändert, werden im ersteren Fall aus sinnlichen Vorstellungen durch Abstraction der gemeinsamen Bestandtheile Gemeinbilder (Begriffe), im letzteren Fall durch Combination bisher getrennter, obgleich mit einander verträglicher Bestandtheile durch die Erfahrung gegebener sinnlicher Vorstellungen neue durch die Erfahrung nicht gegebene sinnliche Bilder (Phantasievorstellungen) hervorgebracht. Wie endlich die Formen der Organismen durch organische Transmutation der Arten und Gattungen im Pflanzen- wie im Thierreich in einander übergehen, so werden aus den ursprünglich auf Grund von Anschauungen entstandenen Begriffen durch fortgesetzte Abstraction höchste und allgemeinste Begriffe (Kategorien) und wird durch fortgesetzte Combinationen sinnlicher

Erfahrungselemente eine neue erfundene Welt voll sinnlich
anschaulicher Lebendigkeit (Phantasiewelt) gewonnen. Während
aber in der physischen Welt die Erfahrung den Beweis für den
Uebergang der unorganischen in die organische und dieser in die
bewusste Form bisher schuldig geblieben ist, tritt im
Bewusstseinsleben die Abhängigkeit der beiden scheinbar
fundamental verschiedenen Classen von Bewusstseinsphänomenen,
der Gefühle und der Bestrebungen, von jener der Vorstellungen
offen an den Tag, indem sowol die Gefühle wie die Strebungen sich
nicht als gattungsmässig verschiedene Vorgänge, sondern als blosse
Zustände der Vorstellungen herausgestellt haben.

365. Die dritte Art des wirklichen Geschehens ist der Stoffwechsel.
Derselbe bildet den Abschluss der physischen Welt, indem der Reiz
(der extensive physische) sich in Empfindung (den intensiven
psychischen Zustand) umsetzt d. h. der reale sich in einen
Bewusstseinsvorgang verwandelt. Derselbe bildet den Abschluss
der psychischen Welt, indem der intensive psychische (Vorstellung,
Gefühl, Wollen) sich in einen extensiven physischen Zustand
(Lautsprache, Geberdensprache, Handlung) umsetzt und so der
Bewusstseinsvorgang in einen realen Vorgang sich verwandelt. Wie
dort die Bewegung der Moleculartheilchen des Nervensystems als
Empfindung in das Bewusstsein, so wird hier der Gedanke durch
den tönenden Laut des Worts, das Gefühl durch den sichtbaren
Ausdruck der Miene, der Wille durch die von ihm veranlasste
Bewegung des eigenen und dadurch mittelbar eines oder mehrerer
fremder Körper wieder in die materielle d. i. in die Körperwelt
aufgenommen, indem die durch das Stimmorgan schallend bewegte
atmosphärische Luft als Verkörperung des Gedankens, die
unwillkürlich veränderte oder (im Affect) verzogene Physiognomie
als Verleiblichung des Gemüths, die durch Muskelbewegung der
eigenen Leibesglieder bewegte Verschiebung der anstossenden
Nachbarkörper als sich bethätigende Aeusserung des eigenen
Willens erscheint. Die erste als hörbares Zeichen für die Vorstellung
liefert das Werkzeug für die Bewahrung und Mittheilung der
Gedankenwelt und als solche die Grundlage der S p r a c h e . Die
zweite als sichtbares Zeichen für das im Innern lebendige Gefühl
liefert das Material zur Veranschaulichung des Anderen (Höheren,
Niederen oder Gleichen) gegenüber vorhandenen oder doch
vorhanden zu sein scheinenden Gefühls und bildet als solches die
Grundlage der S i t t e . Die dritte als physischer Ausdruck des
entweder wirklich oder doch dem Anschein nach vorhandenen

Wollens liefert den greifbaren Stoff zur Beurtheilung des gegen
Andere beobachteten streitsüchtigen oder friedlichen Verhaltens und
bildet als solcher die Grundlage des R e c h t s . Indem das
individuelle Ich auf diese Weise sein Inneres nach aussen kehrt, die
Vorgänge seines Bewusstseins in Reden, Geberden und Thaten
umsetzt und dadurch für andere seinesgleichen hörbar, sichtbar und
greifbar macht, wird dasselbe aus einem vereinzelten zum sociabeln
d. i. des geselligen Zusammenseins mit Anderen fähigen und
dadurch in Vereinigung mit diesen zur Grundlage eines Mehreren
gemeinsamen d. i. des S o c i a l - I c h s .

366. Wie die Gesammtheit der Weltkörper und ihrer „Parasiten" den
physischen Kosmos, so macht die Gesammtheit der im individuellen
Bewusstsein während der gesammten Fortdauer desselben
vertheilten Bewusstseinsgebilde (Empfindungen, Anschauungen,
Begriffe, Gefühle, Begehrungen und Willensacte), soweit dieselben
der innern Erfahrung zugänglich sind, in ihren gegenseitigen
Beziehungen zu und ihrer relativen Abhängigkeit von einander, von
den primitiven, namenlosen Bewusstseinsacten, deren jedem ein
ebenso anonymer Nervenreiz oder eine unmerkliche
Transversalschwingung des Weltäthers entspricht, bis zu den
höchsten und ausgearbeiteten des abstracten Allgemeinbegriffs, des
verfeinerten Geschmacksurtheils und des der empfindlichsten
Gewissensstimme willig gehorchenden Willensentschlusses herauf
die S e e l e n w e l t   d e s   I n d i v i d u u m s aus. Wie dort die
Totalität des physischen Geschehens die Naturgeschichte des
Weltalls, so stellt hier der Inbegriff des im individuellen Bewusstsein
nach unveränderlichen Naturgesetzen sich vollziehenden
Geschehens, von der Wechselwirkung zwischen den primitiven
Bewusstseinsacten bis zu der logischen Verbindung von
Anschauungen zu Begriffen, Begriffen zu Urtheilen, Urtheilen zu
Schlüssen, Schlüssen zu Gedankensystemen und dieser, wenn ihr
Inhalt es gestattet, zu einem sie alle umfassenden Universalsystem
einer-, von den leisesten Regungen der Lust und Unlust bis zu
Entzücken und Jammer und den verheerenden Stürmen affectvoller
Gemüthserschütterung, von sinnlichen Gelüsten und kindischen
Wünschen bis zu sittlichen Entschliessungen und männlichen
Thaten andererseits herauf, soweit dasselbe der innern Erfahrung
zugänglich ist, den Entwickelungsprocess des Bewusstseins, die
N a t u r g e s c h i c h t e   d e r   S e e l e dar.

DRITTES CAPITEL.

Das Social-Ich.

367. Wie mit der Einkehr des anziehend oder abstossend nach
aussen gewandten einfachen Wirklichen in sich selbst die
Möglichkeit des individuellen, so ist mit der Auskehr des Innern in
Rede, Geberde und Handlung die Möglichkeit eines Mehreren
gemeinsamen Bewusstseins gegeben. Letzteres kann nicht
bedeuten, dass in Mehreren d a s s e l b e , sondern nur dass in
Mehreren ein g l e i c h e s Bewusstsein oder, was dasselbe ist, dass
der Inhalt des jeweiligen individuellen Bewusstseins Mehrerer das
gleiche, dieses Bewusstsein selbst aber nichts desto weniger bei
jedem das eigene sei. Identität des Bewusstseins in dem Sinne, dass
dasselbe Bewusstsein in Allen sei, würde die Individualität der
Einzelnen in den blossen Schein einer solchen verwandeln, das
Bewusstsein des Einzelnen in einen Bewusstseinsact des in Allen
identischen Allgemeinbewusstseins auflösen. Letzteres darf daher
nicht als Substanz, zu welcher die Einzelbewusstsein wie
vorübergehende modi sich verhalten, sondern muss als Summe der
in Mehreren gleichen d. i. dem Inhalt, nicht der Zahl nach eins
seienden Bewusstseinsacte gedacht werden. Die Einzelbewusstsein,
welche zusammengenommen die Voraussetzung eines ihnen allen
gemeinsamen Bewusstseins ausmachen, sind ihrer realen Basis
nach so wenig eins, dass derselbe Bewusstseinsinhalt in dem einen
mit grösserer, in dem andern mit geringerer Lebhaftigkeit, dort mit
völliger Klarheit, hier im ungewissen Dunkel vorhanden sein kann,
ohne dass derselbe aufhört, jenem mit diesem gemein und dadurch
ein integrirender Bestandtheil des gemeinsamen Bewusstseins, der
„Volksseele" zu sein.

368. Niemals darf die letztgenannte als eine von den „Seelen" der Angehörigen des Volks real unterschiedene, gleichsam als eine Seele vor, neben oder über den ihrigen gedacht werden. Dieselbe stellt nichts weiter als den mit einem Namen bezeichneten Inbegriff dessen dar, worin alle Volksangehörigen als vorstellende, fühlende und strebende Wesen mit einander dauernd übereinstimmen d. h. was abgesehen von den Privat- und individuellen Meinungen, Geschmäcken und Gelüsten jedes Einzelnen den bleibenden und Allen gemeinsamen Bestandtheil ihres Fürwahrhaltens, Werthhaltens und Anstrebens ausmacht.

369. Weil nun jeder Versuch, über die Gemeinsamkeit des Inhaltes individuell verschiedener Einzelbewusstsein ein Urtheil zu fällen, nicht nur voraussetzt, dass dieser Inhalt selbst äusserlich wahrnehmbar, sondern auch dass er Anderen verständlich sei, so folgt, dass die Entstehung einer auf das Bewusstsein gemeinsamen Bewusstseinsinhaltes gegründeten Vereinigung Mehrerer zur Einheit die Möglichkeit gegenseitig verständlicher Mittheilung durch Allen gemeinsame äussere Zeichen der inneren Vorgänge bedingt. Letztere werden, insofern sie bestimmt sind, das Innere Anderen sinnlich wahrnehmbar zu machen, je nach der Verschiedenheit der Sinne verschiedenartige (hörbare, sichtbare, tastbare etc.) sein können, da die Gemüthsvorgänge, zu deren Versinnlichung für Andere sie dienen sollen, verschiedene (Empfindungen, Anschauungen, Begriffe, aber auch Gefühle und Willensacte) sind, je nach der Art dieser letzteren andere sein müssen. Jener Umstand erzeugt die Laut- und Tonsprache, die zur Bezeichnung hörbare, die Schrift- und Geberdensprache, die zur Bezeichnung sichtbare, die monumentale oder Gedenksprache, die zur Bezeichnung tastbare Zeichen verwendet. Von diesem Gesichtspunkt aus lässt sich die Sprache des Gedankens von jener des Gefühls und des Willens unterscheiden. Von den drei letztgenannten verwendet die Sprache der Vorstellung meist hörbare, als (chinesische und mexikanische) Bilderschrift aber auch sichtbare Zeichen, wobei auf die Beschaffenheit der zu verkörpernden Vorstellungen Rücksicht genommen wird. Sind dieselben z. B. Empfindungen (Farben- oder Tonempfindungen), so können dieselben nur dadurch Anderen mitgetheilt werden, dass man die ihnen entsprechenden Sinnesreize erzeugt d. h. durch Töne (Musik) und Farben (Colorit). Sind dieselben sinnliche Vorstellungen, deren Objecte in der Erfahrung gegeben sind, so können dieselben Anderen mitgetheilt werden, entweder indem jene Objecte ihnen selbst vor Augen geführt

(demonstrirt) oder statt der Gegenstände selbst deren Bild zur Anschauung gebracht wird (Bilderschrift, Anschauungsunterricht). Sind sie dagegen Begriffe, also solche Vorstellungen, deren Objecte in der Erfahrung nicht angetroffen werden, die also auch nicht durch die letzteren oder deren Bilder sichtbar gemacht werden können, so bleibt nur übrig, entweder jene Begriffe durch sinnliche Vorstellungen (Symbole) zu ersetzen und sodann diese durch ihre Gegenstände oder deren Bilder sichtbar zu machen, oder zu deren Bezeichnung hörbare Zeichen zu wählen (Lautsprache). Letztere selbst werden entweder so gewählt, dass sie mit dem Gegenstand der zu bezeichnenden Vorstellung eine Aehnlichkeit haben oder doch an diesen erinnern (Onomatopöïen, natürliche Lautsprache) oder, wenn dies nicht der Fall ist, willkürlich festgesetzt (conventionelle Lautsprache). Die Sprache des Gefühls verwendet sowol hörbare als sichtbare Zeichen; unter jenen nehmen die Freuden- und Schmerzenslaute (Interjectionen), so wie die Anwendung gewisser Rede- und Begrüssungsformeln, um bestimmte Gefühle (Ehrfurcht oder Verachtung, Liebe oder Hass etc.) auszudrücken, unter diesen Lachen und Weinen als Zeichen der Freude und der Trauer, aber auch Geberden und Stellungen, welche bestimmt sind, gewisse Gefühle (der Anbetung, der Unterwerfung, der Freundschaft oder deren Gegentheile) zu veranschaulichen, ihre Stelle ein. Auch diese zerfallen, je nachdem dieselben ohne Erklärung jedermann verständlich, oder nur innerhalb eines bestimmten Kreises üblich sind, in natürliche (Natursprache des Gefühls) und künstliche (conventionelle Gefühlssprache). Die Sprache des Willens endlich, die Handlung bedient sich als Materials ihrer Aeusserungen des eigenen Leibes und der Organe desselben, entweder des tönenden (Stimmorgan), um sich hörbar (Befehl), oder der Gliedmassen, um sich sichtbar (Armschwenkung als Commandozeichen), oder dessen physischer Kraft, um sich tastbar (Schub, Stoss, Schlag) vernehmlich zu machen, wobei auch diese Zeichen in natürliche (Erhebung der Stimme, des Stockes) und künstliche (Handschlag als Einwilligungszeichen, Anstecken des Ringes als Vermählungszeichen etc.) sich sondern.

370. Mittheilbarkeit und Verständlichkeit der Zeichen würden nicht ausreichen, wenn die räumlichen und zeitlichen Verhältnisse nicht derart beschaffen wären, dass deren Gebrauch zu gegenseitiger Verständigung sein Ziel zu erreichen vermag. Zu diesem Zweck dürfen diejenigen, durch deren Verständigung unter einander ein allen gemeinsames Bewusstsein zu Stande kommen soll, weder

räumlich noch zeitlich so durchgreifend von einander geschieden, noch so weit von einander entfernt sein, dass die Mittheilung durch (hörbare, sichtbare, tastbare) Zeichen unmöglich wird. Dieselben dürfen daher weder durchaus verschiedenen Welten (z. B. die einen der erfahrungsmässigen dreidimensionalen, die andern einer vorgeblichen vierdimensionalen Raumwelt) angehören, noch innerhalb derselben Welt räumlich und zeitlich so weit aus einander liegen, dass eine, sei es räumliche Berührung, sei es zeitliche Ueberlieferung, wo nicht aufgehoben, doch in äusserstem Grade erschwert und dadurch ihrem Gehalte nach bis zum Unmerklichen herabgeschwächt wird. In ersterer Hinsicht wird die Entstehung eines Vielen gemeinsamen Bewusstseins erleichtert durch deren Anwesenheit innerhalb eines Allen gemeinsamen Raumes und vermittelt durch ein Generationen überdauerndes und von Geschlecht zu Geschlecht sich fortpflanzendes, sei es mündlich (Tradition), sei es schriftlich (Literatur) aufbewahrtes Gedankencapital. Wie durch die Gemeinsamkeit des Bodens, auf dem die Vereinigung Mehrerer zur Einheit erwächst (z. B. der gemeinsamen Heimat) die Genesis eines gemeinsamen Bewusstseinsinhalts durch den Umstand begünstigt wird, dass die Umgebung für alle dieselbe, also auch der aus dieser stammende Anschauungskreis, welcher die Grundlage aller spätern Vorstellungs- und Begriffsbildung ausmacht, bei allen der nämliche ist, so wird den Nachkommen durch stillschweigendes Herkommen und unwillkürliche Gewöhnung ein von Geschlecht zu Geschlecht sich ansammelnder Vorrath von Begriffen, Gebräuchen und Gesetzen von den Eltern her gleichsam angeerbt und von ihnen ihrerseits den Enkeln hinterlassen. Folge davon ist, dass sich der Besonderheit der räumlichen und zeitlichen Verhältnisse, so wie der Verständigungsmittel, unter welchen das Mehreren gemeinsame Bewusstsein sich entwickelt, entsprechend, letzteres selbst und damit die Vereinigung Mehrerer, innerhalb welcher es heimisch ist, eine besondere, nur dieser Vereinigung von Individuen eigenthümliche Färbung annimmt, und dadurch nicht nur selbst, mit dem Allgemeinbewusstsein einer andern „Gesellschaft" verglichen, einen individuellen Charakter trägt, sondern auch der Gesellschaft selbst, deren Eigenthum es ist, das Gepräge einer (gesellschaftlichen) Individualität verleiht.

371. Was die physikalischen Atome für die physischen, die primitiven Bewusstseinsacte für die psychischen, das sind die „sociabeln" Individuen für die socialen Gebilde. Wie jene

zusammengenommen den Stoff aller körperlichen, die primitiven Empfindungen das Material aller Bewusstseinsphänomene, so machen die mit Bewusstsein ausgerüsteten Individuen die Basis aller gesellschaftlichen Vereinigungen aus. Als solche werden dieselben dem Gesichtspunkt der quantitativen Atomistik entsprechend als unter einander ursprünglich eben so gleichartig gedacht wie die Atome in der Physik, die primitiven Empfindungen in der Psychologie. So wenig die beiden letztgenannten selbst ein Gegenstand weder der äussern noch der innern Erfahrung sind, sondern auf Grund der letztern durch einen Sprung über dieselbe hinaus als deren unentbehrliche Grundlage vorausgesetzt werden, eben so wenig werden bewusste Individuen vollkommen gleicher Beschaffenheit in der (geschichtlichen) Erfahrung angetroffen, sondern wie jene als Annahme der thatsächlich vorhandenen Ungleichheit der Individuen hypothetisch untergelegt. Letztere macht es möglich, wie es die Physik mit den Körpern, die Psychologie mit den Gebilden des Bewusstseins thut, auch die verschiedenen „Gesellschaftskörper" (Corporationen) aus dem Gesichtspunkt ihrer Zusammensetzung aus primitiven Elementen („Atomen der Gesellschaft") zu betrachten und je nach der Beschaffenheit des dieselben mehr oder minder innig, mehr oder minder dauerhaft zusammenhaltenden Bandes als eben so viele verschiedene Ordnungen socialen Zusammenseins anzusehen.

372. Die erste und unterste derselben ist diejenige, bei welcher die qualitative Gleichheit oder Verschiedenheit der zu einem Ganzen verbundenen Individuen gleichgiltig, das sie verknüpfende Band von derselben unabhängig ist, der Grund der Vereinigung daher eben so gut innerhalb der allen gemeinsamen Beschaffenheit ihrer Natur, wie gänzlich ausserhalb der Natur derselben in einem dieser zufälligen Umstände gelegen sein kann. Ersterer Art sind alle aus der allen Menschen ohne Unterschied eigenen physischen und psychischen Beschaffenheit (z. B. dem Bedürfniss nach Nahrung, nach Schutz, nach geselliger Unterhaltung etc.) entspringenden Anlässe zur Vereinigung, um deren willen schon Aristoteles den Menschen als „das gesellige Thier" bezeichnet, und aus welchen Hugo Grotius den von ihm sogenannten „Geselligkeitstrieb", so wie Hobbes das im „Kriege Aller gegen Alle" erwachende Schutzbedürfniss der Schwächern als Motiv gesellschaftlicher Vereinigung besonders hervorgehoben hat. Letzterer Art ist das absichtslos, ja selbst wider die Absicht herbeigeführte Zusammensein Mehrerer an demselben Orte und zu derselben Zeit (z. B. Schiffbrüchiger auf einer

einsamen Insel, welche sie nöthigt, oder ihnen Gelegenheit gibt, sei
es wider, sei es mit ihrem Willen unter einander in gesellige
Verbindung zu treten). Verbindungen der Art, welche entweder, wie
die letztgenannten zufälligen, kein oder, wie überall dort, wo es sich
um die blos vorübergehende Befriedigung eines (wenngleich in der
allgemeinen Menschennatur gegründeten, also in anderer Form stets
wiederkehrenden) Bedürfnisses handelt, ein gleichfalls nur
augenblickliches Interesse der Einzelnen zur Ursache haben, sind
dieser ihrer Natur nach die häufigsten, weil sie immer wieder von
neuem durch Zufall oder durch die Wiederkehr desselben
Bedürfnisses entstehen, aber eben so zufällig wie nach eingetretener
Befriedigung sofort wieder vergehen können und werden. Das
zunächst liegende Beispiel liefern die sogenannten geselligen
Zusammenkünfte, deren Beweggrund lediglich in dem
augenblicklichen Bedürfniss des Zeitvertreibs, oder die ebenso
zahlreichen als mannigfaltigen Associationen, deren Ziel auf
gemeinsam durchzusetzende Zwecke der Ersparung, des Erwerbes,
des Gewinns, der Sicherung und Versicherung des Lebens und
Eigenthums u. s. w. gerichtet ist. Insofern dieselben nichts weiter
sind als vorübergehende, durch das Band eines äusseren Zwecks,
aber auch nur durch dieses zusammengehaltene Aggregate einander
im übrigen persönlich durchaus gleichgiltiger Individuen, lassen sie
sich mit nur mechanisch zusammengesetzten Körpern vergleichen,
deren zeitweiliger Cohäsionszustand von der geringeren oder
grösseren Anziehung zwischen den Atomen und deren Dauer von
jener des sie zusammenhaltenden äusseren Druckes bedingt ist. Wie
die letztern desto schwerer beweglich sind, je ungleichartiger,
dagegen desto leichter, je gleichartiger ihre Bestandtheile sind, so
erscheinen gesellige Vereinigungen „schwerflüssig", wenn sie aus
ungleichartigen Individuen zusammengewürfelt, dagegen „leicht in
Fluss zu bringen", wenn ihre Mitglieder der Stimmung, dem Stande
und dem Streben nach gleichgeartet sind. Sogenannte
Actiengesellschaften, deren Theilnehmerschaft weder an
persönliche Mitwirkung, noch an ein Andere übertreffendes Mass
der Betheiligung, sondern lediglich an den Besitz einer mit jeder
andern gleichwerthigen, gleichgiltig von Hand zu Hand wandernden
Actie geknüpft ist, stellen die loseste, gleichsam „luft- oder
gasförmige" Form der Gesellschaft zur Schau, deren Mitglieder
einander eben so fremd und fern wie die in weiten Distanzen von
einander befindlichen, in steter Abstossung gegen einander
begriffenen ruhelos beweglichen Molecüle eines Gases stehen.

373. Wird die qualitative Beschaffenheit der Gesellschaftsatome berücksichtigt, so entsteht jene zweite Ordnung geselliger Corporationen, die man dem chemisch zusammengesetzten Körper vergleichen kann. Wie durch die Verschmelzung homogener Atome der chemisch einfache, durch die Complication qualitativ verschiedener Stoffe der chemisch zusammengesetzte Körper, so entstehen auf Grund der Beschaffenheit der Gesellschaftselemente zwei Arten von Corporationen, deren eine Verbindungen qualitativ gleichartiger, die andere ungleichartiger Individuen umfasst. Zu jenen gehört, wenn dieselbe blos gesellige Zwecke verfolgt, die sogenannte „Männer-" oder „Frauen-", zu diesen die „gemischte Gesellschaft", ferner, wenn jene aus Personen desselben Alters, Berufs, Standes besteht, die Alters-, Berufs-, Zunft- und Standesgenossenschaft: zu diesen, wenn sie aus Personen verschiedener Berufe und Stände gemengt ist, die sogenannte bürgerliche Gesellschaft, wenn sie auf dem Grunde der geschlechtlichen Beschaffenheit beruht, die Freundschaft zwischen Personen desselben (männlichen oder weiblichen), die Liebe zwischen Personen entgegengesetzten Geschlechts. Findet dieselbe ihren Halt im Bewusstsein gegenseitiger Bluts- oder Gesinnungsgemeinschaft, so bildet sich diejenige Gruppe gesellschaftlicher Zusammengehörigkeit, welche als physische (Bluts-) Einheit, da sie im Gegensatz zur Familie aus einander dem Grade nach gleichstehenden Gliedern besteht, Verwandtschaft (Sippe), als psychische (Geistes-) Einheit im Gegensatz zur Schule, da sie einander dem geistigen Range nach gleich hoch stehende Mitglieder begreift, Jüngerschaft (Wissens- oder Glaubensgemeinde) heisst. Da der Grund der Vereinigung in den genannten Fällen nicht in einem vorübergehenden Zweck, sondern in der bleibenden, sei es leiblichen, sei es geistigen Beschaffenheit der Gesellschaftsglieder gelegen ist, so kann nicht nur, sondern muss dieselbe (Ausnahmsfälle abgerechnet) so lange bestehen, als jene Beschaffenheit unverändert bleibt, also z. B. die geschlechtliche Basis der Liebe sich nicht durch Naturvorgänge in eine geschlechtlose verkehrt oder das geistige Band des Jüngerthums durch den Abfall vom Glauben zerschnitten wird.

374. Wie der beseelte Körper vom leblosen sich dadurch unterscheidet, dass ein Theil desselben („die Seele") beharrt, während der andere („der Leib") sich im Laufe des Lebens fortwährend erneuert, ohne dass der Körper selbst ein anderer wird, so liegt das Charakteristische der dritten Ordnung

gesellschaftlicher Vereinigungen darin, dass dieselben „ewige
Dauer" besitzen, indem ein Theil derselben („der herrschende")
immer derselbe bleibt („le roi est mort, vive le roi"), während der
andere (der „beherrschte") sich unaufhörlich erneuert, ohne dass
die Gesellschaft selbst eine andere wird. Je nachdem das Band,
welches den bleibenden Bestandtheil mit dem veränderlichen
verbindet, ein reales (Blutsband) oder blos ideales
(Gesinnungsverband) ist, erfolgt die Erneuerung entweder durch
Geburt jüngerer aus den älteren (Generation) oder durch Aufnahme
späterer Mitglieder durch die frühern (Adoption). Ersteres ist in der
Familiengemeinschaft zwischen Eltern und Kindern (Ascendenten
und Descendenten, Vorfahren und Nachkommen), letzteres in der
Gesinnungs- oder Glaubensgemeinschaft (Schule, Kirche, politische
Partei) der Fall. Jene erweitert sich durch die Aufnahme der
Seitenverwandten zur Stammesgemeinschaft, durch die
Zurückführung blutsverwandter Stämme auf einen gemeinsamen
Stammvater zum Stammvolk (Nation), durch die Ableitung
mehrerer Stammvölker von einem gemeinsamen Urvolk
(Indogermanen, Arier) zur Racengemeinschaft und mittels der
mythischen Abstammung der gesammten Menschheit von einem
gemeinsamen Stammvater zur Gemeinschaft aller Menschen
(Weltbruderschaft). Diese dehnt sich von der an Umfang kleinsten
Gesinnungs- und Glaubensgenossenschaft, die, wie z. B. die erste
Christengemeinde, nur den Stifter und zwölf Genossen umfasst, bis
zu der räumlich Millionen und zeitlich Jahrtausende
einschliessenden Bildungs- oder Glaubensgemeinschaft aus,
welche, wie z. B. die europäische Civilisation, das Christen- oder
Buddhistenthum Theilnehmer und Bekenner im Laufe der Zeit nach
hunderttausenden von Millionen zählen. Wie die durch Geburt der
Gemeinschaft einverleibten Mitglieder von Natur aus den Aeltern
ähnlich, so werden durch Aufnahme gewonnene den ursprünglich
vorhandenen künstlich verähnlicht (assimilirt), indem entweder,
wenn die Aufnahme durch Wahl erfolgt, nur ähnliche gewählt (z. B.
in eine Akademie der Wissenschaften nur Gelehrte, in eine politische
Partei nur politische Gesinnungsverwandte) oder, wenn sie durch
freiwilligen Anschluss geschieht, die Aufgenommenen im Sinn der
bestehenden Gemeinschaft (z. B. der ägyptische Neophyt durch die
Priesterschule, der künftige Soldat durch das Cadetteninstitut)
erzogen werden.

375. Die so entstandene Gesellschaft bildet einen organischen
Körper, welcher entweder wie der vegetabilische Organismus an

dem Boden haftet, auf dem er erwachsen und mit dem er
verwachsen ist, oder wie der animalische Organismus von
demselben äusserlich und innerlich abgelöst, frei über ihn
hinstreifend, obgleich innerhalb durch die Schranken der
Acclimatisationsfähigkeit gezogener Grenzen den Ort seiner
vorübergehenden Niederlassung wechselt. Jener ergibt die
autochthone, dieser die nomadische Gemeinschaft (Familie, Stamm,
Volk). Jene tritt vorzugsweise als sesshafte und in Folge dessen, da
die von der Natur freiwillig dargebotene Nahrung allmälig versiegt,
zur künstlichen Erzeugung derselben, so wie der übrigen
Lebensbedürfnisse d. i. zum Ackerbau und zur Industrie gedrängte
Bevölkerung auf. Diese, da sie die an einem Orte mangelnden
Bedürfnisse nicht selbst erzeugt, sondern dort nimmt, wo sie
dieselben findet, erscheint in den mannigfaltigsten Formen als
Jäger-, Handels- und Räuber- oder Eroberervolk. Wie der belebte
Organismus durch die Entwickelung eines Centralorgans (Gehirn
und Nervensystem), innerhalb dessen der physische Reiz sich in
bewusste Empfindung umsetzt, zum vorstellenden, Ich-ähnlichen
und als solcher durch die allmälige Vorstellung seiner selbst (Ich-
Vorstellung) selbst zum Ich d. i. zum sein selbst bewussten
Individuum wird, so gestaltet sich die organische Gesellschaft
dadurch, dass innerhalb ihres Umkreises ein Centralorgan (Regent
und Regierung) entsteht, in welchem das allen gemeinsame Denken,
Fühlen und Streben sich in bestimmte Vorstellung d. i. in deutlich
vorschwebenden Zweck, Erwägung und Herbeischaffung der
Mittel und verwirklichende That umsetzt, zu einer (nach Haupt und
Gliedern) organisirten staatähnlichen Gesellschaft, welche durch die
allmälig fortschreitende Verkörperung der Vorstellung der
Gesellschaft (der Gesellschaftsidee) selbst zum S t a a t d. i. zu der
ihrer selbst als Gesellschaft bewussten, die Verwirklichung der
Gesellschaftsidee sich zum Zweck und dieselbe mittels der zu ihrer
Realisirung erforderlichen Mittel in Vollzug setzenden individuellen
Gesellschaft wird.

376. Organisirte Gesellschaften der Art, wenn sie reale d. h. ihre
Mitglieder unter einander blutsverwandt sind, treten je nach dem
Umfang und dem Grade der Verwandtschaft als Familie im engeren,
nur Eltern und Kinder, oder weiteren, auch die nächsten
Seitenverwandten begreifenden Sinne als Verband der
Familieng l i e d e r unter dem Familienhaupt, oder als Stamm (Clan)
unter dem Stammeshaupt (Häuptling, Scheik), oder als Volk unter
dem (angestammten) Volkshaupt (König) auf. Dagegen, wenn ihre

Glieder zwar geistes-, glaubens-, oder gesinnungs-, aber nicht blutsverwandt sind, erscheint die organisirte Gesellschaft, je nachdem der Inhalt der allen gemeinsamen Ueberzeugung entweder ein wissenschaftlicher, oder ein religiöser, oder ein politischer ist, in Gestalt entweder der (philosophischen oder künstlerischen) Schule unter einem (philosophischen oder künstlerischen) Schulhaupt (Meister), oder als (Landes-, National-, Welt-) Kirche unter einem (Landes-, National-, Universal-) Kirchenhaupt (Landesbischof, Papst, Dalai Lama), oder als (theokratischer, nach göttlichen, oder militärischer, nach mit Gewalt aufgedrungenen fremden Gesetzen beherrschter, oder autonomer, Verfassungs- d. i. nach eigenen Gesetzen sich selbst beherrschender) Staat unter einem (theokratischen, von Gott eingesetzten, oder kriegerischen, durch Unterjochung aufgedrungenen, oder verfassungsmässigen) Staatsoberhaupt (Fürst „von Gottes Gnaden", Eroberer, constitutioneller Herrscher). Je nachdem das Centralorgan, in welchem das allen gemeinsame Bewusstsein der Gesellschaft sich verkörpert, dessen Bewusstsein also gleichsam die Stelle des allen gemeinsamen Bewusstseins vertritt, selbst aus einem einzigen oder mehreren unter einander coordinirten oder aus einem und mehreren diesem zusammengenommen coordinirten Individuen besteht, nimmt derselbe monarchische, oder collegiale, oder parlamentarische Form an, indem im ersten Fall das Gesammtbewusstsein im Monarchen (Josef II. und Friedrich II. als „erste Diener des Staates") im zweiten Fall im Regierungscollegium (Directorium, Bundesrath), im dritten Fall im Herrscher und den Stellvertretern des Gesammtbewusstseins (Abgeordnete, Parlament, Kammer, Reichstag) zusammengenommen incarnirt erscheint. Die monarchische Gestalt entartet zur Tyrannis, wenn an die Stelle des Gesammtbewusstseins das Einzelbewusstsein des Herrschers (l'état c'est moi), die collegiale Regierung zur Oligarchie, wenn an die Stelle des Gesammtbewusstseins jenes einer Minderheit (einer Kaste in der Priester-, Adels- oder Geschlechter-, eines Standes in der Militär- oder Zünfte-, des Geldes in der Finanz- und Bankiersherrschaft: Theokratie, Aristokratie, Martokratie, Plutokratie), dagegen zur Ochlokratie, wenn an die Stelle des Gesammtbewusstseins die bewusstseinslose Menge als herrschende Macht tritt. Die parlamentarische Regierung kann je nach dem Uebergewicht des Einen über die Vielen, oder der Vielen über den Einen in Scheinparlamentarismus (wie unter dem Julikönigthum) oder in Scheinmonarchismus (wie in England) ausarten. In der monarchisch organisirten Gesellschaft wird nicht nur die Einheit des Gesammtbewusstseins, sondern werden auch die in demselben, wie in jedem Bewusstsein vorhandenen und einander bestreitenden Gegensätze in das stellvertretende Bewusstsein des Alleinherrschers verlegt und damit demselben die gesammte Verantwortlichkeit für die aus dem Zwiespalt der letzteren entspringenden Folgen aufgebürdet. In der collegialen Form der Regierung prägen die im Gesammtbewusstsein einander bekämpfenden Extreme (Radicalismus und Conservatismus) innerhalb des höchsten Regierungsorgans selbst als solche sich aus, während die Einheit des Bewusstseins durch die mangelnde Spitze nur collectiv und daher nur unvollkommen (Präsident) vertreten erscheint. Die parlamentarische Form hat den Vorzug, dass in derselben die Einheit des Gesammtbewusstseins, wie die in demselben vorhandenen Gegensätze gleichzeitig, die eine in der monarchischen Spitze und durch deren ewige Dauer in der festgesetzten Erbfolgeordnung am dauerhaftesten, die andere in den innerhalb der Volksvertretung einander bekämpfenden politischen Parteien (Fortschritts- und Stillstandsmänner, Whigs und Tories) am vollkommensten repräsentirt erscheint und daher das Ganze der Regierung, Monarch und Parlament, vereinigt das treueste Spiegelbild des gesellschaftlichen Gesammtbewusstseins darstellt.

377. Wie die andere ihresgleichen appercipirenden d. h. sich anschmelzenden Vorstellungsmassen im individuellen Bewusstsein, so stellen die einzelnen, jede für sich organisirten Gesellschaften (Familie, Stamm, Schule, Kirche etc.) innerhalb der räumlich, zeitlich und organisch zu einem Ganzen geeinigten Gesellschaft Mittelpunkte dar, welche vermöge ihrer bereits erlangten und befestigten Macht ihren Einfluss und Umfang durch die Heranziehung und Assimilirung gesinnungs- oder stammesverwandter Individuen zu vergrössern und zu erweitern bemüht sind. In diesem Sinne bildet sich um die durch Geburt, Ansehen oder Reichthum hervorragende Familie ein Familienanhang, um den durch Zahl, Macht oder Intelligenz zur Präponderanz gelangten Stamm ein Stammesgefolge, zieht die zu Gewicht und Nachdruck gelangte Schule (Staatsphilosophie Hegel's unter Altenstein) stets neue Anhänger, wie eine durch den Besitz himmlischer und irdischer Güter reich gewordene, mit Privilegien für jenseits und diesseits ausgestattete Kirche (Staatskirche, englische Hochkirche) stets neue Bekenner an sich und droht, indem sie aus einer staatähnlichen zu einer dem Staat ebenbürtigen oder demselben überlegenen Macht innerhalb der Gesellschaft

heranwächst und die besonderen Familien- oder Stammes-
(Nationalitäts-), Schul- oder Kircheninteressen allmälig im
Allgemeinbewusstsein einen überwiegenden Einfluss gewinnen, zu
einem Staat im Staate und dadurch für diesen selbst zu einer
ähnlichen Gefahr, wie das im individuellen Bewusstsein
übermächtig gewordene Neben- oder zweite Ich für die Ich-
Vorstellung zu werden.

378. Wie die Ich-Vorstellung über das gesammte, oder doch den
grössten Theil des Bewusstseins seine Herrschaft auszudehnen, so
strebt der Staat über alle innerhalb seiner Raum-, Zeit- und
Volksgrenzen vorhandenen organisirten Gesellschaften die
Oberhoheit auszuüben d. h. sie aus unabhängigen in von ihm
abhängige Corporationen, als s e i n e Familien und Stämme,
s e i n e Schule, s e i n e Kirche u. s. w. zu verwandeln. Derselbe
duldet demgemäss innerhalb seines Umkreises weder sich souverän
geberdende Feudalherren, noch von der Staatseinheit sich
emancipirende Nationalitäten- oder Ländergelüste (Kantönligeist),
eben so wenig von derselben unabhängige Unterrichts- (die „freie
Schule"), oder religiöse Körperschaften (die „freie Kirche"),
während diese ihrerseits gegen den „Racker von Staat" (Friedrich
Wilhelm IV.) sich zu behaupten bemüht sind (Kampf der
Reichsfürsten gegen den Kaiser, der Vasallen gegen den
Landesherrn, der Provinzen und Stämme gegen das Reich, der
„freien" d. i. katholischen Universitäten in Belgien gegen die
Staatsuniversität, der Kirche gegen den Staat; „Culturkampf").

379. Wie die physischen, so üben die Gesellschaftskörper
gegenseitig Wirkungen auf einander aus. Wie die mechanisch
zusammengesetzten Körper durch Häufung, so vergrössern sich die
auf Association zu einem gemeinsamen Zwecke beruhenden
Corporationen durch Vermehrung ihrer Mitgliederzahl in Folge der
Fusion derjenigen, welche gleiche Zwecke verfolgen. Dieselbe wird
überall dort, wo die gegebenen Umstände das gleichzeitige Bestehen
mehrerer denselben Zweck verfolgenden Gesellschaften nicht
erlauben, durch den daraus entspringenden „Kampf ums Dasein" d.
i. durch die sogenannte „freie Concurrenz" herbeigeführt, dessen
Devise das „ôte toi, que je m'y mette", und dessen Ursache das
„da-" d. i. das „an dem Orte sein wollen" ist, den ein Anderer
einnimmt. Dagegen stehen die auf der qualitativen Gleichheit oder
Ungleichheit ihrer Mitglieder ruhenden Gesellschaften unter
einander wie die chemischen Körper in wahlverwandtschaftlichen

Beziehungen, vermöge deren bestehende Verbindungen in Folge stärkerer Anziehung gelöst und bisher nicht bestandene aus demselben Grunde geschlossen werden. Wechsel der Berufs-, der Standesgenossenschaft auf der einen, des Gegenstandes der Freundschaft, der Liebe auf der anderen Seite sind die Folgen derselben. Jene werden durch Abneigung gegen den gegenwärtigen, durch Vorliebe für den künftigen Beruf oder Stand, diese durch Antipathie gegen den bisherigen, Sympathie für den künftigen Gegenstand der Freundschaft oder der Liebe verursacht. Organische Gesellschaftskörper verschmelzen unter einander entweder auf realem z. B. dem geschlechtlichen Wege, indem durch Heirat verschiedenen Familien angehöriger Familienglieder (Familienheirat) eine neue Familie, durch Heiraten aus verschiedenen Stämmen ein neuer Stamm (Römer: aus Latinern und Sabinern), durch Ineinanderaufgehen zweier oder mehrerer Nationalitäten eine neue Nationalität (die englische: aus Sachsen und Normannen; die lateinische: aus Celten und Germanen; die amerikanische: aus Briten, Iren, Deutschen) entsteht, oder auf idealem Wege, indem aus der Vereinigung zweier oder mehrerer Wissens-, Glaubens-, oder politischer Genossenschaften eine neue Schule (z. B. die neuere Akademie aus Platonismus und Stoicismus), eine neue Kirche (z. B. die anglicanische aus Katholicismus und Lutherthum), eine neue politische Partei (z. B. Disraeli's Reformtories aus Tories und Peeliten) hervorgehen.

380. Autochthone Gesellschaften, die ihre „Scholle" behaupten, werden auf diesem Wege von nomadischen, welche dieselbe vorübergehend occupiren, letztere von staatbildenden, welche daselbst sich bleibend niederlassen wollen, im „Kampf ums Dasein" bedrängt und verdrängt. Wie jene nach einander, so treten gleichzeitige nachbarliche organisirte Gesellschaften (Familien, Stämme, Schulen, Kirchen und Staaten) im Kampf ums Dasein (Familienfehde, Stammesfehde, Schulzwist, Sectenhass, Krieg) in feindliche oder freundliche Berührung (Familienbund, Stammesbündniss, Schulen- und Kircheneinigung, Staatenbündniss.) Je nachdem die Folge derselben die gegenseitig anerkannte Unabhängigkeit oder die auf gewaltsamem oder friedlichem Wege herbeigeführte Abhängigkeit des einen von dem andern Gesellschaftskörper ist, geht im ersten Falle ein statisches Gleichgewicht zwischen denselben (Oesterreichs und Preussens Aequilibrium im deutschen Bunde; das „europäische Gleichgewicht") oder das Uebergewicht eines über die übrigen

(Preussens im deutschen Reich; Russlands während der Zeiten der
heiligen Allianz in Europa; der Nord- über die Südstaaten in
Amerika), in beiden Fällen ein System von Gesellschaftskörpern
(Staatensystem) aus demselben hervor, in welchem entweder die
einzelnen sich zu einander wie Gegensonnen oder wie um eine
Centralsonne rotirende Planeten verhalten. Ersteres kann, wenn die
einzelnen Glieder (Staaten) ihrer Unabhängigkeit von einander
ungeachtet zu einem Ganzen sich vereinigen, zu einer
Gesellschaftsföderation (Staatenbund), letzteres, wenn die
Abhängigkeit der vielen vom Centralkörper sich vermindert, zu
einem Föderativkörper (Bundesstaat) führen.

381. Wie der die Zwischenräume der physikalischen Atome füllende
Aether und die zwischen den festen Körpern befindliche Luftmasse,
jener gleichsam die immaterielle, diese die materielle Atmosphäre
der Körperwelt ausmacht, wie die auf die Beziehungen zwischen
den einzelnen Bewusstseinsgebilden bezüglichen Phänomene des
Bewusstseins (die Gefühle) gleichsam die gemüthliche Temperatur
der Bewusstseinswelt, deren Wärme oder Kälte ausdrücken, so
stellt das innerhalb einer Gesellschaft vorhandene gemeinsame
Bewusstsein mit seinen allen gemeinsamen Vorstellungen, Gefühlen
und Strebungen gleichsam das psychische Innere der Gesellschaft,
die ersten deren G e i s t , die zweiten deren G e m ü t h , die letzten
deren C h a r a k t e r dar. Erstere, der Inbegriff des im Bewusstsein
der Gesellschaft lebenden Meinens, Glaubens und Wissens, macht
dabei gleichsam die Licht-, die Summe der innerhalb derselben
vorhandenen Lust- und Unlustgefühle, insbesondere aber jene der
im gemeinsamen Bewusstsein wirksamen Mit- oder socialen
Gefühle gleichsam die Wärme-, die magnetischen und elektrischen
Phänomene innerhalb der gesellschaftlichen Atmosphäre aus,
während die Zahl und Beschaffenheit der innerhalb der Gesellschaft
begangenen Thaten, wenn dieselben als unvorsätzliche im Rausche
der Leidenschaft begangene Handlungen angesehen werden dürfen,
den Grad der innerhalb der Gesellschaftsatmosphäre vorhandenen,
der Gewitterschwüle vergleichbaren, affectvollen Spannung, wenn
sie dagegen als vorsätzliche, im zurechnungsfähigen Zustand zur
Aeusserung gelangte Willensacte betrachtet werden müssen, das
der mittleren Witterung ähnliche Niveau des innerhalb der
Gesellschaft gegebenen Sittlichkeitszustandes bezeichnen. Licht und
Finsterniss in der physischen kehren innerhalb der
gesellschaftlichen Welt als die Gegensätze der Aufklärung und des
Wahn- und Aberglaubens, Hitze und Kälte jener als Gemüthsfülle

und Gemüthlosigkeit, Anziehung und Abstossung gleichnamiger und ungleichnamiger Pole als menschenfreundliches Mitgefühl und erkältende Selbstsucht, verheerende Sturmfluten, magnetische und elektrische Ungewitter, aber auch luftreinigende Gewitterstürme und befruchtende Frühlingsregen als zerstörende Ausbrüche entfesselter Leidenschaft, aber auch als heroische Thaten enthusiastischer Aufopferung, endlich der durchschnittliche Zustand der Licht- und Wärmevertheilung in dem durchschnittlichen Verhältniss begangener Ausschreitungen und Verbrechen (wie es die sogenannte moralische Statistik aufweist) zu der Zahl und dem Bildungszustand der Gesellschaft wieder.

382. Wie die Körper im Raume, die Vorstellungen im Bewusstsein, so wechseln die Gesellschaftsglieder ihren Ort innerhalb der Gesellschaft, die Gesellschaften selbst den ihrigen im Raume neben, in der Zeit nach und vor andern Gesellschaften. In dem „Kampf ums Dasein”, welchen die Körper in der physischen, die Vorstellungen der Bewusstseinswelt, wie die Mitglieder der Gesellschaft um ihre Stellung in dieser mit einander führen, werden die einen, die herrschenden, von oben nach unten, andere, beherrschte, von unten nach oben gedrängt, und wie die Hindernisse, die dem im Raume bewegten Körper, und die Hemmungen, die der zur Klarheit aufstrebenden Vorstellung im Wege stehen, so die gesellschaftlichen Widerstände, welche den innerhalb der Gesellschaft Emporstrebenden begegnen, durch Glück oder Klugheit überwunden. Wandervölker und Auswanderer verändern den Ort ihres geselligen Zusammenlebens, während bis dahin blühende Gesellschaften durch Zerfall und innere Erschlaffung von ihrer Höhe herabsinken oder durch andere von derselben gestürzt werden. Wie aber der physische Körper gleich dem Bewusstseinsgebilde nicht blos den Ort, sondern auch Form und Stoff zu wechseln vermag, so geht der Gesellschaftskörper nicht nur aus der lockeren in engere Association (Actiengesellschaft in Handelscompagnie), sondern aus der qualitätslosen in die qualitative Genossenschaft (aus blosser Geselligkeit zur Freundschaft) und endlich in organische Verschmelzung (aus dem Liebesverhältniss zur Heirat und Familie) und organisirte Gesellschaft, diese aus der pflanzenartigen Form des Autochthonenthums aber selbst in die freibewegliche der Wandergesellschaft, nach dieser in die höhere Form der staatähnlichen Organisation und schliesslich in deren höchste und vollkommenste Gestaltung, den Staat über.

383. Wie der Stoff des Bewusstseins die primitiven Bewusstseinsacte, so ist der Stoff der Gesellschaft der Inbegriff jener Bewusstsseinsindividualitäten, welche unter einander durch die Congruenz ihres individuellen Bewusstseinsgehalts zu einem Alle umfassenden gemeinsamen Bewusstsein verbunden werden. Hört eines dieser Einzelbewusstsein auf, seinem Inhalt nach mit jenem der übrigen zu harmoniren, so gehört dasselbe nicht mehr dem Allgemeinbewusstsein an und hat der Einzelne, dessen Bewusstsein auf diese Weise sich von dem allgemeinen geschieden hat, innerlich längst aufgehört Gesellschaftsmitglied zu sein, auch wenn nach aussen hin dessen bisheriger Verband dem Anschein nach unverändert fortbesteht. So kann der innerlich von dem Glaubensbekenntniss einer Glaubensgenossenschaft Abgefallene äusserlich in dem gesellschaftlichen Verbande seiner Kirche fortleben, also längst „confessionslos" geworden sein, ehe er sich äusserlich als solchen bekennt. Mit der Auflösung des gemeinschaftlichen Bewusstseins löst die Gesellschaft sich selbst auf, mit der Selbstauflösung aller unter eine gemeinsame Kategorie (z. B. unter jene der Familie, der Schule, der Kirche etc.) gehörigen Gesellschaften tritt für jede jener Kategorien socialer Nihilismus (der Familie als Auflösung jedes Familien-, der Schule oder Kirche als solche jedes wissenschaftlichen und Bekenntnissverbandes) ein. Mit der Selbstauflösung des Staats als der gesellschaftlichen Verwirklichung der Gesellschaftsidee erfolgt die Verneinung dieser selbst, die Annihilisation eines gesellschaftlichen Verbandes überhaupt und damit die Rückkehr zum ursprünglichen Zustand ungesellter Individuen, des Zerfalls des socialen, wie oben des physischen Stoffs, in seine Atome.

384. Wie die Gesammtheit der physischen Körper den Kosmos, die Gesammtheit der Bildungen des individuellen Bewusstseins die Seelenwelt des Individuums, so macht die Gesammtheit gesellschaftlicher Körper von den gleichgiltigsten und flüchtigsten Associationen bis zu dauerhaften, sei es durch Bluts-, sei es durch Ueberzeugungsbande verschmolzenen organischen und organisirten Corporationen und zu der ausdauerndsten und umfassendsten von allen, dem Staate und den Staaten in ihren gegenseitigen, sei es auf Ebenbürtigkeit, sei es auf Abhängigkeit gegründeten Beziehungen, als Staatensystem, so weit die geschichtliche Erfahrung reicht, d i e W e l t d e r G e s c h i c h t e aus. Wie die Totalität des physischen und jene des im individuellen Bewusstsein sich vollziehenden psychischen Geschehens die Naturgeschichte des Kosmos und die

Geschichte der Seelennatur, so stellt die Gesammtheit des innerhalb der Gesellschaft wie innerhalb der Gesellschaften von den unscheinbarsten Regungen eines gemeinschaftlichen Bewusstseins im Umkreis locker verknüpfter bis zu der reichsten Entfaltung gemeinsamen Denkens, Fühlens und Wollens unter einander physisch oder psychisch eng verwandter Individuen, von dem einförmigen Dahinleben der Natur- bis zu den wechselvollen Schicksalen hochcivilisirter Culturvölker, von den seltenen und zufälligen feindseligen und freundlichen Berührungen zerstreuter Horden, Familien und Stämme bis zu den eng verflochtenen materiellen und geistigen Interessen und dem Raum und Zeit überwindenden Handels-, literarischen und persönlichen Verkehr einer zu stets sich steigernder Gleichartigkeit der Bildung, der Sitten und der staatlichen Formen entwickelten Menschheit herauf, so weit die geschichtliche Erfahrung reicht, die nach unveränderlichen Gesetzen sich vollziehende Entwickelungsgeschichte der Gesellschaft, die Weltgeschichte dar.

DRITTES BUCH.

DIE KUNST.

ERSTES CAPITEL.

DIE BILDUNGSKUNST.

385. Wie es die Aufgabe des ersten Buches war, die Ideen als
Musterbegriffe ohne Rücksicht auf eine denselben entsprechende
oder nicht entsprechende Wirklichkeit, jene des zweiten dagegen,
das Wirkliche ohne Rücksicht auf dessen vorhandene oder nicht
vorhandene Uebereinstimmung mit den Ideen, jedes der beiden
genannten Gebiete rein, ohne Beeinflussung oder Färbung durch
das andre für sich darzustellen, so ist es die Aufgabe des dritten,
durch dessen Gegenstand, die Kunst, welche weder, wie der Inhalt
des ersten v o r s c h r e i b e n d e, noch wie jener des zweiten
Buches b e s c h r e i b e n d e B e t r a c h t u n g, sondern r e a l e
B e t h ä t i g u n g ist, die Ideen in die Wirklichkeit einzuführen d. h.
das mit den Ideen nicht in Einklang stehende Wirkliche diesen, so
weit dessen Natur es gestattet, harmonisch zu gestalten.

386. Aus dem Gesagten folgt, dass der Begriff der Kunst, insofern
unter demselben Darstellung von Ideen im wirklichen Stoffe
verstanden wird, weder mit jenem der schönen Kunst, welche die
Darstellung ästhetischer Ideen, noch mit jenem der Technik, welche
die kunstfertige Ueberwindung der Ideendarstellung durch das
wirkliche Material in den Weg gestellter Widerstände in sich
begreift, identisch, sondern weiter als beide ist und als auf Wissen
sich stützendes Können überall dort zur Anwendung kommt, wo
von Darstellung gleichviel was für welcher Ideen in wirklichem,
gleichviel ob willigem oder sprödem Stoffe die Rede ist. Jenes, das
Merkmal der Ideendarstellung, unterscheidet die Kunst von der
ideenlosen Virtuosität, die sich in Ueberwindung im Material nicht
gegebener, sondern in demselben ausdrücklich hervorgesuchter,

also selbstgemachter Schwierigkeiten gefällt. Dieses, das Merkmal der Realität des Materials, durch welche die Idee selbst solche gewinnt, unterscheidet die Kunst von dem traumhaft dahinfliessenden Bewusstseinsgespinnst, welches weder durch die Verarbeitung nach logischen Ideen logischen Halt, noch durch solche nach ästhetischen Ideen ästhetische Form, noch durch gleiche nach ethischen Ideen ethischen Gehalt, noch endlich durch Verkörperung in lebendigem, eigenem oder fremdem, oder in leblosem Stoff reale Gestalt annimmt. Wie jene Können ohne Wissen (entweder nicht Kennen oder nicht Kennenwollen der Ideen, die sich gar wol mit umfassender Kenntniss des sonst zur Ideendarstellung bestimmten Stoffs verträgt), so stellt dieses, auch wenn es wie der hellseherische Traum des Genius das Wahre trifft, ein Wissen ohne Können dar (nicht Verarbeiten, oder nicht Verarbeitenwollen der Idee im Stoff, welches sich gar wohl wo mit umfassendem Vermögen künstlerischer Darstellung vertragen, aber auch aus Mangel technischer Anlage oder aus „göttlicher Trägheit" entspringen kann).

387. Kunst in diesem Sinn ist einerseits so vielfach, als überhaupt zur Darstellung geeignete Ideen, und so mannigfaltig, als zur Aufnahme derselben empfängliche Stoffe vorhanden sind. Dieselbe erscheint in ersterer Hinsicht als Darstellerin logischer, ästhetischer und ethischer d. i. der Ideen des Wahren, Schönen und Guten. In letzterer Hinsicht wird es darauf ankommen, ob das Material, dessen die Kunst sich bedient, psychischer (Bewusstseins-) oder physischer (materieller) Natur, und im ersteren Fall, ob der Bewusstseinsstoff Inhalt des eigenen oder eines fremden Bewusstseins sei. Dieselbe gliedert sich in dieser Hinsicht in die dreifache Kunst der Bildung der Vorgänge des eigenen Bewusstseins (Vorstellen, Fühlen, Wollen), so wie jener eines fremden Bewusstseins, endlich der Körper und Processe der physischen (leblosen und lebendigen) Natur nach (logischen, ästhetischen, ethischen) Ideen. Die erste als Kunst der Ideendarstellung im eigenen Vorstellen, Fühlen und Wollen d. i. der Bildung des eigenen Vorstellens nach logischen, ästhetischen und ethischen, des eigenen Fühlens nach ästhetischen und des eigenen Wollens nach ethischen Normen ergibt die Kunst der Selbstbildung oder die Bildungskunst. Die zweite als Kunst, das Vorstellen, Fühlen und Wollen eines Andern, das erste nach logischen, ästhetischen und ethischen, das zweite nach ästhetischen, das dritte nach ethischen Normen zu bilden, ergibt die Kunst der Bildung Anderer

oder die **B i l d e k u n s t**. Die dritte als die Kunst, die Processe und
Körper der materiellen, lebendigen und leblosen Natur nach Ideen
zu behandeln d. i. durch die Wahrheit als Wissenschaft zu
beherrschen, durch die Schönheit als Kunst zu verschönern und
durch die Güte als wohlwollende und menschenwürdige
Behandlung zu veredeln, ergibt als Kunst die Natur zu bilden, die
b i l d e n d e   K u n s t.

388. Bildungskunst als Ideendarstellung im eigenen Vorstellen ist als
Darstellung logischer Ideen in demselben zunächst **l o g i s c h e
K u n s t**. Insofern die logischen Ideen den Inbegriff der
Bedingungen ausmachen, unter welchen Denken zum Wissen wird,
besteht deren Aufgabe darin, das eigene Vorstellen in Wissen, den
Inhalt desselben in Wissenschaft zu verwandeln. Der Denkende
wird zum Wissenden, wenn ihm alles dasjenige, aber auch nur
dasjenige als wahr d. i. als richtig und giltig erscheint, was ihm in
Folge der Anwendung logischer Normen auf sein Denken als
solches erscheinen muss. Andernfalls weiss er nicht, sondern
meint, ahnt oder glaubt nur. Ersteres, wenn er überhaupt keine
Gründe, letzteres, wenn er andere als logische d. i. aus dem Inhalt
des Gedachten stammende Gründe hat, dasselbe für wahr zu
halten. Je nachdem diese letzteren entweder aus dem Gefühl, oder
aus dem Begehren, Wünschen und Wollen genommen sind, so dass
der Vorstellende dasjenige für wahr oder falsch hält, was seinen
Gefühlen, oder dasjenige, was seinen Wünschen entspricht oder
entgegen ist, tritt das von ihm für wahr Gehaltene in der Form eines
Vorausgefühlten (Geahnten) oder Vorauserwarteten (Geglaubten)
auf, auch dann, wenn dasselbe nach logischen Regeln aus der
Beschaffenheit des Gedachten weder vorhergesehen, noch
überhaupt gewusst werden kann.

389. Insofern und weil das Wissen vom Meinen, Ahnen und
Glauben verschieden, die Form des Gewussten auch dann, wenn
der Inhalt derselbe ist, von der Form des blos Gemeinten, Geahnten
oder Geglaubten verschieden sein muss, so folgt, dass die logische
Kunst als Bearbeitung des eigenen Vorstellens nach logischen
Regeln zunächst darauf ausgehen muss, das zu bearbeitende
Material d. i. das eigene Vorstellen von allen ihm fremdartigen
Bestandtheilen und Zusätzen zu reinigen d. h. alles dasjenige
auszuscheiden, was nicht selbst Vorstellung, sondern Gefühl oder
Streben (Begierde, Wunsch, Wille) ist. Dieselbe trachtet daher vor
allem den Vorstellenden von jeder Rücksicht auf dasjenige frei zu

machen, wodurch der Inhalt des Gedachten zu dessen Gefühlen,
Begierden, Wünschen und Willensbestrebungen in förderlicher oder
hemmender Beziehung steht d. h. entweder ein ästhetisches oder
ein praktisches Interesse für denselben hat. Denn, wo das erstere
herrscht, wird der Vorstellende eine eben so begreifliche Neigung
zeigen, dasjenige, was ihm aus irgend einem Grunde nützlich,
angenehm oder schön erscheint d. h. gefällt, für wahr oder
wirklich, wie dasjenige, was ihm missfällt, für falsch oder Fiction
zu halten; wo das letztere herrscht, wird er bereit sein, dasjenige,
was er aus irgend einem Grunde begehrt, wünscht oder will, für
begehrenswerth, möglich und erlaubt, so wie dessen Gegensätze d.
i. alles dasjenige, was er verabscheut, weder wünscht noch will,
für das Gegentheil zu halten. Aus dem ersteren entspringt, wenn
das für wahr Gehaltene deshalb dafür gehalten wird, weil dasselbe
uns nützlich, dagegen für falsch, wenn es uns schädlich scheint,
die sogenannte gute oder schlimme Ahnung, — wird es dagegen
für wahr oder falsch gehalten, je nachdem es uns angenehm und
schön oder unangenehm und hässlich dünkt, der poetische
Optimismus oder Pessimismus, poetischer Glaube oder Unglaube
(Wahnglaube). Aus dem letzteren entspringt, je nachdem das
praktische Interesse an dem Inhalt des Gedachten den Vorstellenden
nur gestimmt macht, Ungewisses, ja selbst Unwahrscheinliches,
aber doch Mögliches und bis zu einem gewissen Grad
Wahrscheinliches über diesen hinaus für wahrscheinlich, ja selbst
für gewiss zu halten, oder dermassen verblendet, dass er nicht blos
Unwahrscheinliches für wahrscheinlich, sondern Unmögliches für
möglich, ja selbst für wirklich hält, im ersten Fall Leichtgläubigkeit,
im zweiten Fall Aberglaube. Beide sind verzeihlich, wenn die
Begierden, Wünsche und Willensbestrebungen, durch die sie
veranlasst werden, entweder an sich löblich oder doch erlaubt,
dagegen unentschuldbar, wenn dieselben nicht blos thöricht,
sondern unerlaubt und verwerflich sind.

390. Die Bearbeitung des eigenen Vorstellungsmaterials erfolgt,
wenn das letztere von fremdartigen, ästhetischen und praktischen
Zusätzen gereinigt ist, „sine ira", aber erst, wenn dieselbe nicht blos
auf Grund des psychischen Mechanismus, sondern nach logischen
Normen geschieht, „cum studio". Jene dient nur dazu, den
Vorstellenden von den Einflüssen des ästhetischen und praktischen
Interesses auf sein Denken frei d. h. das rein wissenschaftliche
Interesse an dem Inhalt des Gedachten zu dessen einzigem zu
machen: diese geht darauf aus, die durch den psychischen

Mechanismus des Bewusstseins thatsächlich in demselben
entstandenen Gedanken vom Gesichtspunkt der logischen Ideen
einer kritischen Prüfung zu unterziehen d. h. das specifisch
logische oder im weiteren Sinn philosophische Interesse zu
befriedigen. Die Aufgabe der ersteren ist erfüllt, wenn es derselben
gelungen ist, auf rein wissenschaftlichem d. i. weder durch
ästhetische, noch praktische Interessen beeinflusstem Wege
inhaltsvolle Gedanken (Begriffe, Urtheile, Schlüsse, Systeme), jene
der letzteren aber erst, wenn sie es dahin gebracht hat, den
Forderungen logischen Denkens gegenüber haltbare d. i. logisch
denkbare Gedanken (denknothwendige oder doch logisch erlaubte
Begriffe, Urtheile, Schlüsse und Systeme) herzustellen. Frucht der
ersteren ist die n a i v e d. i. empiristische und im philosophischen
Sinn kritiklose, die der letzteren dagegen die b e w u s s t e d. i.
philosophische, weil durch logische Kritik gesichtete
W i s s e n s c h a f t .

391. Die naive Wissenschaft führt ihren Namen daher, weil sie
einerseits zwar Wissenschaft d. h. von den Einflüssen des Gefühls
und des Willens frei, andererseits aber naiv ist d. i. um die Frage, ob
der psychische Mechanismus von Haus aus derart beschaffen sei,
dass die durch denselben im Bewusstsein zum Vorschein
kommenden Gebilde (Begriffe, Urtheile, Schlüsse, Schlussketten
und Systeme) wahre d. i. richtige und giltige Begriffe, Urtheile u. s.
w. sein müssen oder doch sein können, sich unbekümmert zeigt.
Letztere aber d. i. die eigentlich kritische Frage, weil sie nichts
geringeres als das gesammte erkenntnisstheoretische Problem d. i.
die Würdigung der gesammten auf dem Wege des psychischen
Mechanismus entstandenen Vorstellungen in Bezug auf deren
Erkenntnisswerth enthält, ist um so unabweislicher, je weniger es
sich bestreiten lässt, dass gewisse auf obigem Wege mit
naturgesetzlicher Nothwendigkeit im Bewusstsein sich einstellende
Vorstellungsgebilde in Hinsicht auf deren Bedeutung für die
Erkenntniss keinen oder sogar einen negativen Werth besitzen d. h.
nicht blos Hohl-, sondern Wahngebilde sind. Zu diesen gehören die
sogenannten Sinnestäuschungen (Illusionen und Hallucinationen),
aber auch der Schein der täglichen Bewegung des gestirnten
Himmels um die Erde, oder des am Horizont vergrösserten
Durchmessers des Mondes, deren sich der Astronom, der sie als
Trug erkennt, eben so wenig wie der Laie, der sie für Wirklichkeit
nimmt, zu erwehren vermag. Ebendahin aber auch gewisse
Begriffe, welche, wie jener Schein, auf Grund des psychischen

Mechanismus im Bewusstsein mit naturgesetzlicher Nothwendigkeit entstehen und daher unabweislich, aber nichts desto weniger von einer Inhaltsbeschaffenheit sind, welche nicht ohne weiteres gestattet, deren Inhalt für möglich, geschweige denn für wirklich, also auch nicht sie selbst für richtige und giltige Begriffe zu halten. Von dieser Art sind Begriffe, deren Inhalt auf Wirkliches bezogen und folglich, da dieselben thatsächlich im Bewusstsein gegeben sind, als wirklich gesetzt wird, zugleich aber in sich widersprechend ist, so dass die Forderung, denselben als wirklich zu setzen, nichts geringeres bedeutet als ein Widersprechendes, also ein solches, was nach logischen Ideen als wirklich nicht gedacht werden darf, denselben zum Trotz als solches zu denken. Zeigt sich nun, dass zu diesen Begriffen gerade diejenigen gehören, von welchen die sogenannten Erfahrungswissenschaften, Natur- und Geschichtswissenschaft, den umfassendsten Gebrauch und die freigebigste Anwendung machen, ja solche, ohne welche das von obigen Wissenschaften errichtete Wissenschaftsgebäude, die sogenannte Natur- und Geschichtserfahrung, weder Grundlage noch Zusammenhang, überhaupt keinerlei Halt besässe, so erscheint das in die Zuverlässigkeit und Glaubwürdigkeit jener Wissenschaften gesetzte Vertrauen so lange als unberechtigt, die Wissenschaft selbst als naiv, so lange nicht entweder jene Begriffe beseitigt oder, da dies, ohne das Werk jener Wissenschaften selbst zu zerstören, unmöglich ist, wenigstens die Widersprüche aus deren Inhalt verschwunden sind.

392. Der geschilderte Fall ereignet sich bei den sogenannten metaphysischen oder, wenn alle Begriffe, deren Inhalt auf Wirkliches bezogen wird, ontologische (Seinsbegriffe) heissen sollen, bei den allgemeinsten ontologischen Begriffen, als welche (von Herbart) namentlich jene des Dings mit mehreren Merkmalen, der Veränderung (incl. der Bewegung) der Materie und des Ichs angeführt worden sind. Dieselben sind sämmtlich „Thatsachen des Bewusstseins" d. h. sie finden sich in Folge und auf Grund des psychischen Mechanismus in jedem normal naturgesetzlich entwickelten Bewusstsein in gleicher Weise, als aus den ursprünglichen Bewusstseinsacten gesetzmässig abgeleitete psychische Gebilde vor; der Inhalt derselben ist daher weder selbst gemacht, sondern g e g e b e n, noch willkürlich a n d e r s gemacht, als er gegeben ist, sonach u n a b w e i s l i c h. Derselbe ist aber zugleich so beschaffen, dass er einander gegenseitig ausschliessende, weil widersprechende Bestimmungen enthält,

sonach u n h a l t b a r . Bei dem Begriff des Dings mit mehreren
Merkmalen besteht dieser Widerspruch darin, dass dasselbe
zugleich als eins und als vieles, bei dem Begriff der Veränderung
darin, dass das Veränderte zugleich als dasselbe und nicht dasselbe,
bei der Materie darin, dass dieselbe ins Unendliche getheilt und doch
aus Theilen entstanden, bei dem Begriff des Ich endlich darin, dass
dasselbe als sich sich vorstellend d. i. einen regressus in infinitum
einschliessend und doch als finitum d. i. als vollendet gedacht
werden soll. Dieselben sind aber zugleich von der Art, dass das
gesammte Gebäude der Erfahrung und sonach der
Erfahrungswissenschaft auf der Voraussetzung ihrer Giltigkeit ruht;
weder die Körper-, noch die geschichtliche Welt, wie sie
erfahrungsmässig gegeben sind, wären ohne Voraussetzung der
Wirklichkeit von Dingen als Trägern zahlreicher Eigenschaften, von
Bewegung in Raum und Zeit, so wie qualitativer Veränderung von
Stoff in der einen und bewussten Individuen in der anderen
möglich. Letztere und damit die gesammte auf Erfahrung beruhende
vorgebliche Wissenschaft vom Wirklichen müsste sonach so lange
für bodenlos, diese Wissenschaft selbst für naiv gelten, als jene vor
dem Forum der Logik unhaltbaren Begriffe deren Grundlage
ausmachen.

393. Da die Bearbeitung der im Bewusstsein auf normalem Wege
entstandenen Vorstellungen vom Gesichtspunkt jener
erkenntnisstheoretischen Frage nicht durch den Inhalt der
Vorstellungen selbst, sondern durch das Verhältniss der
Naturgesetze des Denkens (des psychischen Mechanismus) zu
dessen Normalgesetzen (den logischen Ideen) bedingt ist, so
erstreckt sich die Bezeichnung der Naivetät über das ganze Gebiet
der unkritisch (d. i. ohne Rücksicht auf obige Frage) verfahrenden
Wissenschaft d. h. auf die Gebiete aller besonderen Wissenschaften,
gleichviel welchen Gegenstand dieselben betreffen mögen, sonach
auf die formalen, wie Mathematik und Grammatik, nicht weniger,
wie auf die realen, und unter diesen ebenso auf die theoretischen,
welche, wie Geschichte und Naturwissenschaft, von Wirklichem,
wie auf die praktischen, welche wie Kunst- und Sitten-, Rechts-,
Staats- und Erziehungslehre von erst zu Verwirklichendem handeln;
endlich auf das von der Erfahrung nicht blos ausgehende, sondern
ausschliesslich auf dieselbe sich stützende d. i. empirische Denken
(empirischer Dogmatismus) nicht weniger als auf jedes den
Ursprung seiner Begriffe aus dem psychischen Mechanismus und
damit die Zweifelhaftigkeit ihres erkenntnisstheoretischen Werths

entweder nicht kennende oder vornehm ignorirende, um dieser
seiner begrifflichen Form willen im eminenten Sinn „philosophisch”
(rational, speculativ, dialektisch) sich nennende Denken
(dogmatische Philosophie).

394. Wie jeder Dogmatismus, auch der in der Philosophie, v o r , so
liegt die bewusste d. i. durch Bearbeitung der im psychischen
Mechanismus gewordenen Begriffe nach logischen Normen
entstandene und ihrer Uebereinstimmung mit den letztern
innegewordene Wissenschaft n a c h der Beantwortung der
kritischen Frage d. i. dem Kriticismus. Wie dieser selbst aus der
Skepsis, so geht die wahre d. h. kritisch gesichtete Wissenschaft
aus der Kritik hervor. Insofern die letztere auf alle thatsächlich im
Bewusstsein vorfindlichen Begriffe, gleichviel welchem
wissenschaftlichen Gebiete dieselben angehören mögen, sich
ausdehnt, unterscheidet sie sich von jener Gattung von Kritiken,
deren jede sich nur auf ein begrenztes Gebiet für richtig und giltig
gehaltener Begriffe, Urtheile oder Schlüsse erstreckt d. i. wie die
sogenannte historische Kritik angeblich historische Thatsachen, wie
die sogenannte philologische Kritik vermeintlich echte
Textesüberlieferungen, wie die ästhetische Kritik unverdienter Weise
als mustergiltig gepriesene Kunstleistungen u. s. w. auf ihre wahre
Gestalt und wirklichen Gehalt zurückzuführen sich zur Aufgabe
macht. Wie durch letzteren Umstand dem U m f a n g e nach, so
sondert sie sich von den angeführten Arten der Kritik überdies
durch die Beschaffenheit des der Beurtheilung zu Grunde liegenden
M a s s s t a b s ab, welcher für sie weder in der Uebereinstimmung
oder im Widerspruch des angeblich Geschichtlichen mit als solches
Anerkanntem (wie bei der historischen Kritik), noch in dem
Einklang oder der Abweichung der vermeintlich echten mit oder
von der als solche beglaubigten Textesüberlieferung (wie bei der
philologischen Kritik), noch in der Harmonie oder Disharmonie der
jeweilig gelobten oder getadelten Leistung mit den ästhetischen
Normen (wie bei der Kunstkritik) u. s. w., sondern einzig und allein
in der Denkbarkeit oder Undenkbarkeit, so wie in der
Denknothwendigkeit der Begriffe nach l o g i s c h e n Normen
gelegen ist.

395. Die auf diesem Wege durch Bearbeitung der Begriffe
entstandene Wissenschaft ist P h i l o s o p h i e . Der Unterschied
derselben von den besonderen Wissenschaften liegt, da die
Bearbeitung, aus der sie entspringt, sich auf die Gebiete aller

Wissenschaften ausdehnt, nicht darin, dass sie a n d e r e s , sondern
darin, das sie a n d e r s weiss. Wenn der Name der Wissenschaft
nicht nach dem Grade der Wissenschaftlichkeit ertheilt, sondern je
nach der Besonderheit des Gegenstandes vertheilt werden soll, so
ist die Philosophie, wie der Poet bei der Theilung der Erde, so bei
der Theilung des (Bacon'schen) „Globus intellectualis" zu spät
gekommen. Wenn dagegen jener allein entscheidet, so ist die
bewusste aus kritischer Sichtung des Gewussten hervorgegangene
allein wahre (Normal- und zugleich Universal-) Wissenschaft.
Dieselbe zerfällt, je nachdem die Bearbeitung gegebener Begriffe
nach logischen Normen der formalen oder der realen Seite
derselben gilt, selbst in eine philosophische Formal- und in
philosophische Realwissenschaften. Jene behandelt die gegebenen
Begriffe lediglich als Begriffe, wobei von der Beschaffenheit des
Inhalts derselben abgesehen wird, und erstreckt sich daher auf alle
gegebenen Begriffe ohne Unterschied. Diese unterscheiden sich von
jener gemeinsam durch den Umstand, dass der Inhalt der Begriffe
berücksichtigt, unterscheiden sich aber unter einander selbst wieder
durch den Umstand, dass die eine derselben alle diejenigen Begriffe
umfasst, deren Inhalt als wirklich gedacht, die andere dagegen alle
diejenigen, deren Inhalt allgemein und nothwendig wohlgefällig oder
missfällig gefunden werden soll. Erstere, die philosophische
Formalwissenschaft fällt mit der (formalen) L o g i k , letztere
beiden als theoretische und praktische philosophische
Realwissenschaft fallen mit der M e t a p h y s i k (philosophische
Wissenschaft vom Wirklichen, Ontologie) und A e s t h e t i k
(philosophische Wissenschaft vom Gefallenden und Missfallenden,
welche auch als E t h i k das unbedingt Gefallende am Wollen in
sich schliesst) zusammen.

396. Wie die Darstellung logischer Ideen im eigenen Vorstellen
l o g i s c h e , so ist jene, ästhetischer Ideen in demselben s c h ö n e
Kunst. Insofern in den letztgenannten die Summe der Bedingungen
enthalten ist, unter welchen wie immer beschaffener realer Stoff
unbedingt gefällt oder missfällt, geht die ästhetische
Ideendarstellung darauf aus, das eigene ohne Rücksicht auf
ästhetische Zwecke durch psychischen Mechanismus entstandene
in schönes d. i. den ästhetischen Normen angemessenes Vorstellen
zu verwandeln. Da nun dasjenige, wodurch Vorgestelltes gefällt
oder missfällt, nicht das Was (der Gehalt), sondern das Wie (die
Gestalt) desselben ist, so muss, um das gegebene Vorstellen in
ästhetisches zu verwandeln, zunächst von dem Inhalt desselben und

der Frage, ob derselbe wahr oder ein demselben entsprechendes
Object wirklich oder nicht wirklich sei, völlig abgesehen und das
wissenschaftliche (prosaische) Interesse an der Wahrheit oder
Wirklichkeit durch das ästhetische (poetische) Interesse an der
Schönheit des Gedachten ersetzt werden. Während die logische
Kunst Denken in Wissen, muss die schöne Kunst auch wahre in nur
wahr s c h e i n e n d e Gedanken verkehren, wenn dieselben
ästhetisch d. i. als schöner Schein, statt didaktisch d. i. als
theoretische, oder moralisch d. i. als bessernde Belehrung wirken
sollen. Sogenannte didaktische oder moralische Kunst („moralisch
Lied") ist daher nicht sowol Kunst als vielmehr Wissenschaft
(Gedankenprosa) in Kunstform (Lehrgedicht, Fabel).

397. Das auf diesem Wege in Schein umgewandelte Vorstellen (die
„Welt der Phantasie") bildet das Material der ästhetischen
Ideendarstellung. Dasselbe ist so vielfach und mannigfaltig als das
Vorstellen selbst und zerfällt, wie dieses, je nach der Beschaffenheit
seines Inhalts in verschiedene Classen. Die erste derselben ist jene
der sogenannten einfachen Empfindungen (des Gesichts oder
Gehörs oder des Tastsinns, während Geruchs- und
Geschmacksempfindungen ihrer Unbestimmtheit wegen als
ästhetisches Material keine Verwendung finden, ausser etwa in der
Gastronomie, in welcher durch Abwechslung verschiedener
Geschmäcke, oder in der Garten- und Toilettenkunst, wo durch
Abwechslung verschiedener Wohlgerüche ein dem ästhetischen
verwandter Eindruck hervorgebracht werden soll). Die
Gesichtsempfindungen, und zwar sowol jene der quantitativ
verschiedenen Helligkeits- und Dunkelheitsgrade (Licht und
Schatten) wie die der qualitativ unterschiedenen Lichteindrücke
(Farben) liefern den Stoff für die Kunst des Colorits (Helldunkel
und Farbengebung). Die Empfindungen des Gehörssinns, und zwar
sowol jene der quantitativ verschiedenen Intensitätsgrade des
Schalls (forte piano), wie jene der qualitativ verschiedenen
periodischen Klangreize (Töne) liefern den Stoff für die phonetische
Kunst (Modulation, Klangfarbe). Die Tastempfindungen, und zwar
sowol jene des quantitativ verschiedenen Drucks und der
demselben Widerstand leistenden Kraft, die „statischen"
Empfindungen, wie jene der qualitativ verschiedenen (ebenen oder
gekrümmten) Körperoberflächen (Ebene, Kugeloberfläche, gewellte
Oberfläche u. s. w.), die „plastischen" Empfindungen, liefern das
Material, jene für die bauende, diese für die bildende Kunst
(Architektur und Sculptur). Die zweite Art der Vorstellungen

begreift diejenigen, deren Inhalt leere Reihen und deren
Grössenverhältnisse, und zwar sowol Zeit- und Zahlen- als
Raumverhältnisse ausmachen, welche letzteren selbst einander
entweder quantitativ gleich (wie bei den symmetrisch angeordneten
Gegenständen im Raum), oder proportional (wie bei der
regelmässigen Aufeinanderfolge gleicher und ungleicher Abschnitte
in der Zeit), oder qualitativ gleichartig (z. B. als Raumformen
entweder durchaus lineare, oder ebene, oder gekrümmte
Flächenformen, als Zeitabschnitte durchaus lineare Formen) oder
ungleichartig (als Raumformen aus geraden und krummen Linien,
ebenen und gekrümmten Flächen, als Zeitformen aus
Eintheilungsgliedern nach verschiedenen Zeiteinheiten gemischt)
sein können. Dieselben liefern den Stoff, wenn sie Raumformen
und deren Verhältnisse zum Inhalt haben, für die zeichnende
(raummessende und raumbildende), wenn Zeitformen und deren
Verhältnisse ihren Inhalt ausmachen, für die rhythmische
(zeitmessende und zeitraumbildende Kunst). Die dritte Classe von
Vorstellungen umfasst die sinnlichen Vorstellungen und die aus
denselben entwickelten Gemeinbilder (Begriffe), welche als solche
einen bestimmten aus der Erfahrung entweder unmittelbar, oder
durch inzwischen eingetretene Veränderungen mittelbar geschöpften
Inhalt besitzen d. i. Gegenstände darstellen, welche entweder ganz
oder deren Bestandtheile in der sogenannten wirklichen d. h. in der
phänomenalen Welt der Erfahrung vorfindlich sind, liefert den Stoff
zur Ideendarstellung in der Vorstellungswelt der gegebenen
Erfahrung d. i. zur D i c h t - oder p o e t i s c h e n K u n s t. Durch
die Vereinigung zweier oder mehrerer dieser sogenannten einfachen
Künste zu einer einzigen Kunst kann eine zusammengesetzte Kunst
d. h. Ideendarstellung in einem Material entstehen, welches die
Summe der Materiale der zum Ganzen verbundenen Künste ist. So
ergibt sich durch die Verbindung der zeichnenden und der
coloristischen Kunst die m a l e r i s c h e, durch jene der
rhythmischen und phonetischen Kunst die m u s i k a l i s c h e,
durch jene der zeichnenden und bauenden die
a r c h i t e k t o n i s c h e, und durch jene der zeichnenden und
bildenden die p l a s t i s c h e Kunst. Nur dürfen die Materialien, die
mit einander verbunden werden sollen, nicht ungleichartig d. i. nicht
z. B. das eine Raumform, das andre Zeitform sein, daher sich
Rhythmik als Zeitkunst wol mit phonetischer Kunst, deren
Empfindungen (die Tonempfindungen) n a c h einander
(successiv), nicht aber mit der coloristischen Kunst, deren Material
(die Licht und Farbenempfindungen) z u g l e i c h (simultan)

auftritt, verbinden lässt.

398. Aus dem Umstande, dass die ästhetische Ideendarstellung je
nach der Verschiedenheit des Vorstellungsmaterials zwar immer
schöne Kunst, aber stets eine andere ergibt, fliesst, dass wo das
erforderliche Material im Bewusstsein gar nicht oder in
ungenügendem Masse vorhanden ist, die bezügliche schöne Kunst
durch keine Art künstlicher Bildung erworben zu werden vermag
(poeta nascitur). Derjenige, welchem aus was immer für einem
Grunde (z. B. durch die mangelhafte Lichtreizempfindlichkeit seines
Gesichts-, oder Gehörsreizempfindlichkeit seines Gehörsorgans) die
Unterscheidungsgabe für die feinen Nuancen der Farben- oder
Tonempfindungen und deren Intensitäten versagt ist, ist weder zum
Coloristen noch zum Musiker geschaffen; demjenigen, welcher für
die sinnlichen Eindrücke seiner Umgebung entweder, wie der
träumerische Denker in Folge seines Insichgekehrtseins, oder wie
der oberflächliche Weltling in Folge unaufhörlichen Zerstreutseins
weder Auge noch Ohr besitzt, geht die Bedingung des Dichters ab.

399. Wie die logische Kunst, wo sie nicht die Wissenschaft,
sondern die Virtuosität in der Handhabung logischer Kunstgriffe
zum Ziel hat, in Sophistik, so artet die schöne Kunst, wenn sie nicht
die Darstellung ästhetischer Ideen, sondern die Darlegung
unumschränkter Herrschaft über das ästhetische Material d. i.
blosse Kunstfertigkeit sich zum Zweck setzt, in Künstelei aus. Jene
wie diese wird dadurch abgeschnitten, dass sowol die logische wie
die schöne Kunst unter die Herrschaft der e t h i s c h e n Ideen
gestellt d. h. dass sowol die Ausübung der logischen Pflicht, nur
Logisches zu denken, wie jene der ästhetischen Pflicht, nur
Schönes zu schaffen, von der ethischen Pflicht, nur das Gute zu
wollen, abhängig gemacht d. h. weder alles, was überhaupt
gewusst werden kann, zu wissen gestrebt, noch alles, was Schönes
überhaupt geschaffen werden kann, zu schaffen unternommen
wird. Ausdruck dieser Mässigung, welche vor allem einerseits das
zur Erfüllung des sittlichen Berufs Unentbehrliche („das Reich
Gottes") im Wissen s u c h t und das der Erreichung desselben im
Wege Stehende seiner lockenden Schönheit ungeachtet im Schaffen
u n t e r l ä s s t d. h. nur Wissenschaft, aber nicht jede
Wissenschaft, und nur Schönes, aber nicht jedes Schöne duldet, ist
als Darstellung der ethischen Ideen im eigenen, sei es Forscher-, sei
es Künstlerbewusstsein, die W e i s h e i t.

400. Wenn die Bildungskunst des eigenen Vorstellens nach
logischen, ästhetischen und ethischen Ideen zusammengenommen
die Kunst der G e i s t e s b i l d u n g , so macht jene des eigenen
Fühlens nach ästhetischen Ideen die Kunst der
G e m ü t h s b i l d u n g aus. Dieselbe geht, um Kunst d. h. um
Darstellung in einem dem Darzustellenden homogenen Material zu
sein, darauf aus, ihren Stoff, die Gefühle, in ihrer Reinheit
herzustellen d. h. von jedem Zusatz, der etwas anderes als Gefühl
(z. B. Begierde) und jeder Form, die eine andere als die Form des
Gefühls (z. B. bewusste Vorstellung; wissenschaftliche Einsicht)
wäre, freizumachen. Dieselbe scheidet daher einerseits alle
diejenigen Gefühle aus, die nur durch die Befriedigung oder
Nichtbefriedigung eines eben vorhandenen zufälligen und
ausschliesslich individuellen Begehrens, Wünschens oder Wollens
veranlasst sind (die sogenannten „vagen" oder subjectiven Gefühle,
Erregungen), andrerseits aber auch alle diejenigen sogenannten
kritischen d. h. ein Gefallen oder Missfallen ausdrückenden
Urtheile, welche mit Bewusstsein aus anderen Urtheilen als ihren
Gründen abgeleitet, also nicht in der Gefühlsform d. h. als
unwillkürlicher (bewusstloser), unvermittelter Vorgang im
Bewusstsein gegeben sind. Folge des ersteren ist, dass als Material
für ästhetische Ideendarstellung nur allgemeine und nothwendige
(sogenannte „fixe" oder objective) Gefühle, Folge des letzteren,
dass nur sogenannte ästhetische (d. i. an sich evidente, eines
Beweises weder fähige noch bedürftige) Werthurtheile als solches
zugelassen werden. Jene wie diese, da es zu beider Beschaffenheit
gehört, allgemein und nothwendig d. h. unbedingter Ausdruck eines
Wohlgefallens oder Missfallens zu sein, die ästhetischen Ideen aber
selbst nichts anderes sind als das an sich unbedingt Wohlgefällige
und Missfällige, machen von Haus aus die Darstellung der letzteren
als deren „Stimme" im Bewusstsein (die Idee in uns; das
„Daimonion des Sokrates") aus. Je nachdem diese letztere sich
richtend d. i. lobend oder tadelnd über eigenes Verhalten (Schaffen
oder Wollen), oder als harmonischer oder disharmonischer
Nachklang fremder Gefühle vernehmen lässt, wird sie im ersteren
Fall, wenn sie das eigene Schaffen seinem Werthe nach beurtheilt,
G e s c h m a c k (ästhetisches Gewissen), wenn sie das eigene
Wollen billigt oder missbilligt, G e w i s s e n (sittlicher Geschmack),
in letzterem Falle s y m p a t h e t i s c h e s G e f ü h l und zwar als
harmonisches Sympathie (Mitgefühl, Mitleid, Mitfreude), wenn es
disharmonisch ist, Antipathie (Neid, Schadenfreude) genannt.

401. Frucht der Gemüthsbildung ist die Lebendigkeit des
Geschmacks (der „Stimme des Gottes") im Künstler, des
Gewissens (der „Stimme Gottes") im Einzel- und des Mitgefühls
(socialen Gefühls) im geselliglebenden (socialen) Menschen. Wie
die erste der schönen Kunst, so arbeitet die zweite der
Bildungskunst des eigenen Wollens nach e t h i s c h e n Normen
vor; jene, indem durch die Lebendigkeit der eigenen Kunsteinsicht
und des eigenen Kunsturtheils das eigene Schaffen des Künstlers
gehoben und geregelt, diese indem durch die Regsamkeit der
eigenen ethischen Einsicht und des Gewissensurtheils das eigene
Wollen und Thun geweckt, beaufsichtigt und beeinflusst wird. Wie
das Geschmacksurtheil die ästhetische Norm für den Schaffenden,
so bietet das Gewissensurtheil die sittliche Norm für den Wollenden
dar, und deren Anwendung auf den gegebenen Fall erfolgt um so
leichter, aber auch von Seite des im Bewusstsein vorhandenen
Materials zur Darstellung der sittlichen Ideen d. i. von Seite des
eigenen Begehrens, Wünschens und Wollens um so
widerstandsloser, je reiner d. h. je freier von fremdartigen Zusätzen
und Einmischungen das letztere gehalten wird. Dasselbe darf daher
weder in der Form blosser Vorstellung eines Wollens, noch in jener
eines bewusstlosen Begehrens oder einsichtslosen Wünschens,
sondern es muss in jener des wirklichen Wollens zur Beurtheilung
vorliegen, um an der ethischen Norm mit Bewusstsein gemessen
und von der Stimme des Gewissens zugelassen oder verworfen
werden zu können. Indem auf diese Weise die ethische Idee im
Willens- wie auf ähnlichem Wege die ästhetische Idee im
Schaffensact zur Darstellung gelangt, verkörpert sich durch deren
Ausdehnung einerseits auf das gesammte Wollen, andrerseits auf
das gesammte Schaffen die ethische Idee, der Inhalt der
Gewissensstimme, im s i t t l i c h e n , wie die ästhetische Idee, der
Inhalt der Geschmacksstimme, im k ü n s t l e r i s c h e n
C h a r a k t e r und tritt, wie die Ideendarstellung im eigenen
Vorstellen als Geistes-, jene im eigenen Fühlen als Gemüths-, so
jene im eigenen Wollen als Kunst der C h a r a k t e r b i l d u n g auf.

ZWEITES CAPITEL.

DIE BILDEKUNST.

402. Wie die Bildungskunst darauf ausgeht, das eigene, so ist die
Bildekunst bemüht, f r e m d e s Vorstellen, Fühlen und Wollen
ideengemäss zu gestalten. Dieselbe setzt daher nicht nur
Bewusstsein der Ideen im eigenen und Empfänglichkeit für
dieselben im fremden Bewusstsein, sondern sie setzt überdies, wie
jede für Andere bestimmte Mittheilung, eine beiden gemeinsame
Welt und ein beiden verständliches Verständigungsmittel voraus.
Ersteres, wie letzteres, bedingt eine innerhalb bestimmter Grenzen
sich bewegende Gleichartigkeit des sich mittheilenden und des zur
Aufnahme der Mittheilung bestimmten Bewusstseins, welche weder
so weit gehen darf, dass die Verschiedenheit zwischen beiden zu
einer blossen Wiederholung des einen im andern herabsinkt, noch
so sehr abgeschwächt werden darf, dass die Verschiedenheit beider
bis zu völligem Gegensatz sich steigert. Jenes wäre der Fall, wenn
das sich mittheilende Bewusstsein weder quantitativ noch qualitativ
verschiedenen Inhalt von dem des empfangenden besässe, letzteres
dagegen, wenn das empfangende Bewusstsein dem sich
mittheilenden nicht nur quantitativ überlegen, sondern qualitativ
demselben etwa in der Weise, dass das eine endliches
(menschliches), das andere schlechthin unendliches (göttliches)
Bewusstsein darstellte, entgegengesetzt wäre. Während qualitativ
homogene, obgleich quantitativ weit von einander abstehende
Bewusstseinsindividualitäten immerhin der nämlichen Welt
angehören und eines gemeinsamen Verständigungsmittels sich
bedienen können, fallen die Welten qualitativ entgegengesetzter
Bewusstseinsindividualitäten, wie diese selbst, als qualitative
Gegensätze aus einander und ist zwischen denselben eine

Verständigung nur unter der Voraussetzung möglich, dass entweder
die eine (niedere, endliche) in die Sphäre der andern („der Mensch
zum Gotte") emporgehoben, oder die andere (die höhere,
unendliche) in jene der niederen „der Gott zum Menschen"
herabgezogen wird. In jenem Fall nimmt das endliche Bewusstsein
Inhalt und Form des unendlichen (der Mensch Göttergestalt:
Apotheose) und damit nicht nur die Erkenntniss- (Intuition,
absolutes Wissen), sondern auch die Ausdrucksweise (visionäre,
prophetische Sprache) des absoluten Bewusstseins an. In letzterem
Falle steigt das göttliche Bewusstsein nicht nur zu den Formen und
Gesetzen des menschlichen, sondern auch zur Menschengestalt
(Menschwerdung: Incarnation) und menschlichen Sprache
(Unterredung, Belehrung durch Rede und Beispiel) herab.

403. Wie bei der Kunst der Ideendarstellung im eigenen, besteht die
Vorbedingung bei jener im fremden Bewusstsein darin, dieses
letztere als dargebotenes Material rein d. h. je nach der
verschiedenen Classe von Bewusstseinsindividualitäten, zu der es
gehört, von fremdartigen Zusätzen und Vermengungen frei zu
erhalten. Je nachdem das fremde Bewusstsein Einzelbewusstsein,
oder einer Gesellschaft gleichartiger Individuen gemeinsames
(Gesellschafts-) Bewusstsein, ersteres selbst entweder dem Bildner
qualitativ gleichartiges und nur quantitativ untergeordnetes
(werdendes) oder demselben ungleichartiges, quantitativ entweder
ebenbürtiges oder überlegenes, in beiden Fällen fertiges
Bewusstsein ist, werden drei Classen der Bildekunst, je nachdem
die Thätigkeit des Bildners auf die Bildung des fremden Vorstellens
oder des fremden Fühlens oder des fremden Wollens gerichtet ist,
in jeder derselben drei besondere Formen der Bildekunst
unterschieden. Jene drei ergeben nach einander a. die Kunst der
Ideendarstellungen im jugendlichen Bewusstsein (Jugendbildung),
b. die Kunst der Ideendarstellung im schon geformten, gereiften
Bewusstsein (Regiment), c. die Kunst der Ideendarstellung im
öffentlichen Bewusstsein (Staatskunst); diese ebenso nach einander
a. die Kunst der Ideendarstellung im fremden Vorstellen
(Unterricht), b. die Kunst der Darstellung der ästhetischen Ideen im
fremden Fühlen (Zucht), c. die Darstellung ethischer Ideen im
fremden Wollen (Regierung).

404. Wie die Kunst der Selbstbildung jene der Geistes-, Gemüths-
und Charakterbildung, so begreift die der J u g e n d b i l d u n g
(Erziehungskunst, Pädagogik) die des Unterrichts (Didaktik), der

Zucht und der Regierung der Jugend in sich. Dieselbe setzt, wie
jede Kunst, die Kenntniss der darzustellenden Ideen einer-, des
Materials, in welchem dieselben zur Darstellung gelangen sollen d. i.
nicht nur jene des menschlichen Bewusstseins überhaupt
(Psychologie des Menschen), sondern die des jugendlichen
Bewusstseins (Psychologie der Jugend) insbesondere andrerseits
voraus. Insofern das letztere von dem des erwachsenen Menschen
nicht qualitativ, sondern nur quantitativ, nicht den Gesetzen seiner
Entwickelung, sondern nur dem bisher eingesammelten Vorrath des
Bewusstseinsinhalts nach verschieden, in Anbetracht des letzteren
dürftiger als jenes ist, geht die Aufgabe der Jugendbildung dahin,
einerseits den mangelnden Bewusstseinsinhalt in das Bewusstsein
einzuführen, andererseits für die normale Entwickelung der aus
dem Wechselverkehr der Vorstellungen entspringenden Gefühle,
Begehrungen, Wünsche, Willensacte und Handlungen Sorge zu
tragen. Jenes, die Zuführung des erforderlichen Bewusstseinsinhalts
(Bildung der Vorstellungen und Vorstellungsmassen) macht den
Zweck des U n t e r r i c h t s ; dieses, und zwar die Regelung der aus
der wechselseitigen Hemmung und Förderung der
Vorstellungsmassen entspringenden Gefühle macht die Aufgabe der
Z u c h t , dagegen die Bändigung des aus den aufstrebenden
Vorstellungen und Vorstellungsmassen aufbrausenden Begehrens,
Wünschens und Wollens, insbesondere aber der das
Zusammenleben mit Andern störenden Aeusserungen der Gefühle
und Begierden in Handlungen die Aufgabe der R e g i e r u n g der
Jugend aus.

405. Welcherlei Material an Vorstellungen dem Bewusstsein
zugeführt werden soll, hängt von der Natur der in demselben
darzustellenden Ideen ab. Dasselbe und folglich auch der Charakter
des vermittelnden Unterrichts wird naturgemäss ein anderes sein,
wenn Ideen aller Art, als wenn Ideen nur einer besonderen Gattung
(z. B. nur die ästhetischen oder nur die ethischen oder nur die
logischen) in demselben zur Darstellung kommen sollen. In jenem
Fall werden alle Vorstellungen dem Bewusstsein zugeführt werden
müssen, an deren Vorhandensein überhaupt eine Classe der Ideen,
in letzterem Fall nur solche, an welchen gerade eine bestimmte
Classe von Ideen Interesse nimmt. Erstere Form des Unterrichts
umfasst daher alle Vorstellungen und Vorstellungsmassen, an deren
Herbeiführung der Erziehungs- d. i. der Kunst der Darstellung aller,
der logischen nicht weniger wie der moralischen und ästhetischen
Ideen im Jugendbewusstsein gelegen ist, und wird deshalb als

e r z i e h e n d e r , im Gegensatze dazu jene Form des Unterrichts, welche an der Darstellung nur einer Classe von Ideen und zwar der logischen im jugendlichen Vorstellen Interesse hat, als w i s s e n s c h a f t l i c h e r Unterricht bezeichnet. Letztere Form zerfällt, je nachdem es sich lediglich darum handelt, dem jugendlichen Bewusstsein wissenschaftliche d. i. den logischen Normen gemässe Vorstellungen und Vorstellungsmassen zu überliefern oder dasselbe nicht blos anzuregen, sondern anzuleiten und zu befähigen, dergleichen ohne vorhergegangene Mittheilung (nicht reproductiv), durch eigene, den logischen Normen entsprechende Thätigkeit aus sich (productiv) zu erzeugen, in eine niedere und höhere Stufe, deren erste nur darauf ausgeht, G e l e h r t e , deren letztere darauf hinzielt, F o r s c h e r zu bilden. Die Aufgabe der Bildung durch erziehenden Unterricht fällt, wenn der Unterricht weder gelegentlich, noch einem oder wenigen (wie in der Familie), sondern vielen zugleich und in einer seinem Zwecke besonders gewidmeten Anstalt (Unterrichtsanstalt, Schule) ertheilt wird, der untersten, für alle ohne Unterschied bestimmten Stufe derselben, der V o l k s s c h u l e ; die Gelehrtenbildung der mittleren, zur Ausbildung einer Gelehrtenclasse und zugleich zur Vorbereitung für die Selbstforschung gewidmeten G e l e h r t e n s c h u l e (Gymnasium, Realschule); die dritte der zur Bildung künftiger wissenschaftlicher Selbstforscher bestimmten obersten Stufe, der H o c h s c h u l e (Universität, Polytechnicum) zu.

406. Durch die Wahrnehmung des moralischen und des ästhetischen Interesses mit und neben dem wissenschaftlichen arbeitet der erziehende Unterricht sowol der Zucht wie der Regierung vor. Der ersteren, indem durch die Beachtung solcher Vorstellungen und Vorstellungsmassen, durch welche die Entstehung (sei es der Intensität wie der Qualität nach) bedenklicher Gefühle entweder gänzlich verhindert oder doch beschränkt, dagegen jene (sowol der Stärke als dem Inhalt nach) wünschenswerther Erregungen geweckt und gefördert wird, bei der Auswahl des Unterrichtsmaterials die Regelung der im Bewusstsein vorhandenen Gefühle nach Qualität und Energie erleichtert, das jugendliche Gemüth in Freud und Leid „in Züchten", in seinen Mitgefühlen für und gegen Andere keusch, schamhaft und „züchtig" gehalten wird; der letzteren, indem durch die Beachtung solcher Vorstellungen und Vorstellungsmassen bei der Auswahl des Unterrichtsmaterials, durch welche einerseits die Furcht vor den Folgen unbändiger Ausschreitungen in Affects- und

Willensäusserung erweckt und erhöht, andererseits die Aussicht auf
die wohlthätigen Wirkungen gemässigten Verhaltens nach aussen,
so wie in Beziehung auf Andere wirksam belebt und gesteigert, der
Uebermuth der im Bewusstsein auftauchenden blinden Triebe,
Affecte und Leidenschaften gezügelt, der Störungs- und
Zerstörungseifer der Jugend durch Lohn und Strafe eingedämmt
wird.

407. Wie der Unterricht, so hat die Zucht und die Regierung, also
die gesammte Jugenderziehung zum letzten Zweck, mit der
Erreichung ihres Ziels, der Geistes-, Gemüths- und Charakterreife,
sich selbst überflüssig zu machen. Jenes geschieht, wenn der
Schüler zum Selbstforscher, dieses, wenn das stürmisch bewegte
und erregte Gemüth zur ruhig prüfenden Stimme des Innern und
das halt- und ziellos zerfahrende Trachten und Treiben zum
zielbewussten Wollen und in sich gefesteten Charakter geworden
ist.

408. Wie die Erziehung an das werdende, so wendet sich die zweite
Art der Bildekunst an ein bereits („im Strom der Welt") gewordenes
Bewusstsein. Soll dasselbe nicht blos einförmiger Wiederholung,
sondern lebendiger Wechselwirkung zugänglich und fähig sein, so
muss zwischen demjenigen Theil, welcher den andern nach sich zu
bilden trachtet, und jenem, welcher sich das vom Andern „nach
seinem Bilde" Gebildetwerden gefallen lässt, zwar Verwandtschaft,
aber nicht Gleichheit, darf zwar Ungleichheit, aber nicht Gegensatz
herrschen. Dieser Fall findet statt bei der gegenseitigen, Geist,
Gemüth und Charakter beeinflussenden Wechselwirkung zwischen
dem Geschlecht nach entgegengesetzten (Mann und Weib), oder
dem Range, Stande, Beruf, der Lebensstellung nach verschiedenen,
insbesondere einander über- und untergeordneten Individuen
(Vornehmen und Geringen, Herren und Dienern), am
entschiedensten und folgereichsten aber zwischen dem Gläubigen
und dem „nach seinem Ebenbilde" gedachten d. i. vom Menschen
menschenähnlich erschaffenen Gott (homo homini deus).

409. Dieselbe tritt, da es sich um Ideendarstellung in dem
Bewusstsein eines fremden Erwachsenen handelt, nicht als (ja
bereits vollendete) Erziehung, sondern als „R e g i m e n t " (des
Mannes über das Weib oder umgekehrt; des Herrn über den Knecht
oder „des Kammerdieners über den Fürsten"; des Gläubigen über
seinen Gott oder umgekehrt der Götter über den Menschen) auf.

Dasselbe setzt von Seite des Bildenden zwar Ueberlegenheit, aber
nicht, wie bei der Erziehung, an Bildung überhaupt, sondern in einer
bestimmten Art und Richtung der Bildung voraus. Daher ist der
Unterricht innerhalb dieser Classe der Bildungskunst nicht wie bei
der Jugendbildung allgemein bildender, sondern
f a c h m ä n n i s c h e r (Fachunterricht), der Lehrer dem Schüler
nicht an Bildung im Allgemeinen, sondern nur an Bildung in dem
besondern Fache überlegen (Fachlehrer, Fachstudium). An die
Stelle des erziehenden tritt daher hier der für ein bestimmtes Fach
vorbereitende Unterricht (Proseminar für Philologen;
pharmaceutischer Vorbereitungscurs für Apotheker), während der
Fachunterricht selbst in zwei Stufen, die niedere und höhere
zerfällt, auf deren erster das Fach wissenschaftlich gelehrt, auf
deren zweiter die Ausübung desselben praktisch zur Fertigkeit
erhoben wird. Als Schule gliedert sich der Fachunterricht nach
obigen Stufen in die Vorbereitungs-, gelehrte Fach- und fachliche
Hochschule (Zeichenschule, Kunstschule, Meisterschule d. i.
Atelier). Wird der Charakter des Unterrichts nicht durch das Fach,
für welches, sondern durch die Beschaffenheit des Schülers, für
welchen er ertheilt wird, bestimmt, so entsteht, wenn das
Geschlecht massgebend ist, der sogenannte „weibliche Unterricht”
(Töchterschule, Frauenlyceum), wenn der gesellschaftliche Rang
den Ausschlag gibt, der privilegirte Unterricht (Ritterakademie,
Adelsconvict), wenn das Glaubensbekenntniss entscheidet, der
confessionelle Unterricht (confessionelle Schule, katholische
Universität) u. s. w.

410. Einen besonderen Charakter nimmt der Unterricht an, wenn
der zu Unterrichtende in den Augen des Unterrichtenden selbst als
der besser Unterrichtete gilt. Dieser Fall, welcher eigentlich die
I r o n i e   d e s   U n t e r r i c h t s darstellt, ereignet sich dort, wo
dem Kläger ein Richter, dem Gläubigen sein Gott gegenübersteht.
Jener wie dieser wird von demjenigen, der sich an einen von beiden
wendet, für ihn selbst an Einsicht überlegen und doch von dem
besonderen Fall, um den es sich handelt, für nicht unterrichtet
gehalten, zugleich aber vorausgesetzt, dass es dem Richter
gegenüber nur einer „Vorstellung”, dem Gotte gegenüber nur eines
„Gebets” bedürfe, um als Kläger von jenem die Gewährung seines
Rechts, als Gläubiger von diesem die Erhörung seiner Bitte zu
erlangen. Der geschilderte Fall ist gleichsam die Umkehrung der
sogenannten sokratischen Ironie; denn während bei dieser der
Wissende sich unwissend stellt und zum Schein Belehrung heischt,

wird der Wissende hier als unwissend vorgestellt, welcher der
Belehrung bedarf.

411. Wie das Regiment dem Unterricht das Gepräge des Fachs,
Standes, Geschlechts, Glaubensbekenntnisses u. s. w., so verleiht
dasselbe der Zucht wie der Regierung den Charakter desjenigen
Gefühls- und Willensmaterials, in welchem die Darstellung der
ästhetischen oder der ethischen Ideen statthaben soll. Dieses
Material sind, wenn der zu bildende Erwachsene einem bestimmten
Geschlecht oder Stande, Range, Glaubensbekenntniss oder
Nationalität angehört, die entsprechenden, jenem Geschlecht,
Stande, religiösen Bekenntniss u. s. w. angehörigen besonderen
Gefühle (männliches Ehr-, weibliches Schamgefühl; militärischer
esprit de corps; Adels-, confessionelles, Nationalitätsbewusstsein),
welche als Ausdruck der ästhetischen Idee im Gemüthsleben die
sogenannte (militärische, religiöse, sexuale u. s. w.) Disciplin
(Standeszucht, Kirchenzucht, Keuschheit) im Gefolge haben. In
gleicher Weise machen die einem gewissen Geschlechte, Stande,
Glaubensbekenntniss u. s. w. gestatteten oder versagten
Willensäusserungen und Handlungen dasjenige aus, was als
Ausdruck der ethischen Ideen innerhalb jenes Geschlechts, Hauses,
Standes, Glaubensbekenntnisses u. s. w., dessen Reglement
(Standesordnung; Haus- und Dienstordnung; religiöses Ceremoniell;
Fasten- und Kleiderordnung etc.) darstellt. Wie auf der Herrschaft
des Vornehmen über den Geringen der Herrn-, so beruht auf der
Minneherrschaft der Frau über den Mann der Minne-, oder (Ulrich
von Lichtenstein's) Frauendienst. Wie auf der Herrschaft des
Gottes über den Gläubigen der Gottes-, so ruht auf der
romantischen Anbetung der jungfräulichen Mutter der Mariendienst.

412. Wie die Erziehungskunst das jugendliche, das Regiment das
erwachsene Einzel-, so geht die P o l i t i k (Staatskunst) das den
Mitgliedern einer organisirten Gesellschaft (Schule, Partei, Kirche,
Staat) gemeinsame, daher als solches öffentliche Bewusstsein an.
Dieselbe hat als Ideendarstellung im öffentlichen Bewusstsein
dieselben sowol in dessen Vorstellen d. i. im öffentlichen Geiste,
wie in dessen Fühlen d. i. in der öffentlichen Meinung, und dessen
Wollen d. i. im öffentlichen Willen zum Ausdruck zu bringen. Jede
organisirte Gesellschaft trachtet demnach als Ausfluss ihrer Politik
ihre eigene Schule zu gründen, ihren eigenen Anstand zu behaupten
und ihre eigene Regierung zu führen. Je nachdem die Gesellschaft
selbst als philosophische oder wissenschaftliche Secte unter einem

Schul- oder Sectenhaupt (Stoa unter Zeno), oder als politische
Partei unter einem Parteihaupt (Conservative unter Pitt, Liberale
unter Fox in England), als eine Kirche unter ihrem Kirchenhaupt
(die katholische Kirche unter dem Papst), als Staat unter seinem
Staatshaupt (Oesterreich unter Josef II., Preussen unter Friedrich
dem Grossen) organisirt ist, bedarf sie einer Schule (Sectenschule,
Parteischule, confessionell kirchliche Schule, Staatsschule) als
Werkzeug zur Bildung des ihrem Geiste entsprechenden
öffentlichen Geistes, deren und der von ihr aus verbreiteten
Wissenschaft Färbung demnach eine politische, die Farbe der
Politik der sie stiftenden und erhaltenden Gesellschaft (der Secte,
Partei, Confession oder des Staates) sein wird. Dieselbe wird nicht
sowol darauf bedacht sein, gebildete, als vielmehr im Sinn ihrer
eigenen Politik politisch gebildete Anhänger ihrer Secte,
Parteigenossen, confessionelle Bekenner oder „gute" Staatsbürger
zu bilden; die wissenschaftliche wird unter ihren Händen in eine
Schul-, Partei-, Kirchen- oder staatspolitische Lehrkanzel
umgewandelt.

413. Wie die Politik als Anwendung der logischen Ideen auf den
öffentlichen Geist als Staatsklugheit, so erscheint sie in der
Anwendung der ästhetischen Ideen auf denselben als politischer
Anstand, in jener der ethischen Ideen dagegen als politische
Weisheit. Jene verbietet, den öffentlichen Geist verstandeswidrig, z.
B. durch die Berufung auf den sogenannten „beschränkten
Unterthanenverstand", der zweite, denselben anstandswidrig z. B.
durch Verletzung des öffentlichen Schicklichkeitsgefühls, die dritte,
denselben vernunftswidrig z. B. durch Festhalten an dem längst im
öffentlichen Bewusstsein Abgestorbenen zu beeinflussen. Dagegen
gebietet die Politik als öffentliche Zucht nicht nur den
Ausschreitungen des öffentlichen Gemüthslebens nach der Seite
des Lust- wie des Unlustgefühls, Rohheit und Ausgelassenheit
einer-, Jammer- und Wehklagen andererseits Einhalt zu thun,
sondern auch die dem geselligen Zusammenleben hinderlichen
antisocialen Gefühle nach Möglichkeit zu hemmen und deren
entgegengesetzte, die socialen Gefühle (Mitgefühle) eben so zu
wecken und zu fördern, so wie auch direct (durch Belehrung), oder
indirect (durch Anschauung) die ästhetischen Gefühle zu beleben,
die sittlichen Gefühle zu wecken und auf diese Weise zur Hebung
des öffentlichen Humanitätsgefühls, Gewissens und Geschmacks
wirksam beizutragen. Von selbst leuchtet ein, dass je nach dem
Charakter der Gesellschaft von welcher und innerhalb welcher auf

das öffentliche Gemüthsleben Einfluss genommen wird, dieses selbst und sonach auch die innerhalb ihrer herrschende öffentliche Zucht einen der Politik dieser Gesellschaft entsprechenden Charakter tragen, also nicht nur innerhalb einer philosophischen oder wissenschaftlichen Secte anders als innerhalb einer politischen Partei, innerhalb einer Kirche anders als innerhalb eines Staates gehandhabt werden, sondern auch je nach dem verschiedenen Charakter der Schule, Partei, Kirche oder des Staats in der einen Schule (z. B. in jener der Stoiker) anders als in einer anderen (z. B. in jener der Epikuräer), unter Radicalen und Socialdemokraten anders als unter Legitimisten und Hochconservativen, unter Christen anders als unter Mohamedanern und in einem freien anders als in einem südstaatlichen Sclavenstaate ausfallen wird. Nicht nur die Anstands- und Schicklichkeitsbegriffe werden verschiedene, auch die Schönheits- und sittlichen Gefühle werden je nach dem Gesichtspunkt und der Beschaffenheit des Gesellschaftsbewusstseins verschiedene sein. Wie die Staatskunst beim Unterricht der Schule, so wird sie sich bei ihrer Einwirkung auf die öffentliche Meinung aller derjenigen Organe bedienen, welche durch eine lebhafte und mit sich fortreissende Erregung der Gefühle auf dasjenige, was sie für löblich oder schändlich, erlaubt oder unerlaubt, schön oder hässlich, anständig oder anstandswidrig angesehen wissen will, einer-, wie auf die Erregung, sei es des öffentlichen Mitgefühls oder des öffentlichen Hasses, anderseits vorübergehend oder bleibend thätigen Einfluss zu üben vermögen. Wie sie zum Zwecke der Bildung des öffentlichen Geistes der Wissenschaft, so bedient sie sich behufs der Bildung des öffentlichen Geschmacks, Gewissens und Mitgefühls der schönen Kunst und zwar der ästhetischen Beredsamkeit in Wort und Bild, sei es (wie die Kirche) von der Kanzel (Predigt, Erbauungsrede), sei es, wie in der profanen Gesellschaft (Schule, Partei, Staat), von der „moralischen” Schaubühne herab (Schulkomödie, politisches Tendenzstück, Nationaltheater). Wie die Kirche durch die schöne Kunst (Tempel und Kirchenbau, geistliche Musik, priesterlicher Festschmuck, Altardienst) den öffentlichen Gottesdienst zu verherrlichen, so trachtet der Staat durch öffentliche Feste („Circenses”) das öffentliche Vergnügen zu fördern, durch Veranstaltung öffentlicher Schauspiele (wie in Athen durch Aussetzung von Preisen), durch Kunstsammlungen, Monumentalbau- und Bildwerke (Akropolis, Stoa poikile) den öffentlichen Geschmack zu erziehen, durch Aufführung von Tragödien, welche „Mitleid und Furcht”, von Komödien, welche

durch Darstellung „unschädlicher Thorheit" Heiterkeit erregen,
wohlthätige „Entladung" (Katharsis: Aristoteles-Bernays) des
öffentlichen Gemüths von „diesen und derlei Leidenschaften" zu
bewirken. Wie die Predigt und die Bühnenrede vom Munde, so
dringt die (periodische und nicht periodische) ästhetische Presse
vom lesenden Auge aus zum Herzen und wird um ihrer mächtigen
Wirkung willen auf das öffentliche Gemüthsleben (Romanliteratur)
von der organisirten Gesellschaft mit Vorliebe als ein Gegenstand
der öffentlichen Zucht angesehen und je nach ihrer den Zwecken
derselben nachtheiligen oder vorteilhaft scheinenden Richtung zu
hemmen (Censuredicte, index librorum prohibitorum) oder (durch
Subventionen, Preise) zu fördern gesucht.

414. Wie durch den Unterricht auf den öffentlichen Geist, durch die
Zucht auf die öffentliche Meinung, so sucht die Staatskunst durch
die Regierung auf den öffentlichen Willen zu wirken. Wie jenes zur
wissenschaftlichen Erziehung im Geist einer philosophischen oder
wissenschaftlichen Schule oder Secte, politischen Partei, der Kirche
oder des Staates, das zweite zur ästhetischen Erziehung ebenso im
Geiste einer der genannten Gesellschaften, so führt das letzte zur
Regierung der Gesellschaft entweder vom Schul- oder vom Partei-,
vom kirchlichen oder vom staatlichen Standpunkt aus. Wie die
darzustellenden Ideen die ethischen, so ist das zur Darstellung
bestimmte Material das innerhalb der Schule, Partei, Kirche oder
Staatsgesellschaft existirende gemeinsame Wollen, welches jenen
gemäss zu gestalten das Ziel der Regierung jeder der genannten
Gesellschaften ausmacht. Mittel und Werkzeug zur Erreichung
desselben ist daher alles, was einerseits den Ausartungen des
öffentlichen Willens zuvorzukommen (präventive), andererseits
stattgehabte Ueberschreitungen zurückzudrängen (repressive
Massregeln) im Stande ist. Zu jenen gehört in erster Reihe die
(politische) Belehrung, welche den öffentlichen Willen in die von
dem Geiste der Gesellschaft demselben angewiesenen Schranken,
sei es durch Ueberzeugung, sei es durch Ueberredung zu leiten und
in denselben aller Verlockungen zum Gegentheil ungeachtet zu
erhalten vermag. Zu den letzteren gehört die (politische) Bestrafung,
welche nicht nur die Folgen der eingetretenen Ueberschreitung
auszugleichen, sondern die Wiederkehr ähnlicher durch
Abschreckung zu verhindern trachtet. Wie der Unterricht der
Katheder, die öffentliche Zucht der Kanzel oder der Schaubühne, so
bedient sich die Regierung zu jenem Zwecke der Redner-, zu
diesem der Gerichtsbühne. Von jener herab wird auf den

öffentlichen Willen im Geiste der Schule, Partei, Kirche oder
staatlichen Gesellschaft durch öffentliche Rede bestimmend, also in
der Richtung jeder der obengenannten mit sich fortreissend, von
dieser herab auf denselben durch das Schauspiel öffentlichen
Gerichtsverfahrens d. i. öffentlicher Klage und Vertheidigung einer-
und ebensolcher Urtheilsvollstreckung andererseits im Geiste
derjenigen Gesellschaft, welche Gericht hält, abschreckend
eingewirkt. Wie der politische Redner für die Schule, so wirbt der
Parteiredner (mündlich oder als Parteischriftsteller schriftlich) für
die Partei, der kirchliche Redner für seine Kirche, der staatliche für
den Staat; wie die Schule Schulstrafen z. B. Ausschliessung aus der
Schule, die Partei Parteistrafen, so verhängt die Kirche für den
Abfall von ihrem gemeinsamen Bekenntniss Kirchenstrafen
(Excommunication) und veranstaltet öffentliche kirchliche
Gerichtsvollziehungen (Kirchenbusse, Autos da fé), und übt der
Staat in seinem Namen Gerichtspflege und setzt deren Urtheile
öffentlich in Vollzug (Hinrichtungen, öffentliche Gefängnisse).
Während die letzteren auf das Auge, so sind die Parteiergiessungen
und Parteiargumente der politischen Eloquenz auf das Ohr der
Oeffentlichkeit berechnet und werden weit über den Gehörskreis
der letzteren hinaus durch die politische (periodische und
nichtperiodische) Presse („die sechste Grossmacht"), die
Rednerbühne durch den Leitartikel, das öffentliche Gericht durch
die (politische) Caricatur und den öffentlichen politischen Witz in
harmloser, durch die öffentliche Brandmarkung mittels der Schrift
in um so drastischerer Weise vollzogen, als die unter einander
widerstreitenden Schul-, Partei-, kirchlichen und staatlichen
Gesichtspunkte unter einander so widerstreitende Urtheile zur Folge
haben, dass die Wunden, welche die Presse nach einer Seite
schlägt, von derselben Presse wie von der goldenen Lanze des
Achilleus nach der andern wieder geheilt werden.

415. Wie die Kunst als Ideendarstellung ihr Zerrbild in der
ideenlosen Virtuosität, die logische Kunst insbesondere das ihre in
der grundsatzlosen Sophistik, so findet der Jugendunterricht,
dessen Wesen in der Anpassung an das jugendliche Bewusstsein
liegt, das seine in der von diesem sich freimachenden Emancipation
(vorzeitigen Reife, Präcocität), das Regiment als Bildung des
Andern nach sich seine Entartung im Despotismus (Tyrannei),
welcher die qualitative Beschaffenheit des Andern, sei es den
geschlechtlichen Gegensatz (Sclaverei des Weibes), sei es die
allgemein menschliche Verwandtschaft (Leibeigenschaft des

Knechtes) ausser Acht lässt, endlich die Staatskunst als Erziehung
des öffentlichen Bewusstseins ihr Afterbild in der sogenannten
Staatsraison, welche der ersteren als Kunst der Ideendarstellung die
ideenlose Praktik (politische Routine) in der willkürlichen
Beeinflussung des öffentlichen Geistes nach Schul-, Partei-,
Kirchen- und Staatszwecken, der öffentlichen Meinung nach
persönlichen Stimmungen und des öffentlichen Willens nach
Opportunitätsgelüsten unterschiebt.

DRITTES CAPITEL.

DIE BILDENDE KUNST.

416. Wie die Bildungskunst Ideendarstellung im eigenen, die Bildekunst im fremden Bewusstsein, so ist die bildende Kunst Ideendarstellung in u n b e w u s s t e m, sei es l e b l o s e m, sei es b e l e b t e m S t o f f. Dieselbe setzt daher nicht nur, wie jede Kunst, die Kenntniss der (logischen, ästhetischen und ethischen) Ideen, sondern als solche überdies die Kenntniss des gesammten ihr zu Gebote stehenden (leblosen und belebten) Materials d. i. die Naturwissenschaft und zwar sowol jene der leblosen (Physik) wie der belebten Natur (Physiologie, Biologie) in ihrem ganzen Umfange voraus. Während jedoch letztere sich mit der Kenntniss der Natur, ihrer Erscheinungen und ihrer Gesetze begnügt d. h. die Natur nur beschreibt, geht jene darauf aus, den Gehalt der Natur mit der Forderung der Ideen zu vergleichen und die Gestalt der Natur, soweit es thunlich ist, nach dieser zu v e r ä n d e r n.

417. Da jeder Abänderungsversuch der der Natur natürlichen Gestalt, Herrschaft über die Natur, letztere aber vor allem Macht über dieselbe d. h. die in derselben gegebenen wirksamen Kräfte bedingt, letztere aber nur durch die Wissenschaft („Wissenschaft ist Macht") erlangt werden kann, so folgt, dass die Bedingung der bildenden Kunst in dem Gewinn echter d. i. den logischen Ideen entsprechender Wissenschaft zu suchen und nur von einer solchen die zur Gewinnung einer vollständigen Herrschaft über die Natur unentbehrliche Macht zu erwarten ist.

418. Insofern die Kunst dieser durch die Naturwissenschaft ihr zu Gebote gestellten Macht über die Natur sich bedient, um überhaupt Veränderungen an derselben hervorzubringen, ist dieselbe

technische, inwiefern sie dies thut, um Ideen in derselben zur
Darstellung zu bringen, jedoch allein bildende Kunst. Jene fällt
als nur um ihrer selbst willen ins Werk gesetzte Ueberwindung
durch die Natur ihrer Beherrschung in den Weg gestellter
Widerstände mit der Virtuosität, als Unterschiebung persönlicher,
der Ideendarstellung fremder Zwecke bei der Beherrschung der
Natur (z. B. Ausbeutung derselben zu persönlichem Gewinn) mit
der politischen Willkürherrschaft in Eins zusammen, während die
letztere einerseits mit der Bildungs- und Bilde-, andererseits mit der
echten Staatskunst (Staatsweisheit) gleichlaufende Richtungen
verfolgt.

419. Dieselbe geht zunächst darauf aus, die Gestalt der Natur
logischen Normen anzubequemen d. h. wo in derselben
Widersprechendes thatsächlich, aber den Widerspruch aus
demselben zu entfernen möglich ist, diesen zu beseitigen, wo
dagegen Gleichartiges, mit dem Gegebenen Verträgliches oder
durch dasselbe sogar Gefordertes thatsächlich nicht gegeben, aber
dessen Herbeiführung möglich ist, dasselbe heranzuziehen d. h. im
ganzen Umfang der Natur das nicht Zusammengehörige, aber
Vereinigte zu sondern, das Zusammengehörige, aber Getrennte zu
verbinden und auf diese Weise nicht nur für die Erhaltung,
beziehungsweise Wiedererzeugung bestehender oder längst
bestandener innerlich zusammengehöriger, sondern auch für das
künftige Bestehen bisher nicht bestandener, innerlich
zusammengehöriger Verbindungen durch Erzeugung neuer Sorge zu
tragen. Wie die Erfüllung der ersten Aufgabe mit der kritischen
Sichtung durch die Erfahrung gegebener Begriffe, in Folge deren
bestehende Urtheile aufgehoben (negirt), nicht bestehende neu
gebildet (affirmirt) werden, so zeigt jene der letzteren einerseits mit
dem Ersatz durch die Erfahrung gegebener Begriffe durch
denselben an Umfang gleiche, an Inhalt ungleiche (äquipollente),
andererseits mit der Erzeugung neuer Urtheile als Schlusssätze aus
durch die Erfahrung gegebenen Prämissen (Vordersätzen) und
deren Fortsetzung zu Schlussketten und Begriffssystemen
Verwandtschaft. Jene fasst die Naturproducte nicht nur mit
Rücksicht auf den Ort, an welchem, und die Zeit, zu welcher,
sondern auch auf die begleitenden Umstände und die Umgebung,
unter welcher sie gegeben sind d. h. in Beziehung auf- und zu
einander, folglich, da unter denselben der Mensch selbst erscheint,
auch in Beziehung zu diesem und auf diesen d. h. als für ihn
nützlich oder schädlich ins Auge; diese berücksichtigt bei

der Betrachtung der im Raume gegebenen Erscheinungen und
Naturkörper vornehmlich deren Vergänglichkeit in der Zeit und
bemüht sich, einerseits durch die Fürsorge für die Erzeugung neuer
Individuen die Gattungen, wie durch die Verschwisterung
verschiedenen Gattungen angehöriger Individuen neue Gattungen zu
erhalten. Je nachdem die bildende Kunst sich auf die blosse
Veränderung des Ortes und Zeitpunkts, so wie des Quantums der
Naturproducte beschränkt oder an deren qualitative
Zusammensetzung, so wie deren stoffliche Veränderung Hand
anlegt, zerfällt dieselbe in drei verschiedene Classen, die sich als
Handel und Verkehr, Gewerbe und Industrie,
Bodenbebauung und Thierzucht bezeichnen lassen.

420. Handel und Verkehr sind bestimmt, Naturproducte nach ihrem
eigenen und des Menschen Bedürfniss von Orten, welche für sie
nicht passen, weil sie zu eng für dieselben geworden sind
(Ueberproduction im Pflanzen- und Thierreich; Uebervölkerung), zu
entfernen (Export; Auswanderung) und an Orten, wo sie mangeln
oder Raum zur Ausbreitung finden (productionsarme Flächen;
unbewohnte Gegenden), abzusetzen (Import; Colonisation). Beide
suchen daher vor allem die Schranken, welche einerseits der freien,
andrerseits der raschen Beweglichkeit im Wege stehen, aufzuheben
(Zoll- und Handelsfreiheit; „Time is money”), andrerseits alle Mittel
anzuwenden, die den Erwerb und Vertrieb der Producte erleichtern
(Geld statt Tausch), die Geschwindigkeit der Bewegung erhöhen
(Eisenbahnen, Dampfschiffe), den Zeitverbrauch zum (schriftlichen
und mündlichen) Verkehr kürzen (Post, Telegraph, Telephon) und
die Sicherheit desselben gewährleisten (Handelsschutz,
Handelsbündniss, Handelsversicherung, Monopol). Gewerbe und
Industrie gehen darauf aus, unzusammengehörige
Stoffverbindungen, wenn sie Gemenge sind, mechanisch von
einander zu trennen (Bergbau), wenn sie Mischungen sind,
chemisch von einander zu lösen (Erzschmelze), zusammengehörige
durch Anhäufung (Baukunst) oder durch Verschmelzung (Legirung)
zu stiften. Je nachdem dies bei unorganischen oder organischen, in
letzterer Hinsicht bei Stoffen aus dem vegetabilischen oder aus dem
animalischen Reiche geschieht, nehmen beide stofflich, je nachdem
es durch Händearbeit, oder mit einfachen, oder fast ohne diese
mittels verwickelter bis zur scheinbaren Selbstständigkeit
gesteigerter Werkzeuge (Maschinen) geschieht, formell
verschiedenen Charakter an (Handwerk, Maschinenarbeit). Nach
dem Quantum der Production und der zu derselben erforderlichen

Kosten werden Klein- und Grossgewerbe, Klein- und
Grossindustrie unterschieden. Wie der Handel und der Verkehr eine
Tendenz, in die Ferne zu streben, so zeigen Gewerbe und Industrie
eine solche, am Orte zu beharren d. h. die Naturproducte dort, wo
sie zu finden sind, ihrer Form nach zu verändern, (örtliche
Vereinigung von Bergbau und Erzschmelzen; Verwendung des
localen Steinbruchs als Baumaterial: Schieferdächer am Rhein,
Holzbau im Gebirge; Tracht aus Thierhäuten und einheimischer
Wolle). Dieselben suchen daher einerseits alle Schranken, welche
der Freiheit des Gewerbes überhaupt (Zunftzwang), wie an dem
Orte des betreffenden Materials (Bodeneigenthum) im Wege stehen,
zu entfernen (Gewerbefreiheit, Freischurf), andrerseits alle Mittel
zu entdecken und zu verwenden, welche die, sei es mechanische,
sei es chemische Formänderung der Naturstoffe ermöglichen
(Mechanik, Maschinentechnik, Ingenieurkunst) oder erleichtern
(technische Chemie, Technologie, Scheidekunst), zugleich aber das
auf diesem Wege geschaffene industrielle Product gegen
Verdrängung oder Ersatz durch seinesgleichen im Verbrauche
sichern (Gewerbeschutz durch Marken und Zölle, industrielle
Privilegien). Bodenbebauung und Thierzucht sind bestrebt,
einerseits jene durch künstliche Anpflanzung von Gewächsen
dieselben vor der allmäligen Entartung (Degeneration) und
schliesslichem Untergang, diese durch künstliche Züchtung von
Thieren letztere vor gleichem Schicksal zu bewahren, andererseits
durch Veredelung (z. B. Pfropfung) auf künstlichem Wege neue
Varietäten von Pflanzen wie durch Kreuzung neue Schläge von
Thieren zu erzeugen. Beide gehen darauf aus, nicht nur das
vorhandene Quantum organischer Naturproducte sich nicht
vermindern, sondern dasselbe sich stets vermehren zu lassen
(natürliche Fruchtbarkeit), aber auch die Qualität derselben den
Beziehungen der Naturorganismen unter einander gemäss zu
ändern, Futterpflanzen für Thiere, Gemüse für die Menschen zu
schaffen, oder wucherndes Unkraut (Gramineen) in Nutzpflanzen
(Getreide) umzubilden (Agricultur), so wie durch Zähmung und
Pflege wild lebende Thiere in Hausthiere (Civilisation bei Thieren
und Menschen) und durch Kreuzung schwächerer mit stärkeren,
oder Ersatz ersterer durch letztere Racen brauchbare Nutzthiere
hervorzubringen (veredelnde Schaf-, Rinder-, Pferde-,
Geflügelzucht etc.). Da die Bodenbebauung nicht blos, wie
Gewerbe und Industrie, eine natürliche Tendenz am Orte zu bleiben
besitzt, sondern am Boden als unbeweglichem haftet, so muss
dieselbe, was diesem an natürlicher Fruchtbarkeit abgeht, durch

künstliche Steigerung derselben d. i. durch Bodenverbesserung
(künstliche Düngung, Bewässerung, Bearbeitung) zu ersetzen, so
wie dessen Ertrag durch künstliche Sicherungsanstalten gegen nicht
abzuwehrende Störungen von aussen (atmosphärische Einflüsse,
Dürre, Hagelwetter) zu schützen trachten (Hagel- und
Wetterschadenversicherung). Umgekehrt muss die Thierzucht, da
sie des freibeweglichen Charakters der Thiernatur wegen eines
erweiterten Spielraums bedarf, sich in die Lage versetzt fühlen, den
Mängeln des Orts, an dem sie geübt wird, durch Ortsveränderung
(Weideplätze, Austrieb des Viehs auf die Alpen, Uebersiedelung je
nach dem Wechsel der Jahreszeiten) abhelfen, so wie Leben und
Gesundheit ihrer Pfleglinge gegen drohende Störungen von aussen
(Thierseuchen) entweder indirect durch künstliche Absperrung
(Thiereinfuhrverbote), oder direct durch künstliche Heilung und
Wiederherstellung (Thierarzneikunde, Sanitätsmassregeln) schützen
zu können. Insofern aber weder Bodenanbau noch Thierzucht das
natürliche Hinderniss aus dem Wege zu räumen vermögen, welches
durch das Aufwachsen von Pflanzen und Thieren unter den
klimatologischen und atmosphärischen Einflüssen ihrer
einheimischen Natur deren Verpflanzung in andere Erd- und unter
andere Himmelsstriche entgegensteht, muss dieser letztern die (der
Natur der Sache nach nur langsam erfolgende) Acclimatisation und
allmälige Einbürgerung derselben vorhergegangen sein, welchem
Zweck beide durch besondere Eingewöhnungsanstalten
(Acclimatisationsgärten für Pflanzen und Thiere) zu genügen
bedacht sein werden.

421. Die hervorragende Stellung, welche der Mensch (wie die Ich-
Vorstellung unter den Bewusstseinsbildungen und der Staat unter
den organisirten Gesellschaften) unter den organischen Producten
der Natur einnimmt, macht es erklärlich, dass die Beziehungen der
übrigen Naturerzeugnisse auf ihn d. i. deren beziehungsweise
Nützlichkeit oder Schädlichkeit für den Menschen vom
menschlichen Gesichtspunkt aus die Hauptrichtschnur für die
Zwecke des Handels und Verkehrs, der Gewerbe und Industrie, des
Ackerbaues und der Thierzucht abgeben. Wie derselbe geneigt ist,
mit dem Erwachen seines Bewusstseins sich als den Mittelpunkt
des Weltalls (wie das Kind sich als den Mittelpunkt des Hauses) zu
betrachten, Sonne Mond und Gestirne als bestimmt anzusehen, ihm
zu leuchten, ihn zu wärmen, so sieht er sich als den natürlichen
Herrn und Gebieter seiner organischen wie unorganischen
Umgebung an und nimmt keinen Anstand, die unterirdischen wie

oberirdischen Schätze der Erdrinde (Erz und Gestein, Pflanze und Thier) zu seinem Dienste zu gebrauchen. Die bildende Kunst als Ideendarstellung im belebten wie leblosen Material nimmt dadurch, dass der Mensch anderen Naturproducten gegenüber für sich eine Ausnahmsstellung beansprucht, unwillkürlich einen beschränkten, im menschlichen Sinn egoistischen, die Beherrschung der Natur zum Nutzen des Menschen gebrauchenden Charakter (Utilitarismus) an, welcher, wenn der ideale, auf Darstellung der logischen, ästhetischen, oder ethischen Ideen gerichtete Zweck der Kunst mit des Menschen natürlichen, aber auch, wenn er mit dessen erkünstelten (Luxus-) Bedürfnissen, Gelüsten und Anmassungen in Widerstreit geräth, denselben rücksichtslos aufopfert. Derselbe steht als despotische Willkürherrschaft über die Natur der ideenlosen technischen Virtuosität in der Besiegung natürlicher Hindernisse eben so als Entartung bildender Kunst zur Seite, wie andererseits die zu zweck- und nutzlosem Spiel mit den natürlichen Formen und Kräften des menschlichen Körpers ausgeartete Athletik, Pantomimik, Akrobatik und andere Schwimm-, Gang-, Ritt- und Forceproben zu der auf durchgreifender Kenntniss des Baues und normalen Lebensprocesses desselben beruhenden Gymnastik, Diät und Gesundheitspflege das Gegenstück darstellen.

422. Wie die bildende Kunst als Darstellung der logischen Ideen in der leblosen und belebten Natur als „Weltverbesserung", so tritt sie als Verwirklichung der ä s t h e t i s c h e n Ideen in derselben als „Weltverschönerung" auf. Als solche geht dieselbe darauf aus, die Gestalt der Natur ästhetischen Normen anzubequemen d. h. wo in derselben Schwächliches, Verkommenes, Krüppelhaftes sich zu entfalten droht, dieser Gefahr zuvorzukommen (Orthopädie bei Pflanzen und thierischen Körpern), wo es sich vorfindet, dasselbe zu beseitigen (Durchforstung des Waldes; Aussetzung der Kinder in Sparta und Rom), wo Disharmonisches in der Natur thatsächlich gegeben ist oder bevorsteht, nach Möglichkeit Einklang an dessen Stelle zu setzen (Landschaftsgärtnerei, Parkanlagen), auch leblose Natur wie Producte der Menschenhand mit dem Schein der Lebendigkeit und der Beseelung auszustatten (Cascaden als Gartenzier; Kunstgewerbe; Ornamentik). Je nachdem zum Material der Ideendarstellung die leblose oder die lebendige Natur, in der letzteren die vegetabilische oder die thierische, in dieser insbesondere der menschliche Körper gewählt, die ästhetische Idee in demselben minder oder mehr durch die schon vorgefundene

Gestalt des natürlichen Stoffes gebunden erscheint, wird die bildende Kunst als ästhetische Ideendarstellung (Plastik) in leblose und lebendige, oder in freie (schöne), oder decorative (verschönernde) Plastik (ornamentale Kunst), je nach dem Quantum des verwendeten Materials in Gross- und Kleinplastik unterschieden.

423. Zu der im leblosen Material ästhetisch bildenden Kunst gehört die Bildnerkunst, welche entweder unbeweglichem materiellem Stoff, z. B. Felsgestein („lebendigem Fels") eine bestimmte ästhetische Form ertheilt (Höhlentempel, Felsengräber, behauener Fels) oder bewegliches, lebloses Material (natürliches oder künstliches Gestein, Bruchstein, Backstein; Holz, Bein, Metall) entweder (als Block, Stamm, Thierzahn, Erz u. s. w.) e i n z e l n geometrisch (wie der Steinmetz, der Zimmermann etc.) oder ästhetisch (wie der Bildhauer, der Bildschnitzer in Holz und Bein, der Bildgiesser in Erz u. s. w.) formt, oder (als Baukunst) i n M a s s e n entweder als ungeformtes (Roh-) Material (unbehauenes Holz oder Gestein) oder als schon geformten Stoff (gezimmertes Holz, behauenen Stein) zu ästhetischen Formen zusammenhäuft und entweder auf natürlichem Wege durch eigene Schwere (Cyklopenmauern) oder durch künstliche Bande (Kitt, Mörtel, Klammern etc.) zu einem ästhetischen Ganzen verbindet (Rohbau, Kunstbau, Architektur, Monumente). Zu der lebendigen Plastik gehört, je nachdem das Material derselben dem Pflanzen- oder dem Thierreich entnommen ist, die Kunstgärtnerei, welche lebendige, sei es wildgewachsene (Feldblumen), sei es veredelte Gewächse (Garten- und Treibhauspflanzen) zu einem ästhetischen Ganzen (Blumenstrauss, Beet, Gartenanlage), und die Schauspielkunst, welche thierische und menschliche Körper, sei es in ihren natürlichen (Nacktheit), sei es in künstlichen Bedeckungen (Maske, Costüm) zu einem ästhetischen Ganzen (lebendigem Gemälde) vereinigt, welches letztere entweder als ruhend (Tableau, lebendes Bild) oder als bewegt und in diesem Fall entweder als episch fliessende (Aufzug, Parade, Makart's „Festzug"), oder als causal sich aus sich selbst entwickelnde dramatische Handlung (Bühnenschauspiel) dargestellt wird.

424. Die Plastik ist frei, wenn die ihr bei der Verwirklichung der ästhetischen Idee durch das Material dargebotenen Schranken keine andern sind als solche, die in den Bedingungen der Darstellung in physischem (also schwerem und schwer zu behandelndem) Stoffe

(Statik und Mechanik; Schwerpunkt) und in der Beschaffenheit des letzteren selbst liegen (Brüchigkeit des Gesteins, Geäder des Marmors, Spaltrichtungen und Geäst im Holze u. s. w.), dagegen gebunden, wenn ihr dergleichen durch einen ausserhalb der ästhetischen Ideendarstellung gelegenen Zweck (des Bedürfnisses oder des Luxus, des Nutzens oder der Laune) auferlegt werden. Nur in jenem Fall ist die Plastik schöne, in diesem dagegen nur verschönernde Kunst, welcher die Aufgabe gestellt ist, das Unentbehrliche (Haus, Hausgeräth, Kleidung), oder das zwar Entbehrliche, aber Erwünschte (Bequemlichkeit, Reichthum), das Erforderliche im Dienste bestimmter Gesellschaftszwecke (Gotteshäuser und Altargeräth in der Kirche, öffentliche Gebäude und politische Insignien im Staate) oder das Ueberflüssige, auf zufälligen Stimmungen und vorübergehenden Einfällen augenblicklich tonangebender Gesellschaftskreise (Mode, „chic") mit ästhetischen Formen zu schmücken. Der ersten der genannten Richtungen entspricht die sogenannte „Kunst im Hause", welche das Wohnhaus und die häusliche Umgebung, so wie die äussere Erscheinung (Tracht, Zierat, Haartracht), der zweiten die Decorationskunst, welche auch die weiteren und in grösserem Massstabe angelegten Umgebungen (Palast, Park, Staatskleid), der dritten die kirchliche Kunst, welche Ort und Art der gottesdienstlichen Verrichtungen (Tempel, Dom, Altar, kirchliches Ceremoniell), der letzten die patriotische oder Monumentalkunst, welche Ort und Art der staatlichen Vorgänge (Residenzschloss, Parlamentshaus, Thron- und Kroninsignien, Hof- und Staatsceremoniell) ästhetisch belebt und veredelt. Zur schönen Plastik gehören Sculptur und Architektur und zwar sowol wenn es sich um die Herstellung in ihren Massen geringer (kleine Plastik z. B. Medailleurkunst) wie grosser Objecte handelt (grosse Plastik: Denkmalkunst, Triumphbogenarchitektur). Zu der verschönernden Kunst gehört das Kunstgewerbe und die Kunstindustrie, die, wenn es sich um die ornamentale Verzierung beweglicher Gegenstände handelt, als „Kleinkunst" (Keramik, Kunsttischlerei, Kunstschlosserei, Emaillirkunst u. s. w.), wenn dagegen unbewegliche Gegenstände (Nutzbauten, Wohnräume, Gesellschafts- und Festsäle, Gärten, öffentliche Anlagen und Plätze, Brücken, Thore u. s. w.) verschönert werden sollen, als decorative Kunst (Stadtverschönerung, Gartenarchitektur) auftritt.

425. Ausdruck der Verwirklichung der ästhetischen Idee in der gesammten Erscheinung des menschlichen Lebens, des Einzelnen

wie der Gesellschaft und ihrer näheren und entfernteren Umgebung,
ist die Kunst „schön zu leben" („Kalobiotik": Rahel; W. Bronn).
Dieselbe ist als Ideendarstellung so wenig mit der Kunst „gut zu
leben" („rasend" gut zu leben, rühmte sich Gentz) d. i. mit der
gesuchten Verfeinerung (Raffinement) des Sinnengenusses
(Schlemmerei), als die Kunst (logisch) überzeugender mit der
Kunstfertigkeit (sophistisch) überredender Beredsamkeit zu
verwechseln. Ihre Tendenz geht dahin, aus der gesammten,
psychischen und physischen Beschaffenheit des Individuums wie
der Gesellschaft, aus deren Vorstellen, Fühlen und Wollen, aber
auch aus deren hörbarer und sichtbarer Selbstdarstellung in Rede,
Manier, Haltung und Handlung, so wie selbstgeschaffener oder
doch selbstgewählter naher und ferner Hülle und Begleitung
(Kleidung, Schmuck, Hausgeräth, Wohnung, Umgang, Sitten und
Gebräuchen) nicht nur (negativ) alles Störende und Disharmonische
auszuscheiden, sondern (positiv) denselben das Gepräge edler
Freiheit und innerer Uebereinstimmung mit und unter einander und
zu einem wohlgefällig abgerundeten Ganzen aufzudrücken d. i. das
Leben in jedem gegebenen Zeitmoment und die gesammte Zeitdauer
desselben hindurch (wie die Griechen und Goethe) zum
„Kunstwerk" zu gestalten. Ergebniss derselben, so weit ein solches
durch die spröde Natur der ideenlosen Wirklichkeit gestattet wird,
ist eine s c h ö n e   E r s c h e i n u n g s -, wie jenes der logischen,
das gesammte Denken zum Wissen durchläuternden Kunst eine
w a h r e Gedankenwelt.

426. Weder nach jenen der logischen, noch nach jenen der
ästhetischen, sondern ausschliesslich nach den Anforderungen der
e t h i s c h e n Idee ist die dritte Form der bildenden Kunst bemüht,
die gegebene Gestalt der Erfahrungswelt zu verändern. Dieselbe
kann nicht darauf ausgehen, in der Natur (etwa) vorhandenen
Willen („blinden Willen": Schopenhauer) den Anforderungen der
ethischen Norm anzubequemen, weil deren Bewusstlosigkeit die
Willensform ausschliesst. Die Absicht derselben kann daher einzig
darauf gerichtet sein, der Natur, soweit thunlich, diejenige Gestalt
zu verleihen, welche sich dieselbe, w e n n sie von einem Willen
beseelt wäre d. h. die Fähigkeit besässe, die Stimme der ethischen
Ideen nicht nur zu vernehmen, sondern auch zu befolgen, selbst
geben oder gegeben haben müsste. Da unter dieser Voraussetzung
die Gestalt der Natur die unter den gegebenen Verhältnissen beste d.
h. diejenige geworden wäre, welche den Normen der ethischen
Ideen unter allen überhaupt möglichen Gestaltungen der Natur am

meisten entsprochen haben würde, so folgt, dass das Streben der
dritten d. i. der ethischen bildenden Kunst auf nichts anderes als auf
die Herstellung der b e s t e n unter den überhaupt möglichen
Naturen, beziehungsweise auf die Annäherung der bestehenden an
das Ideal der b e s t e n Natur gerichtet sein könnte.

427. Dieses selbst aber kann nichts anderes sein als das Bild einer
Natur, deren sämmtliche Bestandtheile, leblose wie belebte, zum
Ganzen in einer Weise verbunden werden, welche die
zweckmässigste d. h. der Summe der innerhalb der gesammten
Natur vorhandenen Bedürfnisse, Wünsche und Bestrebungen unter
allen überhaupt denkbaren am meisten entsprechend d. h. dem
allgemeinen Wohl oder der Glückseligkeit des Ganzen unter allen
denkbaren am vollkommensten genügend wäre. Da nun die Summe
in der Natur gegebener Wünsche eine bestimmte, die Summe der zu
deren Verwirklichung zu Gebote stehenden Bedingungen d. i. der
Naturproducte, als Güter betrachtet, gleichfalls eine begrenzte ist,
so folgt, dass die Aufgabe der ethischen Kunst auf nichts anderes
gerichtet sein könne, als durch die unter allen denkbaren b e s t e
V e r w a l t u n g der gegebenen Natur der grösstmöglichen Summe
von Glückseligkeit in der gesammten (leblosen wie lebendigen)
Natur (den Menschen mit eingeschlossen) zur Verwirklichung zu
helfen.

428. Dieselbe geht darauf aus, nicht nur
V e r w a l t u n g s s y s t e m , sondern das unter den gegebenen
Verhältnissen b e s t e Verwaltungssystem der Natur, nicht nur, wie
die Oekonomik Hauswirthschafts-, wie die Nationalökonomik
Volks- oder Staatswirthschaftskunst, sondern als Weltökonomik
Weltwirthschaftskunst (bestmöglicher Haushalt der Natur) zu sein
d. h. weder (wie die gewinnsüchtigen Ausbeuter der Natur)
ausschliesslich im Dienste und zu den Zwecken des Menschen,
noch (wie erbarmungslose Naturkräfte) taub gegen Wohl und Wehe
gefühlsfähiger Wesen, sondern der bestehenden Proportion
zwischen dem empfindungs- und genussfähigen und dem genuss-
und empfindungslosen Antheil der gesammten Natur gemäss, dem
Wohle des ersten und den Hilfsmitteln des zweiten entsprechend zu
wirthschaften. Je nachdem es sich dabei entweder um die
Hinderung des Missbrauchs durch Zerstörung oder Verminderung
gegebener, oder um die Förderung des Verbrauchs durch
Vermehrung gegebener und Erzeugung nicht gegebener Güter
handelt, nimmt dieselbe negativen (internationaler Schutz der

Meere, Gewässer, Wälder, Singvögel; Antisclavenliga;
Sanitätspflege; völkerrechtlicher Schutz des Privateigenthums in
Kriegszeiten) oder positiven Charakter an (internationale Welt- und
Handelsstrassen: Suez-Canal, Durchstich von Panama; Handels-
und Schifffahrtsbündnisse, Entdeckungsreisen). Je nachdem
dieselbe mehr auf den vorhandenen Wünschen entsprechende
Vertheilung der schon vorhandenen, oder auf entsprechende
Betheilung der bisher Unbefriedigten durch neu zu schaffende Güter
gerichtet ist, nimmt dieselbe mehr den Charakter einer Versorgung
(bestehender Wünsche mit vorhandenen Mitteln: Communismus,
Gütertheilung) oder Vorsorge (für künftige Wünsche durch neue
Mittel: Socialismus, Organisation der Gesellschaft) an. Die Frucht
der auf die gesammte Natur, leblose wie lebendige, ausgedehnten
Darstellung der ethischen Ideen durch die bildende Kunst ist die in
ethischem Sinn vollendete, dem Zweck grösstmöglichen
Wohlbefindens aller empfindungsfähigen Wesen entsprechende,
unter den gegebenen Umständen bestmögliche Natur, der
e t h i s c h e   K o s m o s, die b e s t e   W e l t (Optimismus).

429. Wie die erste Form der bildenden Kunst die logischen, die
zweite die ästhetischen, so verkörpert die dritte die ethischen Ideen.
Wie die bildende Kunst als Ideendarstellung im Physischen
Erziehung der Natur, so ist die Bildungskunst eigene, die Bildekunst
Erziehung des Menschengeschlechts. Wie diese im gemeinsamen,
die Selbsterziehung im einzelnen Bewusstsein, so stellt die bildende
Kunst die Culturentwickelung und den Culturprocess in der
gesammten leblosen und lebendigen Natur dar. Die Ideendarstellung
im Wirklichen überhaupt, die Kunst, ist der lebendige
C u l t u r p r o c e s s; die Entwickelungsgeschichte derselben von
deren ersten Anfängen im erwachenden Bewusstsein des Einzelnen
durch das Jugend-, Mannes- und gesellschaftliche Bewusstsein
hindurch bis zu den fernen und fernsten Grenzen des Alls, soweit
dieselben unserer Erfahrung zugänglich sind, bildet den Inhalt der
Entwickelungsgeschichte der Cultur, der C u l t u r g e s c h i c h t e
d e s   W e l t a l l s.

SCHLUSS.

430. Mit der Ideendarstellung in der Geistes- und Körperwelt ist die
Philosophie als Kunst, wie mit der Darlegung des Ideeninhalts einer-
, des Inhaltes der Wirklichkeit andererseits die Philosophie als
Wissenschaft zum Abschluss gebracht. Der philosophische
Realismus geht nicht von der Annahme aus, weder dass das
Wirkliche als solches v e r n ü n f t i g, noch dass das Vernünftige als
solches w i r k l i c h sei (Optimismus: Hegel); aber auch nicht von
der entgegengesetzten, dass das Wirkliche als solches
v e r n u n f t l o s (Pessimismus: Schopenhauer), oder gar als
solches v e r n u n f t w i d r i g (lebendiger Widerspruch;
Realdialektik: Bahnsen) sei. Derselbe setzt aber voraus, sowol dass
das Vernünftige, welches als solches nicht wirklich ist (die Ideen),
wirklich, als dass das Wirkliche, welches als solches nicht
nothwendig vernünftig ist (Natur, Geist, Geschichte), vernünftig
w e r d e n   k a n n, werden s o l l und werden w i r d, wenn nach
dem bekannten Wort „Jeder seine Schuldigkeit thut". Die
Verwirklichung der Ideen ist weder eine Thatsache, die in der
Vergangenheit, noch eine solche, die in der Gegenwart, sondern
eine A u f g a b e, deren Erfüllung in der Zukunft und in den Händen
des Menschen liegt. Der Traum eines „goldenen Zeitalters", von
welchem ein nüchterner Rationalist wie Kant als von jenem des
„ewigen Friedens", wie ein extremer Positivist wie Comte als dem
„état positif" schwärmte, wird dann erfüllt sein, wenn die
gesammte Ideenwelt real geworden und die gesammte Wirklichkeit
von den Ideen durchdrungen d. h. wenn dasjenige, was Schiller
„das Kunstgeheimniss des Meisters" nannte, die „Vertilgung des
Stoffes durch die Form" offenbar, oder, wie Schleiermacher es
ausdrückte, „wenn die Ethik Physik und die Physik Ethik"
geworden sein wird. Eine Philosophie, welche, wie die vorstehende,
sich weder wie die Theosophie auf einen menschlichem Wissen
u n z u g ä n g l i c h e n theocentrischen Standpunkt versetzt, um

von ihm aus den „Vernunfttraum" als längst geschaffene
Wirklichkeit, noch wie die Anthropologie auf den zwar
anthropocentrischen, aber u n k r i t i s c h e n Standpunkt gemeiner
Erfahrung stellt, um von ihm aus eine ideenerfüllte Wirklichkeit als
„Traum der Vernunft" anzusehen, welche sonach zugleich
a n t h r o p o c e n t r i s c h d. i. von menschlicher Erfahrung
ausgehend und doch P h i l o s o p h i e d. i. an der Hand des
logischen Denkens über dieselbe hinausgehend sein will, ist
A n t h r o p o s o p h i e .

Als Separat-Abdrücke

aus den

Abhandlungen der philosophisch-historischen Classe der kais.
Akademie der Wissenschaften

sind von demselben Verfasser erschienen:

Samuel Clarke's Leben und Lehre. Ein Beitrag zur Geschichte des Rationalismus in England. Wien, 1870. (A. d. Denkschriften. XIX. Bd.)

Ueber Kant's mathematisches Vorurtheil und dessen Folgen. Das., 1871. (A. d. Sitz.-Ber. LXVII. Bd.)

Ueber Kant's Widerlegung des Idealismus von Berkeley. Das., 1871. (A. d. Sitz.-Ber. LXVIII. Bd.)

Zwei Briefe Herbart's. Das., 1871. (A. d. Sitz.-Ber. LXIX. Bd.)

Ueber Trendelenburg's Einwürfe gegen Herbart's praktische Ideen. Das., 1872. (A. d. Sitz.-Ber. LXX. Bd.)

Ueber den Einfluss der Tonlehre auf Herbart's Philosophie. Das., 1873. (A. d. Sitz.-Ber. LXXIII. Bd.)

Kant und die positive Philosophie. Das., 1874. (A. d. Sitz.-Ber. LXXVII. Bd.)

Schelling's Philosophie der Kunst. Das., 1875. (A. d. Sitz.-Ber. LXXX. Bd.)

Perioden in Herbart's philosophischem Geistesgang. Das., 1876. (A. d. Sitz.-Ber. LXXXIII. Bd.)

Glaube und Geschichte im Lichte des Dramas. Ein Beitrag zur Philosophie des Dramas. Das., 1877. (A. d. Sitz.-Ber. LXXXV. Bd.)

Kant und der Spiritismus. Das., 1879. (A. d. Sitz.-Ber. XCIV. Bd.)

Lambert, der Vorgänger Kant's. Ein Beitrag zur Vorgeschichte der Kritik der reinen Vernunft. Das., 1879. (A. d. Denkschriften. XXIX. Bd.)

Henry More und die vierte Dimension des Raumes. Das., 1881. (A. d. Sitz.-Ber. XCVIII. Bd.)

Kodierung

Überblick der Revisionen

2017-01-11 Started.

Externe Referenzen

Dieses Project Gutenberg Buch enthält externe Referenzen.
Diese Links können möglicherweise für Sie nicht funktionieren.

Korrekturen

Die folgenden Korrekturen sind am Text angewendet worden:

Seite	Quelle	Korrektur
4	sogenannteu	sogenannten
15, 287	[*Nicht in der Quelle*]	,
18, 18, 18	transscendentale	transcendentale
24, 79, 230	,	[*Weggelassen*]
26	gleich bleibenden	gleichbleibenden
28	transscendentalfrei	transcendentalfrei
29	Bewustsein	Bewusstsein
38	transscendentaler	transcendentaler
64	[*Nicht in der Quelle*]	.
84	niederern	niederen
85	vorgetellt	vorgestellt
86	hiebei	hierbei
112	inviduellen	individuellen
114,		

116	angeborne	angeborene
117	ntürli che	natürliche
118	erlaubte	Erlaubte
131	beherschten	beherrschten
146	imwirklich	im wirklich
155	von	vom
163	entgegengetzten	entgegengesetzten
185, 273	d.i.	d. i.
204	Natur körper	Naturkörper
206	gibt aber,	gibt, aber
207	Psycholog	Psychologe
209	innerhalb	innerhalb
213	äusserere	äussere
214	derletzteren	der letzteren
225	verhandenen	vorhandenen
229	erstern	ersteren
232	anschiesst	anschliesst
243	nich	nicht
252, 278	so wol	sowol
256	[*Nicht in der Quelle*]	-
257	[*Nicht in der Quelle*]	"
272	,	.
278	Ideendastellung	Ideendarstellung
281	eigene	eigenes
293	grundsätzlosen	grundsatzlosen